KB012840

그 오빠들을 조심해!

그 오빠들을 조심해! 1

플루토스 장편 소설

초판 1쇄 찍은 날 | 2018년 9월 21일
초판 3쇄 펴낸 날 | 2020년 2월 17일

지은이 | 플루토스
펴낸이 | 권태완 우천제

편집책임 | 박은정
편집 | 김효주 천희진 유안진

펴낸곳 | (주)케이더블유북스
등록번호 | 제25100-2015-43호
등록일자 | 2015. 5. 4
WFN | 제3-033호

주소 | 서울특별시 구로구 디지털로31길 39-9 에이스테크노타워 1차 401호
전화 | 02-867-4626 팩스 | 02-866-4627
E-mail | cl_production@naver.com

©플루토스, 2018

ISBN 979-11-293-2079-7 04810
979-11-293-2078-0 (set)

※ 파본은 구입하신 서점에서 교환하여 드립니다.
※ 저자와 협의하여 인지를 붙이지 않습니다.
※ 이 책은 케이더블유북스와 저작자의 계약에 의해 출판된 것이므로 무단 전재 및 유포, 공유를 금합니다.
※ 이 도서의 국립중앙도서관 출판시도서목록(CIP)은 서지정보유통지원시스템 홈페이지(http://seoji.go.kr)와 국가자료공동목록시스템(http://www.nl.go.kr/kolisnet)에서 이용하실 수 있습니다.

1

그 오빠들을 조심해!

플루토스 장편소설

목 차

제1장

드디어 해방인 줄 알았는데 리셋이라니?

"그럼 푹 쉬세요, 아가씨."

"응, 고마워."

나는 문 앞에 서서 공손히 인사하는 하녀에게 여느 때처럼 방긋 웃어 보였다. 그리고 그녀가 방을 나서자마자 휴우- 깊은숨을 내쉬며 자세를 편안히 했다.

아, 이제 좀 살 것 같네. 오늘 하루 종일 신경 쓸 일이 많았기 때문에 몹시 피곤했다. 어쩌면 방금 전 심신 안정을 위한 목욕과 마사지를 받은 탓에 몸이 노곤해져서 뒤늦게 피로가 밀려드는 것일지도 몰랐다. 그러고 보니 저 하녀하고도 오늘로 마지막인가? 나는 내일 이 저택을 떠나 다시 돌아오지 않을 예정이었으니까.

"내일 아침에 제대로 인사해야겠네."

나는 그렇게 혼잣말을 중얼거리며 눈앞에 있는 찻잔을 들어 올렸다.

"앗, 뜨거!"

그리고 조금 전 하녀가 가져다준 차를 한 모금 마시다 말고 화들짝 놀라 입안에 있는 걸 뱉을 뻔했다. 날이 날이니만큼 속이 복잡한 탓에 펄펄 끓는 차를 너무 조심성 없이 들이켜 버렸다. 우리 집 셋째가 이런 내 모습을 봤으면 또 '에른스트의 품위가 어쩌구' 하면서 한 소리 했을 것이 분명했다.

크윽, 상상했더니 또 기분이 더러워졌다. 하지만 안 돼! 내일은 내 인생에서 가장 중요한 날이 될 것이 분명했으니 미리 마음을 가다듬어 둘 필요가 있었다.

나는 테이블 위에 찻잔을 내려놓고 고개를 들었다. 그리고 하녀가 들어오기 전까지 바라보고 있던 것에 다시금 시선을 두었다. 그곳에는 눈부신 자태를 자랑하고 있는 새하얀 웨딩드레스가 있었다. 그 순백의 아름다움을 두 눈에 담자 빠른 속도로 마음이 평온해지기 시작했다. 역시 속을 진정시키는 데에는 이만한 게 없었다.

그래, 나는 내일 저 웨딩드레스를 입고 아름다운 봄날의 신부가 될 예정이었다. 그런 생각을 하자 어쩔 수 없이 마음이 조금 들떴다. 당연한 일 아닌가? 아둥바둥 삼 형제의 등쌀을 견뎌 내야만 했던 내 인고의 시간도 오늘이면 완전히 끝이라는데. 그런 생각을 하자 갑자기 눈에서 습기가 느껴졌다.

크흑, 눈물 없이는 들을 수 없는 내 사연이 궁금하다고? 나 '하리 에른스트'는 7살 때 이 집안에 입양되어 그때부터 장장 20년 동안이나 세 오빠의 동네북 역할을 하며 살아왔다.

내가 이 집안에 입양된 것은 원래 이 집의 고명딸이었던 '아리나 에른스트'의 사후로, 나는 그들이 사랑해 마지않던 그녀와 꽤 닮은 외모를 가지고 있었던 모양이다. 귀족인 데다 부유한 에른스트에 입양된 것은 뒷골목을 전전하던 내게 행운이었지만 그에 준하는 불행이기도 했다. 왜냐하면 나를 유일하게 아껴 주었던 에른스트 부부는 내가 이 집안에 들어온 지 1년 만에 죽어버렸기 때문이었다.

그때부터 나는 온갖 방법으로 나를 괴롭혀 대는 에른스트의 삼 형제에게서 살아남기 위해 아등바등 용을 써야만 했다. 그리고 마침내 결혼식을 하루 앞둔 오늘에 이르기까지, 나는 그야말로 피눈물이 나는 세월을 보내야만 했던 것이다.

어젯밤에도 술 냄새를 폴폴 풍기며 내 방에 들이닥친 둘째와 셋째 놈 때문에 얼마나 곤욕을 치러야 했는지 모른다. 시집가니까 좋냐고 나한테 마구 시비를 걸었지. 흥, 그럼 너희 같으면 안 좋겠니? 아마 너희가 나였어도 신나서 방방 뛰고도 남을걸!

그러고 보니 지금 내 눈앞에 있는 이 웨딩드레스는 둘째 녀석이 함께 골라 준 것이었다. 물론 내가 이런 말을 하면 녀석은 아니라고 펄쩍 뛰며 잡아떼겠지만, 그는 내 결혼식 드레스를 고르는 데 친히 걸음을 할 만큼 나를 좋아하고 있었다. 지금도 입만 열면 못된 말만 늘어놓는 삼 형제였으나 그래도 20년이란 세월이 영 헛것은 아니었으니까.

그리고 그 긴 세월 동안 나는 놈들의 등쌀에 열심히 등이 터지는 한 마리의 가련한 새우였지. 흑.

누군가 돈을 준다고 해도 절대로 두 번 다시는 겪고 싶지 않은 과거다! 차라리 나보고 전쟁터에 나가라고 해! 어쨌든, 그래서 나는 내일 시집을 가고 나면 두 번 다시는 이 망할 집구석에 발을 들이지 않겠다고 장렬히 결심한 상태였다.

솔직히 말해 내 결혼은 꽤 늦은 편이었다. 내 나이가 지금 스물일곱. 보통 20대 초반에는 시집을 가는 이 아를란타에서는 어찌 보면 노처녀에 낄 만한 나이이기도 했다. 비록 나는 황실의 우방인 에른스트에 속해 있었으나 그 피는 단 한 방울도 이어받지 않았기 때문에 좀처럼 내 혼처를 잡을 수가 없었던 모양이다. 하지만 어린 나이에 가문을 이어받은 첫째는 꽤 수완이 좋아 상상 이상으로 좋은 가문에 나를 시집보낼 수 있었다. 게다가 내일 내 남편이 될 남자는 가문을 떼어 놓고 봐도 단정한 외모에 점잖은 성격을 지닌 상당히 좋은 신랑감이었다. ……그런데 방심하고 있는 사이 오늘도 세 놈이 내 방에 들이닥치는 건 아니겠지?

의심 어린 눈초리로 잠시 방문을 노려보았으나 쥐새끼 한 마리 돌아다니지 않는 것처럼 밖은 잠잠했다. 조금 이상하긴 하네. 어제는 둘째랑 셋째가 한바탕 내 방을 휩쓸고 갔는데 오늘은 왜 이렇게 조용한 거야?

하지만 뭐, 좋은 게 좋은 거니까. 사실 결혼식 전날까지 그놈들 사이에서 복작거리고 싶지는 않았으니 그들이 얌전히 있어준다면 나야 고마운 일이었다. 그러고 보니 첫째는 어제도 오늘도 내 앞에 나타나지 않고 있는데…….

음. 내일 내 결혼식 때나 얼굴을 비치려나 보다. 그렇지 않아도 평소 일주일에 한 번 얼굴 보기도 힘들 정도로 바쁜 사람이었기 때문에 이해할 수 있었다.

그러고 보니 최근에 얼굴을 봤던 게 보름 전이던가. 마지막으로 가봉된 드레스를 입어 본 날, 문밖에 서 있던 그와 잠깐 눈이 마주쳤던 게 전부이기는 했지만. 하여간 정 없는 사람이었다. 끝까지 한 마디도 안 하고 그대로 자리를 떠난 걸 보면. 하긴. 그래도 사는 동안 둘째와 셋째처럼 앞장서 나를 괴롭히지는 않았으니 그것만으로도 고마운 일인가. 비록 그들이 하는 짓을 묵인하기는 했지만 말이야.

원래대로라면 첫째인 유진이 아버지의 역할을 대신해 내 손을 잡고 같이 식장에 입장해야 했다. 하지만 삼 형제끼리 어떤 합의점을 본 건지, 결국 내일 내가 손을 맡길 사람은 둘째로 결정되었다. 나는 다시 눈앞에 있는 웨딩드레스를 바라보았다. 그 순백의 빛을 시야에 담자 마음이 크게 술렁거렸다.

첫째 유진.

둘째 카벨.

셋째 에리히.

혈혈단신의 몸으로 이 집에서 버티고 살아온 지난 세월이 주마등처럼 눈앞을 스쳐 지나갔다.

드디어 내일이면 나도 해방되는 거야? 정말?

이런 꿈 같은 날이 내게 찾아오다니 믿기지가 않았다. 이대로 이 망할 집구석에 뼈를 묻는 줄 알았는데.

"아. 이제 이 방도 안녕이다."

나는 해방감에 젖어 침대에 벌렁 드러누웠다. 이 집에 들어온 이래로 지금처럼 마음이 편한 적이 없었다. 오늘은 분명 아주 단꿈을 꾸며 잘 수 있을 거야. 그렇게 생각하며 나는 행복하게 눈을 감았다.

그리고 다시 눈을 떴을 때, 나는 세 명의 형제와 피의 전쟁을 시작한 7살로 돌아가 있었다.

제2장

될성부른 진상은 떡잎부터 알아본다

여긴 어디? 나는 누구?

휘오오오오.

나는 휘몰아치는 눈보라 속에서 지금 내가 처한 현실에 아주 깊은 의문을 느끼고 있었다. 난 분명히 내 방에서 자고 있었는데? 갑자기 추워서 눈을 떠 봤더니 시야에 들어오는 것은 온통 새하얀 눈뿐이었다.

어라, 이게 뭐지? 깜짝 놀라 입술을 벌리자 기다렸다는 듯이 찬바람이 입안으로 들이닥쳤다. 설마 꿈인가? 그렇게 생각하고 나자 납득이 갔다. 아, 꿈인가 보다. 꿈치고는 지나치게 생생하긴 하지만 꿈이 아니고서야 꽃 피는 봄에서 한순간에 눈 내리는 겨울이 되어 있을 리가 없었다. 게다가 이상하게도 손가락 하나 까딱할 수 없는 걸 보니 아무래도 가위에라도 눌리고 있는 모양이었다. 그럼 다시 자야지. 너무 추워서 잠이 안 올 것 같긴 하지만 눈 감고 있으면 다시 내 침대로 돌아가 있겠지. 그렇게 생각하며 나는 하얀 눈보라 속에서 다시 눈꺼풀을 내렸다.

"……리! 하리!"

그리고 얼마나 지났을까.

누군가 내 이름을 부르는 소리가 들렸다. 이제 아침인가? 결혼식 준비를 하라고 누군가 날 깨우러 온 걸까? 하지만 아직도 추운 것 같은데?

"너 죽고 싶어?"

바로 그때 누군가 거친 손길로 확악, 내 어깨를 잡아당겼다. 나는 깊은 늪 속에서 끌려 나온 기분으로 천천히 눈을 떴다. 여전히 사위가 온통 새하얬다. 날리는 눈발 사이에서 형형한 눈빛만이 오직 또렷했다. 단정한 갈색 머리 위로 소복이 눈이 쌓인 것이 보였다. 내 어깨를 붙든 사람은 화가 난 듯이 나를 쳐다보고 있었다. 그의 얼굴을 본 순간 나는 퍼뜩 정신을 차렸다.

"유진 오빠?"

바로 그 순간, 마주한 첫째 유진의 얼굴이 경직되었다. 그런데 이상하네. 분명 유진은 유진인데 왜 이렇게 앳된 얼굴을 하고 있지? 나는 그를 향해 멍청히 뇌까렸다.

"오빠, 언제 회춘했어?"

회춘도 보통 회춘이 아니었다. 적어도 스무 살은 어려진 것 같은데? 앗! 그럼 혹시 유진이 아니라!

"유진 오빠 아들?"

"무슨 헛소리야. 정신 나갔어?"

아니, 아니다. 이 까칠한 반응은 유진이 맞아. 게다가 유진이 아무도 모르게 이런 아들을 숨기고 있을 리도 없고.

"에리히가 장난을 친 줄 알았으면 마구간에라도 들어가 있었어야지! 지금 미련하게 뭐 하는 짓이야? 밖에서 얼어 죽으려고 작정했어? 너 바보야? 융통성이란 것도 몰라?"

그런데 이 사람은 나이가 들면서 나에 대한 태도를 무관심으로 변화시키지 않았던가? 왜 어릴 때처럼 나한테 밉살맞은 소리를 늘어놓고 있지? 어째서인지 지금은 겉모습도 어린애고 말이야. 게다가 뭔가 이상한 기시감 같은 것이 들었다. 에리히가 장난을 쳤다고?

"정신 차려. 지금 안으로 데리고 들어가 줄 테니까."

그런데 내가 멍하게 쳐다보는 걸 다른 이유로 착각했는지 유진이 다소 급하게 내 몸에 덮인 눈을 털어 내기 시작했다. 아무래도 내가 이 눈밭 속에 오래 있었나 보다. 어쩐지 몸이 무겁다 했더니 눈이 쌓여서 그런 거였구나.

지금의 유진은 마치 내가 그를 처음 만났을 때 같은 외양을 하고 있었다. 하지만 아무리 어려 보여도 유진은 유진인지 눈을 털어 내는 손길이 제법 맏이다웠다. 그것은 유진이 어린 동생들을 보살핀 경력이 많았기 때문으로, 물론 그의 다정한 손길이 먼저 나에게 향한 적은 한 번도 없었다. 하지만 지금 내 머리에 앉은 눈을 털다가 우연히 뺨을 스친 그의 손은 따뜻했다. 나는 그 온기를 좇아서 나도 모르게 첫째의 손에 얼굴을 부비적거렸다. 그러자 그가 손을 내 뺨에 댄 채로 돌처럼 굳어져 버리는가 싶었다. 20년간의 노력 끝에 유진이 내가 잡은 손을 먼저 매몰차게 뿌리치지 않을 정도로까지 길들였던 보람이 있었다.

물론 지금처럼 손에 얼굴을 비비적거린다거나 하는 간 큰 짓을 저지른 적은 없었지만. 하지만 뭐 어때. 어차피 이건 꿈이고, 난 지금 엄청나게 추운걸. 그런데 또 한 가지 이상한 점이 있었다. 지금 내 눈앞에 있는 유진은 분명 10대 초반으로밖에 안 보이는데 왜 그의 손이 내 얼굴의 반은 가릴 수 있을 정도로 크게 느껴지는 거지? 그냥 기분 탓인가? 하지만 그런 의문은 곧 온몸을 때리는 차가운 바람에 떠밀려 날아가 버렸다.

"오빠, 나 추워."

작게 달싹인 내 입술에서 야트막한 목소리가 새어 나왔다. 어쩐지 머리가 몽롱했다. 꿈치고는 참으로 지독한 꿈이었다.

"하리!"

나는 급박하게 내 이름을 부르는 첫째를 뒤로한 채로 다시 눈을 감아 버렸다. 그런데 뺨 좀 살살 쳐라. 아프다, 이놈아…….

내가 에른스트의 세 악마를 처음 만난 것은 엄마가 죽은 다음 해의 늦봄이었다.

"우리와 함께 가지 않겠니?"

거리에서 만난 부유해 보이는 부부는 그들에게 내민 꽃 대신 뼈가 앙상한 내 손을 붙잡고 그렇게 물었다.

그 무렵 나는 유일한 보호자이던 엄마를 폐렴으로 잃고 거리에서 꽃을 팔아 하루하루를 연명하고 있었다. 알고 보니 부부는 며칠 전 우연히 거리를 지나다가 나를 발견한 직후 몇 번이나 더 이곳을 찾아왔었다고 했다. 그리고 내가 자신들의 죽은 딸과 닮아 도저히 이대로 두고 갈 수는 없을 것 같다며 눈물을 글썽였다. 나중에 알았지만 그들이 바로 아를란타에서 황실의 검으로 위세 높던 에른스트 가문의 공작 부부였다.

그렇게 나는 그들의 손을 붙잡고 멜팅턴의 거리를 떠났다. 마차를 타고 사흘을 달려 드디어 도착한 곳은 눈을 비비고 다시 볼 정도로 거대하고 예쁜 집이었다. 공주님이 사는 궁궐이 이럴까 생각하며 나는 꿈을 꾸는 것 같은 기분으로 두 사람을 따라 아름다운 대리석 조각이 즐비한 복도를 걸었다. 복도의 끝에는 커다란 문이 있었다. 그리고 그 문 안에 숨어 있던 것은 에른스트의 천사들이었다. 아니. '천사들이었다'고 그 당시의 순진하고 바보 같던 나는 생각했다.

"다녀왔다, 얘들아."

"엄마!"

세 명의 남자아이 중 비교적 어린 축에 속하는 두 아이가 함께 놀고 있던 금색 털의 강아지를 뒤로한 채 달려왔다. 그들은 에른스트의 귀부인에게 매달려 한껏 어리광을 피웠다.

그중 한 명은 갈색 머리카락에 벽안을 지닌 장난기 많아 보이는 남자애였고, 좀 더 어려 보이는 아이는 은발과 벽안을 지닌, 에른스트의 귀부인과 똑 닮은 가녀린 외모를 한 예쁘장한 남자애였다. 그리고 그중 가장 나이가 많아 보이는 남자아이는 에른스트 공작의 것을 그대로 빼박은 갈색 머리카락과 검은 눈동자를 가지고 있었다. 그 아이는 카펫 위에서 허물없이 뒹굴던 동생들과 달리 소파에 단정히 앉아 책을 읽고 있었다. 당시의 나보다 나이가 많긴 했지만, 그래도 10대 초반 정도밖에 되어 보이지 않는 아이가 시종일관 어른스럽게 행동하고 있는 것이 상당히 인상적이었던 걸로 기억한다.

"미리 기별해 주셨으면 저희가 내려갔을 텐데요."

"후후. 깜짝 놀라게 해주려고 일부러 조용히 들어왔지."

그들의 모습은 어디로 보아도 단란한 가족의 것이라 나는 약간 묘한 기분이 들었다. 곧 나를 향하는 에른스트 부인의 웃는 얼굴에 가슴이 두근거리기 시작했다. 그것은 불안과 약간의 기대가 뒤섞인 감정이었다.

"자, 인사하렴."

그녀가 나를 쳐다보는 것과 동시에 세 쌍의 눈동자도 나를 향했다. 그 눈빛에 내가 움츠러들자 옆에 있던 에른스트 공작이 내 등을 살짝 앞으로 밀었다.

"이 애는 누구죠?"

"맞아. 이 거지 같은 애는 누구야?"

"카벨!"

"아니, 삐쩍 말라서 밥도 못 먹은 애 같길래……."

아까부터 내게 호기심 어린 눈빛을 보내던 남자애가 에른스트 부인의 호통에 어물어물 변명했다. 나는 검은 먹구름이 드리우기 시작한 내 어두운 미래를 그때부터 예측해야만 했다.

"쉬잇. 페니. 착하지. 저건 먹는 거 아니야. 지지야, 지지."

아니면 셋 중 막내로 보이는 은발의 남자애가 그 후 나를 보고 으르렁거리는 강아지에게 속삭인 말에서라도 이상한 낌새를 눈치챘어야만 했다.

"이제부터 너희의 동생이 될 거란다."

바로 그 순간이었다. 방금 전까지만 해도 티 한 점 없이 순수한 천사 같던 아이들에게 악마가 깃든 것은.

"첫째가 유진, 둘째가 카벨, 셋째가 에리히란다. 그리고 이 아이의 이름은 하리."

주위의 온도가 순식간에 급감하기라도 한 것처럼 공연히 어깨가 으슬으슬했다. 적개심 어린 세 쌍의 눈동자가 일제히 나를 쏘아보았다.

"자, 모두 사이좋게 지내렴. 오늘부터 우리는 한 가족이니까."

댕댕.

머릿속에서 장엄한 종이 울렸다. 바야흐로 잔혹한 전쟁의 서막이었다.

"허억! 형! 걔 왜 그래?"

으악, 고막 나가겠다. 누가 귀에 대고 이렇게 쩌렁쩌렁 소리를 지르는 거야?

"서, 설마 죽은 거야?"

"재수 없는 소리 하지 마."

"완전 눈사람 됐잖아! 정말 안 죽은 거 맞아? 숨 쉬어? 헉! 손도 엄청 차가워!"

어……. 그런데 이상하다. 이 시끄러운 목소리 어디서 들어 본 것 같은데.

하지만 내가 깊은 의문을 품기도 전에 철썩철썩 또 누가 내 뺨을 때려 댔다.

"야! 너 죽으면 안 돼! 빨리 눈 떠 봐!"

"카벨, 그만하고 집사한테 의사 좀 불러오라고 해. 가는 길에 하녀가 있으면 두꺼운 이불하고 뜨거운 물을 가져오라고 하고."

"아, 알았어!"

"그리고 에리히는…… 에리히! 숨어 있지 말고 이리 와! 벽난로에 장작이나 더 넣어!"

동생들에게 무언가를 차례차례 지시하는 유진의 목소리에 나는 눈을 떴다. 가물가물한 시야에 방금 전 보았던 앳된 얼굴이 담겼다.

"정신이 들어?"

그럼 나는 아직도 꿈을 꾸는 중인가 보군. 그렇다면 깨어날 때까지 좀 더 눈을 감고 있는 걸로…….

"눈 떠! 의식을 잃으면 안 돼! 하리!"

야이, 내 얼굴 좀 그만 때려! 당신, 지금 나한테 악감정 있는 거지? 그렇지?

"아파."

나는 겨우 입술을 떼 한 마디를 내뱉었다. 아까도 느낀 거지만 목이 꽉 잠겨서 소리를 내기가 상당히 어려웠다. 그래서 말하는 대신 방금 전까지 내 뺨을 사정없이 찰싹찰싹 내려쳤던 유진을 찌릿 노려보았다. 그러자 유진이 약간 안심한 표정을 짓는가 싶었다.

"금방 의사가 올 거야. 밖에 오래 있어서 동상에 걸렸을지도 몰라. 지금도 손발이 많이 차니까 일단 불 좀 쬐고 있어. 에리히!"

다다다 급하게 말한 유진이 셋째인 에리히를 불렀다. 방금 전 말했다시피 벽난로에 장작을 더 넣으라고 시킬 셈인가 보다.

그러고 보니 나 지금 유진의 외투를 덮고 있잖아?

"추워."

그래도 온몸에 한기가 돌아서 이가 딱딱 부딪쳤다. 그러자 나를 내려다보며 이러지도 저러지도 못하던 유진이 이내 무언가를 발견한 듯 다시금 바지런히 몸을 움직였다. 잠깐, 잠깐! 아무리 그래도 지금 뭐 하시는 건가요?

"그래도 양털이라 따뜻할 거야."

유진이 내 체온을 유지시킬 도구로 선택한 것은 다름 아닌 카펫이었다. 나는 방금 전까지 바닥에 깔렸던 카펫이 내 몸에 돌돌 휘감기는 것을 맥없이 지켜봐야만 했다. 짧은 시간이 지난 후 나는 카펫 밖으로 머리만 삐죽 튀어나온 롤 식빵 같은 모습이 되어 있었다.

"카벨! 아직도 멀었어?"

그는 나를 애벌레 같은 모습으로 만들어 놓고 또 문 쪽을 향해 소리 질렀다. 유진이 이렇게 침착하지 못하게 행동하는 건 거의 십몇 년 만에 처음 본 일이라 나는 새삼 감회가 남달라졌다.

"형. 내가……."

바로 그때 저 옆에서 기어가는 듯한 작은 목소리가 새어 들었다.

"내가 잘못한 거야?"

"에리히."

그 목소리는 잔뜩 겁먹은 어린 새처럼 떨리고 있었다. 아, 그래. 이제야 어렴풋하게 기억이 났다. 지금 내가 꾸고 있는 꿈은 이 집에 들어오고 나서 내가 처음 죽을 뻔했던 때의 일인 것이 분명했다. 때는 눈보라가 혹독하게 휘몰아치던 한겨울로, 내가 에른스트에 입양된 지 약 반년이 지난 시점의 일이었다.

눈부신 은발과 새벽의 여린 빛 같은 투명한 벽안을 지닌 에리히는 어릴 때 그야말로 천사 같은 외양을 지닌 소년이었다. 그래서 모두가 그의 사악한 본성을 쉬이 놓치곤 했으나, 사실 에리히는 천사가 아닌 소악마였던 것이다!

흠. 크흠. 물론 이건 내 주관적인 평가였다. 어쨌든 그놈은 내게 있어서만큼은 지옥에서 기어 올라온 악마 같은 놈이었으니까. 에리히는 에른스트의 죽은 막내딸인 아리나와 쌍둥이였다고 한다. 그래서인지 그는 그녀의 자리에 대신 들어온 나를 유독 심하게 경멸하고 증오했다. 그런 이유로 에리히는 내게 고약한 장난질을 치는 것도 마다하지 않았다.

그래서 나는 눈이 쏟아지는 한겨울에 실내복 한 장만 걸친 채 저택 밖으로 쫓겨나는 일을 당해야만 했던 것이었다. 그날은 에른스트 공작 부부가 어떤 일로 저택을 비웠을 때였으니, 에리히가 나를 괴롭히려고 단단히 마음먹고 저지른 일인 것이 분명했다. 게다가 단순 무식한 둘째 카벨과 달리 에리히는 제법 영악해서, 공작 부부가 없는 이 집안에서 거의 유일하게 나를 도와줄 만한 사람인 집사까지 방에 가둬 놓고 다른 하녀와 하인들에게는 단단히 엄포를 놓았다. 그래서 나는 장장 한 시간 반 동안이나 눈보라 속에서 오들오들 떨고 있어야만 했다. 여느 때처럼 가정교사에게 수업을 받던 유진이 이상한 낌새를 눈치채지 못했다면 나는 정말 눈 속에서 동사했을지도 몰랐다.

"아버지와 어머니께 완전히 숨길 수 없는 일인 걸 알고 있지? 이번에는 네 장난이 너무 심했어."

"형……."

그런데 그때도 저 사악한 셋째가 저렇게 다 죽어 가는 목소리로 오들오들 떨었던가? 저 셋째 소악마가 무서워서 덜덜 떠는 장면이라니. 세상에, 나도 좀 구경해 보자.

"카벨이 안 오는 걸 보니 다른 데로 샌 모양인데……. 네가 가서 데려와. 집사와 하녀가 뭘 하고 있는지도 확인해 보고."

에잇, 에잇! 하지만 양털 카펫에 돌돌 말려 옴짝달싹 못 하는 상태였기 때문에 내가 원하는 장면을 볼 수는 없었다. 나는 애벌레처럼 두어 번 제자리에서 꿈틀거리다가 힘에 부쳐서 금세 포기해 버렸다.

타닥. 타닥. 장작이 타들어 가는 소리가 들렸다. 아, 그래도 벽난로 덕분인지 방금 전보다는 한결 따뜻해져서 다행이었다. 그러고 보니까 내 기억이 맞다면, 집사가 수상함을 눈치채고 갇혀 있던 방 안에서 에른스트 부부에게 몰래 통신구로 연락을 넣지 않았던가? 마력을 담은 통신구는 무척이나 고가였기 때문에 단 2회만 사용할 수 있는 비상 연락망이었지만 집사는 망설이지 않고 이날 그것을 사용해 버렸다.

크으, 역시 노련한 집사. 실제로 나는 이날 죽을 뻔했으니 그의 선택은 틀리지 않은 셈이었다. 그래서 만약 이 꿈이 내 기억 속의 것과 동일하다면…….

"하리!"

슬슬 에른스트 부부가 저택으로 돌아올 때가 되었다는 이야기지.

"어머니!"

하지만 그 사실을 알 리 없던 유진이 별안간 깜짝 놀라 외치는 소리가 들렸다.

"오, 세상에! 하리, 괜찮니?"

그런 그를 무시한 채로 누군가 애벌레가 되어 있는 내게 부리나케 달려왔다. 가장 처음 내 얼굴에 따뜻한 손길이 닿고, 그다음 허공에서 눈이 마주쳤다. 눈물을 머금은 벽안. 우아하게 틀어 올린, 그러나 바삐 뛰어온 듯 약간 헝클어져 있는 은색의 머리카락. 그리고 그 다정한 표정과 손길까지.

"우리 아가, 엄마가 왔단다. 이제 괜찮아. 다 괜찮으니 아무것도 걱정 말렴."

아, 그녀였다. 단 일 년. 그 짧디짧은 시간 동안만 나의 어머니로 살다 간, 죽은 에른스트 공작 부인. 이것이 꿈인 걸 알면서도 나는 바보처럼 그녀를 멍하니 쳐다보기만 했다. 그런 내 얼굴을 쉴 새 없이 어르듯 쓰다듬던 그녀가 잠시 후 고개를 돌리며 매섭게 소리쳤다.

"너희! 우리가 없는 동안 도대체 뭘 한 거니!"

"부인! 의사가 윈스턴 다리를 지나는 참이라 하오!"

"아직도요? 세라! 마리! 아니, 이 아이들은 왜 이렇게 느린 거야. 제가 가 봐야지, 안 되겠어요. 하리를 침대로 옮겨 주세요."

에른스트 부인은 그렇게 말한 뒤 서둘러 자리를 떠났다. 그다음 내게 다가온 것은 마찬가지로 단 일 년 동안만 내 아버지였던 에른스트 공작이었다.

"애야, 괜찮니? 금방 침대로 옮겨 주마."

갈색 머리카락과 검은 눈동자도 그렇지만 이렇게 보니 이목구비 자체가 첫째인 유진과 참 많이 닮아 있었다. 다만 그의 사후 공작의 자리를 이어받아 장성한 유진은 제 아버지보다 훨씬 냉혹한 분위기를 흩뿌리고 있던 것만이 달랐다. 곧 그가 내 몸을 돌돌 말고 있는 카펫째로 나를 들어 올렸다. 그래서 나는 좀 더 가까이에서 그의 얼굴을 볼 수 있었다.

"유진, 카벨과 에리히는?"

"집사와 하녀에게 가 보라고 시켰는데……."

"오늘 있던 일은 차차 물으마. 거짓을 답하지는 않으리라 믿는다."

아, 그래. 이런 엄격한 얼굴을 하니 유진과 똑 닮았어.

"예, 아버지. 죄송합니다."

에른스트 공작에게 안긴 상태여서 그런지 앞에 있는 유진의 얼굴이 훤히 보였다. 그는 아버지의 말에 침중한 표정을 짓더니 이내 고개를 숙이며 짧게 대답했다.

"하리, 불편해도 조금만 참으렴. 방에도 벽난로를 때 놨으니 딱딱한 바닥보다는 침대가 나을 거란다."

에른스트 공작이 방금 전 아들을 대하던 것과 사뭇 다른 자상한 목소리로 내게 말했다. 내가 이따금 저택 벽에 걸린 초상화로만 보아 왔던 사람이 지금은 바로 눈앞에 있었다. 나는 가쁜 숨을 내뱉으며 다 죽어가는 목소리로 그를 불렀다.

"아저씨."

"그래, 하리야."

에른스트 공작은 뭐든 다 말해보라는 듯이 나를 향해 고개를 끄덕였다. 나를 내려다보는 눈동자가 무척이나 다정하고 따스했다.

"아저씨는……."

그래서 나는 장장 20년 동안이나 가슴에 품어 두고 있던 말을 그의 귀에 대고 속삭일 수 있었다.

"나한테 똥을 줬어."

그것도 저 세 진상이라는 아주아주 빅 똥을!

"하, 하리…… 하리야?"

당연한 소리지만 내 말을 미처 예상치 못한 아저씨의 눈동자가 사정없이 흔들리기 시작했다.

"아, 아무래도 우리 딸이 많이 아픈 모양……."

나는 그 광경을 보며 아련히 미소 지었다.

훗…… 20년간 묵혀 뒀던 말을 드디어 했으니 더 이상 후회는 없다!

털썩!

"하리야!"

내 목이 힘없이 밑으로 떨어져 내리는 것과 동시에 에른스트 공작이 내가 죽기라도 한 것처럼 처절하게 소리 질렀다. 나는 내 이름을 부르는 목소리를 끝으로 서서히 의식을 놓아버렸다. ……그런데 이 꿈은 도대체 언제 끝난답니까?

산은 산이요, 물은 물이로다. 나는 회한에 젖어 멍하니 창밖을 바라보고 있었다.

"하리야, 이것 좀 먹어 보렴. 응?"

정말 이상한 일이었다. 왜 아직도 내가 꿈속에 있는 거지? 내가 에리히의 심술에 놀아나 죽을 뻔했던 날로부터 어느덧 보름 정도가 지나 있었다. 그런데 나는 아직도 이 꿈에서 벗어나지를 못하고 있다. 도대체 왜?

"안 먹을래요."

"그러면 안 돼. 아플수록 더 잘 챙겨 먹어야지."

결국 셋째의 만행은 고의가 아닌 실수였던 것으로 일단락 지어졌다.

집사를 방에 가둔 뒤 내게 장난을 칠 생각이기는 했으나 그것을 먼저 알아챈 내가 에리히를 피해 밖으로 도망갔다가 그만 미끄러져 정신을 잃었다는 것이 대략적인 각본의 내용이었다. 나로서는 기가 막힐 노릇이었지만 이미 예전에 한 번 겪어 본 적이 있던 일이라 그런지 그렇게까지 분하고 억울하지는 않았다. 이번에도 유진의 머리에서 나온 계획이겠지. 철없는 어린 동생이 저지른 실수이니 그의 입장에서는 감싸 주고 싶기도 했을 거다.

"자, 한 입만 더 먹자."

며칠 내내 내 간호를 하느라 진이 빠진 에른스트 공작 부인까지 결국 자리에 드러누워 버렸기 때문에 오늘은 에른스트 공작이 나를 보살피고 있었다. 물론 하녀를 시키면 될 일이나 그는 직접 내게 죽을 떠먹이는 번거로운 짓을 하고 있었다. 그러고 보면 그는 세 아들을 훈육할 때 빼고는 참으로 가정적인 남자였다. 하지만 나는 영혼 없는 눈빛으로 그가 내민 은수저를 슥 쳐다보았다.

"원래 결혼식 전날에는 굶는 거랬어요. 드레스가 안 맞으면 어떡해."

"우리 하리, 결혼식 놀이가 하고 싶은 모양이구나. 마침 신랑 역을 할 남자애만 이 집에 셋이니 아무나 네가 골라 보렴."

그게 아니야! 나는 나도 모르게 식판을 들어 엎을 뻔했다.

그게 아니라 나는 정말 새신부가 될 예정이었단 말이야! 바로 내일이면 드디어 이 빌어먹을 집구석에서 해방될 수 있었는데! 저 망할 놈들도 두 번 다시는 안 봐도 되고! 그런데 왜 하필이면 그런 성스러운 날에 이따위 꿈이나 또 꾸고 있어야 하냐고요! 으어어엉!

"으흑. 아저씨, 미워어어어."

"하, 하리야?"

아저씨는 나한테 똥을 줬어! 왜 저런 똥 덩어리를 셋이나 낳아서는, 날 이렇게 괴롭게 해요? 으아앙!

"그, 그래. 많이 피곤한가 보구나. 그만 쉬거라."

영문도 모른 채 내게 미움받게 된 아저씨는 핼쑥해진 얼굴로 자리를 떠났다. 하긴 그럴 만도 했다. 나는 처음 이 집에 오고 나서부터 그들에게 줄곧 얌전하고 착한 아이였으니까. 심지어 이번 사건 때도 세 형제의 거짓말에 결국은 같이 동조해 주고 말았을 정도로 바보 같은 아이였지.

하기야, 바보 같기는 그 전부터도 그랬다. 집도 주고 밥도 준다는 감언이설에 홀랑 넘어가서 아무것도 모른 채 이 집에 기어들어 왔으니. 나는 혼자 남은 방 안에서 또다시 넋을 놓고 창밖을 바라보았다.

휘이잉. 보름 전까지만 해도 내가 저 눈보라 속에 있었단 말이지. 이건 분명 꿈일 텐데 왜 이렇게 모든 게 생생하지? 내 결혼식은? 내 자유는?

"에잇!"

나는 혹시나 싶은 마음에 손을 들어 내 얼굴을 찰싹찰싹 내려쳤다.

"아파."

하지만 뺨만 아플 뿐 잠에서 깨어날 낌새는 도무지 느껴지지 않았다. 그리고 내 손. 나는 미간을 좁힌 채 방금 전 얼굴을 때렸던 손을 내려다보았다.

작아. 작다고! 27살인 내 손은 이렇지 않았는데! 왜 이렇게 손이 작아진 거야! 손만 그런 게 아니야! 손도 발도 키도 죄다 작게 줄어들었어!

아무래도 내 몸은 셋째의 장난질에 죽을 뻔했던 7살 때로 돌아간 듯싶었다. 하긴. 이건 꿈이니까 그럴 수도 있긴 하지.

"왜 말 안 했어?"

그런데 바로 그때 문가에서 가느다란 목소리가 들려왔다.

"왜 엄마 아빠한테 사실대로 말 안 했어?"

나를 죽일 뻔한 장본인인 에리히였다.

그는 내가 왜 자신들의 진술이 거짓말이라고 에른스트 부부에게 밝히지 않았는지 궁금한 모양이었다. 나는 창문에서 시선을 돌려 에리히를 바라보았다. 7살의 어린 소년은 문고리를 잡고 선 채 나를 응시하고 있었다. 떨리는 목소리로 형에게 두려움을 호소했던 아이라고는 생각되지 않는 정 없는 얼굴이었다.

글쎄. 예전에는 왜 사실을 밝히지 않았는지 몰라도 이번에는.

"그냥 기억이 안 나서 모른다고 말했을 뿐이야."

눈을 뜨자마자 눈보라 속이었는데 그전에 네가 날 쫓아냈는지 아닌지 어떻게 아니? 아무리 이게 내 기억 속의 일을 다시 꿈으로 꾸는 거라고 해도, 워낙 어릴 때 일이라 그런지 그때의 상황이 자세히 생각나지도 않았다. 그냥 이번 일의 범인이 셋째란 것만 명확할 뿐.

하지만 모처럼 에리히가 가엾게 덜덜 떠는 목소리도 들은 데다 또 어차피 이 모든 게 꿈이라고 생각하니 다 귀찮아져서 그냥 입 다물고 있기로 했다. 그런데 내 말을 어떻게 받아들였는지 에리히가 입술을 깨물며 나를 노려보았다.

"이걸로 네가 이겼다고 생각하지 마!"

얘가 지금 뭐라는 거야? 이기긴 뭘 이겨.

"난 너한테 내가 한 짓을 숨겨 달라고 부탁한 적 없으니까!"

아, 지금 나한테 빚진 기분이어서 이러는 건가?

어린 에리히는 유리처럼 그대로 속이 다 비쳐 보여서 신기하기도 하고 웃기기도 했다. 아니면 내가 27살의 눈으로 어린 셋째 녀석을 봐서 그런가?

"더 할 말 없으면 나가 줘."

아무튼. 귀찮다, 너.

나는 에리히를 향해 무미건조한 목소리로 말한 뒤 그대로 침대에 드러누워 버렸다. 그러자 에리히는 약간 당황스러운 눈치였다. 하긴 영혼이 빠져나간 듯한 내 눈빛을 보았다면 그럴 만도 했다. 하지만 난 지금 무기력증에 빠져 있어서 그를 더 상대하고 싶지 않았다.

"내 웨딩드레스 엄청 예뻤는데……."

내가 음산히 중얼거리는 말에 문가에서 헉 하고 숨을 들이켜는 소리가 들렸다. 하지만 그러거나 말거나 내 알 바 아니었다.

"엄청난 경쟁률을 뚫고 퀸 아라벨라 의상실에서 진짜 어렵게 맞춘 드레스였는데……."

하. 눈을 감아도 진상, 눈을 떠도 진상이라니. 혹시 모르니까 다시 한 번 때려 볼까. 찰싹찰싹! 나는 다시 손을 들어 내 뺨을 찰싹찰싹 내려쳤다. 에이, 소용없네. 퉤퉤.

"아, 아빠아!"

쾅! 다음 순간 어째서인지 에리히가 에른스트 공작을 부르며 방을 뛰쳐나갔다. 하지만 나는 신경 쓰지 않고 이불을 몸에 돌돌 휘감은 뒤 다시금 잠을 청했다. 이번에야말로 내 결혼식 당일 눈을 뜨기를 바라면서.

"너 진짜 미쳤어?"

하지만 헛된 기대였다. 나는 여전히 7살이었고, 지금은 첫째 까칠이의 얼굴을 마주하고 있었다.

"그러게. 난 미친 걸까?"

나는 에른스트 부부가 잠시 저택을 비운 틈을 타 다시 눈이 쏟아지는 밖으로 나왔다가 유진에게 걸려 다시 실내로 끌려 들어온 참이었다. 이를 딱딱 부딪치며 벽난로 앞에 담요를 두르고 있으려니 유진이 그런 나를 돌았냐는 듯이 쳐다보았다. 하기야 그로서는 내 기행이 이해되지 않을 만도 했다. 얼어 죽을 뻔한 지 얼마 되지도 않았는데 또다시 그때처럼 얇은 실내복 차림으로 문을 나섰으니. 하지만 나도 어쩔 수 없었는걸! 난 그냥 처음 눈을 떴던 자리로 다시 돌아가면 이 꿈에서 깰 수 있을까 싶었을 뿐이야!

"네가 미쳤든 안 미쳤든 상관없으니까 성가시게 굴지 마. 네가 그런다고 누가 관심이나 가져 줄 줄 알아?"

유진은 내가 어지간히 마음에 안 드는지 까칠하게도 말했다.

"그럼 그냥 내버려 두면 되지, 왜 쓸데없이 날 안으로 데리고 들어왔는데?"

"쓸데없……."

오는 말이 곱지 않은데 가는 말이 고울 리 없었다. 게다가 나는 내가 하는 일을 방해한 유진에게 약간 짜증이 나 있었다. 혹시 모르는 일 아닌가. 그때처럼 한 시간 반 동안 눈에 파묻혀 있으면 다시 20년 후의 나로 돌아가 있었을지도. 제길, 앞으로 한 시간만 더 버텼으면 되었는데. 내 불량한 태도에 유진이 눈썹을 꿈틀거렸다.

"누가 너 같은 걸 위해서 이따위 귀찮은 짓을 한 줄 알아? 에른스트에서 송장이 실려 나가는 꼴을 두고 볼 수 없었을 뿐이야."

아이고, 물론 그러시겠죠. 예전부터 당신한테는 에른스트와 가족들이 전부였으니까. 나는 속으로 비꼬듯 그렇게 생각한 뒤 엉덩이를 끌고 벽난로에 더 가까이 다가갔다.

"죽으려고 그 꼴로 밖에 나간 줄 알았더니, 아직 살고 싶긴 한가 봐?"

내가 불을 쬐는 모습을 지켜보던 유진이 어이가 없다는 듯이 비꼬았다. 그나저나 이런 식으로 감정적인 모습을 보이는 유진이라니, 아무리 생각해도 생소하다. 나는 담요를 뒤집어쓴 채로 유진을 말끄러미 올려다보았다. 그러자 잠시 후 그가 불편한 기색으로 입을 열었다.

"왜 그렇게 쳐다봐?"

와, 반응이 제법 신선하네. 지금처럼 이렇게 내게 화를 내고 짜증을 부리는 유진의 모습을 보자 이상한 기분이 들었다. 하긴. 유진이 재미없는 인간으로 변하기 시작한 건 에른스트 부부가 죽은 직후부터이던가. 나는 잠시 침묵을 지키다가 유진에게서 시선을 돌렸다. 다음 차례로 내 눈에 들어온 것은 유진의 뒤쪽으로 놓인 전신 거울이었다. 나는 그 안에 비친 사람을 가만히 바라보았다. 담요를 머리끝에서부터 뒤집어쓴 채 몸을 웅크리고 있는 작은 여자아이.

붉은 담요 아래로 드러난 머리카락은 창백할 정도로 하얀 은발이었다. 에른스트 부부가 내게 죽은 그들의 딸 아리나를 투영한 이유도 아마 이 은발 때문이었을 터였다. 에른스트 부인과 그녀를 닮은 에리히 역시도 나와 같은 머리 색을 가지고 있었으니까. 다만 내 눈동자 색만큼은 그들과 같은 벽안이 아닌 진한 보라색이라는 것이 큰 차이점이었다. 내 얼굴이 아리나 에른스트와 그렇게 많이 닮았던 걸까? 사실 나는 그녀를 초상화 속에서밖에 본 적이 없었다. 하지만 그림 속에서 밝게 웃고 있던 천사 같은 여자아이와 피죽도 못 먹은 듯 볼품없이 말라빠진 내가 닮았다고는 빈말로도 말하기 어려웠다.

"배고파."

문득 내가 이곳에 온 후로 밥을 제대로 먹은 적이 없다는 사실을 깨달았다. 물론 에른스트 부부의 간곡한 부탁으로 겨우겨우 조금씩 식사를 하긴 했지만, 그들이 자리를 비운 오늘 아침부터는 그나마도 없어 완전히 굶고 있었다.

"나 밥 줘."
"하?"
내 당당한 요구에 유진은 황당함을 감추지 못했다.
"지금 나한테 네가 먹을 밥을 가져오라고 시키는 거야? 돌았어?"
"콜록콜록! 아아, 아직 아픈 게 낫지도 않았는데 또 밖에 나가서 그런가. 눈앞이 막 핑글핑글거려……."
들으란 듯이 읊조린 내 혼잣말에 그가 멈칫하는 것이 느껴졌다. 그래, 양심이 있다면 가책 좀 느껴 보라지. 솔직히 너희가 그동안 날 얼마나 괴롭혀 댔니? 이번에도 난 당신의 그 잘난 동생 때문에 죽을 뻔했는데, 고작 밥 한 번 챙겨 준다고 어디가 덧나?
"오빠."
나는 불쌍한 척 그를 올려다보았다.
"나 아침부터 아무것도 못 먹었더니 배고파."
유진은 말문이 막힌 표정을 짓고 있었다. 그것은 보름 전 눈 속에서 그가 나를 발견했을 때 지었던 표정과 비슷했다.
"하…… 지금 이게 뭐 하는 짓인지."
결국 그는 어처구니가 없다는 듯이 중얼거리며 방을 나섰다. 자신이 왜 내 부탁을 들어줘야 하는지 도저히 이해할 수가 없다는 눈빛이었다. 엇, 그래도 아직 어려서 그런가. 생각보다 진입 장벽이 낮은걸? 에리히의 잘못에 대한 책임감을 느끼고 있기라도 한지, 유진은 잠시 후 쟁반 위에 따끈한 수프를 얹어서 나한테 들고 왔다.
"앗, 뜨거!"
나는 김이 모락모락 나는 감자 수프를 보고 반색하며 그것을 떠먹다가 혀를 델 뻔했다.
"물……."
"닥쳐."

에잇, 역시 두 번은 안 되나 보다. 치사한 놈. 한 번이나 두 번이나 뭐가 그렇게 다르다고! 나는 속으로 투덜거리며 다시 수프를 후후 불어 먹었다. 내 앞에 있는 접시가 빈 접시가 되기까지는 그리 긴 시간이 소요되지 않았다. 나는 아직 배가 덜 차서 입맛을 다시고 있다가 슬쩍 유진의 눈치를 보았다.

그는 얼굴을 잔뜩 구긴 채로 나를 응시하고 있었다. 표정이 구린 걸 보니 역시 수프를 좀 더 가져다 달라고 말하는 건 무리일 것 같았다. 저녁때쯤에는 에른스트 부부가 돌아올 테니 그때 저녁밥이나 먹어야겠다고 생각하며 나는 접시를 밀치고 그대로 자리에 드러누웠다.

타닥. 타닥. 벽난로 안에서 타들어 가는 불길이 눈앞에서 일렁일렁 춤을 추며 흔들렸다. 아, 배가 어느 정도 차서 그런지 그래도 마음에 약간의 여유가 생긴 것 같았다. 꿈속에서도 때가 되면 잠이 오고 배가 고픈 건 다 똑같은 모양이었다. 나한테 뭐라고 한 소리 할 줄 알았던 유진도 어째서인지 조용해서 방 안에는 고요한 정적이 가득 들어차게 되었다.

타닥. 타닥.

"돌아가고 싶다……."

나도 모르게 그렇게 중얼거리고 만 것은 날아다니는 불티를 멍하니 바라보던 어느 순간이었다. 아아, 돌아가고 싶다! 자유를 코앞에 두고 있던 27살 때로! 내 결혼! 내 웨딩드레스! 어흐흑. 그렇게 내가 속으로 피눈물을 흘리고 있을 때, 한동안 조용하던 유진의 목소리가 뒤에서 들려왔다.

"너……."

"야!"

벌컥! 누군가 정적을 깨고 방 안으로 들이닥친 것은 바로 그 순간이었다. 아오, 또 너냐. 저 우렁찬 목소리를 들으니 보나 마나 둘째인 카벨이었다. 나는 뒤돌아보지 않고 그냥 담요를 둘둘 만 채로 꼼짝없이 누워 있었다. 난 지금 자는 거다! 나는 지금 의식이 없다! 그런 고로 지금 저 둘째 놈이 날 부르는 소리도 못 들은 거다!

"뭐야, 재 자?"

"카벨, 문을 열기 전에는 노크를 해."

"에이, 형. 우리 사이에."

우리 사이는 개뿔! 여긴 내 방이라고! 허락을 받으려면 유진이 아니라 나한테 받아!

"그런데 얘 왜 이렇게 궁상맞게 자?"

둘째 놈은 별것 아닌 말로도 사람을 짜증 나게 만드는 천부적인 재능이 있었다. 더 놀라운 점은 저게 딱히 악의가 있어서 내뱉는 말이 아니라는 것이었다.

"야야, 일어나!"

그만 흔들어 대라, 이놈아! 나는 가까이 다가와서 내 몸을 사정없이 흔들어 대는 카벨 때문에 얼굴을 찡그리고 말았다.

"야, 빨리 일어나! 나랑 술래잡기하자!"

"카벨. 차라리 방에 가서 책을 읽어."

"하지만 책은 재미없는걸."

"그럼 에리히랑 놀아. 수준에 맞는 사람하고 어울려야지."

두 놈이 나를 놓고 자기들끼리 떠들어 대는 걸 들으니 서서히 부아가 치밀었다. 뭐, 같이 놀자고? 둘째 카벨은 어릴 때부터 검술의 신동으로 불리며 괴물 같은 체력을 자랑하는 놈이었다. 그래서 녀석과의 놀이는 언제나 내가 초주검이 되는 것으로 끝맺어지지 않았던가. 그런데 아직 아픈 게 다 낫지도 않은 나를 끌고 또 무슨 짓을 하려고? 게다가 유진도 유진이었다. 자기들하고 내가 격이 안 맞아서 같이 어울려 봤자 좋을 것도 없다는 소리를 저렇게 우아한 척하면서 말하다니.

크으. 오히려 지금 내 눈으로 봤을 때 나보다 수준 떨어지는 건 너희라고! 억울하다! 원통하다!

"에리히는 책보다 더 재미없어. 야! 일어나라니까!"

카벨은 또다시 나를 짤짤짤 흔들어 댔다.

내가 계속 자는 척을 하니 어째 강도가 점점 더 세지는 것 같다. 내가 진짜 잠든 게 아니란 걸 알고 있는 유진이 뒤에서 작게 한숨을 내뱉었다. 아, 그런데 잠깐만. 잠깐 그만 좀 흔들어 봐. 방금 전에 밥을 먹어서 그런지 네가 갑자기 막 흔들어 대니까 속이…….

"일어나!"

결국 나는 참지 못하고 담요를 뻥 걷어차며 일어났다.

"어, 일어났다!"

그래! 일어났다, 이놈아!

"지금부터 뭐 하고 놀……."

놀기는 뭘 놀아. 나는 눈을 뜬 나를 보며 반색하는 둘째의 팔을 붙잡았다. 그리고 그를 향해 입을 열었다.

"우웩!"

"으아악!"

"카벨!"

어흑. 그러게 이건 다 너희가 자초한 거라니까…….

"네. 네, 지금은 괜찮아졌어요."

한바탕 속을 비워 낸 직후부터 다시 열이 올랐다. 카벨은 내 행태에 충격을 받은 듯이 멍하게 있다가 곧 하녀의 도움을 받아 더러워진 옷을 갈아입으러 비척비척 방을 나섰다. 방을 치운 것은 다른 하녀였고, 그동안 유진은 잠깐 내 이마를 짚어 보더니 골치가 아프다는 듯 의사를 불렀다.

"아니요. 묽은 수프를 조금. 빈속에 제대로 된 음식을 먹는 건 하리한테 무리일 것 같아서요."

아니, 꿈이면 꿈답게 좀 행복하고 기분 좋은 내용이면 안 되나? 왜 매일 아프기만 한 것 같지.

"그럼요. 잘 보살피고 있으니 걱정 마세요. 하리 옆에는 제가 있을게요."

슬쩍 고개를 돌려 보니 통신구를 통해 에른스트 부부와 연락 중인 유진의 모습이 보였다. 오, 저거 비싼 건데. 물론 내가 최근에 본 것보다는 구식이지만. 아마도 지난번 사건 이후 무슨 일이 있으면 곧바로 연락하라는 의미에서 에른스트 부부가 유진에게 통신구를 주고 간 모양이다.

"하리는 지금 자고 있어요."

유진이 침대에 누워 있는 나를 힐끔 보더니 말을 이어 갔다.

"괜찮아요, 어머니. 하리도 쉬어야죠. 아니, 그건 아니고요. 열은 이제 거의 내렸으니 푹 자면 금방 나을 거예요. 그러니 마음 놓으세요. 제가 있잖아요."

너 방금 나랑 눈 마주쳤잖아! 안 자는 거 뻔히 알면서 거짓말은? 그렇게 네 엄마랑 내가 얘기하는 게 싫으니? 게다가 가증스럽게 내가 걱정되는 척, 착한 오빠인 척하는 것 좀 봐. 그러고 보니 어릴 때의 유진은 내숭과였지!

"부모님이 오시기 전까지 꼼짝 말고 누워 있어."

역시나 통신구의 사용을 종료하자마자 유진이 서늘한 얼굴로 나를 돌아보았다. 방금 전 부모님과 이야기하던 목소리와는 너무나도 차이가 큰 냉정한 음성이었다.

"혀어엉."

바로 그때, 카벨이 방 안으로 들어왔다. 그는 옷을 갈아입고 씻기까지 했는지 비누 냄새를 풍기고 있었다.

"그러니까 에리히랑 놀라고 했잖아."

카벨은 내 토사물을 뒤집어쓴 일에 어지간히 큰 충격을 받은 듯이 제 형에게 어리광을 부리며 달라붙었다. 나는 본의 아니게 둘째에게 심적 타격을 입혔다는 생각에 약간 속이 후련했다. 하지만 그런 만족감은 두 형제의 모습을 보는 동안 점차 싸늘히 식어 갔다.

"곧 어머니, 아버지가 오실 거야. 그러니까 혼나지 않게 방에 가서 얌전히 있어."

"그럼 재랑 언제 놀 수 있는데?"

"다 나을 때까지 며칠만 참아."

유진이 부루퉁한 카벨을 달래며 말했다. 나는 그의 손이 카벨의 갈색 머리카락을 어르듯 쓰다듬는 모습을 조용히 바라보았다. 언제나 그래 왔듯이, 유진은 자신의 동생들에게는 한없이 관대하고 자상한 형이었다. 방금 전 나를 상대할 때와 달리 카벨을 달래는 유진의 목소리는 부드럽고 따뜻했다.

타악. 카벨이 방을 나서고 난 뒤 유진은 문을 닫으며 작은 한숨을 내쉬었다. 나는 이마에 물수건을 올린 채로 그를 향해 입을 열었다.

"너희는……."

"뭐, 너희?"

전에 없던 내 호칭에 유진이 귀를 의심하는 듯한 표정으로 뒤돌아 나를 보았다. 하지만 그는 이어지는 내 물음에 곧 입을 다물었다.

"내가 그렇게 싫어?"

사실 내가 그런 걸 묻고 싶었던 건 나이가 든 그들이었다. 사는 동안 줄곧 한 번쯤은 물어보고 싶었으나 결국은 단 한 번도 입 밖에 내지 못했던 말.

"싫은 게 당연하지."

그리고 이런 꿈속에서나마 어린 유진에게 질문하고 만 것은 내가 바보이기 때문이었다.

"네가 죽었다 깨어나도 우리가 널 좋아하게 될 일은 결코 없어. 넌 아리나가 아니니까."

예상한 대답이었기 때문에 놀랍지도 않았다. 게다가 20년 후의 그들도 아니고 어린 삼 형제라면 더군다나 나올 답은 하나밖에 없었다.

"그럴 줄 알았어."

그래서 나도 말했다.

"나도 너희가 싫어."

"너……."

"정말 싫어."

유진이 나를 보며 이상한 표정을 지었다.

"진짜 싫어."

나는 다 귀찮아져서 그를 등지며 몸을 옆으로 돌렸다. 투욱. 이불 위로 내 이마에 얹어져 있던 물수건이 떨어져 내렸다. 이게 꿈인 걸 알면서도 나는 왜인지 조금 분해졌다.

"돌아가고 싶어."

돌아가면, 너희 같은 거 두 번 다시는 쳐다도 안 볼 거야. 애초에 너희랑 만나지도 않았던 것처럼, 처음부터 아무 사이도 아니었던 것처럼. 그렇게 다 잊고 살 거야.

"이제 다 싫어."

"……."

"돌아가고 싶어……."

몸이 아파서인지 별것 아닌 사소한 일 하나에도 서럽고 억울했다. 나는 속으로 나쁜 놈들, 못된 놈들 등등을 중얼거리며 이불 속으로 얼굴까지 푹 파묻었다. 유진은 무슨 생각을 하는지 그런 내 뒤에서 아무 말도 없이 조용히 서 있기만 했다.

“오셨어요, 아버지. 어머니.”

“하리는?”

에른스트 부부가 돌아온 것은 저녁 무렵이었다. 그들은 저택으로 돌아오자마자 제일 먼저 나를 찾았다. 그것이 퍽 못마땅한지 에른스트의 부부와 함께 내 방으로 들어선 세 형제는 저마다 불만스러운 얼굴을 하고 있었다.

“하리야. 오, 또 열이 올랐다고?”

“주방장에게 네가 좋아하는 감자 수프를 만들어 두라고 했단다. 입맛이 없어도 조금만 먹자. 응?”

나는 침대맡에 다가와 걱정 어린 눈길로 나를 내려다보는 두 사람을 바라보았다. 밖에서 막 돌아온 탓인지 내 얼굴에 닿는 손은 차가웠다. 하지만 내게는 세상 그 무엇보다 따뜻한 손이었다.

“어때? 먹을 만하니?”

나는 푹신한 베개에 기대앉은 채 침대 위에서 그들이 가져다준 수프를 먹었다. 나를 간호하다가 얼마 전 덩달아 쓰러졌던 에른스트 부인의 얼굴은 나 못지않게 파리했다. 나는 아기가 아닌데도 그녀는 당연하다는 듯이 직접 내게 수프를 떠먹여 주고 있었다. 스푼을 든 가느다란 손목을 보다가 나는 말했다.

“맛있어요, 엄마.”

투둑! 에른스트 부인의 손에서 은식기가 떨어져 내렸다. 그녀는 방금 전 무슨 말을 들었는지 모르겠다는 듯이 나를 쳐다보고 있었다. 나는 그녀의 푸른 눈동자가 점차 흔들리기 시작하는 모습을 가만히 지켜보았다.

“다시……. 다시 한번만 말해주겠니?”

나는 믿을 수 없다는 듯이 요청하는 그녀를 바라보며 천천히 다시 입을 열었다.

"엄마."

연약하게 흔들리던 벽안에 서서히 눈물이 고였다. 시선을 움직여 보니 에른스트 공작 역시 감동한 눈빛으로 우리 두 사람을 바라보고 있었다. 다만 세 형제만이 저 멀리서 저들끼리 노닥거리다 말고 충격을 받은 얼굴로 두 눈을 부릅뜨고 있을 뿐이었다. 나는 이번에는 에른스트 공작을 향해 말했다.

"아빠, 저 물 마시고 싶어요."

"그래, 우리 하리 물이 마시고 싶……."

쨍그랑! 그는 세상에서 가장 아름다운 광경을 목격한 것처럼 남몰래 눈물을 찍으며 내게 물을 따라 주다가 퍼뜩 무언가를 깨달은 듯이 고개를 들었다. 그의 손에서 떨어져 내린 컵이 우렁차게 깨지는 소리를 냈다.

"아, 아빠라고?"

그들은 내가 자신들에게 마침내 마음을 열었다는 사실에 감동받은 것 같았다. 실제로 이전의 나는 그들이 죽는 순간까지 두 사람을 엄마, 아빠라고 부른 적이 없었다. 그러기에 나는 마치 다른 세상의 것 같은 이 커다란 집과 이 집의 사람들에게 다소 주눅이 들어 있었다. 또한 내 주제를 잊고 눈치 없이 굴 수 있을 만큼 나를 향한 삼 형제의 압박이 허술하지도 않았다.

"세상에, 하리야!"

나는 에른스트 부부의 품에 안긴 채 그들의 뒤로 보이는 세 놈의 얼굴을 바라보았다. 눈앞에서 일어난 일을 믿을 수 없다는 듯이 경악에 젖어 있는 얼굴들이 꽤 봐줄 만했다. 흥. 나는 남몰래 썩은 미소를 지었다. 어차피 지금 당장 깰 꿈이 아니라면 이제는 남 눈치 안 보고 나도 내 마음대로 살 거야!

그렇게 나는 삐뚤어지기로 결심했다.

제3장

이제부터 전쟁이야!

"어머, 하리야! 정말 예쁘다!"

에른스트 부인은 거울 앞에 선 나를 보며 소녀처럼 좋아했다. 나는 열렬한 환호에 대한 보답으로 자리에서 빙그르르 돌아 보이기까지 했다.

"어쩜! 우리 딸은 뭘 입어도 전부 다 예쁘고 사랑스럽기도 하지!"

에헷, 제가 좀…… 이 아니라. 크흑. 어릴 때의 나는 내가 봐도 또래에 비해 키도 작고 너무 말라서 볼품없는데 이런 칭찬이라니. 저 못된 삼 형제의 엄마라고는 생각되지 않을 정도로 천사 같으십니다!

"난 전부 마음에 드는데 넌 어떠니, 하리야?"

지금 내가 입고 있는 옷은 마치 공주님의 드레스 같았다. 프릴이 잔뜩 달린 하얀 원피스에, 등 뒤로 묶인 노란 리본이 한껏 부풀려져 깜찍함을 자랑하고 있었다. 음. 옷이 날개라더니, 이렇게 입으니 확실히 내가 조금 더 귀여워 보이는 것 같기는 하다.

지금은 이렇게 발육이 좋지 않아 없어 보이는 인상을 하고 있었지만 나도 나이가 들면서부터는 미인 소리를 제법 듣곤 했었다. 윽. 갑자기 또 좀 아쉬워진다. 내가 몸매 관리, 외모 관리를 그동안 얼마나 열심히 했었는데! 그런데 이런 가진 것 없는 조그만 어린애로 다시 돌아와 있다니! 으아앙, 나 돌아갈래!

"응? 혹시 마음에 안 드니?"

앗. 그게 아니라 잠시 다른 생각을 좀 했더니.

"아니요. 저도 좋아요."

오늘은 에른스트 부인이 내게 새 옷을 사 주겠다며 의상실의 사람을 저택 안으로 부른 참이었다. 방 안을 가득 채운 옷들을 보면 유명 의상실의 아동복이란 아동복은 전부 다 쓸어 온 것 같았다. 덕분에 나는 오늘 점심 식사 후부터 지금에 이르기까지 수십 벌의 옷을 입었다 벗었다 하며 인형 놀이를 하고 있었다.

"그럼 전부 사자!"

에른스트 부인이 손뼉을 짝 치며 활짝 웃었다. 그렇게 많은 옷은 필요 없다고 말하고 싶었지만 나는 그녀의 밝은 얼굴을 보며 그냥 덩달아 웃어버렸다.

"멜리사가 이렇게 밝게 웃는 건 오랜만에 보는구나."

에른스트 부인은 내 옷을 다 고른 뒤 의상실에서 나온 사람과 함께 옆에 있는 방으로 장소를 옮겨 갔다. 이번에는 겨울 코트의 안감을 고르기 위해서였다. 고개를 들어 보니 어느덧 내 옆에 다가온 에른스트 공작이 막 방을 빠져나가는 아내의 뒷모습을 애틋한 눈빛으로 바라보고 있었다.

"고맙다. 네 덕분이야."

확실히 에른스트 부인의 낯빛이 환해진 것은 내가 그녀를 '엄마'라고 부른 후부터였다. 나는 약간 머쓱했지만 그런 마음을 숨기고 에른스트 공작에게 말했다.

"엄마가 웃으면 나도 기쁜걸요."

"하리야."

내 말에 에른스트 공작의 눈망울이 금세 울먹울먹해졌다. 아, 이 아저씨. 내가 어릴 때에는 미처 몰랐는데 그는 무척이나 감성적인 사람이었다. 고작 이런 일로 눈물을 다 글썽이고 말이지. 게다가 지금 아저씨 나이가 20년 후의 유진의 나이와 비슷해서 그런가. 찔러도 피 한 방울 안 나올 것 같던 유진과 똑같이 닮은 얼굴로 이렇게 울먹이는 걸 보려니 온몸에 오소소 소름이 돋을 것 같았다.

"갖고 싶은 게 있으면 다 말하렴. 아빠가 전부 다 사 주마."

거기다 팔불출이기까지! 아저씨. 고마운 말씀이긴 한데 애 교육상 안 좋다구요, 그거?

"하나도 안 예뻐!"

바로 그때, 문가에서 우렁찬 외침이 고막을 찔러 왔다. 드디어 왔구먼. 나는 올 것이 왔구나 하는 기분으로 고개를 돌렸다.

"안 예뻐, 안 예뻐! 하나도! 안 예뻐!"

열린 문 앞에 위풍당당하게 자리 잡은 채 소리치고 있는 것은 둘째 카벨이었다. 그는 이를 악물며 나를 노려보고 있었다.

"그런 걸 입는다고 네가 아리나가 될 수 있을 줄 알아? 웃기지 마!"

"카벨!"

내 옆에 있던 에른스트 공작이 둘째를 향해 외쳤다. 그에 카벨은 잠깐 주춤했으나 곧 그의 옆에 서 있는 나를 향해 다시금 눈을 부라리기 시작했다. 에른스트 공작이 있는 앞에서 굳이 나를 찾아와 행패를 부릴 줄은 몰랐으나 사실 카벨의 이런 행동은 내 예측 범위 내에 있는 것이었다.

그도 그럴 것이, 나는 세 형제의 앞에서 에른스트 부부를 '엄마, 아빠'라고 부르며 그들을 자극해 버렸으니까. 에른스트 공작은 카벨의 행태가 용납이 안 되는 듯 얼굴을 굳힌 채 다시 입을 열었다. 하지만 내가 행동하는 것이 좀 더 빨랐다.

"아빠."

나는 에른스트 공작의 소맷자락을 손으로 살짝 잡아당기며 작게 속삭였다.

"저 괜찮아요."

그를 향해 아련하게 웃어주는 것도 잊지 않았다.

"오빠가 한 말이 다 사실인걸."

이럴 때는 이 불쌍해 보이는 외모도 도움이 되었다. 약간만 풀이 죽은 표정을 짓는 것만으로도 나는 더없이 처량해 보였으니까.

"하리야! 그게 무슨 소리니, 전혀 그렇지 않단다!"

예상대로 에른스트 공작은 깜짝 놀라서 허둥지둥 나를 달래기 시작했다. 내가 시무룩한 얼굴을 하자 어쩔 줄 몰라 하는 것이 보여 양심이 찔리긴 했으나, 얼마 전 나는 삐뚤어지기로 결심한 바 있지 않던가?

"카벨! 이리 와라. 아무래도 혼이 나야겠구나."

그러니 이 꿈속에서나마 저 화상들을 물 먹일 수 있다면 나는 그걸로 족했다.

"이잇! 우리 아빠야! 네 마음대로 아빠라고 부르지 마!"

아이고, 유치해라. 뭐, 저 나이대 애들 마음이 아예 짐작되지 않는 것도 아니었지만 말이다. 하지만 그동안 나도 너한테 당한 게 있어서 그런지 별로 불쌍하진 않은걸. 결국 난동을 부리던 둘째는 에른스트 공작에게 덥석 들려서 둘만의 깊은 대화를 나누러 사라졌다. 그 후 나는 내 방으로 돌아가기 위해 방을 나섰다.

탁! 쿠당탕! 그런데 복도로 나서자마자 누군가 내게 발을 걸었다. 나는 미처 그것을 보지 못한 채 바닥에 철퍼덕 엎어져 버렸다.

"너 진짜 짜증 나."

이번에는 셋째였다. 에리히는 둘째인 카벨과 달리 속에 맺힌 분노를 조용히 표출하고 있었다. 하지만 푸른 눈동자에 어린 감정은 카벨의 것보다 좀 더 날카로웠다.

"우리 앞에서 얼쩡거리지 말고 어디론가 가 버려!"

쓰읍. 나는 바닥에 찧은 무릎이 아파서 잠깐 얼굴을 찡그리다가 입을 열었다.

"네가 굳이 찾아와서 이런 유치한 짓만 안 해도 지금의 반의반은 서로 덜 보고 살 수 있거든."

파지직! 허공에서 마주친 셋째 놈과 내 눈동자 사이에 불길이 번쩍거렸다. 그렇게 노려보면 어쩔 건데. 난 이제 예전의 내가 아니야! 더 이상은 바보같이 당하고만 살지 않을 거라고!

"못생긴 게."

"무식한 게."

다시 한번 에리히와 나 사이에 불길이 일었다.

"무슨 일이니?"

바로 그때 옆방에 있던 에른스트 부인이 문틈으로 슬쩍 고개를 내밀었다. 순간 에리히의 눈동자에 당혹감이 어렸다. 딱히 고자질할 생각은 없지만 뭔가 괘씸하니 겁이나 줘 볼까?

"엄……."

"하리가 발을 접질려서 넘어졌어요."

하지만 어느새인가 나타난 유진이 내 말을 가로막았다.

"조심해야지. 자, 내 손 잡고 일어나."

나는 내 앞에 내민 손을 보며 잠깐 침묵했다.

에른스트 부인이 보고 있어서 그런지 그는 또다시 착한 오빠를 연기하고 있었다. 하지만 다정한 목소리와는 달리 에른스트 부인을 등진 유진의 얼굴은 서늘했다. 나는 잠깐 그가 내민 손을 노려보다가 이내 서서히 표정을 풀었다. 그리고 사르르 웃으며 그의 손을 붙잡았다.

"고마워, 오빠."

연기는 너만 할 수 있는 줄 아니? 사이좋은 척, 착한 동생인 척은 나도 할 수 있거든! 나는 눈꼬리를 접으며 아마도 7살의 하리로서는 처음으로 그를 향해 활짝 웃어주었다. 그런데 어째서인지, 바로 그 순간 유진이 자리에 돌처럼 굳어져 버렸다.

응? 이 반응은 또 뭐지? 나는 의아했지만 어쨌든 유진의 뒤에 있는 에른스트 부인을 의식해서 웃는 얼굴 그대로 그의 손을 잡고 몸을 일으켰다. 그런데 바로 그 순간 내가 힘주어 잡은 유진의 손이 크게 움찔거리더니, 곧이어 내 손을 타악 뿌리치는 것이 아닌가?

"으앗!"

아니, 이게 뭐야! 이건 또 무슨 신종 괴롭히기죠? 당신 지금 일부러 그랬지? 나 넘어지라고 고의로 손 놓은 거지? 근데 너 이렇게 유치한 애였냐!

"어머, 하리야!"

내가 뒤로 벌러덩 넘어진 것을 본 에른스트 부인이 나를 향해 빠른 걸음으로 다가왔다. 나는 엉덩방아를 찧은 채로 앞에 있는 사람을 한차례 흘겨보았다. 희한하게도 유진은 그제야 정신을 차린 듯이 한순간 나를 보고 흠칫하다가, 다시 내게 손을 내밀었다. 뒤이어 그가 내뱉은 말은 나로서는 참으로 어처구니가 없는 말이었다.

"손을 잘 잡았어야지. 어머니, 식사 때 하리에게 밥을 더 많이 먹여야겠어요. 이제 보니 힘이 너무 약하네요."

조금 전의 일을 내 탓으로 돌리는 말에 당연히 나는 기가 막혔다. 하지만 유진은 내가 무어라 다른 말을 하기도 전에 내 팔을 붙잡고 나를 단번에 일으켜 세워 버렸다.

"맞아. 하리가 너무 연약해서 걱정이긴 하지. 겨울이기도 하고, 약이라도 지어 먹이는 게 좋을까."

"그것도 나쁘지 않겠어요."

유진이 나를 위해서 순순히 보약을 지어 먹이라고 하는 건 당연히 아닐 거고. 보통 이 나이 정도 되는 어린애들은 약 먹는 걸 죽기보다 싫어하니 날 질색하게 만들 속셈으로 저러는 게 분명했다. 그 증거로 나와 동갑인 에리히도 어젯밤 감기약을 피하기 위해 갖은 애를 다 썼으니까. 하지만 난 진짜 7살 어린애가 아니었다.

크읍. 에른스트에서 지어 먹는 보약을 대충 만들 리는 없으니 이참에 나도 몸보신이나 할까나. 그렇잖아도 지금 이 몸은 너무 부실해서 팔다리가 무슨 나뭇가지 같은걸. 그래, 보약 한 첩 지어 먹으면 내 상태도 지금보다는 좀 나아지겠지. 그럼 저 못된 놈들도 좀 더 효율적으로 물 먹일 수 있고……. 이런 생각을 하다니, 나 진짜 좀 늙은 것 같다. 그렇게 내 나름대로 한창 머리를 굴리고 있을 때였다.

"그럼 겸사겸사 날이 좀 따뜻하게 풀리면 외출하자. 오랜만에 온 가족이 다 같이!"

오소소.

어디선가 밀려온 찬 기운이 스멀스멀 뒷덜미를 시리게 만들었다. 에른스트 부인은 봄볕 같은 환한 미소를 흩뿌리고 있었지만 그녀의 뒤에 선 두 사람은 그렇지 않았다. 저, 저기. 그 말은 좀 지뢰였던 것 같아요. 지금 유진이랑 에리히가 또 저를 무섭게 쳐다보고 있는데요?

"정말 즐거운 시간이 될 거야."

에른스트 부인은 정말 그렇게 철석같이 믿는 듯, 마지막까지 행복하게 웃으며 옷감을 마저 고르기 위해 자리를 떠났다.

"이제 보니 너한테도 재주가 하나쯤은 있었구나."

그 직후 섬뜩한 음성이 고막을 찔러 들어왔다.

"네가 무슨 수로 어머니와 아버지를 홀린 건지 모르겠지만 우리한테는 안 통해."

다음 순간 내가 마주한 것은 싸늘히 벼려진 분노로 물든 검은 눈동자였다. 원래부터도 유진은 12살 어린아이로는 믿기지 않을 정도로 어른스러웠지만, 지금은 그 나이에 결코 보이기 쉽지 않은 농도 짙은 증오심을 내게 표출하고 있었다.

"'가족'이라고?"

날카로운 냉소가 허공을 갈랐다.

"인정 못 해. 절대로."

유진은 그렇게 뇌까린 뒤, 그대로 나를 지나쳐 계단을 내려갔다.

"너 같은 거 없어져 버렸으면 좋겠어."

나를 노려보던 에리히도 그렇게 말한 뒤 형을 따라 걸음을 옮겼다. 어휴. 혼자 남은 나는 그 자리에 서서 한숨을 내쉬었다. 이렇게 보니 확실히 애들은 애들이네. 불행인지 다행인지 이제 와서 고작 저런 어린애들 악담에 상처받기에 나는 너무 나이 들어 있었지만 말이다. 으, 으윽, 잠깐…… 오히려 내가 나이 들었단 사실 자체에 지금 더 상처받은 것 같아. 으흑.

아무튼, 저런 직접적인 비난을 너무 오랜만에 들어 봐서 그런지 좀 새롭기는 하지만 그뿐이었다. 어차피 저건 다 내가 삼 형제와 사는 동안 거쳐 온 과거가 아닌가. 나이가 들면서 점점 더 교묘해지던 괴롭힘에 비하면 이건 오히려 귀엽네, 귀여워. 응, 그래. 징그럽게 귀엽다. 에퉤퉤. 나는 아까 전 넘어질 때 바닥에 박았던 무릎을 쓸다가 조용히 내 방으로 향했다.

아, 이거 무릎에 멍들 것 같은데. 셋째 놈, 어린 게 앙칼지기는. 앞으로는 어디에서건 방심하면 안 되겠어.

달칵. 그런 생각을 하며 나는 복도를 걸었다. 그리고 그 끝에 다다라 눈에 보이는 문고리를 돌리자 온통 현란한 분홍색으로 도배된 방이 모습을 드러냈다. 으앙, 이런 유치한 분홍방 싫어! 나는 방 안 가득한 분홍분홍한 물건들에 치명타를 입고 휘청거렸다.

하지만 물론 방이 마음에 안 든다는 말 같은 걸 에른스트 부부에게 하지는 못했다. 그들이 나를 위해 얼마나 열심히 이 방을 꾸며 주었는지 똑똑히 기억하고 있기 때문이었다.

게다가 진짜 7살이었던 그 시절의 나는 이 방을 무척이나 좋아했다. 생전 처음 가져 본 커다란 방이었던 데다가 가난했던 나로서는 욕심조차 내지 못했던 알록달록한 물건들로 가득했으니까. 다만 지금은…… 알다시피 내 나이가…… 어흑.

당연히 세 형제는 에른스트 부부가 내 방을 공들여 새로 꾸며 준 일로 거의 한 달 내내 나를 괴롭혀 댔다.

"으허."

나는 푹신한 침대 위로 그대로 몸을 날렸다. 아이, 좋구나. 20년 후 내 침대도 폭신폭신 말랑말랑 좋지만 이 침대도 그에 못지않게 훌륭해!

덜컹. 그때 들려온 소리에 힐끔 창밖으로 시선을 돌리니 메마른 나뭇가지가 겨울바람에 앙상한 몸을 흔들고 있는 것이 보였다. 오죽 바람이 매서운지 단단히 잠긴 창문이 요란한 소리를 낼 정도였다.

"'가족'이라고?"

문득 방금 전 유진이 읊조리고 간 말이 머릿속에 맴돌았다.

"인정 못 해, 절대로."

그리고 그 순간 보았던 두 사람의 차가운 얼굴도. 이 집에 있던 20년 동안 나는 늘 그런 생각을 했다. 아리나 에른스트. 비록 짧은 생이었지만, 사는 동안 너는 그들에게 정말 많이 사랑받았나 봐. 그래서 누군가는 네 빈자리를 견딜 수 없어 거기에 나를 대신 세워 놓았고, 또 다른 누군가는 네 자리를 대신 차지한 나를 결코 용서할 수 없다고 말해. 하지만 나는 그런 것도 그냥 다 괜찮았다고. 지금처럼 이 미친 짓을 처음부터 다시 시작해야 하는 것만 아니라면 말이야!

"으허으헝!"

다시금 눈물이 앞을 가려서 나는 침대 위에서 한참 동안 발버둥 쳤다. 꿈이면 빨리 깨라, 빨리 깨! 나 지금 눈 뜰 준비 다 끝났단 말이야! 잠에서 깨려면 지금이 제일 좋은 타이밍이라고! 그리고 나는 세상에서 제일 행복한 새신부가 되는 거야! 자, 하나, 둘, 셋 하면 이제 나는 깨어난다!

덜컹덜컹! 휘오오오! 하지만 내 귀에 들리는 것은 여전히 시끄러운 바람 소리뿐이었다. 결국 나는 침대 위로 맥없이 팔다리를 떨구고 말았다. 나는 두 눈을 멍하게 뜬 채 중얼거렸다.

"이 세상에는 꿈도 희망도 없어."

이러려고 내가 망할 놈들 틈에서 20년을 버텼나. 자괴감 들고 괴로워…… 으흑.

휘오오. 내 시끄러운 마음을 아는지 겨울바람은 창밖에서 여전히 우렁차게도 울어 대고 있었다.

"페니. 쫓아내!"

"멍!"

나는 가늘게 뜬 눈으로 에리히를 쳐다보았다. 그는 2층 복도에서 강아지와 놀다가 나를 발견한 직후 저따위 명령질을 내리고 있었다. 황금색 털을 가진 강아지는 에른스트의 애완견인 골든래트리버 암컷으로, 이름은 페니였다.

"왈왈!"

나는 이 강아지를 똑똑히 기억하고 있었다. 어찌 잊겠는가. 에리히의 명령이라면 죽는시늉도 하는 이 강아지 때문에 내가 무서워 덜덜 떨었던 세월이 몇 년인데. 솔직히 셋째만큼이나 이 강아지도 얄미워서 때려주고 싶을 때가 왕왕 있었지만 사실 주인의 명령을 들을 뿐인 이 가엾은 동물에게 무슨 죄가 있겠는가.

"크르릉!"

나를 향해 이를 드러내며 다가오는 강아지의 뒤에서 에리히가 기세등등하게 입꼬리를 들어 올렸다. 흥. 하지만 네 뜻대로 될 줄 알고? 흐읍. 나는 크게 한 번 숨을 들이마신 뒤 목청껏 외쳤다.

"페니, 뛰어!"

물론 미리 준비해 온 미끼를 강아지의 눈앞에 두고 흔들다가 던지는 것도 잊지 않았다. 얍! 이거나 받아라!

"컹!"

페니는 귀와 코를 쫑긋거리더니 이윽고 내가 던진 간식을 쫓아 복도 끝을 향해 달렸다.

"페, 페니! 어디 가!"

당연하게도 에리히는 페니의 배신을 차마 상상조차 하지 못했던 듯 아연실색했다.

"이런 못된 짓이나 시키고. 페니가 가엾지도 않아?"

나는 팔짱을 끼고 에리히를 향해 이죽거렸다. 그러자 곧 그가 두 눈을 번뜩이며 이를 부득 가는가 싶었다.

"페니! 당장 이리 와!"

"멍!"

페니는 에리히의 부름을 받고도 내가 던진 간식에 코를 박고 있다가 그것을 다 먹어 치운 뒤에야 다시 뛰어오기 시작했다.

"페니! 너 말 안 들을래? 누가 그런 거 먹으랬어! 또 그러면 혼날 줄 알아!"

어이구. 상 꼬맹이도 이런 상 꼬맹이가 없었다. 애초에 페니가 뭘 잘못했다고?

"페니. 착하지? 이거 먹어."

"멍멍!"

"옳지. 예쁘다."

나는 남아 있던 애견용 간식을 페니에게 주며 노란 털을 쓰다듬었다. 에리히의 명령에 따라 내게 이를 드러냈던 방금 전의 모습과 달리, 지금의 페니는 나를 향해 꼬리를 마구 흔들며 내가 주는 간식을 온순히 받아먹고 있었다.

"이, 이게 지금."

에리히는 지금 자신이 보고 있는 광경을 믿을 수 없다는 듯이 동공을 흔들었다.

"너 페니한테 무슨 짓을 한 거야!"

"보면 몰라? 간식 줬잖아."

"네가 왜 페니한테 간식을 줘! 네가 뭔데!"

어유, 하여튼 어려 가지고. 나는 셋째 놈을 무시하고 페니가 가장 좋아하는 곳만 쓱쓱 쓰다듬어주었다. 이 짓도 몇 번을 하다 보니 이제는 익숙했다.

"컹컹! 헥헥."

페니는 이제 배까지 뒤집으며 내게 우호적인 태세를 취하고 있었다. 그 모습을 보고 에리히가 입을 떡하니 벌렸다.

"아이, 착하다. 우쭈쭈쭈."

흥. 이래 봬도 이 강아지가 좋아하는 것들은 훤히 꿰고 있다고!

"페니, 손!"

"컹!"
"페니, 앉아!"
"멍멍!"
"페니, 자는 척."
털썩!
주머니에서 간식을 하나 더 꺼내 눈앞에 두고 흔들자 페니가 내 말을 따라 자는 시늉까지 해냈다.
"마, 말도 안 돼."
아니, 말이 된단다. 올해로 페니가 에른스트의 애완견이 된 지 거의 2년째던가. 아리나가 죽은 직후부터 기르기 시작했다고 알고 있었으니 아마 맞을 것이다. 그러니 엄밀히 따지자면 지금 이 시점에서 에리히가 페니를 돌봐 온 시간보다 내가 페니를 관찰하며 지낸 시간이 더 길다는 이야기였다. 물론 지금의 페니에게 나는 반년 정도밖에 얼굴을 맞대지 않은 사람일 테지만 나는 페니가 좋아하는 간식이나 좋아하는 놀이, 또 어디를 만져 주면 기분 좋아하는지까지 속속들이 알고 있었다.
그리고 내가 그런 걸 이렇게 잘 알게 된 이유는 틈만 나면 페니를 이용해 나를 위협했던 이 셋째 에리히 때문이었다. 어휴, 내가 이 강아지를 길들이기 위해 얼마나 진땀을 빼야 했는지. 그래도 결국 나중에는 나만 보면 꼬리를 흔들 지경까지 되어서, 그 당시의 에리히도 엄청나게 약올라 했던 기억이 있었다.
"오구오구. 우리 페니 예쁘기도 하지."
내가 목 밑 부분을 긁어주자 페니가 가르릉 소리를 내며 꼬리를 흔들었다.
"페니! 너 지금 뭐 하는 거야?"
에리히는 급속도로 변한 페니에게 배신감을 느끼는 것 같았다. 쯧. 20년간 이 집에서 단련해 온 내 조련술을 만만하게 보지 말라고! 이제부터 시작이니까!

파지직! 에리히와 내 눈이 허공에서 마주치는 순간 또다시 지난번처럼 날카로운 불꽃이 튀었다.

"에리히! 쓰레기! 거기서 둘이 뭐 해?"

아, 저놈의 쓰레기 소리. 저 본데 없는 호칭도 여전하구먼.

고개를 돌려 보니 둘째 놈이 3층에서 계단을 내려오고 있는 모습이 눈에 들어왔다. 어벙하게 눈을 뜨고 걸어오는 걸 보니, 서로를 향해 눈을 부라리고 있는 에리히와 나를 보고도 별 깨달음이 없는 모양이었다.

"페니한테서 손 떼!"

에리히가 페니를 쓰다듬고 있는 내 손을 매몰차게 쳐 냈다. 그러더니 그는 다가오는 형을 향해 말했다.

"쓰레기가 심심한 모양이니 형이 놀아주지그래?"

이 악독한 녀석. 제 형이 놀이를 빙자해서 나를 마구 끌고 다니는 꼴을 봤으면서도 이딴 소리라니.

"너 심심해?"

카벨은 얼마 전 나 때문에 에른스트 공작에게 혼났던 것조차 잊은 듯 반가운 기색을 내비쳤다. 하여간 이 단순무식한 놈. 그러니까 네가 20년 후에는 나한테 호구 소리를 들었지.

"나도 한동안 집에만 있어서 심심했는데! 그럼 지금부터 나랑 검술 연습하자!"

이미 겪어 왔던 일임에도 나는 어이가 없어졌다. 이놈아! 너랑 나랑 무슨 검술 연습이야?

"좋아, 넌 오늘부터 내 검술 대련 상대야!"

둘째 놈은 내게 엄청난 성은이라도 내린다는 듯이 거들먹거리며 위풍당당하게 선언했다. 믿기지 않지만 카벨은 아를란타에서 제법 소문난 검술 신동이었다. 9살인 지금은 물론 아직 미숙하지만 그래도 또래 중에서는 그 실력이 단연코 월등했고, 그래서 좀 더 나이가 든 뒤에는 입단한 기사단 내에서도 승승장구해 결국은 부기사단장까지 역임하게 되었다.

그리고 이 녀석의 실력을 일취월장시키는 데에는 나도 일조했다고 자신할 수 있었다. 이 썩을 놈은 어릴 때부터 검술 연습을 이유로 나를 상대로 목검을 휘둘러 댔고, 나는 그때마다 곤죽이 되게 맞곤 했으니까!

"자, 빨리 가자!"

하지만 그 모든 건 에른스트 부부의 사후에 벌어진 일이었는데 이번에는 좀 시기가 이르네. 내가 놈들을 자극한 탓인가?

"카벨 오빠."

나는 하아, 한숨을 내쉬며 카벨을 향해 입을 열었다.

"오빠, 내가 몇 살이야?"

"어? 7살."

"그럼 난 여자애야, 남자애야?"

"여자애지……?"

둘째 놈은 내 질문에 머리 위에 물음표를 띄운 것 같은 표정으로 대답했다. 나 참. 이놈은 20년 후나 지금이나 똑같이 호구미가 넘치는구먼. 물론 잘못 건드리면 벌집처럼 터져서 주위를 초토화시키기는 했지만.

"자, 내 팔목 좀 봐. 카벨 오빠가 힘줘서 잡으면 뚝 부러질 것 같아. 팔도 다리도 다 그래."

어쨌든, 지금 내가 하고 싶은 말은 이것이었다.

"그런데 나처럼 작고 힘없는 여자애가 어떻게 카벨 오빠의 대련 상대가 될 수 있어?"

그 순간 둘째가 멈칫했다. 카벨은 내 말을 듣고 '어라?' 하는 표정을 짓고 있었다.

"오빠랑 내가 같이 검술 연습을 한다고 생각해 봐."

자, 저렇게 혼란스러워할 때 더 밀어붙여야 해!

"난 당연히 오빠한테 맞기만 할 거고, 그럼 그건 절대로 제대로 된 연습이 아닐 거야. 오빠도 그런 건 하나도 재미없을걸?"

"그, 그런가?"

그래! 그러니까 당장 취소해! 네 검술 대련 상대라니, 그딴 똥내 나는 감투 필요 없다고!

"그리고 카벨 오빠는 나 같은 약한 애랑 싸워 이기는 걸 즐기는 그런 치사한 남자가 아니잖아."

"으, 응?"

"그런 건 엄청 비겁한 사람들이나 하는 짓인데 설마 카벨 오빠가 그럴 리가 없지! 그렇지?"

"그, 그, 그런……."

역시 카벨은 손쉬운 상대였다. 그는 전부터 이런 식으로 중간에서 바람을 좀 넣어주기만 하면 금세 귀를 팔랑거리며 내 의도대로 넘어오곤 했다.

"다, 당연하지……! 난 비겁한 남자가 아니니까!"

나는 내 말에 더듬거리며 당황하는 카벨에게 마지막 못을 박기로 했다. 그래서 그를 향해 방긋 웃으며 말을 이었다.

"내가 아니라 에리히랑 대련을 하고 싶었던 건데 잘못 말한 거지?"

"뭐?"

그 순간 에리히가 기가 막히다는 듯이 고개를 들었다. 그는 페니를 데리고 옆에서 우리의 대화를 황당하게 듣고 있다가 졸지에 돌을 맞은 표정이었다.

"그렇지 않아도 에리히가 요즘 카벨 오빠랑 잘 못 놀아서 아쉬워했는데. 어쩜 오빠는 그렇게 생각이 깊어?"

카벨은 내가 던진 떡밥을 훌륭히 물어왔다.

"흥, 그런 당연한 걸 가지고! 내가 에리히를 두고 너 같은 거랑 대련할 리 없잖아! 당연히 잘못 말한 거지!"

"형, 지금 무슨 소리야?"

"왜냐하면 난 멋진 남자니까! 그러니까 약한 애랑은 안 싸워. 자, 에리히! 가자!"

"잠깐, 형……."

에리히는 카벨을 향해 자신의 황당함을 주장했으나 결국은 다른 말을 더 꺼내기도 전에 뒷덜미를 붙잡혀 질질 끌려가고 말았다.

"멍멍!"

나는 페니와 함께 자리에 남아 멀어지는 그들에게 기꺼이 손을 흔들어주었다. 두 놈을 한꺼번에 치워 버리고 나자 승리의 미소가 절로 입가에 떠올랐다. 훗. 계획대로!

"너 뭐야?"

앗, 깜짝이야!

한창 승리감에 도취되어 있을 때 갑자기 뒤에서 웬 목소리가 들려서 나는 소스라쳤다. 화들짝 놀라 뒤돌아보니 시린 얼굴로 나를 내려다보고 있는 유진이 눈에 들어왔다. 인기척 좀 내고 다녀라, 이 인간아!

아니, 그보다 똥 덩어리가 셋이나 되니까 한 놈을 보내면 또 한 놈이 오잖아? 결국 이 망할 집구석에서는 어디를 가든 똥투성이란 말인가요? 으엉, 짜증 난다!

"지난번 쓰러졌다 일어난 후로 갑자기 어딘가 달라졌어. 이유가 뭐야?"

뜨끔. 유진의 예리한 질문에 나는 흠칫하고 말았다. 하긴 카벨이나 에리히는 단순한 데다 아직 어려서 그냥 넘어갔지만 유진은 속일 수 없었을지도 몰랐다. 어릴 때의 나는 특히나 이 집 사람들의 눈치를 보면서 그저 그들이 시키는 대로만 행동했으니까. 게다가 원래의 나는 여기에서 어떻게든 살아남으려면 세 형제의 심기를 거스르면 안 된다고 생각했다. 어찌 보면 이미 어릴 때부터 그들의 기에 눌려 살았던 것이라고 해도 좋았다. 다만 지금은 내가 삐뚤어지기로 결심해서 말이지. 하지만 그렇게 말한다고 해서 네가 믿겠니?

"무슨 말이야. 난 원래 이랬어."

"네가 원래 그랬다고? 웃기지 마."

으앗! 그냥 넘어갑시다, 좀. 나는 이런 상황에서 사람들이 가장 많이 하는 대답인 '나다운 게 뭔데!'를 시전했다.

"내가 달라진 건지 아닌지 어떻게 알아. 오빠는 날 하나도 모르잖아."

이번에는 통했나? 슬쩍 얼굴을 보니 유진은 입을 꾹 다물고 나를 향해 차가운 눈빛을 보내고 있었다. 하지만 뒤이어 그가 냉소 지으며 내뱉은 말은 나로서는 조금 당황스러운 것이었다.

"그래. 지금까지 착한 척 얌전한 척 모두를 속인 거란 말이지."

"뭐?"

아, 아니. 왜 얘기가 그렇게 됩니까?

"네까짓 게 감히."

유진의 턱이 팽팽하게 조여졌다. 이를 악문 그가 분노 어린 눈동자로 나를 노려보는가 싶었다. 헉. 이러다가 설마 한 대 때리는 건 아니겠지? 물론 유진은 20년간 한 번도 나를 때린 적이 없었지만 지금 그가 보내는 눈빛이 워낙 무서워서 혹시나 싶었다. 하지만 다행이라고 해야 할지, 유진은 내게 분을 표출하는 것을 선택하지 않았다.

"용서 못 해."

뜻밖에도 다음 순간 그의 눈동자에 떠오른 것은 나를 향한 분노와 경멸보다도 더한, 어떤 종류의 고통이었다.

"네가 처음부터 어머니를 속이고 접근한 거라면 절대로 용서 못 해."

나는 숨을 멈춘 채 일그러진 유진의 얼굴을 바라보았다. 그는 마치 내가 자신의 역린을 건드리기라도 한 것처럼 서슬 퍼런 기운을 흩뿌리고 있었다.

"역시 너 같은 걸 이 집에 들이는 게 아니었어."

그렇게 일갈한 뒤 유진은 내게서 등을 돌렸다. 마지막으로 보았던 가시처럼 뾰족하고 차가운 눈빛이 심장 어귀에 그대로 꽂히는 것 같았다. 멀어지는 그의 뒷모습을 보는 동안 나는 점차 내 눈동자가 흔들리기 시작하는 것을 느꼈다.

뒤통수 한 대만 때리고 싶다……. 한 대만 때려 보면 안 될까? 나 아주 찰지게 잘 때릴 수 있을 것 같은데. 저 인간, 완전히 혼자 북 치고 장구 치고 다 하고 가네. 저러고 가면 나보고 뭘 어쩌라고. 속이긴 누가 누굴 속였다는 거야? 그걸로 치면 오히려 속은 건 나인데! 아저씨가 집도 주고 밥도 주고 하고 싶은 거 다 하게 해준다고 해서 왔는데 20년 동안 내가 가진 거라고는 크고 아름다운 똥 덩어리 세 개가 전부였다고요! 그리고 유진, 너는 그 대망의 첫째 똥 덩어리였지.

"멍멍!"

바로 그때, 유진의 기세에 밀려 찍소리 못 하고 있던 페니가 내 발밑에서 짖어 왔다. 나도 그제야 갈색 머리통이 사라진 자리에서 시선을 뗐다.

"오구오구. 그러고 보니 페니 너도 어릴 때는 한 미모 했구나."

"멍!"

"자. 이거 먹고 이제부터 너도 나랑 같이 저 나쁜 놈들한테서 해방되는 거야."

"컹컹!"

나는 영양가 없는 유진의 말을 그냥 저만치 밀쳐 둔 채 페니를 꼬드기는 일에 다시 열중했다. 크웅. 다음에는 꼭 한 번 저 뒤통수를 때려 봐야지. 물론 그 소원 성취의 날이 올 때까지 내가 유진의 예쁜 정수리를 노리고 있다는 사실은 비밀이었다.

"욱! 우웩!"

이상한 일이었다. 나는 원래 이렇게 병약한 애가 아닌데.

"하리야!"

며칠 후 늦은 저녁 에른스트가에는 대소동이 일어났다. 내가 저녁에 먹었던 것을 모두 토하며 또다시 고열에 시달렸기 때문이었다. 그런데 도무지 내가 아픈 이유를 알 수가 없었다. 다시 에른스트를 찾은 의사도 고개를 갸웃거렸다.

"얼마 전 앓았던 일로 몸이 크게 상한 것 같습니다. 한동안 안정을 취하게 하고 심신을 안정시키는 약을 먹이는 것이 좋겠군요."

뭔가 그냥 적당히 가져다 붙인 이유 같은데 기분 탓이겠지?

"정말 다른 이상은 없는 건가요?"

"특별한 이상은 없습니다. 다만 워낙에 몸이 약한 데다 갑작스럽게 외부 환경이 바뀐 것을 병의 원인으로 들 수 있겠군요."

아, 하긴 지금의 나는 발육 부진 미숙아였지. 게다가 20년 후에서 20년 전으로 갑자기 외부 환경이 바뀐 것도 맞네. 으앙, 그런데 너무 거지 같다! 이번에는 좀 잘 먹고 잘 자라서 빨리 이 연약한 몸에서 벗어나려고 했는데 왜 맛있는 게 있어도 먹지를 못해! 왜 기껏 몸에 좋은 걸 먹어도 살과 피로 만들지를 못해! 먹는 족족 죄다 토해 버리고 말이야.

꿈에서조차 나는 행복할 수가 없어. 어흐흑. 그런데 날이 갈수록 점점 불길한 생각이 드는데 이거 설마 꿈이 아닌 건 아니겠지……. 나는 혹여나 말이 씨가 될까 싶어 내 안에서 계속 맴도는 재수 없는 생각을 애써 떨쳐 내 버렸다.

"열이 쉽게 가라앉지를 않네."

에른스트 부부는 내가 퍽 걱정되는 모양이었다. 하기야 이렇게 연달아 아픈 것은 처음이었으니 그럴 만도 했다. 새로운 수건을 물에 적시는 것을 보니 아무래도 또 밤새 내 병간호를 할 작정인 것 같아서 나는 말했다.

"저 하나도 안 아파요. 가서 주무세요."

"아가가 잠들 때까지 옆에 있으면 안 될까? 방에 혼자 두기에는 마음이 편치 않아서 그래."

에른스트 부인의 말에 나는 입을 다물었다. 아무래도 내가 그들을 아직 불편해하는 게 티가 난 모양이다. 그녀의 부탁은 간절하기까지 해서 결국 나는 거부의 말을 더 내뱉지 못하고 말았다. 할 수 없지. 빨리 자는 척을 하자.

"푹 쉬렴, 하리야."

에른스트 공작은 부인의 어깨를 한번 감싸 안은 뒤 먼저 방을 나섰다.

"아빠, 쟤 많이 아파?"

"그래. 하리는 쉬어야 하니 조용히 나가자."

문가에서 잠시 형제들의 목소리가 들리다가 곧 사라졌다.

"몸이 춥거나 또 속이 안 좋지는 않니?"

"아니요. 괜찮아요."

조용해진 방 안에서 그녀가 물었을 때, 나는 거의 반사적으로 대답했다. 그러자 에른스트 부인이 잠시 그런 나를 물끄러미 바라보다가 이내 천천히 내게 손을 뻗었다.

"하리야. 아플 때는 좀 더 어리광 부려도 된단다."

머리 위로 봄바람처럼 부드러운 손길이 쓸고 지나갔다.

"나는 네 엄마잖니. 그이는 네 아빠고."

"……."

"그러니 아프면 아프다고, 힘들면 힘들다고 말해도 괜찮아."

두 귀에 흘러드는 목소리는 그 손길만큼이나 부드럽고 다정했다.

"앞으로 죽을 때까지 너는 우리 딸이고 우리는 언제나 하리의 편이란다."

조금씩 기분이 이상해졌다. 속이 조금 답답한 것 같기도 하고 정확히 알 수 없는 어딘가가 간지러운 것 같기도 한 기분이었다. 나는 아무 말 없이 마주한 에른스트 부인의 얼굴을 바라보았다. 그녀는 아이를 어르듯 내 머리를 부드럽게 쓰다듬으며 온화하게 미소 짓고 있었다. 방 안 가득한 정적이 문득 평화롭게 느껴졌다. 그러고 보니 이렇게 보호받는 기분이 드는 것이 얼마 만인지 모르겠다.

"아무 걱정 말고 푹 자렴. 자고 일어나면 다 괜찮아질 거야."

정말 그럴 리가 없었는데도, 기이하게도 그녀의 속삭임을 듣고 있는 동안은 그 말처럼 모든 것이 다 괜찮아질 것만 같았다. 결국 나는 이마를 간질이는 따스한 손길을 느끼며 서서히 잠에 빠져들었다.

"하리야, 많이 먹으렴."

"아저씨도 이거 드세요."

"아빠라고 불러 주면 먹으마."

오싹!

"아, 아빠……."

나는 아직 완전히 입에 붙지 않은 소리를 웅얼거리며 내 앞에 있는 토마토 샐러드를 퍼먹었다. 에른스트 공작은 그것만으로도 좋다고 함박웃음을 지으며 내가 권한 브로콜리를 먹기 시작했다. 흣. 바보 같은 아저씨. 내가 브로콜리라면 질색을 해서 대신 먹어줄 사람으로 아저씨를 고른 건지도 모르고. 하지만 어쨌거나 이 초록 똥을 대신 해치워 준 건 고마웠기 때문에 나는 에른스트 공작을 올려다보며 헤에 웃어주었다.

"하리야, 골고루 먹어야지."

그런데 갑자기 맞은편에서 포크가 다가오더니 방금 전 내가 아저씨의 배 속으로 치워 버렸던 초록색 똥이 접시 위로 내려앉았다.

"아버지도요. 음식을 가려 먹이면 하리 몸에 좋지 않아요. 가뜩이나 병치레도 잦은데 영양을 생각해서 골고루 먹게 해야죠."

"그래. 그건 그렇구나. 자, 하리야. '아' 하렴."

나는 내 앞에 들이밀어진 포크를 보며 표정을 썩히고 말았다. 유진, 너! 내가 브로콜리 싫어하는 거 알고 일부러 이러는 거지!

"옳지. 우리 하리 잘 먹는다."

나는 유진을 째려보며 초록색 똥 덩어리를 씹어 먹었다. 나, 나는 이까짓 걸로 지지 않아!

"나도, 나도 잘 먹어!"

"그래, 카벨도 착하다."

나는 이제부터 끼니때마다 나를 대신해 브로콜리를 먹어줄 대상으로 카벨을 점찍기로 하고 남몰래 눈을 번뜩였다.

"아에이오우. 으브부부베!"

식사 시간이 끝나고 방에 혼자 있게 되었을 때, 나는 혼자서 열심히 입을 풀기 시작했다. 이 나이 때는 원래 다 이런 건가? 안 그러고 싶어도 종종 혀 짧은 소리가 난단 말이야? 으으. 그래서 나도 모르게 가끔씩 흠칫흠칫 놀라고.

똑똑.

"하리야. 약 먹어야지."

헉. 나는 에른스트 부인이 손수 들고 온 약을 사약 보듯이 내려다보았다. 돌팔이 의사가 지어주고 간 이 약은 어마어마하게 써서 며칠 내내 나는 완전히 죽을 맛이었다. 그래도 어쨌거나 나는 빨리 이 약해 빠진 몸을 수리해야 했기에 약의 마지막 한 방울까지 탈탈 털어 마셨다.

"하리는 약도 잘 먹고. 참을성이 많구나."

그런데 어째서인지 에른스트 부인은 그런 나를 아련한 눈빛으로 바라보더니 이윽고 설핏 웃으며 내 손에 무언가를 쥐여 주었다.

"아까 외출했을 때 사 온 거야. 약 먹을 때마다 하나씩 줄 테니 먹으렴."

손을 펼쳐 보자 반투명한 얇은 종이에 싸인 노란 사탕이 모습을 드러냈다. 달칵. 앗. 고맙다는 말도 아직 못 했는데 벌써 나갔네.

나는 사탕을 먹는 대신 손에 들고 만지작거렸다. 누군가에게 이렇게 어린애 취급받는 것이 너무 오랜만이라 기분이 이상했다. 착각인지 손안에서 울리는 바스락거리는 소리가 창문 밖에서 아우성치는 바람 소리보다 크게 들리는 것 같았다. 어째서일까. 지금 당장 이 사탕을 먹어 치우기에는 왜인지 좀 아까운데…….

똑똑. 그때 문밖에서 노크 소리가 들려왔다. 에른스트 부인이 다시 돌아왔나?

"네."

나는 문밖의 사람에게 안으로 들어오는 것을 허락했다. 그리고 이내 문틈으로 모습을 드러낸 사람이 누구인지를 확인하고는 그 사실을 곧바로 후회해 버리고 말았다.

"기껏 병문안 온 사람한테 표정이 그게 뭐지?"

내 얼굴이 어지간히 썩어 있었는지 유진이 나를 향해 눈매를 찡그려 보였다. 그럼 뭐, 내가 널 보고 반가운 기분이 들겠니? 게다가 병문안은 무슨 병문안. 방금 밥 먹을 때도 얼굴 봤잖아!

"왜 왔어?"

"나라고 네 얼굴을 보고 싶어서 온 줄 알면 곤란해."

얼씨구. 그건 나도 안단다.

"딱 30분만 있다가 나갈 거야."

그렇게 말한 유진은 정말 내 방에서 시간을 보내다 갈 생각인지 방 한가운데에 있는 의자에 자리를 잡았다. 나는 잠깐 동안 생각한 뒤 유진이 이러는 이유를 깨달았다.

"아주머니가 오빠한테 나랑 같이 있어주래?"

"영 바보는 아니군."

"그냥 지금 나가서 내가 잔다고 해."

"어머니가 방금 들어왔다 나가셨는데 그걸 믿으시겠어?"

그건 또 그랬다. 유진은 나와 말조차 섞기 싫은 듯 고개 한 번 내 쪽으로 돌리지 않았다. 하지만 나도 그쪽이 편하니까 어차피 상관없었다. 헉. 그러고 보니까 저 사람 대단하다. 이 분홍 방 한가운데에 자리 잡고도 저렇게 눈 하나 깜짝 안 하다니! 과연 피도 눈물도 없는 유진이로군. 그래, 당신은 커서 그렇게 냉혈한이 될 자격이 아주 충분해.

유진이 팔걸이에 턱을 괸 채 내 반대쪽으로 고개를 돌리고 침묵하자 방 안은 금세 조용해졌다. 그나마 내가 아파서 그런지 다른 두 놈도 시비를 걸지 않아 다행이었다. 나는 창밖으로 시선을 돌린 뒤 아직 손안에 있는 것을 만지작거렸다.

바스락. 그런데 바로 그 순간 유진이 불에 덴 듯이 흠칫하더니 내게 고개를 돌렸다.

"그걸 왜……."

그의 눈동자가 내 손에 있는 사탕에 못 박힌 것과 그의 목소리가 내 귓가를 파고든 것은 거의 동시였다.

"그걸 왜 네가 가지고 있어?"

얼씨구? 내 사탕에 네가 전세 내셨습니까? 나는 미간을 구기며 삐뚜름하게 대답했다.

"방금 전에 아주머니가 주셨으니까."

덜컹! 그런데 바로 그 순간 유진이 자리에서 벌떡 일어나더니 나를 향해 성큼성큼 다가오기 시작하는 것이었다. 엥. 나는 갑작스러운 그의 행동에 영문을 모른 채 움찔거렸다. 하지만 이어지는 유진의 말에는 그만 속에서부터 화악 열이 뻗치고 말았다.

"이리 내. 그건 아리나가 먹던 거야."

오호라. 그러니까 지금 이 사탕이 아리나가 생전에 좋아하던 거라서 내가 들고 있는 것조차 용납할 수 없다, 뭐, 이 말이야? 아리나는 선천적으로 몸이 약해 잔병치레를 하지 않은 날이 없었다고 들었다. 그녀가 어린 나이에 죽은 이유도 태어날 때부터 가지고 있던 지병 때문이라고 했다. 그러니 아마도 이 사탕은 에른스트 부인이 약 시간마다 딸에게 주던 것인 모양이었다. 나는 방금 전 보았던 그녀의 슬픈 눈동자를 떠올렸다.

"나한테 줘."

"싫어. 이건 내 거야."

유진이 재차 내게 말했지만 나는 단호하게 거절했다. 에른스트 부인이 방금 전 내게 주고 간 사탕인데 이걸 내가 왜 너한테 줘야 해? 더군다나 그 이유가 아리나 때문이라니. 나는 손에 있는 사탕을 더 세게 꽉 움켜쥐었다. 바스락거리는 소리가 한 번 더 귀청을 울렸다. 머릿속이 점차 뜨끈하게 달아올랐기 때문이었을까. 나는 유진의 얼굴에 이유 모를 초조한 빛이 드리워진 것을 그냥 지나쳐 버렸다.

"네가 먹어도 될 게 아니야. 당장 이리 달라니까."

"싫어, 내 거야."

"고집부리지 마!"

그는 답답하다는 듯 내게 무언가를 말하려 했다. 하지만 몇 번인가 달싹여지던 입술은 결국 아무 말도 토해 내지 못했다. 나는 마침내 무언가를 결심한 듯 유진이 입을 앙다무는 것을 보았다.

"뭐야, 왜 이래?"

계속 주먹을 꽉 쥐고 있던 내 손에 유진이 손을 뻗었다. 하지만 나는 민첩하게 그것을 피해 버렸다.

"진짜 이럴 거야? 네가 가지고 있으면 안 되는 거라고."

"아주머니가 나한테 준 건데 왜?"

유진은 또 아무 말도 하지 않았다. 그래, 네가 생각해도 할 말이 없냐? 세상에. 자기 여동생이 좋아하던 사탕이라서 내가 먹으면 안 된다니. 이런 치사하고 유치한 생각이 또 어디에 있대? 어른스러운 척하더니 너 진짜 12살 맞구나!

"그거 이리 내놔!"

유진은 결국 안 되겠는지 내 손에서 강제로 사탕을 빼내 가려 했다. 하지만 나는 몸을 요리조리 움직여 그의 손을 재주 좋게 피해 버렸다. 흐헹. 내가 그렇게 쉬운 여자인 줄 알아? 이래 봬도 내 별명이 멜팅턴의 날다람쥐였다고!

"유진 오빠, 이제 보니까 되게 둔하다. 이게 안 돼? 이게 안 돼? 응응? 응?"

"너 진짜!"

졸지에 몇 번이나 볼썽사납게 헛손질을 하게 된 유진의 이마에 마침내 빠직 핏대가 섰다. 내가 얄밉게 사탕 든 손을 흔들며 깐죽거리기까지 하자 유진은 제대로 약이 오른 듯했다. 곧 그가 이제까지의 체면치레도 모조리 던져 버리고 내 침대로 몸을 날렸다.

"으억!"

우리 둘 다 잊고 있던 사실이었지만 나는 아직 병자였다. 유진을 피하기 위해 몸을 일으킨 순간 강한 현기증이 나를 덮쳤다.

"뭐, 누가 둔하다고?"

결국 나는 유진에게 붙잡혀서 침대에 다시 벌렁 드러누워 버렸다. 곧 내 위로 묵직한 무게가 실렸다.

"이것 봐. 내가 이겼……."

유진은 자신만만한 표정을 지은 채 나를 내려다보며 웃고 있었다. 하지만 그가 기세등등할 수 있었던 건 잠시뿐이었다. 허공에서 그와 내 눈이 마주쳤다. 눈동자가 몇 번 깜빡이는 동안 서서히 정신이 돌아왔다. 바로 그 순간 우리 둘 다 찡하고 얼어붙어버렸다.

말하지 않아도 알아요~ 따로 입을 열지 않아도 지금 유진이 나와 같은 마음이란 것을 알 수 있었다. 도대체 내가 이 나이 먹고 지금 얘랑 뭘 한 거지? 우리는 동공지진을 일으키며 서로의 눈을 마주했다. 방금 전까지 함께 충동적으로 유치한 짓거리를 해놓고 둘 다 심각한 정신적 타격을 입어 잠깐 동안 말문이 막혀 있었다.

벌컥!

"방금 시끄러운 소리가 들렸는데 무슨 일이니?"

바로 그때 불행인지 다행인지 에른스트 공작이 문을 열고 안으로 들어왔다. 그제야 유진과 나는 얼음땡 상태에서 가까스로 풀려날 수 있었다.

"아무래도 놀고 있었던 건 아닌 것 같은데……."

나는 유진이 내 위에서 몸을 일으키자마자 냉큼 고자질했다.

"엄마가 준 사탕을 유진 오빠가 뺏어갔어요."

"사탕이라고?"

유진은 설마 내가 에른스트 공작에게 이렇게 홀랑 일러바칠 줄은 몰랐다는 듯 허를 찔린 표정이었다. 나는 에른스트 공작이 아들에게 고개를 돌린 사이 몰래 유진에게 메롱 혀를 내밀어주었다.

"왜 그런 짓을 했지? 어서 이리 주거라."

"이미 먹어버려서 없어요."

"유진."

먹어버리기는 개뿔. 지금 네 손에 있잖아? 어찌 보면 별것 아니라 할 수 있는 사탕이었지만 나는 에른스트 부인이 내게 준 것을 유진에게 빼앗길 마음이 없었다. 그래서 나는 에른스트 공작에게 사실을 말할 생각으로 다시 입을 열었다.

철썩! 하지만 결론적으로 나는 아무 말도 할 수 없었다. 날카로운 소리가 방 안에 울려 퍼지는 순간 나는 두 눈을 크게 뜨며 입을 다물고 말았다.

"동생들과 어울리더니 너마저 덩달아 생각이 어려진 모양이구나. 당장 하리에게 사과해라."

"……미안해, 하리."

유진은 담담한 목소리로 내게 사과했다. 나는 침대에 앉아 숨을 죽인 채 한쪽 뺨이 달아오른 유진의 얼굴을 바라보았다.

"하리야, 사탕은 아빠가 새로 사 주마. 내일 밖에 나가서 가게에 있는 사탕을 종류별로 사 올까 하는데 어떠니?"

"어……."

나는 쉽게 대답하지 못하고 머뭇거렸다. 지금 이게 무슨 상황인지 머리로는 알겠는데, 마음속으로는 받아들이지 못해서 혼란스러운 상태였다.

"유진이 네가 쉬는 걸 방해했구나. 내가 데리고 나갈 테니 그만 누우렴."

에른스트 공작은 평소처럼 나를 향해 자상히 웃어준 뒤 정말 그 말처럼 유진을 이끌고 함께 방을 나섰다.

달칵. 혼자 남게 되었을 때 비로소 나는 폐에 고여 있던 얕은 숨을 밖으로 내쉴 수 있었다.

깜짝이야. 아저씨가 저렇게 내 앞에서 유진을 때리는 건 처음 봐서 놀랐잖아. 그, 그런데 왜 내가 잘못한 거 같은 기분이 드는 거지. 지금까지 재네가 나한테 했던 짓들에 비하면 새 발의 피인데……. 유진이 지금 쓸데없이 어린 모습을 하고 있어서 그런가? 나는 알 수 없는 찝찝함에 꽉 닫힌 문을 괜히 한 번 더 시야에 담았다.

방을 나서는 마지막까지 무표정하기만 했던 유진의 얼굴과 손톱이 살을 파고들 정도로 세게 쥐어져 있던 그의 손이 이상하게 눈앞에 어른거렸다.

다음 날 에른스트 공작은 정말 사탕을 산더미처럼 사서 내게 안겨 주었다. 유리병 안에 알알이 담긴 알록달록한 사탕들이 예뻐서 나는 기분이 조금 나아졌다. 사실은 어제 일로 계속 마음이 좋지 않던 참이었기 때문이다.

"자, 이건 너희 거란다."

"와아!"

선물을 받은 것은 비단 나뿐만이 아니어서 간만에 에른스트가에는 짧은 평화가 찾아왔다. 나는 카벨과 에리히가 달콤한 간식에 정신이 팔린 사이 층계참으로 슬쩍 눈길을 옮겼다. 밑에서 울리는 소리가 위층에까지 닿지 않을 리 없었는데도 유진은 모습을 드러내지 않았다. 에른스트 부인도 보이지 않는 걸 보니 둘이 함께 있기라도 한 걸까?

"또 갖고 싶은 게 있으면 언제든 말하렴, 하리야."

"전 이거면 좋아요. 고맙습니다."

어제 일 때문인지 에른스트 공작이 괜히 서먹하게 느껴졌다. 평소에도 유진에게 유달리 엄격하게 구는 건 알았지만 꼭 그런 식으로 때려야만 했을까. 삼 형제가 에른스트 공작 부부에게 혼 좀 났으면 좋겠다고 생각한 건 맞았지만 어쩐지 이건 기분이 통쾌하다기보다는 뭔가 좀…….

"어머나, 전부 다 당신이 사 온 거예요?"

그때, 에른스트 부인이 위층에서 계단을 걸어 내려왔다.

"엄마! 이거 아빠가 줬어!"

"이것도, 이것도!"

두 녀석은 신이 나서 꺄꺄 소리를 질러 댔다.

"착한 아이만 다음에 더 좋은 선물을 받을 수 있지. 앞으로도 다 같이 사이좋게 지내야 한다."

"응!"

"네!"

"하리하고도 싸우지 말고."

"알겠어!"

카벨은 선물에 눈이 팔려 대번에 고개를 끄덕거렸고, 에리히는 잠시 멈칫하다가 곧 어물어물 알겠다는 대답을 했다. 에른스트 부부는 그 모습을 웃는 낯으로 바라보고 있었다. 그 속에서 오직 나만이 기묘한 위화감을 느끼고 있었다.

그런데 도대체 그 위화감이라는 것이 어디에서 파생되는 것인지 알 수가 없었다. 뭐지? 그냥 기분 탓인가? 나는 혼자서 미간을 좁히며 고개를 갸웃거리다가 에른스트 부인과 눈이 마주치고는 반사적으로 헤헷 미소 지었다.

"유진하고 어제 작은 다툼이 있었다고 들었단다."

어, 음. 그걸 다툼이라고 하기에는 좀 애매한 것 같지만요.

"그 아이도 반성하고 있으니 하리가 이해해 주렴."

유진에게 빼앗긴 사탕이 아깝긴 했지만 뭐. 그건 나중에 슬쩍 훔쳐 오든가 해야지. 물론 유진이 아직 내 사탕을 처리하지 않았을 때의 이야기지만. 나는 에른스트 부인을 향해 방긋 웃으며 말했다.

"응. 괜찮아요. 대신 아빠가 사탕을 이마안큼! 사 주셨으니까!"

으아아! 7살처럼 끼 부리기 너무 어렵잖아요! 팔다리가 오그라들다

못해 말린 오징어가 될 것 같다구요! 평소 7살짜리 애가 어떻게 행동하는지 알 수가 없어서 나는 틈이 날 때마다 에리히를 관찰하고는 했는데, 그 눈빛이 좀 집요했는지 어쩌다 눈이 마주칠 때마다 셋째 놈은 도깨비라도 본 듯이 파드득 놀라곤 했다. 그러고는 나를 노려보는 모습을 보니 아무래도 내가 시비를 걸려고 쳐다본다 생각하는 것 같았다. 셋째가 그러거나 말거나 나는 눈을 번뜩이며 놈의 엑기스를 쭉쭉쭉 빨아들였다. 그리고 마침내 오늘에 이르게 된 것이다. 나는 그나마 에른스트 부인이 나를 보고 귀엽다는 듯 활짝 웃어줘서 마음의 상처를 조금이나마 덜 받을 수 있었다.

크흑. 맨정신으로 이런 짓을 하려니 너무 괴롭다! 갑자기 막 술이 당기고 인생에 회의감이 들고 그래. 으흐흑. 그러고 보니 이 집에 꽤 귀한 술들이 많았는데. 쓰읍. 어느 정도 나이가 들면 전부 다 내가 마셔 주겠어. 물론 그전에 다시 20년 후로 돌아가게 되면 더 바랄 게 없겠지만 말이죠…….

"후우."

생각해 보니 또다시 울적해져서 나는 손을 들어 마른세수를 했다.

"하, 하리야? 왜 그러니?"

헉. 에른스트 부부가 날 보고 있는 걸 잠깐 잊었네. 어린애가 갑자기 회한에 젖은 얼굴로 마른세수를 하니 당황할 만도 하지. 나는 순발력을 발휘해 아아, 이마를 짚으며 비틀거렸다.

"갑자기 어지러워요."

"어머. 방에 가서 누워야겠구나."

"자, 아빠에게 안기렴."

나는 에른스트 공작에게 공주님 안기로 덥석 들렸다. 으, 으윽. 이거 좀 창피한데. 아저씨, 좀 평범하게 안아줄 수는 없어요? 난 과년한 처자라 이런 거 민망하단 말이야!

"카벨. 우린 잠시 이 층에 올라갔다 올 테니 네가 에리히를 돌봐 주고 있으려무나."

"응, 알았어!"

카벨은 여전히 초콜릿과 사탕 등등에 정신이 팔린 채 대답했다. 음. 그 모습이 참으로 믿음직스럽지 못하기도 했다. 에리히는 내가 에른스트 공작에게 안겨 가는 모습을 불만스럽게 바라보고 있었다.

"하리야, 아빠가 올라가서 자장가 불러 줄까?"

"노래도 못 부르면서 이이는."

에른스트 부부가 나를 사이에 두고 금슬 좋게 대화를 나누었다. 하지만 어째서인지 방금 전 느꼈던 위화감이 또 한 번 주위에 어른거려서, 나는 멀어지는 두 녀석을 찜찜한 기분으로 바라보고 말았다.

에른스트 부부의 보살핌 아래 잘 먹고 잘 자고 잘 쉰 덕분인지 시간이 좀 지났을 때부터 나도 조금씩 살이 오르기 시작했다. 물론 그래 봤자 빼빼 마른 나뭇가지에서 덜 빼빼 마른 나뭇가지가 되었을 뿐이지만 그래도 이게 어디야.

"멍멍!"

"페니, 오구오구."

그동안 나는 페니와 완전히 친해지는 데 성공했다. 원래의 내가 페니를 길들이는 데 몇 년의 세월을 허비해야 했던 것을 생각하자면 눈부신 성과가 아닐 수 없었다. 물론 거기에는 페니가 좋아하는 간식인 애견용 소시지가 큰 역할을 했다.

"손!"

"컹!"

"발!"

"컹컹!"

"굴러!"

"헥헥!"

크으, 훌륭해! 페니, 넌 아주 멋진 강아지야! 나는 감격에 차서 페니를 쓰담쓰담해 준 뒤 내친김에 조금 더 놀아주기로 했다.

"페니, 뛰어!"

나는 잠시 하녀나 시종들이 있는지 확인하러 주위를 힐끔거리다가 페니에게 공을 던져 주었다. 비록 저택 내부이기는 했으나 에른스트의 저택은 천장이 높아서 이 정도는 무리 없이 소화할 수 있었다.

"멍!"

겨울이라 줄곧 실내에만 있던 데다가 삼 형제가 좀처럼 이런 놀이를 해주지 않기 때문인지 페니는 신이 나서 금색 털을 휘날리며 달려갔다.

퍼억!

"어억!"

그런데 페니와 놀아주고 있던 복도에 갑자기 누군가가 나타나서 내가 던진 공에 대신 머리를 얻어맞았다.

"악, 으악, 아파! 내 머리 터진 거 아니야?!"

둘째 카벨이었다. 놀이를 방해받은 페니가 분노해서 짖든 말든 카벨은 머리를 감싸 안고 쭈그려 앉아 소리 질렀다. 어이구. 아프긴 하겠네. 아니, 그러게 누가 갑자기 튀어나오랬나? 물론 이런 데서 공을 던진 내 잘못이 컸지만 상대가 상대라 그런지 아무래도 미안하다는 생각이 별로 들지 않았다. 아마 공에 맞은 사람이 다른 하녀들이나 휴버트였다면 달려가서 사과했을 텐데.

"이씨! 야, 네가 지금 날 공격했어?!"

카벨이 나를 향해 홱 고개를 들며 외쳤다. 난데없이 공에 얻어맞아 화가 났는지 그는 매섭게 나를 노려보며 씩씩거리고 있었다.

"그러니까 앞을 잘 보고 다녔어야지. 왜 예고도 없이 튀어나오고 그래?"

"지금 이게 내 잘못이라는 거야?!"

"어, 오빠 설마 울어?"

그런데 어쩐지 이놈의 눈동자에 그렁그렁하게 매달린 게 꼭 눈물 같았다. 앗, 별로 세게 안 던진 것 같은데 많이 아팠나?

"우, 울긴 누가 울어! 씨이, 아니거든!"

하지만 자신이 이까짓 일로 눈물을 보인다는 사실에 자존심이 상했는지, 카벨은 끝까지 아니라고 바락바락 우겨 댔다. 으윽, 그래도 저렇게 울먹이는 걸 보니까 조금 미안해지기는 하는데.

"어디 봐봐."

"어, 어, 지금 뭘……."

나는 둘째에게 다가가 놈에게 손을 뻗었다. 앞머리를 획 걷어 내자 발갛게 달아오른 이마가 눈에 들어왔다. 어이구, 혹은 안 났는데 좀 부었긴 하네. 이러면 좀 아프긴 할지도. 아니, 그런데 이놈이 왜 이렇게 정신 사납게 몸을 비틀어? 나는 카벨이 움직이지 못하게 그의 얼굴을 더욱 단단히 붙잡으며 말했다.

"아, 좀 가만히 있어 봐. 많이 다쳤는지 봐주는 거잖아."

"너, 이, 이, 마음대로 어딜 만지는……."

그런데 어째서인지 내가 자신의 얼굴에 손을 댔을 때부터 카벨이 심하게 말을 더듬기 시작했다. 음? 이제 보니 얼굴 전체가 좀 빨간 것 같기도 하고. 이마가 아파서 열이 오르나?

"이런 건 침 바르면 나아."

퉤퉤! 마음 같아서는 치료를 핑계로 둘째 놈의 이마에 침질이라도 하고 싶었지만 그냥 참았다. 게다가 왜인지 카벨의 상태가 평소와 달리 조금 이상하기도 했다. 그때, 복도에서의 소란을 듣고 온 에리히가 우리를 보며 도끼눈을 떴다.

"지금 거기서 둘이 뭐 하는 거야?"

응? 하긴 뭘 해.

"형한테 달라붙어서 뭐 하는 거냐고."

나는 과민 반응을 보이는 에리히 때문에 어리둥절했다. 카벨은 여전히 어버버거리며 멍청히 나를 쳐다보고 있었고. 그리고 우리가 그러거나 말거나 에리히는 뛰다시피 다가와 카벨의 얼굴을 붙잡고 있던 내 손을 앙칼지게 쳐 냈다.

"너 우리 형한테 친한 척하지 마!"

아하, 아무래도 내가 카벨하고 찰싹 붙어 있는 게 불만이었나 보다. 별로 친목 도모를 하는 건 아니었는데, 셋째 눈에는 사이좋게 놀기라도 하는 것처럼 보였나?

"멍!"

바로 그때, 옆에 있던 페니가 에리히를 향해 반갑게 꼬리를 흔들며 짖었다. 그런 페니를 보고 에리히가 나를 더욱 매섭게 노려보았다.

"너 페니한테도 친한 척하지 마! 누가 내 허락 없이 놀아주랬어? 아까도 네가 페니한테 간식 줬지! 페니랑 놀아주는 것도 나고, 페니한테 간식 주는 것도 나야! 네가 아니라! 알겠어?"

음, 저기. 그런데 에리히야. 왠지 너, 내가 카벨한테 친한 척을 하는 것보다 페니한테 친한 척을 하는 데 훨씬 더 민감한 것 같은데 내 착각이니? 지금도 카벨보다는 페니의 일에 더 화르륵 불타오르고 있잖아. 크흑, 알고는 있었지만 너한테는 카벨보다 페니가 더 우위에 있구나…… 우리 둘째 놈, 짠한 것. 나는 그래도 좀 정신을 차렸는지 방금 전보다 붉은 기운이 덜한 카벨의 얼굴을 조금 측은하게 바라보았다. 그때, 문득 어디선가 시선이 느껴져 눈길을 옮겨 보니 시종들과 하녀들이 복도 구석구석에서 우리를 힐끔거리고 있는 것이 보였다.

"그래, 그럼 네가 페니랑 놀아줘."

뭐, 어차피 슬슬 팔이 아프기도 했으니까.

"흥! 네가 그런 말 안 해도 그럴 거거든?"

에리히는 한껏 의기양양해진 얼굴로 페니와 함께 퇴장했다. 아무래도 나한테서 페니를 빼앗아 갔다는 생각에 기분이 좋아진 것 같았다. 하지만 난 슬슬 팔이 저릴 뿐이고. 이제 그만 침대랑 혼연일체가 되고 싶다는 생각이 들 뿐이고.

"야, 너. 크흠, 크흠."

바로 그때, 아직까지 자리를 떠나지 않고 있던 카벨이 갑자기 나를 불러왔다. 그런데 도대체 무슨 말을 하려고 이렇게 뜸을 들여?

다음 순간 둘째 놈이 나를 향해 손가락질하며 내뱉은 말은 황당했다.

"이제부터 할 일이 없으면 내가 특별히 너랑 같이 어울려 주지!"

누가 부탁하지도 않았는데 카벨은 고마운 줄 알라는 듯이 내게 말했다.

"나랑 같이 검술 연습…… 은 됐고! 난 너처럼 약한 애랑은 안 싸우니까! 그러니까 나랑, 나랑…… 그래! 술래잡기해!"

방금 전까지만 해도 이마가 아프다고 징징거리더니 그새 살맛이 나는 모양이었다. 하여간 기운 좋은 놈. 하지만 나는 단칼에 거절했다.

"싫어."

"뭐?!"

"싫다고. 내가 오빠랑 술래잡기를 왜 해?"

그러자 카벨이 동그랗게 뜬 눈을 빠르게 깜빡거리기 시작했다. 전혀 생각지도 못했던 말을 들었다는 듯이 그는 당황하고 있었다. 아마 그럴 것이다. 이 집에 오고 나서 나는 카벨에게 '하기 싫다' 혹은 '더는 못 하겠다'고 한 번도 말하지 않고 그가 하는 대로 끌려다니기만 했으니까.

"왜 싫은데?!"

곧 카벨이 믿을 수 없다는 듯이 나를 향해 소리 질렀다. 척 보아하니 내 거부에 적잖은 충격을 받은 눈치였다.

"오빠랑 노는 거 재미없으니까."

솔직히 둘째 놈은 같이 논다고 해봤자 언제나 자기 좋을 대로만 행동했기 때문에 나한테는 재미있을 것이 하나도 없었다. 게다가 지금은 솔직히 정신 연령까지 차이가 나다 보니 더 그랬다.

"나랑 노는 게 왜 재미없어?!"

"오빠보다 페니랑 노는 게 더 재미있어."

쿠궁! 카벨은 그 말에 2차로 충격을 받은 듯이 버벅거렸다.

아이고, 여기서 더 했다가는 귀찮아지겠네. 나는 이쯤 해서 판을 접기로 하고 다시금 카벨의 이마에 손을 올렸다.

"그것보다 이제 이마 안 아파?"

그런데 나와 눈이 마주친 카벨이 또다시 멍청한 얼굴을 하며 말을 더듬는 것이었다.

"아, 아, 아프……."

"하긴 카벨 오빠가 고작 이 정도로 아플 리가 없지? 그럴 줄 알았어."

"그, 그래! 하나도 안 아파! 이까짓 게 뭐가 아프다고! 완전! 별거 아니거든!"

카벨은 내 말에 기다렸다는 듯이 잘난 척을 하다가 콧김을 팍 내뿜으며 또다시 헛기침을 했다.

"크흠흠. 야, 너 이거나 먹어!"

둘째가 제 바지 주머니를 뒤적거리다가 내게 던진 것은 언제 꿍쳐 놨는지 모를 과자였다. 나는 반사적으로 그걸 받아 놓고 미묘한 눈빛을 짓고 말았다.

"내가, 내가 주머니에 넣고 다니기 귀찮아서 주는 거니까 다른 사람 주지 말고 너 혼자 다 먹어! 알았어? 비쩍 말라 가지고. 그게 나뭇가지지 팔이냐?"

나는 이런 비슷한 경험을 전에도 한 적이 있었다.

축! 호구의 부활! 아니, 아니. 이 경우에는 둘째가 아직 9살이니까 부활이 아니라 탄생이라고 해야 하나? 아무튼 둘째가 남다른 호구력을 뽐내며 내게 과자를 던진 순간, 내 귀에는 축포가 터지는 소리가 들렸다. 아니, 그런데 내가 지금 뭘 했다고 과자를 던져 주는 거지? 어쨌든 반갑다, 호구야!

"고마워, 카벨 오빠!"

나는 둘째에게 웃어주었다. 크으. 오늘을 둘째가 새롭게 호구로 태어난 역사적인 날로 기록하겠어!

"허억!"

그런데 바로 그 순간 카벨이 헉 숨을 들이켜며 뻣뻣이 굳어버렸다. 잉? 갑자기 왜 저러는 거지? 왜 저렇게 못 볼 걸 본 것처럼?

"오빠, 왜 그래?"

더 이상한 일은 바로 그다음 순간 일어났다. 둘째가 내게서 주춤주춤 뒷걸음질 치며 이제까지 중에 제일 심하게 말을 더듬기 시작한 것이다.

"이, 이! 너! 왜 갑자기 쪼개고 난리야!"

이놈이? 웃어줘도 난리네.

"우, 웃지 마! 너, 너 앞으로 내 앞에서 웃지…… 딸꾹."

뒷걸음질 치는 동안 딸꾹질을 하지 않나, 아주 갈수록 가관이었다. 카벨은 손등으로 얼굴을 가린 채 무어라 횡설수설하더니 복도의 저편으로 두다다다 달려갔다. 그래서 방금 뭐였던 거지.

나는 아픈 아이를 보는 눈빛으로 꽁지에 불이 붙은 듯 뛰어가는 카벨의 뒷모습을 바라보았다. 지난번 유진 반응도 그렇고 내가 웃는 모습이 그렇게 성질날 정도로 흉측한가? 이상하네.

"하리 아가씨는 둘째 도련님과 사이가 좋으시군요."

내가 한참 의구심에 빠져 있을 때 옆에서 중후한 목소리가 들려왔다.

어느덧 다가와 나를 내려다보고 있는 반백의 중년 남성은 바로 에른스트의 집사인 휴버트였다.

"휴버트!"

"오늘은 집사 아저씨라고 안 불러 주시는 겁니까?"

아차. 내가 집사 휴버트를 이름으로 부르는 건 좀 더 나이가 들고 나서부터였지.

"헤헤. 하리도 유진 오빠처럼 빨리 어른이 되고 싶어서요!"

집사 휴버트는 20년 후나 지금이나 여전히 무뚝뚝한 얼굴이었다. 나와의 사이는 데면데면한 정도로, 어릴 때의 나는 웃음기 하나 없이 늘 무게감 있는 표정만 짓고 다니는 휴버트를 무서워했었다. 그래서인지 그는 내가 자신을 향해 웃자 약간 놀란 것 같았다. 여전히 표정 변화는 별로 없었지만 조금 크게 떠진 눈동자에서 옅은 감정 변화가 느껴졌다.

"그러십니까."

곧 휴버트가 나를 향해 어렴풋이 미소 지었기 때문에 이번에는 내가 놀라고 말았다. 더욱 믿을 수 없게도 그는 서툰 손길로 내 머리를 쓰다듬어주기까지 했다.

"하지만 너무 빨리 어른이 되는 것은 좋지 않습니다. 어린아이는 할 수 있는 한 오래 어린아이로 남아 있는 편이 좋은 법이지요."

내가 놀라서 아무 말도 못 하는 사이 그는 원래의 무뚝뚝한 얼굴로 되돌아갔다. 그리고 방금 전 무슨 일이 있었냐는 듯 내게서 손을 거두고 자로 잰 듯한 걸음으로 발길을 옮기기 시작했다.

"식료품 창고 정리는 다 한 건가?"

"예, 예! 방금 전에 다 끝냈습니다."

나는 저 멀리서 하녀와 하인들에게 말을 거는 휴버트의 뒷모습을 약간 멍하게 쳐다보았다. 설마…… 이건 혹시 나름대로 나를 걱정해 준 건가……? 나는 머리 위에 내려앉았던 손길을 덧그리듯 그 자리를 괜스레

만지작거렸다.

으허. 뭐지, 뭐지. 어, 어쩐지 이거 조금 쑥스러운데. 나는 공연히 낯이 부끄러워져서 후다닥 내 방을 향해 뛰어갔다.

"다들 준비됐니?"

오늘은 에른스트의 온 식구가 시가지로 나들이를 가기로 한 날이었다. 사납게 몰아치던 눈보라가 멎은 뒤 겨울은 급격히 한풀 꺾여 이전보다 포근한 날씨를 자랑했다. 마차를 타고 이동해도 무리가 없을 만큼 바깥에 쌓여 있던 눈도 대부분 녹아 있었다.

"하리는 또 감기에 걸릴지도 모르니까 옷을 따뜻하게 입자."

나는 토끼털로 만든 망토를 모자까지 푹 뒤집어쓴 채 에른스트 부인의 손을 잡고 문을 나섰다. 아직 바닥이 미끄러웠기 때문에 넘어지지 않기 위해 종종걸음으로 걸어야만 했다.

"엄마! 나 장갑!"

"테이블 위에 있었는데 못 봤니?"

"으응. 아무 데도 안 보여."

에리히의 부름에 에른스트 부인은 결국 다시 안으로 들어가고 말았다. 하지만 나는 에리히가 거짓말을 하고 있다는 사실을 알았다. 그 장갑, 아까 네가 서랍 속에 숨겨 놓고는! 하여간 내가 자기 엄마랑 붙어 있는 꼴을 가만히 두고 보지를 못한다니까.

"이예에! 밖이다! 밖에 나간다! 우오오오!"

"카벨! 겉옷은 어디에 뒀니?"

카벨은 신이 나서 옷도 덜 입은 상태로 튀어나왔다가 에른스트 부인에게 혼이 나며 다시 안으로 끌려 들어갔다. 나는 카벨보다 먼저 밖으로 나온 에리히가 나를 건방진 눈빛으로 쳐다보는 것을 발견했다.

"난 너랑 같이 가기 싫어."

참나. 그래서 어쩌라고.

"그래? 난 너랑 같이 가는 거 좋은데."

"뭐?"

내 말에 깜짝 놀란 듯이 셋째 새침이가 두 눈을 휘둥그렇게 떴다. 아, 그래도 이 표정은 제법 귀염성이 있네. 어린놈이 허구한 날 나만 보면 도끼눈을 뜨는 것보다는 훨씬 나았다. 에리히는 잠깐 귀를 의심하는 표정을 짓다가 다시 나를 노려보기 시작했다. 아무래도 나한테 놀림받았다고 생각하나 보다.

"흥. 정 같이 가고 싶으면 넌 저기 타든가."

에리히가 손가락으로 가리킨 곳은 말을 모는 사람이 앉아 있는 곳이었다.

"얘들아, 이제는 정말 준비 다 됐니?"

"이요옵!"

카벨의 괴상한 구령과 함께 에른스트 부인이 밖으로 나왔다. 에른스트 공작과 유진도 곧바로 모습을 드러냈다. 이동은 에른스트 공작과 유진, 카벨이 한 마차를 타고 에른스트 부인과 에리히, 그리고 내가 같은 마차를 타기로 했다.

"자, 가자."

에른스트 부인은 양쪽에 나와 에리히의 손을 한 짝씩 잡고 우리가 타야 할 마차로 향했다. 마차에 다다랐을 때, 나는 가늘게 뜬 눈으로 셋째를 쳐다보다가 초롱초롱한 눈빛으로 에른스트 부인의 손을 잡아당겼다.

"저 엄마 옆에 앉아도 돼요?"

"어머, 물론이지."

나는 에른스트 부인이 내 얼굴을 볼 수 없게 고개를 다시 내리고 에리히를 향해 씨익 웃어 보였다. 어떠냐? 얄밉지? 한 대 때리고 싶지? 나도 방금 전에 네가 그랬거든! 요놈, 너도 한번 당해 봐라! 과연 내 예상대로 에리히는 대번에 양의 탈을 벗어 던지고 내게 소리 질렀다.

"싫어! 엄마 옆에는 내가 앉을 거야! 너 저리 가!"

"에리히!"

나는 에른스트 부인의 옆에 찰싹 달라붙어 겁먹은 시늉을 했다. 에리히를 좀 더 약 올려 줄 생각이었다.

"그러면 못써."

"싫어, 나도 엄마 옆에 앉고 싶단 말이……."

"우리 에리히는 동생에게 양보할 줄 아는 착한 아이잖니. 응? 그렇지?"

하지만 뜻밖에도 악을 쓰며 떼를 쓸 것이라 예상했던 에리히는 그러지 않았다. 에른스트 부인이 그를 야단쳤기 때문도 아니었다. 그녀는 그저 에리히와 시선을 맞추고 조곤조곤하게 속삭였을 뿐이었다. 하지만 나는 그녀의 말에 셋째가 한순간 크게 흠칫하더니 이윽고 빠끔빠끔 입술을 달싹이기 시작하는 것을 보았다.

"쟤는 내 동생 아니……."

"에리히. 우리 아가는 엄마 말을 잘 듣는 착한 아이잖아."

에른스트 부인을 똑 닮은 맑은 벽안에 점차 얕은 물살이 일기 시작했다. 에리히는 수차례 무슨 말인가를 하고 싶은 듯 입술을 벌렸으나 결국은 한 마디도 하지 못한 채 제 어머니의 얼굴을 하염없이 바라보기만 했다.

"자, 에리히는 엄마 앞에 앉자."

"으응……."

마침내 에리히가 작게 대답하며 고개를 푹 수그렸다. 마차에 오르고 나서도 마찬가지였다. 그는 내게 다시 시비를 거는 일도 없이, 또 어린아이답게 신이 나서 재잘거리는 일도 없이 그저 얌전히 자리에 앉아 고개를 반쯤 숙이고 있었다. 나도 아무 말 없이 에리히의 동그란 머리통을 쳐다보았다.

"하리야, 이렇게 다 같이 외출하는 건 처음이지?"

나는 에른스트 부인의 목소리에 고개를 돌렸다. 그녀는 여느 때처럼 부드럽게 웃는 얼굴로 나를 보고 있었다.

"응. 에리히랑 오빠들이랑 다 같이 가서 더 좋아요!"

"목적지에 도착하면 더 즐거울 거란다."

나는 에른스트 부인의 밝은 웃음소리에 서서히 속이 씁쓸해지는 것을 느꼈다. 얼마 전부터 내가 느꼈던 위화감의 정체가 무엇인지 지금 막 깨달아버렸기 때문이었다.

"마차를 타고 이동하는 시간이 짧지 않으니 에리히처럼 편하게 앉아 있으렴."

나는 에른스트 부인의 말을 듣고 창밖으로 시선을 돌렸다. 빠르게 지나가는 풍경이 나뭇가지에 앉은 눈의 빛깔로 온통 새하얗게 물들어 있었다. 그 광경을 바라보다가 잠시 후 나는 눈을 감아버리고 말았다.

"우와아! 사람 진짜 많아!"

사람들이 북적이는 도시에 발을 들이자마자 시가지 특유의 소란스러운 공기가 훅 밀려들었다. 카벨은 벌써부터 신이 나서 눈 만난 강아지처럼 자꾸만 어디론가 뛰쳐나가려 발을 움찔움찔거렸다. 아마 에른스트 공작이 진작부터 둘째의 팔을 붙들고 있지 않았다면 족히 열 번은 미아가 되고도 남았으리라.

"오늘은 약재상만 들르면 되고 또 날씨도 포근하니 좀 돌아다녀 볼까?"

"그럼 어차피 시간이 걸리니 먼저 약을 주문하고 오는 게 좋겠어요."

에른스트 부부의 의견에 따라 우리는 다 같이 약재상에 들렀다. 목적은 겨우내 몸이 허약해진 에른스트 부인과 내 보약을 짓는 것이었다. 약초를 조합해서 약을 짓고 난 후에는 집에서 달여 먹으면 되기 때문에 외출을 끝낼 때쯤 맞춰 놓은 약을 다시 찾아가기로 했다.

"모처럼 다 같이 나왔으니 어디 가게에라도 들어갈까."

"하리는 어때? 먹고 싶은 거라든가 갖고 싶은 거 없니?"

나는 습관처럼 평소대로 거절하려고 입을 열려 했다.

"어린아이는 할 수 있는 한 오래 어린아이로 남아 있는 편이 좋은 법이지요."

하지만 바로 그 순간 집사 휴버트의 말이 뇌리를 스쳐 지나갔다. 생각해 보면 나는 사는 동안 바라는 것을 누군가에게 강력히 주장해 본 적이 없었다. 심지어 어린 시절에조차 이게 갖고 싶다든지, 이걸 사 달라든지 하며 떼를 써 본 기억도 없었다. 정말 원하는 게 아무것도 없어서 그랬던 건 아니었다.

나는 에른스트 부부의 얼굴을 가만히 올려다보았다. 만약 이게 언젠가 깨게 될 꿈이라면 나는 그동안 해보고 싶었던 것을 다 해봐도 되는 게 아닐까? 비록 그게 너무나 사소해서 한편으로는 하찮게 느껴지기까지 하는 일이라 할지라도.

"솜사탕 사세요! 둘이 먹다 하나가 죽어도 모를 솜사탕!"

나는 내 생각을 곧바로 행동에 옮기기로 했다. 자, 어차피 나는 지금 7살의 모습을 하고 있으니 창피함도 부끄러움도 잊고 얼굴에 철판을 깔아 보도록 하자.

"솜사탕! 솜사탕 먹고 싶어요!"

나는 근처에 있던 노점상을 손가락으로 척 가리키며 당당히 외쳤다.

"엄마, 난 저거! 도마뱀 구이! 먹어 보고 싶어!"

결론적으로 말하자면 나는 솜사탕을 얻는 데 아주 쉽게 성공했다. 다만 카벨은 질색하는 에른스트 부인 때문에 시무룩하게 도마뱀 구이를 포기해야만 했다.

"카벨. 대신 이거라도 먹어."

하지만 카벨은 유진이 권한 꼬치를 들고 금세 다시 회생했다. 나는 에른스트 공작과 함께 나란히 손을 붙잡고 솜사탕 노점상 앞에 섰다.

"아저씨, 분홍색 솜사탕 하나 주세요."

"네, 귀여운 아가씨! 오벨리아 직수입 솜사탕이라 아주 달고 맛있답니다!"

오. 이게 오벨리아에서 수입된 거였구나. 20년 후에는 아를란타 내에 있는 거리마다 흔하게 볼 수 있어서 미처 몰랐는데. 물론 그때는 '이 나이 먹고 뭐 하는 건가' 싶어서 한 번도 이걸 사 먹어 본 적이 없었지만.

나는 아련한 눈빛으로 노점상 아저씨가 열심히 솜사탕을 만드는 모습을 바라보았다. 오벨리아는 내가 살고 있는 아를란타와 친선 관계에 있는 나라로, 강력한 마법사 황제가 다스리는 강대국으로 손꼽히고 있었다.

아, 그러고 보니 20년 후에 그 나라 공주가 결혼식을 올린다고 해서 아를란타까지 덩달아 떠들썩했던 기억이 났다. 오벨리아의 금지옥엽인 공주라고 했던가. 그 공주 나이가 아마 나보다 한 살이 어렸던 것 같은데, 26살에 결혼이라니 일국의 공주치고는 참으로 늦은 혼사이기도 했다.

크흑. 생각하니까 또 조금 서러워지는구나. 듣자 하니 그 공주는 아버지인 황제에게 엄청난 총애를 받아 그 나이가 되어서야 겨우 결혼을 허락받았다고 하던데.

아끼는 딸을 조금이라도 더 오래 옆에 끼고 있으려는 황제의 바람이었다고 들었다. 27살이 되도록 혼처를 못 구해서 노처녀로 있었던 나랑은 너무 다르잖아! 으엉. 더군다나 오벨리아 황실에서 공주를 다른 곳에 시집보내는 것도 아니라 부마를 궁에 들여 황가의 일원으로 함께 살기로 했다는데 왜 그렇게 결혼을 못 하게 막았는지 도통 모를 노릇이었다.

음. 아마도 그 황제는 심각한 팔불출이 아닐까. 나중에 그 공주가 황위를 직접 물려받을지, 아니면 보편적인 경우처럼 부마가 그 자리를 대신하게 될지 모르겠다고 사람들이 떠들던데.

하지만 마법사는 원래도 수명이 길다고 하니 그런 것은 나중에 생각해 봐도 될 문제라고 모두가 입을 모아 결론 내리곤 했다. 뭐, 어차피 지금으로부터 약 20년 후에 일어날 일이긴 하지. 그럼 지금쯤 그 공주는 얼마나 행복한 생활을 하고 있을까. 금수저를 입에 물고 태어났으니 나처럼 구박받고 남의 눈치 보는 일도 없이 실컷 사랑받으면서 잘 살고 있겠지.

으흑. 부럽다……. 다음 생에는 나도 그런 공주로 태어나고 싶다. 나는 도대체 전생에 무슨 업보를 지어서 세 똥 덩어리들하고 두 번씩이나 이 짓을 하고 있는 거야?

"자, 하트 모양 솜사탕입니다!"

"와아!"

앗, 생각하고 있는 사이 솜사탕이 나왔다! 나는 노점상 아저씨가 솜씨 좋게 하트 모양으로 만들어준 분홍색 솜사탕을 들고 셋째 녀석이 있는 곳으로 도도도 뛰어갔다.

"에리히!"

에리히는 마차에서의 일이 있고 난 후부터 한껏 풀이 죽어 내내 조용한 참이었다. 나는 토끼털 망토를 휘날리며 그에게 달려가 대뜸 말했다.

"'아' 해!"

"뭐?"

"아!"

"아? 읍."

얍! 이거나 먹어라!

내 고사리손이 에리히의 입으로 돌진했다. 그는 나를 따라 저도 모르게 입을 벌려 놓고 곧 그 안으로 들어온 것에 놀라 소스라쳤다.

"맛있지?"

"지금 뭘."

"자, 더 먹어. 맛있는 거야."

"안 먹……."

"뭐? 너무 맛있다고? 더 먹고 싶다고? 아빠! 솜사탕 하나 더 사도 돼요?"

나는 에리히가 말할 틈도 주지 않고 다다다 외친 뒤 다시 솜사탕 노점상을 향해 뛰어갔다. 아까부터 괜히 신경 쓰이게 만들기나 하고 진짜 몹쓸 셋째 똥 덩어리였다.

"자, 새것 줄게."

"안 먹는다니까!"

"나중에 울지 말고 먹어."

생각 같아서는 그냥 입에 막 욱여넣고 싶었지만 에른스트 부부가 보고 있었기 때문에 나는 에리히를 향해 에헤헤 웃으며 사이좋은 척 솜사탕을 들려 주었다.

"안 먹어!"

하지만 이놈의 고집은 보통이 아니었다. 셋째의 손에서 내던져진 솜사탕이 다음 순간 바닥을 뒹굴었다.

"에리히, 지금 뭐 하는 거니!"

당연하게도 에리히는 에른스트 부부에게 혼이 났다. 나는 에리히가 유진에게 매달려 얼굴을 푹 파묻는 것을 보고 끄응 신음했다. 저 자식, 솜사탕이 얼마나 맛있는 건데 솜느님의 고귀함도 모르고! ……가 아니라. 어유. 도대체 얘를 어쩐다지. 뭘 어떻게 해야 할지 좀처럼 감을 못 잡겠네. 으윽. 역시 어린애는 너무 어렵구나.

모처럼의 나들이가 엉망이 되어버린 것도 순식간이었다. 그 후로 에른스트 부부는 분위기를 바꾸려 노력했지만 결과적으로는 큰 효과를 발휘하지 못한 채 시간만 흘렀다. 그래도 나들이가 끝날 때쯤에는 에리히가 어느 정도 마음을 풀고 에른스트 부인에게 안겨 들어서 다행이었다. 물론 끝까지 입은 한 번도 열지 않았지만.

"이제 약을 찾아와야겠구나."

에른스트 부인이 에리히를 안은 채 걷는 것은 무리였기 때문에 약은 에른스트 공작과 유진이 찾으러 가기로 했다.

"이런. 에른스트 공이 아니십니까."

하지만 시기 좋게 에른스트 공작을 아는 사람이 나타나 버렸다. 그냥 무시해도 될 만한 인사는 아닌지, 에른스트 공작은 자리에 서서 콧수염을 기른 아저씨와 이야기를 나누었다. 에른스트 부인도 그와 짧게 인사를 나눈 뒤 옆에 있던 유진에게 고개를 돌렸다.

"유진. 아무래도 네가 다녀와야겠다."

"그럴게요."

이대로 에른스트 공작을 기다려도 되겠지만 약재상의 문 닫을 시간이 가까워지는 게 문제였다. 그럼 난 저쪽에 가만히 짜져 있을까나…….

"하리랑 같이 다녀오렴."

으억! 하지만 에른스트 부인이 청천벽력 같은 소리를 했다. 유진도 그 말에 눈매를 움찔거렸다.

"저 혼자 다녀올 수 있어요."

"혼자서 세 아이를 다 보고 있기가 힘들구나. 카벨은 눈을 돌리면 어디로 튈지 모르고, 에리히는……."

에른스트 부인은 자신에게 찰싹 안겨 있는 에리히를 슬쩍 내려다본 뒤 이내 유진과 나를 향해 웃으며 말했다.

"사람이 많아서 길을 잃기 쉬우니 둘이 손을 꼭 붙잡고 가렴. 하리는 유진 오빠한테 잘 붙어 있어야 한다."

나는 표정을 썩히지 않도록 힘겹게 노력해야만 했다. 에른스트 부인의 생각이 무엇인지 어렵지 않게 눈치챌 수 있었기 때문이다. 아줌마, 지금 나랑 유진이랑 화해시키려고 그러는 거죠? 지난번 사탕 사건 이후로 유진과 내 사이가 서먹해 보이니까 일부러 우리 둘만 따로 보내는 거 맞죠? 그렇죠? 으앙! 하지만 아무리 그래도 그렇지 이건 아니잖아!

심지어 에른스트 부인은 유진과 내 손을 직접 겹쳐 주기까지 했다. 손이 닿는 순간 유진과 나 둘 모두가 몸을 크게 움찔거렸다.

"조심해서 다녀오렴!"

결국 그녀의 환한 낯빛에 떠밀려 유진과 나는 어색하게 손을 붙잡은 채 길을 나서고 말았다.

유진과 단둘이 걷는 거리는 당연하게도 너무너무 어색해서 죽을 것만 같았다. 나는 길을 오가는 사람들 틈에서 슬쩍 고개를 들어 유진을 쳐다보았다. 그는 무슨 생각을 하는지 모를 얼굴로 정면을 응시한 채 걷고 있었다. 그때의 사탕 사건 이후로 나는 유진과 따로 대화를 나눠 본 적이 없었다. 그럴 만한 분위기가 아니었다고 해야 할지.

유진은 그날 이후 식사 시간을 제외하고는 방에만 틀어박혀 얼굴을 보기 힘들어졌다. 듣기로는 공부를 하고 있다고 하던데. 사실 유진은 11살 때부터 17살 때까지 아를란타의 가장 큰 학술원에서 공부를 했었다. 지금은 학기 중이 아니라 집에 있는 것뿐이니, 아마도 봄이 오면 다시 학교로 돌아가겠지. 그러니 방에서 공부한다는 말이 완전히 핑계라고는 볼 수 없을지도 몰랐다.

"……싫어?"

그런데 방금 너 뭐라고 했니? 어쩐지 지금 막 유진이 나한테 무슨 말을 한 것 같았는데. 나는 다른 생각에 빠져 있다가 의문스럽게 고개를 들었다. 그러자 유진이 나를 내려다보지도 않은 채 다시 한번 입을 열었다.

"지금도 네가 있던 곳으로 돌아가고 싶어?"

나는 의아해졌다. 뜬금없이 이런 걸 왜 묻는 걸까? 아, 그러고 보니 내가 처음 여기서 눈을 뜬 지 얼마 되지 않았을 때 돌아가고 싶다는 말을 했었던가.

"응. 돌아가고 싶어."

물론 유진은 내가 말하는 장소를 어릴 때 살던 멜팅턴의 거리라고 생각할 것이었다. 하지만 딱히 정정해 줘야겠다는 생각은 들지 않았기 때문에 나는 그저 그렇게만 대답해 버렸다. 그 후 유진은 말이 없었다. 도대체 무슨 생각을 하고 있는 걸까. 하지만 내게 있어 유진은 언제나 어려운 사람이었기 때문에 어릴 때라고 해서 내가 그 속을 파헤치는 일이 쉬울 리 없었다.

웅성웅성. 유진과 나는 썰물과 밀물처럼 양쪽으로 밀려들어 왔다 밀려 나가는 사람들 틈을 말없이 걸었다. 흰 벙어리장갑을 끼고 있는 나와 달리 유진은 맨손이었다. 내 손을 잡은 그의 손이 조금 빨갛게 얼어붙어 있는 것에 잠시 눈길이 머물렀다.

내 손을 감싸 쥐고 있던 힘이 느슨해진 것은 바로 그때였다. 서서히 약해지는 손길에 나는 그의 이름을 부르려 입을 열었다. 하지만 내 입에서 그의 이름이 흘러나오기 전에 먼저 그의 손이 내게서 뚝 떨어져 나갔다. 온기가 사라진 손에 찬 공기가 밀어닥쳤다.

"유……."

나는 앞에 있는 뒷모습을 따라 한두 걸음 더 앞으로 내딛다가 곧 제자리에 우뚝 멈추어 섰다. 미처 밖으로 나오지 못한 목소리가 하얀 숨결이 되어 겨울 공기를 수놓았다.

"사람이 많아서 길을 잃기 쉬우니 손을 꼭 붙잡고 가렴."

나는 사람들 틈으로 사라지는 유진을 멀거니 바라보았다. 그의 이름을 부르지도, 그의 뒤를 쫓지도 않은 채. 웅성웅성. 낯익은 갈색 머리카락이 곧 시야에서 완전히 사라졌다. 수많은 사람이 내 주위를 스쳐 지나갔다.

……내가 정말 7살이었다면 몰랐을까? 하지만 나는 어린애가 아니었고, 그래서 깨달아버렸다. 유진이 지금 이곳에 나를 버리고 갔다는 사실을.

시가지라 그런지 어디를 가도 사람들이 참 많기도 했다. 나는 일단 쉴 새 없이 밀려드는 인파를 피해 거리의 구석으로 몸을 옮겼다. 그리고 채소 가게 앞에 널린 빈 상자들 위에 적당히 엉덩이를 붙이고 앉았다. 와, 이렇게 떨어져서 보니 사람들이 생각보다 더 많은 것 같네. 여기서 애라도 잃어버리면 찾기 어렵겠는걸.

"……."

나는 상자 위에 오도카니 앉아 방금 전까지 유진과 잡고 있던 손을 내려다보았다. 하지만 당연하게도 내 손은 텅 비어 있었고, 그 안에 머물고 있던 온기는 이미 겨울바람에게 빼앗겨 흔적조차 찾아볼 수 없었다. 예전에도 이런 일이 있었는데 내가 어려서 기억하지 못했던 것뿐일까? 아니면 그때의 나와 지금의 내가 다르기 때문에 무언가가 변한 걸까? 하지만 의문을 품어도 답해 주는 사람은 아무도 없었다.

유진과 함께 걷는 동안 다른 생각에 잠겨 미처 몰랐는데, 이제 보니 이 길은 약재상에 가기 위해 아까 에른스트의 가족들과 지나갔던 길이 아니었다. 눈앞을 지나다니는 낯선 사람들. 처음 와 보는 낯선 거리. 그리고 그 무엇보다 낯선 20년 전의 지금 이 시간.

그 속에서 나는 홀로 미아가 되어 있었다. 이상한 일이었다. 유진이 한 일이 무엇인지 알았는데도 미움도, 원망도 들지 않았다. 어쩌면 내가 아직까지 이 현실을 반쯤은 꿈이라 생각하고 있기 때문일지도 몰랐다. 지금 내가 딛고 있는 이 땅의 모든 것이 지독히도 현실적인 동시에 몹시도 비현실적인 것처럼 느껴졌다. 그저 12살의 유진이 무슨 생각을 하며 나를 이곳에 두고 갔을지 그것만 아주 조금 궁금했다.

"아가, 엄마 기다리니? 추운데 안에 들어와 있으렴."

내가 너무 초연히 앉아 있던 탓일까. 채소 가게 주인으로 보이는 아주머니가 나를 미아가 아닌 엄마를 기다리는 아이로 생각하고 친절히 권했다. 하지만 나는 여전히 눈앞을 오가는 사람들에 시선을 고정한 채 짤막하게 대답했다.

"난 아무도 안 기다려요."

채소 가게 아주머니가 내 말에 고개를 갸웃거렸지만 나는 더 이상 아무 말도 하지 않았다. 이렇게 거리 한가운데에 오도카니 앉아 있으려니 문득 어린 시절의 일이 생각났다. 다 쓰러져 가는 허름한 판잣집에서 엄마의 병간호를 하던 일. 먹을 걸 구걸하러 골목의 집들을 전전하며 돌아다니던 일. 바구니의 꽃을 다 팔지 못해 옆집의 사라 아주머니에게 혼났던 일.

그리고 내가 건넨, 다 시들어 빠진 하얀 꽃을 들고도 눈물 어린 얼굴로 웃어주던 에른스트의 부부.

지금 눈앞에 있는 저 사람들 틈에 섞여 몸을 맡기면, 나는 이대로 아무 곳으로든 갈 수 있는 건가? 그건 어떤 의미로 내가 바라던 자유와도 닮아 있는 결과인 걸까? 그래……. 그러고 보니 그동안 나는 왜 그 집을 나갈 생각은 하지 못했을까.

나는 그런 생각을 하며 눈앞을 지나가는 사람들을 하염없이 바라보았다. 저마다의 삶을 짊어진 이들이 수십, 수백 명 내 앞을 지나쳐 가는 것이 지겹다는 생각마저 들 때까지.

저벅. 내 앞에 짙은 그림자가 드리워진 것은 그로부터 어느 정도의 시간이 더 지난 후였다. 나는 사람들을 보는 것에 질려 상자 위에 몸을 웅크린 채 고개를 숙이고 있던 참이었다.

그러던 어느 순간 내 시선 끝에 어디선가 본 듯한 남성용 겨울 구두가 모습을 드러냈다. 모래 먼지가 얇게 묻은 반질반질한 구두코를 내려다보다가 나는 천천히 고개를 들었다. 그러자 어느 새인가 내 앞에 서 있는 유진이 시야에 비쳤다. 급히 뛰기라도 했는지 언제나 단정하던 갈색 머리카락이 약간 헝클어져 있었다. 그의 입술에 걸려 있던 밭은 숨이 뒤이어 내 이마를 간질였다. 그 상태로 그는 잠시 아무 말 없이 나를 보다가…….

"가자."

이윽고 짤막하게 그리 말했다. 나는 내 앞에 있는 사람을 물끄러미 올려다보았다. 시선이 마주친 순간 그의 눈 안에 고여 있던 감정들이 나한테까지 흘러들어 왔다. 그 검은 눈동자 안에서 소용돌이치는 뿌리 깊은 죄책감, 연민, 그리고 자괴감.

"……다녀왔어?"

나는 지금 이 순간 그가 느끼고 있는 감정을, 그리고 내가 느끼고 있는 감정을 모른 척하며 그냥 그렇게 말했다. 방금 전 그와 나 사이에 벌어졌던 일에 대해 아무것도 알지 못하는 것처럼. 그러자 유진은 잠시 목이 막힌 표정을 짓다가.

"……다녀왔어."

그렇게 대답했다.

"돌아가자."

나는 상자 위에서 자리를 털고 일어나 이번에는 먼저 그에게 손을 내밀었다. 유진은 그것을 잠시 말없이 바라보다가 이내 천천히 내 손을 맞잡았다. 그의 손은 나보다도 차가웠다. 장갑 너머로까지 느껴지는 냉기에 손이 시렸다.

"나 다리 아파."

나는 어린애다운 투정을 유진에게 부려 보기로 했다. 어찌 보면 지금의 유진이 거절하지 못하리라는 것을 알고 나름대로 심술을 부린 것이기도 했다.

"업혀."

역시 유진은 단답으로 대답한 뒤 내 앞에 무릎을 굽히고 앉았다. 나는 기다렸다는 듯이 덥석 그의 등에 업혀 버렸다.

"바보."

나는 유진의 등 위에서 작게 중얼거렸다. 그리고 잠시 후 충동적으로 손을 들었다.

"윽."

얍! 아무리 생각해도 괘씸한데 머리나 뽑혀라!

"뭐 하는 거야?"

나는 내 앙증맞은 손으로 눈앞에 있는 갈색 머리카락을 얍얍 쥐어뜯었다.

"헤헤. 먼지가 붙어서 떼어주려고."

물론 되지도 않는 핑계였다. 하지만 네가 뭘 어쩔 건데! 내가 먼지가 있다면 있는 거야! 게다가 그동안 내가 노리고 있던 예쁜 뒤통수가 바로 코앞에 있지 않은가. 이건 천재일우의 기회였다. 나는 내친김에 고사리손을 들어 그동안 호시탐탐 기회를 노리고 있던 유진의 정수리까지 빠샤 때려 주었다.

그럴 때마다 유진은 움찔거렸지만 그는 나를 말리는 대신 그저 묵묵히 걷기만 했다. 이제 해가 지려는지 땅 위에 땅거미가 내려앉기 시작했다. 두 명의 바보가 만드는 그림자도 바닥에 길게 몸을 늘였다.

"유진 오빠 등 불편해."

"시끄러워."

유진은 여전히 쌀쌀맞게 말했지만 그래도 나를 고쳐 드는 손길은 이대로 두 번 다시 풀리지 않을 것처럼 단단했다. 그것이 어떤 감정 때문이든, 일단 지금은 그것으로 되었다고. 나는 그렇게 생각했다.

제3.5장

그 오빠, 유진 (1)

"유진. 너는 장남이니 동생들을 항상 잘 보살펴야 한다. 우리가 없을 때는 네가 그 아이들의 아버지나 마찬가지니까."

에른스트의 후계자로서 마땅히 가져야 할 몸가짐과 함께 유진이 살면서 가장 많이 들은 말이었다. 유진에게 있어 에른스트는 그가 한평생 지켜 나가야 할 생의 모든 것이었고, 또한 그가 죽을 때까지 이뤄 나가야 할 과업이었다. 태어났을 때부터 지금까지 그는 단 한 번도 그 책무에서 자유롭지 못했다.

그러나 유진은 에른스트와 그의 가족들을 세상 그 무엇보다 사랑했기에 기꺼이 자신의 삶을 이 에른스트에 걸기로 마음먹었다.

"한심하기는."

유진은 서늘히 눈동자를 내리깔며 속삭였다. 열두 살 소년의 눈빛이라 하기에는 그 온도가 지극히도 낮았으나 그마저도 그의 검은 눈동자에 어린 경멸만큼 차갑지는 않았다.

"일어나. 나까지 창피하게 만들지 말고."

그의 앞에는 바닥에 넘어져 있는 작은 여자아이가 있었다. 하리. 두 달 전 그의 부모님이 데려와 양녀로 삼은 출신도 모를 여자아이. 점심나절부터 카벨에게 이리저리 끌려다니며 곤욕을 치른 탓인지 아이의 팔꿈치와 무릎은 까져서 피가 배어 나오고 있었다.

"미안해."

그를 본 순간 불에 덴 듯이 화들짝 놀라던 아이는 기어들어 가는 듯한 목소리로 중얼거렸다. 그 직후 바닥을 짚고 일어나던 아이가 다리에 힘이 풀린 듯이 한차례 비틀거렸다. 유진은 저도 모르게 움찔하여 앞으로 손을 뻗을 뻔하다가, 이내 주먹을 꽉 쥐며 일부러 더 싸늘하게 말했다.

"아리나는 너처럼 멍청하지 않았어. 인형이면 인형답게 좀 더 제대로 흉내 내보지그래?"

"미안해."

하리는 또다시 그에게 사과했다. 그와 눈조차 맞추지 못하고 고개를 푹 수그리고 있는 아이를 내려다보는 동안 유진의 눈동자도 얕게 미동하기 시작했다. 결국 그는 더 이상 아무 말도 하지 못한 채 도망치듯 먼저 자리를 떠나고 말았다.

"인정할 수 없어."

유진은 어금니를 악물며 자꾸만 심장 어귀를 갉아먹는 약한 마음을 애써 억눌렀다. 저 아이를 절대 에른스트로 인정할 수 없어. 죽은 아리나를 위해서도 그럴 수는 없는 거야.

"그래. 인정할 수 없어."

아리나 에른스트야말로 유진이 죽는 날까지 지켜 줘야만 할 그의 여동생이었으니까. 그러니 절대로 받아들일 수 없었다. 아리나의 자리를 탐내며 들어온 저런 볼품없는 여자애 따위.

"오빠. 나 아파."

에리히와 쌍둥이로 태어난 아리나는 선천적으로 몸이 약했다. 유진의 기억 속에서 아리나는 언제나 고통을 호소하며 울었고 그러지 않을 때는 온종일 기력 없이 누워 있었다. 그럴 때면 에리히도 하루 종일 아리나의 침대 옆을 떠나지 못하며 우울해했다.

"형. 아리나가 나 때문에 아픈 거라는 게 진짜야?"

쌍둥이는 선천적으로 한쪽이 약하게 태어나는 경우가 많다는 속설을 어디에선가 들었는지, 어느 날 에리히는 울면서 그에게 물었다.

"누가 그런 소리를 해? 아리나가 아픈 건 너 때문이 아니야. 에리히, 다시는 그런 생각하지 마."

"형, 아리나랑 나는 쌍둥이잖아. 그런데 왜 내가 대신 아파 줄 수는 없는 거야?"

하지만 에리히는 그 후 눈에 띄게 어두워졌고, 틈만 나면 자신이 대신 아팠으면 좋겠다는 말을 하곤 했다. 모두가 한마음으로 아리나가 낫기를 기도했으나 시간이 갈수록 병세는 더욱 위중해져만 갔다.

"아리나. 사랑스러운 우리 아기."

어머니는 눈물을 달고 살지 않는 날이 없었다. 당연한 일이었다. 아리나가 작은 몸을 웅크리며 아프다고 울 때면 유진조차 가슴이 꽉 막힌 듯 답답해지지 않았던가. 하지만 의사들은 모두 고개를 내저으며 더 이상은 방도가 없노라 말할 뿐이었다.

그래서 그들은 아리나가 침대 위에서 몸조차 제대로 펴지 못하고 울

때마다 그 작은 몸을 안아서 달래 가며 아이를 위해 아무것도 해주지 못한다는 무력감에 함께 잠식되어 갈 수밖에 없었다.

"아가. 이건 요정님이 준 사탕이란다. 이걸 먹으면 아픈 것도 다 날아갈 거야."

어느 날 어머니가 떨리는 손으로 아리나에게 쥐여 준 것은 반투명한 하얀 종이에 싸인 노란 사탕이었다. 딸을 위한 거짓말인 것이 분명했지만 하늘이 어머니의 바람을 들어준 것인지, 그날 이후 아리나의 병세는 점점 차도를 보이는 것 같았다. 하지만 그것은 착각이었다. 고통을 호소하는 날이 줄어들수록 아리나는 멍하니 허공을 보는 일이 많아졌고, 나중에는 가족들의 얼굴도 제대로 알아보지 못했다. 깨어 있을 때조차 환각을 보는 것처럼 헛소리를 할 때도 많았다. 그리고 그나마도 시간이 조금 더 흘렀을 때는, 아무것도 듣지 못하고 아무것도 보지 못하는 것처럼 초점 없는 눈만 흐리게 뜨고 있을 뿐이었다.

아리나는 에른스트에 있는 모두의 아픈 손가락이었다. 태어났을 때부터 단 한 번도 밖에서 뛰어놀지 못하고 그저 작은 방 한편에 누워 조용히 창밖만 바라보고 있던 가엾은 아이. 결국 아리나는 6살 생일조차 맞지 못하고 죽었다.

"으아앙!"

방 안 가득 들어찬 카벨과 에리히의 울음소리가 그들 모두의 심정을 대변하고 있었다. 그날만큼은 유진도 동생들을 달랠 생각조차 하지 못한 채 함께 울었다. 아직 어린 형제들은 물론이거니와 자식을 먼저 떠나보낸 부모님도 한동안 스스로를 추스르지 못했다. 마치 가슴에 큰 구멍이 뚫린 것 같았다.

하지만 어느 누구도 그 빈자리를 채울 방법을 알지 못한 채 야속하게도 시간만 하염없이 흘러갔다. 그래도 아리나가 죽고 약 일 년의 시간이 지났을 때쯤에는 벌어져 있던 상처가 차츰 아물 기미를 보이는 것 같았다. 하지만 그것은 보기에만 그럴듯한 허울 좋은 착각이었을 뿐이었다. 어머니가 어딘가 이상하다는 것을 유진이 처음 깨달았던 것도 바로 그 무렵이었다.

"어머니. 제 가정교사를 허드슨 씨로 바꾸기로 하셨다고요."

그날은 평소와 다를 것 없는 여상한 날이었던 것으로 기억한다. 시간이 약이라는 말이 맞는지, 이제 그들은 아리나 생각을 할 때마다 울컥하여 목이 메지 않을 정도로는 각자의 슬픔을 감당할 수 있게 되었다. 아버지는 다시 황궁을 오가며 에른스트의 수장으로서 책임을 다하기 시작했고, 어머니도 가끔씩 다른 귀부인들의 초대를 받아 외출하곤 했다.

동생들은 아리나의 사후 키우기 시작한 강아지에게 '페니'라는 이름을 붙이고 예전의 활기를 얼마간 되찾았으며, 유진은 가문의 후계자라면 누구나 입학해야만 하는 아를란타의 학술원에서 공부를 하고 있었다.

"그래. 아버지와 상의해서 그러기로 했단다. 다음 주에 허드슨 씨가 방문하기로 했으니 그렇게 알고 있으려무나."

"네, 어머니."

"물론 우리 유진은 늘 알아서 잘하니 따로 걱정하지 않아도 되겠지만."

그렇게 말하며 어머니는 옅게 미소 지었다. 유진은 그 미소를 보며 적잖이 안도했다. 하지만 그 안심 어린 마음이 산산이 부서진 것은 바로 그다음 순간이었다.

"어머, 내 정신 좀 봐! 깜빡 잊을 뻔했구나. 아리나에게 약 줄 시간이 다 되었는데."

한순간 유진은 지금 자신이 들은 말이 무엇인지 알아차리지 못했다.

"하마터면 늦을 뻔했어. 어서 부엌에 다녀와야겠구나. 유진, 네가 먼저 아리나에게 가서 지금 자고 있는지 좀 확인해 주겠니?"

"어머니……?"

유진은 황망하게 선 채 어머니를 불렀다. 하지만 그녀는 급하게 자리에서 일어나더니 곧 방을 나가 버렸다. 순식간에 손끝까지 차게 식는 느낌이었다. 기이하게도 심장이 쿵쿵 조금씩 그 박동을 빠르게 하기 시작했다. 유진은 떨어지지 않는 걸음을 떼 어머니의 자취를 따라갔다.

"유진, 아리나에게 벌써 다녀왔니? 아직 자고 있지? 후후. 우리 아가는 잠꾸러기라니까."

어머니는 쟁반을 들고 유진을 지나쳐 그대로 계단을 올라갔다. 유진은 그 소녀처럼 웃는 얼굴에 덜컥 숨이 막혀 아무 말도 하지 못하고 말았다.

"어머나. 우리 아가가 어디에 있지?"

아리나의 방은 아직 에른스트에 그대로 남아 있었다. 하지만 그 문이 열린 것은 거의 몇 달 만에 처음이었다. 유진은 어머니가 죽은 아리나의 방에서 누군가를 찾듯 주위를 두리번거리는 모습을 숨조차 쉬지 못하고 바라보았다.

"아하, 엄마랑 숨바꼭질이 하고 싶은가 보구나. 어디 보자. 커튼 뒤에 있을까?"

하얀 커튼이 펄럭, 눈앞에 선명한 잔상을 남기며 흔들거렸다.

"아리나. 우리 아가, 어디에 숨었니? 옷장 속에 있니?"

덜컹. 바로 그때, 등 뒤에서 누군가 유진의 다리를 붙잡았다. 유진은 숨을 들이켜며 급히 고개를 내렸다가 자신을 붙잡은 사람이 에리히라는 사실을 깨닫고 이내 깊은 숨을 내쉬었다.

"형, 저기 아리나가 있어……?"

"에리히, 이리 와."

에리히는 어머니와 함께 아리나를 찾기라도 하듯 방 안 곳곳에 시선을 옮기다가 그 안으로 뛰어들어 가려고 했다. 유진은 그런 에리히를 안아서 막았다.

"저건 아무것도 아니야. 아리나는 없어. 그냥, 그냥 어머니가 아리나 생각이 나서 잠시…… 잠시……."

그러나 목에 돌덩이가 박힌 것처럼 말을 이을 수가 없었다. 에리히의 어깨를 붙잡은 유진의 손은 형편없이 떨리고 있었다. 하지만 그는 눈을 한 번 감았다 뜬 뒤 단호한 어조로 어린 동생에게 말했다.

"에리히, 지금 네가 본 건 잊어버려. 알았어?"

에리히는 그의 말을 아직 잘 이해하지 못하겠다는 표정을 짓고 있었지만 그래도 카벨에게 가 있으라는 형의 말을 따라 뒤돌아섰다.

"아리나, 어디에 있니? 아가야?"

유진은 차마 움직여지지 않는 고개를 다시 돌렸다. 방 안에서는 여전히 그의 어머니가 죽은 딸을 찾아 헤매고 있었다. 그는 그 모습을 한참 동안이나 망연히 서서 지켜보았다. 깊은 호수에 홀로 내던져져 조금씩 익사당하는 것 같은 기분으로.

유진은 그날 저녁 자신이 본 것을 아버지에게 말했다.

"의사를 불러야겠구나."

에른스트 공작도 크게 동요한 듯 눈동자의 흔들림을 감추지 못했다.

"유진, 한동안 카벨과 에리히는 네게 맡기마."

"네, 아버지."

하지만 정기적으로 치료를 받으면서도 에른스트 부인은 이따금 죽은 딸이 살아 있는 것처럼 행동하곤 했다. 그녀의 증상이 말끔히 사라진 것은 기분 전환을 위해 떠났던 여행길에서 어린 여자아이를 데려온 직후부터였다.

그것이 바로 하리였다. 유진은 여동생의 자리에 끼어든 그 작은 여자아이가 너무나도 싫었다. 하지만 어머니가 그 후 가까스로 안정을 되찾은 것처럼 보였기 때문에 어쩔 수 없이 거부의 목소리를 집어삼키고 말았다.

"뭐야, 난 싫어! 쟤가 왜 내 동생인데?"

"쟤는 아리나가 아니잖아? 그런데 왜 같이 살아야 해?"

부모님은 밖에서 데려온 여자아이를 정말 딸처럼 생각하기라도 하는지 지극정성으로 보살폈다. 단순히 그 아이가 여동생의 자리에 대신 굴러 들어온 사실 자체에도 큰 충격을 받았던 형제들이 그 모습을 보고 더욱 불만을 가지게 된 것은 당연했다. 작고 무력한 여자아이가 분노의 대상이 된 것은 순식간이었다.

아직 아물지 못한 상처에 맺혀 있던 고름이 한순간에 터져 나온 것과 마찬가지였다. 어쩌면 그동안 꾹꾹 눌러 담고만 있던 이 지독한 불안감을 해소할 만한 곳이 필요했던 것뿐인지도 몰랐다. 스스로 비열한 행동인 줄 알면서도 유진 역시 하리를 볼 때마다 저도 모르게 튀어나오는 가시 돋친 말을 제어하지 못했다.

"미안해."

그럴 때마다 하리는 그에게 사과했다. 아이를 마주할 때마다 유진은 점점 더 가슴이 갑갑해졌다. 하지만 그럴수록 더욱 스스로의 행동을 합리화했다.

그래도, 그래도 너는 살아 있잖아. 살아서, 하루하루 숨 쉬는 일만으로도 끔찍하게 고통스러워했던 내 여동생의 자리를 차지했잖아. 그리고 그것으로 우리에게서 어머니와 아버지까지 빼앗아 가 놓고. 머릿속이 온통 뒤죽박죽으로 엉킨 격한 감정들로 엉망이었다. 알고 있었다. 이것이 타당하지 않은 생각임을. 하지만 도저히 견딜 수가 없었다. 그 누구도 그에게 이런 식으로 거칠게 날뛰는 마음을 삭이는 방법을 알려 주지 않았기에.

그래서 유진은 그냥 외면했다. 그들의 미움을 받고 있는 아이 역시 이제 겨우 7살밖에 되지 않은 어린아이에 불과하다는 사실을. 그러는 것이 가장 편했기 때문에.

"이상해."

"응?"

문득 중얼거린 유진의 혼잣말에 가정교사인 허드슨이 책을 읽다 말고 고개를 들었다. 유진은 허드슨이 시키는 대로 연표를 정리하다 말고 기이한 느낌을 받아 손을 멈춘 참이었다. 집이 왜 이렇게 조용하지? 귀를 기울여도 문밖에서는 어떤 소음도 들리지 않았다. 다른 사람들이 그의 의문을 안다면 지금의 허드슨처럼 무슨 소리냐는 듯한 표정을 지을 것이었으나, 유진은 어떤 본능에 이끌려 자리에서 몸을 일으켰다.

"휴버트!"

계단을 내려오며 집사 휴버트를 불렀으나 아무 대답도 돌아오지 않았다. 몇 번을 외쳐도 마찬가지였다.

"카벨, 내가 없는 동안 무슨 일 없었어?"

"응? 무슨 일?"

카벨은 웬일로 혼자 방에 틀어박혀 놀고 있었다. 가까이 가서 보니 카벨이 가지고 놀고 있는 장난감은 과거에 그가 며칠 동안 아무리 애원해도 에리히가 절대 빌려주지 않던 것이었다. 원하던 장난감을 손에 넣게 된 카벨은 완전히 거기에 정신이 팔려 유진의 물음에도 건성으로 대답했다.

"에리히는 어디 있어?"

"몰라. 페니랑 놀고 있겠지. 슈우웅!"

갑자기 불길한 느낌이 들었다. 유진은 카벨의 방을 나와 다른 사람들을 찾기 시작했다. 그런데 어찌 된 일인지 복도를 걷는 동안 집사 휴버트를 비롯한 사용인들이 한 명도 눈에 띄지 않았다.

"에리히!"

"멍!"

그의 부름에 대답한 것은 페니였다. 유진은 그들이 다 같이 모여 있곤 하던 놀이방에서 페니를 껴안고 있는 에리히를 발견했다.

"지금까지 혼자 있었어?"

"아니, 페니랑 같이 있었는데."

그런데 천연덕스럽게 대답하는 에리히의 얼굴에서 이상한 낌새가 엿보였다. 잘 보니 동생은 유진의 눈을 피하고 있었다.

"그 애는 어디 있어?"

"그걸 내가 어떻게 알아. 자기 방에 있겠지."

"방금 전에 내가 갔을 때는 없었어."

"그럼 집에라도 갔나 보지."

유진은 에리히에게 다가가 동생의 작은 어깨를 부여잡았다.

"에리히, 사실대로 말해. 내가 없는 동안 뭘 한 거야?"

그저 직감이었다. 이상할 정도로 조용한 저택을 걷는 동안 그의 머릿속을 스쳐 지나갔던 일종의 불길한 예감.

"몰라."

"에리히!"

결국 유진은 에리히를 닦달해 대답을 듣는 데 성공했다. 그 직후 그는 곧바로 저택 밖으로 뛰쳐나가고 말았다. 에리히는 하리에게 집으로 돌아가라고 소리 지른 뒤 밖으로 내쫓았다고 했다. 뛰면서 1층에 있는 시계를 보니 그로부터 벌써 시간이 한 시간도 더 지나 있었다.

"하리!"

유진은 저택 밖 어딘가에 있을 아이를 찾아 건물 주변을 샅샅이 훑으며 달리기 시작했다. 언제부터인가 밖에는 소복소복 눈이 내리고 있었다. 몰아치는 눈보라에 마음이 급해져서 그가 부모님의 앞을 제외하고 아이의 이름을 반년 만에 처음 불러 봤다는 자각도 없었다. 마침내 사람 형체를 한 새하얀 무언가가 눈에 들어왔다.

"하리!"

하리는 별관으로 이어진 계단 위에 미동 없이 누워 있었다. 그 모습을 보자 덜컥 가슴이 내려앉았다.

"정신 차려, 하리!"

그는 비록 이 아이를 싫어하기는 했으나 그렇다 해서 죽기를 바란 것은 아니었다. 조용히 누워 있는 자그마한 몸에서 한순간 죽은 여동생이 스쳐 지나갔다.

"하리! 하리!"

그는 극심한 두려움에 사로잡혀 여전히 미동 없는 몸을 마구 흔들었다. 굳게 잠겨 있던 눈꺼풀이 서서히 들어 올려져 그 안에 있던 자색의 눈동자를 드러낸 것은 바로 그 순간이었다. 하리가 눈을 뜨는 순간 그는 울컥하고 말았다. 이대로 정말 죽는 줄 알았다든가, 죽지 않아서 다행이라든가 하는 말이 속에서 맴돌았지만 결국 유진은 그중 아무 말도 하지 못했다. 그리고 그것은 다음 순간 마주친 아이의 눈동자 때문이기도 했다.

"유진 오빠?"

유진이 정말 자신의 오빠라도 되는 것처럼 하리는 어딘가 맹목적인 느낌이 깃든 눈빛으로 그를 바라보았다. 그 순간 유진은 훅 숨을 멈춘 채 그대로 굳어져 버리고 말았다.

"오빠, 언제 회춘했어?"

그런데 아이는 그를 향해 이상한 헛소리를 늘어놓기 시작했다.

"유진 오빠 아들?"

의심스럽다는 듯이 눈을 가늘게 좁히며 중얼거리는 말을 듣고 유진은 저도 모르게 소리치고 말았다.

"무슨 헛소리야. 정신 나갔어?"

그런데 '하긴, 그렇겠지' 하는 듯이 그를 쳐다보는 눈빛조차 기분 탓인지 어딘가 예전과 달랐다. 그러고 보니 하리의 눈을 이렇게 마주하는 것은 지난 몇 달 만에 처음이었다. 이 아이가 원래 이런 식으로 다른 사람의 눈을 정면에서 직시하는 아이였던가? 어쨌든, 유진은 정신을 차리고 하리를 집 안으로 데리고 들어왔다. 그새 장난감에 질렸는지 1층을 어슬렁거리고 있던 카벨이 제일 먼저 그들을 발견하고 놀랐다. 문제는 에리히였다.

"형, 내가……."

에리히는 유진이 안고 들어온 하리를 보고 두 눈을 크게 뜨다가 곧 불쌍할 정도로 온몸을 떨며 울먹였다.

"내가 잘못한 거야?"

아직 7살인 아이였다. 타인에게 악의가 있었다 해도 그 행동이 죽음으로 이어지리란 자각까지 있었을 리는 없었다. 이번 일 역시 하리를 집에서 쫓아내고 싶었을 뿐, 이대로 오갈 데 없이 밖으로 내몰린 아이가 얼어 죽을지도 모른다는 생각은 미처 하지 못했을 것이 분명했다.

"아버지와 어머니께 완전히 숨길 수 없는 일인 걸 알고 있지? 이번에는 네 장난이 너무 심했어."

"형……."

이대로 '나쁜 장난'으로 치부하고 끝내도 될 일이 아니었으나 일단 지금은 에리히도 에리히거니와 하리의 처우가 시급했다. 에리히를 야단치는 일은 그 후에 해도 늦지 않을 것이었다. 그래서 유진은 동생들을 시켜 필요한 사람들을 불러오게 한 뒤 벽난로에 장작을 더 던져 넣었다. 그날 돌아온 부모님에게 세 형제가 혼이 난 것은 당연했다.

"그래. 하리가 에리히의 장난을 피해 도망치다 밖에서 미끄러져서 이런 일이 생겼단 말은 들었다."

유진은 아버지의 말에 멈칫하고 말았다. 그는 분명 아버지에게 오늘 있던 일을 사실대로 말씀드렸다. 그런데 삼 형제를 혼내는 자리에서 아버지가 말한 것은 유진이 설명한 것과 약간 달랐다.

"응! 맞아."

일의 내막을 모르는 카벨만 나서서 고개를 주억거렸다.

"아무리 그래도 그렇지, 어떻게 애가 혼자 밖에 나가서 그 긴 시간을 쓰러져 있는데 아무도 몰랐단 말이니? 유진!"

어머니는 가장 먼저 장남인 유진을 추궁했다. 아버지와 눈이 마주친 순간, 유진은 어머니가 충격받을 것을 걱정해 아버지가 이 사실을 숨기려 한다는 사실을 깨달았다.

"죄송해요, 어머니. 허드슨 씨와 공부 중이라 미처 몰랐어요."

"카벨! 동생에게 큰일이 난 줄도 모르고 장난감에만 정신이 팔려 있다니. 그 장난감은 일주일간 압수야."

"에헷. 이거 어차피 에리히 건데."

"네 방에 있는 장난감 모두 다 압수인 줄 알아!"

"어, 엄마!"

"에리히."

이름이 불리는 순간 에리히의 어깨가 크게 움찔거렸다. 에리히는 아까부터 잔뜩 겁먹어 아무 말도 하지 못하고 있었다.

"도대체 평소에 얼마나 심한 장난을 치기에 하리가 널 피해서 도망치기까지 하니? 오늘 일도 자칫 잘못하다가는 큰일이 날 수 있었어. 지금도 저렇게 아픈 걸 보고도 아무것도 느낀 게 없니?"

에리히는 애처롭게 몸을 떨다가 뚝뚝 눈물을 떨구기 시작했다. 다른 때 같으면 옆에 있는 유진에게라도 매달려 울었을 텐데 혼자 덩그러니 서서 눈물만 하염없이 떨구는 것을 보았을 때 스스로의 잘못을 이미 깊이 통감하고 있는 듯했다.

"모두 제대로 반성하렴. 두 번 다시는 이런 일이 없어야 할 거야."

아들들의 잘못으로 하리가 큰 위험에 처했다는 사실을 모르는 어머니는 그 정도로 꾸중을 멈춘 뒤 이마를 짚으며 자리에서 일어났다.

"좀 쉬어야 하지 않겠소."

"하리에게 가 봐야죠."

부모님이 먼저 자리를 비키고 난 후 유진은 아직까지 울고 있는 에리히에게 조용히 다가가 어깨를 안아주었다.

"나, 나는. 그냥 쟤가 우리 집에 있는 게 싫어서. 그래서."

에리히는 그 후로도 한참을 더 울었고, 카벨은 그 옆에서 덩달아 시무룩해져 입을 다물고 아무 말도 하지 않았다. 유진은 그 속에서 홀로 갑갑한 마음을 억눌러 참았다.

그 후 하리는 이상해졌다. 정말 죽을 생각인지 눈보라 치는 바깥에 얇은 옷차림으로 다시 나가지를 않나, 그의 눈을 쳐다보고 당황스러울 정도로 당당하게 제 의사를 표현하지를 않나, 심지어는 그에게 먹을 것을 가져다 달라고 뻔뻔스레 주장하지를 않나. 게다가 어째서인지 유진은 그런 하리에게 알게 모르게 휘둘리고 있었다.

"유진 오빠, 이제 보니까 되게 둔하다. 이게 안 돼? 이게 안 돼? 응응? 응?"

"너 진짜!"

되지도 않는 도발에 넘어가서 처음의 목적도 잊고 답지 않은 몸 씨름을 하게 된 것부터도 그러했다.

"뭐, 누가 둔하다고?"

하리를 붙잡아 눕힌 뒤 의기양양하게 입을 열었던 유진은 다음 순간 마주친 눈동자에 돌처럼 굳어버리고 말았다. 생각해 보면 새하얀 눈 속에서 하리를 처음 발견했을 때부터 이 눈동자만 보면 덜컥 말문이 막히고는 했다. 도대체 어째서일까? 그러고 보니 이런 식으로 유치하게 군 것도 하리의 앞에서가 처음인 것 같았다. 그동안은 단 한 번도 동생들과 이런 식으로 논 적이 없었는데.

"동생들과 어울리더니 너마저 덩달아 생각이 어려진 모양이구나. 당장 하리에게 사과해라."

유진은 잠시 후 방에 들어온 아버지에게 혼이 났다. 방을 나온 직후 아버지는 방금 전 자신이 때린 유진의 뺨을 손으로 감싸며 말했다.

"미안하구나. 하리 앞에서 그 사탕에 관한 이야기는 더 꺼내지 않는 게 좋을 것 같아 조금 과하게 굴었다."

아버지는 하리가 어머니가 주신 사탕에 대해 알게 될까 우려돼 그랬다며 유진을 다독였다.

"그래. 네가 전부 다 알고 있었다니. 그동안 혼자서 너무 무거운 짐을 짊어지게 하고 있었구나."

그 말을 듣고 유진은 울컥하고 말았다. 그간 아무에게도 말하지 못하고 홀로 끌어안고 있던 불안감을 이해한다는 말을 듣자 코가 시큰해지며 아버지에게 처음으로 약한 소리를 꺼내고 싶어졌다. 그러나 이어지는 아버지의 말은 그의 예상과 달랐다.

"모른 척하려무나."

"아버지?"

“이제 겨우 네 어머니도 안정을 되찾았지 않니. 아무것도 보지 못하고 듣지 못한 것처럼, 앞으로도 그렇게 모른 척하거라.”

“하지만…….”

“물론 그 사탕에 관해서는 나도 할 수 있는 한 막을 생각이다. 하지만 설령 하리가 그걸 먹는 모습을 봐도…… 아무 말 말아라.”

아버지는 그렇게 속삭이며 유진의 어깨를 두어 번 도닥인 뒤 먼저 발길을 돌렸다. 유진은 혼자 우두커니 서서 멀어지는 아버지의 뒷모습을 바라보았다.

바스락. 곧 그의 손이 지금껏 그 안에 있던 사탕을 부서뜨릴 듯이 세게 움켜쥐었다.

“유진. 어제 아버지에게 혼이 났다는 이야기를 들었단다.”

다음 날, 아버지가 외출한 사이 어머니가 그의 방을 방문했다. 어디까지나 겉보기이기는 했으나 유진은 근신의 의미로 방에서 책을 보고 있던 참이었다.

“그이도 참. 그렇다 해서 얼굴까지 때릴 건 뭔지.”

속상하다는 듯 뺨을 어루만지는 어머니의 얼굴을 물끄러미 바라보다가, 유진은 충동적으로 입을 열었다.

“어머니, 왜 하리에게 ‘그 사탕’을 주셨어요?”

그러자 어머니는 모르겠다는 듯이 고개를 갸웃거렸다.

“주면 안 될 이유라도 있니?”

“어머니, 그건…….”

유진은 저도 모르게 언성을 높여 놓고 이내 이를 악물며 잠시 말을 멈추었다. 이어지는 그의 목소리는 잔뜩 쉰 것처럼 갈라져 있었다.

"그건, 마약이잖아요."

어머니가 아픈 아리나에게 주었던 노란 사탕. 유진은 그것이 무엇인지 이미 알고 있었다. 강한 진통제 성분이 있는 그 사탕은 심각한 중독성과 부작용이 있는 마약이었다. 계속 섭취하면 종국에는 아무것도 인지하지 못하는 백치가 되고 마는…….

"하리는 아리나가 아니에요."

유진은 어머니가 아리나에게 그 사탕을 주고 난 뒤면 방에서 얼마나 서럽게 울었는지를 기억했다. 아리나가 매일매일 너무 많이 아파해서, 하지만 대신 아파 줄 수도 병을 낫게 해줄 수도 없어서, 그래서…… 차라리 딸이 환각 속에서 고통을 잊기를 바라며 매일 저녁마다 떨리는 손으로 그 사탕을 주고, 그런 뒤 혼자서 어찌할 바를 몰라 하며 한없이 울고 또 울었던 어머니를 기억했다.

"어머, 그런 당연한 이야기를."

유진이라고 해서 그 고통스러운 기억을 다시 꺼내고 싶을 리 없었다. 하지만 이번만큼은 모른 척하라는 아버지의 말을 받아들이기 어려웠다.

"네가 오해하는 것 같구나. 그 사탕은 위험한 게 아니야."

"위험한 게 아니라면……."

유진은 여전히 소녀처럼 천진한 어머니의 얼굴을 보며 속삭였다.

"저에게도 그 사탕을 주세요."

"안 돼, 유진."

그러자 어머니는 엄격한 표정을 지은 채 자신의 아들을 꾸짖었다.

"그건 아픈 아이만 먹는 거란다."

"……."

"아픈 동생 걸 탐내면 못써. 동생에게 양보할 줄 알아야 좋은 오빠지?"

어머니는 정말 그 사탕이 아픈 데를 낫게 해주는 약이라고 믿기라도 하는 것처럼 유진을 혼냈다. 유진의 검은 눈동자가 흔들리기 시작했다.

서서히 진득한 두려움이 밀려들었다. 조금씩 괜찮아지고 있다고 생각했는데. 이제는 전보다 나아졌다고 생각했는데…….

그러나 그저 그렇게 보이도록, 모두가 서로의 눈을 가리고 곪은 상처를 덮어 현실에 안주하고 있었을 뿐이었던 걸까.

"어머니."

저희를 좀 봐주세요. 카벨과 에리히에게도. 그리고 저에게도 아직 어머니가 필요해요. 매일매일 어떻게 해야 좋을지 모르겠어요. 지금 제가 할 수 있는 일이 정말 이 모든 것을 모른 척하는 것뿐인가요?

"그래, 유진."

그러나 유진은 이번에도 말하지 못했다.

"아니…… 아무것도 아니에요."

그를 향해 꽃같이 웃어 보이는 어머니는 정말이지…… 가슴에 사무칠 정도로 행복해 보여서.

"형, 뭐 해?"

유진은 몰래 어머니의 방에 숨어들어 가 노란 사탕을 가지고 나왔다.

"어! 그거 아리나가 먹던 건데."

"응. 그래서 이제는 먹을 사람이 없으니까."

최대한 꼼꼼히 찾는다고 찾았지만 혹시 미처 발견하지 못한 곳에 사탕이 더 숨겨져 있을까 봐 걱정이 되었다. 아버지는 할 수 있는 한 막아보겠다 하셨지만……. 뒤에 이어진 말은 만약 하리에게 사탕의 정체를 들킬 위험이 있다면 아이에게 어떤 불상사가 생겨도 모른 척하겠다는 의미를 내포하고 있었다. 하지만 유진은 하리가 이것을 먹도록 내버려 둘 수 없었다. 혹시 이전에 이미 이 사탕을 먹은 적이 있던 건 아니겠지……?

"얘들아, 준비 다 됐니?"

그때 저 멀리서 어머니가 그들을 부르는 소리가 들렸다. 오늘은 가족들끼리 모두 함께 시가지에 나들이를 가기로 한 날이었다.

"카벨, 먼저 내려가 있어."

"알았어."

카벨이 먼저 계단을 내려가고 난 뒤, 유진은 사탕을 처리하기 위해 분주하게 움직이기 시작했다.

"사람이 많아서 길을 잃기 쉬우니 둘이 손을 꼭 붙잡고 가렴. 하리는 유진 오빠한테 잘 붙어 있어야 한다."

하리와 함께 손을 붙잡고 걷는 길은 당연히도 어색하고 또 불편했다. 약재상에 가는 길. 유진은 하얀 벙어리장갑을 낀 손을 맞잡은 채 묵묵히 앞만 보며 걸었다. 그 못지않게 하리도 지금의 상황이 불편한 듯했다. 문득 오늘 외출하기 전 그가 처리한 노란 사탕과 어머니의 말갛게 웃는 얼굴이 뇌리를 스쳐 지나갔다.

"지금도……."

그를 둘러싸고 있는 지금의 이 온갖 비정상적인 상황도.

"네가 있던 곳으로 돌아가고 싶어?"

그런 것을 물은 것은 어째서인지 몰랐다. 하리는 그의 말을 듣지 못한 듯, 혹은 확인하듯 물끄러미 그를 올려다보았다. 유진은 잘근 입술을 씹은 뒤 재차 물었다.

"지금도 네가 있던 곳으로 돌아가고 싶어?"

"응. 돌아가고 싶어."

대답은 금세 돌아왔다. 다시금 둘 사이에는 침묵이 떠돌았다. 주위가 온통 소란스러운 가운데 오직 그들 두 사람만이 조용했다. 그래……. 이런 건 정상이 아니었다. 그렇다면 하나씩 돌려놓으면 된다.

나중에 생각해 보면, 그 당시의 유진은 거의 강박적인 불안감에 휩싸여 있었다. 그렇게까지 네가 살던 곳으로 돌아가고 싶다면 지금 당장 어디든 가 버리라고. 우리 모두에게 차라리 그게 더 좋은 방법일 거라고. 그는 그렇게 생각했다.

스륵. 그때까지 붙잡고 있던 손을 허공에 놓아버린 것은 바로 그 순간이었다. 순식간에 손안에서 온기가 빠져나갔다. 유진은 단 한 번도 뒤돌아보지 않고 걸었다. 수많은 사람에 떠밀려 자의가 아닌 것처럼 그 자리를 벗어나게 될 때까지. 그리고 마침내 방금 전까지 있던 거리를 벗어났을 때, 유진은 문득 길 한복판에서 걸음을 멈추었다.

웅성웅성. 사람들이 만들어 내는 소음이 따갑게 귀를 찔러 들어왔다. 하리는 자신을 혼자 두고 떠나는 그를 한 번도 소리 내 부르지 않았다. 그럼 이것으로 된 것인가? 정말? 이 모든 것이 너무도 쉬워서 한편으로는 현실감이 들지 않을 정도였다. 그런데 왜 이런 기분이 드는 것이란 말인가. 왜. 왜…… 왜 마치 그가 이 길 한가운데서 길을 잃기라도 한 것처럼…….

"얘야, 괜찮니?"

갑자기 앞에서 들리는 소리에 유진은 불현듯 놀라 고개를 들었다. 길 한복판에 혼자 망연히 서 있는 그가 이상해 보인 모양이었다. 부부로 보이는 한 쌍의 남녀가 그를 보며 걱정스러운 표정을 짓고 있었다. 그것이 마치 부모님과 홀로 뚝 떨어진 아이를 보는 듯했다. 이런 식으로 어린애 취급을 당해 본 것이 처음이어서 유진은 한순간 말문이 막혔다. 그는 아무 말도 못 한 채 도망치듯 그 자리를 벗어났다. 하지만 결국은 멀리 가지도 못해 눈에 보이는 벽에 기대어 무너지듯이 주저앉고 말았다.

유진은 정말 자신이 어린애라도 된 것처럼 몸을 웅크리고 떨리는 손에 얼굴을 묻었다. 욱욱…… 목멘 소리가 목구멍을 비집고 새어 나왔다.

도대체 지금 무슨 일이 있었지……? 도대체 내가 뭘 한 거지? 지금 자신이 무슨 짓을 저지른 건지 알 수가 없었다. 사실 눈에 보이는 진실은 지극히 간단명료했다. 잡고 있던 손을 놓았다는 것. 하지만 거기에 담긴 의미는 분명 그 손 하나만큼의 무게가 아니었다.

"아……."

울음소리인지 비명인지 모를 괴이한 소리가 가슴에서부터 끓어 올라왔다. 두 눈이 벌겋게 달아오르고 심장이 쿵쾅쿵쾅 전력 질주를 한 것처럼 빠르게 뛰었다. 눈앞이 온통 깜깜했다. 방금 전까지 주위에 가득하던 소음조차 씻은 듯이 사라져, 마치 그 혼자만이 무중력 상태의 낯선 공간에 뚝 떨어져 내팽개쳐진 것만 같았다.

유진은 입을 벌려 가쁜 숨을 헐떡였다. 물끄러미 자신을 올려다보던 그 눈동자가 자꾸만 눈에 박힌 것처럼 떠올라 미칠 것 같았다. 방금 전 저지른 일을 상기하자 두려움이 밀어닥쳤다. 하지만 정말 무섭게 느껴지는 것은, 아무렇지 않게 이런 짓을 저지른 그 자신이었다.

나는 정말 이 정도로 형편없는 인간이었나. 이런 짓밖에 하지 못하는, 그런 한심한 인간이었던 건가.

"돌아가고 싶어."

고작 그 한마디였다. 고작 그 한마디에 기대 비열한 자기 합리화를 하면서 나는, 나는……. 하리가 살던 곳이 정확히 어디인지는 모르나 어떤 곳인지 정도는 유진도 얼추 알고 있었다. 그러니까 어쩌면 그는 그 아이에게 따뜻한 집과 갓 만든 빵, 예쁜 옷들을 주는 대신 이쯤은 괴롭혀도 된다고 은연중에 그런 생각을 하고 있었는지도 몰랐다. 너도 얻은 것이 있으니 그에 상응하는 대가를 치러야 하지 않겠냐고. 그런데 그 아이는 돌아가고 싶다고 말했다. 다 시들어 빠진 꽃이라도 사람들에게 구걸하듯 팔지 않으면 한 끼 식사조차 하기 어려운 그때의 생활로.

그렇다면 아마도 그건, 지금의 생활이 그만큼 그 아이에게 힘겹다는 의미일 것이었다. 그 정도로 그들이 그 아이에게 끔찍한 사람이라는 의미일 것이었다.

"유진 오빠."

그런 생각을 하자 유진도 스스로가 끔찍하게 느껴지기 시작했다. 그는 무릎을 굽혀 그 사이에 얼굴을 파묻었다. 이대로 아무도 보지 못하게 자신을 이 세상에서 숨기기라도 하려는 것처럼. ……사실은 알고 있었다. 그 아이에게 제멋대로 죽은 아리나를 투영해 본 것도, 오갈 곳 없는 분노를 애꿎게 화풀이하듯 그 아이에게 풀어 놓은 것도 모두 에른스트에 있는 사람들의 잘못이었다.

사실 그 애는 그들에게 잘못한 게 아무것도 없었다. 하필 그 자리에 있었다는 것. 만약 그런 것도 잘못이라 할 수 있다면 하리가 잘못한 것은 오직 그것뿐일 것이었다. 그럼에도 그 아이는 자신을 고통스럽게 하던 그들을 단 한 번도 원망조차 하지 않았다. 그 사실을 모르지 않기 때문에 어쩌면 그는 하리의 앞에서 매번 도망치듯 먼저 자리를 떠나고 말았는지도 몰랐다.

어찌 보면 에른스트의 유지를 이어받기로 결심한 유진은 그 아이를 배척하는 것이 아니라 그들의 과오에 대한 책임을 져야 마땅했다. 처음부터 어린 동생들이 저지른 일을 모른 척하고 그에 더해 그 아이를 덩달아 괴롭히는 것이 아니라, 어떻게 해서든 지금의 상황을 해결하려 노력해야 했다.

"하……."

문득 메마른 비소가 입술을 비집고 새어 나왔다. 어쩌면 지금 이 현실을 어찌해 볼 의지조차 없이 정말 체념하고 있던 것은 바로 그 자신이 아니었나. 편리한 대로 눈앞에 보이는 상황을 외면하고 이미 어쩔 수 없는 일이라며 포기하고 만 것은 그 역시도 마찬가지 아니었던가. 의젓한 아들인 척, 자상한 형인 척, 어른스러운 아이 행세를 했지만 사실은 그 모두가 감당하기 버거워서 도망치고 싶었다.

그래. 결국은 도망치고 싶어서 자신을 붙잡고 있던 그 작은 손을 놓고 만 것이다. 이러는 것이 모두에게 가장 좋은 방법이라고, 스스로를 위한 그런 치졸한 위로를 하면서.

"얘야, 어디가 아프니? 부모님은 어디 계셔?"

그때, 벽에 기대 웅크리고 앉은 그를 향해 다가온 누군가가 물었다. 유진은 대답 대신 벽을 짚고 휘청거리며 자리에서 일어났다. 유진의 얼굴을 본 귀부인은 더욱 걱정스러운 표정이 되어 재차 물었다.

"혹시 무슨 일이 있는 거면 도와줄게. 동행한 어른이 있니?"

"동생을 찾으러 가야 해요."

"저런. 동생을 잃어버려서 그런 얼굴을 하고 있었구나. 어머, 얘!"

유진은 뒤에서 부르는 소리조차 무시한 채 왔던 길을 다시 되돌아 뛰기 시작했다. 다시금 주위는 시끄러운 소리로 가득 차고, 아까와 다른 수많은 사람이 옆을 스쳐 지나갔다.

제발 그 자리에 있어줘. 유진은 숨이 턱까지 차오르도록 달리면서 몇 번이나 간절하게 생각했다.

저벅. 그리고 마침내 상자 위에 앉아 아까의 그처럼 몸을 웅크리고 있는 여자아이를 발견했을 때. 유진은 눈두덩이가 뜨거워지는 것을 느끼며 천천히 걸음을 옮겼다.

한 발짝. 한 발짝. 앞을 향해 걸을 때마다 길 잃은 아이가 된 것만 같던 망연한 느낌이 조금씩 그에게서 떨어져 나가기 시작했다. 그리고 대신 그 자리에 새로운 무언가가 싹트기 시작하는데…….

"가자."

유진은 아까처럼 그를 물끄러미 올려다보는 아이에게 그렇게 말했다. 아, 이 순간의 기분을 어떻게 표현하면 좋을까.

"……다녀왔어?"

아마도 그는 죽는 날까지 오늘을 잊지 못할 것이었다.

"다녀왔어."

태어나서 처음 겪어 본 이 무수히 많은 감정이 속에서부터 폭죽처럼 터져 나가 죽을 것만 같던 이날을.

"돌아가자."

그리고 그의 손으로 직접 놓아버렸던 이 작은 손을 또 한 번 맞잡게 된 지금의 순간을. 분명히 그는 앞으로도 계속 가슴에 아로새긴 채 살게 될 것이었다.

"나 다리 아파."

유진은 처음으로 투정 부리는 아이를 업고 가족들이 있을 곳을 향해 다시 걸었다.

"바보."

등 뒤에서 자그마하게 중얼거리는 소리가 들렸다. 그를 기다리듯 혼자서 오도카니 앉아 있던 스스로에게 하는 말인지, 아니면 자신을 버렸다가 다시 되돌아온 그에게 하는 말인지 알 수 없는 모호한 억양의 속삭임이었다.

"유진 오빠 등 불편해."

"시끄러워."

이제 해가 지려는지 땅 위에 땅거미가 내려앉기 시작했다. 두 명의 바보가 만드는 그림자도 바닥에 길게 몸을 늘였다. 그 길목에서 유진은 왜인지 조금 울고 싶었지만 그럴 자격이 없다고 생각했기 때문에 살며시 치밀어 오르는 것을 다시 꾹 억눌러 담았다.

“미안해.”

충동적으로 그 짧은 한마디를 입 밖에 내고 나자 다시 한번 말하지 않고는 견딜 수가 없었다.

“미안해.”

하리는 잠들었는지 얕은 숨소리만 낼 뿐 아무 말도 하지 않았다. 그래서 유진은 그 후 몇 번이나 더 같은 말을 속삭일 수 있었다. 숨 막힐 정도로 가슴을 꽉 짓누르고 있던 짐이 아주 조금이나마 가볍게 느껴질 때까지. 듣는 이 없는 비겁한 사과를.

제4장

어서 와, 미래의 남편님!
미래의 처갓집은 처음이지?

"아버지. 어머니. 드리고 싶은 말씀이 있어요."

저택으로 돌아온 직후, 유진은 에른스트 부부와 함께 방으로 들어갔다. 무슨 이야기를 하려는 건지는 몰라도 꽤 진지한 이야기인 것만은 확실했다.

"미안해."

나는 유진의 등에 업혀 가는 동안 귀를 간질였던 낮은 속삭임을 떠올렸다. 갑작스러운 사과에 잠시 할 말을 잃었을 뿐인데 그는 내가 잠들었다고 생각한 것 같았다. 그 후 유진은 몇 번이나 더 혼잣말처럼 같은 말을 읊조렸다. 그가 그러는 동안 나는 아무 말도 하지 않은 채 귓가에 나긋이 날아드는 속삭임을 가만히 듣고만 있었다.

"자, 이건 유진이 좋아하는 딸기 케이크."

유진은 그날 에른스트 부부와 아주 오랫동안 이야기를 나누는 듯, 우리가 모두 잠들 때까지 방에서 나오지 않았다. 그리고 얼마 후 이상하게도 에른스트가 내부의 분위기가 약간 바뀌었다.

"이건 카벨이 좋아하는 호두 파이."

"예에!"

일단 다 같이 둘러앉아 도란도란 함께 보내는 시간이 생겨났다.

"에리히는 체리가 들어간 초코 케이크를 제일 좋아하지?"

"와아!"

에른스트 부인은 에리히의 앞에 접시를 놓아준 뒤 이번에는 나를 돌아보며 웃었다.

"하리는 지난번에 보니 치즈 케이크를 좋아하는 것 같던데."

"전 다 좋아요!"

이건 거짓말이 아니었다. 왜냐면! 케이크는 존재 자체로 신성하니까!

나는 세 형제와 함께 접시에 놓인 케이크를 냠냠 먹기 시작하며 머리를 굴렸다. 도대체 무슨 바람이 불어서 이렇게 다 같이 시간을 내 다과 시간을 갖는 건지 모르겠다. 원래 에른스트 사람들은 다들 각자 따로 노는 걸 즐겼던 것 같은데?

"엄마, 나 딸기 먹고 싶어."

"딱 하나만이야?"

"응!"

에리히가 어리광부리며 하는 말에 에른스트 부인이 케이크 위에 있던 딸기를 에리히에게 먹여 주었다.

"하리도 딸기 하나 먹을래?"

에른스트 부인은 내 접시에도 딸기를 하나 놓아주었다. 슬쩍 쳐다보니 에리히는 나를 노려보는 대신 얌전히 케이크를 먹고 있었다. 요즘 에른스트 부인과 함께 있는 시간이 늘어서 그런지 셋째는 요즘 들어 나한테 보내는 독기가 부쩍 줄어들어 있었다. 음. 이렇게 쓸 만한 효과라면 이런 시간도 가져 볼 만한 것 같기도…….

"하리야. 아빠 것도 같이 나눠 먹을까? 자, 아~ 하렴."

오소소! 나는 방금 전 내가 한 생각을 취소하기로 했다. 빨리 끝나라, 이 망할 다과회!

"매디슨 씨가 방문했습니다."

다과 시간이 끝날 무렵 집사 휴버트가 누군가의 방문을 고해 왔다.

"가 봐야겠네요."

"옆에 있겠소."

매디슨 씨는 얼마 전부터 에른스트 부인을 진찰 중인 의사로, 에른스트가의 또 다른 변화는 바로 이것이었다. 에른스트 부부는 근래 들어 에른스트 부인의 기력이 약해져 치료를 받는 것이라 설명했는데 어째서인지 나는 약간 의심 어린 마음이 들었다. 하지만 그들이 숨기고 싶다면 굳이 캐낼 이유도 없을 것 같아서 나는 그런 마음을 내색하지 않았다.

반년 후 예정된 에른스트 부부의 죽음이 그들의 지병에 관련된 것이라면 이야기는 달라졌겠지만, 그건 분명 누구도 예상치 못했던 사고였으니까. 거기까지 생각하고 나는 약간 기분이 가라앉았다. 그들의 죽음이 이 에른스트가에 미친 영향은 상상 이상으로 컸기 때문이었다. 혹시 이번에는 그들이 죽지 않게 막을 수 있을까?

"하리."

나는 때마침 다가온 에른스트 부인을 향해 고개를 들었다. 그러자 내 눈높이에 맞춰 무릎을 굽히고 앉은 그녀가 웃는 낯으로 내게 무언가를 쥐여 주었다.

"약은 이제 안 먹지만 그래도 선물이란다."

그것은 반짝이는 설탕 가루가 붙어 있는 알사탕이었다. 지난번 내가 유진에게 빼앗겼던 노란 사탕 대신인 걸까? 나는 힐끔 테이블에 앉아 있는 유진을 쳐다보았다. 하지만 그는 우리들의 모습을 제자리에 앉아 가만히 지켜보고만 있을 뿐이었다.

"고맙습니다."

"앞으로도 아이들과 사이좋게 지내 주렴."

나는 내 머리를 쓰다듬는 부드러운 손길에 약간 쑥스러워져서 코를 움찔거렸다. 에른스트 부인은 나뿐만이 아니라 다른 형제들에게도 사탕을 준 뒤 남편과 함께 자리를 떠났다. 나는 곧바로 사탕을 까서 날름 먹어버렸다. 또 누가 뺏어가기 전에 먹어버려야지.

"에리히. 나 네 장난감 빌려줘."

"싫어. 형 거 가지고 놀면 되잖아."

"내 건 질렀단 말이야! 그리고 지난번에 뺏긴 건 반만 돌려받았다고."

오도독. 오도독. 오독! 그런데 바로 그 순간 나는 사탕을 씹다 말고 찡하고 얼어붙어버리고 말았다.

"왜 그러십니까, 하리 아가씨?"

옆에 그림자처럼 서 있던 집사 휴버트가 나를 보며 물었다. 그제야 세 형제도 내 이상함을 알아차린 듯했다.

"너 왜 그래?"

곧 유진이 자리에서 몸을 일으키며 내게 다가오기 시작했다. 헐. 허얼. 헐헐헐. 하지만 나는 여전히 망부석처럼 제자리에 굳어 있을 뿐이었다.

"뱉어."

입에 물고 있는 걸 이러지도 저러지도 못하는 걸 알았는지 유진이 내 앞으로 손을 내밀었다. 아니, 지금 네 손에 내가 먹던 걸 뱉으라고? 그, 그건 좀.

"빨리 뱉으라고."

하지만 유진은 또 한 번 닦달할 뿐이었다. 댁이 그렇게 원한다면 뭐. 나는 입안에 있던 걸 요리조리 굴려 최대한 말끔하게 만든 뒤 눈앞에 있는 그의 손에 퉤 뱉어 냈다. 곧 손에 있는 것을 확인한 유진의 미간이 슬며시 찌푸려졌다.

"유치군요."

집사 휴버트가 외알 안경을 고쳐 쓰며 말했다.

"잠시만 입을 벌려 보시겠습니까."

나는 민망한 기분으로 아 하고 입을 벌렸다. 그리고 휴버트와 유진에게 결국 보여 버리고 말았다. 뻥 뚫려 있는 내 앞니를!

"크헤헤헤! 이빨에 구멍 났대요!"

내 나이를 깜빡 잊고 있었다. 7살이면 슬슬 유치가 빠질 시기였는데. 사탕을 씹어 먹다가 이 충격적인 일을 겪게 된 나는 어쩔 수 없이 앞니 빠진 생활을 하게 되었다. 카벨은 나를 볼 때마다 좋다고 놀려 대서 내 이마에 빠직 힘줄이 서게 만들었다.

"카벨. 너도 저런 때가 있었어."

놀랍게도 유일하게 내 편을 들어주는 것은 유진이었다. 하지만 카벨은 유진의 만류에도 끈질기게 나를 보며 깐죽거렸다.

"아닌데, 아닌데? 난 그런 기억 없는데?"

아오. 진짜 너 좀 때려 주고 싶다.

"그거 알아? 너 지금 되게 바보 같아."

에리히도 앞니가 빠진 나를 비식거리며 비웃었다. 우윽. 이건 굴욕이야! 내 앞니는 왜 하필 지금 빠져서! 27살의 나이로 앞니를 잃은 충격은 대단히 컸다. 나는 망연자실해서 한동안 울적하게 지냈다. 하지만 나는 약 보름 뒤 다시 기를 펼 수 있게 되었다.

"난 구멍이 하나인데 넌 두 개네?"

바로 에리히의 앞니가 두 개 모두 빠져 버렸기 때문이다. 그는 어지간히 깊은 실의에 빠진 듯 한동안 넋을 놓고 지냈다. 하지만 에리히는 '유치가 빠지는 건 이제 너도 점점 어른이 되고 있다는 의미야'라고 유진이 말해준 뒤부터 오히려 가슴을 쭉 펴고 우쭐거려서 나를 조금 짜증 나게 만들었다.

믿을 수 없게도 한동안 평화로운 날들이 지나갔다. 물론 진상들은 여전히 가끔씩 내 복장을 뒤집어 놓았지만, 그래도 예전과 비교하면 놀라울 정도로 잔잔한 일상들이었다.

"이번 사냥철에 바스티에도 초대하실 거죠?"

그러던 어느 날 저녁, 에른스트 부인이 내 두 눈이 번쩍 뜨일 만한 소리를 꺼냈다. 뭐? 바스티에라면 내 미래 시댁이잖아!

"얼마 전 받은 서신에 의하면 바스티에에서 은빛 여우 사냥을 기대하고 있다고 하오."

나는 수프를 떠먹다 말고 에른스트 부부의 대화에 귀를 기울였다.

"하지만 당신이 내키지 않는다면 이번에도 방문은 거절하리다."

"아니에요. 에른스트에 손님을 맞는 건 상당히 오랜만이네요."

에른스트 공작은 괜찮겠냐는 듯이 에른스트 부인을 응시했으나 그녀는 어렴풋이 웃어 보이기만 했다.

"너무 걱정하지 마세요. 손님맞이는 저도 도울게요."

"고맙구나, 유진."

대화를 들어 보니 이번 겨울이 지나기 전에 은빛 여우 사냥을 할 계획인가 보다. 내가 알기로 에른스트는 나와 혼담이 오가기 전까지 바스티에와 별다른 교분이 없었는데 이번 사냥철에 저택으로 직접 초대를 할 예정이라니. 어쩐지 내 기억과는 다른 일들이 에른스트에 계속 생겨

나고 있었다. 이건 좋은 건가, 나쁜 건가?

"어쩌면 바스티에의 아이들도 함께 올지 모르겠네요. 너희와 친구가 될 수도 있겠구나."

"친구?"

"그래. 바스티에의 장남은 카벨과 동갑이라고 했던 것 같은데."

하지만 나는 그냥 좋은 게 좋은 거라고 단순히 생각해 버리기로 했다.

내 미래 남편의 어릴 적 모습이라니. 그건 좀 궁금하잖아!

"요하네스 바스티에입니다. 만나 뵙게 되어 영광입니다, 하리 에른스트 양."

내가 그를 처음 본 것은 내 결혼이 반쯤 결정된 직후의 일이었다. 왜 '반쯤'이라고 말하냐면, 놀랍게도 유진이 이 결혼에 대한 마지막 결정권을 내게 주었기 때문이다. 하여 약속 시간을 정해 처음 만나게 된 요하네스 바스티에는 진중한 느낌을 풍기는 짙푸른 눈동자를 가진 단정한 외모의 남자였다.

"이렇게 직접 인사드리는 것은 처음이군요."

"이전에 어디선가 만난 적이 있던가요?"

"먼발치에서 뵈었던 적이 있을 뿐이니 아마 에른스트 양은 저를 모르실 겁니다."

그와 함께 보내는 시간은 편안했다. 요하네스 바스티에는 잘 웃는 사람은 아니었지만 그래도 대화하는 내내 상대방에 대한 배려와 존중을 잊지 않는 남자였다.

나는 그를 두 번 만난 뒤 이 결혼을 진행하기로 결정했다. 사실 나는 따로 연인이 있던 것도 아니고 결혼에 별다른 환상이 있던 것도 아니어서, 그냥 웬만큼 괜찮은 남자라면 결혼해서 에른스트를 떠나도 좋다고 생각하고 있었다.

하지만 사실 그는 행운이라는 생각이 들 정도로 제법, 아니, 굉장히 좋은 신랑감이었다. 그래서 나는 첫 번째로 '이런 좋은 남자가 왜 아직까지도 결혼을 안 하고 있었지?'라는 의문에 고개를 갸웃거렸고, 두 번째로 '에른스트에 20년간 눌어붙다 못해 노처녀까지 된 내 혼처를 이 정도로까지 열심히 구해 주다니 유진이 뭘 잘못 먹었나?'라는 생각에 밤잠을 설쳐야 했다. 그 정도로 내 예비 신랑감은 훌륭했다. 내가 날마다 웨딩드레스를 보며 히죽거릴 만큼! 그런데 난 지금 27살이 아니라 7살이 되어버렸어. 이게 도대체 웬 말이오!

"집사 아저씨!"

벽을 붙잡고 통탄하던 중 눈앞에 집사 휴버트가 보여서 나는 그를 향해 도도도 뛰어갔다.

"하리 오늘 오이 먹었어요! 맛없는 브로콜리도 꾹 참고 두 개나 먹었어요!"

나는 그렇게 말하고 그에게 노골적으로 스윽 머리를 내밀었다.

"참 잘하셨습니다."

"헤헤."

머리 위에 내려앉는 손길을 느끼며 나는 헤실 웃었다. 솔직히 이 나이 먹고 이러는 게 창피하기도 하지만 상관없어! 난 지금 외양만은 7살이니까! 그리고 지난번에 집사 아저씨랑 에른스트 부인이 머리를 쓰다듬어줬을 때 느낀 건데, 누군가에게 이런 식의 칭찬을 받는다는 것은 생각보다 기분이 좋았다.

하지만 집사 휴버트와 달리 에른스트 부부에게 이런 짓을 하는 건 여러 가지 이유로 조금 주저하게 되었다. 그들은 여전히 내게 살뜰히 잘해주었지만 이제 나는 예전의 7살 꼬마 아이가 아니었기 때문에 마냥 아무것도 모르는 어린애처럼 굴기가 어려웠던 것이다.

그것은 내가 일전에 느꼈던 위화감과도 무관하지 않았는데, 어쩌면 내가 이 집에 들어와 에른스트 부부의 애정을 나눠 받는 것 자체가 삼 형제에게 있어서는 돌이킬 수 없는 유년 시절의 상처로 남았던 것이 아닐까 하는 생각이 들었기 때문이다.

그 당시의 나 역시 어렸기 때문에 미처 몰랐지만 지금 27살의 눈으로 본 그들은 전적으로 부모님의 보살핌이 필요한 어린 나이였다. 물론 그런 생각을 한 직후 나는 기분이 아주 이상해지고 말았다. 삼 형제는 언제나 나한테 있어서 다른 어른처럼 압도적인 존재감을 자랑하는 놈들이었는데……. 이렇게 어른의 시선으로 보게 된 삼 형제는 그냥 부모님의 애정을 갈구하는 철없는 꼬맹이들에 지나지 않았다.

그래서 그 사실을 깨달은 뒤에는 그들이 아무리 나를 향해 미운 말을 내뱉어도, 발을 걸거나 넘어뜨려도 그냥 잠깐 짜증이 날 뿐 진지하게 화가 나거나 복수해 주고 싶다는 생각이 들지도 않았다. 그 대신 나는 다른 의미로 조금 허탈해졌다.

분명 처음에 꿈인지 생신지 모를 이 기가 막힌 상황이 되었을 때까지만 해도 나는 세 놈을 물 먹여 주고 싶다는 생각에만 사로잡혀 있었는데. 하지만 에리히가 에른스트 부인의 옆에 앉고 싶다고 더 강력히 고집을 부리지도 못하고 아이답지 않게 금방 포기해 버렸을 때. 그리고 예전의 폭군 같은 모습은 온데간데없이 내 말 한 마디에 너무도 쉽게 좌지우지되는 카벨을 보았을 때. 또 나를 버리고 사라졌던 유진이 엉망진창인 얼굴로 다시금 되돌아와 내게 손을 내밀었을 때. 마치 그동안 내 눈에 덮여 있던 비늘 조각 하나가 살그머니 떼어져 나간 것 같았다.

솔직히 나는 그 뒷골목에서 에른스트 부부가 내게 내민 손을 잡음으로써 구원받았지만, 그것이 세 형제에게도 같은 의미일 수는 없었다. 에른스트 부부는 내가 아닌 삼 형제의 부모님이었고, 그런 의미에서 나는 약 1년간 그들 몫의 애정을 훔쳐 먹었던 것이나 마찬가지였다. 그것도 그들이 가장 어른의 보살핌을 필요로 할 시기에.

지난 20년간 그 사실을 모르고 살았던 것은 아니지만, 막상 7살의 몸으로 돌아와 이 시절의 일을 두 눈으로 목격하게 되자 그 깨달음이 참으로 새삼스러웠다. 물론 그렇다 해서 형제들이 지금껏 내게 한 짓들이 전부 잊히는 것도 아니었고, 나는 여전히 그들이 얄미워서 한 대씩 때려 주고 싶었다.

하지만 지금에 와서는 그런 마음을 누구에게 표출해야 하는 건지 알 수가 없어져 버렸다. 그래서 나는 또다시 틈만 나면 하늘에 대고 빌었다. 나 돌아갈래! 내가 살고 있던 원래의 시간 속으로! 내가 알고 있는 망할 놈들이 있는 20년 후의 세계로!

하지만 역시나 망할 신은 내 바람을 들어주지 않았다. 그래서 나들이 이후 나는 알게 모르게 허망한 기분에 젖어 있는 시간이 많아졌다. 삼형제도 그날 이후 변화하는 에르스트 속에서 악의를 가지고 나를 건드리는 일이 대폭 줄어들었기 때문에, 저택에는 언뜻 평화롭게 느껴지는 고요함이 잔잔히 깔리게 되었다.

"쓰레기, 오늘은 진짜 나랑 술래잡기해! 빨리!"

물론 카벨은 여전히 나를 보면 같이 놀자고 귀찮게 굴었다. 나는 그런 그를 향해 다소 짜증스럽게 말했다.

"내가 왜 날 그런 못된 별명으로 부르는 사람하고 같이 놀아야 하는데?"

"네가 마음에 든다며! 왜 이제 와서 딴소리야?"

뭣. 내가 그딴 소리를 했었다고? 아씨. 설령 그렇다 해도 내가 설마 진짜 좋아서 그랬겠니?

"카벨 오빠. 쓰레기는 말이야. 누가 던져 넣으면 또 누가 치울 때까지 그냥 가만히 쓰레기통에 들어 있는 거지?"

"그렇지?"

"그러니까 쓰레기는 오빠랑 못 놀아. 왜냐하면 쓰레기는 그냥 가만히 있기만 해도 쓰레기로서의 모든 일을 다한 거거든."

"헉!"

"그러니까 쓰레기는 이제 좀 자야겠어. 오빠는 쓰레기 말고 다른 사람이랑 놀아."

내 말을 듣고 단순한 카벨은 엄청난 깨달음을 얻었다는 듯이 두 눈을 흔들었다. 나는 그런 둘째를 뒤로한 채 소파에 드러누워 버렸다.

"아, 알았어! 이제 쓰레기라고 안 할게! 너 쓰레기 아니야! 그럼 됐지?!"

"응, 안 됐어."

나는 상큼하게 거절하고 다시 뒤돌아 누웠다. 둘째 놈이 발광하며 징징거렸지만 내 알 바 아니었다. 내가 뭐 아무 때나 시간 나는 한가한 사람인 줄 아나, 이거 왜 이래! 요즘 들어 이런저런 생각으로 잠을 또 잘 못 자서 그런지 자꾸만 눈꺼풀이 내려앉았다. 결국 나는 고롱고롱 얕은 숨을 내뱉다가 카벨의 발광을 자장가 삼아 잠이 들어버렸다.

타닥. 타닥. 내가 다시 잠에서 깨어났을 때는 벽난로 속의 장작이 불꽃을 일렁이며 타들어 가고 있었다. 나는 내 앞에 누군가가 앉아 있는 것을 보고 느리게 두 눈을 깜빡거렸다. 아직 잠기운이 남아서 그런지 내 앞에 있는 사람이 누구인지 금방 알아차릴 수가 없었다. 하지만 나는 곧 이 낯익은 뒷모습이 누구의 것인지 깨달을 수 있었다.

"유진 오빠, 언제 왔어?"

아, 나 드디어 미래로 돌아온 건가? 나는 약간 멍한 정신으로 웃으면서 그를 향해 손을 뻗었다. 물론 유진이라면 또다시 내 손을 물끄러미 바라보기만 할 뿐 먼저 맞잡을 리 없었지만 그래도 팔에 닿은 내 손을 뿌리치지도 않을 것이었다. 언제부터인가 유진은 그랬다. 내가 손을 내밀면 그 안에 나도 모르는 무언가가 숨겨져 있기라도 한 것처럼 늘 고요한 눈동자로 말없이 바라보기만 했다.

"왔으면 깨우지 그랬어."

"아니……."

나는 잠에서 덜 깬 몽롱한 목소리로 재차 웅얼거렸다. 그런데 잇따르는 음성은 내가 알고 있는 저음의 목소리가 아니었다. 나는 인상을 찌푸리며 눈을 비볐다. 그리고 다시 앞을 보니 어린 유진이 당황한 눈빛으로 나를 쳐다보고 있는 것이 시야에 들어왔다.

순간 정신이 확 들었다. 아, 뭐야. 12살의 유진이잖아? 잠이 덜 깨서 그런지 한순간 미래의 유진인 줄 알았다. 와, 습관 참 무서워. 나도 모르게 친한 척하면서 손을 뻗고 있었네.

"뭐야. 왜 오빠가 여기 있어."

나는 싸악 표정을 바꾸고 물었다. 그러자 유진도 덩달아 떨떠름한 얼굴을 한 채로 말했다.

"어머니가 네가 뭘 하고 있는지 가 보라고 하셔서 왔는데 자고 있길래."

어쭈. 그래서 나 춥지 말라고 벽난로에 장작도 넣어주고? 당신이 웬일이래?

"일어났으면 내려와. 곧 저녁 시간이야."

하지만 유진은 자신이 언제 그랬냐는 듯 무뚝뚝하게 말한 뒤 자리에서 몸을 일으켰다. 그러고 보면 저 사람도 나들이 이후 나를 대하는 태도가 좀 달라졌단 말이야?

이제는 볼 때마다 인정 못 한다느니, 너 같은 건 받아들일 수 없다느니 하는 소리도 안 하고. 물론 그렇다고 나한테 막 살갑게 구는 것도 아니었지만 대놓고 독설을 하는 일도 없어졌다. 모르긴 몰라도 그날 있었던 일이 유진에게도 작지 않은 의미였던 것만큼은 분명해 보였다. 이렇게 보니 내가 아는 유진하고 이제야 좀 비슷한 것 같기도 한데.

"같이 가."

나는 소파에서 몸을 일으킨 뒤 먼저 앞장서고 있는 유진의 뒤를 따라갔다. 지금이 20년 후였다면 또 친한 척 생글생글 웃으면서 먼저 저 손이라도 붙잡았을 텐데. 크흠. 그런데 지금은 왠지 좀 겸연쩍어서. 나는 기분 탓인지 내게 보폭을 맞춰 느리게 걸어주고 있는 것 같은 유진의 얼굴을 슬쩍 올려다보았다. 그냥 한번 미친 척하고 잡아 볼까?

덥석! 그런 생각을 한 직후 나는 행동력 있게 움직여 유진의 손을 냉큼 잡아버렸다. 흠칫! 그러자 유진이 우뚝 걸음을 멈추었다.

"왜?"

나는 아무것도 모르는 척 순진무구하게 두 눈을 깜빡이면서 유진을 올려다보았다. 뿌리칠 거야? 뿌리칠 거야? 지금 누구 손을 막 붙잡는 거냐고 뿌리칠 거야? 유진의 턱이 한차례 움찔거렸다. 그의 표정은 '도대체 얘가 왜 이러는 거지?'라고 말하는 것 같기도 했고 '얘를 진짜 어쩐다지?'라고 말하는 것 같기도 했다.

물론 둘 다 아닐 수도 있지만 어쨌든 간에 그가 지금 내 행동을 상당히 곤혹스러워하고 있다는 것만큼은 확실해 보였다. 그래도 지금 당장 내가 잡은 손을 확 뿌리칠 것 같은 느낌은 아니어서 나는 슬쩍 말을 돌렸다.

"나 배고픈데. 밥 먹으러 안 가?"

그리고 손을 먼저 잡아끌자 유진이 또 움찔거리다가 그런 나를 따라 걷기 시작했다. 그러다 보니 유진의 반 토막밖에 되지 않는 내가 먼저 앞장서 걷고 유진이 그런 내게 손을 붙잡혀 끌려오는 우스꽝스러운 모습이 형성되었다.

나는 복도를 지나던 하녀들이 그런 우리를 보며 웃어야 할지 말아야 할지 모르겠다는 표정을 짓는 것을 발견하고 방긋 웃어주었다. 등 뒤에서 유진은 무언가 복잡 미묘한 기분을 느끼는 것 같았다. 원래 내가 이런 식으로 처음 유진의 손을 잡아 본 것은 그가 16살일 때였는데, 그때의 유진보다도 더한 동요를 내비치는 것을 보니 퍽 웃기기도 했다.

"어머나, 둘이 그렇게 손을 붙잡고 들어오니까 보기 좋구나."

"이제 보니 유진과 하리가 아주 사이가 좋은 모양이오."

호호호. 사이가 좋다니. 바보 같은 아저씨. 그런 일은 있을 수가 없지요.

카벨은 에른스트 부부가 유진과 나를 향해 고개를 돌린 사이 테이블 위에 있던 간식을 슬쩍 훔쳐 먹으면서 '왜 둘이 손을 붙잡고 들어오지?' 하는 의문 어린 표정을 짓고 있었다. 반면 에리히는 나를 향해 간만에 또 눈을 치켜뜨고 있었는데, 아무래도 내가 자기 형과 친한 척하면서 들어온 게 마음이 안 드는 눈치였다. 셋째는 그 불만을 내게 금세 표출했다.

"으악!"

저녁 식사 시간이 끝나고 각자의 방으로 흩어지던 중, 누군가가 계단을 올라가던 나한테 발을 걸었다. 나는 층계참에서 철퍼덕 엎어지면서 계단 모서리에 다리를 찍히고 말았다. 아씨, 피 나잖아! 저 나쁜 놈이 진짜.

"에리히! 계단에서 발을 걸면 어떡해?"

그런데 갑자기 다음 순간 내 의사와 상관없이 몸이 바닥에서 붕 떠올랐다. 나는 유진이 나를 직접 일으켜 세워 준 것을 알고 약간 어리둥절해졌다. 게다가 처음으로 내 앞에서 에리히를 혼내기까지 하다니!

"일부러 그런 거 아니야."

에리히는 대번에 발뺌했다. 하지만 웃기고 있네. 발 거는 건 네 주특기잖아! 그래. 소악마 같은 네놈이 이렇게 쉽게 갱생될 리가 없었는데 내가 잠깐 착각을 했어. 그동안의 내 헛된 고뇌를 단박에 날려 보내 주는구나.

"에리히, 내가 뒤에서 다 봤어."

"넘어진 쟤가 나빠! 형은 왜 나만 혼내?"

그럼 넘어뜨린 널 혼내지, 넘어진 날 혼내겠니? 나는 그런 생각에 황당했지만 콧김을 한 번 후욱 내뱉은 뒤 유진의 소매를 잡아당겼다.

"오빠, 나 괜찮아."

나는 오히려 착한 척하면서 에리히를 두둔해 주었다.

"에리히 혼내지 마, 유진 오빠."

내가 그러는 동안 셋째 놈은 반성의 기미도 없이 흥! 콧방귀를 뀐 뒤 내 앞을 지나쳐 가려 했다. 바로 그때, 나는 눈을 번뜩이며 빛의 속도로 몸을 움직였다.

"으악!"

쿠당탕! 에리히는 내 발에 걸려서 방금 전 내가 그랬던 것처럼 계단에서 철퍼덕 넘어져 버렸다.

"에, 에리히!"

유진은 내가 한 행동에 적잖이 당황한 듯, 셋째에게 급히 다가갔다. 나는 에리히가 끙끙거리며 유진의 부축을 받아 일어나는 모습을 보다가 픽 그를 비웃었다.

"바보같이 그거 하나 못 피하기는. 응? 왜 그렇게 노려봐? 넘어진 네가 나쁜 거지 발 건 내가 잘못한 건 아니잖아."

나는 방금 전 에리히가 내게 한 말을 고대로 다시 돌려주었다. 나와 마찬가지로 그의 다리에서는 피가 배어 나오고 있었다. 그것에 겁을 먹은 건지 아니면 다친 곳이 아파서 그런 건지, 에리히는 나를 노려보면서 눈물을 글썽거리고 있었다.

그래, 나도 방금 전에 넘어져서 다리 까진 데가 얼마나 아픈지 잘 알지. 그러니까 너도 한번 당해 봐라, 요놈아! 나는 에리히를 향해 믿을 수 없다는 듯이 깐죽거렸다.

"에리히, 너 설마 지금 울려고 하는 거야? 고작 이거 가지고? 난 네가 하루에 다섯 번 발 걸어서 넘어졌을 때도 한 번도 안 울었어. 그런데 넌 우는 거야? 진짜? 진짜로 진짜?"

"이잇!"

에리히는 내가 얄미워서 죽으려고 했다. 고작 이런 도발에 저렇게 팔딱 뛰는 것을 보니 애는 애였다. 그리고 아무리 애여도 똥 덩어리는 똥 덩어리지!

"휴우. 다음부터는 꼭 좀 조심해 줘. 내 발목은 연약해서 네가 제대로 피하지 않으면 나까지 타격을 입는단 말이야."

그리고 네가 나한테 똥을 주면! 난 너한테 엿을 주겠어!

"그러니까 이제부터는 앞 좀 잘 보고 다녀, 응?"

나는 에리히를 향해 한심하다는 듯이 고개를 절레절레 저어 보인 뒤 먼저 계단을 올랐다. 뒤에서 약이 올라 발악하는 소리가 들렸지만 나는 조금 후련해진 기분으로 도도하게 앞만 보며 걸었다.

촤악!

"어머, 하리야!"

내 옷을 적시며 흘러내리는 빨간 액체에 에른스트 부인이 소리쳤다. 하지만 정작 이 대형 참사를 일으킨 당사자는 태연자약할 뿐이었다.

"미안해. 갑자기 팔에 힘이 빠져서."

"에리히! 그러니까 가만히 앉아서 먹으라고 했잖니. 이를 어째. 하필 토마토 주스라 닦아도 자국이 남겠네."

나는 에른스트 부인의 뒤에서 메롱 혀를 내미는 셋째 놈을 향해 뿌득 이를 갈았다. 이 자식! 오늘 드디어 내 예비 남편이 온다고 해서 고르고 골라 입은 제일 예쁜 옷인데!

"하는 수 없지. 다른 옷으로 갈아입어야겠구나, 하리야."

나는 에른스트 부인을 따라 걸으며 희희낙락하고 있는 에리히를 째려보았다. 지난 일 이후 셋째와 나는 유치한 쌈박질을 계속하고 있었다. 에리히가 내게 무슨 짓을 하면 나도 똑같이 갚아주고, 그럼 놈이 약이 올라서 또 내게 보복을 가하는 순이었다.

물론 그가 나한테 보복을 하면 나도 절대 그냥 넘어가지 않고 두 배로 복수해 주었다. 당연하게도 나는 절대로 이런 유치한 짓거리를 하고 싶지 않았다. 하지만 이대로 그냥 당하기만 하자니 셋째 놈이 영 괘씸했다. 그래도 역시 어른들에게 고자질을 해 에리히를 혼나게 만드는 것에는 다소 거부감이 들었기 때문에, 어쩔 수 없이 나도 맨몸으로 녀석에게 맞설 수밖에 없었다. 그러자니 우리 둘 다 온몸에 자잘한 상처가 끊일 날이 없었다. 그래서 에른스트 부부도 자연스럽게 우리들의 상태를 알아차리게 됐고, 예상했던 대로 나보다는 에리히가 더 많이 혼이 났다.

그 후로 셋째는 내 몸에 위해를 가하는 행동을 줄인 대신 좀 더 교묘하고 좀 더 유치한 방식으로 나를 괴롭혀 댔다. 물론 그런 에리히의 행동은 나를 잠깐 신경질이 나게 만들지언정 진심으로 분노하게 만들지는 못했다.

으으! 하지만 이런 식으로 내 예비 남편과의 신성한 첫 만남을 망치려 하다니, 오늘만큼은 용서할 수 없다! 나는 저놈에게 어떤 크고 아름다운 엿을 먹여 주면 좋을지 이를 갈며 고민했다.

"이 옷도 예쁘구나. 응. 우리 하리는 뭘 입어도 다 귀엽고 예뻐."

그나마 에른스트 부인이 내 새 옷을 보고 칭찬해 줘서 기분이 조금 나아졌다. 그래. 일단 복수는 나중으로 미루자. 으아, 잠깐 심호흡 좀 하고. 내 미래 남편을 처음 만나는 자리라고 생각하니 이거 은근히 긴장되네.

"바스티에의 마차가 지금 막 정문을 들어섰다고 합니다."

으악! 왔다, 왔어!

집사 휴버트가 바스티에의 도착을 알려 온 순간 나는 서둘러 다시 한

번 내 옷차림을 점검했다. 내 미래 시댁이니까 일찍부터 잘 보여 둬서 나쁠 것 없지! 옆에서 에리히가 '도대체 재가 왜 저러는지는 몰라도 웃기다'는 표정을 짓고 있었지만 지금만큼은 셋째 놈 따위 내 안중에도 없었다. 유진은 일찌감치 에른스트 공작과 함께 자리를 비운 참이었고, 카벨은 그 와중에도 테이블 위에 있는 쿠키를 열심히 주워 먹고 있었다.

"자, 얘들아. 일어나자."

우리는 에른스트 부인과 함께 복도로 나섰다. 에른스트의 온 가족이 1층에 모이고 나서 시간이 얼마 지나기도 전에 벌컥 문이 열렸다. 그 사이로 모습을 드러내는 것은 호쾌하게 웃고 있는 바스티에 백작이었다.

"이거 참, 에른스트의 경치는 언제 보아도 참 절경이군요."

내 미래 시아버지가 될 예정이었던 바스티에 백작은 20년 전이나 후나 일관되게 호탕한 성격이었다. 짧게 자른 금발에 녹색 눈동자를 가진 30대의 남자가 에른스트 부부를 보고 반가운 듯이 활짝 웃었다.

"어서 오세요. 기다리고 있었습니다."

"초대해 주셔서 감사합니다. 두 분 다 이렇게 만나 뵙는 건 참 오랜만인 것 같습니다."

반면 바스티에 백작 부인은 한 떨기 꽃처럼 수줍은 미소를 간직한 미인이었다. 나는 그녀의 단아한 이목구비와 어딘가 낯이 익은 옅은 하늘색 머리카락, 그리고 짙푸른 눈동자를 보고는 이내 혼자서 흐뭇하게 고개를 주억거렸다. 음, 내 미래 남편이 어머니 쪽을 닮아서 다행이야.

"그래, 네가 유진이구나. 아버지를 닮아 벌써부터 훤칠하군그래."

"감사합니다."

바스티에 백작은 에른스트 부부와 얼추 인사를 끝낸 후 우리에게 관심을 돌렸다.

"둘째는 방금 전까지 과자를 먹고 있었구나. 뺨에 부스러기가 묻은 걸 보니."

"헉."

카벨은 장난 섞인 바스티에 백작의 말에 슬쩍 에른스트 부인의 눈치를 보다가 급히 얼굴을 털기 시작했다. 그다음 타깃은 에리히와 나였다. 우리는 손님이 오기 전 교육받은 대로 바스티에 백작 부부를 향해 먼저 인사했다.

"안녕하세요."

그러자 바스티에 백작이 우리를 향해 호탕하게 웃어 젖혔다.

"허허허! 둘 다 한창 유치가 빠질 때군요. 나란히 앞니가 없는 걸 보니 우리 애 어릴 때가 생각나기도 하고. 귀엽기도 하지."

쿠궁! 일타쌍피! 바스티에 백작은 에리히와 내 콤플렉스를 동시에 건드리는 발언을 해 우리를 함께 충격에 몰아넣었다. 제, 제길. 그러고 보니 앞니가 없는 상태로 내 예비 남편을 만나야 하다니! 이런 수치스러운 일이! 그런데 왜 바스티에 백작 부부만 안으로 들어오고 애들은 없지? 혹시 같이 안 왔나? 으앙. 차라리 그랬으면 좋겠다!

"이렇게 보니 둘이 정말 쌍둥이 같군요."

엇. 하지만 곧 이어진 바스티에 백작의 말에 나는 흠칫하고 말았다. 그리고 그건 다른 에른스트의 가족들 역시 마찬가지인 것 같았다. 모두의 시선이 에리히에게 못 박혔다.

"에리히!"

셋째는 순식간에 표정을 변화시키더니 에른스트 부인의 손을 확 놓고 계단을 뛰어 올라갔다. 그쯤 되자 깨달은 바가 있는지 바스티에 백작이 멋쩍게 사과했다.

"이거 아무래도 제가 실언을 한 것 같습니다."

"셋째가 아직 어려서 그렇습니다."

어른들은 다 같이 입맛이 쓴 표정을 짓고 있었다. 나는 바스티에 부인이 옆에서 슬쩍 남편의 팔을 꼬집는 것을 보고 말았다. 앗, 마냥 청초

하고 수줍은 귀부인인 줄 알았는데 아니었어!

"그러고 보니 바스티에의 아이들은?"

"아아. 밖에 있는 멋진 눈사람에 정신이 팔려서요. 너희 중 누가 만들었지?"

"내가!"

"카벨. '제가 만들었어요'라고 해야지."

"하하. 그럼 밖에 나가서 우리 애들과 잠깐 놀아주지 않겠니. 첫째는 너와 동갑이란다."

카벨은 좋다고 신이 나서 밖으로 막 달려 나갔다. 뭔가 눈앞에서 정신없이 막 휙휙 휘몰아치는 것 같은 느낌인데.

"우리 예쁜 꼬마 숙녀님 이름은 하리라고 했나. 에른스트에 있는 동안 우리 딸에게 언니가 되어주지 않으련? 그 아이는 하리보다 한 살이 어리단다."

이번에는 바스티에 백작 부인이 여전히 미소 지은 얼굴로 내게 시선을 맞추며 말했다. 나는 그 얼굴에 넘어가서 나도 모르게 고개를 끄덕이고 말았다. 헉! 그러고 보니까 진상들도 그렇고 나도 그렇고 어째서인지 바스티에 백작 부부한테 막 휩쓸리고 있어.

"하리야. 밖에 나갈 거면 겉옷을 입고 나가자. 카벨에게도 코트를 가져다주겠니?"

"네. 그럴게요."

나는 에른스트 부인의 말을 듣고 2층으로 올라갔다. 그리고 카벨의 코트까지 챙긴 뒤 잠깐 망설이다가 놀이방에 먼저 들렀다.

"멍멍!"

"페니."

페니가 나를 보고 반갑게 꼬리를 흔들며 달려왔다. 나는 보드라운 금색 털을 쓰다듬으면서 페니에게 속삭였다.

"착하지. 방에서 내보내 줄 테니까 에리히한테 가 있어. 응?"

"멍!"

똑똑한 페니는 내가 줄을 풀어주자마자 곧장 에리히의 방을 향해 뛰어갔다. 나도 그제야 방금 전보다 조금 가벼워진 마음으로 자리를 털고 일어날 수 있었다. 이번에는 둘째 놈에게 코트를 가져다줄 차례였다. 아니, 그런데 생각해 보니까 왜 내가 저 녀석들의 보모 같은 짓을 하고 있냐. 아오. 나는 그런 생각을 하며 약간 거칠게 문고리를 확 잡아당겼다.

"앗!"

그런데 바로 그때, 열린 문 사이로 새하얀 눈송이와 함께 무언가가 같이 떠밀려 들어왔다.

"으억!"

나는 우아하지 못한 단말마를 내지르며 뒤로 넘어져 버렸다. 으윽, 내 엉덩이야! 아잇, 그런데 도대체 누구야? 안에서 누가 열지도 모르는데 위험하게 문에 기대 서 있다니! 나는 인상을 쓰면서 번쩍 고개를 들었다. 그리고 그 직후 시야에 들어온 얼굴에 그만 두 눈을 휘둥그렇게 뜨고 말았다.

투둑. 솜사탕처럼 옅은 하늘색 머리카락을 타고 미끄러진 눈송이가 내 위로 후두둑 떨어져 내렸다. 당황스러운 듯이 나를 내려다보고 있는 눈동자는 심해처럼 깊은 푸른색이었다. 문을 여는 것과 동시에 내 위에 떨어져 내린 것은 어린 남자아이였다. 그리고 나는 분명 이 얼굴을 알고 있었다.

"아, 저기."

그야, 이 아이는 나와 결혼할 예정이던 요하네스 바스티에의 축소판인 얼굴을 갖고 있었으니까!

"미안…… 윽!"

"얍! 이거나 먹어라!"

퍽! 지금 나를 덮치고 있는 것이 내 미래 남편이라는 사실에 일차적으로 놀랐던 나는 그다음 순간 그의 머리로 날아와 부서지는 눈덩이에 또 한 번 깜짝 놀라고 말았다. 시선을 돌려보니 신들린 듯이 이쪽으로 눈덩이를 던지고 있는 건 카벨이었다. 아앗! 저놈이! 내 (미래) 남편을 괴롭히지 마!

"으하하하! 이거 하나 못 피하고 완전 바보 아니야?"

카벨의 경박한 웃음소리를 듣는 동안 점차 내 이마에는 핏대가 서기 시작했다. 둘째 놈은 일견 미친 듯이 우리 두 사람을 향해 눈덩이를 던져 댔다. 우리 중에 혼자만 실내복 차림이었는데도 추위 따위는 하나도 느끼지 못하는 것처럼 활달한 몸짓이었다. 아니, 저건 활달함을 떠나서 솔직히 좀 정신 나간 사람 같았다. 저 멀리서 하늘색 머리카락을 가진 어린 여자애 하나가 공황 상태에 빠진 것 같은 얼굴로 카벨과 우리들을 번갈아 쳐다보고 있는 모습이 눈에 들어왔다. 아까 바스티에 부인이 말한 나보다 한 살이 어리다던 딸인가 보다. 그런데 저 눈빛을 보아하니 카벨을 미친놈이라고 생각하는 것이 분명했다.

으악, 왜 부끄러움은 내 몫이죠! 둘째 놈이 털북숭이 설인처럼 날뛰든 말든 왜 내가 이렇게 창피해야 하냐 이 말이야!

"으헤헤! 바보같이 꼼짝도 못 하고 다 맞고 있네!"

앗, 둘째의 외침을 듣고 다시 보니 요하네스 바스티에인 것이 확실해 보이는 소년은 혹시라도 내가 눈에 맞을까 봐 자리에서 꼼짝도 못 하고 카벨의 공격을 그대로 받고 있는 것 같았다. 헉. 이, 이건 좀 감동인데. 역시 내 남자! 봐, 어린 시절에도 숨길 수 없는 이 멋짐을…….

"이, 이제 그만해 줘!"

하지만 내 위에 있는 소년에게서 울먹이는 목소리가 새어 나온 순간 나는 할 말을 잃어버리고 말았다.

"이건 너무하잖아. 우윽. 나는 시키는 대로 항복도 했는데……."

파사삭! 와장창! 어, 어디서 무슨 소리 안 나요? 내 환상이 부서지는 소리…….

"시끄러워! 졌으면 잠자코 벌칙을 받으라고!"

"아앗!"

두다다다! 카벨이 다시 눈 폭탄을 던지는지 시야에 하얀 가루가 또 한 차례 흩날리기 시작했다. 나는 그 뿌연 광경 속에서 소년이 다시금 울먹이는 모습을 약간 망연자실하게 바라보았다. 이, 이 소년이 요하네스 바스티에가 맞을 텐데? 뭐, 뭐죠. 어릴 때와 어른일 때의 이 성격적인 거리감은…….

"크헤헤! 바보! 이거 하나 못 피하냐?"

내가 충격에 빠져 있는 사이 둘째 놈은 계속해서 진상짓을 해댔다.

"하지 마! 너 나빠!"

그때, 저 멀리 서 있던 하늘색 머리카락의 소녀가 카벨의 가차 없는 공격에 발끈한 듯이 마찬가지로 울먹이며 소리쳤다. 하지만 어린 소녀의 필사적인 외침은 딸꾹질과 함께 곧 허공에 사그라지고 말았다.

"야, 너도 눈 맞을래? 아까부터 봐주고 있는데 왜 자꾸 끼어들어?"

"내, 내 동생 건드리지 마!"

"그래. 네가 너한테만 던지라고 해서 지금 그러고 있잖아. 얍!"

"으악!"

와아, 아까부터 가만히 보고 있으려니까 갈수록 가관이잖아? 상황이 뭔가 굉장히 정신없고 산만하고 그래!

"이거나 받아라!"

그리고 저 둘째 놈! 엎어 놓고 엉덩이를 백 대쯤 마구 때려 주고 싶어! 처음에는 내 예상과 다른 인상에 좀 놀랐지만 이렇게 계속 울먹이면서도 끝까지 날 보호해 주고 있는 요하네스 바스티에를 보니 뭔가 마음이 막 짠해지고 있었다. 그런데 저 둘째 녀석은…….

"잠깐만 비켜 줘 봐."

"어어. 자, 잠깐만!"

반면 저 둘째 녀석은 얼마나 무도한지! 방어조차 못 하고 있는 사람을 저렇게 뒤에서 막 공격하다니! 게다가 다른 사람도 아니고 내 예비 남편을! 용서 못 해! 나는 카벨이 잠깐 눈 폭탄 투하를 멈춘 사이 자리에서 벌떡 몸을 일으켰다.

"크하하! 역시 이 카벨 님을 아무도 못 이기…… 꾸엑!"

퍽! 나는 목젖이 보이도록 웃어 대며 승리를 자축하고 있는 둘째를 향해 전속력으로 달려가 그대로 놈의 배를 온몸으로 들이받았다. 카벨은 방심하고 있다가 나한테 명치를 치여 뒤로 퍼억 나자빠졌다. 내 몸에 얻어맞은 충격이 오죽 컸으면 넘어질 때의 비명도 돼지 멱따는 것 같은 '꾸엑!'이었다.

하얀 눈 속에 대자로 파묻힌 채 둘째 놈은 한동안 정신을 차리지 못했다. 바스티에의 남매도 깜짝 놀란 듯이 두 눈을 휘둥그렇게 뜨고 나를 쳐다보는 것이 느껴졌다. 아, 이제야 좀 주위가 조용하네. 잠시 후, 정신을 차린 카벨이 믿을 수 없다는 듯이 나를 향해 쩌억 입을 벌렸다.

"지금, 지금 날 친 거야? 아빠도 한 번 안 때린 나를? 네가?"

곧이어 그의 입에서 나온 것은 실로 식상한 물음이었다.

'날 때린 건 네가 처음이야! 이것 참 신선한데! 너 마음에 들었어!'라는 로맨스 소설의 100년 묵은 정석을 따라 둘째 호구는 내게 폴 인 러브…… 같은 소름 끼치는 상상은 하지 말도록 하자.

그건 어디까지나 케케묵은 로맨스 소설에서나 나오는 이야기일 뿐이니까. 카벨은 간만에 나를 찢어 죽일 것 같은 험악한 눈빛을 하고 있었다. 아무리 방심했다고는 하나 나한테 들이받혀서 모양 구기게 뒤로 벌렁 나자빠졌다는 사실에 성질이 난 눈치였다.

으억. 사실은 뒷일 생각 안 하고 그냥 충동적으로 들이박은 건데 아무래도 둘째 놈의 자존심을 건드려 버린 모양이다. 기분 같아서는 이놈이 그러든 말든 나도 내 성질껏 카벨을 마구 후려치고 싶었지만 그랬다가는 상대적으로 약한 내가 오히려 두들겨 맞을 게 뻔했다.

크흑. 부조리해도 어쩌겠는가. 보약을 몇 첩이나 달여 먹어도 나는 여전히 이렇게 작고 연약한걸. 나는 눈물을 머금고 둘째를 향해 그럴 리가 있겠냐는 표정을 지어 보였다.

"무슨 소리야, 카벨 오빠! 당연히 카벨 오빠가 너무너무 반가워서 이렇게 막 달려온 거지! 이거 봐. 오빠가 추울까 봐 내가 코트도 챙겨 왔는걸."

"뭐, 코트?"

"응! 오빠 감기 걸리면 안 되잖아."

단순한 카벨은 내 말에 긴가민가한 표정을 짓고 있었다. 이 자식이, 내가 그렇다면 그런 줄 알 것이지. 뭘 또 안 어울리게 고민을 하고 있어?

"어유. 우리 카벨 오빠, 눈싸움하느라 많이 힘들었구나. 이 정도로 다리에 힘이 풀려서 넘어지고. 자, 일어나. 내가 눈 털어줄게."

팡팡! 퍽퍽!

"아얏! 악!"

"오빠 뒤에 눈 엄청 많이 묻었어! 내가 잘 털어줄게!"

나는 사심을 담아서 둘째의 등과 엉덩이를 팡팡 때려 주었다. 내가 북어 패듯 카벨의 엉덩이를 야무지게 때릴 때마다 하얀 눈이 안개처럼 주위에 자욱하게 흩날렸다.

"에이, 잘 안 털어진다. 내가 손힘이 너무 약해서 그런가 봐."

내가 슬쩍 말을 흘리자 카벨은 나한테 맞은 곳이 아픈데 아프다고 말도 못 하고 혼자서만 끙끙거렸다. 으흑. 그래, 그래도 네가 아직 이런 호구라서 다행이야.

"오빠, 이제 들어가자."

"으억, 왜? 아직 덜 놀았는데?"

"아까부터 오빠가 먹고 싶어 했던 홀 케이크 지금 먹는대. 위에 장식된 용, 에리히가 먹는다는데?"

"헉! 그건 내 용인데! 안 돼에에!"

나는 둘째가 아까부터 집착했던 케이크 위의 용 모양 과자를 떠올리며 거짓말을 했다. 그러자 카벨이 대번에 용트림하며 야차처럼 저택을 향해 달려갔다. 하여간 그놈의 용이 뭐라고 저러는지, 어려서는. 쯧쯧.

쩝. 나는 방금 전까지 둘째 놈의 엉덩이를 마구 때려 주던 손을 아쉬움에 잠긴 눈빛으로 내려다보았다. 크윽. 이 찰진 감촉을 알아버렸으니 이제 난 자유로울 수 없어! 다음에는 또 무슨 핑계로 저놈을 때린다지? 나는 방금 전 느꼈던 타격감을 떠올리며 입맛을 다시다가 카벨이 떠난 자리에 덩그러니 남은 바스티에 남매를 향해 다가갔다.

"우리도 이제 들어가……."

하지만 나는 곧 마주한 눈빛들에 그만 흠칫하고 말았다. 왜, 왜 날 저렇게 초롱초롱한 눈빛으로 쳐다보고 있는 거지?

"추, 춥지 않아? 안으로 들어갈래?"

"응!"

여자애뿐만이 아니라 요하네스 바스티에까지 나를 주인 만난 강아지처럼 반짝반짝한 눈망울로 쳐다보고 있었다.

"어, 음. 손잡아줄까?"

나는 미묘한 기분에 젖어 아직까지 바닥에 엎어져 있는 요하네스를 향해 더듬더듬 말했다. 그러자 소년의 상기된 얼굴이 화악 피어났다.

"내, 내가 잡아도 돼?"

"으, 응."

잠깐. 내가 더 어린 거 맞지? 그런데 왜 내가 누나 같은 느낌이지?

"고마워……."

요하네스가 수줍게 얼굴을 붉히며 살그머니 내가 내민 손을 붙잡는 순간 내 기묘한 기분은 정점을 찍었다. 그리고 불현듯 어떤 깨달음이 내 뇌리를 스치고 지나갔다. 이, 이건 그거다! 곤경에 처한 소녀를 구해 주는 기사! 혹은 용사! 그럼 내가 기사 역할이란 말입니까? 아니, 멋지고 어른스럽던 내 예비 남편 어디 갔어?

"저기……. 이름이 뭐야?"

"어어, 하리."

"난 요하네스야! 요한이라고 불러 줘. 저어, 나도 이름 불러도 돼?"

"으응."

역시 요하네스 맞잖아! 하지만 그는 한 떨기 꽃처럼 쑥스러워하면서 내게 물었다. 그 모습을 보며 나는 내가 알고 있는 요하네스 바스티에와 눈앞에 있는 소년 사이의 괴리감에 약간 좌절하고 말았다. 항상 차분하고 단정한 모습만 보이던 내 예비 남편이! 물론 두 번 봤지만! 그래도 언제나 듬직하게 날 보호해 줄 것만 같던 내 예비 남편이! 물론 고작 두 번 만났지만! 으헝!

"하리."

하지만 그런 내 마음은 그리 오래가지 않았다.

"이름 예쁘다. 하리."

요하네스가 푸른 보석 같은 눈동자로 나를 보고 눈매를 곱게 휘며 배시시 미소 짓는 순간. 나는 지금까지 경험해 보지 못했던 새로운 종류의 충격을 받고 말았다. 헉. 이, 이렇게 예쁘게 웃는 게 어디 있어? 아, 안 돼. 뭔가 지금 나조차 몰랐던 내 위험한 취향에 눈을 뜬 느낌이야. 하지만 나는 나도 모르는 새 어느덧 요하네스의 손을 꼭 붙잡고 있었다.

"내, 내가 지켜 줄게!"

으, 으악! 이게 아니라! 지금 내가 뭐라고 하는 거야! 나는 무의식중에 외친 말에 깜짝 놀라서 속으로 마구 비명을 내질렀다. 요하네스는 내 말이 무슨 의미인지 모르는 듯 두 눈을 깜빡거리고 있었다. 하지만 곧 그가 나를 보고 웃으며 한 말에 나는 곧 다른 것 따위는 아무래도 좋을 것 같은 기분이 되고 말았다.

"응. 나도 지켜 줄게!"

그래…… 다른 게 다 무슨 상관이야. 남자란 그저 착하고 얌전하고 자기 여자나 챙길 줄 알면 다 되는 거지! 왠지 내가 보호받는 게 아니라 지켜 줘야 할 것 같은 느낌이긴 하지만…… 그, 그래. 까짓거. 난 원래도 삼 형제 틈에서 혼자 살아남았는걸. 으흑. 그런데 왠지 좀 눈물이…….

"오빠랑 언니 결혼해?"

바로 그때 옆에서 우리 두 사람을 말똥말똥 쳐다보고 있던 요하네스의 여동생이 불쑥 물었다. 앗, 너의 존재를 그만 깜빡 잊고 있었구나. 그런데 요하네스가 갑자기 내 손이 불붙은 장작이라도 된 듯 황급히 놓더니 손을 마구 휘저으며 허우적거리기 시작했다.

"아, 아, 아니야! 겨, 결혼이라니. 그게 무슨! 아아니, 싫은 건 아니고! 난, 난 그냥! 그래도 아닌 건 아닌 거니까, 나는! 으, 어어!"

그러곤 혼자서 얼굴을 붉히며 버둥거리다가 어째서인지 혼자 미끄러져서 뒤로 벌렁 넘어져 버렸다. 그 소동에 다시금 허공에 흩어진 눈이 시야에 새하얗게 번지기 시작했다. 나는 그 모습을 보며 아련히 생각했다.

아. 아무래도 내 미래의 남편은 허당인가 보다…….

으음. 나는 저녁 만찬으로 준비된 훌륭한 오리 훈제구이를 앞에 두고 남몰래 끄응 신음하고 말았다. 아무리 무시하려고 노력해도 이건 내 능력 밖이었다.

그래, 식사 시간 내내 얼굴이 따끔거리는데 아무렴 모른 척하고 싶어도 무리일 수밖에. 그도 그럴 것이, 엄청! 엄청 쳐다보고 있잖아! 그것도 양쪽에서!

"허허. 이것 참. 우리 애들이 에른스트의 작은 공주님한테 아주 관심이 많은 모양이네요."

과연 그 노골적인 시선을 알아차린 사람은 나뿐만이 아닌지 바스티에 백작이 저녁 식사를 하다 말고 껄껄껄 웃었다. 아니, 아저씨. 아저씨는 재미있을지 몰라도 나는 이 상황이 좀 부담스러운데요. 흑.

그의 말에 요하네스는 또 수줍은 듯이 뽀얀 뺨을 붉히며 고개를 숙였지만, 그럼에도 간간이 나를 힐끔거리는 것은 멈추지 않았다. 그의 여동생인 루이제는 포크를 입에 물고 아예 빤히 나를 쳐다보는 중이었다.

그래. 바스티에 부부의 양쪽 옆자리에 앉아 식사 시간 내내 나를 맹렬히 쳐다보고 있는 것은 아까 전 밖에서 만난 바스티에 남매였다. 그들은 에른스트의 주방장이 간만에 솜씨를 부린 훌륭한 요리들을 앞에 두고 밥을 한 입 밀어 넣고, 그다음 나를 쳐다보고. 또 밥 한 입 먹고, 나를 한 번 쳐다보고. 이 짓을 벌써 수도 없이 반복하고 있었다. 그래서 나는 지금 내가 먹고 있는 훈제구이가 입으로 넘어가는지, 코로 넘어가는지 영 모르겠는 상태였다.

"전 또 요한과 카벨이 동갑이라 하기에 둘이 좋은 친구가 되기만 기대하고 있었지 뭡니까. 하하하!"

챙그랑! 바로 그 순간 요하네스의 손에서 식기가 떨어져 내렸다. 가엾게도 그의 얼굴은 사색이 되어 있었는데, 아무래도 방금 전 아버지가 한 말을 믿을 수 없어 하는 눈치였다. 으억, 하긴 그럴 만도 한가. 에른스트에 오자마자 둘째 놈이 다짜고짜 무자비하게 눈 폭탄을 날려 댔으니! 카벨에게 함께 당했던 요하네스의 여동생도 대번에 외쳤다.

"난 재 싫어!"

"루이제. 오빠라고 해야지."

"난 저 오빠 싫어!"

"그러니까, 루이제……."

"싫어어!"

그 절규가 오죽 비장한지, 바스티에 부인마저 한순간 할 말을 잃을 지경이었다. 어른들은 도대체 카벨이 밖에서 무슨 짓을 했기에 온순한 바스티에의 아이들이 이리 경기하듯 예민하게 반응하는지 의문인 눈치였다. 당연히 의혹 어린 시선이 카벨에게 향했으나, 그는 아까부터 혼자만 팔자 좋게 맨손으로 오리를 뜯는 중이었다.

"웅? 아이옹 애우아(응? 다리는 내 거야)!"

그는 사람들의 시선이 자신에게 쏠린 것을 깨닫자 경계심 어린 눈빛으로 제 앞에 놓인 토실한 오리의 다리를 사수하기까지 했다.

어이구. 아무도 안 뺏어 먹어, 이놈아! 나 참. 예법 수업을 따로 받지 않는 것도 아닌데 저렇게 맨손으로 오리를 해체하고 있는 걸 보면 귀족이 아니라 뒷골목 걸인이라고 해도 믿을 수 있을 것 같았다. 누가 보면 에른스트 부부가 한 사흘은 굶긴 줄 알겠네!

"카벨……."

에른스트 공작이 골치가 아프다는 듯 끄응- 소리 내며 둘째 놈의 이름을 불렀지만, 그 와중에도 천진난만하게 다리를 뜯고 있는 카벨을 보자 결국은 말문이 막힌 듯했다. 크흑, 나 저거 알아. 나도 에른스트의 세 똥 덩어리를 볼 때마다 저렇게 말문이 덜컥 막히는 일이 종종 있었는데! 이렇게 보니 아저씨한테 왠지 동병상련의 정이…….

"카벨은 평소에도 기운이 넘치는 편인데 그래서 아까 밖에서 놀 때도 과했던 부분이 있는 것 같네요."

"아닙니다. 오히려 요한이 사내아이치고 숫기가 없어서 우려되는 면이 있었지요. 뭐, 원래 아이들이란 다들 치고받고 하면서 자라는 것 아니겠습니까."

아니야, 아저씨! 아까 그건 '치고받고' 같은 대등한 싸움이 아니었다구요! 아저씨 아들이 카벨한테 당하면서 얼마나 가련하게 울먹였는데! 그래서 내가 막, 나도 모르게 지켜 준다고 그러고! 으헉. 또 생각했더니 가슴이 아프다.

"그래. 우리 애들이 하리를 특히 좋아하는 것 같으니 여기 있는 동안 계속 잘 놀아주렴."

"으음. 네에."

앗. 자, 잠깐! 반짝반짝 공격하지 마! 그런 식으로 날 쳐다보지 마! 바스티에 부인의 말에 대답하자마자 또다시 양쪽에서 보내지는 초롱초롱한 눈망울에 나는 그만 손을 들어 눈 앞을 가릴 뻔하고 말았다. 으허헝. 저런 과도한 반짝이 공격이라니, 심장에 좋지 않아.

"내일은 에리히 오빠도 같이 놀면 좋겠다. 그렇지, 루이제?"

그러고 보니 셋째 놈은 이제 좀 괜찮은가? 아까 전에 혼자 방으로 뛰쳐 들어간 이후 에른스트 부인이 따로 잘 달래 주었는지 에리히는 저녁식사 시간에 모습을 드러낸 상태였다. 하지만 그는 식사 내내 여전히 조용해서 그렇지 않아도 내심 신경이 쓰이던 참이었다. 그리고 그것은 에른스트 부인도 마찬가지인 듯, 그녀는 옆에 앉은 에리히를 다른 때보다 살뜰히 보살피고 있었다.

"에리히, 이것 좀 더 먹으렴."

나는 아래로 내리깔린 에리히의 푸른 눈동자를 잠깐 살펴보다가 다시 내 앞에 놓인 접시로 눈길을 돌렸다.

"야, 내일 눈싸움 또 하자. 오늘 진짜 재미있었어, 그치?"

저녁 식사가 끝나고 식당을 나오는 길에 둘째 놈이 부른 배를 두드리며 말했다. 나는 그 말에 옆에서 주춤거리며 걷던 요하네스가 흠칫하는 것을 보고야 말았다.

"카벨 오빠, 입에 오리 기름 묻었어."

그러니까, 내 미래 남편 좀 괴롭히지 말라고! 나는 스윽 요하네스의 앞으로 나서며 카벨에게 지나가듯 말했다. 크, 크흑. 어쩔 수 없지. 내가 지켜 주겠다고 했으니까!

"뭐? 어디?"

"거기 말고 왼쪽."

"여기?"

"아니, 좀 아래."

"이제 됐지?"

"어휴, 그냥 내가 닦아줄게. 집사 아저씨!"

나는 식사 시간마다 항상 그렇듯 식당 앞 복도에 그림자처럼 서 있는 집사 휴버트를 불러 그의 손수건을 빌렸다.

"자. 오빠, 머리 좀 숙여 봐."

나는 둘째에게 머리를 내리게 한 뒤 손을 들어 그의 입을 박박 문질렀다.

"뭘 이렇게 많이 묻히고 먹었어, 오빠."

"아, 아! 야, 너 아프······."

"미안해. 내가 손힘이 약해서 여러 번 문질러야 겨우 닦이네."

그렇게 말하자 카벨은 또 아무 말도 하지 못했다. 나는 혼자서 끙끙거리는 둘째 놈에게 계속 미안한 표정을 지으며 손으로는 가차 없이 놈의 입을 마구 문질러 댔다. 결국 카벨은 붕어 입술이 되어서 자리를 떠났다. 뭔가 이상하다는 듯이 어리벙벙한 얼굴로 계단을 오르긴 했지만 그래 봤자 네가 괜히 호구겠니. 에비에비. 그냥 복잡하게 생각하지 말렴.

"집사 아저씨! 이거 하리가 깨끗하게 만들어서 줄게요."

사실 카벨의 입에 기름 같은 건 없었기 때문에 휴버트에게 빌린 손수건은 깨끗했다. 하지만 그건 나 혼자만의 비밀이었다. 그런데 다음 순간 무뚝뚝함의 대명사이던 휴버트가 놀랍게도 나를 향해 푸근히 미소 짓는 것이었다.

“하리 아가씨께서는 둘째 도련님을 많이 좋아하시나 보군요.”

바로 그 순간 나는 내 두 귀를 의심하며 자리에 돌처럼 굳어지고 말았다. 네……? 지금 뭐라고 하셨습니까? 좋아해요? 누가 누구를요? 내가? 저 둘째 녀석을? 휴, 휴버트 아저씨. 내가 아무리 아저씨를 좋아한다 해도 그 말은 용납하기 어려운데……!

“하리 아가씨도 아직 어리신데 벌써부터 오빠를 챙기시고. 아가씨는 참 착하고 다정하신 분입니다.”

헉. 이, 이번에는 양심 공격? 휴버트가 드물게도 포근히 웃으며 내 머리를 쓰다듬기까지 하자 나는 바보같이 아무 말도 하지 못하고 말았다.

“맞아, 하리 착해!”

게다가 옆에 있던 요하네스까지 또다시 두 눈을 빛내며 외쳤다. 당연하게도 나는 양심이 마구마구 쿡쿡쿡 쑤시는 느낌을 받을 수밖에 없었다. 휴버트가 내 머리에서 손을 떼고 자리를 떠난 후에도 마찬가지였다.

“휴버트와는 언제 그렇게 친해진 거지?”

응? 그런데 문득 귓가를 스치는 음성에 고개를 돌려 보니 묘한 표정을 짓고 있는 유진이 보였다. 언제부터 거기 서 있던 거니?

“휴버트는 아이들을 별로 좋아하지 않는데.”

“아니야. 집사 아저씨 엄청 친절한데?”

“그래……. 그렇게 머리까지 쓰다듬어줄 정도로.”

뭐지? 또 착한 척, 얌전한 척하면서 이번에는 휴버트를 꼬여 냈다고 나한테 한 소리 하려고 저러나? 하지만 유진의 얼굴은 나한테 시비를 걸려고 하는 사람의 것으로 보이지 않았다. 그는 다만 무슨 의미인지 알 수 없는 실로 오묘한 표정을 지은 채 나를 보고 있었다.

그런데 기분 탓인지 왜인지 아래로 늘어뜨려진 유진의 손이 움직일 듯 말 듯 혼자서 움칫거리는 것 같았다. 그런 유진은 뭔가를 망설이는 것 같기도 하고 고민하는 것 같기도 했다. 당연하게도 나는 그 이유를 알 수가 없어 의문을 느끼고 있었다. 도대체 왜 저러는 걸까? 할 말이 있으면 속 시원히 할 것이지, 왜 저렇게 이상하게 쳐다보기만 하지?

"나한테 볼일 있어?"

"아니."

결국 참다못해 내가 묻자 유진은 또 칼같이 대답한 뒤 언제 답답하게 굴었냐는 양 깔끔하게 뒤돌아섰다. 응? 아닌 게 아닌 것 같은데? 나는 멀어지는 유진의 뒷모습을 의뭉스러운 시선으로 바라보았다. 내 머리 위에 무언가가 내려앉은 것은 바로 그 순간이었다.

쓱쓱. 익숙한 감촉에 고개를 돌리자 내 눈에 들어온 것은 방금 전 휴버트가 그랬듯이 내 머리를 쓰다듬고 있는 요하네스였다. 나는 대뜸 내 머리에 손을 올리고 있는 그를 보며 약간 황당하게 입을 벌리고 말았다.

저기…… 우리 불과 몇 시간 전에 처음 만난 걸로 알고 있는데, 이건 좀 진도가 너무 빠른 것 아니니? 알고 보니 내 남편이 될 사람이었던 요하네스는 손이 빨랐다! ……라기엔 나랑 얘 나이가 지금 고작 7살, 9살이긴 했다. 커흑. 아무튼 요하네스가 상당히 서슴없이 내 머리를 만지고 있어서 나는 약간 당황스러워졌다.

"지금 뭐 해?"

"앗!"

그런데 나와 눈이 마주치자마자 불현듯 요하네스가 내 머리에서 손을 떼며 화악 뺨을 붉히는 것이었다. 아무래도 저 홍조는 조건반사적인 건가 보다. 자동으로 빨개졌다 하얘졌다 하는 걸 보니. 게다가 방금 내 머리를 쓰다듬었던 것도 거의 무의식중에 한 행동이었던 듯 요하네스는 오히려 자신이 더 깜짝 놀라서 허둥지둥하고 있었다.

"이, 이거 같아서."

그러더니 그는 뜻 모를 말을 했다. 나는 눈을 가늘게 좁히며 반문했다.

"뭐가?"

"방금 저 형이 하고 싶어 한 거."

그 소리에 나는 한순간 할 말을 잃고 말았다. 잠시 후 내 입에서는 허허 헛웃음이 새어 나왔다. 어쩜. 어린 요하네스는 참으로 해맑기도 하지. 방금 전 유진이 나를 이상한 눈으로 빤히 쳐다봤던 이유가 휴버트처럼 내 머리를 쓰다듬어주고 싶어서라니! 이게 말입니까, 방구입니까? 나는 고개를 절레절레 저으며 요하네스의 어깨를 토닥토닥했다.

"으, 응? 왜?"

"절대 그거 아닐걸."

응. 만약 네가 지금 한 말이 맞으면 방금 전 휴버트가 나한테 투하하고 간 말도 맞는 거야! 내가 둘째 놈을 좋아한다는 것도 사실인 거라고! 그 정도로 지금 네 생각은 말도 안 돼!

"어, 아닌데. 이거 맞는 거 같은데."

"그건 말이야. 음. 요한 오빠? 아무튼 오빠가 유진 오빠를 잘 몰라서 그래."

나는 잠시 요하네스의 호칭을 어떻게 해야 할지 몰라 눈매를 미묘히 찌푸리다가 말했다. 그런데 바로 그 순간 어째서인지 요하네스의 얼굴에 화악 꽃물이 들었다. 으, 응? 이 반응은 또 뭐지요?

"다, 다시 한번만 말해주면 안 돼?"

"뭐, 뭘? 유진 오빠를 잘 몰라서 그렇다고?"

나는 얼굴을 발갛게 붉히며 웅얼웅얼 요구하는 요하네스를 따라 함께 말을 더듬으며 말했다. 그런데 요하네스는 그게 아니란 듯이 고개를 저었다.

"아니, 그거 말고. 그 전에……."

"뭐, 요한 오빠?"

미심쩍은 내 부름에 요하네스가 푸른 눈동자를 휘며 방긋 웃었다. 그가 활짝 미소 짓는 순간 나는 그의 주위에 뾰로롱 꽃이 피어나는 환영마저 보고 말았다. 아니, 아니! 이 생물체는 도대체 뭐랍니까? 으윽. 뭐 이런 온몸으로 무해함을 주장하는 생명체가 다 있지요?

그동안 내 주위에 있던 남자애들이라고는 형제 셋이 전부여서 그런지 이건 적응이 안 되어도 너무 안 된다! 그, 그런데 왜 내가 이렇게 쑥스러운 건지 모르겠네. 나는 공연히 헛기침을 하며 요하네스의 어깨에 놓여 있던 손을 떼어 냈다.

"커흠. 난 이제 내 방에 갈게."

"아, 나도 같이 가."

아까 지하실에서 술을 꺼내 오게 한 걸 보니 어른들은 늦게까지 밖으로 나오지 않을 것 같고. 세 형제는 먼저 뿔뿔이 흩어진 데다 요하네스의 동생인 루이제는 저녁 식사 시간 도중 잠들어서 미리 손님방으로 옮겨진 상태였다. 그러고 보니 어른들도 은근히 무책임하잖아? 삼 형제나 나는 원래 여기가 자기 집이니까 그렇다 쳐도 요하네스는 다른 애들이랑도 데면데면한 상태인데 이렇게 식당에서 내보내고 나 몰라라 하다니. 끄응. 아까부터 드는 생각인데 바스티에 백작 부부는 혹시 자유 방임주의인가. 게다가 이런 상황이라면 유진이라도 나서서 형제들과 요하네스를 한 자리에 모아 놓고 친해질 구실을 만들어줄 법도 한데 그것도 아니고. 아, 혹시 방금 전에 그래서 가까이 왔던 건가? 그런데 왜 아무 말도 안 하고 그냥 가 버렸지?

타박타박.

저벅저벅.

나는 방금 전 이상한 행동을 보인 유진이 또다시 생각나 혼자서 고개를 갸웃거렸다.

타박타박.

저벅저벅.

내 뒤를 따라오는 발걸음 소리가 선명하게 고막을 파고든 것은 바로 그때였다.

"저기, 왜 따라와? 우린 가야 할 방향이 다를 텐데?"

요하네스의 가족이 사용할 방들은 내 방이 있는 곳과 정반대 방향에 위치해 있었다. 내가 걸음을 멈추고 묻자 요하네스는 곧바로 대답하지 못하고 입술을 빼끔거렸다. 그걸 보니 아무래도 내가 방까지 데려다줘야겠다 싶었다. 음. 내 미래 남편은 알고 보니 허당인 데다 길치이기까지 한가 보다. 그, 그래. 사람이 뭐든 다 잘하고 완벽할 수는 없지……. 나는 다시금 요하네스의 어깨를 다독여 주었다.

"괜찮아. 길 좀 모를 수도 있지. 내가 방까지……."

"아, 아니. 나 방 어디 있는지 알아. 혼자 찾아갈 수도 있고."

응? 그럼 방금 전에는 왜 우물쭈물한 거야? 그리고 이어지는 요하네스의 말에 나는 나도 모르게 헉 숨을 들이켜고 말았다.

"그게 아니고 나, 난 너랑 좀 더 같이 있고 싶어서."

요하네스는 구름 같은 하늘색 머리카락이 두 눈을 가릴 정도로 머리를 푹 수그리고 있었다. 하지만 오히려 그렇기 때문에 발갛게 달아오른 뽀송뽀송한 뺨이라든가, 머리카락 사이로 삐죽 튀어나온 발그스름한 귀가 더욱 눈에 띄었다. 그 상태로 요하네스는 손가락을 꼼지락거리며 재차 웅얼거렸다.

"저어, 나 방해 안 하고 조용히 있을 테니까. 네 옆에 같이 있으면 안 돼?"

"돼."

커헉. 나도 모르게 즉답을 하고 말았다. 하지만 이 상황에서 어떻게 거절을 하라구요! 나, 나는 못 해! 그런 짓 절대 못 해!

"정말?"

"응."

내 살아생전 이렇게 제 감정을 곧이곧대로 표현하는 사람은 만나 보지를 못했다. 물론 둘째 녀석이 있지만 그놈은 워낙에 단순 무식하니 그냥 제쳐 두고. 이번에도 요하네스는 내가 대답하자마자 고개를 번쩍 들며 초롱초롱한 눈동자를 사정없이 빛내기 시작했다.

"있지, 그럼 손잡고 가도 돼?"

"그, 그래……."

으아, 그냥 다 네 마음대로 하세요. 어차피 난 네가 그런 얼굴로 물어보면 거절할 수 없으니까 말이야. 으어엉. 요하네스가 헤헷 웃으며 내 손을 잡았다. 결국 나는 그와 함께 사이좋게 손을 붙잡은 채로 복도를 걷게 되었다.

"있잖아. 하리 넌 평소에 뭐 하고 노는 걸 좋아해? 나는 루이제랑……."

촛불로 밝힌 복도를 걷는 동안 귀에는 해맑은 요하네스의 목소리가 낭랑하게 울려 퍼졌다. 나는 나보다 약간 큰 말랑한 손이 내 손을 꽉 움켜잡고 있는 것을 느끼며 기이한 쑥스러움에 잠깐 마른세수를 하고 말았다.

"그러니까 다음에는 루이제랑 같이 셋이서 놀자!"

복도를 지나던 하녀들이 우리 두 사람을 소꿉놀이하는 애들처럼 쳐다보는 것은 그냥 모른 척하자. 으흑.

다음 날부터 바로 사냥이 시작되었다. 에른스트 공작과 바스티에 백작은 새벽 일찍부터 준비를 단단히 마치고 저택을 나섰다. 그 일행에는 유진도 속해 있었다. 저택에 남은 에른스트 부인에게 듣기로는 에른스트 영지의 서북부에 위치한 산맥으로 향했다고 했다.

첫날 그들은 은빛 여우 두 마리, 순록 한 마리, 검은 야크 한 마리를 사냥해 왔다. 카벨은 저택 앞에 놓인 커다란 야크를 보고 두 눈을 반짝이며 자신도 다음 날부터 함께 사냥을 가고 싶다고 졸라 댔다.

"우욱."

반면 에리히는 동물의 사체 앞에서 잠깐 동안 굳은 채 서 있다가 이내 구역질을 하며 자리를 떠났다. 어른들은 아직 어린 에리히가 동물의 사체를 보고 충격을 받은 모양이라고 생각한 듯했다. 하지만 가장 어린 루이제도 바스티에 부인의 치맛자락 뒤에서 호기심 어린 눈을 빛내던 것을 생각해 보면 확실히 다소 과한 반응이기는 했다. 나는 셋째가 이런 심약한 반응을 보인 것이 그런 단순한 이유 때문이 아니란 사실을 알았다.

"언니, 에리히 오빠 말이야."

내가 알기로, 에리히는 자신의 쌍둥이 여동생인 아리나의 사후부터 '죽음'이란 현상 자체에 지독한 거부 반응을 드러내고 있었기 때문이다.

"왜 매일 아프기만 해? 원래 몸이 약해?"

그러니 내가 셋째 때문에 추운 날 밖으로 내몰려서 죽을 뻔한 것도 분명 고의가 아니었을 것이다. 에리히는 '죽음'이란 것에 일종의 트라우마를 가지고 있었다. 지금의 어린 에리히는 물론 그 강도가 약하긴 하나, 적어도 내가 20년간 지켜본 그의 증상은 결코 쉬이 나을 수 있는 것이 아니었다. 그도 그럴 것이, 에리히가 겪어야 했던 것은 쌍둥이 여동생의 죽음만이 아니었으니까.

"으음, 그건 아닌데 그냥 지금 좀 아픈가 봐."

"여우랑 사슴이 죽은 게 충격이었던 게 분명해."

헉. 어린애에게 에리히의 증상을 자세히 설명하기도 좀 그래서 에둘러 말을 돌렸던 건데. 루이제가 나는 다 안다는 듯이 소리 죽여 속삭인 말에 나는 그만 조금 놀라 버렸다. 하지만 이어진 그녀의 말에 나는 다시 안심할 수 있었다.

"에리히 오빠는 강아지도 키우잖아. 그런데 강아지처럼 작고 귀여운

동물이 죽은 걸 보고 마음이 너무너무 아픈 게 분명해. 그렇지? 나도 여우는 예전부터 직접 길러 보고 싶었는데 어제 죽은 걸 보고 슬펐는걸."

아, 역시. 이 순수한 아이들의 세계! 작은 동물 친구들이 죽어서 슬프다니, 어흑. 나만 타락했어.

"에리히 오빠는 말이야. 너무 착한 것 같아."

"컥."

하지만 다음 순간 루이제가 읊조린 말에 나는 그만 사레가 들려서 마구 기침을 하고 말았다.

"난 여우가 죽은 걸 보고도 오늘 점심에 나온 고기가 맛있기만 했는데, 에리히 오빠는 어제저녁부터 내내 굶기까지 하면서 슬퍼하고 있잖아. 지금도 방에서 혼자 울고 있으면 어떡하지?"

루, 루이제. 아냐. 너 그거 잘못된 생각이야! 에리히는 동물 사체에 충격을 받긴 했지만 네 생각처럼 '작은 동물 친구가 죽은 걸 보니 마음이 너무 아파. 흑흑' 이런 생각을 하는 건 아니란 말이야!

"에리히 오빠 말이야. 생긴 것도 내가 한 대 툭 치면 쓰러질 것 같이 엄청 연약하게 생겼잖아. 머리도 은발이고!"

머리가 은발인 거랑 연약한 거랑 도대체 무슨 상관인 건지 모르겠다. 뭐, 그놈이 겉모습만큼은 여리고 순수한 천사처럼 보이기는 하지. 나도 처음에는 그래서 속았으니까!

"우음, 아무튼 그래서 걱정이야. 어제부터 밥도 잘 안 먹고. 오늘 점심에 먹은 거 맛있었는데. 또 먹고 싶다."

에리히의 걱정으로 시작된 루이제의 말은 오늘 점심 메뉴를 생각하며 입맛을 다시는 것으로 끝이 났다. 뭐, 뭔가 생각의 흐름이 좀 이상하게 튀는 것 같은데. 아무튼, 넌 지금 에리히에게 속고 있는 거야! 그러고 보니 셋째가 바스티에 사람들이 여기 온 직후부터 내내 저렇게 골골거리고 있으니 루이제가 오해할 만하기도 했다. 어흑. 그래, 뭐. 모르는 게 약이기는 하지. 응, 그래……. 나는 약간 인생에 회의감을 느끼며 루이제를 향해 지나가듯 말했다.

"에리히가 그렇게 걱정되면 방에 한번 가 보는 것도 좋겠지."

"응? 내가? 왜?"

그런데 루이제가 이해할 수 없다는 듯이 나를 향해 반문하는 것이었다. 그 동그란 눈동자를 마주하는 순간 나는 조금 당황하고 말았다. 뭐, 뭐지? 너 에리히가 어제저녁부터 밥도 못 먹고 동물 친구들이 죽은 것 때문에 혼자서 상심하고 있을까 봐 걱정한 거 아니었니?

"에리히가 혼자 울고 있을까 봐 걱정된다면서?"

"응. 하지만 직접 가서 확인해 보고 싶을 정도로 걱정되는 건 아닌데. 난 그 오빠랑 친하지도 않잖아."

"그, 그래."

어린 루이제는 냉정했다. 나는 천진난만하게 내 인형을 가지고 놀면서 똑 부러지게 말하는 루이제를 보며 '요즘 애들의 생각은 정말 쉽게 따라갈 수가 없구나'라는 생각을 했다.

"언니, 내가 가져온 미미랑 언니네 비비랑 같이 인형 놀이 하자."

"그럴까?"

"내가 아를란타 공주님 할게. 언니는 오벨리아 공주님 해."

저 '비비'라는 이름은 오늘 아침 내 인형들을 구경하던 루이제가 친히 지어준 이름이었다. 게다가 그녀는 머리에 왕관을 달고 있는 긴 금발의 인형뿐 아니라 다른 인형들에도 전부 직접 이름을 붙여 주었다. 나는 그 숫자가 다섯을 넘어갔을 때부터 인형들의 이름을 일일이 외우는 것을 포기했다.

뜻밖이라 생각할지 모르나 내 방에는 아기자기한 인형이 아주 많았다. 그것은 에른스트 부부가 내게 사 준 것으로, 이 찬란한 분홍색 방에 아주 잘 어울리는 공주님 같은 인형들이었다. 물론 내가 그걸 가지고 논 적은 없었지만 말이다.

"호호. 어서 오세요, 공주님. 오늘 날씨가 정말 좋네요. 밖에서 같이 차를 마실까요?"

"네, 좋은 생각인 것 같아요."

"언니도 '호호호' 하고 웃어야지. 공주님은 원래 다 그렇게 웃는 거야."

"호호호……."

나는 루이제와 함께 영혼 없는 인형 놀이를 시작했다. 아니, 정말 공주님들은 다 이렇게 닭살 돋게 웃는단 말이야? 내가 언제 공주가 되어 봤어야 알지. 하지만 그걸로 치면 이제 6살인 루이제가 실제 공주님들을 만나 봤을 리도 없었으므로 저 말에는 신빙성이 없었다.

벌컥! 그런데 바로 그때, 누군가 내 방문을 벌컥 열고 들어왔다.

"야, 쓰…… 아니, 너 나랑 놀아!"

이런 식으로 내 방문을 쾅쾅 밀어젖히고 나타날 위인은 카벨밖에 없었다. 나는 벌써부터 귀찮아져서 문 쪽은 쳐다보지도 않은 채 말했다.

"나 지금 루이제랑 인형 놀이 하고 있는데. 오빠도 같이 할래?"

"싫어!"

대답은 루이제에게서 곧장 튀어나왔다. 하지만 걱정 말렴. 카벨이 미치지 않고서야 인형 놀이를 같이 하겠다고 할 리 없으니까.

"나도 싫어! 그딴 거 재미없어. 그거 말고 다른 거 해!"

"다른 거 뭐."

"그건, 그건……."

그래, 아무 생각 없이 다짜고짜 내 방부터 찾아온 걸 줄 알았어. 으이구. 하여간 심심할 때는 그냥 만만한 게 나지. 그래도 사냥도 못 따라가서 집에만 내내 틀어박혀 있었던 것치고는 저놈 성격에 오래 참았다 싶기도 했다.

"그래! 공차기 놀이 해. 내가 공 가져올게!"

카벨은 그렇게 외친 뒤 부리나케 다시 문밖으로 뛰쳐나갔다. 아니, 나는 너랑 놀아준다고 한 적 없는데?

"언니, 문 잠그자."

아무래도 첫날 이후 카벨은 루이제에게 단단히 찍힌 모양이었다. 하지만 문을 잠그면 나중에 돌아온 둘째가 또 소란을 피워 댈 게 분명했다.

"그냥 우리 다른 방 가서 놀까?"

루이제와 나는 차선책으로 카벨이 오기 전에 이 자리를 뜨기로 했다. 그러고 보니 요하네스는 지금 뭘 하고 있지?

"오빠아!"

하지만 나는 오래 궁금해할 필요가 없었다.

"루이제."

"어디 있었어, 오빠?"

"나, 유진 형이 책 봐도 된다고 해서 서재에."

인형을 들고 복도로 나가자마자 때마침 책을 들고 있는 요하네스를 마주칠 수 있었기 때문이다. 음음. 서재라면 카벨이 절대로 접근할 리 없는 장소이기도 했으니 안전했겠군.

"그런데 하리랑 같이 어디 가?"

"우리 다른 방 가서 놀려고! 오빠도 같이 가."

"나도 같이 가도 돼?"

다음 순간 요하네스가 나를 보며 물어 오자 나는 눈물을 감출 수가 없어졌다. 으흑. 내 예비 신랑은 참 바르게 잘 크기도 했지. 여전히 수줍어하면서도 그는 꼭 먼저 내 의사를 물어보고 난 뒤에 행동했다. 그리고 그건 내가 에른스트의 삼 형제에게는 일찍이 먼저 받아 본 적 없는 친절이자 배려였다.

"당연히 되지. 요한 오빠는 이웃 나라 왕자님 할래?"

오는 말이 고우니 당연히 가는 말도 고울 수밖에!

"아, 공주님 놀이 하는구나."

"응. 내가 아를란타 공주님이고 하리 언니가 오벨리아 공주님이야! 그리고 오빠가 휴에일 왕자님 해!"

우리는 오순도순 사이좋게 이야기꽃을 피우며 복도를 걸었다. 음. 이 정도까지 왔으면 둘째도 우리를 금방 못 찾겠지.

"컹컹!"

하지만 그건 내 착각이었다. 우리가 새로운 보금자리에 자리를 잡자마자 문밖에서 강아지 짖는 소리가 들린다 싶더니 곧 벌컥 문이 열렸다.

"찾았다!"

어우, 저 진득한 놈. 우리가 여기 있는지 어떻게 이렇게 빨리 알았지?

"헥헥! 멍!"

아, 페니한테 냄새를 맡게 했구나! 하여간 이럴 때만 비상한 둘째였다.

"카벨 형! 지금 뭐 하는 거야?"

응? 그런데 둘째는 혼자가 아니었다. 나는 줄줄이 엮인 알사탕처럼 카벨의 뒤를 따라 들어온 셋째를 보며 눈을 가늘게 떴다. 게다가 에리히는 잔뜩 열이 받은 듯이 카벨을 향해 씩씩거리고 있었다.

"페니 이리 돌려줘!"

에리히가 외치는 순간 나는 두통을 느끼며 이마를 짚고 말았다. 아이고, 둘째 녀석이 에리히랑 같이 있던 페니를 무작정 그냥 데려왔나 보구먼. 하여간 저 막무가내를 어쩌면 좋아.

"그럼 에리히 너도 우리랑 같이 놀면 되잖아!"

"멍멍!"

쿨럭. 설마 너의 그 '우리' 속에 나도 포함된 거니? 아니, 난 너랑 놀 마음이 눈곱만큼도 없거든? 물론 다른 사람의 기분 같은 건 안중에도 없는 카벨은 한 손에 공을 든 채로 함박웃음을 지으며 성큼성큼 나한테 다가왔다. 그리고 그대로 내 팔을 잡아끌었다. 나는 밀려드는 짜증과 귀찮음에 인상을 쓰면서 입을 열었다.

"카벨 오빠, 잠깐 이거 놔 봐."

"내가 공도 가져 오고 네가 좋아하는 페니도 데려왔어! 그러니까 일어나! 빨리!"

"자, 잠깐만. 하리가 놓으라고 하잖아."

"넌 또 뭐야. 같이 놀 거 아니면 저리 빠져!"

"하리 언니는 나랑 인형 놀이하고 있었어!"

"그딴 거 하나도 재미없어. 너도 빠져."

바스티에 남매가 카벨을 말리려 했으나 애초에 이놈이 다른 사람의 말 같은 걸 들을 리 없었다. 바로 그때, 에리히가 페니를 안아 들고 살금살금 자리를 벗어나려 하다가 카벨에게 그 현장을 딱 들키고 말았다.

"에리히! 페니 내려놔!"

카벨이 셋째 녀석을 향해 몸을 반쯤 돌리며 버럭 소리 질렀다. 그 와중에도 여전히 내 팔은 카벨에게 붙잡혀 있는 상태였다.

"으앗!"

내가 아무리 있는 힘껏 버틴다 한들 삼 형제 중 제일 괄괄한 둘째의 힘을 이길 수 있을 리 없었다. 나는 카벨에게 팔을 붙잡힌 채로 카펫 위로 철퍼덕 엎어져 버리고 말았다.

"뭐야, 왜 넘어지고 그래. 빨리 일어나!"

"야, 이……."

나도 이번에는 단단히 짜증이 나서 둘째 놈에게 한 소리 해주기 위해 입을 열었다. 그런데 바로 그때 누군가 단호한 손길로 내 팔을 잡고 있는 카벨의 손을 강제로 떼어 냈다.

"하리한테 사과해."

귓가에 또랑또랑한 미성이 울리는 순간 나는 두 눈을 크게 뜨고 말았다. 전에 없이 굳은 얼굴을 한 채 둘째 놈과 나 사이를 차단하듯 가로막고 있는 것은 다름 아닌 요하네스였다. 나는 깜짝 놀라서 그를 올려다보았다. 카벨 역시 두 눈을 동그랗게 뜨고 요하네스를 보고 있었다.

오, 오잉. 지금 내 앞에 있는 게 그 순둥이 요하네스가 맞아요? 지금 되게 박력 있었는데? 봐, 둘째도 지금 놀라서 주춤하고 있잖아? 하지만 카벨은 곧 퍼뜩 정신을 차렸는지 와락 얼굴을 구기며 자신의 앞을 가로막은 요하네스를 노려보았다.

"너 뭐야."

그는 요하네스의 말에 성질이 난 것 같기도 했고, 짧은 순간이나마 요하네스의 기세에 밀려 멈칫했던 것에 자존심이 상한 것 같기도 했다. 물론 어느 쪽이든 내 입장에서는 웃길 뿐이었다. 이놈이 뭘 잘했다고 요하네스를 노려봐?

"내가 왜 사과를 해야 돼?"

"그런 식으로, 아프게 잡아끌고 소리 지르고."

놀랍게도 요하네스는 지금 말조차 더듬지 않았다. 매번 누구와 눈을 마주칠 때마다 어쩔 줄 몰라 하며 수줍게 뺨을 붉히더니, 지금은 언제 그랬냐는 듯이 당당한 자세가 아닌가? 으앙, 우리 요하네스가 달라졌어요!

"하리가 네 여동생이고 네가 오빠여도 그러면 안 돼. 아니, 오빠니까 더 그러면 안 돼. 그러니까 사과해. 그런 식으로 멋대로 구는 건 네가 잘못한 거야."

나는 감동에 젖어 촉촉해진 눈으로 요하네스의 뒷모습을 바라보았다. 아, 하지만 걱정인데. 이 막가파 둘째 놈이 저런 옳은 말을 듣고 곧이곧대로 '아, 그래? 내가 미안!' 이렇게 반응할 리가 없지 않은가?

"씨이, 웃기지 마. 네가 뭔데 나한테 이래라저래라야?"

역시나 카벨은 붉으락푸르락해서 요하네스를 무시무시한 눈빛으로 쏘아보기 시작했다. 이런 식으로 자신한테 직언하고 사과를 종용하는 사람이 일찍이 또래 중에서는 단 한 명도 없었기 때문인지 그는 손에 들고 있던 공까지 내던지고 씨근덕거렸다. 카벨이 나에게 삿대질하며 소리 지른 것은 바로 그때였다.

"그리고 얘는 내 여동생 아니야!"

"뭐라고?"

"얘 내 여동생 아니라고!"

아주 지랄도 풍년이었다. 요하네스의 말에서 따로 걸고넘어질 게 없으니까 괜히 저런 거로 꼬투리 잡아서 더 큰소리는? 나는 둘째가 답 없는 우기기를 시작한 걸 알고 쯧쯧 혀를 찼다. 카벨이 분풀이하듯 우렁차게 외친 소리에 요하네스는 잠시 침묵했다. 하지만 곧 이어진 그의 목소리는 방금 전과는 비교도 할 수 없을 정도로 차가웠다.

"그럼 뭔데?"

"뭐?"

"네 여동생이 아니면 뭐냐고."

물론 무식한 둘째가 별다른 생각을 가지고 있을 리 없었다. 카벨은 요하네스의 물음에 아무 말도 하지 못하고 어버버거렸다. 그도 그럴 것이, 내가 자신의 여동생이 아니라면 뭐라고 설명할 수 있단 말인가? 이 집에서의 내 위치를 명확히 규정할 만한 다른 말이라도 있으면 또 몰라. 물론 정 나를 여동생으로 인정하기 싫다면 동거인이나 식객 정도로 표현해도 되겠지만 둘째의 머릿속에 저런 어려운 단어가 들어 있을 리 만무했다.

하지만 요하네스도 애초에 다른 답을 기대하고 물었던 것은 아닌 것 같았다. 나는 슬쩍 고개를 옆으로 비껴들어 요하네스의 얼굴을 확인해보았다. 그리고 곧 시야에 담긴 푸른 눈동자에 깜짝 놀라고 말았다.

"그럼 나 줘."

"뭐, 뭐라고?"

"나한테 줘!"

에른스트에 온 직후 처음으로 요하네스가 언성을 높여 소리 질렀다. 아무래도 그는 방금 전 카벨이 한 말에 더욱 화가 난 것 같았다. 그, 그런데 너한테 달라니? 도대체 뭐를요?

"내가 너 같은 애보다 하리한테 훨씬 더 잘해 줄 수 있어! 그러니까 나한테 줘!"

저기, 이건 설마 해서 묻는 건데. 혹시 지금 카벨한테 달라고 한 게 나인가요? 그 패기가 마치 처가에 가서 장인, 장모님에게 '따님을 저에게 주십시오!' 하는 것 같아서 한순간이나마 조금 설렐 뻔했다. 크흑. 하지만 그런 의미일 리가 없잖아.

"맞아! 우리한테 줘! 오늘부터 하리 언니, 내 언니 할 거야!"

심지어 옆에서 눈을 동그랗게 뜨고 있던 루이제까지 요하네스를 응원하듯이 덩달아 외치기 시작했다. 에리히는 카벨의 눈을 피해서 도망가려고 했던 자세 그대로 페니를 안은 채 황당하게 우리를 관망하고 있었다.

카벨은 예상치 못한 바스티에 남매의 공세에 당황한 기색이 역력했다. 지, 지금만큼은 저놈들의 심정이 이해된다. 나도 지금 꽤 당황스럽거든. 아니, 물론 저렇게 카벨에게 맞서서 내 편을 들어주는 건 조금 감동이긴 하지만 말이야. 그런데 뒤이어 요하네스가 싸늘히 읊조린 말에 카벨의 눈빛이 급변했다.

"넌 내가 아는 사람 중에서 제일 비겁하고 치사한 애야. 지금 네가 한 말도 분명히 후회하는 날이 올 거야. 너 같은 애한테는 하리가 백배는 더 아까워!"

앗! 둘째 놈 지금 눈이 맛이 갔어!

"너 지금 말 다 했어? 이 샌님 같은 놈이!"

미처 내가 입을 열 새조차 없이 카벨의 몸이 앞으로 튀어 나갔다.

퍼억!

"악!"

"오빠아!"

헉! 쟤가 지금 내 미래 신랑을 때린 거야? 그런 거야?

"카벨 오빠, 지금 이게 무슨 짓이야!"

카벨의 주먹을 맞고 나자빠진 요하네스에게 루이제와 내가 허겁지겁 달려갔다.

"으윽."

다행히 크게 다친 건 아닌 것 같은데, 이 개진상이 진짜!

"요한 오빠를 왜 때려!"

"너 지금 내 앞에서 걔 편드는 거야?"

얼씨구. 그럼 내가 이 와중에 네가 예쁘다고 어화둥둥 해주겠니? 뭘 '어떻게 네가 그럴 수 있어?' 하는 표정을 짓고 앉았어? 나는 카벨을 찌릿 째려보며 쏘아붙였다.

"그럼 내가 오빠 편을 들어야 해? 난 오빠 동생도 아닌데, 왜?"

"그, 그건."

카벨은 설마 내가 그걸 따지고 들 줄은 몰랐다는 듯이 한껏 당황해서 두 눈동자를 흔들기 시작했다. 뚫린 입이라고 내키는 대로 다 내뱉을 때는 언제고 이놈이.

"그리고 요한 오빠가 틀린 소리 한 것도 아닌데 카벨 오빠가 때렸잖아!"

"걔가 틀린 소리 한 게 왜 없어!"

"그럼 뭐가 틀렸는데?"

"그, 그건…… 다, 다 틀렸어! 에잇! 넌 왜 그 자식 편만 드는데!"

둘째는 내가 제 뜻대로 되지 않자 또 버럭버럭 소리를 지르며 떼를 쓰듯 우기기 시작했다.

"저 오빠 나빠! 맨날 우리 오빠 괴롭히고! 으아앙!"

그 와중에 루이제까지 울음을 터뜨리자 완전히 방은 난장판이 되어버렸다. 하지만 진정한 난장판은, 요하네스가 자리에서 벌떡 몸을 일으키며 카벨에게 달려든 뒤에 시작되었다.

퍽!

"으억!"

눈앞에서 무언가가 순식간에 지나간다 싶더니, 다음 순간 카벨이 단말마의 비명을 내지르며 카펫 위에 벌렁 나자빠졌다. 나와 루이제, 그리고 에리히는 온실 속의 화초 같던 요하네스가 카벨에게 주먹을 날린 뒤 숨을 고르며 서 있는 모습을 멍하니 바라보았다. 카벨도 지금 막 얻어맞은 뺨을 감싸며 믿을 수 없다는 듯 더듬거렸다.

"너, 너 지금 날 쳤어?"

"먼저 때린 건 너야."

"야아! 너 죽었어!"

그때부터 방 안은 완전히 아수라장이 되었다. 나는 잠깐 멍해진 채로 생각했다. 지금 여긴 어디? 나는 누구?

"카, 카벨 형! 그만해!"

"우리 오빠 때리지 마아! 으앙!"

카펫 위에서 하나로 뒤엉켜 먼지가 날리게 싸우고 있는 건 분명 둘째인 카벨과 요하네스였다. 에리히와 루이제가 옆에서 이러지도 저러지도 못하고 외치는 소리가 귓전을 울렸다. 어느덧 에리히의 품에서 벗어난 페니도 그들을 향해 컹컹 짖고 있었다. 그제야 나는 퍼뜩 정신을 차렸다.

"둘 다 그만해!"

나는 두 사람을 말리기 위해 난장판 속으로 끼어들었다. 응? 그런데 왜인지 내가 두 사람을 말리는 게 아니라 요하네스를 도와서 둘째 놈을 같이 때리고 있는 것처럼 보인다고? 크헹. 원래 인생이란 틈새시장을 노려야 하는 것!

"아이참, 그만하라니까!"

나는 기회를 놓치지 않고 싸움을 말리는 척하며 카벨을 골고루 때려

주었다. 내가 이날을 위해 그동안 쓴 보약을 하루에 몇 첩씩 들이켜며 손힘을 길렀지! 얍얍! 내 야무진 손길을 받아라!

“엄마아!”

“멍멍!”

에리히인지 루이제인지, 누군가 엄마를 부르며 문밖으로 뛰쳐나간다 싶더니 잠시 후 두 명의 부인이 방으로 헐레벌떡 달려 들어왔다.

“세상에! 이게 무슨 일이니!”

“둘 다 그만두지 못해?”

예상외로 요하네스는 카벨과 대등하게 엎치락뒤치락하고 있었다. 하지만 어른들의 목소리에 요하네스가 주춤한 것과 반대로 카벨은 이미 고삐가 풀려 눈에 뵈는 것이 없는지 오히려 요하네스를 제 아래에 깔아뭉개 버렸다.

“카벨!”

그런 둘째의 만행을 보고 에른스트 부인이 기함하여 소리 질렀다. 나도 요하네스의 위기에 이번에는 진짜 카벨을 말리기 위해 움직였다.

“오빠, 이제 그만해!”

“비켜!”

하지만 카벨은 완전히 눈이 뒤집혀서 내 손을 화악 뿌리쳤고, 바로 그 순간 나는 엄청난 반동을 입은 놈의 팔꿈치에 얼굴을 맞고 말았다.

퍼억!

“하, 하리야!”

어억, 내 코!

나는 바닥에 장렬히 쓰러진 채로 얼얼한 코를 붙잡았다. 응? 그런데 웬 뜨뜻한 게……. 후두둑.

“코, 코피.”

문가에 서 있던 에리히가 입을 쩌억 벌린 채 멍청하게 중얼거렸다. 나는 그 말에 방금 전까지 코에 대고 있던 손을 확인해 보았다.

"맙소사, 하리야! 괜찮니?"

"머리를 뒤로 젖히게 하면 안 돼요! 여기 손수건이 있어요!"

에른스트 부인과 바스티에 부인이 차례로 외치며 허둥지둥 내게 달려왔다. 방금 전까지 치고받고 싸우던 두 사람도 어느덧 돌처럼 굳은 채 나를 쳐다보고 있었다. 그건 에리히와 루이제 역시 마찬가지였다.

"왜, 왜 피가 멎지를 않죠?"

"의사, 의사를 불러야! 휴버트!"

그런데 내 코피가 멈추지 않자 두 명의 부인은 한껏 당황해서 휴버트를 불렀다. 그 와중에 루이제는 내 치맛자락을 붙잡고 펑펑 눈물을 쏟기 시작했다.

"으아앙! 언니, 죽지 마!"

아니, 코피 좀 난다고 안 죽어. 하지만 셋째까지 넋 나간 사람처럼 동공지진을 일으키고 있는 걸 보면 확실히 지금 내 몰골이 장난 아닌 것 같기도 하고.

"하, 하리야. 괜찮아? 미, 미안해. 내가……."

"우으. 아니, 나 갠차나."

하지만 다시 순둥이로 돌아온 요하네스까지 사색이 되어서 울먹이며 사과하는데 아무 말도 하지 않을 수가 없었다. 나는 코맹맹이 소리를 내며 겨우겨우 대답했다. 둘째 놈은 자신이 한 짓에, 혹은 피투성이가 된 내 모습에 충격을 받았는지 멍청히 서서 입만 뻐끔거리고 있었다. 그때 소란을 듣고 휴버트가 모습을 드러냈다.

"부르셨습…… 아니, 하리 아가씨!"

"휴버트, 당장 의사를 불러요! 아니, 그전에 일단 지혈을!"

"으아앙! 언니이이!"

아이고. 나는 그만 속으로 깊은 한숨을 내쉬고 말았다. 이건 완전히 방금 전보다도 더한 아수라장……. 도대체 이 집구석에서 내 평온은 언제 찾아오는 거지요?

카벨은 대로한 에른스트 부인에게 따끔하게 혼이 났다. 그리고 일층 복도에서 무릎을 꿇고 앉아 손을 드는 굴욕적인 벌을 받았다.

"아니, 카벨? 왜 그러고 있는 거니?"

"아빠아!"

하지만 그는 그 벌을 오래 받지 않아도 되었는데, 그 이유는 사냥을 떠났던 일행이 날씨의 급격한 변화 때문에 일찌감치 저택으로 돌아왔기 때문이다. 그때 에른스트 부인은 막 당도한 의사와 함께 내 방에 머물고 있었다. 당연하게도 나는 카벨의 팔꿈치에 맞아 코피가 났던 것이기 때문에 일단 지혈을 한 뒤에는 별다른 이상이 없었다. 코뼈도 멀쩡하다고 했다. 에른스트 부인은 그 말에 가슴을 쓸어내렸지만 솔직히 나는 이런 일로 의사를 부를 것까지 있나 싶어 조금 겸연쩍어졌다.

"맙소사, 하리야!"

그런데 카벨에게 얼추 소식을 듣고 나를 보러 올라온 에른스트 공작이 기절할 듯이 놀라는 것이었다. 그를 따라온 유진 역시 경악한 표정으로 두 눈을 부릅뜨고 있었다. 알고 보니 내가 입고 있던 옷은 방금 전까지 흘렸던 피로 온통 축축이 젖어 있는 상태였다. 어, 음. 아무래도 내가 생각보다 피를 많이 흘린 모양이었다.

나는 의사가 돌아가고 난 뒤 곧장 옷을 갈아입었고, 카벨은 에른스트 부인에 이어 엄청나게 화가 난 에른스트 공작에게 2차적으로 혼이 난 뒤 다시 1층 복도에서 손을 드는 벌을 받았다. 그리고 내일부터 방에서 한 발짝도 나오지 말라는, 카벨에게 있어서는 청천벽력 같은 명령을 받았다.

"아니, 우리 첫째가 에른스트의 둘째와 주먹질을 하고 싸웠다고요?"

반면 바스티에 백작은 이 엄청난 소식을 들은 직후 잠시 어안이 벙벙한 표정을 짓더니, 놀랍게도 폭소를 터뜨렸다.

"으하하! 그것참 신기하네요. 제 아들이 친구를 때릴 줄도 아는 녀석이었다니, 전 처음 알았지 뭡니까. 역시 아이들은 싸우면서 크는 법이죠. 이거, 요한을 에른스트에 데려오길 잘했군요."

의원이 떠나기 전 상태를 살피긴 했지만 그래도 제각각 얼굴에 퍼런 멍 자국을 달게 된 카벨과 요하네스를 보고서도 바스티에 백작은 대수롭지 않다는 듯이 반응했다. 그것은 에른스트에 있어서는 퍽 다행인 일이었다. 어디로 보나 먼저 잘못한 것은 카벨이었으니까 말이다.

물론 그래도 에른스트 부부는 거듭 괜찮다고 말하는 바스티에 부부에게 몸 둘 바를 몰라 하며 사과했지만, 그들은 오히려 아이들 간의 일이니 카벨을 너무 심하게 혼내지는 말라는 말을 할 뿐이었다.

"하리 아가씨. 만일 다음에도 이런 일이 있으면 언제든 괜찮으니 꼭 저를 불러 주십시오. 아가씨가 직접 나서시는 건 너무 위험합니다."

"응, 알았어요."

나는 내 머리를 쓰다듬는 휴버트의 손길에 약간 멋쩍어져서 헤헤 웃었다. 크, 크흠. 사실은 둘째 놈을 같이 때려 주고 싶어서 끼어들었다가 얻어맞은 거라고 하면 황당해하겠지. 아무래도 나 이거 맛 들일 것 같아서 큰일인데. 둘째 녀석을 때리는 감촉이 생각보다 좋단 말이지!

"이제 피 안 나?"

아, 깜짝이야! 한참 휴버트가 쓰다듬어주고 있는데 갑자기 유진이 나타나서 놀랐다. 휴버트는 오누이 간의 단란한 자리를 만들어주려는 듯 먼저 자리를 떠났다. 그래서 나는 주위 시선을 신경 쓸 것 없이 얼굴을 구기며 대답할 수 있었다.

"지금은 안 나는데 아까는 엄청 많이 났어."

이제 피는 멈추었지만 아직도 내 콧대는 약간 빨갛게 물들어 있었다. 아까 카벨의 팔꿈치에 가차 없이 가격당한 증거였다.

"내일부터는 나도 저택에 있을 거야."

내 말에 유진은 잠깐 멈칫하더니 말했다.

"사냥 안 가?"

"안 가려고. 원래 좋아하지도 않았어."

확실히 유진이 저택에 있으면 좀 안심이긴 했다. 카벨과 에리히가 그래도 큰 형이라고 유진의 말은 잘 듣는 편이었으니까.

"코가 아직 좀 빨갛네."

유진은 잠시 내 얼굴을 물끄러미 내려다보다가 이내 미간을 찌푸리며 말했다. 그럼 그 정도로 피를 쏟았는데 이렇게 금세 멀쩡해질까.

"빨갛기만 한 게 아니야. 아직도 아프다고."

나는 코를 만지작거리며 투덜거렸다. 나도 이런데 카벨이 작정하고 때린 요하네스는 더 아프겠지. 아, 진짜. 그나마 아직도 둘째가 1층에서 벌을 받고 있다는 게 일말의 위안이 되었다. 하지만 걔는 좀 더 혼이 나야 돼. 벌을 다 받고 나면 방에서 근신하라는 게 에른스트 공작의 명령이니까 그래도 한동안은 저택이 조용하겠네.

"그래, 미안."

그런데 잠깐 머뭇거리는가 싶던 유진이 나에게 사과를 해왔다. 그 말에 나는 한순간 멈칫하다가 콧잔등을 움찔거리며 입을 열었다.

"오빠가 그런 것도 아닌데 왜 사과해?"

"카벨이 그런 거니까."

물론 장남으로서 동생의 일에 대신 책임감을 느낄 수도 있는 일이었지만 그래도 한 번쯤은 짚고 넘어가고 싶었다.

"이럴 때는 그냥 '아픈 데가 빨리 괜찮아졌으면 좋겠다'라거나 '카벨이

철이 없어서 큰일이다' 정도로 말하면 되는 거야."

예전부터 둘째, 셋째 녀석이 사고를 칠 때마다 일일이 그 뒷수습을 하는 것은 모두 첫째의 역할이었다. 나는 그게 조금 마음에 안 들었던 것 같기도 하다.

물론 나도 녀석들의 극성이 지나칠 때는 유진이라도 나서서 어떻게 해주었으면 하고 바란 적이 있었다. 하지만 솔직히 장남이란 이유로 그가 동생들의 모든 뒤치다꺼리를 전부 다 해야 할 필요는 없었다. 끄응, 솔직히 말해서 내일부터 유진이 사냥을 가지 않는단 사실에 안심한 주제에 이런 생각을 하는 것도 좀 위선 같기는 하지만 말이야. 그, 그래도 다른 형제들의 일을 전부 다 그에게 떠넘기려는 속셈인 게 아니라 마음으로 좀 의지가 된다는 의미니까.

"어쨌든 카벨 오빠가 저지른 일을 유진 오빠가 대신 사과할 필요는 없다는 거야."

나는 혼자서 합리화하듯 괜히 속으로 그렇게 변명한 뒤 고개를 주억거렸다. 흑, 그렇다 한들 12살의 유진에게 의지할 구석이 있다는 것 자체가 나로서는 부끄럽지 않을 리 없었지만.

"사과를 해도 카벨 오빠가 직접 하는 게 맞는 거고."

"그래…… 그건 네 말이 맞지."

유진은 내 말에 잠시 멈칫하더니 곧 순순히 대답했다. 그런데 표정이 왜 저렇게 묘하지?

"혼자서 애들 상대하느라 고생 많았어."

하지만 내 의문은 곧바로 사그라지고 말았다. 바로 그 순간, 내 머리 위에 뜬금없이 웬 무게감이 느껴졌기 때문이다. 응? 이게 뭐지? 나는 의아한 마음으로 고개를 들었다. 그리고 내 머리 위에 내려앉은 것의 정체를 깨달은 뒤 곧바로 돌처럼 굳어버렸다.

"내일부터는 무슨 일이 있으면 날 불러."

내가 경직되어 있는 사이 유진은 마음대로 내 머리를 약간 어색한 움직임으로 두어 번 쓰다듬기까지 하고 홀연히 자리를 떠났다. 재, 지금 뭐 하고 간 거니……? 혼자 남은 나는 당황해서 입을 벌린 채 어버버거렸다. 지금 유진이 설마 내 머리를 쓰다듬고 간 거야? 그게 맞는 거야? 진짜? 저, 저 사람이 뭘 잘못 먹었나? 내일은 해가 서쪽에서 뜨려는 걸까? 나는 상상도 하지 못했던 상황에 크게 동요해서 한참이나 자리에서 입만 뻐끔거리고 말았다.

"하리, 미안해. 나 때문에 다쳐서……."

"요한 오빠 때문이 아니라 카벨 오빠 때문이지."

요하네스는 한껏 풀이 죽은 모습으로 내게 사과했다. 나는 까맣게 피딱지가 앉은 그의 입가를 보면서 둘째에 대한 분노를 더욱 불태웠다. 이 예쁜 얼굴에 피딱지라니! 푸르딩딩한 멍이라니! 정작 잘못한 건 카벨인데 애꿎은 사람이 사과를 하지 않나. 저 둘째 녀석을 정말 어찌하면 좋다지?

카벨은 에른스트 공작의 엄명에 따라 어제 하루 동안 벌을 선 데 이어 오늘부터는 정말 제 방에서 한 발짝도 나오지 못하고 있었다. 물론 이놈이 아버지의 명이라고 해서 얌전히 자리를 지키고 있을 리는 없었다. 하지만 카벨의 탈주에 대비해 문 앞에 에른스트 소속의 기사들을 둘이나 세워 놓았기 때문에 둘째라고 한들 별다른 뾰족한 수가 있을 리 없었다.

나는 바로 한 시간 전에만 해도 방문을 나서려고 시도하다가 다시 안으로 잡혀 들어가던 카벨을 상기하고 쯧 혀를 찼다.

"그리고 그것만이 아니라, 또……."

그런데 요하네스가 어떻게 말해야 할지 모르겠다는 듯 잠깐 우물쭈물하다가 별안간 고개를 푹 숙이고 나한테 다시 사과했다.

"넌 물건이 아닌데 내 마음대로 달라고 해서 미안."

한순간 나는 '그게 무슨 소리지?' 싶었다. 그래서 고개를 갸웃거리다가 돌연 머릿속을 스쳐 지나가는 어제의 기억에 놀라고 말았다.

"내가 너 같은 애보다 하리한테 훨씬 더 잘해 줄 수 있어! 그러니까 나한테 줘!"

요하네스는 방금 전보다 한결 더 시무룩해져서 고개를 떨구고 있었다. 하지만 나는 그런 그에게 또다시 감탄하고 말았다. 이, 이럴 수가! 도대체 어떻게 교육을 받으면 사람이 이렇게 반듯하고 훌륭하게 잘 자랄 수 있는 거지? 아무래도 요하네스 부부의 교육 방침을 에른스트에 도입하는 일이 시급한 것 같습니다!

"괜찮아, 오빠! 그런 의미로 말한 거 아니잖아. 나도 알아."

사실 어제 카벨과의 일이 있을 때도 지금까지 이렇게 내 편을 들어서 대신 싸워 준 사람은 처음이라 뭉클했었는데.

"약 발랐어?"

"으, 응."

나는 멍든 요하네스의 얼굴에 마음이 짠해져서 나도 모르게 손을 올렸다. 하지만 내가 닿자마자 요하네스가 불에 덴 듯이 화들짝 놀라며 몸을 흔들었기 때문에 나는 그냥 손을 다시 원상복귀했다. 그냥 손이 스치기만 한 건데도 이러다니, 아무래도 많이 아픈가 보네. 그런 생각에 내가 속으로 둘째에게 이를 갈고 만 것은 당연했다.

"하리 언니가 불쌍해."

그런데 문득 옆에서 들려온 목소리에 고개를 돌려 보니, 큰 토끼 인형을 끌어안은 채 뚱한 얼굴을 하고 있는 루이제가 눈에 들어왔다. 아, 맞

아. 그러고 보니 방에 요하네스만 있는 게 아니었지.

"그 오빠 진짜 나빠. 바보 멍청이 똥개야."

부, 부정할 수가 없구나. 카벨이 확실히 바보 멍청이 똥개이긴 하지.

"언니, 진짜 우리 집에 오면 안 돼? 그 오빠보다 우리 요한 오빠가 훨씬 훨씬 좋은데! 그리고 나도 언니가 우리 집에 오면 내 토순이랑 곰곰이도 빌려주고 언니랑 싸우지도 않고 사이좋게 지낼 거야!"

루이제는 그동안 카벨이 보인 행태에 단단히 질린 모양이었다. 자신의 토끼 인형과 곰 인형을 빌려주면서까지 나를 둘째의 손아귀에서 탈출시키겠다는 그 의지의 표현에 나는 웃어야 할지 울어야 할지 알 수 없는 애매한 기분이 되어버렸다. 하지만 잇따른 그녀의 말에 그만 나는 흠칫하고 말았다.

"언니는 원래 '밖'에서 살았다며? 언니네 오빠는 언니가 살았던 데 버리고 오자."

나뿐만 아니라 요하네스까지 동생의 말에 멈칫하는 것이 느껴졌다. 다만 루이제만이 그런 우리들의 반응을 알아차리지 못하고 여전히 천진난만한 얼굴을 하고 있었다.

"베키는 내가 마리안이랑 싸울 때마다 그랬는데. 밖에는 엄청 무서운 괴물이 살아서, 나쁜 애는 거기에 데리고 가서 혼내 달라고 할 거라고. 그러니까 언니네 오빠도 거기에 버리고 오자."

그동안 루이제와 인형 놀이를 하다가 들은 바에 의하면 베키는 루이제의 유모이고, 마리안은 루이제와 동갑인 친구였다.

"그런데 밖에 진짜 괴물이 살아? 그럼 언니는 지금까지 계속 괴물이랑 같이 살았던 거야?"

어린애가 충분히 생각할 법한 일이었고, 또 어른들이 말 안 듣는 아이를 겁주기 위해 충분히 할 법한 말이었다.

"언니가 불쌍해."

그런데 루이제가 어린아이 특유의 순진함이 담긴 눈동자 안에 동정심을 품고 그렇게 말하는 순간, 이상하게도 나는 잠시 목에 가시가 박힌 것 같은 느낌이 들었다. 바로 그때, 옆에 있던 요하네스가 드물게도 단호한 음성으로 동생을 향해 말했다.

"루이제, 그건 베키가 널 겁주려고 그냥 한 말이야."

"그럼? 괴물 없어?"

"없어."

"그럼 언니가 살았던 데는 어떤 곳인데?"

호기심이 가득한 눈동자가 다시 한번 나를 향했다. 이번에도 내가 무어라 답하기 전에 요하네스가 대신 입을 열었다.

"거기도 똑같아. 너랑 베키 같은 사람들이 사는 곳이야."

"진짜? 그럼 베키가 나한테 거짓말한 거야?"

"넌 길을 쉽게 잃으니까, 너 혼자 가게 되면 위험한 곳은 맞지. 다시 집으로 찾아오지 못할 테니까."

"그건 싫어!"

"그리고 난 하리가 예전에 어디에서 살았든, 그거랑 상관없이 하리가 좋아."

"그건 나도, 나도야!"

루이제는 금세 요하네스에게 동화되어 내가 자신의 집에 놀러 오면 토순이와 곰곰이뿐만이 아니라 짹짹이와 호돌이 인형까지 보여 주겠다고 재잘거렸다.

"하리야, 그럼 이따 저녁 식사 시간에 또 만나."

"언니, 밥 먹고 나랑 또 놀아야 돼!"

잠시 후, 나는 웃는 낯으로 요하네스와 루이제를 배웅했다. 그리고 문을 닫고 다시 원래의 자리로 돌아왔을 때, 나는 입가에 머금고 있던 미소가 서서히 사그라지는 것을 느꼈다. 루이제의 호기심 어린 물음이 머릿속에 맴돌았다. 어린아이가 의미 없이 꺼낸 소리인 만큼 방금 전의 대화가 나한테 그리 큰 영향을 끼친 것은 아니었다. 다만, 그녀의 물음에 한동안 잊고 있던 옛 기억이 저 아래에서부터 조용히 부상했을 뿐이다.

내가 살던 데가 어떤 곳이었냐고? 아주 오래전의 일이었음에도 나는 멜팅턴에서의 기억을 쉽게 떠올릴 수 있었다.

"……."

나는 잠시 침대에 앉아 발을 느리게 흔들다가 곧 창밖으로 시선을 돌렸다. 찬바람에 창문이 덜컹거리는 소리가 고막을 울렸다. 내가 살던 곳은…… 춥고 배고픈 곳. 엄마가 죽은 후에는 아무도 나를 찾지도, 내 이름을 부르지도 않던 곳. 그래서…… 나 혼자 언제까지나 외톨이로 있어야만 했던 그 멜팅턴의 차가운 거리.

"이야, 매일 느끼는 것이지만 에른스트의 만찬은 참으로 훌륭하군요."

저녁 식사 자리에서 바스티에 백작이 눈앞의 산해진미를 보며 감탄했다.

"할 수만 있다면 주방장을 저희 바스티에에 데려가고 싶을 정도예요."

"호호. 주방장이 그 소리를 들으면 기뻐하겠네요."

과연 그 말처럼 식탁 위에는 군침이 도는 요리들이 상다리가 휠 정도로 가득 올라와 있었다.

"하리야, 음식이 자리에서 좀 멀지? 접시에 조금씩 덜어줄게."

"네, 고맙습니다."

에른스트 부인의 호의로 내 앞에는 맛있는 냄새를 풍기는 음식들이 먹기 좋게 조금씩 덜어졌다. 그런데 침샘을 자극하는 요리를 눈앞에 두고 있으려니 어째서인지 잠깐 기분이 미묘해지는 것이었다. 어쩌면 낮에

보았던 루이제와의 대화로 멜팅턴에서 살았을 때의 일을 상기했기 때문일 수도 있었다.

그 당시만 해도 다 말라비틀어진 딱딱한 검은 빵이라도 먹을 수 있으면 재수가 좋은 거였는데……. 지금의 나는 따뜻한 김이 모락모락 올라오는 호화로운 음식들을 눈앞에 두고 있었다.

"하리야, 다른 걸 가져다줄까?"

내가 포크를 들고 접시만 내려다보고 있자 에른스트 부인이 물었다. 나는 그제야 정신을 차리고 그녀를 향해 헤헤 웃어 보였다.

"아니에요, 맛있어요!"

그리고 마침내 맛을 본 송아지 요리는 입에서 살살 녹는 극락의 맛을 자랑하고 있었다. 나는 감동하여 그때부터 다른 아이들처럼 접시 위에 있는 음식을 폭풍 흡입하기 시작했다. 그제야 에른스트 부인도 안심한 얼굴로 미소 지으며 내게서 시선을 뗐다.

"그러지 말고 한 잔 더 하시죠."

"어제도 많이 마셔서 오늘은……."

"엄마, 나 저거, 저거 더 줘!"

"잠깐. 옷에 흘렸잖니, 루이제."

시끌벅적한 식탁 위의 풍경에 나는 새삼스러운 감회를 느꼈다. 사람이 많은 만큼 와글와글 시끄럽고 조금 정신이 산만하기도 했지만 그래도 나는 이런 광경이 그리 나쁘지 않다고 생각했다.

"카벨 오빠한테 다녀오세요?"

식사 시간 후, 나는 루이제에게 손을 붙들려 방으로 가다가 에른스트 공작 부인을 만났다. 다른 사람들보다 먼저 식당을 떠난 데 이어 손에 접시를 든 채 카벨의 방이 있는 곳에서 걸어오는 것을 보았을 때, 나는 그 이유를 쉽게 짐작할 수 있었다.

"식사 시간까지 혼자 있게 하는 건 아무래도 좀 그래서 말이야."

방에서 근신하고 있는 둘째에게 식사를 챙겨 주러 갔던 거겠지. 그녀의 손에 들린 접시는 마치 핥아 먹기라도 한 듯이 깨끗하게 비어 있었다. 혼자 방에 있으면서 카벨이 많이 풀 죽었다고 들었는데 그래도 왕성한 식욕은 사라지지 않은 모양이었다. 하긴, 그래야 둘째답기는 하다. 에른스트 부인이 나와 루이제를 향해 미안함이 담긴 웃음을 지으며 말했다.

"어제부터 단단히 타일렀으니 그 애도 이제는 과격한 짓을 하지 않을 거란다. 요하네스와의 일도 그렇고 하리 네 일도 많이 반성하고 있어. 그래도 너희가 원한다면 한동안 가까이 가지 못하게 할 테니까 걱정하지 말렴."

아, 이야기를 들어보니 카벨의 근신을 곧 풀어주려는 것 같다. 왠지 그럴 것 같기는 했어. 아무리 훈육의 목적이라고 해도 9살짜리 애를 방에 혼자 오래 가둬 두는 건 정서상 안 좋기도 하고. 게다가 그 대상이 비글 같은 둘째 놈이니 더욱.

"그 오빠 없는 게 좋았는데."

에른스트 부인과 헤어지고 나서 방으로 가는 길에 루이제가 불만스럽게 중얼거렸다. 크윽, 아무래도 이 작은 아가씨한테 카벨이 어지간히 크게 찍힌 게 아닌가 보다.

"또 우리 오빠랑 하리 언니 괴롭히면 똥침 놓을 거야."

쿠, 쿨럭. 잠깐만, 그거 뭔가 귀족 아가씨가 할 법한 대사가 아닌 것 같은데? 하지만 루이제는 눈까지 번뜩이며 똥침에 대한 결의를 다지고 있었다. 그래서 나는 그냥 식은땀을 삐질거리며 그런 그녀를 모른 척하고 말았다.

카벨은 이틀 뒤 방에서 나왔다. 그는 풀이 죽었다는 말이 거짓말이었던 것처럼 밖으로 나오자마자 살판이 나서 집안 곳곳을 쏘아 다녔다.

하지만 에른스트 부부가 무슨 말을 했는지, 나만 보면 멀찍이서 우물쭈물 눈치만 볼 뿐 나한테 가까이 다가오지는 않았다. 한 가지 인상 깊은 점이라 할 것은 카벨과 요하네스 사이에 냉기가 흐른다는 사실이었다. 카벨은 자신이 샌님 같은 요하네스에게 훈계를 들은 거로도 모자라서 얼굴을 얻어맞았다는 사실이 꽤 깊은 앙금으로 남은 것 같았고, 요하네스는 그 나름대로 카벨을 볼 때마다 찬바람을 쌩쌩 날리며 그를 아는 척도 하지 않았다.

나는 근신 후 밖으로 나온 카벨의 광대에 피멍이 들어 있는 것을 보고 깜짝 놀랐다. 아무래도 요하네스의 주먹이 생각처럼 물렁한 솜방망이는 아니었던 모양이다. 또 요하네스는 이제 나를 볼 때마다 전처럼 말을 더듬지는 않았는데, 나는 그것을 보고 그의 말투가 아마 낯가림의 일종이 아니었을까 하는 생각을 했다. 그래, 이렇게 미래의 남편과 차근차근 한 계단씩 친분을 쌓는 거야!

"오빠, 또 서재에 가?"

"아, 응. 유진 형한테 재미있는 책이 많아서."

의외인 것은 요하네스와 유진이 은근히 통하는 구석이 있는 것 같다는 점이었다. 그는 내가 루이제와 노는 동안 유진의 서재에서 주로 시간을 보내고는 했는데, 둘이 책 취향만 비슷한 것이 아니라 대화도 곧잘 통하는 것 같았다. 둘 다 장남이라 그런가? 나는 의외의 공통분모를 발견하고 기분이 약간 미묘해졌다. 어쩌면 내가 몰랐을 뿐, 미래의 유진과 요하네스 사이에 나름의 교류가 있었을지도 모른다는 생각이 들었다. 그래서 유진이 요하네스를 내 신랑감으로 눈도장 찍었던 게 아닐까?

아무튼 근신에서 벗어난 뒤 이번에는 유진 대신 카벨이 아저씨들의 사냥을 따라갔기 때문에 저택에는 간만에 평화가 감돌았다. 처음에는 반대하던 어른들도 둘째의 괄괄한 모습에 이제는 어쩔 수 없다 싶었는지 더 이상은 적극적으로 그를 말리지 않았다.

"넌 나랑 하나도 안 닮았어."

루이제까지 낮잠이 들자 나는 마음 놓고 간만의 고요함을 즐길 수 있었다. 하지만 그건 웬일로 제 방에서 나온 에리히를 만나기 전까지였다. 그는 바스티에 백작이 첫날 한 말을 아직까지 마음에 담아 둔 듯했다. 그러니까 저렇게 날 보자마자 기다렸다는 듯이 내뱉은 첫 마디가 이런 거겠지.

"너 같은 거랑 내가 닮았다니 기분 나빠. 불쾌해!"

아이고, 그러십니까? 나라고 해서 너랑 닮았단 소리가 반가운 건 아니란다. 그리고 내가 보기에도 너랑 나는 별로 안 비슷하게 생겼고. 굳이 닮은 부분을 찾자면 텅 비어 있는 앞니랄까……. 흑, 새삼스럽게 가슴에 스크래치가! 내가 앞니도 없는 이런 우스운 몰골로 내 예비 신랑을 만나고 있다니!

"당연하지, 나보다 네가 훨씬 더 예쁜데."

내가 심드렁하게 내뱉은 말에 에리히가 한순간 귀를 의심하는 표정을 지었다. 뭐야? 설마 내가 자기에 대해 칭찬할 거라고 생각하지 못해서 저러는 건가? 아니면 남자애한테 예쁘다는 말을 해서?

"웃기지 마!"

앗, 둘 다인가 보다. 그나저나 얘 지금 당황한 거 맞니? 지금 동공이 겁나게 흔들리고 있는데요. 그래도 에리히가 예쁘다는 건 진짜였다. 성격이 좀 뭐 같아서 그렇지 겉가죽만큼은 성화 속의 아기 천사 뺨치게 생겼으니까. 반면 나는 이제 막 살이 오르기 시작해서 볼품없는 수준에서 겨우 벗어나기 시작한 단계였지만……. 흥, 나도 좀 더 나이 먹으면 청초한 미인이 될 거라고.

"뭐가 웃기다는 거야? 그럼 넌 네가 안 예쁘다고 생각해? 진짜?"

"난, 난 잘생긴 거야!"

"너 그거 이상한 편견이야. 원래 예쁜 건 성별을 가리지 않는 거거든? 그럼 넌 거울을 볼 때마다 네가 예쁘다는 생각을 한 번도 한 적이 없었단 말이야? 넌 내가 지금까지 본 사람 중에서 제~ 일 예쁜데."

"아니야!"

얼굴을 붉히며 기를 쓰고 소리치는 셋째를 보니까 마치 내가 불한당이라도 된 것 같다. 그런데 이거 생각보다 재미있잖아?

"그래, 네 생각대로라면 그럼 너보다는 여자애인 내가 더 예쁘다는 거네. 아, 혹시 그래서 웃기지 말라고 한 거야? 사실은 내가 너보다 더 예쁜데 반대로 말해서?"

그러자 내가 자신을 놀리고 있다는 걸 알았는지 에리히가 와락 얼굴을 구겼다. 호오, 이제 보니 셋째에게는 오히려 이런 식의 도발이 잘 먹히는 건지도…….

"너 진짜 짜증 나!"

그래도 나랑 길게 말씨름할 기운까지는 없는지 에리히는 매몰차게 외친 뒤 홱 뒤돌아서 달려갔다. 어른들이 사냥을 다녀올 때마다 속이 안 좋은지 밥도 잘 못 먹고 비실거리더니, 확실히 뛰어가는 뒤태가 전보다 좀 마른 것 같기도 하고. 하여간 신경 쓰이는 놈이었다.

그리고 그날 저녁, 사흘간 내 주위만 맴돌던 둘째가 드디어 나한테 말을 걸었다.

"야, 너 내가 잡아 온 사슴 봤어?"

슬쩍 다가온 카벨은 지금까지 자기가 언제 눈치를 봤냐는 듯 한껏 거들먹거렸다.

"나 완전 대단하지? 멋지지?"

어이구, 아저씨들이 사냥하는 데 따라가서 끽해야 숟가락만 얹었을

게 안 봐도 뻔한데 잘난 척은.

“그래, 대단하네.”

누가 들어도 영혼이 없는 목소리로 말하자 카벨이 불만스러워하는 것이 느껴졌다. 하지만 나는 그를 향해 고개조차 돌리지 않고 둘째 녀석이 내 방에 오기 전까지 하던 대로 종이접기만 계속했다.

“사슴 털로 장갑도 만들 수 있대!”

“그래.”

“너도 갖고 싶지? 그치?”

“난 별로.”

“네가 부탁하면 특별히 너 줄 수도 있는데?”

카벨이 한껏 생색내며 말했으나 그러는 와중에도 슬쩍 내 눈치를 보는 게 느껴졌다. 나는 이놈이 나한테 와서 왜 이러는지 이미 눈치를 챈 뒤였다. 하지만 여전히 그를 쳐다보지도 않고 그냥 싸늘하게 대답했다.

“필요 없어.”

“뭐? 왜 필요 없어, 왜!”

아오, 너 반성했다는 거 다 거짓말이지? 그렇지? 둘째 놈이 웬일로 내 눈치를 다 본다 했더니 그건 역시 오래가지 않았다. 나는 내가 열심히 접고 있던 초록색 종이를 홱 뺏어 가며 성질을 부리는 카벨에게 처음으로 시선을 돌렸다.

“네가 부탁하면 내가 특별히 너한테 주겠다는데!”

놈은 내가 자신의 뜻대로 반응하지 않는 게 마음에 들지 않는지 혼자서 씩씩거리고 있었다. 나는 그런 둘째를 가만히 쳐다보다가 조용히 입을 열었다.

“난 네 동생도 뭣도 아니니까 너한테 그런 거 받을 이유 없어.”

“뭐……?!”

“그러니까 너나 가져.”

내 말을 믿을 수 없다는 듯 카벨이 입을 쩍 벌리는 것이 보였다. 나는 냉큼 손을 뻗어 카벨의 손에 들린 종이를 낚아채 갔다.

"내 개구리 내놔."

그는 내 말이 어지간히 충격적이었는지 아직까지도 바보 같은 표정을 지은 채 어버버거리고 있었다. 참나, 고작 이 정도 가지고 놀라기는? 앗! 그런데 심혈을 기울여 접은 내 개구리! 뒷다리가 구겨졌잖아! 이따가 루이제랑 놀기로 해서 접은 건데.

"이게 뭐야, 너 때문에 다리 접혔잖아."

약간 짜증스럽게 투덜거린 내 말에 카벨이 불현듯 정신이 돌아온 듯 헉! 하고 숨을 들이켰다.

"너, 너, 너, 너! 지금 나한테 너라고 했어?!"

흥, 귓구멍은 제대로 열렸구먼. 나는 카벨에게 보란 듯이 귀를 후비적거렸다.

"좀 이따가 루이제 오기로 했어. 그러니까 귀찮게 하지 말고 내 방에서 나가."

평소와 다른 내 모습에 꽤 놀란 듯 둘째 놈은 어울리지 않게 버벅거렸다. 그런데 이 단순한 인간의 생각이 곧 어디로 닿았는지, 잠시 후 카벨이 변명조로 나한테 외치는 것이었다.

"너 내 친동생 아, 아닌 거 맞잖아!"

아무래도 요하네스와의 마찰 때 나한테 '걔는 내 동생 아니야!'라고 말했던 게 신경이 쓰이기는 한 모양이었다. 그래서 생각하기로, 내가 그 말에 삐져서 이러는 것 같았나 보지? 나는 두 눈을 가늘게 뜬 채 내 앞에 있는 카벨을 잠깐 간 보다가 심드렁하게 대꾸했다.

"그래, 난 네 동생 아니야. 지금 내 말이 그 말이잖아."

"뭐어?! 네 말이 그 말이라니……! 다, 다르거든!"

"다르긴 뭐가? 뭐가 어떻게 다른데?"

"으, 으씨이, 너 아까부터 자꾸 왜 나한테 너래?!"

"동생도 아닌 애한테 오빠 소리 듣고 싶은 건 아닐 거 아냐? 나도 내 오빠 아니라고 하는 사람한테는 오빠 소리 하고 싶지 않거든."

나는 그렇게 말하며 카벨을 향해 일부러 쌀쌀맞은 표정을 지어 보였다. 사실 근신 이후에도 마냥 막무가내로 날뛸 줄 알았던 카벨이 은근히 내 눈치를 살피는 걸 보고 나도 지금 나름대로 강수를 두고 있는 것이었다. 게다가 다른 건 아직 어려서 그렇다 치고 참고 넘어가도 내 미래 남편에게 주먹을 든 것만큼은 용서할 수 없다! 저 개 같은 성미를 지금 조금이라도 억눌러 두지 않으면 둘째 놈은 진짜 진상의 끝판왕이 될 수도 있었다. 그것만큼은 절대로 안 되지! 너 때문에 미래 남편이 도망가면 어떡할 거야?

똑똑!

"하리, 들어가도 돼?"

"들어와!"

바로 그때, 타이밍 좋게 요하네스가 내 방을 찾아왔다. 나는 할 말이 없어서 입술만 벙긋거리고 있는 카벨을 뒤로한 채 자리에서 일어났다.

"루이제가 부탁해서 대신 데리러 왔……."

막 문을 열고 내 방으로 들어서던 요하네스가 카벨을 보고 멈칫했다. 카벨도 요하네스를 보자마자 언제 내 앞에서 얼빵한 모습을 보였냐는 듯이 험악한 표정을 지어 보였다. 앗, 저 둘째는 그렇다 쳐도 요하네스도 저런 표정을 지을 수 있구나! 첫날 카벨에게 눈 폭탄을 맞고 울먹이던 사람이라고는 믿기지 않는 딱딱한 표정인데? 아무튼 나는 방금 전까지 열심히 접고 있던 개구리와 다른 색종이를 들고 요하네스를 향해 반갑게 달려갔다.

"요한 오빠, 어서 와!"

바로 그 순간 카벨이 빛의 속도로 나를 획 돌아보았다. 그런 그의 얼굴은 마치 믿었던 사람에게 엄청난 배신을 당한 사람 같아서 나는 코웃음이 나왔다.

"루이제 대신 와준 거야?"

"응. 루이제는 방에서 기다리고 있어."

오히려 보란 듯이 내가 방긋 웃으면서 요하네스에게 다가가자 둘째의 표정은 더욱 볼만해졌다.

"그럼 가자, 오빠."

"어딜 가! 너 나랑 먼저 얘기 중이었잖아!"

카벨이 씩씩거리면서 나한테 한 발짝 더 성큼 다가왔다. 그에 맞추어 요하네스가 카벨을 향해 경계심 어린 표정을 짓는 것이 보였다. 하지만 둘째는 지난번에 제 부모님에게 혼났던 기억 때문인지, 들어 올린 손을 움찔거릴 뿐 또다시 나한테 난폭한 행동을 하지는 않았다.

"난 할 말 다 끝났는데? 뭐, 나한테 더 하고 싶은 말 있어?"

카벨은 뭔가 굉장히 마음에 안 들고 심통이 나는데 그걸 어떻게 표출해야 할지 모르겠다는 듯 씨근덕거리다가 이윽고 나 대신 내 옆에 있던 요하네스에게 버럭 소리쳤다.

"내가 먼저 얘랑 얘기하고 있었는데 비겁하게 새치기하지 마!"

카벨이 이를 갈며 외친 소리에 요하네스가 잠깐 움찔했다. 본래 성정이 워낙 온순해서 그런지, 아니면 이런 식으로 사납게 구는 사람을 일찍이 본 적이 없어서 그런지 요하네스는 이런 상황이 퍽 낯선 눈치였다. 하지만 그는 오히려 굳은 눈빛을 보이며 물러서지 않았다.

"하리는 너랑 더 할 말 없다고 하잖아."

"이, 이! 멍청하게 생겨서 바보같이 동생 심부름이나 하는 게! 허구한 날 여자애들 비위나 맞추고!"

"뭐? 난 그런 생각밖에 못 하는 너야말로 바보라고 생각하는데."

"뭐야?!"

"그것보다 너, 하리한테 사과는 하고 이러는 거야? 너랑 나 때문에 다쳤었는데."

그 순간 둘째 놈이 또다시 말문이 막힌 얼굴로 입을 벙긋거렸다.

"요한 오빠, 그만해."

이번에는 내가 둘 사이에 끼어들었다. 그런데 내가 요하네스를 말리자 카벨이 묘하게 반짝이는 눈빛으로 나를 쳐다보는 것이 아닌가? 아니, 이놈아. 설마 지금 내가 네 편을 들어줄 거라고 생각하는 건 아니겠지?

"괜히 말씨름해서 시간 낭비할 필요 없어. 요한 오빠가 설명해도 어차피 못 알아들을 게 뻔해. 그냥 상대하지 말고 루이제한테 가자."

나는 그래서 네가 안 된다는 듯이 카벨을 향해 고개를 절레절레 저으며 한숨까지 폭 내쉬어준 뒤 다시 눈길을 돌렸다.

"요한 오빠, 종이접기 잘해?"

"토끼랑 여우 접을 줄 알아. 아, 거북이도."

"진짜? 대단하다. 난 개구리는 접을 줄 아는데 다른 건 까먹었어."

"방에 가서 내가 가르쳐 줄게."

나는 카벨을 뒤로 한 채 요하네스와 함께 화기애애하게 대화하며 방을 나섰다. 카벨이 '저, 정말 나만 두고 가는 거야? 진짜?'라며 소설 속 비운의 주인공처럼 등 뒤에서 외쳤지만 그런 소리는 요하네스도 나도 가뿐히 무시해 주었다.

그 후로 나는 둘째 놈을 본체만체하기 시작했다.

"야, 너 자꾸 그럴 거야? 왜 자꾸 나 무시해!"

"카벨, 적당히 해."

"형, 형도 뭐라고 좀 해봐!"

"뭘 뭐라고 해. 하리가 너랑 놀고 싶지 않다고 하잖아."

쿠콰콰쾅! 유진의 말에 둘째의 얼굴이 뒤통수를 후려 맞기라도 한 듯 멍청해졌다. 그는 차마 믿었던 형마저 자신에게 이럴 줄 몰랐다는 듯 동공을 마구 흔들고 있었다.

"형 미워!"

결국 카벨은 비련의 여주인공처럼 서럽게 외친 뒤 두다다다 복도 끝을 향해 달려갔다. 그러나 유진은 그런 동생의 뒷모습을 보며 그저 한차례 혀를 찰 뿐이었다.

"무슨 소란이니?"

"아, 별일 아니에요, 어머니. 카벨이 집 안에만 있으니 심심한 모양이에요."

"그래? 그 애는 참 누구를 닮았는지 가끔 보면 지나칠 정도로 기운이 좋단 말이야. 겨울이 지나면 듀크 경이라도 붙여 줘야 할지."

듀크 경이라면 카벨이 어릴 때 검술을 배웠던 에른스트 소속의 연륜 있는 기사 말인가? 아직 그에게 정식으로 가르침을 받고 있는 건 아니었구나. 나는 그런 심심한 생각을 하며 멀어지는 에른스트 부인의 뒷모습을 바라보았다.

"바스티에의 남매가 마음에 들어?"

그런데 문득 머리 위에서 질문이 날아들어 고개를 들어 보니, 어느덧 나를 쳐다보고 있는 유진이 눈에 들어왔다.

"응, 뭐…… 둘 다 착하기도 하고, 같이 놀면 재미있고 좋아."

"그래, 이제 곧 헤어지면 아쉽겠네."

어느덧 시일이 꽤 지나 바스티에의 사람들이 에른스트를 떠날 날이 다가오고 있었다. 그럼 요하네스도 그렇고 루이제도 이제 또 한동안 안녕인 건가. 유진이 말한 대로 좀 아쉽다. 이제 헤어지면 또 언제 볼 수 있는 거지? 서, 설마 20년 후는 아니겠지? 그런 내 복잡한 표정을 어떻게 이해했는지, 유진이 덧붙여 말했다.

"괜찮아. 지금 헤어져도 곧 또 볼 수 있을 거야. 어머니, 아버지도 이번 사냥철 때 분위기가 마음에 드신 눈치고, 바스티에와는 몇 년 전에만 해도 교류가 잦은 편이었으니까."

앗, 그건 처음 안 사실이었다. 몇 년 전까지만 해도 바스티에와 교류가 있었다니. 으음, 그러고 보니 아리나가 죽은 후부터 에른스트가 전보다 폐쇄적인 분위기가 되었다고 얼핏 들은 기억이 있기도 하고. 그런데 이번 사냥철 때는 갑자기 왜 다른 가문을 초대한 거지? 아무리 생각해봐도 역시 어릴 때 내 기억 속에는 바스티에가 없는데.

그러다 문득 나는 지난번 가족 나들이 후 유진이 진지하게 에른스트 부부와의 대화를 청했던 모습을 떠올렸다. 그리고 그 후 이 집안에 갑작스럽게 생겨난 다과 시간이나, 에른스트를 정기적으로 방문하기 시작한 의사 등의 낯선 변화에 대해서도. 그럼 이 모든 것의 원인은 혹시 유진이란 말인가?

"거리가 거리니만큼 자주 만나는 건 힘들 수 있지만 그만큼 많이 연락하고 지내면 되니까. 바스티에의 남매도 너를 좋아하고 있으니 쉽게 끊어질 인연은 아닐 거야."

그런데 심오한 고민에 빠진 나를 보고 어떤 오해를 했는지, 유진이 또 어울리지 않게 저런 말로 나를 위로하기 시작했다. 게다가 그는 지난번처럼 내 머리 위에 은근슬쩍 손을 올리는 만행까지 저질렀다.

"그러니까 너무 서운해하지 마."

……아니, 그러니까 당신 말이야. 도대체 뭘 잘못 먹고 이러는 건지가 난 궁금하거든요? 나는 머리를 쓰다듬는 유진의 서툰 손길을 받으며 어쩔 수 없이 매우 이상한 기분에 휩싸이고 말았다. 하지만 당연하게도 내 의문을 풀어줄 사람은 어디에도 없어서, 나는 오도 가도 못한 채 어색하게 눈동자만 굴릴 수밖에 없었다.

"너 왜 매일 쟤랑만 놀아! 쟤도 네 오빠 아닌데!"

카벨은 오늘도 지치지 않고 나를 귀찮게 했다. 그나마 전보다 나은 것이라 한다면, 내 팔을 우악스럽게 잡아끈다거나 강제로 나를 밖으로 끌고 나간다거나 하는 행동을 더 이상 하지 않는다는 거였다.

물론 그가 시도를 하지 않았던 건 아니지만, 어째서인지 카벨은 충동적으로 나한테 손을 뻗기 무섭게 곧바로 흠칫하며 허공에 붕 뜬 제 팔을 이러지도 저러지도 못했다. 그리고 결국은 내 몸에 손가락 하나 대지 못하고 어정쩡하게 다시 손을 내렸다. 흐음, 나는 그걸 보고 아무리 앞뒤 분간 못 하는 카벨이라고 해도 또다시 방에 갇혀 있는 벌을 받기는 싫었던 모양이라고 생각했다.

"난 요한 오빠도 좋고, 요한 오빠랑 노는 것도 좋아하니까."

"뭐?!"

오늘도 요하네스와 함께 오순도순 종이접기를 하며 즐거운 시간을 보낸 나는 방으로 돌아와 배신감에 점철된 카벨의 얼굴을 마주해야만 했다.

"그딴 자식이 뭐가 좋다고!"

"왜? 싫어할 구석이 하나도 없잖아. 착하고 다정하고 나한테도 엄청 잘해 주는데."

"그럼 난? 난?!"

아니, 이 비양심적인 놈이? 지금 네가 저기에 해당 사항이 있다고 생각하니?

"나, 나도 너랑 잘 놀아주고 지난번에는 내가 먹을 과자도 너한테 줬잖아!"

내가! 이렇게! 너한테 잘해 주는데! 그런데 넌 날 배신해?! 카벨은 온몸으로 나를 향한 배신감을 표출하고 있었다. 물론 나로서는 기가 찰 뿐이었다.

"오빠는 매일 놀자고 찾아와서 나한테 물어보지도 않고 무작정 밖으로 끌고 나가잖아."

"너, 너도 좋다고 했잖아!"

"내가 언제 좋다고 했는데? 오빠는 항상 대답을 듣기도 전에 내 팔부터 잡아당겼어."

"내가 언제!"

"오빠랑 놀고 나면 내 몸에 멍이 얼마나 많이 생기는지 알아? 지난번에 오빠가 잡아당겼던 팔에도 빨간 자국이 남았고, 넘어지면서 찧었던 무릎에도 멍이 생겼단 말이야. 지난번에 내가 말했지? 난 오빠랑 달라서 조금만 무리해도 팔다리가 아프고 힘들다고. 오빠는 나한테 한 번이라도 그런 걸 물어본 적 있어? 같이 놀자고 우기기 전에 나도 그러고 싶은지 물어봐야겠다고 생각한 적이나 있어?"

내 말에 카벨이 또다시 어버버거렸다. 당연하게도 내가 지금 말한 것을 이제껏 단 한 번도 생각해 보지 못했다는 표정이었다. 사실 이미 그럴 줄 알았기 때문에 나는 별로 놀랍지도 않았다.

"난 온 집안을 뛰어다니면서 술래잡기하는 것보다 방에서 종이접기하는 게 더 좋아. 그리고 공놀이하는 것보다 인형 놀이 하는 게 더 좋아. 하지만 오빠는 그런 건 궁금하지도 않았지?"

크흠, 솔직히 종이접기나 인형 놀이가 더 좋은 건 아니었지만. 지금 내 나이가 몇인데 그런 게 재미있겠니. 하지만 지금은 둘째 녀석을 상대해야 하니 그냥 넘어가자.

"그런데도 난 오빠가 같이 놀자고 할 때마다 싫다고 하지 않았어. 그러니까 오빠가 몰랐던 것도 이해되지 않는 건 아니야."

"내, 내 말이 그거야! 넌 싫다고 안 했잖아!"

"그래, 그건 내가 그런 걸 다 참고 놀 만큼 카벨 오빠를 아주 많이 좋아했기 때문이야."

"뭐?"

나는 지금 내가 한 말에 놀라 반문하는 카벨을 힐끔 쳐다보았다. 그러자 아주 멍청한 표정을 짓고 있는 그의 얼굴이 눈에 들어왔다. 카벨은 내 말이 퍽 뜻밖이었는지 아주 얼빠진 얼굴을 하고 있었다.

"조, 좋아해? 나를? 진짜? 그 재수 없는 놈보다 더?"

"당연히 훨씬 더 좋아했지."

카벨이 나를 향해 두 눈을 초롱초롱하게 빛냈다. 평소에도 지는 것을 워낙 싫어하던 성격이니만큼 나와 친하게 지내는 요하네스에게 근래 들어 기이한 경쟁의식을 느끼는 것 같던 둘째 놈이었다. 그런데 한동안 자신을 거들떠보지도 않고 요하네스하고만 놀던 내가 자신을 좋아한다고 고백을 하니 한풀 꺾여 있던 자신감이 대번에 회복된 모양이었다. 하지만 둘째야, 내가 지금 '좋아했다'고 과거형으로 말하지 않았니?

"그런데 오빠는 요한 오빠랑 루이제 앞에서 그런 날 두고 오빠 동생이 아니라고 소리쳤잖아?"

표정이 한결 밝아졌던 카벨은 잇따른 내 말에 흠칫했다. 나는 그런 그를 향해 눈썹을 축 늘어뜨리고 슬픈 표정을 지어 보였다.

"그래서 날 아프게 한 것도 하나도 미안하지 않다고 했지. 그때 내가 얼마나 슬펐는지 카벨 오빠는 모를 거야."

"그, 그때는 그 자식 때문에 열 받아서……."

"그래서 난 이제 오빠를 안 좋아하기로 했어. 이제 카벨 오빠를 오빠라고도 안 부를 거야."

쿠콰콰쾅!

내 단호한 말에 카벨이 또다시 뒤통수를 얻어맞은 얼굴을 했다. 그는 그런 게 어디 있냐는 듯이 나를 쳐다보고 있었다. 나는 그런 카벨을 향해 한숨을 포옥 내쉰 뒤 다시 입을 열었다.

"요한 오빠는 말이야. 누구랑은 달리 뭘 할 때마다 항상 내 생각을 먼저 물어봐 줘. 내가 싫어하는 건 절대로 하지 않고, 어쩌다 한 번 실수한 것도 곧바로 미안하다고 사과해 주는걸."

"나, 나도 그럴 수 있어!"

옳거니, 걸렸구나!

"게다가 카벨 오빠랑 달리 내 팔을 아프게 잡아끌지도 않고, 카벨 오빠랑은 달리 날 쓰레기라고 부르지도 않고, 또 카벨 오빠랑 달리 자기 좋을 대로만 행동하지도 않는다고."

"씨이, 내가 그 자식보다 더 잘할 수 있다니까!"

나는 두 눈에 의심을 가득 담아 '네가?' 하는 눈빛으로 카벨을 바라봐 주었다. 그는 나한테 요하네스와 비교당하는 게 싫은지 씩씩거렸다. 나는 그런 그를 향해 흐음, 소리 내다가 마지막으로 말했다.

"하지만 난 자기 잘못을 인정할 줄도 모르는 오빠랑은 놀기 싫은걸."

그러자 카벨이 주춤거리며 우물거렸다.

"나, 난 그렇게 쉽게 다칠 줄 몰랐단 말이야."

"그래, 모르고 그런 거면 미안하지도 않고 사과도 안 해도 되고 잘못한 것도 아닌 거지?"

"그냥 살짝 친 건데 설마 피까지 날 줄은 몰랐다고……."

"휴우, 어쩔 수 없지. 난 요한 오빠랑……."

"아, 미안하다고!"

마침내 둘째의 입에서 미안하다는 소리가 튀어나왔다. 내가 문 쪽으로 돌렸던 몸을 다시 원상 복귀시키고 물끄러미 쳐다보자 카벨이 몸을 비비 꼬며 더듬더듬 말했다.

"나 사과 한 번도 안 해봤어. 그래서 어떻게 하는 건지 잘 몰라."

그 말 그대로 둘째가 이런 식으로나마 자신의 잘못을 인정하고 사과하는 건 처음이었다. 그래서인지 그는 지금 이 순간이 무척이나 민망하고 견디기 힘든 것 같았다.

"그, 그래도 나 때문에 다쳤던 건 미안하다고 새, 생각해."

나는 몸이 근질근질한 듯 어쩔 줄 몰라 하는 카벨을 바라보았다.

"그러니까 걔 말고 나랑 놀아, 나랑!"

마지막은 다시 떼쓰기였다. 음, 요하네스한테도 사과하게 하는 건 아직 무리겠지? 둘째치고는 굉장히 많이 분발했는데 오늘은 일단 이 정도로 할까? 나는 잠깐 무언가를 재보다가 이쯤 하기로 결정하고 입을 열었다.

"으음, 아직 오빠를 믿어도 될지 잘 모르겠어."

"뭐엇?!"

"하지만 난 오빠를 아직도 많이 좋아하니까 앞으로 같이 놀아도 될지 생각해 볼게."

"그, 그래? ……가 아니고 그냥 놀면 되지 무슨 생각을 해!"

"오빠, 지금 나한테 무섭게 소리 지른 거야?"

"아, 아니……."

아무래도 나는 어린 둘째 놈을 전보다 더 효과적으로 부려 먹을 수 있게 될 것 같다. 나는 다시금 내 눈치를 보기 시작한 카벨 몰래 속으로 슬쩍 사악한 미소를 지었다.

"허허, 다음에는 저희 바스티에로 초대하겠습니다."

"우리 집에 놀러 와, 언니!"

은여우 사냥철이 지나고 바스티에의 가족들이 에른스트를 떠나는 날이 되었다. 우리는 그들이 방문한 첫날처럼 또 1층에 다 같이 모여 손님을 배웅했다. 나는 그동안 정든 요하네스와 루이제가 떠난다는 사실에 약간 서운했으나, 사실상 그들과 어울리는 시간이 적었던 카벨과 에리히는 별로 그렇지도 않은 눈치였다.

뭐, 유진이야 애초부터 우리 같은 어린애들과는 노는 급이 달랐으니 논외로 치고. 무엇보다도 요하네스와 싸운 적이 있는 카벨은 오히려 앓던 이가 빠져 속이 시원하다는 표정을 짓고 있었다. 아침부터 기분이 좋아져서 대놓고 희희낙락하는 둘째 때문에 에른스트 부부는 민망한 기색이었다.

반면 바스티에 부부는 저택에 머무는 동안 제 아들만 보면 으르렁거리기 바빴던 그를 왜인지 흡족하게 바라보고 있었다. 끄응, 가만히 보면 바스티에 부부는 대인배인 건지, 아니면 자기 아들을 싸움 붙여서 거칠게 키우려 하는 이상한 사람들인 건지 잘 모르겠다.

"하리."

마지막 인사를 하려는 건지 요하네스가 내게 다가왔다. 크흑, 내 미래 신랑과 이렇게 작별이라니. 진짜 떨어져 있는 동안 편지라도 교환하자고 할까? 처음에야 카벨에게 당하는 모습을 보고 내가 지켜 줘야겠다고 생각했지만, 알고 보니 심지도 굳고 참 바른 심성을 가지고 있는 요하네스였다. 하긴, 그러니까 20년 후에도 그렇게 멋진 남자로 자랐겠지?

"저어, 이거 선물이야."

그런데 내가 아련한 눈빛으로 그를 쳐다보는 사이, 요하네스가 주저하며 무언가를 내게 내밀었다.

"선물?"

그 말에 고개를 내린 나는 그만 화들짝 놀라고 말았다. 요하네스가 내게 준 것은 다름 아닌 통신구였다! 그것도 받침에 붙어 있는 반짝이는 구슬의 개수를 보니 무려 5번이나 사용할 수 있는 초고가의!

"혹시 괜찮으면, 그러니까, 나한테 가끔 연락해 줄 수 없을까 하고……."

요하네스는 그렇게 말한 뒤 차마 내 얼굴을 보지 못하고 고개를 푹 숙였다. 그런 그의 뺨은 발그레하게 달아올라 있었다. 그 뜻밖의 선물에 나뿐만 아니라 에른스트 부부도 놀랐다. 사실상 요하네스가 나한테 주는 선물이라고 해도 그 값을 지불한 사람은 부모인 바스티에 부부일 것이 분명하지 않은가. 당황하는 에른스트 부부를 향해 바스티에 부부가 웃으며 말했다.

"우리 아이들이 하리와 많이 친해진 모양이에요. 요한이 며칠 전에 갑자기 찾아와서 통신구를 구해 줄 수 없냐고 하더군요."

"하지만 이런 귀한 걸……."

"요한이 몇 년간 생일 선물을 안 받아도 된다고 하면서 부탁하는데 별수 있나요."

바스티에 부부는 배포가 컸다. 아무리 그렇다 한들 어린애들끼리 연락을 주고받는 데 이용하라고 통신구를 덜컥 사 주다니.

"사실 에른스트에 와서 요한이 전보다 숫기가 많아진 것 같아 저희도 기쁜걸요. 아이들끼리도 간혹 연락하고 지내면 좋을 것 같고요."

바스티에 부부의 웃음 띤 눈빛에 나는 괜히 얼굴이 간지러워졌다. 뭔가 쑥스럽기도 하고 멋쩍기도 한 그런 기분인데. 요하네스는 여전히 뺨을 붉힌 채로 고개를 숙이고 웅얼거렸다.

"하, 하지만 나랑 연락하는 게 싫지 않으면 해달라는 거고, 아니면 다른 데 써도 돼."

그 모습에 나는 또 마음이 짠해졌다. 이런 고가의 선물을 주면서 심지어 다른 데 사용해도 된다니! 이럴 때는 그냥 어린애답게 '나랑 연락할 때만 써야 돼!'라고 우겨도 될 텐데.

"싫을 리가 없잖아! 고마워, 요한 오빠."

나는 그를 향해 온 마음을 담아 활짝 웃어주었다. 그러자 슬그머니 고개를 들었던 요하네스가 한순간 두 눈을 크게 뜨며 잠시 굳어지더니 다음 순간 얼굴을 폭발할 듯이 붉게 물들이는 것이었다.

"오빠도 먼저 연락해 줘야 해?"

"으, 응. 그, 그럴, 그럴게……."

심지어 그는 나와 처음 만났을 때로 돌아간 듯 어쩔 줄 몰라 하며 말을 더듬기까지 했다.

"하하하! 그래, 앞으로도 친하게 지내라. 우리 꼬맹이들!"

그 모습을 보고 바스티에 백작이 껄껄 소리 내 웃으며 요하네스의 머리를 애정을 담아 손으로 마구 헤집었다. 그렇게 바스티에의 가족은 에른스트를 떠났다.

"아싸, 이제 내 세상이다!"

그들이 사라지자마자 카벨은 신이 나서 폴짝폴짝 뛰어 댔다.

"페니, 간식 먹으러 가자."

"왈왈!"

예민한 에리히도 손님이 돌아가고 나자 마음이 한결 편해진 눈치였다. 아니, 사실 셋째는 사냥철이라 예민했던 것 같기도 한데.

"멜리사, 피곤하지 않소?"

"괜찮아요. 이번에 바스티에를 초대하기 잘한 것 같아요. 그렇죠?"

에른스트 부인의 말에 에른스트 공작이 설핏 미소 지었다. 나는 두 사람이 서로를 다독이는 느낌으로 맞닿은 손을 한 번 힘주어 잡는 것을 지켜보았다. 으음, 역시 이번에 바스티에를 초대한 건 그런 의미였나……. 그래, 이 두 사람도 딸의 그림자에서 벗어나기 위해 나름대로 노력하고 있는 건지도 모르겠다.

"친구가 둘이나 생겨서 좋겠네."

이 사람도 그렇고.

"통신구가 있으면 잠깐이나마 얼굴도 직접 볼 수 있으니 잘됐다."

나는 내 어깨를 가볍게 짚은 뒤 나를 지나쳐 가는 유진을 올려다보았다. 놀랍게도 그는 나를 향해 옅게 미소 짓고 있었다. 비록 그것이 아주 실낱같아, 겨우 흔적만 알아볼 수 있는 미소였다고 해도.

"하리 아가씨, 선물을 방까지 옮겨다 드리겠습니다."

"고마워요, 집사 아저씨!"

생각해 보면 참으로 평화로운 날들이었다. 앞으로도 언제까지나 오래오래 이런 날들만 계속되지 않을까 싶을 정도로.

"참, 얘들아. 오늘 간식은 너희가 좋아하는 거로 준비할 테니 먹고 싶은 걸 말해보렴."

"당신도 힘들 텐데."

"전 괜찮아요."

"전 아무거나 다 좋아요, 어머니."

"오예! 호두 파이, 호두 파이!"

"엄마, 난 딸기 타르트!"

"왈왈!"

손님이 떠나서 분명 사람 수가 줄었는데도 어째서인지 저택 안은 여전히 시끌벅적했다.

"하리는?"

에른스트 부인이 세 형제 틈에서 부드럽게 웃으며 나를 돌아보았다. 한순간 그런 그들의 모습이 그 자체로 너무 완벽해 보여서 내가 저 안에 끼어들어도 될까, 하는 생각이 들었다.

"넌 마카롱 먹어! 나 마카롱도 먹고 싶어!"

"카벨, 하리는 다른 게 먹고 싶을 수도 있잖아."

"간식 먹기 전에 페니랑 산책하고 와도 돼요?"

"그래, 에리히. 하리야? 먹고 싶은 게 있으면 뭐든 말해보렴."

나는 에른스트 가족의 모습을 멀찍이서 바라보다가 그들의 부름에 못 이긴 척 앞으로 걸음을 옮겼다.

"그러고 보니 우리 하리, 키가 조금 컸나?"

"어머, 그렇네요. 옷을 새로 맞춰야겠어요. 에리히도 지난번에 봤더니 바짓단이 조금 짧아졌더라고요."

"엄마, 페니 옷도 사 주고 싶어요."

"날이 풀리면 또 다 같이 외출하는 게 어떨까요?"

"엄마, 나 지난번에 못 먹은 도마뱀 구이!"

"하리는 어때?"

나는 소란스러운 틈바구니에서 대답했다.

"저도 다 좋아요."

좀 시끄럽고 정신 산만하고 가끔은 귀찮기는 해도…… 이런 왁자지껄한 날들이 계속되는 것도 나쁘지는 않을 것 같아. 에른스트 가족의 모습을 바라보는 동안 문득 그런 생각이 내 머릿속을 스쳐 지나갔다. 어째서인지 가슴 한구석에서부터 묘하게 간지럽고 따뜻한 느낌이 조금씩 번져 나가는 것 같았다. 그리고 그런 생각을 하고 있던 나를 비웃기라도 하듯, 1년 뒤 에른스트 부부는 죽었다.

제5장

부고와 함께한 봄

“우다다다다! 내가 페니보다 더 빠르다고오오오오!”

“왈왈!”

나는 오늘도 저 멀리 뛰어가고 있는 카벨을 보며 쯧쯧 혀를 찼다.

아이고, 놀아주기도 힘들구먼. 되도록 오래 있다가 와라! 하지만 내 다리 힘이 부족했던 탓인지 풀밭 위를 구르던 공은 금세 속도를 늦추기 시작했다.

“헥헥헥!”

“페니, 잘했어. 아이, 예쁘다.”

잔디 위로 통통 튀어가는 공을 앞발로 붙잡은 것은 이번에도 페니였다. 나는 페니의 멋진 금색 털을 마구 쓰담쓰담하며 칭찬해 주었다.

“으악악! 이번엔 진짜 내가 이길 수 있었는데에!”

둘째야, 네가 아무리 발악해 봤자 이미 승부는 난 거란다.

“한 번 더 차!”

“딱 열 번만 하기로 했잖아.”

"아직 열 번 안 했어!"

"아까부터 오빠가 우겨서 내가 다섯 번이나 더 차 준 거 알아?"

"아, 몰라, 몰라, 몰라! 몰라아아!"

카벨이 떼쓰기를 시도했다. 아니, 그런데 얘가! 지금 나이가 몇인데 엄마한테 장난감 조르는 애처럼 바닥에 드러누워서 발버둥을 치고 있는 거야! 주위에서 우리를 힐끔거리고 쳐다보는 게 안 보이냐!

"열 번 안 채웠단 말이야아아아!"

"왈왈!"

그런데 둘째의 발버둥이 새로운 놀이라고 생각했는지 급기야 페니까지 바닥에 벌렁 드러누워 몸을 굴리면서 우렁차게 짖기 시작하는 것이었다. 사람들의 이목이 더욱 집중되었다. 으악, 도대체 왜 부끄러움은 내 몫인 겁니까!

"오빠가 자꾸 그렇게 우기면 내가 어떻게 한다고 했더라?"

나는 잔디에 드러누운 두 멍멍이를 보다가 음산하게 속삭였다. 그러자 버둥거리던 카벨이 한순간 몸을 흠칫하더니 잠시 후 두말하지 않고 자리에서 벌떡 일어났다.

"아, 알았어! 알았다구! 나 지금 우긴 거 아니야. 그러니까 나랑 안 논다고 하면 안 돼!"

둘째 녀석은 투덜거리면서도 내 눈치를 보는 것을 잊지 않았다.

"내가 그런 소리를 왜 하겠어? 이렇게 멋있는 카벨 오빠인데!"

"흥, 난 원래 멋졌다구!"

영혼 없는 내 칭찬에도 카벨은 좋다고 헤벌쭉해졌다. 나는 내친김에 페니에게 해주는 것처럼 카벨의 머리를 슥슥 쓰다듬어주었다. 그러자 둘째가 아닌 척하면서 내 쪽으로 슬그머니 머리를 들이밀었다. 오구오구. 그래, 우리 둘째 칭찬받고 싶었어요?

그래도 이제는 이렇게 내 말도 잘 듣고 페니처럼 더 만져 달라고 머리통을 직접 나한테 들이미는 걸 보니 지난 1년간 나름대로 중요한 변화가 있긴 했구나 싶었다. 그럼 더 칭찬해 줘야지. 우쭈쭈쭈.

"카벨 오빠, 동생을 괴롭히지도 않고 동생 말도 잘 듣고 동생한테 잘해 주는 오빠는 어떤 오빠라고?"

"세계 최고로 멋진 오빠!"

"맞아. 그리고 카벨 오빠는 내가 아는 오빠 중에 제일 멋있어!"

"맞아, 난 그 샌님보다 멋있어!"

아니, 그건 아니야. 아무리 그래도 네가 요하네스보다 멋있기는 좀. 그래도 나는 굳이 둘째 녀석의 환상을 깨지는 않기로 했다.

"페니, 왜 바닥에서 그러고 있어!"

그렇게 내가 한참 둘째를 세뇌시키고 있을 때, 그리 멀지 않은 곳에서 셋째의 목소리가 들려왔다.

"일어나, 지지야."

그는 아직까지도 바닥에 드러누워 헥헥거리면서 우리를 올려다보고 있는 페니를 향해 한달음에 달려왔다. 에리히를 본 페니가 자리에서 벌떡 일어났다. 으흠, 저렇게 반갑게 꼬리를 흔들고 셋째한테 가는 걸 보니 역시 페니의 참사랑은 에리히로구나. 게다가 바닥에 뒹구는 것을 지지라고 했으면서도 망설임 없이 페니를 부둥켜안는 것을 보았을 때, 에리히의 참사랑도 페니인 셈인가. 그는 카벨과 내가 페니를 훔쳐 가기라도 했던 것처럼 경계하며 말했다.

"이제 페니 밥 먹을 거야."

저기, 셋째야. 네가 그렇게 페니를 품에 숨기지 않아도 이제 슬슬 노는 건 그만두려고 했단다. 일단 여기서 공놀이를 더 했다가는 내 발목이 아작 날 테고.

"너희도 와서 점심 먹어."

그때, 에리히와 함께 우리를 찾으러 온 유진이 말했다.

"밥! 나 배고파!"

둘째는 그 말을 듣자마자 신이 난 듯 껑충껑충 뛰면서 요란을 떨었다. 우리는 에른스트 부부가 기다리고 있는 곳을 향해 걸음을 옮겼다. 지금 우리가 있는 곳은 해마다 꽃 축제가 열리는 라수스의 경치 좋은 들판이었다. 그리고 에른스트의 가족들은 오늘 이곳으로 다 함께 봄나들이를 온 참이었다. 아틀란타에서도 꽤 규모가 큰 꽃 축제라 그런지 지금 이곳에는 다른 관광객도 굉장히 많았다.

퍽! 으앗, 말이 끝나기 무섭게 때마침 옆을 지나가던 사람에게 부딪혀 버렸다. 아이고, 어깨야. 저런 비매너 같으니!

"괜찮아?"

"여기 사람 너무 많아."

나는 어깨를 부비적거리면서 유진에게 투덜거렸다. 그래도 아까 놀던 곳에서는 이렇게까지 사람이 많지 않았는데 지금 여기는 꽃나무들 바로 아래라 그런가?

"응?"

그런데 바로 그때 내 손에 뜬금없는 온기가 와 닿았다. 나는 도르륵 시선을 내렸다가 내 손을 잡고 있는 유진의 손을 발견했다. 그 직후, 나는 약간 당황하고 말았다.

"에리히, 페니는 이리 줘. 내가 안고 갈게. 카벨, 사람이 많으니까 에리히 손을 잡아. 그리고 이리 와서 한 손은 하리 손을 잡고. 도착할 때까지 놓으면 안 돼."

"알았어!"

그렇게 우리는 줄줄이 알사탕이 되었다. 유진을 선두로 그다음에 나, 그다음에는 카벨, 마지막은 에리히 순으로 우리는 사이좋게 서로의 손을 잡고 걷기 시작했다. 그, 그런데 왜 이렇게 민망하지? 다른 형제들은 정작 아무 생각이 없는 것 같은데 난 왜 이렇게 지금 이 상황이 뻘쭘한 거지?

"응? 왜 이렇게 꼼지락거려? 똥 마려워?"

"형, 더러운 소리 하지 마."

내가 불편하게 손을 꼼지락거리자 둘째가 옆에서 눈치 없는 헛소리를 해댔다.

"서로 잃어버리면 찾기 힘들어지니까 불편해도 조금만 참아."

오직 유진만이 내 고뇌를 안다는 듯 그렇게 말할 뿐이었다. 나는 내 한 손을 잡고 있는 그를 약간 낯선 눈으로 올려다보았다. 내가 에른스트에서 보낸 또 한 번의 겨울이 지나고 어느덧 해가 바뀌어 봄이 되었다.

나는 이제 9살이 되었고, 유진은 14살, 카벨은 11살, 에리히는 나와 함께 9살이 되었다. 7살의 겨울날 추운 거리에서 내 손을 놓고 떠났던 유진이 어렴풋이 머릿속에 떠올랐다. 하지만 그 잔상은 곧 눈앞에 번지는 분홍색의 꽃잎들에 떠밀려 사라졌다.

"거의 다 왔어."

나는 한 팔로 페니를 안고 있는 유진의 옆모습을 올려다보았다. 그리고 시선을 내려 우리의 포개진 손을 물끄러미 내려다보다가 잠시 후 슬그머니 그의 손을 아주 살짝 힘주어 잡았다.

"얘들아, 왔니? 늦어서 걱정했단다."

"그새 사람이 이렇게 늘어나다니. 이제부터는 각자 흩어지는 일이 없도록 해야겠다."

조금 더 걷자 그리 어렵지 않게 목적지를 찾을 수 있었다. 꽃나무 아래에 자리를 펴고 있던 에른스트 부부가 우리를 맞아주었다. 우리는 미리 준비해 온 초호화 7단 도시락을 먹고, 후식인 레모네이드를 쭉쭉 빨며 한가로운 시간을 보냈다.

"솔직히 말해봐, 너도 갖고 싶었지?"

"흥, 웃기지 마. 네가 하도 귀찮게 해서 하는 수 없이 들고 있는 거야."

잠시 후, 에리히와 나는 상인에게서 구입한 풍선을 사이좋게 하나씩 나눠 들고 있었다. 그것은 마력이 담긴 풍선으로, 신기하게도 일반적으로 공기를 불어 넣은 풍선과 달리 저절로 하늘에 둥실 떠 있었다. 그래서 풍선의 입구 부분을 실로 단단히 묶어서 들고 있어야 했는데, 상당히 고가의 풍선이라 그런지 실을 밑으로 잡아당기면 풍선에서 번쩍번쩍 빛이 나기까지 했다. 그래서 꽃 축제에 온 아이들은 모두 홀린 듯이 마법 풍선을 파는 행상에서 눈을 떼지 못했다.

"이런 거 유치해. 9살이나 먹고 이런 거나 좋아하다니 믿을 수가 없어."

헤헹, 괜히 말로만 그러기는. 너 좋아서 입꼬리가 사정없이 꿈틀거리고 있는 거 다 보이거든? 그래서 내가 일부러 아저씨한테 사 달라고 한 건데 아닌 척은.

"내 사슴뿔에서 불 나오는 거 봐봐."

크흠, 그런데 나도 딱히 이 풍선이 싫은 건 아니었다. 물론 이 나이 먹고 이런 걸 좋아하는 것도 웃기지만…… 그래도 신기한 걸 어떡해! 으흑, 사실 어릴 때 나도 이 풍선이 갖고 싶었었는데 매번 손가락만 빨다가 이렇게 소원 성취를 하게 되니 기분이 좋구나.

"너도 해봐! 불곰 코에 불 들어오는 거 보고 싶어!"

나는 자꾸만 새침을 떠는 셋째를 마구 재촉했다. 그러자 에리히가 '이런 유치한 짓은 내 취향이 아니지만 네가 자꾸 귀찮게 구는 것도 싫으니까 어쩔 수 없이'라는 표정을 지으며 손에 잡고 있던 실을 두어 번 밑으로 잡아당겼다.

번쩍!

"우어!"

그러자 실에 연결된 채 둥실 떠 있던 에리히의 불곰이 코에서 반짝이는 빛을 냈다. 나는 그걸 보고 신이 나서 내 손에 들린 실도 밑으로 마구 잡아당겼다. 내 풍선은 모가지가 길어 슬픈 짐승인 사슴 모양이었는데, 내가 실을 잡아당기자 뿔에서 요란하게 불빛이 나기 시작했다. 크으, 멋지다! 내가 이 마법 풍선을 이렇게 갖게 되는 날이 오다니, 감격이야! 그런데 풍선의 불빛에 너무 심취되어 있던 탓일까. 어느 순간부터 내 사슴은 뿔에서 빛을 내지 않게 되었다.

"엥?"

"삼십 분도 안 돼서 마력을 다 쓰다니. 너 바보지?"

앗! 마력이 벌써 다 소모된 거야?! 옆에서 에리히가 좌절한 나를 비웃었다. 과연 그의 말대로 내 풍선은 마력을 빠른 속도로 소모해 빛을 내지 않게 된 것 같았다. 으앙, 마력이 완전히 바닥나서 풍선이 떨어지기 전에 얌전히 있어야지.

"……왜 그렇게 쳐다봐?"

그리고 나는 에리히의 풍선을 노리기 시작했다. 물론 나잇값도 못 하는 짓이었지만 마법 풍선은 그 정도로 내 탐욕을 불러일으키는 물건이었다!

"너 그 풍선 별로 마음에 안 든다고 하지 않았어?"

"저리 가."

셋째는 내 탐심 가득한 눈빛에 경계심을 드러내며 나를 슬슬 피하기 시작했다.

"하리야, 풍선 하나 더 사 줄까?"

"아니요!"

하지만 나는 에리히와 나를 흐뭇하게 쳐다보던 에른스트 공작이 내게 슬쩍 하는 말을 듣고 정색하며 대답했다. 이 풍선만 해도 상당히 비싼 건데 하나를 더 사 주겠다니? 그건 낭비였다.

"전 다른 사슴은 필요 없어요."

"그럼 토끼나 고양이는 어때?"

"전 다른 동물은 필요 없어요."

하늘이 두 쪽 나도 내 사슴을 배신할 수 없다는 듯 단호하게 말하자 에른스트 공작이 그런 나를 귀엽다는 듯이 쳐다보았다. 이 나이를 먹고 저런 눈빛을 받으려니 아무래도 영 닭살이 돋아서 나는 방금 전 나를 피해 이동한 에리히를 따라 슬그머니 엉덩이를 뗐다.

"하리, 너도 푸딩 먹을래?"

"앗, 푸딩도 있었어?"

에른스트 부인이 바구니에서 또 뭘 꺼낸다 싶더니 푸딩이었구나! 나는 유진의 부름에 반색하며 다가갔다.

"하리는 무슨 맛 먹을래?"

에른스트 부인이 그런 나를 향해 웃어주었다.

"포도 맛은 내 거야!"

"카벨, 포도 맛은 또 있으니까 그렇게 급하게 달려오지 않아도 돼."

나를 경계하던 에리히도 슬쩍 푸딩을 먹으러 다가왔다.

"네가 오렌지 맛 먹어."

"오빠도 오렌지 맛 좋아하잖아."

내 말에 유진이 두 눈을 약간 크게 뜨고 나를 쳐다보았다. 아니, 뭘 그렇게 놀라십니까? 그러는 당신도 내가 오렌지 맛 좋아하는 거 알고 있었으면서.

"그래도 너 먹어."

유진은 장남으로 태어나 양보하는 것에 익숙한 사람이었기 때문에 결국 오렌지 맛 푸딩은 내 손에 들어왔다. 나는 입을 약간 삐죽 내민 채 그를 쳐다보았다. 바로 그때, 에른스트 부인이 부드럽게 웃으며 유진의 앞에 놓인 것과 자신의 것을 바꿔 주었다.

"엄마는 둘 다 좋아하니까."

나는 슬쩍 유진을 올려다보았다. 그리고 이내 나도 모르게 들썩이는 입꼬리를 꾹 억눌렀다.

"전 괜찮은데요."

"그래도."

당혹감을 표출하고 있는 유진의 얼굴은 처음으로 제 나이다워 보였다. 물론 그것은 금세 사라지기는 했으나 나는 방금 전보다 기분이 좀 더 기꺼워졌다. 원래대로라면 에른스트 부부는 반년 전에 마차 전복 사고로 죽어 오늘 같은 평화로운 날은 오지 않았을 터였다.

내가 8살이었던 해의 가을, 그들은 친척인 레놀드 후작 부처를 만나기 위해 길을 떠났다가 사고를 당했다. 갑자기 마차에 뛰어든 아이를 피하려다 그런 일이 난 것이라고, 후에 에른스트의 친인척인 어른들에게 전해 들었다.

크읏, 그래서 작년에 내가 얼마나 용을 썼는지 아는가? 에른스트 공작 부부의 기일이 언제인지는 똑똑히 기억하고 있었기 때문에 나는 그날 두 사람의 외출을 막으려고 엄청난 노력을 기울였다. 체면도 잊고 카벨 흉내를 내면서 별 발악을 다 했다고! 미친 사람처럼 바닥을 뒹굴며 생난리를 치는 나를 보던 에른스트 부부의 그 아연한 눈빛이란…….

으앙, 하지만 어쩌겠는가! 내가 아무리 온갖 핑계를 다 대도 꼭 레놀드 후작저에 가야만 하겠다는데! 그래도 내가 울고불고 발작하자 놀란 에른스트 부부가 결국은 외출 계획을 접게 되어서 다행이었다. 물론 나는 그날 에른스트 부부가 저택에 부른 의사에게 진찰을 좀 받아야 했지만……. 으아, 다시 생각해도 창피하다.

"그나저나 이렇게 날씨가 좋으니 내일 야외 행사 때도 걱정은 없겠네요."

아무튼, 그래서 나는 에른스트 부부의 죽음을 막아 내는 데 성공한 것이다. 누구도 알아주지 않을 쾌거였지만 그래도 나는 뿌듯했다. 하지만 사실 현재의 모든 일이 내 기억대로 흘러가지 않을 가능성도 있으니, 그날 에른스트 부부를 막는 데 실패했어도 실제로 그와 같은 비극은 또 일어나지 않았을지도 몰랐다.

"카벨, 네가 졸라서 데려가 주기는 하겠다만 내일은 말썽 피우지 말고 얌전히 있어야 한다."

"난 늘 얌전한데!"

"……."

카벨의 천진난만한 대답에 에른스트 부부가 잠시 침묵했다. 내일은 현 황제의 금지옥엽인 황손의 생일을 맞아 황실에서 주관하는 야외 행사가 있을 예정이었다. 거의 모든 귀족가에서 참석하는 대대적인 행사인 만큼 황실의 든든한 우방인 에른스트가 거기에 빠지는 것은 말이 되지 않았다.

그런데 카벨이 자기도 행사에 가고 싶다고 한 달 내내 떼를 써서 결국은 말썽을 피우지 않는 조건으로 에른스트 부부의 승낙을 얻어 낸 것이다. 듣기로는 야외 행사 일정 중에 사냥 대회가 있다고 하던데, 아무래도 예전에 바스티에에서 에른스트를 방문했던 이후로 카벨이 사냥에 재미를 들린 것 같다. 본래는 주말을 맞아 학교에서 돌아온 유진이 에른스트 부부와 함께 참석하기로 되어 있었지만 그는 카벨에게 기꺼이 기회를 양보했다. 음, 아무래도 사냥을 별로 좋아하지 않는다는 유진의 말은 진심인 것 같았다.

"꽃이 참 예쁘네."

에른스트 부인의 말에 나는 고개를 들었다. 하늘하늘 흩날리는 연분홍색 꽃들이 과연 화려하게 예쁘기도 했다.

"다 같이 좀 걸을까요?"

"그럽시다."

아, 평화롭구나. 눈앞에서 만발한 봄의 풍경을 보면서 나는 생각했다.

"어머, 아가."

그날 저녁 나는 물을 마시고 싶어서 방 밖으로 나왔다가 에른스트 부인을 마주쳤다.

"어디 가니, 우리 아가?"

그런데 기분 탓인지 그녀의 모습이 평소와 좀 달라 보였다. 나는 가까이 다가온 에른스트 부인에게서 술 냄새가 나는 것을 깨닫고 지금 그녀가 취한 상태라는 것을 알게 되었다. 그녀가 내 시선에 맞추어 몸을 숙이자 생글생글 웃고 있는 얼굴이 조금 더 가까워졌다.

"엄마 보고 싶어서 나온 거니?"

에른스트 부인은 기분이 아주 좋아 보였다. 그녀가 이렇게 술에 취한 모습을 보는 것도 처음이었지만 그것보다는 그녀의 입에서 나오는 호칭이 마음에 걸렸다.

"아가?"

내가 대답 없이 시선만 보내고 있자 에른스트 부인이 의아한 듯 고개를 갸웃거렸다. 그녀의 얼굴이 너무 밝아서 굳이 이런 말을 하고 싶지는 않았지만, 나는 충동적으로 입을 열고 말았다.

"전 아리나가 아니에요."

말하고 난 직후 나도 모르게 후회했다. 하지만 사실 에른스트 부인이 술에 취한 상태였기 때문에 나도 이런 말을 입에 담을 수 있었던 것인지도 몰랐다. 내 말에 그녀의 푸른 눈동자가 조금 크게 떠졌다. 잠시 후 그녀의 입에서 방금 전보다 잔잔한 음성이 새어 나왔다.

"어머, 미안하구나, 하리야."

하지만 이어진 그녀의 부드러운 목소리에 나는 또 한 번 멈칫하고 말았다.

"하지만 하리도 우리 아가잖니."

"……."

"우리 예쁜 아가."

그녀는 그렇게 속삭이며 나를 안아주었다. 내 머리와 등을 쓰다듬는 손길이 너무 다정해서 기분이 이상해졌다. 방금 전, 한순간이나마 아리나를 질투해 어린아이처럼 반응하고 말았던 것이 약간 부끄러웠다.

"엄마?"

바로 그때, 지금 막 목욕을 마치고 나온 에리히가 우리를 보고 도도도 다가왔다. 그는 에른스트 부인에게 안겨 있는 내가 여전히 조금 못마땅한 모양이었다. 하지만 그래도 1년 전처럼 나를 향해 대놓고 이를 드러내거나, 그녀와 나를 어떻게 해서든 떼어 놓기 위해 애를 쓴다거나 하지는 않았다.

"에리히! 이리 오렴. 에리히도 우리 예쁜 아가야."

"어, 엄마?"

에른스트 부인은 에리히를 향해서도 활짝 웃으며 그를 부둥켜안았다. 갑작스러운 애정 공세에 에리히는 당황한 눈치였다. 하지만 그래도 싫지는 않은지 에른스트 부인의 품에서 벗어나려 하지는 않았다.

"어머니, 무슨 술을 이렇게 드셨어요?"

이번에는 유진이었다. 그는 복도에서 들리는 말소리를 듣고 방에서 나온 듯했다.

"오늘 기분이 좋아서 나도 모르게 한 잔만 한다는 게."

에른스트 부인은 후후 웃으며 대답했다. 과연 그녀는 기분 좋게 취한 얼굴이었다. 유진은 그런 제 어머니를 향해 어쩔 수 없다는 듯한 표정을 짓다가, 곧 그녀의 손길이 자신을 향하는 순간 움찔 눈매를 떨었다.

"유진, 너도 아직 우리가 보살펴 줘야 할 어린아이인데……."

"어머니?"

"미안하구나. 내가 취하긴 취했나 봐. 너희를 보니까 자꾸만……."

에른스트 부인의 손이 유진의 얼굴을 쓰다듬었다. 유진은 낮부터 계속 그녀에게 어린아이 취급을 받는 것이 영 낯설고 쑥스러운 모양이었다. 나는 그런 그의 얼굴을 흥미진진하게 구경했다. 아, 이 사람이 이런 표정을 짓는 건 또 처음인데 까먹지 않게 잘 봐 둬야지!

“아니, 멜리사. 설마 취한 거요?”

“아버지, 오셨어요.”

봄나들이에서 돌아오자마자 잠시 외출했던 에른스트 공작까지 귀가했다. 그러자 복도가 아까보다 한층 더 복작복작해졌다. 으잉? 그러고 보니 언제 이렇게 여기 다 모였지?

“무슨 술을 혼자 이렇게 마셨소? 내일도 외출해야 하는데 몸에 무리가 가기라도 하면.”

“괜찮아요, 한숨 자고 일어나면 가뿐할 테니까. 지금도 이렇게 기분이 좋은걸요.”

“그럼 방으로 들어가 쉽시다.”

애처가인 에른스트 공작이 곧바로 부인을 챙기며 방으로 이끌었다.

“어? 나만 빼고 다들 뭐 해!”

그래, 감초 같은 네가 빠지면 서운하지. 어쩐지 너만 없어서 이상하다 생각하고 있었단다.

“카벨 형, 잠깐! 그거 내 장난감 아니야?”

“헉!”

어째 통 안 보인다 했더니 셋째가 씻으러 간 사이 그의 장난감을 털고 있던 모양이다. 에리히가 매의 눈으로 카벨의 손에 들린 것을 포착하자 둘째 녀석이 그제야 화들짝 놀라며 제 손을 뒤로 감추었다.

“카벨, 내일 행사 때 따라올 생각이면 일찍 들어가서 자야 한다. 늦잠 자면 두고 갈 거야.”

“아앗! 늦잠 절대 안 잘 거야!”

에른스트 공작의 당부에 카벨은 재빨리 부정했지만, 글쎄…… 내일 그가 늦잠을 안 자서 행사에 참석할 수 있을지 없을지는 하늘만 알고 있을 터였다.

"우린 먼저 들어갈 테니 너희도 방에 가서 쉬려무나."

"네, 그럴게요."

"모두 엄마한테 뽀뽀해 주지 않을래?"

아무래도 에른스트 부인은 술에 취하면 가슴속의 애정을 마구 표출하지 않고는 못 배기게 되는 모양이었다. 하긴 만취했을 때 성격이 나빠지는 사람도 있다던데, 어떤 의미로는 좋은 술버릇이라고도 할 수 있었다. 우리는 차례대로 에른스트 부인의 뺨에 입을 맞춰 주었다. 옆에서 에른스트 공작이 '나도……'라고 서글프게 중얼거리는 소리가 들렸지만 우리 모두가 무시했다.

"다들 좋은 꿈 꾸렴."

나는 그녀의 웃음기 어린 인사말을 들으며 어쩔 수 없이 약간 쑥스러운 기분에 휩싸였다. 그렇게 다정한 날이 또 하루 지나갔다.

그리고 붉은 태양이 세상을 온통 불길하게 물들이고 있던 다음 날의 늦은 저녁, 에른스트에 급보가 전해졌다. 그 안에는 황실이 주관한 야외 행사의 사냥터에서 예기치 못한 피습이 있었고 그 과정에서 에른스트 공작 부부가 사망, 동행했던 카벨은 중태에 빠졌다는 소식이 담겨 있었다.

"거짓말……."

나는 그 소식을 도무지 믿을 수가 없어 아연히 중얼거렸다. 하지만 나 못지않게 멍한 표정을 짓고 있는 에리히가, 마치 숨이 멎은 것처럼 싸늘하게 굳어 있는 유진이, 지금 내가 헛것을 들은 게 아니란 사실을 입증해 주고 있었다.

투욱. 유진의 손에 들려 있던 책이 다음 순간 맥없이 바닥으로 떨어져 내렸다. 부고가 찾아든 우리 모두의 마지막 봄이었다.

"아가, 배고프지 않니?"

처음 봤을 때, 이상한 사람이라고 생각했다.

"하루 종일 아무것도 안 먹던데."

거리에는 후줄근한 차림새로 꽃을 파는 아이에게 관심을 갖는 사람이 극히 드물었다. 가까이 다가가 꽃을 내밀어도 행여나 때가 탄 옷자락이라도 스칠세라 피하는 사람들이 대부분이었다. 물론 개중에 동정심을 품고 나를 상대해 준 귀부인이 아예 없었던 것은 아니다.

하지만 지금 이 사람처럼 젖은 눈을 한 채 떨리는 목소리로 말을 거는 사람은 처음이었다. 우아하게 틀어 올린 은발과 맑은 호수 같은 푸른 눈동자를 가진 귀부인은 척 봐도 굉장히 높은 신분의 사람인 것 같았다. 그 뒤에 서 있는 갈색 머리카락과 검은 눈동자의 신사도 마찬가지였다. 고급 원단으로 만든 것이 분명해 보이는 깨끗한 옷과 귀티가 나는 얼굴, 손짓 하나에서부터 느껴지는 기품. 그런데 그녀는 꽃을 들고 있는 내 지저분한 손을 망설임 없이 붙잡았다.

"꽃이 참 예쁘다. 이 꽃을 갖고 싶은데 대신 얼마를 주면 될까?"

게다가 내가 내민 꽃은 싱싱하기는 하나 지금 내 앞에 있는 사람과 비교하면 초라하게 느껴지기까지 하는 들꽃이었다. 세상에서 가장 아름답고 좋은 것만 보며 살아왔을 그들에게 이런 볼품없는 꽃이 예쁘게 느껴질 리 없었다. 사실은 나도 그들의 동정심을 구걸하는 입장이 아니라면 이런 것을 그녀에게 내밀기 어려웠을 것이다.

"동화로 하나요."

"그 바구니의 꽃을 다 가지고 싶으면?"

"어…… 이걸 다요?"

나는 여전히 그녀에게 손을 잡힌 채로 당황했다. 귀부인은 직접 몸까지 숙여 나와 시선을 마주하고 있었다. 나는 차마 그녀의 눈을 똑바로 바라보지 못했다.

"몇 송이나 있는지 잘 몰라서, 세어 봐야 하는데……."

나는 어물거리며 바구니 속의 꽃을 세어 보려 했다. 하지만 그녀는 내 손을 놔주지 않았다. 그래서 나는 바구니를 바닥에 내려놓고 한 손으로 바구니에 든 꽃을 셈해야만 했다. 내가 하는 양을 가만히 지켜보고 있던 그녀가 불현듯 말한 것은 다음 순간이었다.

"아가, 우리와 함께 가지 않겠니?"

나는 지금 무슨 말을 들었는지 이해하지 못한 채로 고개를 들었다.

"미안하구나. 이런 갑작스러운 말, 당황스러울 걸 아는데……."

그리고 마주한 그녀는 아까보다 더욱 촉촉이 젖은 눈을 하고 있었다. 나는 당장에라도 울 것 같은 푸른 눈동자를 보고 입을 벌렸다.

"그래도, 널 여기 두고는 도저히 그냥 가지 못할 것 같아서."

나중에 안 사실이지만, 그녀는 이미 멜팅턴에 있는 다른 사람들에게 물어 내가 혼자 살고 있던 것을 알고 있었다고 했다. 그래서 며칠 전 먼발치에서 나를 처음 봤을 때부터 몇 번이나 말을 걸까 말까 고민하고 망설였다고. 그러다 내가 그녀에게 먼저 다가와 꽃을 내민 순간, 더는 목 끝까지 차오른 말을 참을 수가 없었다고 훗날 말해주었다.

"네가 우리 가족이 되어주었으면 좋겠어."

그 말에 나는 한참이나 마주한 푸른 눈동자를 바라보았던 것으로 기억한다. 그리고 조용히 내 대답을 기다리고 있던 그녀를 향해 마침내 입술을 열었다. 만약 내가 또다시 과거의 그 시점으로 돌아간다 해도, 나는 분명 같은 선택을 했을 것이다. 그것만큼은 확신할 수 있었다.

"어쩜 이런 일이……."

"황실의 사유지에서 그런 일이 생기다니 믿기지가 않아요."

비라도 내리면 좋을 텐데. 주위에서 수군거리는 목소리를 흘려들으며 나는 생각했다. 오늘 에른스트 부부의 장례식에는 굉장히 많은 사람이 찾아왔다. 에른스트와 연결된 일가친척들의 수도 적지 않았던 데다, 그들에게 조의를 표하기 위해 방문한 다른 가문의 사람도 많았기 때문이다. 게다가 오늘 이 자리에는 아를란타의 황족들까지 자리해 있었다. 하긴, 그럴 만도 하겠지. 에른스트 부부는 그들이 금지옥엽으로 여기는 황손을 지키다가 죽은 것이었으니까.

"그래도 차기 황제가 되실 분을 구했잖아요."

"에른스트 공작은 마지막까지 황실의 검이라는 위명에 걸맞은 일을 하고 갔네요."

황실에서 주관한 사냥 대회에서 어린 황손을 노린 피습이 있었다고 한다. 나중에 밝혀진 범인은 황제의 총희였다. 암살자들을 피해 대피할 때, 그들을 교란하기 위해 황실의 마차 대신 에른스트의 마차에 황손이 올랐다고 들었다. 마침 그곳에는 카벨도 있었고 또 에른스트에 세 명의 남자아이가 있다는 사실은 이미 공공연했기 때문에 만일의 경우 에리히인 척 위장하기도 좋았을 터다. 계획은 처음에 성공했으나 에른스트의 마차는 도중부터 추격을 당했다. 그리고 결국 뒤쫓는 이들을 따돌리기 위해 한계 이상으로 속도를 높인 마차가 전복되어 사고가 일어났다.

"피에셀, 그 여자도 어지간히 벼랑 끝에 몰려 있었나 봐요. 설마 이런 일까지 벌일 줄이야."

"아들을 낳았으니 황손만 없어지면 천하가 제 것이 될 줄 알았나 보죠. 그래 봤자 창녀의 핏줄인걸."

"게다가 폐하께서 총희를 새로 들이셨잖아요? 나이가 몇이더라, 새파랗게 어리다고 들었는데. 열여덟이나 열아홉이었던가? 그러니 초조해질 만도 하죠."

그 직후 동원된 기사들에 의해 반역자 무리는 곧바로 검거되어 한 명도 빠짐없이 처단되었다. 부서진 마차의 문을 열었을 때, 에른스트 부부는 두 아이를 보호하듯 끌어안은 채 죽어 있었다고 했다.

"황실의 입장에서는 에른스트가 황손의 생명을 구한 은인이나 마찬가지이니, 앞으로 입지도 더 돈독해지겠네요."

황실은 에른스트를 영원한 우방으로 공표하고 그들의 죽음에 깊은 조의를 표했다. 황제가 친히 오늘의 장례식에 걸음한 것도 그런 이유에서였다. 그러니 어떤 의미로 에른스트 부부의 죽음은 정말 영광된 것이었을지도 모른다.

"하지만 이렇게 되면 에른스트도 조금 위험한 것 아닌가요. 부부가 한날한시에 그렇게 가 버렸으니……."

"장남이 있잖아요. 역시 에른스트네요. 이런 상황에서도 저렇게 의젓하게 있다니."

하지만 남겨진 사람에게 그런 말이 무슨 의미가 있을까. 나는 옆쪽에 선 유진의 얼굴을 슬쩍 올려다보았다. 내 귀에 저런 말이 들려올 정도이니, 아마 유진도 그들이 소곤거리는 말을 듣고 있을 것이다. 카벨은 사건 이후 곧바로 사냥터와 가장 가까운 위치에 있던 슈마하 백작가에 보내져 지금까지 치료를 받고 있었다.

슈마하 백작은 세 형제의 당숙으로, 카벨은 상태가 위중해 한동안 더 그곳에 신세를 져야 할 것이었다. 그리고 에리히는 부모님의 부고를 들은 이후부터 너무 많이 울어 탈수 증세까지 올 정도였다.

"안쓰러워라. 막내가 아직 저렇게 어린데……."

나는 고모인 레놀드 후작 부인에게 안겨 울고 있는 에리히를 보았다. 시종일관 굳은 얼굴을 유지하고 있는 유진과 달리 에리히는 지금도 엉엉 울고 있는 중이었다.

"그런데 저 아이인가요? 재작년 에른스트에 들였다는 여자아이가."

"에른스트 부인은 자선사업에 취미가 있었나 봐요."

"어머, 그런데 눈물 한 방울 안 흘리는 것 좀 보세요."

"은혜도 모르고. 이게 다 저런 재수 없는 애를 에른스트에 들여서……."

수군거리는 목소리에는 나에 관련된 이야기도 포함되어 있었다. 나는 묵묵히 서서 그들이 하는 말을 들었다. 그러게. 그들은 나를 구해 줬는데, 나는 왜 그들을 구할 수 없었던 걸까? 살리고 싶었는데. 이번에는 죽게 내버려 두고 싶지 않았는데. 모두가 함께하는 이 시간이 오래 지속되었으면 좋겠다고 생각했는데…….

본래 마차 전복 사고로 죽을 운명이었던 그들은 이번에도 역시 비슷한 이유로 죽었다. 하지만 상황은 좀 더 나쁘다고 할 수 있었다. 이번에는 카벨까지 휘말려 크게 다쳐 버렸으니까. 원래 이 시기에 사냥터에서의 피습이 있었던가? 기억이 나지 않았다. 그래서 결국 에른스트 부부는 죽고, 카벨은 거동조차 못 할 정도로 큰 부상을 입게 되었다. 어쩌면 나는 내가 미래를 알고 있기 때문에 앞으로의 일을 좀 더 쉽게 해나갈 수 있다고 자만하고 있었는지도 몰랐다.

"하지만 하리도 우리 아가잖니."

에른스트 부인의 목소리가 어렴풋이 머릿속에 울려서 나는 손끝을 움찔 떨고 말았다. 이상한 일이었다. 그들의 죽음이 슬프지 않은 것도 아닌데, 왜 눈물이 나오지 않는 걸까.

"한동안은 많이 힘들겠지만 굳세져야 한다. 뭐든 도움이 필요하면 언제든 어려워 말고 말하려무나."

바스티에 백작 부부는 침중한 얼굴로 그렇게 말하며 우리를 다독여 주었다.

"우리 아이들도 많이 걱정하고 있단다. 나중에라도 괜찮으니 한번 연락 주렴."

첫 만남 이후 편지와 통신구를 이용해 연락하고 지냈던 요하네스와 루이제를 떠올리며 나는 고개를 작게 끄덕였다.

"유진, 이제부터는 우리를 의지해 주면 좋겠다."

그리고 장례식이 끝날 무렵, 에리히를 안고 있던 레놀드 후작 부인을 비롯한 친척 어른들이 다가와 말했다.

"힘든 때일수록 서로 기대야지. 우리는 가족이잖니."

그들의 말처럼 아무리 어른스러워도 유진은 아직 14살의 아이였고, 갑자기 벌어진 이 모든 일을 그 혼자 감당하기에는 힘들 것이었다.

"감사합니다."

유진은 여전히 메마른 눈동자를 한 채 다만 짤막하게 읊조렸다.

나는 약간 떨어진 자리에서 덩그러니 선 채 그런 그들의 모습을 바라보았다. ……에른스트 부부가 죽은 지금, 내가 저택에 있어도 되는 걸까? 오래전 가졌던 물음이 또 한 번 내 가슴 어귀를 서늘히 스쳐 지나갔다. 물론, 대답해 주는 사람은 없었다.

그 후 유진은 바빠졌다. 하루아침에 아버지의 자리를 이어받아 가문의 수장이 된 셈이니 당연했다. 원래도 유진은 에른스트 공작 부부의 타계 이후 몸이 열 개라도 모자랄 만큼 바쁜 생활을 했었다. 가문을 이을 후계자라면 누구나 적을 둬야 하는 학술원에도 아직 재학 중이었고, 그 와중에 에른스트 부부의 장례에서부터 정당한 승계의 절차까지 밟아야 했으니 그럴 만도 했다. 미리부터 준비된 승계가 아니라 에른스트 부부의 돌연사로 비롯된 것이었기 때문에 더욱 그랬다.

본래 학기 중에는 기숙사 생활을 해야 했으나 에른스트의 상황을 배려받아 그는 한동안 저택에 머물게 되었다. 그래서 유진은 새벽 일찍부터 황궁과 원로원을 오가며 에른스트의 저택에는 거의 잠만 자러 오곤 했다. 그러다 보니 자연스럽게 저택에는 나와 에리히만 남아 있게 되었다.

"에리히, 밥 먹어."

"안 먹어."

오늘도 에리히는 방에 틀어박혀 밖으로 한 발짝도 나오지 않았다. 벌써 며칠째 반복되는 일에 나는 두말하지 않고 뒤쪽에 서 있는 휴버트와 시선을 교환했다. 잠시 후 쟁반을 든 하녀와 휴버트가 방으로 들어갔다.

"도련님, 입맛이 없으시더라도 끼니를 거르시면 안 됩니다. 일어나서 조금이라도 드시지요."

그들은 따끈한 수프가 든 쟁반을 에리히가 누워 있는 침대 옆에 내려놓았다. 하지만 다음 순간, 쟁반 위에 있던 식기와 접시가 허공을 날았다.

와장창!

"안 먹는다고 했잖아!"

잠깐 동안 이불에 푹 싸여 있던 셋째의 얼굴이 드러났다. 하지만 그는 우리를 맹렬히 노려보더니 다시금 홱 뒤돌아 이불을 뒤집어썼다. 유진이 저택을 비우고 벌써 사흘째 계속되는 장면이었다. 결국 오늘도 우리는 에리히를 섣불리 건드리지 못한 채 방을 빠져나와야 했다. 나는 퉁퉁 부어 빨개져 있던 에리히의 눈을 떠올리며 그의 방문 앞에서 걸음을 뗐다. 솔직히 어떻게 해야 할지 모르겠다.

예전과 달리 나는 어른이었는데도 이럴 때의 그들을 어떻게 대해야 할지 알 수가 없었다. 물론 유진은 내가 깨어나기 전에 저택을 떠나 잠들고 나면 돌아오는 일상을 반복하고 있었다. 그래서 그와는 요 며칠간 딱히 마주치는 일이 없었지만 저렇게 밥도 안 먹고 방에만 틀어박혀 있는 에리히는 어떻게 해야 하는 걸까? 이번이 두 번째 겪는 일임에도 여전히 어려웠다.

처음 에른스트 부부의 죽음을 겪었을 때는 내가 너무 어렸다. 그래서 솔직히 뭐가 뭔지도 잘 모른 채 지냈던 것 같다. 그리고 그때에는 그나마 저택에 카벨이라도 있었지. 그런데 지금은 카벨 역시 슈마하 백작가에 머물며 치료받는 중이었으니.

"식사하십시오. 하리 아가씨라도 잘 드셔야 합니다."

결국 식당에 내려온 것은 나 혼자였다. 내가 자리에 앉자 휴버트가 말했다.

"공작님께서 오늘은 일찍 들어오신다고 했으니 아마 막내 도련님 걱정은 안 하셔도 될 겁니다."

하지만 에리히도 없는데 혼자 먹기 좀 그렇…… 기는 무슨. 자고로 사람은 밥심으로 사는 거다. 쫄쫄 굶으면 더 우울하고 땅 파게 되고, 그런 거라고.

달그락. 나는 혼자 식사를 시작했다. 에른스트 부부가 죽은 이후부터 유진이 억지로 먹이지 않으면 거의 굶다시피 하는 에리히와 달리 나는 한 끼도 식사를 거른 적이 없었다. 그래도 다행인 것은, 집사 휴버트를 비롯하여 지금 이 자리에 있는 사용인 중에 그런 나를 흉보는 사람은 없다는 것이었다.

물론 장례식에 와서 마음대로 떠들어 대던 사람들처럼 그들 역시 뒤에서는 다른 말을 하고 있을지 모르지만, 적어도 내 귀에 직접 들리는 게 아니라면 상관없었다. 나는 꾸역꾸역 밥을 먹고 방으로 돌아갔다.

오전 시간 내내 그랬듯 점심 식사 후에도 할 일이 없어서 침대에 앉아 그저 하염없이 창밖만 쳐다보고 있었다. 유진이 돌아오면 나도 그때에야 밖으로 나갈 생각이었다. 하지만 저녁 식사 시간 전에 돌아온다던 유진은 해가 다 저물도록 모습을 드러내지 않았다. 아무래도 에리히가 어쩌고 있는지 신경이 쓰였기 때문에 나는 조용히 방문을 열고 들어갔다.

"나가."

분명 문을 열리는 소리는 나지 않았던 것 같은데 곧장 작은 목소리가 귓가에 스몄다. 그 목소리가 점심때보다 더 잠겨 있었다.

"계속 그러고 있을 거야?"

"네가 무슨 상관이야?"

"……."

"보기 싫으니까 꺼져."

그 말에 나는 잠시 아무 말 없이 이불에 싸인 에리히의 뒷모습을 바라보았다.

"꺼지라고!"

다음 순간 내 앞으로 무언가가 날아왔다. 하지만 팔심이 약해서 그런지 그것은 나를 맞추지 못하고 바닥을 나뒹굴었다. 시선을 내려 보니 엊그제 오도카니 혼자 누워 있는 에리히의 모습이 눈에 밟혀 내가 가져다주었던 인형이었다. 나는 조용히 인형의 기다란 귀를 집어 들었다.

"에리히."

그때, 등 뒤에서 나직한 부름이 들려왔다. 고개를 돌려 보니 어느덧 저택에 돌아온 유진이 문가에 서 있는 것이 보였다.

"잠깐 에리히랑 얘기 좀 할게."

방을 나서기 전 마지막으로 본 에리히는 입술을 꾹 다문 채 시선을 내리깔고 있었다.

달칵. 나는 방문을 닫고 나와 인형을 끌어안은 채 복도에 섰다. 옆에는 유진과 함께 위층으로 올라온 듯한 휴버트도 있었다. 둘 중 누군가가 미리 지시해 놨던 건지, 잠시 후 사용인이 에리히의 방으로 죽이 든 접시를 가지고 들어갔다. 이번에는 안에서 깨지는 소리가 들리지 않았다. 잠시 후 안으로 들어갔던 사용인이 빈손으로 나와 다시 모습을 감춘 후에도 나는 휴버트와 함께 정적이 흐르는 복도에 가만히 서 있었다.

별안간 안쪽에서 훌쩍훌쩍 우는 소리가 희미하게 새어 나왔다. 그 울음소리가 서서히 잦아들고 나서도 시간이 더 흘렀을 때, 유진이 빈 그릇이 올려진 쟁반을 들고 밖으로 나왔다.

"내일부터는 그래도 굶지 않을 테니 식사에 각별히 신경 써 주도록 해."

"그러겠습니다."

휴버트는 유진에게서 쟁반을 받아 먼저 자리를 떠났다. 그러고 난 후 나는 유진을 어떻게 대해야 할지 모르겠어서 괜히 머뭇거리다가, 그와 눈이 마주친 순간 엉겁결에 입을 열었다.

"밥 먹었어?"

아, 제길. 나도 참 할 말이 이런 것밖에 없나? 누가 보면 밥 얘기밖에 못 하는 줄 알겠네.

"먹었어. 넌?"

"나도 먹었지."

"그럼 들어가서 쉬어."

아무래도 서먹함을 느끼는 건 나뿐인 듯, 유진은 아무렇지 않게 대답했다. 나는 입술을 달싹였지만 유진의 얼굴이 너무 피로해 보여서 다른 말을 더 하지 못했다. 그 말을 끝으로 그가 먼저 걸음을 옮겼기 때문에 더욱 그랬다. 나는 지쳐 보이는 유진의 뒷모습을 바라보다가 들고 있던 인형을 에리히의 방문 앞에 내려놓은 뒤 조용히 발길을 돌렸다.

유진은 조금씩 날카롭게 변해 갔다. 듣기로는 새로운 에른스트 공작의 나이가 어린 것을 이유로 귀족 회의 때마다 다른 이들과의 사이에 마찰이 일어날 때가 많다고 했다. 원래대로라면 에른스트의 원로원이라도 유진에게 힘을 실어주어야 했지만 늙은 뱀들은 에른스트를 자신들의 입맛대로 좌지우지할 기회를 놓치려 들지 않았다. 불온한 목적이 다분한 소모성 싸움이 이어졌다. 에른스트 공작이 된 어린 유진을 미리부터 기선 제압하려는 속셈이었다.

어렸을 때의 나는 당연하게도 그런 일을 몰랐지만 지금은 달랐다. 가만히 생각해 보니 예전에도 유진은 피곤에 전 낯을 하거나 무언가에 분노한 채 서늘한 기운을 풍기며 저택에 돌아올 때가 많았다. 그때에는 그저 그런 유진이 무서워서 그의 싸늘한 눈빛이 나를 스칠세라 피해 다니곤 했지만 이제 보면 그것은 꼭 나를 향한 게 아니었던 것이다.

"다른 친척분들에게 도움을 청하면 어떠신지요?"

나는 집무실 안에서 새어 나오는 소리에 몰래 귀를 기울였다. 유진은 오늘도 서릿발 같은 기운을 솔솔 풍기며 저택으로 돌아왔다. 나는 그의 분위기를 통해 오늘도 지금까지와 비슷한 하루였을 것이라고 생각했다.

"친척이라면 누구를 말하는 거지?"

"가장 최근까지 교류가 있었던 것은 레놀드 후작가와 체르노아 백작가입니다. 공작님께서 출타 중이실 동안의 일이 염려되신다면 개인적인 소견으로……."

그때, 저쪽에서 사용인이 걸어오는 게 보였기 때문에 나는 뒷이야기를 마저 듣지 못하고 자리를 떠났다.

"오늘부터 고모님이 저택에 들러 너희를 돌봐 주시기로 했어."

그리고 다음 날, 나는 내 앞에 선 귀부인을 보며 입술을 살짝 깨물었다. 예상대로 에른스트에 온 것은 레놀드 후작 부인이었다.

"유진, 아이들은 내가 잘 돌볼 테니 걱정 말렴."

붉은 머리카락을 우아하게 틀어 올린 귀부인은 앞에 선 에리히와 나를 향해 포근히 웃어 보였다.

"저런, 에리히. 그새 살이 왜 이렇게 쏙 빠진 거니? 설마 굶은 건 아니겠지? 그럼 못써."

레놀드 부인은 에리히를 향해 걱정 어린 얼굴을 하며 말했다. 그 후 그녀의 눈길이 곧바로 나를 스쳤다.

"그래, 네가 하리구나. 지난번에는 언뜻 봤었는데. 오빠와 새언니가 너를 그렇게 예뻐했다지?"

그녀는 미소 띤 얼굴을 한 채 부드러운 목소리로 내게 말했다. 하지만 나는 그녀의 눈동자 속에 드리워진 싸늘한 빛을 놓치지 않았다.

"그럼 오늘부터 잘 부탁한다, 얘들아."

레놀드 후작 부인, 그녀는 내가 에른스트에 있는 20년 동안 내내 나를 못마땅하게 여겼던 사람이었다. 물론 삼 형제나 다른 사람들이 있는 곳에서 대놓고 내게 그런 심정을 표출하지는 않았다. 그러나 저 눈동자에 날카롭게 박혀 있는 감정을 내가 모를 리는 없었다. 나는 에른스트에 있는 내내 귀족들의 저런 눈빛을 마주하며 살아야 했으니까. 지난 생에도 에른스트 부부의 사후, 어린 우리를 돌보러 온 것은 레놀드 부인이었기 때문에 아마 이번에도 그렇지 않을까 막연히 생각하고 있었다. 실제로 그녀가 있어 카벨이나 에리히가 빨리 회복할 수 있었던 것은 맞았다. 게다가 유진이 저택에 남은 우리를 걱정하는 것도 이해했다.

"그럼 잘 부탁드립니다, 고모님."

나는 그리 밝지 못한 얼굴을 하고 있는 유진에게 레놀드 부인이 싫다는 말을 굳이 하지 않았다.

"에리히, 많이 먹으렴."

나 참, 꼴 보기 싫어라.

"고모가 에리히 주려고 선물을 사 왔단다. 다 먹고 가서 열어 보자."

나는 내 앞에 있는 두 사람을 약간 짜게 식은 눈으로 쳐다보며 생각했다. 아주 그냥 나는 안중에도 없는 눈치구먼? 하지만 뭐, 그럴 줄 알았지. 전에도 내 가정교사를 맡기 전까지는 나를 없는 사람 취급했던 사람이니까. 그런데 사실 나도 그쪽이 더 편하기는 하다. 에이, 그냥 밥이나 먹자. 잘 먹는 게 이기는 거다.

그래도 확실히 에리히에게는 자신을 돌봐 주는 어른이 있는 게 나아 보였다. 듣기로는 카벨도 빠른 속도로 회복하고 있다고 한다. 갈비뼈가 부러지고 팔에도 금이 간 데다 뇌진탕에 여기저기 타박상까지 심해서 치료하는 데 오래 걸릴 거라고 하더니. 나는 둘째가 빨리 나아서 다시 집에 왔으면 좋겠다고 생각했다.

솔직히 지금의 에른스트는…… 너무 조용해서. 그리고 아무리 미운 놈인 카벨이라고 해도 지금 혼자만 따로 떨어져 괜찮은 건지 걱정이 되었다. 물론 친척인 슈마하 백작가에서 어련히 잘 돌봐 줄까 싶기도 했지만, 그래도…….

콱! 앗, 생각에 잠긴 탓이었을까. 포크의 조준을 잘못했다. 접시에서 튕겨 나간 방울토마토가 통통 경쾌한 움직임을 보이며 드넓은 식탁 위를 내달렸다. 앞에 있던 두 사람의 눈길도 나와 함께 방울토마토에 못 박혔다.

"아무래도 예절 교육이 필요하겠구나."

쿠궁! 예절 교육이라굽쇼?

레놀드 부인이 혼잣말처럼 중얼거린 말에 나는 곧바로 입을 열었다.

"기본적인 예절은 이미 배웠어요."

설마 내가 먼저 자신에게 말을 걸 줄은 몰랐는지, 레놀드 부인이 눈살을 움찔 찌푸렸다.

"그래? 누구에게?"

"엄…… 어머니께요."

"어쩐지, 멜리사가 아이들에게 무른 구석이 있긴 했지."

그녀는 알 만하다는 듯 싸늘히 눈동자를 내리깔며 읊조렸다. 나는 그 말에 발끈했지만 내가 다시 입을 열기 전에 레놀드 부인이 말을 돌렸다.

"어머, 에리히. 다 먹었구나. 잘했다, 잘했어. 그럼 이번에는 고모가 준비한 선물을 보러 갈까?"

얼마 전부터 급격히 말수가 줄어든 에리히는 이번에도 대답하지 않았다. 하지만 레놀드 부인은 호들갑을 떨며 그를 데리고 식당을 나갔다. 나는 그녀가 떠난 자리를 보며 인상을 구겼다.

"내일부터는 내가 네 교육을 맡기로 했으니 그런 줄 알고 있으렴."

아, 올 것이 왔구나. 레놀드 부인이 이 집에 올 때부터 예감하고 있던 일이 드디어 나한테 닥칠 모양이었다.

"에리히와 같이 배우나요?"

"남자아이와 여자아이는 배우는 게 다르단 것도 모르니?"

알고 있네요, 이 아줌마야! 그냥 혹시나 하는 한 줄기의 희망을 가지고 물어본 거다. 물론 희망 따윈 개뿔이었지만. 으흑. 사실 귀족가의 자제들은 일정 나이가 되면 가정교사를 들여 기본 교양을 수련하는 게 보편적이었다. 아마 에른스트 부부가 살아 있었다면 슬슬 에리히와 나에게도 가정교사를 붙였을 터였다. 장남인 유진도 그랬던 것으로 알고 있고, 둘째인 카벨도 비록 허구한 날 땡땡이를 쳤을지언정 작년부터 전담 가정교사를 두고 있었다.

"자, 오늘부터 교육 시간에는 나를 '레놀드 부인'이라고 부르도록 하렴. 그럼 한번 인사를 해보겠니?"

"어서 오세요, 레놀드 후작 부인. 방문을 기다리고 있었습니다. 이렇게 뵙게 되어 반가워요."

그러니 아무리 내가 이 여자가 싫다 한들 지금으로서는 별다른 뾰족한 수가 없다는 거다. 차라리 나한테도 다른 전담 가정교사를 붙여 주면 좋을 텐데 말이야. 나는 눈앞에 있는 레놀드 부인을 향해 우아하게 인사했다. 내가 정통 귀족식으로 인사하는 것이 의외인지 마주한 눈동자가 약간 크게 떠졌다. 본데없이 자란 천박한 여자애라 가르칠 게 한둘이 아닐 줄 알았는데 그게 아니라 굉장히 의외인가 보다.

사실 과거의 나는 분명 그런 계집애가 맞았다. 처음 만난 자리에서 바보같이 말이나 더듬으며 '아, 아, 안녕하세요, 마님'이라고 얼빠진 소리를 해댔으니까. 지금 생각해도 이불을 뻥뻥 차고도 남을 낯부끄러운 기억이었다. 하지만 그때만 해도 나는 에른스트에 거두어진 지 일 년도 채 되지 않은 평민 여자애였으니 어쩔 수 없었다.

"가르침을 따라갈 수 있도록 열심히 노력하겠습니다. 잘 부탁드려요."

하지만! 난 달라졌어! 촌뜨기 같던 그때와 달리 난 이렇게 우아하게 행동하고 말할 수 있게 되었단 말이야! 그리고 그렇게 되기 위해 내가 이 여자에게 회초리를 얼마나 많이 맞아야 했는지.

아오, 생각하니까 역시 싫다. 아무리 내 교육을 위해서라고 해도 어린 애를 그렇게 매일 인정사정없이 때릴 건 없잖아. 그래서 수년간의 고통 끝에 드디어 이 여자와 작별을 고하던 날에는 얼마나 신이 났는지 모른다.

"정식으로 예법을 배우는 것이 처음이라 하니 기초부터 가르치마. 시범을 보일 테니 잘 따라 하렴. 교육을 제대로 따라오지 못한다면 다소의 체벌을 가하겠다."

그러니까 이번에는 첫 단추부터 다시 끼워야지. 예전과 달리 좋은 첫인상을 주는 데도 성공한 것 같고, 이제는 20년간 갈고 닦은 내 완벽한 귀족식 예법을 보여 주는 일만 남았구나.

"먼저 다도 예절에 대해 배우도록 할 테니 내가 하는 걸 잘 보도록 하려무나."

음? 그런데 좀 이상하네. 원래 처음 교육받을 때는 앉는 방법이나, 걷는 방법 같은 진짜 기초적인 것부터 가르치는 것 아니던가? 티 파티에서의 예절은 초보가 쉽게 따라 할 수 있는 게 아닐 텐데? 원래도 내가 이런 순서로 배웠었나? 게다가 간단한 테스트조차 없이 바로 교육에 들어가다니. 오래전의 일이라 그런지 기억이 영 가물가물했다.

하지만 사실 걱정할 건 없었다. 내가 예절 교육을 한두 해 받은 것도 아니고, 실전 경험이 없는 것도 아니었으니까. 몸만 어려졌을 뿐이지, 나는 이미 현역 귀부인들 못지않게 제대로 된 예법을 선보일 수 있었다. 그러니 지금 앞에 있는 레놀드 부인을 흉내 내는 것 정도는 식은 죽 먹기였다.

"자, 이제 똑같이 따라 해보거라."

나는 레놀드 부인이 시범을 보이는 동안 얌전히 앉아 지켜보다가 그녀의 허락이 떨어진 뒤 움직였다. 거참, 하품 나게 쉽네요. 티 파티에서는 가면처럼 웃는 낯을 하고 입으로는 쉴 새 없이 온갖 얘기를 다 나누면서도 한 치의 흐트러짐 없이 우아하고 정제된 손놀림을 보여야 한다. 그런데 고작 이런 것쯤이야. 나는 레놀드 부인이 한 것을 똑같이 따라 했다. 그러자 그녀는 아까와 마찬가지로 예법에 능숙해 보이는 내 모습에 깜짝 놀란 듯이 나를 쳐다보았다. 내가 이 정도까지 그녀를 흉내 내 따라 하는 것을 믿을 수 없다는 눈치였다.

흥, 그렇겠지! 내 손끝에서 철철 흘러나오는 이 기품을 보라고! 아무래도 내 다리의 안위를 더 이상 걱정하지 않아도 될 것 같았다. 이번에는 매일 회초리를 안 맞아도 되겠네.

"일어나서 치마 걷어."

그래, 내가 봐도 지금의 내 예법은 완벽…….

응? 나는 방금 전 내 귀를 스친 말이 무엇이었는지 깨닫고 멈칫했다.

"듣지 못했니? 일어나서 치마를 걷으라고 했다."

하지만 레놀드 부인은 지난 생에서 내가 지겹도록 들은 말을 또다시 내 앞에서 반복했다. 나는 납득하지 못한 채 마주한 이를 바라보았다.

"하나부터 열까지 전부 다 엉망이구나. 이렇게 근본 없는 예법이라니, 믿을 수가 없을 정도야."

당신한테 배운 그대로 따라 한 건데 뭔 헛소리십니까? 진심으로 그렇게 말해주고 싶었지만 일단 참았다.

"제 예법에 잘못된 부분이 있었나요?"

"그럼 내가 지금 이유 없이 트집을 잡을까?"

도대체 뭘까. 내가 봤을 때, 방금 전 내 다과 예절은 교본으로 삼아도 될 만큼 완벽했던 것 같은데. 혹시 내가 미처 인식하지 못했을 뿐, 예법에 변화가 있었나? 그래서 어른이 된 내가 쓰던 예법과 어릴 때 배우던 예법 사이에 차이가 있는 걸까? 하지만 레놀드 부인이 내게 선보인 것도 기억 속의 것과 다르지 않았는데? 게다가 나는 그걸 훌륭하게 따라 해냈고.

"나는 여러 번 말하게 하는 걸 싫어해. 네가 배울 것이 하나 더 있구나."

일단 나는 그녀가 시키는 대로 자리에서 일어났다. 아직은 뭐가 뭔지 알 수가 없었으니 뜻대로 해줄 요량이었다.

"치마를 올리렴."

레놀드 부인은 이미 옆에 있던 회초리를 손에 들고 있었다.

"조금 더. 더 위로."

내가 치맛자락을 허벅지 위까지 들어 올리자 그제야 다리 뒤쪽에 불똥이 떨어졌다.

짜악! 레놀드 부인이 나를 체벌할 때 때리는 곳은 종아리가 아니었다. 종아리는 뛰거나 해서 치맛자락이 들렸을 때 곧바로 보이는 위치였기 때문이다.

짝! 그래서 전부터 그녀가 나를 회초리질 하는 부위는 무릎이 접히는 곳에서 손가락 한 마디쯤이 더 올라간 위쪽으로 고정되어 있었다.

짝! 아, 사는 동안 지겹도록 맞아서 이 정도는 괜찮을 거라고 생각했는데 역시 아프다. 이 몸으로 회초리질을 당하는 건 지금이 처음이라 그런가? 어려진 만큼 피부도 더 약해져서 그런 걸지도. 나는 다섯 대를 맞고서야 다시 자리에 앉을 수 있었다.

"이번에도 그리 엉망인 모습을 보인다면 같은 벌을 받을 테니 정신을 똑바로 차리는 게 좋을 거야."

가느다란 막대기가 스치고 간 자리가 따끔거렸다. 그래도 이 위치라면 의자에 앉을 때 닿지 않아 다행이었다. 나는 방금 전 맞은 이유를 알아야겠다고 생각하며 레놀드 부인의 움직임을 주시했다. 그리고 이번에야말로 그녀를 똑같이 따라 했다.

"치마 걷어."

하지만 돌아온 것은 방금 전과 같은 말이었다.

"왜 가만히 있지? 설마 지금 본인의 예법을 훌륭하다 여기는 거니?"

이 정도면 바보가 아닌 이상 눈앞에 있는 사람이 그냥 트집을 잡고 있다는 사실을 알 수 있었다. 그래도 나는 속마음을 내색하지 않고 침착하게 말했다.

"문제점이 있다면 알려 주셨으면 합니다."

"말했을 텐데. 하나부터 열까지 전부 다 문제라고."

이게 말이냐, 똥이냐? 나는 기분이 몹시 구려졌다.

"내가 그렇게 어려운 걸 요구했니? 본 대로 흉내만 내면 되는데 설마 그 정도도 못 해 이리 흉한 꼴을 보일 줄이야. 너를 내게 맡긴 유진을 얼마나 부끄럽게 만들 생각이니?"

그냥 다 때려치우고 나갈까? 솔직히 지금 내가 여기에서 이 여자에게 가만히 맞고 있을 이유가 없었다.

"유진도 하나뿐인 누이가 이래서야 체면이 설 리가 없지. 내가 네게 모욕을 주려고 이러는 것 같아? 가뜩이나 에른스트의 안팎으로 상황이 복잡한 지금, 네 존재까지 가문에 누를 끼치면 어떻게 하려고 이러니? 물론 넌 어려서 이런 이야기를 해봤자 알아듣지 못하겠지만 말이야."

하지만 나는 그 말을 듣고 호시탐탐 문 쪽을 보며 기회를 노리던 것을 멈추었다.

"벌을 준 후 방금 전 네가 잘못한 부분을 짚어주마."

결국 나는 레놀드 부인의 앞에서 다시 한번 치마를 걷어 올렸다. 연약한 살갗에 다시금 화끈한 감각이 파고들었다. 이 상황이 몹시 마뜩잖았지만 지금은 앞장서 분란을 만들고 싶지 않았기 때문에 참았다. 이번에도 다섯 대를 때리고 난 뒤, 레놀드 부인은 내 예법에서 잘못된 부분을 말해주었다.

"차를 따를 때 손목의 각도가 틀렸어. 너에게는 연습이 많이 필요하겠구나."

물론 그건 비웃음이 나올 만큼 허접한 핑계였기 때문에 나는 그저 서늘히 웃고 말았다.

"왜?"

나는 유진에게 되묻지 않을 수 없었다.

"왜 다 나았는데도 안 와?"

어느덧 시간이 더 흘러 카벨이 에른스트에 돌아올 시일이 다가오고 있었다. 그런데 갑자기 슈마하 백작가에 이대로 더 머물기로 했다니?

"카벨이 슈마하에 좀 더 있고 싶다고 했어."

이미 일주일 전에 결정 난 일이라고 말하며 유진은 덧붙였다.

"나도 지금은 바빠서 카벨에게 신경 쓸 겨를이 없고, 고모님도 너희 둘로 벅차다고 하시니까 차라리 잘된 일이야."

지금 막 집으로 돌아온 그는 아직도 밖에서의 날 선 분위기를 유지하고 있는 상태였다. 아마 내가 먼저 물어보지 않았다면 유진은 카벨이 돌아오기로 예정되어 있던 날까지 입을 다물고 있었을 것이었다. 꼭 우리에게 숨길 의도여서가 아니라, 단순히 그런 이야기를 우리와 함께 나눌 시간도 여유도 그에게는 없었기 때문에.

"휴버트, 잠시 방으로."

"예, 공작님."

그는 또 집사에게 지시할 일이 있는지 나를 등진 채 곧장 집무실로 향했다. 한 시도 허투루 쓸 수 없을 만큼 유진이 바쁘다는 사실은 알고 있었으니 그런 그를 이해했다. 그래서 다른 때에는 나도 유진의 시간을 빼앗지 않고 조용히 물러났던 것이고.

하지만 오늘은 아니었다.

"그렇게 말하면 꼭 오빠가 카벨 오빠를 귀찮아해서 슈마하에 떠맡긴 것 같잖아."

등 뒤에서 들리는 내 조용한 음성에 유진의 걸음이 멈추어졌다. 나는 곧 그의 얼굴을 다시금 마주했다. 유진은 방금 전까지의 견고한 냉정함에 금이 간 표정을 짓고 있었다.

"그런 게 아니야."

"알아."

나는 내 말을 부정하는 그에게 담담히 대꾸했다.

"하지만 에리히나 다른 사람에게도 그런 식으로 말하면 오빠가 오해받을 수도 있다는 걸 말하는 거야."

유진은 잠시 말이 없었다. 나는 내 얼굴을 물끄러미 내려다보는 그를 덩달아 조용히 응시했다. 잠시 후 유진이 입을 열었다.

"휴버트, 오늘은 이만 물러가도록 해."

"알겠습니다."

휴버트가 뒤돌아설 때까지도 유진은 큰 나무처럼 곧게 서서 한 점의 흐트러짐도 보이지 않았다. 그리고 이내 완전히 나와 단둘이 되고 난 뒤에야 그의 몸에서 서서히 긴장이 풀리기 시작했다. 다른 사람들의 앞에서는 완연한 에른스트 공작으로 존재하려 하는 유진의 무의식인 것 같았다. 손을 들어 마른 얼굴을 쓸어내리는 그는 몹시 피곤해 보였다.

"카벨이 돌아오고 싶지 않대."

아마 나는 어리기 때문에 그가 경계하지 않는 건지도 모른다는 생각이 들었다. 그것도 아니면, 내가 방금 전 그를 오해하지 않는다고 말해서인지도.

"당숙이 말하기를, 사냥대회 때의 사건으로 충격을 많이 받아서 후유증이 있다고 했어. 그래서……."

유진이 나지막한 목소리로 털어놓은 이야기는 약간 속이 쓰려지는 내용이었다.

"아직은 부모님과 함께 지내던 에른스트에 오고 싶지 않대."

요 며칠간 유진의 얼굴이 유독 어두웠던 이유를 알 것 같았다. 카벨은 그런 생각을 유진에게 전하면서 무슨 생각을 했을까?

"그래서 나는, 슈마하에 있는 편이 카벨에게 더 좋다면 그걸로 됐다고 했어."

또 유진은 거기에 답장을 보내면서 무슨 생각을 했을까?

"직접 만나서 얘기하지 않아도 괜찮은 거야?"

"그렇지 않아도 이번 주에 한 번 보러 갈 생각이야. 하지만 밤늦게 이동할 예정이라 너희까지 데려가지는 못할 것 같아."

"우린 괜찮으니까 조심해서 다녀와."

그렇게 말하자 유진은 아까보다 조금 가벼워진 얼굴로 나를 향해 흐리게 미소 지어 보였다.

"고모님은 어때? 너한테 잘해 줘?"

그가 묻는 말에 솔직히 고민하지 않은 건 아니었다. 하지만 내가 그에게 할 대답은 예전부터 하나로 정해져 있었다.

"응. 나는 걱정할 거 없어."

짝! 짜악! 하지만 유진에게 한 말과 다르게 오늘도 나는 회초리를 맞고 있었다. 으씨, 이 아줌마는 도대체 뭘 먹고 이렇게 회초리를 찰지게 때린대?

"아직도 나아진 게 없다니, 네가 노력하긴 하는지 의심스럽구나."

나야말로 아줌마가 조금이라도 밥값을 하기 위해 노력하긴 하는지 의심스럽거든요? 공짜로 가르치는 것도 아니면서 이거 완전히 날로 먹잖아? 얻어 가는 게 있지 않고서야 진짜 조카도 아닌 내 가정교사 따위를 할 리가 없는 사람이. 게다가 내가 아직 9살이라는 걸 알기는 아는지. 나는 하루에도 몇 번씩 이 짓을 그만 때려치우고 싶다고 생각했다. 하지만 그럴 때마다 유진의 피곤에 전 얼굴이 생각났다.

아버지의 자리를 이어받아 앞으로 이끌어야 할 에른스트. 아직은 보살핌이 필요한 어린 두 동생. 그리고 부모님 대신 떠안게 된 계집아이까지. 그가 어깨에 짊어지고 있는 짐이란 그렇게나 녹록지 않았다. 생각해 보면 생판 남이나 마찬가지였던 나를 이 집에서 내쫓지 않은 것만 해도 그는 할 수 있는 최대의 도리를 지킨 것이라 할 수 있었다.

그것이 나를 딸 대신으로 여겼던 에른스트 부부에 대한 마지막 경애 때문이든, 아니면 때때로 내게서 엿보이던 죽은 여동생의 흔적 때문이든 간에. 혹은 함께 지낸 시간 동안 쌓인 나름대로의 정 때문일지도 몰랐다. 어느 쪽이든, 나는 그렇지 않아도 힘든 길을 걷고 있는 그를 더 피곤하게 만들고 싶지 않았다. 에른스트 부부가 죽었을 때조차 마음대로 울지 못했던 그가 겉보기만큼 괜찮은 상태가 아니라는 걸 알고 있기 때문이었다.

게다가 회초리를 맞는 것 정도야 그렇게 큰일도 아니었고. 어차피 교육은 길어야 5년이었으니, 그때까지만 참으면 된다. 아니, 그런데 5년이라니…… 으헉, 그건 좀 막막하긴 하네. 아무래도 방법을 찾아야겠어.

"쓰읍, 망할 아줌마."

나는 오늘도 쓰린 다리를 안고 실로 오랜만에 통신구를 꺼내 들었다.

요하네스가 내게 주었던 통신구는 벌써 다 써서 지난가을 내 쪽에서 새로 산 것이었다. 물론 실제로는 내가 아니라 에른스트 부부가 사 준 것이었다. 죽은 그들을 생각하니 잠깐 마음 한구석이 알싸해져서 나는 괜히 통신구를 만지작거리다가 뒤쪽의 오목한 부분을 눌렀다.

[하리야!]

통신구의 불이 들어온 지 몇 초 지나지 않아 곧바로 익숙한 목소리가 들렸다.

"안녕, 요한 오빠."

오랜만에 보는 요하네스였다.

[하리 언니야? 나도, 나도!]

루이제도 같이 있는지 잠깐 소란스러운 소리가 들렸다. 나는 에른스트 부부가 죽은 이후 처음으로 작게나마 웃을 수 있었다.

[어떻게 지내? 괜찮은 거야?]

요하네스는 그동안 내 걱정을 많이 했던 듯 그리 밝지 않은 목소리로 내 안부를 물었다.

"난 괜찮아."

그는 영상 통신을 원하는 듯했지만 나는 푸른빛이 도는 구체를 건드려 수락하지 않았다. 나는 에른스트의 상황을 간략하게 설명한 뒤 지금은 고모인 레놀드 후작 부인이 에리히와 나를 돌봐 주고 있다는 것, 또 얼마 전부터 그녀가 내 가정교사를 맡아 예법 교육을 받고 있다는 점 등을 알려 주었다.

[가정교사라고? 아직 이른 것 같은데…….]

내 말을 들은 요하네스는 말끝을 흐렸다. 그가 말하는 것은 시기상의 문제였고, 그건 나도 그렇게 생각했다. 보통의 정상적인 보호자라면 부모를 잃은 지 얼마 지나지도 않은 아이들을 앞세워 훈육에 들어가지는 않았을 것이다.

하지만 제대로 된 교육을 받는 건 나뿐, 에리히는 실질적으로 고모에게 금이야 옥이야 어화둥둥 예쁨받는 시간을 보내고 있었다. 그 사실을 처음 알았을 때 나는 편애 한번 치사하다고 생각했지만…… 크흡. 원래 세상은 불공평한 거니까. 그리고 솔직히 에른스트 부부의 죽음으로 타격을 받은 건 에리히였으니 나보다 각별히 보살핌을 받아야 마땅했다.

"그래도 이왕 배우는 거니까 열심히 하고 있어."

물론 그래 봤자 회초리는 피해 갈 수 없지만.

[열심히 안 해도 돼.]

그런데 요하네스는 내 이야기를 조용히 듣다가 지금 같은 말을 내게 해주었다.

[힘들면 열심히 안 해도 돼, 하리야.]

그 순간 요하네스의 얼굴이 보고 싶어졌다. 하지만 이미 구체에 있는 푸른빛은 아까 전에 사라진 뒤였다. 물론 내가 먼저 요청한다면 요하네스는 군말 없이 수락하겠지만 나는 그러지 않았다. 다만 귓가에 맴도는 나직한 목소리를 마음속으로 되새기다가 작은 목소리로 속삭였다.

"고마워."

결국 유진은 카벨을 만나지 못했다.

밤늦게 시간을 내 슈마하에 찾아갔지만 카벨이 유진을 만나기를 거부했다고 한다. 유진은 담담히 그 사실을 전해 주었으나 나는 그 일로 그가 적잖은 충격을 받았단 사실을 눈치챘다. 그래도 그날 다른 이야기는 잘 되었는지, 그 후 열린 귀족 회의에서 슈마하 백작이 새로운 에른스트 공작의 든든한 뒷받침이 되어줬다는 소식이 들려왔다.

"나 참, 내가 왜 잠도 못 자고 이래야 하지?"

나는 입 밖으로 터져 나오는 하품을 참으며 작게 투덜거렸다. 레놀드 부인은 에른스트에 내내 머무는 게 아니라 정해진 시간에 출퇴근하듯이 저택에 들르고 있었다. 나는 아직도 밤마다 에리히의 방에서 훌쩍이며 우는 소리가 새어 나오는 걸 알고 있었다.

달칵. 그리고 울음이 잦아들어 밤의 침묵이 주위에 짙게 깔리고 나면 어김없이 일어나는 일도 알고 있었다.

스륵. 방을 열고 복도로 나온 에리히는 실내용 신조차 신지 않은 맨발이었다. 그가 밖으로 한 발짝 더 걸음을 내딛자 손에 들린 큰 토끼 인형이 바닥에 질질 끌리는 소리를 냈다. 저거 내가 준 인형인데. 처음에는 싫다고 막 내던지더니 어떻게 잘 끌어안고 자는 모양이다. 밤마다 토끼 인형과 일심동체가 되어 침대 밖으로 나오는 걸 보니.

"멍!"

"쉬이. 페니, 짖으면 안 돼."

나는 에리히의 방에서 따라 나온 페니를 쓰다듬으며 작게 속삭였다. 에리히는 초점 없는 눈으로 인형을 끌며 어디론가로 걸어갔다. 나도 문 옆에 쭈그려 앉아 있던 몸을 일으키고 조용히 그의 뒤를 좇았다. 오늘도 그가 찾아간 곳은 에른스트 부부의 방이었다. 에리히는 방문 앞에서 그저 멍하니 서 있기만 했다. 아마 앞으로 한동안은 저 상태로 움직이지 않을 터다. 나는 벽에 기대앉아 팔로 무릎을 감싼 채 에리히의 얼굴을 바라보았다.

지난 생에서 내가 에리히의 몽유병을 처음 알게 된 것은 밤늦게 목이 말라 물을 마시러 나왔던 어느 날이었다. 그날 나는 에른스트 부부의 문 앞에 서 있는 하얀 형체를 발견하고 귀신인 줄로만 알았다. 하지만 그건 에리히였고, 그는 내가 아무리 불러도 대답 없이 멍한 얼굴을 한 채 가만히 서 있기만 했다.

그때 나는 몽유병이 뭔지 몰랐기 때문에 그냥 나한테 신경질을 내지 않는 에리히가 이상하다고만 생각했다. 그래서 어른들에게 에리히의 상태를 알려야 한다는 생각도 하지 못했다. 그 후로도 나는 가끔 밤늦게 맨발로 복도에 나온 에리히를 보았다. 나는 그가 부모님을 그리워해 그들의 방문 앞을 떠나지 못한다고 생각했다.

그리고 얼마간의 시간이 더 지난 후, 집사 휴버트가 에리히를 발견했다. 곧장 유진에게 소식이 알려졌고, 바로 다음 날 저택에 불려온 의사들은 몽유병에는 치료법이 없으니 자연히 사라지기를 기다려야 한다는 말을 반복했다. 그 후로 에리히는 밤마다 침대 기둥에 손목을 묶고 잤다.

"네가 방에 가야지 나도 들어가서 자는데."

나는 그것을 다소 가혹한 처사라고 생각했지만 사실은 에리히가 직접 요구한 일이라고 들었다. 어린 나이였지만 그는 자신의 병을 부끄럽게 여겼다. 게다가 자신조차 기억하지 못하는 밤 동안의 일을 목격한 사람에 내가 있다는 사실을 더욱 수치스러워했다.

"내가 요즘 너 때문에 얼마나 수면 부족인 줄 알아?"

그러니 나도 에리히에게 지금의 일을 알릴 생각이 없었다. 나는 듣는 이 없는 말을 작은 소리로 중얼거렸다. 전부터 생각한 거지만 내가 왜 이 녀석들을 이렇게까지 신경 쓰고 있는지 모르겠다. 만약 이 세상에 진짜 신이 있다면 왜 나를 과거로 돌려보낸 걸까? 이런 즐겁지도, 유쾌하지도 않은 일을 다시 한번 겪게 하려고?

사실 나는 내일이라도 당장 이곳을 떠날 수 있었다. 물론 가진 것 하나 없는 여자애 혼자 혈혈단신으로 살기란 어려울 것이다. 하지만 나는 비록 몸은 어릴지라도 정신 연령만큼은 성인이었고, 세상에 에른스트 부부만큼은 아니더라도 적당히 인정 있는 사람이 없으리라 여기지도 않았다. 어쩌면 나를 가엾게 여겨 거두어줄 사람이 있을 수도 있었다. 설령 그렇지 않더라도 어떻게든 살아나갈 방법은 있을 터였고.

그런데 나는 지금 이 순간에도 에른스트에 남아 밤중에 홀로 헤매는 에리히의 옆을 지키고 있다. 떠나는 것이 더 좋지 않을까…… 하는 생각은 솔직히 지금까지 몇 번이나 했었다. 그 생각이 가장 강렬했던 것은 유진이 나를 추운 겨울날 아는 사람 하나 없는 거리에 버리고 갔을 때. 그리고 에른스트 부부가 죽은 후 그들의 장례식에 참석했을 때. 또 지금.

"이런 건 별로란 말이야."

내 혼잣말은 어디에도 닿지 못하고 다시 내게로 되돌아와 부스러졌다.

"하지만 하리도 우리 아가잖니."

귓가에 봄볕처럼 따스한 음성이 울렸다. 하지만 나는 조용한 복도가 추워서 무릎을 좀 더 끌어당겨 안았다.

나를 아이로 만들어줬던 당신들은 이미 죽고 없잖아요. 나는 이 집이 조용한 게 싫어요. 사실 멜팅턴에서 내가 당신들을 따라왔던 것도, 숨막히게 조용했던 그 집이 너무 싫어서였어. 지금의 에른스트는 내게 있어 멜팅턴의 집과 크게 다르지 않아. 그러니 나는 이곳도 언제든 떠날 수 있어.

스륵. 마침내 에리히가 에른스트 부부의 방문을 떠나 내 앞을 지나쳐 가는 게 느껴졌다. 하지만 나는 고개를 들지 않았다. 맨발로 복도를 걷는 에리히에게서는 발소리조차 들리지 않았다. 다만 그가 들고 있는 인형만이 바닥에 끌리는 소리를 내고 있을 뿐이었다. 페니가 내 옆으로 다가와 잠시 손을 핥다가 곧 에리히의 뒤를 쫓아갔다.

"잘 자, 에리히."

나는 여전히 무릎에 얼굴을 묻은 채 읊조렸다. 물론 돌아오는 대답은 없었다.

"카벨 오빠!"
드디어 카벨이 돌아왔다. 우리는 막 저택 안으로 들어선 둘째를 맞아주었다.
"왔구나. 슈마하에 한동안 더 있을 줄 알았더니."
"안녕하세요, 고모."
몇 달 만에 본 카벨은 과연 유진의 말처럼 슈마하에서 극진한 보살핌을 받은 것 같았다. 한동안 누워 지냈던 것치고는 살도 빠지지 않았고, 얼굴에서 병색도 엿보이지 않았다.
"형."
웬만해서는 다른 사람들과 말을 섞는 법이 없는 에리히도 카벨을 향해 먼저 입을 열었다. 그런데 카벨은 그런 에리히를 가만히 쳐다보다가 이내 먼저 시선을 회피했다. 응? 그때에서야 나는 이상함을 감지했다. 그러고 보니 둘째에게서는 이전 같은 활기가 느껴지지 않았다. 카벨은 위화감을 폴폴 풍기며 잠시 주위를 두리번거렸다. 그것을 보고 레놀드 부인이 안타까운 표정을 지었다.
"유진은 없단다. 그 애도 참, 오랜만에 돌아온 동생인데 따뜻하게 맞아주지 못하고 너무하지. 카벨, 너무 실망하지 말렴. 유진도 널 보기 싫어서 그런 건 아닐 거야."
그 순간 카벨이 입매를 움찔거렸다. 나는 옆에 있는 레놀드 부인을 올려다보며 눈살을 찌푸렸다. 가만히 듣자 하니 이상했다. 왜 말을 저렇게 하지? 저러면 꼭 유진이 일부러 카벨을 본체만체하는 것 같잖아.
"당연하죠. 카벨 오빠를 제일 많이 기다린 건 유진 오빠인걸요."
나는 레놀드 부인의 말에서 어떤 이상함도 느끼지 못한 척 눈을 순진하게 뜨고 말했다.

"유진 오빠가 요즘 얼마나 바쁜지는 어른인 고모님이 제일 잘 아시잖아요. 그래도 카벨 오빠가 온다고 하니까 오늘은 급한 일도 다 미루고 다른 때보다 일찍 돌아온다고 했어요."

예전부터 눈치 없는 척, 하고 싶은 말을 하는 건 내 주특기였다.

"아침 일찍 유진 오빠가 고모님께도 말하고 간 거로 아는데, 벌써 잊으셨나 봐요?"

나는 레놀드 부인의 기억력이 걱정된다는 듯이 덧붙였다. 그러자 그녀가 나를 향해 눈매를 꿈틀거렸다. 아줌마, 저 마음에 안 들죠? 그러니까 왜 말을 그렇게 해요? 꼭 형제들 사이를 이간질하려는 것처럼.

"카벨, 먼 길 오느라 고단하겠구나."

앗, 무시당했다.

"그만 들어가서 쉬렴."

레놀드 부인은 카벨에게 짐짓 다정히 말한 뒤 에리히를 안고 돌아섰다.

"고모, 형이랑 같이……."

"안 돼요. 형은 그렇지 않아도 많이 아팠던 참이라 푹 쉬어야 한단다. 에리히도 아픈 형을 더 힘들게 하고 싶지는 않지? 그래야 착한 아이지?"

카벨과 좀 더 같이 있고 싶다는 의견을 표현했던 에리히는 곧 잠잠해졌다. 그들의 뒷모습을 보는 내 얼굴은 굳은 채 펴질 줄 몰랐다. 카벨이 돌아오기 전에는 단순히 나와 에리히를 차별해서 대하는 거라고만 생각했는데, 이건…… 방금 전 이상했던 레놀드 부인의 모습을 되새기자 머릿속이 복잡해졌다. 하지만 일단은 머릿속의 잡념을 밀어낸 뒤 카벨을 향해 다시 고개를 돌렸다.

"카벨 오빠."

내 부름에 카벨의 푸른 눈동자가 나를 향했다. 나는 예전보다 확연히 어둑해진 그의 눈동자를 보며 입을 열었다.

"어서 와."

그리고 그가 돌아왔을 때 제일 먼저 해주고 싶었던 말을 입 밖으로 꺼냈다. 봄철의 사냥대회 때 에른스트 부부와 함께 웃으며 저택을 나선 후 몇 달 만에야 겨우 이곳으로 돌아오게 된 카벨에게.

"어서 와, 카벨 오빠."

그러자 카벨은 전혀 생각지도 못한 말을 들은 사람처럼 두 눈을 동그랗게 뜨고 나를 보았다. 그런데 별안간 카벨의 얼굴이 확 일그러지는 것이었다. 그는 그 상태로 주먹까지 꽉 쥔 채 일언반구 말도 없이 나를 지나쳐 달려갔다. 아니, 반응이 왜 저래? 기껏 사람이 마중까지 나와서 반겨 줬더니? 너랑 나 사이에 감격적인 재회 같은 건 바라지도 않았지만 이건 좀 너무하지 않냐? 하다못해 그동안 잘 지냈냐는 대화라도 서로 할 수 있잖아. 나는 왠지 모를 서운함을 느끼며 두다다 뛰어서 계단을 올라가는 카벨을 바라보았다.

"카벨은?"

역시 유진은 돌아오자마자 둘째를 찾았다.

"위층에 계십니다."

휴버트의 말에 그는 직접 카벨의 방으로 가려고 했다. 하지만 유진이 몇 걸음도 채 옮기기 전에 위에서 카벨이 모습을 드러냈다.

"카벨."

나는 차갑게 얼어붙어 있던 유진의 얼굴이 근래 들어 가장 온화하게 풀어지는 모습을 보았다. 두 사람이 이렇게 얼굴을 맞댄 지도 거의 반년 만이었다. 그런데 예상치 못한 일이 벌어졌다. 유진을 보는 동안 점점 굳어 가던 카벨이 돌연 자리를 박차고 뛰어가기 시작한 것이었다.

"카벨!"

유진이 급히 그를 불렀으나 소용없었다. 카벨은 금세 우리의 눈앞에서 모습을 감추었다. 나는 유진의 얼굴이 상처받은 듯이 변하는 것을 목격했다. 물론 그것은 한순간이어서 나 이외에는 아무도 보지 못한 것 같았다.

"제가 도련님을 다시 모시고 오겠습니다."

휴버트도 카벨의 행동에 당황한 눈치였다. 하지만 유진은 손을 들어 두어 번 얼굴을 쓸어내리더니, 곧 원래의 차가운 얼굴로 돌아갔다.

"아니, 그럴 필요 없어. 지금은 카벨도 피곤할 테니 그냥 쉬게 내버려 둬."

그렇게 말한 뒤 그는 곧장 집무실로 향했다. 레놀드 부인은 아까 집으로 돌아갔고, 에리히는 제 방에서 페니랑 같이 시간을 보내고 있고, 휴버트가 억지로 카벨을 데려올 수도 없으니. 그럼 남은 건 나밖에 없잖아? 아이고, 내 팔자야. 나는 속으로 한탄하며 둘째를 찾아 천근만근 무거운 걸음을 옮겼다.

"카벨 오빠."

나 좀 그만 고생시키고 나와라.

"카벨 오빠?"

도대체 어디 숨은 거야, 이 녀석은. 나는 방들을 뒤지다가 이윽고 놀이방을 열어젖혔다. 에른스트 부부가 죽은 후로 우리 중 누구도 가지 않게 된 방에서는 한기가 느껴졌다. 처음에는 카벨이 입고 있는 옷이 보호색 역할을 해서 잘 몰랐으나 이제 보니 방의 한구석에 있는 커튼이 약간 볼록했다. 천하의 둘째 놈이 커튼 뒤에 쭈그리고 숨어 있다니.

"저리 가……!"

가까워진 인기척을 느낀 카벨이 소리 질렀다. 나는 급격히 피곤해졌다. 셋째 다음에는 둘째, 너냐? 하지만 동방에 전해져 내려오는 속담으로 세 번은 참아주라고 했다. 게다가 지금 목소리를 듣자 하니 커튼 속에서 뭘 하고 있는지도 짐작이 되었고.

"씨이, 저리 가라고 했잖아!"

나는 꿈틀거리는 커튼을 무시하고 그의 옆으로 가서 앉았다.

"난 없는 셈 치고 하던 거 계속해."

내 말에 커튼이 크게 움찔거렸다. 곧 방금 전보다 더 격양된 목소리가 안에서 울렸다.

"나 우는 거 아니야!"

"그래, 오빠 안 울어."

"진짜 우는 거 아니라고!"

"그래, 그래."

그놈의 얼어 죽을 자존심을 빼놓으면 둘째가 아니지. 카벨에게 묻고 싶은 것도 하고 싶은 말도 없는 건 아니었지만 지금은 그냥 울게 내버려 두는 게 좋을 것 같았다.

"우윽, 나 진짜 우는 거 아니야……."

커튼 안쪽에서 들려오는 고집스러운 코맹맹이 소리가 좀 웃겼지만 나는 웃지 않았다.

"카벨 오빠, 뭘 모르네. 우는 건 창피한 거 아니거든."

오히려 울 수 있을 때 실컷 울어 두는 편이 좋다. 밖으로 내보내지 못해 계속 안에서만 고여 있는 감정은 결국 속을 곪게 만들기만 하니까.

"울어야 할 때 못 우는 게 진짜 바보인 거야."

누구에게 하는 말인지 모를 말이 조용한 방 안에 울렸다가 곧 내 귀로 되돌아왔다.

"카벨 오빠는 바보 아니잖아."

카벨이 내 말을 들었는지 아닌지는 모르겠다. 간헐적으로 이어지던 울음소리가 조금씩 커졌다. 나는 그냥 귓가를 파고드는 그 소리가 들리지 않는 척했다. 잠시 후, 카벨이 여전히 코맹맹이 목소리로 말했다.

"그래도 난, 윽, 안 울어. 훌쩍."

그런 점이 끝까지 카벨 같아서 나는 상황에 맞지 않게 아주 조금 웃고 말았다.

"네게 예절을 가르치는 쪽이 빠를지, 회초리가 부러지는 쪽이 빠를지 모르겠구나."

나는 한심스럽다는 듯 말하는 레놀드 부인을 속으로 욕하며 겉으로는 유순히 죄스러운 표정을 지었다.

"죄송합니다, 부인. 저도 제 미숙함이 부끄러우니, 부인이 저를 그리 경멸하시는 것도 이해해요."

지금은 교육 시간이었기 때문에 나는 그녀를 고모님이 아니라 부인이라 부르고 있었다. 내 직설적인 말에 레놀드 부인이 한순간 눈썹을 꿈틀거렸다.

"경멸이라니, 그게 무슨 말이니? 나는 단지 네 부족함이 에른스트에 미칠 불명예가 염려스러울 뿐이란다."

"그런가요? 하지만 부인의 눈빛이 하도 겨울바람처럼 매섭고 쌀쌀맞아서 저는 또 부인이 저를 무척이나 끔찍하게 싫어하시는 줄 알았어요."

"당치 않은 소리를. 나는 교육하는 데 그런 사사로운 감정을 앞세우지 않아."

"아, 역시 그렇겠죠? 하긴, 누구보다 예절에 정통하신 레놀드 부인이 설마 저 같은 어린 여자애를 상대로 그런 천박하고 추한 행동을 하실 리는 없겠죠."

나는 방긋 웃으면서 눈앞에 있는 사람을 향해 말했다.

"무슨! 너, 지금……."

그녀는 내 말 속에 뼈가 있다는 걸 알아차린 듯했다. 하지만 나는 발끈하는 레놀드 부인을 향해 다시금 불쌍한 표정을 지으며 말했다.

"앗, 죄송해요. 혹시 제 말이 실례되는 것이었나요? 부인도 아시다시피 제가 아직 예절에 능통하지 못해서……. 하지만 레놀드 부인이라면 너그러이 이해해 주시리라 믿어요."

내 표정에 레놀드 부인은 방금 전 내 말이 고의인지 아닌지 긴가민가해진 것 같았다. 그녀는 여전히 심기가 불편한 눈치였지만 그 일로 내게 다른 말을 더 하지는 못했다.

"오늘은 걷는 방법을 공부하겠어. 책을 머리 위에서 떨어뜨리면 회초리를 들 테니 그렇게 알도록 해."

이제야 걷기 공부라니, 정말 근본 없는 수업이구먼. 턱! 나는 내 머리 위에 다소 거친 손길로 책을 얹어 놓는 레놀드 부인 몰래 눈을 날카롭게 번뜩였다.

"내가 자리에 앉으면 평소 걸음으로 앞을 가로질러 걸어오면 돼."

어차피 이래도 회초리, 저래도 회초리라면 나도 막 나갈 테야!

"자, 이제 시작해."

나는 머리에 책을 얹은 채 앞으로 걸음을 내디뎠다. 흥, 내가 이깟 일 하나 못할 것 같아? 20년간 내가 당신들에게 비웃음당하지 않으려고 얼마나 피나는 노력을 기울여서 귀족식 예절을 몸에 익혔는데. 하지만 지난 몇 달간의 수업을 통해, 내가 실수한 게 없어도 레놀드 부인이 트집을 잡아 어떻게든 나를 벌준다는 사실을 이미 알고 있었다.

타앗!

"아앗!"

그러니까 어차피 내가 뭘 해도 때릴 거라면 당신에게도 똥을 한 번 먹여 보겠어요. 나는 레놀드 부인이 앉은 테이블 앞을 지날 때 장렬히 발목을 삐끗한 척했다. 균형을 잃은 내 몸은 단번에 옆으로 기울어졌다.

머리 위에 얹혀 있던 책이 먼저 떨어지고, 그다음 내 몸이 테이블 쪽으로 풀썩 주저앉았다. 나는 레놀드 부인 쪽으로 넘어지기 직전, 무게를 실어 있는 힘껏 테이블보를 잡아당겼다.

좌악! 와장창! 챙그랑!

"으악!"

넘어지는 와중에 중력의 영향까지 받아서 그런지, 테이블 위에 있던 것들이 내가 잡아당긴 천과 함께 와르르 쏟아져 내렸다. 나는 귀에 울리는 레놀드 부인의 비명에 속으로 회심의 미소를 지었다. 내 주변은 대번에 초토화가 되었다. 각도 조절을 잘한 덕인지 내 옷에는 찻물만 약간 묻었을 뿐이었다.

하지만 수업 때마다 혼자서만 제대로 된 다과상을 들던 레놀드 부인의 드레스는 앞에 있던 쉬폰 케이크와 홍차, 라즈베리 잼과 설탕 범벅이 되어 있었다.

"너! 이게 도대체 무슨 짓……."

"헉, 죄송해요, 고모님! 제가 그만 발목을 삐끗해서! 이걸 어쩐다지요?"

나는 당황한 얼굴을 한 채 자리에서 벌떡 일어나 레놀드 부인에게 다가갔다.

"제가 닦아드릴게요!"

그리고 그녀의 엉망이 된 드레스를 닦아주는 척, 손에 초콜릿 잼을 묻히고 옷 위에 더욱 치덕치덕 펴 발랐다. 그녀의 우아한 베이지색 드레스는 금세 갈색 얼룩으로 물들었다.

"아앗! 제 손에 초콜릿이 묻은 줄 몰랐어요! 이건 물로 씻어야!"

"잠깐 기다……!"

좌악! 레놀드 부인이 소파 옆에 있던 협탁에서 화병을 집어 드는 나를 보고 급히 입을 열었다. 하지만 나는 그것을 못 들은 양 그대로 화병 속의 물을 그녀에게 끼얹어버렸다.

"자, 이제 문지르면 닦일 것 같아요!"

"그만, 당장 그만두지 못해?!"

레놀드 부인의 새된 고함이 방 안에 울려 퍼졌다. 그때, 밖에서 소란을 들은 하녀들이 안으로 들어왔다. 그들은 엉망이 된 방에 깜짝 놀라 서둘러 청소를 시작했다. 레놀드 부인의 더럽혀진 드레스도 몇 명이나 달라붙어 닦기 시작했지만 얼룩만 번질 뿐, 조금도 깨끗해지지 않았다.

"이게 어떤 드레스인데!"

레놀드 부인은 당연히 노발대발했다.

"죄송해요, 고모님……."

나는 그녀의 옆에서 한껏 불쌍한 척하며 죄스러운 표정을 지었다. 레놀드 부인은 그런 나를 노려보며 씩씩거리다가 이내 꼴도 보기 싫다는 듯 인사 한 마디 없이 방을 나섰다.

"살펴 가세요, 고모님."

나는 치맛자락을 휘날리며 자리를 떠나는 그녀의 뒤에서 남몰래 썩은 미소를 지었다. 하, 좀 고소하다. 살아생전 저 여자가 저렇게 흥분해서 품위를 잃는 모습을 볼 수 있을 줄이야. 귀족의 기품이니 뭐니 하면서 그렇게 고상한 척을 혼자 다 하더니. 하지만 방을 치우는 하녀 언니들이 있었기 때문에 나는 내가 저지른 실수 때문에 어쩔 줄 몰라 하는 여자애 시늉을 했다.

"언니, 미안해요."

나는 가까이에 있는 하녀에게 다가가 슬쩍 말을 걸었다.

"아니에요."

그러자 그녀는 단답식으로 대답하며 하아, 한숨을 내뱉었다. 말투나 표정으로 보았을 때, 내 실수로 괜한 수고를 하게 되어 짜증이 난 것 같았다.

"그런데 오늘 처음 보는 언니네요?"

사실은 며칠 전부터 눈여겨보고 있던 사람이었지만 티 내지 않고 물었다.

"예, 얼마 전부터 에른스트에서 일하게 되었답니다."

"식당에도 못 보던 언니들이 있던데."

"이번에 몇 명이 함께 차출되었어요."

하녀는 나한테 대충 대답하며 하던 일을 계속했다. 흐음. 일부러 '언니'라고 부르면서 말을 시켰는데 호칭을 정정해 주지도 않고, 그렇다고 제대로 인사를 한 것도 아니고. 지금도 나를 거들떠보지도 않네. 원래 있던 기존의 사용인들은 이렇지 않았는데 나를 무시하는 게 너무 한눈에 보였다.

"언니, 나도 도와줄게요."

"아가씨께 어떻게 이런 일을."

"저 일 잘해요. 많이 해봤거든요."

그러자 하녀의 얼굴에 '그렇겠지' 하는 표정이 떠올랐다. 처음부터 예상했듯 내 출신을 알고 깔보는 것이 분명했다.

"제가 혼나요."

"고모님한테요?"

"네."

그 말을 듣고 나는 '머뭇머뭇', '어물어물' 2단 방어진을 펼치며 입을 우물거렸다.

"그러면 안 할래요…… 고모님 무서워……."

내가 발을 꼼지락거리며 풀이 죽은 티를 내자 하녀의 태도가 방금 전보다 약간 유해졌다. 나는 기회를 놓치지 않고 하녀에게 슬쩍 물었다.

"언니도 고모님한테 혼나는 거 무서워요?"

"마님은 예전부터 저희한테도 엄격하셨으니까요."

"아, 언니 원래 레놀드 후작가에 있던 하녀 언니구나."

내 말에 하녀가 멈칫했다. 나는 또다시 순진한 어린애 흉내를 내며 그녀에게 부럽다는 듯이 말했다.

"그래서 이번에 새로 들어온 언니들끼리 다 친해 보였던 거구나. 난 친구 하나도 없는데……."

"방을 다 치웠으니 이제 가야겠어요."

하녀는 얼룩이 진 카펫을 후딱 걷은 뒤 먼저 방을 나선 다른 하녀들을 따라 종종걸음으로 걷기 시작했다.

"다음에 또 나랑 놀아요, 언니."

나는 웃는 얼굴로 하녀를 보내 주었다. 그러고 난 후 나는 두 눈을 가늘게 좁히고 생각에 잠겼다. 레놀드 부인, 그 아줌마 도대체 뭐지? 자기 마음대로 에른스트의 사용인을 갈아 치우다니. 설마 유진이 그런 실권까지 일임하지는 않았을 텐데? 누가 보면 하녀 몇 명 새로 들이는 것쯤, 이라고 생각할 수도 있었지만 이건 그렇게 간단한 문제가 아니었다. 가문에서 일하는 사람들을 선택하는 건 어디까지나 안주인의 역할이었으니까. 아무리 고모라고는 해도 지금 그녀가 하고 있는 일은 월권이나 마찬가지였다. 나는 미간을 좁히고 고민했다. 레놀드 부인은 집에 갔을까? 카벨은 혼자 뭘 하려나? 카벨의 가정교사는 아직 부르지 않는 것 같던데.

그나저나 둘째 놈은 왜 또 저렇게까지 유진을 피하는지 모르겠다. 슈마하에 갔을 때에도 계속 만나기를 거절당해서 결국 유진도 두어 달 전부터는 더 이상 카벨을 만나러 가지 않게 되었었지. 그래도 시간을 내서 꼬박꼬박 편지는 보냈었다고 들었다. 그래서 웬일로 이번에 카벨이 돌아온다는 말을 들었을 때, 난 둘이 대화가 잘 되었나 보다 하고 생각했다.

나는 잠깐 엊그제 보았던 레놀드 부인의 수상한 모습을 떠올렸다. 카벨에게 그런 식으로 말한 게 고의인지 아닌지는 아직 모르겠지만 좀 더 주시해 봐도 괜찮을 것 같았다. 만약 내가 진짜 9살이었다면 그냥 넘어갔겠지만.

그날 밤 레놀드 후작이 유진을 찾아왔다. 유진은 카벨 때문인지 일찍 귀가한 상태였다. 물론 카벨은 여전히 유진을 피하고 있었지만 말이다.

"불허합니다."

두 사람이 무슨 대화를 나누는지 궁금했던 나는 살금살금 문으로 다가갔다. 물론 엿듣는 게 나쁘단 건 일반인의 상식이니 당연히 알고 있었다. 그래도 궁금한 걸 어떡하나. 나는 문에 귀를 대고 주의를 집중했다.

"동생들은 에른스트에 있을 겁니다."

"고집부리지 마라."

"고집이라니요? 에른스트의 사람이 에른스트에 있는 그 지극히 당연한 일이 어떻게 고집이 될 수 있단 말입니까?"

"유진, 지금도 너 혼자는 벅차지 않니? 어린 네가 이 모든 걸 혼자 감당할 수 있으리라 여기지 않는다. 다 널 위해서 하는 말이니 너도……."

"고모부."

유진의 서릿발 같은 음성이 고막에 박혔다.

"제가 지금 설득을 위해 이런 말을 하는 것 같습니까?"

나는 지금 그가 조용히 분노하고 있다는 사실을 깨달았다.

"고모님께도 분명 같은 답변을 드렸는데 전달받지 못하신 겁니까?"

자세히는 몰라도 레놀드 후작이 지금 유진에게 한 말이란 동생들을 다른 곳에 맡기면 어떠냐는 것인 듯했다. 그리고 유진은 그 말에 지금 같은 한기를 내비치고 있었다.

"현재 에른스트의 모든 권한은 제게 있습니다. 저는 제 의사를 명백히 밝혔고, 지금 이 일에 타협의 여지란 없습니다."

"유진……."

"그리고 착각하지 마시지요. 지금 이 자리에 서 있는 사람은 가문의 모든 권리를 이어받은 현 에른스트의 수장이지, 고모부의 어린 조카가 아닙니다."

어느 순간부터 나는 나도 모르게 숨을 죽이고 있었다. 이 문 안에 있는 사람은 정말 더 이상은 내가 알던 어린 유진이 아니었다. 그는 내 생각보다도 훨씬 빠른 속도로 어른이 되어 가고 있었다.

"저를 동생들과 한데 묶어 생각하지 마십시오."

레놀드 후작은 할 말을 잃은 듯 더 이상 유진을 설득하려 하지 않았다. 아니, 유진을 구슬리는 것을 포기했다고 해야 하나. 방금 전 그의 말은 정말 순수하게 유진을 위해서 하는 소리 같지 않았으니까.

"어른들의 보살핌을 받아야 할 어린아이는 지금 이 자리 어디에도 없다는 사실을 잊지 마셔야 할 겁니다."

나는 그 서늘한 목소리를 끝으로 조용히 문 앞을 떠났다.

달빛이 새어 들고 있는 방에는 밤의 정적이 고여 있었다. 방으로 들어선 나는 문을 닫고 서서 방금 전의 일을 곱씹었다. 혹시 레놀드 후작이 말한 동생들에는 나도 껴 있었을까?

만약 그렇다면 그가 유진에게 권한 것은 나를 다른 동생들과 함께 친척들에게 맡기라는 것이었을까, 아니면 이 집에서 내보내라는 것이었을까? 아마도 후자일 터였다. 낮에도 교육 시간에 그 사달이 났었으니까.

"고아원에 보내는 게 어떻겠니?"

지난 생에서 에른스트 부부가 죽고 일 년쯤이 지났을 때, 레놀드 부인이 유진에게 했던 말이 문득 뇌리를 스쳐 지나갔다.

“저 애는 에른스트에 어울리지 않아. 유진, 이제 와서 굳이 네가 저 애까지 돌봐야 할 이유는 없잖니.”

“제가 알아서 결정할 테니 고모님은 그저 지금처럼 지내 주시면 됩니다.”

하지만 그 후로도 유진은 나를 에른스트에서 내보내지 않았다. 가끔 그날 일이 떠오를 때마다, 어쩌면 일이 바빠 나를 잊고 있었는지도 모른다는 생각이 들기도 했다.

그러나 이따금씩 마주친 그는 쭈뼛거리는 나를 보며 서늘한 시선을 보낼지언정 이 집에서 나가라는 소리는 단 한 번도 하지 않았다. 어쩌면 나는 그게 조금쯤은 고마웠는지도 모르겠다.

하지만 레놀드 부인이 했던 그 말은 그 후부터 틈날 때마다 내 기억을 파고들어 나를 위축되게 만들었다. 내가 말을 안 들으면 내쫓을지도 몰라. 내가 심기를 거스르면 이 집에서 내보낼지도 몰라. 형제들의 등쌀에 눌려 차라리 이곳을 떠나고 싶다고 버릇처럼 생각했었지만, 솔직한 마음으로 나는 이 집을 떠나는 걸 내심 두려워하고 있었다. 그래서 꿋꿋이 20년을 버티고 살았다.

하지만 만약 앞으로도 에른스트에 있게 된다면 나는 계속 은연중에 저런 생각을 하며 살아야 하는 걸까? 바람 앞의 등불 같은 내 신세가 이제 와서 나아지지는 않았으니까. 나는 역시 그건 좀 싫다…… 고 생각했다.

“카벨, 나랑 얘기 좀 해.”

하루는 더 이상 참다못했는지, 유진이 카벨을 직접 찾아갔다.

“할 얘기 없어.”

"아니, 있어."

"듣고 싶지 않아."

하지만 카벨은 고집스럽게 그를 외면했다.

"형이 하는 말은 다 듣고 싶지 않아."

잇따른 그 말에 카벨의 팔을 붙잡은 유진의 손에 힘이 조금 더 들어갔다. 아, 저 표정은 왠지 이제 곧 폭발할 것 같은 표정인데? 하지만 유진은 동생에게 소리치는 대신 잠시 이를 악물며 감정을 삭이려 노력하는 것 같았다. 그러나 그의 시도는 반만 성공해서, 잠시 후 유진의 입에서는 격양된 목소리가 토해져 나왔다.

"카벨, 제발 너까지 이러지 좀 마."

그것은 분노라기보다 차라리 부탁, 혹은 애원에 가깝게 들렸다. 나는 유진이 처음으로 동생 앞에서 드러내 보인 약한 모습에 놀랐지만 카벨에게는 다르게 받아들여진 모양이었다. 그는 에른스트에 돌아온 직후 내 앞에서 그랬던 것처럼 얼굴을 와락 일그러뜨리더니 유진의 손을 거칠게 뿌리치고 달려갔다.

"카벨!"

나는 유진이 카벨의 뒤를 좇는 모습을 보고 얼른 벽 뒤로 모습을 감추었다.

"형들 싸워?"

아, 깜짝이야. 두 사람의 목소리를 듣고 에리히도 방에서 나온 모양이었다. 요즘도 밤마다 밖을 돌아다녀서 그런지 셋째는 기력이 없어 보였다. 그런데 네가 여기에 있다는 건…….

"유진하고 카벨이 다투었다고?"

역시 고모님도 같이 나왔구나. 내 교육 시간을 제외하고 에른스트에 있는 동안은 항상 에리히를 옆에 끼고 있는 레놀드 부인이었으니, 지금도 방에 같이 있다가 소란을 듣고 나온 게 분명했다.

"원래 형제끼리는 싸우고 크는 법이지."

그런데 기분 탓입니까? 왠지 두 사람이 싸운 걸 좋아하는 것 같은데요. 그녀는 언제나처럼 나를 본체만체하고 에리히를 어르기 시작했다.

"에리히, 형들은 신경 쓰지 말고 고모랑 같이 들어가서……."

"형들한테 갈래요."

하지만 처음으로 에리히가 자신을 붙잡은 고모의 손을 떼어 냈다.

"형들 어디로 갔어?"

"어, 나도 같이 가."

나는 못마땅한 표정을 짓고 있는 레놀드 부인을 힐끔 본 뒤 방금 전 두 사람이 사라진 방향으로 걸음을 옮겼다. 그런데 밖으로 나와 얼마 걷기도 전에 뒤쪽에서 느껴지는 숨소리가 색색 가빠지기 시작했다. 어라? 설마 이 정도 걷고 지친 건 아니겠지…… 가 아니라 정답이었다. 레놀드 부인의 치마폭에 싸인 채 하루 종일 실내에만 있는 데다가 남모르게 몽유병까지 앓고 있는 에리히는 벌써 체력의 한계를 느끼는 것 같았다.

"힘들면 들어갈래?"

"필요 없어."

짜식, 매몰차게도 말하네. 셋째 녀석은 내가 자신을 걱정하는 걸 아는지 예민하게 반응하며 나를 노려보았다.

"이쪽으로 간 거 맞아? 아무 데도 없잖아."

"그새 다른 데로 갔나 봐."

"넌 저쪽으로 가. 난 이쪽으로 가서 찾을 테니까."

"괜찮겠어? 그러다가 혹시 너 혼자 있을 때 쓰러지기라도 하면……."

"시끄러워! 쓰러지긴 누가 쓰러져?"

벌써부터 힘들어서 색색거리는 주제에 에리히는 발끈했다. 그래도 우울증에 걸린 사람처럼 무기력하게 있을 때보다는 훨씬 나았다. 나는 에리히와 헤어져 두 사람을 찾기 시작했다. 들려오는 소리가 없는 걸 보면 혹시 유진이 카벨을 놓쳤나? 어릴 때부터 하도 괄괄하게 여기저기 쏘아 다녀서 그런지 뜀박질에는 일가견이 있는 둘째였으니까.

어디 보자. 카벨이 갈 만한 곳이 어디가 있더라? 나는 잠시 고민하다가 예전에 카벨과 함께 술래잡기를 하고 놀았던(이라고 쓰고 '고통받았던'이라고 읽는다) 정원으로 향했다.

부스럭. 내 예감이 맞았다. 나는 꽃 덤불 뒤에 숨은 카벨을 찾아냈다.

"카벨 오빠!"

눈앞에 나타난 나를 보고 카벨이 두 눈을 부릅떴다.

"너, 너 뭐야!"

지난번에도 그렇고 이번에도 자신을 찾아낸 나를 보며 놀란 기색이 역력했다. 하지만 곧 그는 정신을 차리고 나를 향해 협박 비슷한 말을 내뱉었다.

"형 부르지 마!"

이쯤 되면 묻지 않을 수가 없었다.

"왜 그렇게 유진 오빠를 피해 다녀?"

이전 생에서는 없던 일이었기 때문에 카벨의 기행이 더욱 이상하게 여겨졌다. 내 물음에 그의 입술이 고집스럽게 다물려졌다. 나는 카벨의 푸른 눈동자에 점차 물살이 일기 시작하는 모습을 지켜보았다.

"내가……."

마침내 그의 입술이 다시 벌어졌다. 마음속에 있는 말을 꽁꽁 숨기고 싶은 마음과 누구에게라도 털어놓고 싶은 마음 사이에서 갈등하는 눈치였다. 그래서 잇따르는 말을 들었을 때, 나는 놀라지 않을 수 없었다.

"내가 마음대로 돌아와서 형이 화났을 거야."

뭐? 지금 내가 제대로 이해한 건가?

"카벨 오빠가 집으로 돌아와서 유진 오빠가 화가 났다고?"

나는 귀가 의심스러워서 반문했으나 카벨은 입을 꾹 다물기만 했다.

어디로 봐도 그건 긍정의 의미였다.

"카벨 오빠, 유진 오빠가 보낸 편지 받고 오기로 한 거 아니야?"

"무슨 편지? 형은 나한테 한 번도 그런 거 보낸 적 없어."

뭐…… 나는 잠시 말문이 막혔다. 유진이 바쁜 시간도 쪼개서 카벨에게 틈틈이 안부 편지 겸 집으로 돌아오라는 편지를 보내는 것으로 알고 있었는데, 한 번도 받은 적이 없다니? 그럼 그 편지는 어디로 실종됐단 말이야?

"그냥 내가 오고 싶어서 멋대로 온 거야. 형은 내가 오는 거 싫어했는데, 나도 알고 있었는데……."

"유진 오빠가 왜 카벨 오빠가 오는 걸 싫어해?"

카벨은 벌겋게 달아오른 눈으로 땅바닥만 노려보며 말하다가 내 물음에 이를 악물며 소리 질렀다.

"형은, 형은 날 미워하니까……!"

두 번째로 말문이 막혔다. 카벨은 그런 나를 뒤로한 채 계속해서 언성을 높여 횡설수설했다.

"형이 날 보고 싶어 하지 않으니까, 날 미워하니까, 그래서 나는……!"

"그게 무슨 소리야? 유진 오빠가 왜 오빠를 미워해?"

카벨이 하고 있는 생각은 말도 안 되는 오해였다. 나는 답답한 마음에 절대 아니라고 말해주려 했다. 하지만 카벨의 비명 같은 외침이 한 발 더 빨랐다.

"나 혼자만 살았잖아!"

그 소리에 나는 그만 아연할 수밖에 없었다.

"내, 내가 혼자만 살아서, 아빠랑 엄마가 날 감싸다가 그렇게 돼서…… 그때 난 바보같이 겁에 질려서 안겨 있는 것밖에 할 줄 몰랐는데……."

귓가에 흘러드는 카벨의 목소리가 내 머릿속을 새하얗게 만들었다.

"살려 달라고 소리쳤으면 구하러 와 줬을지도 모른단 말이야……. 그런데 난, 난 혹시 내가 소리 내면 그 사람들이 다시 올까 봐……. 그래서 겁쟁이처럼 아무 소리도 못 내고……."

카벨이 무서워하는 그 사람들이란, 사냥터를 피습했던 암살자들이 분명했다. 그들을 처리하고 부서진 마차의 문을 열었을 때, 에른스트 부부는 이미 죽어 있었다고 했다. 나는 카벨이 살아남은 것만 중요하다고 생각했지, 그 현장에서 구출된 카벨의 심정이 어떨지는 미처 상상하지 못했다.

카벨의 말대로라면 그는 마차가 전복된 후에도 의식이 있었다는 의미였다. 그리고 공포에 질려서 차마 살려 달라고 소리 지르지도 못한 채, 그 당시 이미 죽은, 혹은 거의 다 죽어 가던 부모님과 함께 그 좁은 공간 안에 다른 누군가가 구출하러 와 줄 때까지 갇혀 있었다는 의미였다.

"그런데 난 형이 나를 미워한다는 걸 알고도 집에 오고 싶어서, 나한테 왜 돌아왔냐고 할까 봐 무서운데도……."

언제나 위풍당당하던 카벨이 꽃 덤불 뒤에 작게 웅크리고 앉아 울먹이는 모습이 그렇게 안타까울 수가 없었다.

"아니야, 카벨 오빠……."

나는 지금 그가 말한 것이 완전히 말도 안 되는 생각이라고 말해주려고 했다.

"누구야?"

등 뒤로 낮은 목소리가 흘러들지만 않았다면. 풀잎 밟는 소리와 함께 모습을 드러낸 것은 유진이었다. 카벨은 설마 유진이 여기까지 올 줄은 몰랐는지 화들짝 놀라 고개를 들었다.

"너한테 그딴 헛소리를 지껄인 게 도대체 누구야?"

유진의 분노는 매서웠다. 다시금 귀청을 때린 목소리는 그의 기분을 대변하듯 사납고 거칠었다. 카벨은 또다시 도주를 시도했다. 하지만 지금까지는 유진이 그를 봐주었다는 사실을 입증하듯, 이번에는 그의 손이 카벨의 어깨를 단단히 붙들었다.

"도망가지 말고 똑바로 말을 해! 너한테 그런 말도 안 되는 개소리를 지껄인 게 누구냐고 묻잖아!"

"이, 이거 놔!"

카벨은 몸부림쳤지만 유진은 오히려 더욱 세게 손아귀에 힘을 주었다.

"이 멍청아!"

나는 유진이 그렇게까지 흥분해서 소리 지르는 모습을 생전 처음 보았다.

"이 집에 널 원망할 사람은 아무도 없어. 네가 살아 돌아왔다고 널 탓할 사람은 단 한 사람도 없단 말이야! 그걸 왜 몰라!"

그의 말은 절절하게 가슴을 파고들었다. 유진의 진심이 나에게까지 느껴질 정도였으니, 아마 카벨에게도 무리 없이 닿았을 터였다.

"네가 이렇게 무사히 돌아온 건 우리한테 기적이나 마찬가지인데!"

그 순간 카벨의 몸부림이 멈추어졌다. 그는 태엽이 다 된 인형처럼 서서 제 형을 향해 멍하니 반문했다.

"내, 내가 안 미워?"

"너라면 어떨 것 같아?"

유진의 얼굴도, 카벨의 얼굴도 전부 다 엉망이었다. 둘 다 울고 싶은 것 같은 얼굴이었지만 고집스럽게 그것을 참고 있다는 게 형제다웠다.

"살아 돌아온 게 만약 나였다면, 넌 그런 나를 원망해서 얼굴조차 보고 싶어 하지 않았을 거야?"

그 말에 카벨은 속에서 울컥 치솟는 것을 참듯 입술을 깨물었다. 그리고 붕붕 고개를 저어 유진의 말을 부정했다.

"그런데 왜 우리가, 왜 내가 너를 미워한다고 생각해?"

"나, 나는……."

"만약 그 자리에 부모님과 함께 있던 게 우리 중 다른 한 사람이었어도 똑같아. 원망 같은 걸 할 이유가 있을 것 같아?"

유진이 카벨의 시선에 맞추어 몸을 낮추었다.

"잘 들어, 카벨."

그리고 그는 그렁그렁한 동생의 눈을 마주하며 말을 이었다. 아마도 카벨이 이 집에 돌아온 첫날, 그의 얼굴을 마주한 채 직접 해주고 싶었을 말이었다.

"우리는 네가 이 집에 돌아와 줘서, 정말 너무나도……."

잠시 목이 메는지 유진의 목소리가 잦아들었지만 그래도 그는 끝까지 말을 멈추지 않았다.

"너무나도 기쁘고, 너에게 진심으로 고마워하고 있어."

카벨은 얼어붙은 것처럼 그의 말을 가만히 서서 듣고 있었다. 나도 코가 약간 매워지는 것을 느끼며 두 사람을 바라보았다.

"이렇게 무사히 돌아와 줘서, 우리에게 이렇게 건강한 모습으로 다시 와 줘서."

누가 보아도 그 안에 깃든 애정이 여실히 느껴지는 손길이 카벨의 머리를 쓸었다.

"정말 고맙다, 카벨."

아버지인 에른스트 공작과 똑같이 빼닮은 검은 눈동자에도 동생을 향한 마음이 고스란히 담겨 있었다.

"으……."

카벨의 얼굴이 다시금 일그러졌다. 하지만 나는 이제 그가 저렇게 얼굴을 찌푸리는 이유를 알 것 같았다.

"으아앙!"

눈물을 참는 데 실패한 카벨이 마침내 소리 내 울음을 터뜨렸다. 오래 참아 왔던 만큼 서러움 가득한 울음이었다. 나는 앞에 있는 두 사람을 보며 그래도 그들은 혼자가 아니라서 다행이라고, 그렇게 생각했다.

"어차피 형들끼리 알아서 할 텐데 내가 있을 필요 없잖아."

에리히는 어느덧 방으로 돌아가 페니를 끌어안고 있었다. 자식, 아닌 척하더니 역시 힘들었던 모양이다. 형들의 우애 넘치는 감동적인 장면을 너도 봤으면 좋았을걸. 레놀드 부인은 그사이 돌아갔는지 보이지 않았고, 유진은 안으로 들어올 새도 없이 또다시 곧장 외출을 했다.

"카벨 오빠한테 안 가 볼래?"

"이따가."

그래, 너 진짜 힘들어 보인다. 좀 쉬어라. 저렇게 약골이 되어서 어쩐다지? 억지로라도 운동 좀 시켜야 할 것 같은데.

"페니, 이거 먹어."

"멍!"

나는 간만에 준비한 간식을 페니에게 내밀었다. 그러자 대번에 페니가 침을 흘리며 꼬리를 흔들었다. 그래도 에리히가 안고 있어서 그런지 나한테 달려오지는 않았다.

몇 달간 에리히는 집에 있으면서 고모님이 없을 때면 내내 페니와 붙어 다녔다. 강아지를 끌어안고 하루에도 몇 시간씩 오도카니 앉아 있는 걸 보면 절로 마음이 쓸쓸해졌다. 에리히는 페니가 나한테 꼬리를 흔드는 모습이 마음에 안 드는 눈치였지만 그래도 내가 간식을 주는 걸 막아서지는 않았다.

그러고 보니까 형제들이 지난 생의 이맘때쯤보다 나한테 훨씬 유한 것 같았다. 지난번에는 에른스트 부부가 죽은 게 마치 나 때문인 것처럼 엄청 괴롭혀 댔었는데 이번에는 그런 소리 하는 사람이 하나도 없다니.

"누가 네 엄마, 아빠야?"

에른스트 부부의 사후 식음을 전폐하는 그들에게 우물쭈물하며 내가 먼저 다가갔던 적이 있었다. '오빠들이 이러면 엄마, 아빠가 걱정하실 거야'라는 내 말에 카벨이 나를 쏘아보며 일갈했다.

"여기에 네 엄마, 아빠가 어디 있어? 죽기 싫으면 두 번 다시 내 앞에서 그딴 말 꺼내지 마!"

"형!"

'죽는다'는 단어에 예민하게 구는 에리히의 비명과 카벨이 주위에 있는 물건을 거칠게 집어 던지고 걷어차는 소리가 뒤섞여 나한테 악몽 같은 기억으로 남은 날이었다.

뭐, 날 괴롭히지 않는다면 나로서는 좋은 일이었다. 이번에는 지난 생보다 함께 보낸 일 년의 시간이 더 있기 때문인가. 혹시 그래서 예전보다 나한테 정이 들어서?

"뭘 쳐다봐? 눈 치워."

개뿔이다. 나는 여전히 기력 없는 모습이면서도 쌀쌀맞게 말하는 에리히를 보며 속으로 쯧 혀를 찼다. 그래도 요즘은 너도 힘들 테니까 뭐.

그리고 나는 그날 밤 또다시 침대 밖으로 나온 에리히가 무사히 방으로 돌아가는 걸 지켜보고 오는 길에 1층 현관 앞에 서 있는 검은 그림자를 발견하고 소스라쳤다. 자세히 보니 그건 유진이었다.

"유……."

그를 부르려다 말고 나는 말을 멈추었다. 달빛이 사선으로 얼굴을 가로지르는 그곳에서, 유진은 마치 홀로 시간을 잊은 사람처럼 우두커니

서 있었다.

도대체 언제부터 여기에 있던 걸까? 그러고 보니 오늘은 어디로 외출을 했는지 들은 기억이 없었다. 카벨과 그런 일이 있던 후에 자리를 비웠으니 슈마하가 아닐까 싶기는 한데.

"……."

하얀 달빛 때문인지 유진의 낯빛은 약간 창백해 보였다. 언젠가부터 차가운 무표정을 고수하게 된 유진은 지금도 얼음 결정으로 빚은 것 같은 얼굴을 하고 있었다. 그는 꼿꼿이 서서 정면을 응시하고 있었지만, 기실 그의 눈동자는 텅 비어 있는 것 같았다.

어느덧 긴 여름도 지나 가을에 접어든 지금, 주위에는 제법 서늘한 공기가 맴돌고 있었다. 나는 자리에 가만히 서서 그의 어둑한 눈동자와 이를 악물고 있는 듯한 입매, 그리고 멀리서 보기에도 손톱이 손바닥을 파고들 만큼 꽉 쥐어져 있는 주먹을 시야에 담았다.

잠시 후 유진은 나를 발견하지 못한 듯 무거운 걸음을 옮겨 자리를 떠났다. 나는 그런 그의 모습을 숨을 죽인 채로 바라보았다. 유진이 한밤중에 홀로 우두커니 서서 무슨 생각을 하고 있었는지는 알 수가 없었다. 그를 그렇게 만든 일이 무엇인지도 짐작하기 어려웠다. 다만 그 밤의 기억은 그 후로도 오랫동안 내 안에 남아 있었다. 이유를 알 수 없는 안타까운 마음을 동반한 채로.

다음 날 오전, 유진은 자신의 외출을 알렸다. 듣기로는 오늘이 에른스트의 직계와 방계를 막론한 어른들 간의 모임이 있는 날이라고 했다. 그래서인지 오늘 저택에는 레놀드 부인도 방문하지 않았다.

"오늘은 날씨도 궂어서 걱정이군요. 저녁쯤에는 폭우가 쏟아질 예정이라고 들었습니다만."

"친선 도모의 목적도 아니니 하고 싶은 말만 전하고 오면 그만이야. 그리 늦지는 않을 테니까……."

유진은 간만에 다 같이 그를 배웅하러 나온 우리 세 사람을 보며 잠시 뜻 모를 표정을 짓다가 다시금 휴버트를 향해 고개를 돌렸다.

"내가 올 때까지 동생들을 부탁해."

"알겠습니다, 공작님."

뒤돌아서는 유진의 뒤에서 카벨이 잠시 어물거리다가 입을 열었다.

"형, 조심해서 다녀와."

그 말에 문으로 향하던 걸음이 멈칫했다. 곧 유진이 우리를 돌아보며 여트막하게 미소 지었다.

"그래, 다녀올게."

그때 그의 뒷모습이 왜 그렇게 두 눈에 밟혔는지 모르겠다. 유진은 저택을 나섰고, 그가 떠난 지 얼마 지나지 않아 창밖에 비가 내리기 시작했다.

우르릉!

"비 많이 온다."

우리는 오랜만에 셋이서 놀이방에 옹기종기 모여 있었다. 물론 예전처럼 다 같이 활발하게 놀 기분들은 아니라, 각자 따로 떨어져 앉아 하릴없이 시간을 보내고 있었다. 창가에 서서 창밖을 보던 카벨이 먼저 말하자 잠시 후, 페니를 끌어안고 있던 에리히가 지나가듯 툭 혼잣말 같은 음성을 내뱉었다.

"비 싫어."

투둑, 투둑. 나는 창문에 부딪히는 빗방울을 보며 그 말에 동의했다.

그리고 그날, 유진에게 사고가 일어났다. 그가 에른스트로 막 돌아오려 했을 때 갑자기 옆에 서 있던 말이 난동을 부려 주위를 쑥대밭으로 만들었다고 했다. 유진은 거기에 휘말려 다리를 다쳤다.

"울지 마. 난 멀쩡하니까."

침대에 기대앉은 유진은 더없이 냉정한 얼굴을 하고 있었다. 하마터면 영영 한쪽 다리를 못 쓸 뻔했다고 들었는데, 그는 혼자만 태연했다. 식은땀에 젖은 얼굴이나, 거칠게 갈라진 입술을 보니 통증이 큰 것이 분명했는데도 그랬다. 그 말에 눈물, 콧물이 범벅이 되어 울고 있던 카벨이 버럭 소리 질렀다.

"멀쩡하긴 뭐가 멀쩡해!"

"이 정도면 지나칠 정도로 멀쩡한 거지."

카벨은 아까부터 싸늘한 유진을 이해하지 못하겠다는 얼굴을 하고 있었다. 옆에서 훌쩍이고 있던 에리히도 마찬가지였다.

"어른들은 뭘 하고 있었는데?"

나는 유진의 상태를 보러 온 의사와 다른 사용인들이 모두 방에서 나간 뒤 입을 열었다.

"그렇게 사람이 많았는데, 오빠가 위험할 때 그 사람들은 뭘 하고 있었는데?"

내 얼굴은 아마도 유진 못지않게 차갑게 식어 있을 터였다. 내 물음에 카벨과 에리히를 다독여 달래고 있던 유진이 낮게 속삭이듯 대답했다.

"글쎄, 뭘 하고 있었을까?"

나는 그의 검은 눈동자에 어둑하고도 날카로운 냉소가 스치는 것을 보았다.

"어떻게 하면 효과적으로 신속하게 굴복시킬 수 있을지를 고민하고 있었겠지."

유진을 공격한 말은 그 후 사살되었다고 들었다. 하면 날뛰는 짐승을 굴복시킬 방법을 생각하고 있었다는 의미일까? 그런데 왜 내 귀에는 그 말이 다르게 들리는 걸까?

"나는 스스로 어른이 되었다고 생각했는데, 사실은 아직도 새파란 애송이였다는 걸 알았어."

그때, 내가 유진에게서 발견한 것은 화인 같은 분노와 굴욕, 또 자괴감과 열패감이 뒤섞인 복잡한 감정이었다.

"그래, 이런 무력감은 정말이지 처음이야."

그리고 그 무엇보다 강렬한 절망과 증오에 먹힌 검은 눈동자가 내 앞에서 부서져 내렸다.

제6장

넌 우리 동생이니까

다리를 다친 유진은 예전처럼 자유로운 보행이 어려워졌다. 그가 한쪽 다리를 영영 절며 살아야 한다는 소문이 돌았으나 유진은 소문이 퍼지도록 그냥 내버려 두었다. 그 후 그가 늘 지팡이를 짚고 다녔기 때문에 다른 사람들은 소문을 곧이곧대로 믿었다.

"이래서 근본 없이 자란 천것들은."

가을이 깊어진 지금도 나는 이 악독한 여자한테서 예절 수업을 빙자한 악담을 듣고 있었다.

"아무리 노력을 기울여도 너한테서 흐르는 이 천박함은 도무지 어찌할 도리가 없구나."

어느 순간부터 레놀드 부인은 내게 회초리를 드는 거로도 모자라서 내 태생을 조롱하는 폭언을 늘어놓기 시작했다.

"이래서야 멜리사가 다른 사람들의 비웃음을 사면서까지 너를 딸로 들인 보람이 없지 않겠어? 아니, 오히려 지금쯤은 오빠와 새언니도 깊이 통감해 후회하고 있을지도 모르겠구나."

나는 어른이니까, 당연히 저런 말에 일일이 상처받지 않았다. 그래도 가끔은 생각하게 된다. 그냥 확 다 엎어버릴까?

"그나저나 유진도 큰일이야. 지난 사고 때문에 다시는 오른쪽 다리를 예전처럼 사용하지 못할 거라니."

아닌데. 시간이 좀 더 지나면 다시 전처럼 멀쩡히 걸어 다닐 수 있을 거라고 했는데.

"물론 지고한 에른스트의 품위가 그런 것으로 떨어지리라 생각하지는 않지만, 그래도 염려스럽긴 하구나. 뭐, 대외적인 자리에서는 다른 친척 어른들이 유진을 대신하면 되니 문제 될 건 없겠지만. 좀 더 시간이 지나 카벨이나 에리히가 장성하면 동생들에게 맡겨도 되고."

하지만 그런 말을 이 여자한테 해주지는 않았다. 가증스럽게 말로만 유진을 안쓰러워하는 척할 뿐인 이 여자에게 뭐 하러 그런 말을 해주겠는가.

"고모님은 유진 오빠가 승계받은 지 벌써 시일이 오래 지났는데 아직도 익숙해지지 않으셨나 봐요?"

내 말에 레놀드 부인이 한순간 멈칫했다.

"에른스트의 모든 결정권은 오빠에게 있는데 종종 지금처럼 고모님에게 권한이 있는 것처럼 말씀하실 때가 있네요. 혹시 지금 가문의 수장이 유진 오빠인 걸 잊으신 건 아니겠죠? 앗, 나이가 들면 기억력이 쇠퇴해서 벽에 똥칠도 하게 되는 질병이 있다고 들었는데 고모님도 혹시……."

나는 한 손으로 입을 가리며 그녀를 향해 측은함과 동정과 충격이 담긴 눈빛을 보냈다. 원래 귀족들은 저급한 단어를 직접 입 밖에 내지 않아서 그러지 레놀드 부인은 방금 전 내가 말한 '똥칠'이라는 소리에 경악한 눈치였다.

"세상에, 그런 천박한 표현이라니 역시 너는……."

"어맛, 죄송해요, 걱정스러운 마음이 앞서다 보니……. 혹여나 다른 사람들 앞에서 고모님이 벽에 똥칠이나 할 법한 노망 든 아줌마로 조롱거리가 될까 봐 상상만으로도 너무너무 가슴이 아프지 뭐예요."

하지만 난 아줌마가 말했다시피 어차피 태생이 천하지 않겠습니까? 그러니까 몇 번이고 말해줄 수 있다! 나는 레놀드 부인이 분노하는 모습을 즐겁게 감상했다.

"회초리질을 당해야 그 말본새를 고치겠구나!"

그녀는 이번에도 나를 체벌해 혼내려고 했다. 나는 맞기 싫은 척 미적거리다가 레놀드 부인의 앞에서 다리를 걷었다.

짜악! 짝! 내 말에 기분이 어지간히 상했는지 회초리질 하는 소리가 참으로 우렁차기도 했다. 하지만 나는 이제 처음 맞을 때만큼의 고통을 느끼지 않고 있었다. 내가 이 아줌마한테 회초리로 맞고 산 세월이 몇 년인데, 통증을 덜 방법 하나 강구하지 못했겠는가? 아마도 이 아줌마는 뼛속까지 귀족이라 모를 터였지만 내 다리에는 실라멘더의 꿀이 발라져 있었다. 그게 뭐냐 하면 꽃의 일종인 실라멘더가 만들어 낸 분비물로, 이른 아침 숲에 가면 쉽게 채집할 수 있는 것이었다. 고매하신 귀족 나리들이야 굳이 저런 걸 필요로 할 일이 없지만, 없이 사는 사람들이라면 누구나 실라멘더의 꿀이 무엇인지 알고 있었다.

바느질거리가 너무 많아서 손끝이 부르트다 못해 아릴 때, 또 한겨울 꽁꽁 언 강물에서 맨손으로 빨래를 해야 할 때, 이 실라멘더의 꿀을 손에 바르면 아주 좋았다. 처음에는 연고처럼 반 액체 상태이지만 바싹 마르면 투명하게 굳어져 피부를 보호하는 역할을 했기 때문이다. 실라멘더의 꿀은 물에도 쉽게 씻기지 않고 손으로 잡아 뜯어야 했기 때문에 한 번 바르고 나면 오랫동안 유지가 되어 편리하기도 했다. 그러니까 귀족들이 사용하는 물건에 빗대자면 접착제나 가구에 윤이 나도록 덧바르는 코팅액에 가까웠다.

하지만 실라멘더의 꿀은 그런 광택이 나지 않았기 때문에 레놀드 부인도 내 다리에 저런 게 발라져 있는지 모르고 있었다. 물론 아예 타격감이 없는 건 아니지만, 그래도 그냥 생살에 회초리질을 당할 때보다는 훨씬 나았다.

"쓰읍, 저 아줌마는 대체 어디서 저런 기운이 나는 거지? 내일부터는 좀 더 두껍게 발라야겠네."

예전부터 어느 정도 친분을 쌓은 하녀들에게 실라멘더의 꿀을 얻을 수 있어서 다행이었다. 하녀들도 청소나 빨래, 바느질 같은 일을 하기 때문인지 대부분 가지고 있더라. 크으, 역시 없이 사는 사람들 사이에서 없어선 안 될 생활필수품!

레놀드 부인이 돌아간 후 나는 빨간 잉크를 꺼내 다리 뒤쪽에 심혈을 기울여 가로줄을 그었다. 꼬, 꼴이 좀 웃기긴 하지만 뭐 어때. 갑자기 다리가 멀쩡해지면 이상하게 여길 테니 나름의 눈속임이었다. 이 짓도 한지 꽤 오래되었는데 저 아줌마는 모르는 걸 보니 내 위장술이 쓸 만한 모양이었다. 아니면 고매하신 귀부인의 상식으로, 차마 내가 이런 짓을 하리라고는 상상도 하지 못하고 있거나. 뭐, 모로 가도 제도로만 가면 된다고, 나야 들키지만 않으면 이러나저러나 상관없었다.

"안녕히 가세요, 고모님."

그다음 날에도 비슷한 시간을 보낸 뒤, 나는 평소처럼 에리히와 함께 레놀드 후작 부인을 배웅했다.

"카벨은 어디에 있니? 어른이 가는데 인사는커녕 나와 보지도 않다니."

그런데 오늘따라 그녀는 카벨을 걸고넘어지며 눈썹을 슬그머니 추켜올렸다. 평소에는 카벨이 뭘 하든 신경도 안 쓰는 눈치더니?

"멜리사가 애들 교육을 어떻게 시킨 건지, 원."

어느 순간부터 그녀는 저런 식으로 은근슬쩍 에른스트를 모욕하는 언사를 내뱉곤 했다. 나는 그럴 때마다 가슴 언저리가 싸늘해지는 기분이었다. 하지만 지금까지는 그나마 최소한의 선이라도 지키는 듯하던 그녀가 이번에는 그것을 넘어버렸다.

"한 명은 절름발이에, 한 명은 망나니, 한 명은 반벙어리에 나머지 하나는 어디서 굴러 왔는지도 모를 추잡한 계집이라니. 어쩌다 에른스트 꼴이 이 지경이 되었을까."

레놀드 부인이 혀를 차며 혼잣말처럼 읊조린 순간 나는 벼락처럼 등줄기에 꽂히는 모멸감에 이를 악물고 말았다. 차라리 그녀가 모욕한 것이 나 하나였다면 이렇게까지 구역질이 나는 기분이지는 않았을 것이다.

에리히는 그녀의 말을 듣지 못했는지 내 옆에 조용히 서 있었다. 부모님이 죽은 후 툭 하면 무슨 생각을 하는지 모를 얼굴로 허공을 바라보고 있는 날이 늘어난 에리히이니, 지금도 다른 생각에 잠겨 있을지 모를 노릇이었다. 혹은 그렇지 않아도 방금 전 레놀드 부인의 목소리가 작았기 때문에 듣지 못했을지도 몰랐다.

나를 모욕하는 것은 차라리 이해할 수 있었다. 하지만 이 세 명은 조카가 아닌가? 그런데 어떻게 저런 식으로 말할 수 있지?

"어떻게 그런……."

"이제 가십니까, 고모님?"

만약 그때 유진이 나타나지 않았다면 나는 레놀드 부인에게 이 감정을 가감 없이 표출했을지도 모르겠다. 그게 좋은 방법이 아니라는 걸 알고 있는데도 이 순간만큼은 어찌할 수 없는 분노에 휩싸여서.

"어머, 유진. 너도 있었니?"

유진이 표정 없는 얼굴로 지팡이를 짚고 계단을 내려오는 동안 나는 애써 속에서 끓고 있는 감정을 삭였다 레놀드 부인은 유진이 1층으로 내려오는 모습을 지켜보다가, 그가 앞으로 다가오고 나서야 가증스러운 말을 내뱉었다.

"다리도 불편하니 굳이 나와 볼 건 없는데."

"고모님이 돌아가시는데 제가 어떻게 가만히 있겠습니까."

유진은 레놀드 부인의 앞에 서서 예의 바르게 인사했다.

"조심히 살펴 가십시오, 고모님."

나는 눈앞에 있는 붉은 입술에 만족스러운 미소가 피어나는 것을 보며 주먹을 꽉 쥐었다.

"그러니까 너 말이야, 그 아줌마랑 그렇게 붙어 있으면 안 되는 거라고."

그날 밤 나는 분통이 터져서 투덜거렸다.

"그 아줌마가 아무리 너한테 살갑게 잘해 줘도, 그건 다 무슨 꿍꿍이 속이 있는 거란 말이야."

'졌다, 이겼다'를 논할 문제가 아니란 걸 아는데도 왜인지 레놀드 부인에게 진 느낌이어서 성질이 났다.

"난 그 아줌마 진짜 싫어. 전에도 싫었는데 지금은 더 싫어졌어."

화가 났지만 내가 뭘 어떻게 할 수 있는 방법이 없다는 게 더욱 분했다. 오늘 낮에는 어떤 사용인이 유진의 허락 없이 집무실에 들어가는 일이 있었다. 청소할 생각이었다고 하는데 내 생각에는 그냥 다 핑계 같다. 그 사용인이 레놀드 후작가에서 들어온 사람 중 하나였기 때문에 더욱 그런 의심이 들었다.

"그런데 못 보던 얼굴이군. 본래 청소 담당은 어디 있지?"

"지난주 그만두었습니다."

"그래?"

그러나 유진은 잠시 하녀의 얼굴을 응시하다가 더 이상 묻지 않고 그 일을 그냥 넘겼다. 설마 그가 정말 수상함을 감지하지 못해 그랬을 거라고는 생각하지 않았다. 하지만 유진이 아무리 어른스럽다 한들 이제 겨우 14살이다. 나는 유진도, 이 에른스트도 풍전등화 같은 내 신세만큼이나 불안해 보여서 마음 편히 있을 수가 없었다.

"역시 27살이던 때가 나았어."

도대체 이 시기를 어떻게 거쳐서 어른이 되었던 건지 모르겠다. 첫 번째보다 지금의 상황이 더 나쁜 것 같다고 한다면, 그냥 내 착각인 걸까? 그때에는 에른스트 부부와 함께 카벨이 사고에 휘말리는 일도 없었고, 유진이 지금처럼 다리를 다치는 일도 없었는데. 게다가 에른스트의 저택 내부에 떠도는 이 기묘한 분위기. 마치 내가 알던 에른스트가 아닌 것 같아.

콰당!

"앗!"

그때, 앞서 걷던 에리히가 제발에 걸려 넘어졌다. 나는 다가가려다 말고 혹시 이러다가 에리히가 깨어나는 게 아닐까 싶어 잠시 갈팡질팡했다. 하지만 그는 여전히 멍하니 앞만 보고 있었기 때문에 나는 살금살금 걸어가 에리히를 일으켜 세웠다.

"앞에 아무것도 없는데 왜 넘어지고 그래?"

"……."

"멍들면 안 되는데."

이러다가 혹여 에리히가 자기 몸에 일어난 상황을 눈치챌까 조금 걱정되었다. 물론 내가 앞장서 꽁꽁 숨길 생각까지는 아니었지만……. 그래도 시간이 약이라는 말이 맞는지, 에리히의 몽유병은 나중에 저절로 나았기 때문에 그때까지 모를 수 있다면 그것도 나쁘지 않을 것 같았다. 셋째가 수상함을 감지하기 전에 내일 아침에 발이라도 걸어서 넘어뜨려야 하려나. 나는 남몰래 그런 고민을 하며 에리히의 무릎을 탁탁 털어 주었다.

"어."

그리고 내 손을 잡아 오는 온기에 나는 무심코 입을 벌리고 말았다. 방금 전 넘어지면서 인형을 떨어뜨린 탓일까. 에리히는 내 손을 토끼 인형의 귀로 생각한 것 같았다. 옆을 보니 여전히 초점 없는 눈으로 앞을 보고 있는 셋째의 얼굴이 보였다. 새하얀 잠옷 탓인지, 그것도 아니면 어둠 속에서 비치는 시린 달빛 때문인지, 그런 에리히의 얼굴은 잠시 마음이 착잡해질 정도로 연약해 보였다.

"그만 가서 자자."

나는 잠시 그의 얼굴을 말없이 바라보다가 작게 속삭였다. 그렇게 우리는 손을 잡고 늦은 밤의 복도를 걸었다. 유령처럼 소리 없이, 금색 털의 강아지 한 마리를 호위처럼 등 뒤에 둔 채. 눈앞에 유진의 그림자가 모습을 드러낼 때까지.

"너희, 왜……."

지팡이 없이 움직이고 있기 때문인지 유진이 복도에 서 있는 줄도 몰랐다. 잠이 오지 않았던 건지, 그는 이 늦은 시간에 방 밖으로 나와 있었다. 에리히와 나를 보는 그의 눈동자에 의문이 떠올랐다. 하지만 그는 곧 위화감을 느낀 듯 에리히의 얼굴에 시선을 고정했다. 에리히는 여전히 멍한 얼굴을 한 채 유진을 향해 느리게 걸어가고 있었다.

다음 순간, 벽을 짚고 있던 유진의 손이 밑으로 툭 떨어졌다. 나는 그런 유진의 얼굴을 처음 보았다. 어둠 속에서 숨이 막힌 것 같은 얼굴을 한 채 동생을 아연히 바라보고 있는 유진의 위로 차가운 달빛이 쏟아져 내렸다. 그는 에리히가 앞을 스쳐 지나갈 때까지 차마 입 한 번 벙긋하지 못했다.

"에리히……."

마침내 목이 멘 듯한 작은 속삭임이 귓가에 새어 들었다. 어차피 내가 에리히와 함께 방에 들어갈 수는 없었기 때문에 나는 다른 쪽 손에 들고 있던 인형의 귀를 내 손목 대신 에리히의 손에 들려주었다. 에리히는 토끼 인형을 질질 끌며 페니와 함께 방으로 돌아갔다.

"언제부터……?"

그 모습을 마지막까지 지켜보다가 뒤돌아서자, 유진이 우두커니 서서 손에 얼굴을 묻고 있는 것이 눈에 들어왔다. 목이 졸린 듯 가라앉은 음성에서는 쉰 소리가 나고 있었다. 나는 뭐라고 말해야 할지 몰라서 머뭇거렸다. 그리고 문득 얼굴을 감싼 유진의 손이 작게 떨리는 것을 목격했다.

"괜찮아."

그 순간 나도 모르게 유진을 향해 입을 열었다.

"금방 다 괜찮아질 거야."

물론 유진은 이런 내 말뿐인 위로를 원하지 않을 수도 있지만, 그래도 이 순간만큼은 말하지 않을 수 없었다.

"오빠는 잘하고 있어."

나는 어디에도 기대지 못하고 이번에도 역시 제 안의 괴로움과 홀로 싸우고 있는 그를 향해 몇 번이나 반복해 말해주었다.

"괜찮아, 유진 오빠."

망설이다가 결국 그에게 손을 뻗지는 못했지만 이 속삭임만큼은 닿을 수 있기를.

"괜찮아……."

그렇게 생각하며 나는 거듭 읊조리는 것을 멈추지 않았다.

"내가 너를 왜 불렀는지 아니?"

며칠 후, 어쩐 일로 레놀드 부인이 교육 시간도 아닌데 에리히를 떼어 놓고 나를 불렀다. 나는 마주한 사람을 조용히 바라보다가 이내 입을 열었다.

"모르겠어요."

"그렇겠지."

레놀드 부인과 이런 식으로 사적인 일로 단둘이 얼굴을 맞댄 것은 지난 생에도 없던 일이었다.

"널 고아원에 보낼 생각이란다."

하지만 그녀가 내게 한 말은 어느 정도 예상하던 것이었다.

"세인트 마리에 내가 아는 연줄이 있으니 생활하기에 그리 나쁘지는 않을 거야. 솔직히 더러운 뒷골목을 전전하며 살던 네게는 분에 넘치는 일 아니니?"

누구보다 귀족다운 그녀에게는 내가 퍽 못마땅하기도 했을 터였다.

"멜리사와 오라버니한테 망령이라도 깃들었던 건지, 이런 버러지 같은 계집애의 어디가 아리나와 닮았다는 건지 나로서는 도무지 모르겠다니까."

그 후로도 그녀는 한참이나 더 죽은 에른스트 부부의 이해할 수 없는 안목과 내 출신의 비천함에 대해 이야기를 늘어놓았다. 나는 그것을 듣다가 레놀드 부인에게 물었다.

"유진 오빠는 뭐라고 하던가요?"

"뭐라고?"

그녀는 내가 유진의 이름을 들먹이자 눈동자를 싸늘하게 빛냈다.

"에른스트의 일을 고모님 혼자 결정하실 권리는 없어요. 그 정도는 알고 계시겠죠."

"이런 맹랑한 것. 유진도 나와 같은 생각이라면?"

"유진 오빠가 동의했다고요?"

"당연한 것 아니니?"

"고모님은 거짓말쟁이시네요."

레놀드 부인이 한순간 움찔했다. 나는 아무것도 모르는 9살 어린애가 아니라 이 에른스트에서 20년간 뼈를 묻어 온 27살의 하리 에른스트로서 그녀를 향해 흔들림 없이 말했다.

"유진 오빠는 이런 방식으로 일을 처리하지 않아요."

설령 나를 이 집에서 내보내고 싶어 하는 게 그의 진심이라 해도, 이건 그의 방식이 아니었다.

"이런 저급하고 졸렬한 방식은 에른스트에 어울리는 것이 아니죠. 고모님은 더러운 뒷골목을 전전하던 근본 없는 계집인 저보다도 더 에른스트에 대해 모르시는군요."

나는 진짜 에른스트가 아니었지만 이런 게 에른스트다운 긍지가 아니라는 사실쯤은 알고 있었다.

"뭐? 이런 건 에른스트의 방식이 아니야?"

콰당! 다음 순간, 나는 머리채를 휘어 잡혀 레놀드 부인의 앞으로 끌려가게 되었다.

"건방진 년. 감히 누구 앞에서 잘난 척하며 입을 놀리는 것이냐?"

테이블을 사이에 둔 채 형형한 눈동자와 시선이 마주쳤다. 상체가 앞으로 확 기울어지면서 반사적으로 테이블을 짚은 손에 찻잔이 걸려 카펫 위로 떨어져 내렸다. 뜨거운 찻물에 손이 젖었지만 화끈거리는 피부가 아픈 줄도 몰랐다.

"운 좋게 에른스트의 성을 달게 되었다고 천한 근본마저 가려지는 줄 아느냐? 하늘 높은 줄 모르고 거만을 떠는 꼴이라니."

머리카락을 붙든 거친 손길에도 나는 신음 한 번 내지 않고 레놀드 부인을 마주했다.

"그래, 유진을 믿고 이리 건방지게 입을 놀리는 건가 보구나."

그냥 아무 말도 하지 말고 가만히 있었으면 좋지 않았을까, 하는 생각도 들었다. 하지만 그렇게 내 의지대로 되는 일이었다면 애초에 나는 입을 꾹 다물고 그녀가 유진의 대변인이라도 된 양 떠들어 대는 것을 조용히 듣고만 있었을 터였다.

"내 말이 거짓이라 해도, 그 애가 널 지켜 줄 수 있다고 생각하니?"

참지 못해 폭소할 만큼 우스운 일이었다.

"내가 지금까지 쥐새끼 같은 계집애 하나 어찌할 수 없어서 그냥 둔 줄 아느냐?"

아무도 나를 에른스트로 인정하지 않는데, 나는 홀로 나 자신을 에른스트라고 생각하고 있었던 모양이다.

"네가 지금 이 자리에서 죽어 나간다 해도 유진이 뭘 어쩔 수 있을까? 카벨은? 에리히는? 그 애들이 널 도와줄 수 있을까? 아니, 그전에 그 아이들이 설마 진짜 널 여동생으로 여긴다고 착각하고 있는 거니? 감히 네 주제도 모르고?"

그래서 뱃속에서부터 절절 끓는 이 분노를, 슬픔을, 고통을 도저히 없는 것처럼 모른 척할 수가 없었다.

"애초에 아리나의 대용품이었던 년이 에른스트의 성을 그 천한 이름 뒤에 달게 되더니 끝 모르고 오만방자해졌구나."

그녀의 말이 맞았다. 뒷골목에서 살던 비천한 계집애가 에른스트에서 20년을 지내더니, 정말 스스로가 뭐라도 된 양 오만해졌던 것이다. 그래서 그들의 진짜 딸이라도 되는 것처럼, 그들의 진짜 여동생이라도 되는 것처럼 혼자서 이 분하고 억울한 마음을 어찌할 수가 없어서…….

"이래서 천한 것들은 안 되는 거다. 한번 단맛을 보여 주면 개미 떼처럼 끝도 모르고 탐욕을 부리며 꼬여 들거든."

잠시 잊고 있던 현실을 깨우치게 되었다. 삶을 다시 한번 시작하게 되어도 이전과 크게 달라지는 것은 없었다.

"죽고 싶지 않으면 네 주제를 알려무나."

레놀드 부인의 말과 같은 상황이 되었을 때, 그들이 나를 도와줄까? 내가 이곳에서 필사적으로 지키고 싶은 것들도 과연 그런 나를 지켜 줄까?

"버러지 같은 년."

자신, 없어. 나는…… 정말 비참하게도…… 자신이 없었다.

"너 거기서 뭐 해?"

레놀드 부인이 돌아가고 난 후 나는 한밤중의 유진이 그랬던 것처럼 1층 현관에 덩그러니 서 있었다. 다만 그와는 보고 있는 방향이 달랐다. 내 눈앞에 크게 솟아 있는 문. 저 문을 열고 나갈까 말까, 자리에 우두커니 선 채 수도 없이 생각했다. 옆에서 의아한 카벨의 목소리가 들렸지만 그래도 한동안이나 움직이지 않았다.

"뭐 하냐니까?"

그리고 잠시 후 문에서 시선을 떼고 그를 향해 고개를 돌렸다.

"어, 너……."

나는 평소처럼 태연한 얼굴을 하고 있다고 생각했는데 어째서인지 카벨은 입을 뻐끔거리며 두 눈을 약간 크게 떴다. 나는 그런 그를 향해 입을 열었다.

"밥 먹자."

느닷없는 내 말에 카벨은 영문을 알 수 없다는 표정을 지었다.

"에리히도, 카벨 오빠도, 유진 오빠도 다 같이 밥 먹자."

"아니, 지금 밥이 대수가 아니라 너 왜……."

"나랑 밥 먹어."

나는 둘째의 팔을 붙잡고 이번에는 에리히를 찾아갔다. 나한테 질질 끌려오는 카벨이 당황한 듯이 어버버거렸지만 그냥 모르는 척했다.

"에리히, 밥 먹자."

에리히에게 안겨 있던 페니가 우리를 반기며 컹컹 짖었다.

"안 먹어."

에리히는 이번에도 단칼에 거절했다.

"그러지 말고 같이 먹어. 식당에서……."

"입맛 없어. 너나 가서 먹어."

에리히가 나를 쳐다보지도 않고 다시 한번 말했다. 내 입도 서서히 다물어졌다. 카벨은 왠지 내 분위기가 이상하다고 느끼는지 옆에서 우왕좌왕하며 침묵하는 나를 힐끔거렸다.

"왜……."

내 입에서 흘러나온 목소리는 내가 듣기에도 조금 이상했다.

"왜 다들 식당에서 밥 안 먹어?"

그렇게 말하는 내가 방금 전과 다른 느낌이라 그런지 마침내 에리히도 고개를 들었다.

"밥 정도는 같이 먹을 수도 있잖아."

이번에는 에리히가 나를 보고 두 눈을 휘둥그렇게 떴다.

"식탁이 그렇게 큰데 왜 다들 따로 밥 먹어?"

두 쌍의 푸른 눈동자가 제각기 알 수 없는 빛을 품은 채 나를 보고 있었다. 나는 그들을 향해 그동안 계속 속에 묵혀 왔던 말을 비로소 토해냈다.

"난 혼자 밥 먹기 싫단 말이야."

에리히의 입이 벌어졌다. 그는 지금의 상황에 무척 당황한 것 같기도 하고 놀란 것 같기도 했다. 하지만 무슨 말을 해야 할지는 모르겠다는 듯, 그저 입술을 달싹이기만 했다.

"왜 매일, 매일 나 혼자 식당에서 밥 먹어야 돼?"

옆에 있던 카벨도 마찬가지였다.

"왜 아무도 나랑 같이 밥 안 먹어줘?"

횡설수설하며 '아, 아니, 난……' 하는 소리가 들려왔지만 내 귀에는 잘 닿지 않았다.

"너희 진짜 나빠."

사실 두 사람 입장에서는 황당할 수도 있는 일이었다. 하지만 나도 오늘만큼은 무슨 일이 있었냐는 듯 아무렇지 않게 돌아설 수가 없었다.

"진짜 미워."

그래서 굳어 있는 두 사람에게 그렇게 말한 뒤 카벨의 팔을 놓고 뒤돌아 걸었다. 어찌 보면 분에 넘치는 배부른 투정이었다. 레놀드 부인의 말처럼 주제도 모르고 끝 모를 욕심을 부리는 것일 수도 있었다.

원래 내가 있던 멜팅턴에서의 생활은 아주 궁핍했다. 작은 빵 조각 하나 살 돈이 없어서 집 밖에 있는 눈을 녹여 먹어야 했을 정도로. 그나마 엄마가 건강할 때는 생활이 조금 나았지만 이제 와서는 그마저도 까마득하게 먼 과거로만 느껴졌다.

엄마는 폐렴으로 죽기 한참 전부터 병을 달고 살았다. 끼니조차 제대로 때우지 못하는 형편에 약 같은 것을 살 수 있을 리 없었으니, 사실상 나는 아무것도 하지 못한 채 눈 뜨고 엄마를 잃은 것이나 마찬가지였다. 하지만 세상에는 온갖 진귀한 약을 구해 와 바쳐도 소용이 없던 아리나 같은 경우도 있다.

그러니 엄마가 죽은 것도 그런 어쩔 수 없는 종류의 일이었을지도 모른다. 후에는 그런 생각을 하는 것이 알량하게나마 위로가 되었다. 그러나 사실 엄마가 죽은 후 내가 그 집에서 배고픔보다도 더욱 견디기 어려웠던 것은 숨이 막힐 것만 같은 침묵이었다. 다 시들어 가는 꽃을 겨우 몇 송이 팔고 나서 집으로 돌아오면 언제나 쥐 죽은 듯 조용한 공기가 무겁게 나를 짓눌렀다.

밖은 옆집의 아기가 우는 소리, 술에 취한 아저씨가 인사불성으로 내지르는 고성, 부부의 말싸움과 그 밖의 온갖 소음들로 넘쳐 났지만, 이상하게도 집 안에만 들어서면 마치 바깥의 세계와 분리된 것만 같은 소름 끼치는 적막감이 나를 뒤덮었다. 얇은 이불을 덮고 가만히 누워 있으면 꼭 차가운 겨울 바다에 퐁당 빠져 그 아래로 서서히 가라앉는 것 같은 기분이 들었다.

그렇게 침묵의 밤을 보내고 나면 또다시 혼자만의 아침이 시작되었다. 날이 밝아도 아무도 나를 깨우러 오지 않고, 또 내가 밥을 먹었는지, 오늘 하루는 무엇을 할 예정인지 아무도 신경 쓰지 않는다는 것은 퍽 이상한 기분이다. 나는 가끔 차가운 공기가 맴도는 방에 혼자 누워 '사실 나는 지금 죽어 있는 상태가 아닐까?'라는 생각을 했다. 실제로 나는 이미 전날 밤 잠든 상태로 죽어 영혼인 채로 이 방에 남은 게 아닐까, 하고 말이다.

만약 내가 그 집에서 정말 조용히 혼자 죽었다 해도, 그것을 알아차릴 사람은 없었을 것이다. 아마 옆집에 사는 사람이 한참 후에야 집 안을 들여다보고서는 내 시신을 집 뒤쪽의 구덩이에 가져다 버렸겠지. 그동안 멜팅턴에서 살다 죽은 사람들을 처리했던 대로, 내 엄마에게 그랬듯이, 그래도 이번 달에는 그냥 지나갈 줄 알았더니 또 시체 한 구가 나왔다고 한껏 귀찮아하면서.

그러니까 사실 내가 그날 에른스트 부부의 손을 잡은 데에는 더 이상 배를 곪지 않아도 된다는 것이 가장 큰 이유로 자리하고 있지는 않았다.

에른스트에 온 이후, 나는 세 형제에게 핍박받고 많은 괴롭힘을 받았다. 하지만 우리가 조금 더 나이가 들었을 때부터는, 적어도 이 집에 있는 동안 진심으로 외롭다고 느낀 적은 한 번도 없었다. 물론 사는 동안 그들이 미워 죽겠다고 몇 번이나 생각했다.

너희 같은 거, 결혼해서 이 집을 나가고 나면 두 번 다시 안 볼 거라고. 나는 그냥 이 집에서 편하게 살려고 너희 비위를 맞춰 주면서 좋아하는 척한 것뿐이라고.

세월이 흘러 함께 보내는 시간이 익숙해졌을 때. 어쩌면 이제는 그들이 나를 받아들인 건지도 모르겠다고 생각했다. 처음에는 삐걱거렸었지만, 여전히 말은 밉게 하는 세 형제였지만, 그래도 언젠가부터 내가 다가가면 거부하지 않게 되었으니까. 내가 웃으면 쌀쌀맞게 식어 있던 얼굴을 슬쩍 부드럽게 풀고, 내가 손을 잡으면 치우라고 말하면서도 결국은 못 이긴 척 뿌리치지 않았으니까. 나를 그들의 여동생이라고 인정하듯 말해주지는 않았지만, 그래도 에른스트에 있는 나를 부정하지도 않았으니까. 누구도 직접 말하지 않았지만 이제는 예전처럼 나를 배척하지도 싫어하지도 않는다는 것쯤은 알 수 있었다.

그래도 늘 마음 한구석이 허전해서 가끔은 묻고 싶었다. 아직도 나를 미워하냐고. 하지만 물을 용기가 없어서 결국은 이 집을 떠나는 마지막 날까지도 입을 다문 채 그들을 보며 그저 바보처럼 웃기만 했다.

"진짜 미워……."

그러니까 이렇게 바보같이 우는 모습 같은 건 안 보일 거다. 그들 때문에 이렇게 눈물이 날 만큼 슬프다는 것도 절대 들키지 않을 것이다. 사실은 그들의 진짜 동생이 되고 싶었다는 것도…… 죽어도 말하지 않아.

"미워……."

그래도 자꾸만 속절없이 눈물이 나서 나는 이불을 뒤집어쓰고 한참을 더 울었다.

콰앙! 그날 밤, 느닷없이 내 방에 불청객이 들이닥쳤다.

"맹랑한 년!"

나는 침대에 누워 있다가 갑자기 팔을 붙잡혀 끌려 나갔다.

"재수 없는 년이 오라버니를 잡아먹더니 이제는 유진까지 구워삶아서 에른스트를 좌지우지하려고 해?"

어쩐 일인지 대노한 레놀드 부인이 거칠게 나를 잡아끌었다. 나는 영문을 모른 채로 방을 나서게 되었다. 주위에 있던 사용인들이 깜짝 놀란 듯 우리를 쳐다보았지만 누구 한 사람 나서서 도와주지 않았다.

"너도 유진도 두 번 다시는 내 앞에서 기어오르지 못하게 해주마."

나를 어찌할 생각인지는 몰랐지만 지금이 위험한 상황이라는 것쯤은 알 수 있었다.

"이거 놔요!"

손을 뿌리치려 했으나 팔을 붙든 손아귀의 힘이 상상 이상으로 강했다. 게다가 나는 아직 9살 어린 여자애의 몸이었다. 끌려가지 않으려 힘을 줬으나 소용이 없었다.

"이거 놔…… 아악!"

철썩! 다음 순간 눈앞에 불똥이 튀었다. 한쪽 얼굴에 격통이 인 직후 나는 바닥에 나뒹굴었다.

위이잉. 귀에 웅성이는 이명이 울렸다. 골이 뒤흔들리는 느낌에 어지러워 나는 바닥에 손을 짚고서도 휘청거렸다.

"얌전히 따라오지 못해?"

다시금 내 팔을 붙드는 거친 손길이 느껴졌다. 내가 균형을 잡지 못해 비틀거리는데도 그 손은 나를 질질 끌다시피 잡아당겼다.

"하리 아가씨!"

뺨에 찬바람이 닿아 저택 밖으로 나온 것을 알았다. 경악한 휴버트의 목소리와 레놀드 부인의 목소리가 번갈아 들렸지만 뭐라고 하는지 알 수가 없었다. 귀에는 자꾸만 이명이 들리고 머리가 어지러워서 구역질이 날 것 같았다.

"뭐야, 무슨 일이야?"

바로 그때, 이번에는 카벨의 목소리가 귀에 울렸다.

"헉, 쟤 왜 저러고 있어? 어디 아파?"

놀란 카벨이 달려오는 소리가 초겨울 공기에 휩쓸려 밀려들었다. 그제야 나는 내가 몸을 가누지 못하고 잔디 위에 볼품없이 엎어져 있었다는 사실을 깨달았다.

"뭐야……?"

어느덧 다가온 카벨이 앞에 서서 나를 내려다보았다. 그런데 눈이 마주친 직후 그의 얼굴이 급속도로 굳어졌다.

"설마 때렸어?"

얼어붙은 목소리가 밤공기를 가로질렀다.

"고모가 지금 얘 때린 거야?"

카벨은 바깥의 소란에 자다가 깨서 달려 나온 듯 실내복 차림을 하고 있었다. 그가 형형한 푸른 눈을 치켜뜨자 레놀드 부인이 한순간 흠칫했다.

"어디서 버릇없게……."

"고모가 때린 거냐고 지금 내가 묻잖아!"

레놀드 부인은 카벨의 고함에 기가 막혀 말문이 막힌 눈치였다. 하지만 카벨은 목에 핏대까지 드리우고 더욱 거칠게 소리 질렀다.

"고모가 뭔데, 무슨 자격으로 얘를 때려? 누구 마음대로 때리냐고!"

의외의 상황에 놀란 건 나도 마찬가지였다. 원래부터 천방지축인 둘째인 건 알고 있었지만 이런 식으로 어른에게 앞뒤 없이 고함을 내지르며 당장에라도 덤벼들 것처럼 구는 건 처음 보았다.

"고모가 뭔데……!"

아니, 실제로 덤벼들었다. 불시의 기습에 그때까지도 내 손목을 붙들고 있던 레놀드 부인이 뒤로 주춤 물러났다. 그와 함께 억센 손아귀에 틀어 잡혀 저릿하던 팔이 아래로 떨어져 내렸다.

"왜 때려! 고모가 왜! 왜……!"

카벨에게 들이받힌 레놀드 부인이 단말마의 비명을 지르며 비틀거렸다. 아직 11살이지만 힘 하나는 장사인 카벨이기 때문에 적지 않은 타격을 받은 것 같았다.

"이, 이게 무슨, 이 망아지 같은 놈이!"

"내가 망아지면 고모는 뭔데! 이 마귀할멈아!"

그러고도 분이 안 풀렸는지 카벨은 레놀드 부인을 향해 마구 주먹질까지 했다.

"도련님!"

카벨의 낌새를 눈치챈 휴버트가 말리지 않았다면 아마 진짜로 레놀드 부인을 때렸을지도 몰랐다.

"이거, 놔……! 나도 때릴 거야!"

휴버트에게 붙들려서도 카벨은 고삐 풀린 망아지처럼 발버둥 쳐 댔다. 그 모습이 놀라워서 나는 방금 전 얻어맞은 뺨이 아픈 줄도 모르고 입을 벌렸다.

"에른스트에 외부인의 침입을 허용한 게 누구지?"

서릿발보다 차가운 음성이 고막을 파고든 것은 바로 그 순간이었다. 갈색 머리카락을 얕은 바람에 흩날리며 나타난 것은 유진이었다. 단지 그가 모습을 드러낸 것뿐인데도, 주위의 공기가 순식간에 급변했다. 지팡이를 짚고서도 그는 지금 이 자리에 있는 누구보다도 커다란 존재감을 내뿜고 있었다. 레놀드 부인은 유진이 저택에 있는 줄 몰랐던 것처럼 한순간 입술을 사리물었으나 곧 굽히지 않고 따져 물었다.

"뭐, 외부인? 지금 나를 외부인이라고 했니?"

"모르셨습니까? 고모님의 위치를 제가 직접 수고롭게 알려드려야 합니까?"

유진의 일침은 매서웠다. 그는 모욕감에 파들거리는 레놀드 부인을 뒤로한 채로 이번에는 싸늘한 눈빛을 다른 곳으로 돌렸다.

"휴버트, 언제부터 에른스트가 이렇게 외부인 마음대로 설쳐도 되는 곳이 되었지?"

"죄송합니다, 공작님."

"평소 입버릇처럼 달고 있던 품위는 어디에 가져다 버리고 이리 경박한 짓거리를 하십니까, 고모님?"

"뭐, 뭐라고……."

"참아드렸을 때 적당히 하셨어야죠. 제가 이 꼴을 보고도 그냥 넘어갈 것이라 여기셨다면 저를 너무 우습게 보셨습니다."

시야에 번지는 미소가 잘 벼려진 칼날처럼 소스라칠 정도로 냉정하고 날카로웠다. 지금의 그는 얼마 전 침대에 누워 무력감에 몸서리치던 소년이 아니었다. 부모님을 잃은 직후 그 자리를 대신하기 위해 노력하던, 그러나 어딘가 무리하는 것처럼 위태롭게 느껴지던 소년도 아니었다. 이제껏 그를 고뇌하게 만들던 나약함의 잔해를 모조리 걷어 낸 유진이 나를 향해 말했다.

"하리, 이리 와."

그 자리에 있는 누구도 감히 자리에서 움직이지 못했다. 유진은 나를 재촉하지 않고 가만히 기다렸다. 분위기에 눌려 어느덧 몸부림을 멈추고 있던 카벨이 잔디에서 일어나는 나를 붙잡아주었다. 우리가 다가가자 유진이 레놀드 부인을 향해 다시 입을 열었다.

"지금 이 자리에서 하리에게 정중히 사과하셔야 할 겁니다."

"못 하겠다면?"

레놀드 부인은 유진이 자신을 향해 고압적인 태도로 말하는 것을 참지 못하겠다는 듯이 이를 악물며 반문했다. 그러자 그가 한 치의 망설임도 없이 대답했다.
"제 전부를 걸고 오늘 일을 후회하게 만들어드리겠습니다."
그 직후 레놀드 부인이 하! 하고 헛웃음 쳤다. 네가 감히 내게 그럴 수 있겠냐는 듯한 비웃음이었다. 하지만 그녀의 미소는 이윽고 서서히 사그라졌다. 유진은 여전히 웃음 한 조각 담기지 않은 고요한 눈빛으로 마주한 사람을 조용히 응시하고 있었다. 그러나 그의 얼굴은 심해까지 얼어붙은 바다처럼 더없이 차디찼다. 레놀드 부인도 유진의 말이 뼛속까지 진심이라는 사실을 깨달은 듯했다.
"지금 고작 이따위 계집애 하나 때문에 나를 이리 대하는 것이냐? 착각하지 마라. 피 한 방울 안 섞인 이런 여자애를 죽은 네 부모처럼 아리나라도 된 양……."
"물론 이 아이는 아리나가 아닙니다."
단호한 음성이 허공을 가르는 순간 나는 손끝을 움찔했다. 하지만 그의 싸늘함은 나를 스치는 일 없이 오직 눈앞에 있는 사람만을 겨냥하고 있었다.
"고모님이야말로 착각하고 계신 것 같군요."
"뭐……."
"하리는 이미 그 자체로 에른스트입니다."
그 순간 나는 다른 사람들과 약간 다른 의미로 숨을 멈추고 말았다. 나도 모르게 고개 들어 유진을 쳐다보았지만 그는 흔들림 없는 표정과 어조로 레놀드 부인을 향해 재차 냉랭히 일갈했다.
"고모님이 이해를 못 하신 것 같으니 다시 말씀드리지요."
레놀드 부인은 유진이 이렇게 나올 것을 예상하지 못한 듯 얼굴을 굳힌 채 입술을 달싹이고 있었다.
"하리는 우리의 가족이니 이 아이에 대한 모욕은 곧 에른스트에 대한 모욕이 됩니다. 그리고 저는 에른스트를 향한 모욕을 절대 가만히 두고 볼 생각이 없습니다."

"그런……."

"이 말이 무슨 의미인지 모르시겠습니까?"

모를 수가 없었다. 그 말은 오늘부로 레놀드 후작 부인이 에른스트를 적으로 돌렸다는 의미였으니까.

"그러니 고모님이 지금 하리에게 가한 위협은 곧 저를 향한 위협이자 에른스트에 대한 위협인 것으로 간주하겠습니다."

얼음송곳 같은 파르스름한 음성이 짙은 어둠을 갈랐다.

"고모님은 섣불리 제 사람을 건드린 대가를 치르셔야 할 겁니다."

아까의 기세는 모조리 사라진 창백한 얼굴로 레놀드 부인이 입술을 깨물었다.

"에른스트에서 당장 나가십시오. 제 손으로 당신을 직접 끌어내기 전에."

유진이 끝까지 서릿발 같은 태도로 명령할 때까지도 마찬가지였다. 레놀드 부인은 백지장 같은 얼굴을 한 채 제자리에서 부들거리다가, 기사들이 그녀를 끌어내기 위해 다가온 뒤에야 발길을 뗐다.

"나를 이렇게 대한 걸 후회할 거다, 유진!"

눈앞에서 사라지기 직전 레놀드 부인이 외쳤지만 유진은 그녀의 말을 무시한 채 나를 향해 고개를 내렸다. 그의 시선이 넘어지면서 쓸려 피가 나는 데다 풀과 흙이 묻은 내 몸을 스쳤다. 그리고 이내 빨갛게 부었을 것이 분명한 뺨에 닿았다.

"꼴이 이게 뭐야."

나는 서서히 일그러지기 시작하는 그의 얼굴을 아무런 말도 못 하고 바라보았다.

"왜 바보같이 그러고 끌려 나가? 도와 달라는 말도 못 해? 벙어리야? 하다못해 소리라도 질렀어야 할 것 아니야!"

분노 어린 유진의 목소리가 귓가에 박혀 들었다. 이제 보니 유진은 급히 뛰어온 것처럼 헝클어진 머리를 한 채 신을 구겨 신고 있었다. 카벨과 마찬가지로 그 역시도 가벼운 실내복 차림이었다. 언제나 무서울 정도로 틈 하나 없이 단정하고 침착하던 사람이라고는 믿기지 않는 흐트러진 모습이었다.

"얘한테 뭐라고 하지 마! 고모가 미친 사람처럼 막 끌고 나갔단 말이야!"

카벨이 나를 향해 화를 내는 유진을 향해 마주 소리 질렀다.

"뭐야? 다들 거기서 뭐 해?"

그때, 자다가 깬 듯한 행색의 에리히가 저택 안에서 살그머니 모습을 드러냈다. 그는 영문을 알 수 없는 얼굴로 눈을 비비며 다가오다가 나를 보고 멈추어 섰다.

"어……."

당혹감으로 굳어진 에리히의 얼굴을 보고 유진과 카벨도 다시 내 쪽으로 시선을 돌렸다. 그 직후 그들 역시 그에 못지않은 표정이 되어 자리에 굳어졌다.

투둑. 툭. 나는 뺨을 타고 흘러 밑으로 뚝뚝 떨어져 내리는 눈물을 감추지 못했다. 에른스트 부부가 죽었을 때도 미처 흘리지 못했던 눈물이 이번에는 봇물 터지듯 쏟아져 내렸다.

"너, 너 아파서 우는 거야? 아, 하긴 당연히 아프겠지."

나를 '가족'이라고 했다.

"뭐야, 무슨 일이 있었는데? 얼굴이랑 다리는 또 왜 이래? 설마 카벨 형이 때렸어? 진짜 미친 거 아니야?"

도와 달라고 아무리 소리쳐도 모른 척할까 봐, 너 같은 거 어떻게 되든 알 바 아니라고 할까 봐 무서웠다.

"나 아니야! 내가 얘를 왜 때려?"

그런데 나를 가족이라고…….

"야, 야아, 내가 고모 때려 주고 올까? 그럼 되겠어? 그래, 내가 때려

주고 올게!"
가족이라고…….
"울지 마."
유진이 울고 있는 나를 향해 무릎을 굽혔다. 그 역시 다른 형제들처럼 당황한 눈치였다.
"너한테 화낸 거 아니야. 난 그냥……."
하지만 눈물샘이 고장 난 것처럼 눈물이 멈추지를 않았다. 이윽고 나를 달래는 데 실패한 유진이 잠시 입을 다물고 물끄러미 나를 보다가 손을 뻗었다.
"미안해."
복잡한 심경을 담은 억누른 속삭임이 귓가를 스친 직후, 다소 투박한 손길이 내 얼굴에 닿았다. 또 왈칵 눈물이 쏟아져서 나는 겨우겨우 작게나마 소리 낼 수 있었다.
"나도……."
발음은 뭉개지고 목은 꽉 잠겨서 아주 작은 목소리였지만 가까이에 있던 유진은 분명 들었을 터였다.
"가족이야?"
눈이 마주친 순간, 유진이 허를 찔린 사람처럼 잠시 멈칫했다. 하지만 그는 단지 내 질문이 뜻밖이었을 뿐이라는 듯 망설임 없이 대답해 주었다.
"당연하지."
나는 아마 죽을 때까지 오늘을 잊지 못할 것이었다.
"넌 우리 동생이잖아."
아니, 할 수만 있다면 차라리 지금 이 순간을 영원히 간직할 수 있게 오늘 이 자리에서 죽고 싶었다.
"업혀."
아직 다리가 완전히 낫지 않았는데도 그는 내 앞에 선뜻 등을 보이고 앉았다. 나는 여전히 울면서 유진에게 업혔다. 나와 에른스트의 세 형제는 다 같이 별이 반짝이는 밤하늘 아래를 걸었다.

나는 바보였다. 사실 기회는 몇 번이고 있었는데 그걸 내 발로 직접 뻥뻥 걷어차고 결국은 오늘까지도 에른스트에 남았다. 난 아마 죽어서도 이 집의 귀신이 될 거야. 저주라면 저주였다. 하지만 그래도 좋아. 내 눈물에 젖은 등이 축축할 텐데도 유진은 방에 돌아올 때까지 나한테 아무 말도 하지 않았다.

그날 밤, 에리히가 내 토끼 인형을 다시 나한테 빌려주었다. 나는 그걸 끌어안고 실로 오랜만에 깊은 잠을 잘 수 있었다. 눈을 뜨면 모든 것이 꿈일 것만 같던 행복한 밤.

그리고 그날이 내가 에른스트에서 보낸 유년 시절의 마지막 밤이었다.

제6.5장

그 오빠, 유진 (2)

"내 허락 없이 레놀드 후작 부인을 안으로 들인 게 누구지?"

깊은 밤, 에른스트의 사용인들이 한자리에 소집되었다. 그들을 불러 모은 것은 올봄에 새로 에른스트의 공작이 된 어린 도련님이었다.

"오늘 저녁 저택 내의 사용인들이 다수 해고된 것을 알고 있겠지."

하지만 눈앞에 모인 이들을 훑는 눈동자는 어리다고 얕잡아 볼 수 없을 만큼 냉혹했다.

"너희가 그에 속하지 않은 이유는 에른스트를 배신한 자들이 아니라 믿고 있었기 때문이다."

어린 동생들은 모두 잠들어 있을 시간이었다. 유진은 고단한 시간을 보낸 그들이 모두 깊이 잠든 것을 확인한 직후에야 지금 이곳에 발길을 향했다.

"그런데 감히 내 허락 없이 에른스트의 문을 연 게 누구냐고 물었다."

모두 조용히 입을 다물고 있었다. 개중에는 불안히 눈을 굴리고 있는 사람도 있었고, 또는 지금의 상황에 의문을 느끼고 있는 사람도, 밤늦게 잠을 깨운 그에게 불만을 품은 사람도 있어 보였다.

"에른스트가 우스웠나?"

그러나 곧이어 고막을 파고든 싸늘한 음성에는 모두 흠칫해 어깨를 떨었다.

"아니면 지금 눈앞에 있는 내가 우스웠나?"

유진은 그제야 긴장감을 보이는 사람들을 향해 속으로 비틀린 미소를 지었다. 이제까지 그는 행운아였다는 사실을 새삼스럽게 깨달았다. 그리고 부모님의 보호 아래에서 지금껏 그가 어린애일 수 있었다는 것도.

"나는 신의를 깨뜨린 자들에게 더 이상 자비를 베풀지 않을 생각이다."

하지만 이제 그는 누군가에게 보호받는 사람이 아니라 보호하는 사람이 되어야 했다. 오직 자신만이 지킬 수 있는 것들을 온몸을 다 바쳐 지켜 내야만 했다.

"에른스트에 주인을 알아보지 못하는 자는 필요 없다."

그리고 그것을 위해서라면 이 나약한 마음을 뿌리째 뽑아 부숴 버려야 한다는 것도 이제는 알았다. 지금까지는 제 안에 망설임이 남아 있었다. 두려워 도망치고 싶었던 적도 셀 수 없이 많았다. 하지만 그것도 오늘로 끝이다. 평온했던 봄은 이미 끝나 버렸고, 이제 눈앞에는 혹독한 겨울만이 남아 그를 기다리고 있었다. 이제부터 그가 하게 될 끔찍한 일들도 마찬가지였다. 아무리 발버둥 쳐도 벗어날 수 없는 길이라면, 차라리 스스로의 의지로 걸어갈 테다. 그것이 에른스트니까.

"두 번 다시는 너희가 나를, 이 에른스트를 녹록히 보지 못하게 해주마."

그래, 이제는 유약했던 유년시절에 진정으로 작별을 고해야 할 때였다.

"사냥에는 취미가 없다고 하지 않았었나?"

숲에는 건조한 흙냄새와 마른 풀 냄새가 가득했다. 우거진 나무들에서 떨어진 솔방울이 가죽신에 차여 저 멀리로 굴러갔다. 유진은 당숙인 슈마하 백작의 뒷모습을 보며 대답했다.

"사격 솜씨가 엉망이어서 말이지요."

"그래, 네 아버지도 사격을 썩 잘하는 편은 아니었지."

유진을 얼마나 손쉬운 상대라 여겼기에 이렇게 그의 앞에서 등을 훤히 보이고 있을까? 하기야 만약 유진이 상대방의 입장이었어도 열넷밖에 되지 않은 데다 기껏해야 펜이나 잡아 봤을 소년을 경계하지는 않았을 것이다.

"며칠 전 네 고모에게 했다던 몰상식적인 언사는 전해 들었다. 퍽 깜찍한 짓을 했더구나."

게다가 이미 한 번 노골적인 위협을 가하는 것으로 완전히 기를 꺾어 놓았다, 그리 여기고 있을 터다. 이렇게 따로 유진을 부른 것 역시 발밑에서 꿈틀거리는 벌레를 다시 한번 밟아주기 위해서가 아니겠는가.

"하지만 네 고모가 과했던 것도 맞지."

그보다 더한 짓도 서슴없이 저질렀던 것을 생각하면 퍽 웃긴 말이었다. 유진은 비 내리던 가을날의 일을 떠올렸다.

"다리의 상처는 이제 다 나은 게냐?"

슈마하 백작이 카벨에게 허튼소리를 했다는 사실을 알기 전부터, 사실 유진은 에른스트의 안팎으로 감도는 위화감을 눈치채고 있었다. 하지만 설마 그의 앞에서 친절한 낯을 하고 있던 사람들이 그 직후 시꺼먼 속내를 드러내고 뻔뻔하게 그를 농락할 줄은 미처 예상하지 못했다.

"아직입니다."

"그래, 걷는 게 썩 편해 보이지는 않는구나."

사실 그의 다리는 얼마 전 거의 완전히 회복되었다. 그러나 그 일로 발 병신이 된 척한 것이 오늘 일에도 도움이 될 것이었다. 그 후 숫기가 꺾인 양 온순한 모습을 보인 것도 그들이 방심하는 데 영향을 미쳤으리라. 그것을 위해 그간 이를 악물며 수모를 견뎌 냈던 것이 아닌가. 레놀드 후작 부인이 하리에게 위해를 끼치려 한 일로 예정이 조금 당겨지긴 했지만 차라리 지금이 적기라는 생각이 들었다.

"유진, 너는 사냥을 즐기지 않으니 잘 모르겠지만 본래 사냥을 하다 보면 총기 오발 사고가 드물지 않게 일어나곤 한단다."

두 사람은 점점 깊은 숲속으로 들어갔다.

"그렇습니까?"

"그래, 자칫 사냥감과 사람을 착각하는 경우도 있으니 조심하거라."

"두려운 말씀이군요."

"걱정 말아라. 설마 내가 지금 여기에서 너를 사냥감으로 착각하기라도 하겠느냐?"

"예, 착각을 한다면 사냥에 능숙한 당숙이 아니라 서툰 제가 하는 것이 마땅하지요."

문득 고요한 숲속에 철컥, 작은 소리가 울렸다. 고막을 파고든 익숙한 소리에 슈마하 백작이 반사적으로 뒤돌아보았다.

타앙! 그 직후 귀청을 울리는 파열음에 나무 위에 앉아 있던 새들이 일제히 날개를 펼치고 푸드덕 날아갔다. 매캐한 탄약 냄새가 맑은 공기 속에 퍼져 나갔다.

저벅. 유진은 앞으로 겨누고 있던 총구를 천천히 내리고 바닥에 쓰러진 사람을 향해 한 발짝 다가갔다.

"당숙, 고통스러우십니까?"

"커억, 크흑……!"

"지난번의 빚을 갚았을 뿐인데 이 정도로 엄살을 피우시다니."

총알에 관통당한 다리에서 붉은 피가 흘러나오고 있었다. 사냥복을 적신 붉은 액체가 바닥에 깔린 마른 이파리 위에도 아낌없이 넘쳐 흘렀다. 슈마하 백작은 설마 유진이 그에게 총구를 겨누리라 여기지 못했던 얼굴이었다. 하기야, 누구라도 그럴 터다. 고작 열넷 먹은 소년이 작은 짐승도 아닌 사람에게 이리도 가차 없이 총을 쏠 줄 누가 알았을까. 그럴 용기가 있으리라 여기지도 않았을 테고, 아마 그것이 다른 누구도 아닌 유진이기에 더욱 그랬을 것이다. 경악에 젖은 표정을 보며 유진은 입꼬리를 당겨 웃었다.

"당숙, 저는 사냥을 즐기지는 않지만……."

얼다 못해 뜨겁게 타오르는 것처럼 보이는 검은 눈동자가 바닥에 쓰러진 이를 꿰뚫었다.

"한 번 노린 사냥감은 결코 놓치지 않습니다."

그 검은빛은 먹잇감을 노리는 맹수처럼 어수룩함 하나 없이 냉혹했다.

"본래 황실의 검인 에른스트에는 무수한 피의 역사가 있다고 하셨습니까?"

슈마하 백작은 처음으로 눈앞에 있는, 제 나이의 반의 반절도 되지 않는 소년의 기세에 짓눌리는 느낌을 받았다.

"단순히 아버지의 피를 이어받았다 해서 제게 수장이 될 자격은 없다고, 그리 말씀하셨지요."

지금 그의 앞에 서 있는 소년은 자신이 얼마 전까지 알던, 정도 이외의 길로는 실수로나마 발을 들여 본 일조차 없을 것 같던 곧고 바른 소년이 아니었다.

"그렇다면 한번 해보도록 하죠. 이 진창에서 마지막까지 살아남는 사람이 누구일지."

제 안의 연약한 부분을 완전히 도려낸 유진은 이제 싸우는 것을 망설이지 않았다.

"우리 잠시만 헤어져 있자."

형제들과 함께 하리를 데리고 저택으로 돌아갔던 그다음 날, 유진은 이전부터 고민하던 일을 마침내 결론짓고 동생들을 불러 말했다. 레놀드 부인을 저택 안으로 들인 사람을 찾아 간밤에 처리하기는 했으나 그것만으로는 부족했다. 에른스트의 누구도 쉽게 믿을 수 없었고, 믿을 수 없는 이들 사이에 동생들을 둔다는 것은 지금까지보다 더한 위험을 감수하는 일이 될 터였다. 그에게는 힘이 없어서, 이대로는 동생들을 지켜 줄 수 없었다. 이미 가까이 있는 것만으로도 그들은 유진의 손과 발을 묶을 표적이 되고도 남았고, 에른스트에 있는 그들은 그 존재만으로 유진의 약점이 되었다.

그래서 그는 현재로서 가장 믿을 수 있는 이들에게 동생들을 부탁했다. 피 한 방울 섞이지 않은 완전한 타인을 혈족보다 더 신뢰할 수 있다는 것이 우습기도 했지만 어쩔 수 없는 노릇이었다.

"아마 저는 앞으로도 두고두고 당신들께 감사하며 살 것 같습니다."

아니……. 하지만 사실은 전부 다 핑계일지도 몰랐다. 어쩌면 단지 그는 이제부터 하게 될 일을 그들에게 보이고 싶지 않은 것뿐인지도 몰랐다. 이런 추하고, 더럽고, 끔찍하기까지 한 짓을 서슴없이 행하는 자신의 모습을 동생들이 알게 하고 싶지는 않았으니까.

"당숙을 비롯해 에른스트에 있는 훌륭한 어른들께 제가 본받을 게 이렇듯 많지 않습니까?"

아직 어린 동생들이니, 그의 선택을 이해해 주지 않을지도 모른다는 생각도 했다. 그래도 돌아온 것은 위로 어린 속삭임이었다.

"괜찮아."

다 괜찮아질 거야. 오빠는 잘하고 있어. 절망에 빠졌던 밤, 그를 위로 하며 쉼 없이 속삭였던 그 말처럼. 그래, 헤어져 있어도 우리는 가족이니까.

"그런 눈으로 보지 마세요, 당숙."

그러니 지킬 수 있는 힘을 가질 때까지만, 우리는 헤어지는 거야.

"설마 어른들의 보살핌이 필요한 열네 살의 어린 소년인 제가, 고의로 당숙에게 총을 겨누었을 리가 있겠습니까?"

유진의 예의 바른 음성은 지금의 상황과 너무도 괴리감이 커서 기괴한 느낌마저 풍겼다. 피가 흐르는 다리를 붙들고 신음하던 슈마하 백작이 옆에 떨어져 있던 총을 향해 손을 뻗었다. 노련한 사냥꾼인 탓인지, 기다란 총신을 들고 유진에게 그것을 겨누기까지는 찰나의 시간이면 충분했다.

타앙!

"크억!"

하지만 그는 방아쇠를 당기기도 전에 들고 있던 총을 떨어뜨리고 말았다.

"제가 사격에 서툴러 실수를 곧잘 합니다."

슈마하 백작은 피 흐르는 손등을 움켜잡고 고꾸라졌다.

"그러게 왜 어린 조카와 단둘이 이런 깊은 숲까지 들어오셨습니까? 하기야 설마 스스로가 사냥감이 되리라고는 상상하지 못했을 테지만."

비가 내렸던 그날. 목숨이 아깝다면 말 잘 듣는 꼭두각시로 살라고, 바닥에 신음하며 쓰러진 그를 향해 그렇게 말했던가. 네 부모처럼 너마저 그렇게 비명에 죽는다면 어린 동생들이 얼마나 슬퍼하겠느냐고. 지금도 그를 밤잠 설치게 하는 그날의 굴욕적인 기억 속에서, 유진은 덫에 빠져 버둥거리는 짐승이었다. 하지만 이제는 사냥꾼과 먹잇감의 관계가 뒤바뀌었다.

"살아생전 아버지를 그토록 두려워하셨으면서, 그 모든 것을 고스란히 이어받은 저를 쉬이 보는 우를 범하시다니."

유진은 아버지인 전 에른스트 공작에게 직접 사격을 배웠다. 그의 천성으로는 사냥을 즐길 수 없었지만 그렇다 해서 한 번 노린 사냥감을 놓쳐 본 적은 결코 없었다.

"맹수에게서 난 새끼가 설마 고양이일 거라고 생각하기라도 하셨는지."

그러니 더군다나 먼저 그를 향해 이를 드러낸 사냥감에게 베풀 관용이란 없는 것이다. 그것이 진정으로 어른다운 방식이라고 눈앞에 있는 사람이 친히 알려 주지 않았던가.

"에른스트의 법대로 하자고 하셨으니 저는 당신을 존중해 드릴 생각입니다."

이제는 세상의 풍파로부터 그를 지켜 줄 사람이 없었기 때문에 이 두 다리로 온 힘을 다해 버티고 서서 스스로를 지켜 내야 했다.

"다만 제 인내심은 아버지보다 길지 않을 것 같습니다."

그러기 위해서는 지금처럼 눈앞을 가로막는 자들을 물어뜯는 것도 망설이지 않겠다. 두 번 다시는 그를 만만하게 여겨 감히 위협하지 못하도록. 그가 지켜야 할 이들에게도 다시는 그 더러운 손을 뻗지 못하도록.

"그래도 괜찮겠죠."

그것을 위해서라면 진흙탕에 몸을 담그는 것도, 이 손에 피를 묻히는 일도 주저하지 않을 테다.

"어차피 이건 단순 총기 오발 사고니까요."

뺨을 스치는 차가운 바람을 느끼며 유진은 웃었다. 소중한 사람들을 보듬을 봄을 맞이하기 위해, 그는 이 혹독한 겨울을 어떻게든 홀로 이겨 낼 것이었다.

제7장

회귀 전, 그녀는 모르는 이야기

하리 에른스트의 웃는 모습은 꼭 봉오리 진 꽃망울이 활짝 피어나는 것 같았다. 평소에는 은방울꽃처럼 은은한 향기를 내뿜던 소녀가 얼굴에 달콤한 미소를 드리울 때면, 누구나 그 압도적인 아름다움에 한순간 숨이 막히고 말 정도였다. 그리고 에리히는 그런 그녀의 웃는 모습이 끔찍하게 싫었다.

"그러니까 참석하지 말라고 했잖아."

파티장과 거리가 있는 야외 테라스에 싸늘한 음성이 번져 들었다.

"이런 자리는 너한테 안 어울려."

차가운 푸른 눈동자가 앞에 있는 사람에게 못 박혀 있었다. 질책 어린 말에 에리히의 앞에 있던 소녀는 그저 난처한 듯이 미소 지었다.

"너무 화내지 마. 직접 초대받은 자리라 안 올 수 없었단 말이야."

에리히와 하리, 둘 다 오늘의 연회를 위해 준비한 예장을 갖춰 입고 있었다. 마주한 이의 달래는 듯한 말에도 에리히의 얼굴은 도통 펴질 줄을 몰랐다. 방금 전 파티장에서 오늘 연회의 주최자인 라벤더 코르디스가 공개적으로 하리를 망신 주려 했기 때문이었다. 아마도 오늘 파티에 불참 소식을 알렸던 에리히와 카벨이 때맞춰 나타나지 않았다면 하리는 모두가 보는 앞에서 모욕적인 언사를 들어야 했을 것이었다.

“그 여자는 유진 형을 좋아해. 그래서 너한테 적대적인 거야.”

에리히는 여전히 불쾌한 기분을 안은 채 냉소적으로 읊조렸다. 그러자 하리가 이해할 수 없다는 듯이 고개를 갸웃 기울였다.

“하지만…….”

곧 그녀에게서 흘러나온 말에 에리히의 입술이 작게 달싹여졌다.

“그런 거라면 벨론티아 양을 경계하는 게 맞지 않을까?”

하지만 결국 그는 아무 말도 하지 못하고 입을 다물고 말았다.

“유진 오빠의 약혼녀잖아.”

그 말대로였다. 유진에 대한 연정 때문이라면 그의 약혼녀인 로자벨라 벨론티아에게 시기 질투하는 것이 당연했다. 하지만…….

“그건…….”

에리히의 입이 천천히 벌어졌다. 그는 언젠가 보았던 장면을 머릿속에 떠올리고 있었다. 어느 봄날, 정원에 서 있는 하리를 멀리서 조용히 바라보던 형의 얼굴을. 그 장면을 훔쳐보는 것만으로도 시간이 멈춘 것 같은 기분을 느껴야만 했던 그날의 낯선 기억을. 분명 형에게는…….

“네가 동생이 아니니까.”

곧 에리히에게서 혼잣말에 가까운 낮은 속삭임이 새어 나왔다. 하리는 그의 말에 잠시 아무 말도 하지 않았다. 그리고 잠시 후 여느 때처럼 태연한 얼굴을 한 채 말했다.

“하긴, 피도 안 섞인 남인데 같이 사니까. 그것만으로도 내가 마음에 안 드는 걸지도 모르겠어.”

그 작은 머리로 무슨 생각을 하고 이런 말을 하는지 뻔히 상상이 되었다. 아마도 에리히가 자신을 부정한 것으로 오해했겠지. 방금 전 그가 무심코 내뱉은 말은 그렇게 생각할 거리가 충분했다. 에리히는 무의식중에 그런 의미가 아니라고 말하기 위해 입을 열었다. 하지만 눈앞에 비치는 미소에 결국은 굳은 얼굴로 그저 침묵하고 말았다.

"오늘 도와줘서 고마워. 너랑 카벨 오빠 아니었으면 창피할 뻔했어."

오늘 에리히와 함께 온 카벨은 아직 파티장 안에 있었다. 에리히는 또 무엇이 그리 불만인지 얼굴을 구기다가 이내 마주한 얼굴을 외면했다.

"멍청이."

웃지 마, 바보같이. 사실은 지금 웃고 싶은 기분도 아니잖아. 아마도 본인은 그들을 잘 속이고 있다고 생각하겠지만, 같이 지낸 세월이 몇 년인데 그녀의 진짜 웃음과 가짜 웃음 하나 구분하지 못하겠는가. 그래서 에리히는 하리 에른스트가 지금처럼 웃을 때가 제일 싫었다.

넌 왜 늘 그렇게 웃기만 하는 거야? 무슨 일이 있든 화를 내지도 않고, 단 한 번도 솔직한 감정을 밖으로 내보이지도 않아.

그 사실에 화가 나서 더 괴롭히고 상처를 줘도 변하는 것은 아무것도 없었다. 아니, 오히려 그럴수록 하리는 방어벽이라도 치듯 더욱 꽁꽁 자신을 속에 감추었다. 그래, 사실은 그녀가 이렇게 된 이유를 알고 있었다. 그녀를 그렇게 만든 것은 바로 그들 형제였으니까. 문득 속이 쓰려와서, 에리히는 눈매를 찡그렸다.

"어, 오늘 유진 오빠도 오는 거였어?"

그때, 하리가 무언가를 보고 놀란 듯이 두 눈을 동그랗게 떴다. 그녀를 따라 에리히도 테라스 밖으로 시선을 돌렸다. 그러자 지금 막 저택에 도착한 듯 저 아래에 서 있는 낯익은 사람이 눈에 들어왔다. 그 역시도 테라스에 있는 두 사람을 발견한 것 같았다. 눈이 마주친 직후, 곧 유진이 고개를 내리고 다시 걸음을 옮겼다. 에리히는 건물 안으로 들어서는 그를 보며 말했다.

"내가 불렀어."

"그래도 되는 거야? 유진 오빠, 그렇지 않아도 요즘 바쁜 것 같던데."
"올 만하니까 왔겠지."
"이상하네, 다들. 어제까지만 해도 이번 파티에 올 생각 없다고 하더니."
원래는 그럴 예정이었다. 하리도 파티에 불참할 것으로 알고 있었기 때문에. 하지만 그런 그녀가 오늘 혼자 이곳으로 출발했다는 사실을 뒤늦게 전해 듣고 난 후 도저히 가만히 있을 수가 없었다. 아마 다른 형제들도 마찬가지였기 때문에 하던 일도 다 제쳐 두고 여기에 온 것일 터였다.
"그래도 간만에 다 같이 모이니까 좋다."
그들의 속도 모르고 하리는 해맑게 웃었다. 그래도 지금의 미소는 진짜 미소에 가까워서 에리히의 기분도 조금은 풀렸다.
"둘만 있어?"
"유진 오빠."
때마침 유진이 테라스의 문을 열고 안으로 들어섰다.
"카벨 형은 안에 있어. 내가 데려올게."
어차피 슬슬 파티장을 떠날 때도 되었다 싶었기 때문에 에리히는 카벨을 찾아 테라스를 나섰다.
"별거 아닌 게 까불고 있어."
에리히는 카벨을 쉽게 찾을 수 있었다. 때마침 그가 아까 전 에리히와 하리가 들어섰던 테라스 쪽으로 걸어오고 있었기 때문이었다.
"형."
"응? 왜 너 혼자 나왔어? 쓰…… 아니, 하리는?"
카벨은 집에서 부르던 습관대로 고약한 별명을 부르려고 하다가 곧 장소를 의식하고 말을 바꾸었다. 카벨은 어릴 때도 그랬지만 기사단에 들어가고 난 후로 기가 센 사람들 틈에만 있어서 그런지 점점 사용하는 언행이 거칠어졌다. 남자들뿐인 데다 매일 검만 휘둘러 대는 게 일인 사람들이니 오죽하겠느냐만은.

에리히도 몇 번 주의를 줘서 나아진 게 지금이었다. 그나마 밖에서도 하리를 쓰레기라고 불러 대지는 않으니 전보다는 나은 편이었다. 그리고 카벨이 밖에서 하리에게 쓰는 호칭을 바꾼 이유는, 그 몹쓸 호칭을 듣고 덩달아 하리를 무시하는 작자들이 있다는 사실을 알았기 때문이다. 물론 그들의 최후가 어떠했는지는 따로 말하지 않겠다.

"유진 형이 와서 맡기고 왔어. 형이야말로 아까 그 여자는?"

그의 말에 카벨이 콧방귀를 뀌었다.

"몇 마디 했더니 질질 짜더라. 그러게 별것도 아닌 게 겁대가리 없이 덤비긴 왜 덤벼? 죽으려고."

엄연히 따지면 몇 마디만 하고 만 게 아니겠지. 하지만 에리히는 굳이 따지지 않았다. 그래도 카벨이 하리에게 모욕을 주려 한 여자한테 몇 배로 갚아주고 온 것이 내심 시원했다.

"아, 나 내일 근무지 이탈로 단장한테 깨지게 생겼어."

"난 내일 기말시험이야."

둘 다 갑작스럽게 하리를 좇아 파티에 참석한 것이기 때문에 내일 일을 생각하자 다소 골치가 아파졌다.

"그런데 바스티에 말이야. 왠지 좀 재수 없지 않냐?"

그때, 불현듯 카벨이 무언가를 떠올린 듯 얼굴을 구기며 물었다. 낯설지 않은 그 이름에 에리히가 말했다.

"요하네스 바스티에 말하는 거야?"

"그래, 그 자식."

"형이랑 같은 학술원 출신이잖아."

사실 에리히는 바스티에가 유진과 긴밀한 관계를 유지하고 있는 가문이기 때문에 기억하고 있었다.

"왜, 작년 졸업식 날에 하리가 나 보러 우리 학교에 왔었잖아. 그때 그 자식 얼굴이 이상했어."

"뭐가?"

"완전히 한눈에 뿅 간 표정이었다고!"

카벨은 생각만 해도 기분이 더러운 듯이 이를 갈았다.

"그래 봤자 그 후로는 하리나 형이나 요하네스 바스티에랑 딱히 만나는 일도 없었잖아."

"네가 몰라서 그래. 그 후로 그 자식이 은근슬쩍 자꾸만 우리 주변을 얼쩡거리고 있단 말이야. 오늘 파티장에도 있던데, 이거 완전히 스토커 아니야?"

글쎄, 그건 그냥 그쪽도 초대를 받아서 온 것뿐인 것 같은데. 그냥 형이 예민하게 반응하는 게 아닌가? 하지만 카벨은 이미 에리히의 말을 들을 생각이 없는 것 같아서 그냥 말하지 않았다. 괜히 입씨름하기 피곤하기도 했고.

"하여간 걔는, 밖에서 아무한테나 웃어주지 말라니까. 자기가 다른 놈들을 홀리고 다니는 것도 몰라."

에리히는 옆에서 계속해서 구시렁거리는 소리를 한 귀로 흘려들었다.

"둘 다 어서 와."

테라스로 들어서자마자 해사한 미소와 목소리가 다가들었다. 카벨과 에리히의 얼굴이 알게 모르게 온화한 빛을 띠며 풀어졌다.

"카벨, 다음부터는 적당히 하고 와."

유진도 동생이 방금 전까지 뭘 하고 왔는지 아는 것 같았다. 그래도 유진 역시 카벨에게 다음부터 그런 짓을 하지 말라는 말은 하지 않았다. 물론 이 자리에 하리가 있어서 다른 말을 더 하지 않은 이유도 있겠지만.

"그만 가자. 오늘 파티는 시시해서 더 볼 것도 없겠어."

에리히가 먼저 말하자 카벨도 너스레를 떨며 맞장구쳤다.

"맞아. 이딴 구린 파티에 바쁜 사람을 초대하다니, 완전 양심 없네."

그들이 저마다 불만을 드러내자 하리의 얼굴에 다시금 아까의 곤혹감이 떠올랐다.

“미안. 나 때문에 다들 재미없었나 봐.”

“무슨 소리야? 너 같은 게 내 기분에 영향을 줄 수 있을 것 같아?”

너 때문이 아니니까 그런 생각하지 마, 라는 소리를 솔직하게 하지도 못하고. 하지만 에리히도 딱히 남 말 할 처지가 아니었기 때문에 바보 같은 카벨의 모습에 그냥 속으로 혀를 차고 말았다.

“나가자.”

유진까지 그렇게 말하고 나자 하리도 자리에서 일어났다. 그녀의 손이 가장 가까이에 있던 유진의 팔에 닿았다. 그 순간 유진이 멈칫했으나 그것을 눈치챈 사람은 에리히뿐이었다.

“오늘 오빠들이 와 줘서 정말 좋아. 이렇게 다 같이 있는 건 오랜만이잖아.”

하리가 웃으며 말하자 다른 세 명의 분위기도 방금 전보다 한결 부드러워졌다. 그들은 다 함께 테라스를 나섰다. 처음 파티장에 등장할 때 혼자였던 하리의 주위에는 에른스트의 세 형제가 있었다.

마치 그녀를 보호하듯 가운데에 두고 파티장을 가로지르는 모습에 몇몇 사람이 얼굴을 맞대고 소곤거렸다. 건물 밖으로 나온 네 사람은 준비된 마차를 향해 걸어갔다. 에리히는 앞서 걷고 있는 유진과 하리의 모습을 보았다. 하리가 웃는 얼굴로 무어라 말하자 유진이 작게 호응했다. 그런 그의 얼굴은 평소와 다를 것 없이 무표정하고 차가웠다. 하지만…….

“눈치가 빠른 것도 마냥 좋지는 않은 것 같아.”

에리히가 작게 읊조린 소리에 옆에 있던 카벨이 의문을 표했다.

“응? 왜?”

“좋겠다. 형은 아마 평생 모를 테니까.”

“내가 뭘 몰라?”

"있어, 그런 거."

알면 괜히 신경 쓰이고 피곤해지는 거. 카벨은 무시받는 기분이 드는지 인상을 찌푸렸지만 에리히는 더 이상 말하지 않고 묵묵히 걸음을 옮겼다. 오늘 파티의 주최자였던 라벤더 코르디스는 눈치가 빠른 여자인 게 분명했다. 그렇지 않고서야 유진의 약혼녀를 두고 하리에게 그런 질투 섞인 눈빛을 보일 리 없었으니까. 에리히는 불빛에 물들어 있는 하리의 얼굴을 응시했다.

그래, 여동생이라니. 말도 안 되는 소리. 아마 이 집에서 널 진짜 동생으로 여기는 건 카벨 형뿐일 거야.

그러나 에리히는 그녀에게 지금껏 전하지 못한 그 말을 속으로 삼켜냈다. 아마 앞으로도 영영 그런 마음을 밝힐 일은 없으리라. 그러기에는 너무 멀리 와 버렸다. 지금껏 그들이 그녀에게 한 짓을 이제 와 겉모양만 그럴듯하게 포장할 생각은 없었다. 어렸던 그들은 저마다의 아집에 뒤덮여 차마 말로 하지 못할 짓들을 그녀에게 해왔다. 지금까지도 마찬가지였다. 그리고 에리히는, 형제들이 모두 그 사실을 후회하고 있다는 것을 알고 있었다. 물론 이미 늦어버린 것도 그들 모두가 알았다.

"에리히, 뭐 해?"

하지만 간혹 그런 생각을 하곤 해. 만약 다시 그때로 돌아간다면, 다시 처음부터 시작할 수만 있다면 우리의 오늘은 지금과는 많이 달라지지 않았을까 하고.

"안 타?"

너에게 상처 준 일도 없이, 지금처럼 널 볼 때마다 가시를 삼킨 것 같은 기분이 되어 죄책감을 느끼는 일도 없이, 어쩌면 우리 모두 진짜 가족이 될 수도 있지 않았을까 하고.

"탈 거야."

그러나 모두 부질없는 생각이었다.

"빨리 올라와."

에리히는 눈앞에 있는 하리의 얼굴을 보며 자조적으로 웃었다. 지금 이 순간에도 미안하다는 말 한 마디 솔직하게 하지 못하는 그는 이런 생각을 할 자격조차 없었다.

그래도 네가 행복했으면 좋겠어.

아마도 그것은 지금 이 자리에 있는 다른 형제들 모두가 똑같이 바라는 마음일 것이었다. 마침내 문이 닫히고 마차가 달리기 시작했다. 과거, 혹은 미래로 연결된 길을 향해서.

어둠 속에서 흔들리는 불빛이 유난히 선명하게 반짝이고 있었다.

제8장

당신이 없는 여섯 번째 가을

안녕, 유진 오빠.

나는 하얀 종이 위에 첫 문장을 써 놓고 손을 멈추었다. 그에게 이런 식으로 편지를 쓰는 게 처음도 아닌데 첫 시작은 언제나 고민이 된다. 끄응, 아니, 사실은 시작 부분도, 중간 부분도, 끝부분도 전부 다 고민이었다. 나는 책상에 앉아 창밖을 바라보았다. 어느덧 가을이 성큼 다가온 날씨였다. 바깥에는 울긋불긋하게 물든 나뭇잎이 선선한 바람을 따라 흔들리고 있었다.

열어 놓은 창문 틈으로도 이파리가 하나 날아들었다. 종이 위에 노란색 점을 찍으며 사뿐히 내려앉는 나뭇잎을 보다가 나는 그 위로 손가락을 움직였다. 그래……. 어느덧 시간이 또 이렇게 지났구나. 내가 이 집에서 가을을 맞는 것도 이걸로 벌써 몇 번째더라?

안녕, 유진 오빠. 나는 잘 지내고 있어.

나뭇잎을 만지작거리며 잠시 고민하다가 편지에 한 문장을 더 써넣었다. 이번에는 그에게 전해야 할 내용도 있었는데 어째서인지 손이 잘 움직이지 않았다.

얼마 전에 소식 전해 들었어. 이번에…….

"하리 언니!"

벌컥! 거기까지 썼을 때, 갑자기 방문이 벌컥 열렸다. 아, 깜짝이야. 노크도 없이 이렇게 갑자기 들이닥치다니. 지금 이 집에서 내 방에 이렇게 막무가내로 들어올 사람은 한 명밖에 없었다.

"루이제, 놀랐잖아."

나는 내 방으로 들어선 소녀를 보며 입을 열었다. 옅은 푸른빛 머리카락과 푸른 눈동자를 가진 소녀는 바로 요하네스의 여동생인 루이제였다.

"시간이 됐는데도 언니가 안 내려와서 내가 데리러 왔어."

그동안 폭풍 성장한 루이제에게서는 이제 6살의 꼬마였던 모습을 찾아볼 수 없었다. 루이제는 내 나이보다 한 살이 어린데도 벌써 나보다 키가 컸다.

크흑, 나도 평균 키인데. 아니, 사실은 평균보다 조금 작기는 했다. 하지만 지난 생을 떠올려 봤을 때, 내 성장기도 금방 올 예정이었다. 루이제는 종종걸음으로 다가와 슬쩍 내 앞에 있는 것을 내려다보았다.

"편지 쓰고 있었구나?"

"응. 시간이 벌써 이렇게 되었는지 몰랐어. 다녀와서 마저 써야겠네."

오늘은 루이제와 함께 외출하기로 했는데 깜빡 잊고 있었다. 나는 루이제의 호기심 어린 눈빛을 피해 편지를 책 사이에 끼우고 자리에서 일어났다.

"에리히 오빠가 밑에서 기다리고 있어."

"에리히도 같이 간대?"

"언니가 가니까 당연하지."

나는 재잘거리는 루이제와 함께 방에서 나와 이제는 익숙해진 바스티에 저택의 복도를 걸었다. 내가 에른스트를 떠난 지 6년. 그리고 유진과 마지막으로 만난 지는 이제 3년이 되어 가고 있었다.

"왜 이렇게 늦게 내려와?"

1층에 내려온 나를 보자마자 에리히가 타박했다. 지난여름부터 키가 크기 시작한 그의 눈높이는 어느덧 나보다 반 뼘 정도 위로 올라가 있었다.

"미안, 시간이 벌써 이렇게 된 줄 몰랐어."

나는 '기다려도 내가 안 내려오면 네가 부르러 왔어야지!'라고 말하고 싶었으나 앞에 있는 바스티에 부인을 의식해 내숭을 떨었다. 그러자 내가 다른 사람들의 앞에서만 착한 척하는 걸 아는 에리히가 대번에 질색하는 표정을 지었다.

"조심해서 다녀오렴, 얘들아."

바스티에 부인이 저택을 나서는 우리를 배웅해 주었다.

"루이제, 또 신나서 혼자 여기저기 돌아다니지 말고 언니, 오빠들하고 잘 붙어 다녀."

"엄마는, 내가 애도 아닌데."

그녀는 말괄량이로 자란 루이제가 걱정되는 것 같았다. 쿨럭, 그런데 어머니의 말에 코웃음 치는 루이제의 모습에서 왜 언뜻 카벨이 보이는 것 같지? 아까 전에 문을 벌컥 열어젖힐 때도 그렇고. 으음, 아니야. 이,

이건 그냥 기분 탓일 거야. 나는 고개를 휘휘 저어 얼른 그녀에게서 카벨의 그림자를 떨쳐 버린 뒤 바스티에 부인을 향해 방긋 웃었다.

"걱정 마세요. 루이제는 저희가 잘 돌볼게요."

"어머, 항상 고맙구나."

별말씀을 다 하십니다. 오히려 바스티에 사람들에게 고마워해야 할 건 우리인데요.

"난 애 보는 데 소질 없으니까 네가 돌봐."

"왜 이래? 너랑 나는 이미 한배를 탄 거 몰라?"

하지만 나이를 먹을수록 천방지축인 루이제를 감당하기 어려워진 것도 사실이었다. 그래서 에리히와 나는 서로에게 책임을 떠넘기기 위해 소리 죽여 티격태격하며 저택을 빠져나왔다.

"언니, 오빠! 빨리 와!"

나와 에리히, 그리고 루이제까지. 우리 세 사람은 바스티에 부인의 걱정을 뒤로한 채로 마차에 올랐다.

"제일 먼저 옷을 살 거야! 그리고 그다음에는 구두! 하리 언니도 구두 맞춰야 한다고 했지?"

루이제는 오랜만의 외출에 신이 난 것 같았다. 그 모습을 보고 에리히와 나는 흐뭇…… 한 게 아니라 스멀스멀 올라오는 불안감을 느끼고 있었다.

"참, 맛있는 디저트 숍이 새로 생겼다고 하더라. 거기에도 들르자. 그리고 그다음에는 스위트 벨리에서 아몬드 봉봉을 한 상자, 아니, 세 상자 사서 수예점에……."

나는 끝도 없이 이어지는 루이제의 말을 듣다가 슬슬 말려야 할 필요성을 느끼고 중간에 끼어들었다.

"오늘 한꺼번에 다 가기에는 무리 아닐까?"

"하지만 자주 외출할 수 있는 것도 아니니까, 오늘 뽕을 뽑아야지!"

뽀, 뽕을 뽑다니! 그런 말은 어디에서 배운 거야?! 역시 마리안인가? 루이제의 소꿉친구인 마리안은 꽤 잔망스러운 구석이 있어서 평소에도 하녀에게 배웠다며 저렴한 길거리 언어를 루이제에게 알려 주곤 했다. 나는 귀족 아가씨치고는 참으로 친근한 화법을 사용하는 루이제를 보며 잠시 동공을 흔들었다.

"난 금방 피곤해져서 그렇게 여러 군데는 못 가."

그때, 내 옆에서 건방진 자세로 다리를 꼬고 있던 에리히가 말했다. 워낙 생긴 게 귀티 나게 예뻐서 그런지 그런 모습도 쓸데없이 우아해 보였다. 그런데 얘는 자기가 저질 체력이라는 걸 뭐 이렇게 당당하게 말하니?

"그럼 오빠는 중간에 먼저 가든가."

루이제는 깔끔하게 결론을 내렸다.

"난 하리 언니랑 둘이 가면 돼."

그녀의 말을 들은 에리히가 못마땅한 듯이 눈썹을 꿈틀거렸다.

"누구 마음대로? 얘는 나랑 같이 움직일 거야."

"하지만 하리 언니가 나만 혼자 두고 에리히 오빠랑 같이 집으로 돌아갈 리가 없잖아? 그러니까 오빠가 그냥 포기해."

아무래도 루이제는 지난 6년간 에리히를 완전히 파악한 것 같다. 나는 지금의 상황이 웃겨서 불만스러운 얼굴의 에리히를 보며 내심 웃다가 입을 열었다.

"뭐, 바쁘게 움직이면 오늘 안에 다 해결할 수 있을 것 같기는 한데."

"역시 그렇지?"

게다가 그동안 외출을 조심해야 했던 건 우리 때문이니까. 사실 우리가 지금처럼 자유롭게 외출을 할 수 있게 된 것도 이제 1년밖에 되지 않았다. 나는 지난 6년간 바스티에 부부와 사용인들에게 전해 들었던 에른스트의 이야기를 떠올렸다. 그러자 어찌할 수 없이 속이 약간 쓰려 왔다.

"조심해서 내려와."

그래도 금방 목적지에 도착했기 때문에 쓸데없는 생각을 길게 하지 않을 수 있었다. 먼저 마차에서 내려선 에리히가 나한테 손을 내밀었다. 나는 자연스럽게 그 손을 붙잡다 말고 갑자기 새삼스러운 기분을 느꼈다.

"왜?"

내 시선을 느낀 에리히가 의아한 듯이 물었다. 반면 나는 깊은 감회를 느끼고 있었다.

"아니, 그동안 너 참 많이 컸다 싶어서."

우리 셋째가 사람 됐어요! 내가 마차에서 내린다고 이렇게 손도 내밀어서 잡아주고 말이야! 심지어 에스코트가 엄청 자연스러워! 예전 같았으면 내가 내리든 말든 본체만체했을 텐데!

"뭐라는 거야?"

하지만 내 말에 에리히는 금세 또 쌀쌀맞게 나를 째려보았다.

"동갑인 주제에 혼자 어른스러운 척 말하지 마."

짜식, 앙탈은. 난 칭찬해 준 건데 말이야. 그래도 이 정도면 진짜 많이 발전하긴 했다.

"빨리 가자!"

루이제는 우리가 또 티격태격하는 동안 마차에서 혼자 폴짝 뛰어내렸다.

"잠깐만, 루이제! 같이 가!"

곧바로 그녀가 상점가를 향해 뛰어갔기 때문에 에리히와 나도 걸음을 서두를 수밖에 없었다.

"하하, 너희가 오늘도 고생 많았겠구나."

저녁때 저택에 돌아온 바스티에 백작이 이야기를 전해 듣고 호탕하게 웃었다. 외출했던 우리도 방금 전에 막 귀가한 참이었다. 생기가 넘치는 루이제와 달리 에리히와 나는 반나절 전에 비해 확연히 핼쑥해져 있었다. 바스티에 부인이 안색을 흐리며 말했다.

“얘가 호기심이 너무 많아서 걱정이에요.”

“뭐, 건강하고 씩씩하게만 자라면 되는 것 아니겠소.”

루이제는 오늘 산 물건들을 풀어 본다며 자기 방으로 나는 듯이 올라간 뒤였다. 에리히도 힘들다면서 곧장 2층으로 올라갔다. 그래서 지금 바스티에 부부와 함께 있는 것은 나뿐이었다. 뒤이어 그들은 웃으며 나를 향해 말했다.

“무슨 바람이 들었는지 루이제가 갑자기 학술원에 가 보고 싶다 그래서 조금 걱정이 되었는데. 그래도 하리가 같이 가 준다니 마음이 편하구나.”

“학술원에는 카벨 오빠랑 요한 오빠도 있으니까요. 에리히도 재작년부터 재학 중이라 저도 궁금했구요.”

“정말이지, 하리 너마저 여기에 없었으면 루이제 혼자 얼마나 말썽을 일으키고 다녔을지. 네가 바스티에에 와 줘서 고마울 정도란다.”

전부터 느꼈지만 바스티에 부부는 진짜 대인배인 것 같다. 지금은 학술원에 입학해 기숙사 생활을 하고 있지만 두 형제가 여기에 머무는 동안에도 우리한테 한 번도 눈칫밥 주는 일이 없었고, 게다가 루이제를 돌보는 일로 오히려 나한테 고마움을 표하기까지 한다. 사실 내가 하는 일이라고는 루이제와 같이 가정교사에게 수업을 듣거나 그녀와 함께 놀아주는 정도인데도 말이다. 애초에 우리는 한 살 차이밖에 나지 않았기 때문에 내가 그녀를 돌본다고 하기에는 무리가 있었다.

애당초 유진의 부탁으로 우리 세 사람을 바스티에에 받아들여 준 것을 생각하자면 몇 번이고 감사를 표해도 모자란 건 이쪽이었다. 물론 그것이 정치적 이해관계가 일절 없는 순수한 호의라 여길 정도로 어리지는 않았다. 하지만 그래도 오늘날까지 이렇게 우리를 살뜰히 보살펴 주고 있는 것은 큰 은혜라 할 수 있었다. 내가 몰랐을 뿐, 에른스트 부부가 죽은 후 유진과 바스티에는 꾸준히 연락을 주고받으며 관계를 유지해 왔다고 한다.

"학술원은 그리 멀지도 않으니까 금방 다녀올 수 있을 거예요."

그리고 루이제가 학술원에 방문하겠다고 폭탄선언을 한 지도 어느덧 한 달이 되어 가고 있었다. 학술원에는 요하네스와 카벨, 그리고 에리히까지 재학 중이었다. 본래 학술원의 입학을 강요받는 것은 가문의 후계자뿐이었으나 카벨과 에리히는 완고했다. 바스티에 부부는 이 시국에 그들이 바스티에의 보호에서 벗어나 밖으로 나가는 것은 위험하다며 말렸다.

에른스트와 그 주변을 붉게 물들이고 있는 피바람에 대해서 그 누구도 자세히 설명해 주지 않았지만, 주변의 분위기를 통해 우리도 어렴풋이 알고 있었다. 하지만 두 사람 다 결정을 번복하지 않았고, 나도 그런 그들의 마음을 알 것 같아 말리지 않았다.

"마음에 안 들어."

그렇게 이런저런 생각을 하며 계단을 올라 막 2층에 다다랐을 때, 갑자기 낮게 가라앉은 음성이 고막을 파고들었다. 앗, 깜짝이야. 나는 벽에 기대 서 있는 에리히를 보고 놀란 가슴을 쓸어내렸다.

"너 방에 들어간 거 아니었어?"

내가 오는 걸 알고 지금 나타난 느낌은 아닌데, 설마 계속 여기에 서 있었던 건가? 고등부인 카벨과 요하네스는 아무래도 전보다 바빠졌기 때문에, 에리히가 우리를 데리고 학술원에 가기 위해 바스티에에 돌아온 참이었다. 여독을 풀기도 전에 장시간 외출을 해 피곤할 텐데, 들어가서 쉬지 않고 뭐 하는 거래? 나는 싸늘한 눈빛으로 나를 내려다보는 녀석을 향해 물었다.

"뭐가 마음에 안 드는데?"

"널 바스티에 취급하는 느낌이잖아."

그 순간 나는 멈칫했다. 아, 나만 그런 느낌을 받은 게 아니었구나.

사실 이곳에 머무는 동안 조금 이상하다는 느낌을 받을 때가 있었다. 카벨이나 에리히와 마찬가지로 나도 이곳에 잠시 의탁하고 있는 군식구일 뿐인데, 어째서인지 다소 지나칠 정도로 살갑게 대해 주는 느낌이 들 때. 그렇다고 딸처럼 여긴다기에는 느낌이 조금 달라서 나도 고개를 갸웃할 때가 한두 번이 아니었다.

호, 혹시 며느리 취급이라거나……. 지난 생에서 원래 이 집의 며느리가 되었어야 할 운명이기 때문인지 자꾸만 그런 쪽으로 생각이 되어서 그렇지 않아도 혼자 민망함을 느끼던 중이었다. 그러다 곧 옆에서 에리히가 덧붙인 말에 나는 멈칫하고 말았다.

"넌 바스티에가 아니라 에른스트인데 기분 나쁘게."

고개를 들자 여전히 쌀쌀맞은 얼굴을 하고 있는 에리히가 눈에 들어왔다. 내 시선을 느낀 그가 미간을 찌푸렸다.

"뭘 봐?"

"아니, 그냥."

"왜 웃어?"

"음, 그냥?"

에리히는 갑자기 웃는 내가 이해되지 않는 눈치였다. 하지만 나는 다른 말 없이 그의 팔을 붙잡고 자리에서 걸음을 뗐다.

"학술원에 가면 오랜만에 카벨 오빠도 볼 수 있겠다."

"형이 있는 곳은 어디든 시끄러워서 별로야."

에리히는 투덜거리면서도 나한테 잡힌 팔을 빼내지는 않았다.

"우리 잠시만 헤어져 있자."

그날의 일을 떠올릴 때면 나는 여전히 밤잠을 설치고 만다. 가슴이 저미도록 애처로운 감정에 젖어, 그 아픈 기억을 몇 번이나 헤집으며 상기하게 되고 마는 것이다. 유진은 동생인 우리를 에른스트에서 멀찍이 떨어뜨려 놓는 것을 선택했다. 그때 그의 얼굴을 마주한 우리 셋 중 누구도 차마 거부의 말을 내뱉지 못했다. 나도 목 끝까지 치미는 말을 어렵사리 삼켜 냈다.

우리를 떠나보내고 뭘 하려는 거야? 우리를 떠나보내면…… 당신은 혼자 남게 되잖아.

"반드시 데리러 갈게. 약속해."

그러나 그 역시도 쉽게 결정한 것이 아닐 터였기에, 우리는 유진의 의견을 존중해 에른스트를 떠났다. 그 후 우리가 머물게 된 곳은 바스티에였다. 에른스트의 그 많은 일가친척 중 하나가 아닌, 죽은 에른스트 부부와의 인연을 제외하면 어떤 연고도 없이 완벽한 타인이라 할 수 있는 바스티에 백작가.

어쩐지 입안이 썼다. 에른스트 부부의 장례식에 왔던 그 무수한 사람 중 누구에게도 쉽게 의지할 수도, 신뢰할 수도 없다는 사실에. 물론 그렇다 해서 그 이후 유진을 한 번도 만나지 못한 것은 아니다. 비정기적이기는 하나 보통 1년에 한 번 정도 그는 우리를 만나기 위해 직접 바스티에에 걸음 했다. 만날 때마다 점점 날카롭게 벼려져 가는 그의 눈빛이, 점차 빈틈없이 단단해져 가는 그의 냉정한 분위기가 마음을 쓰리게 했다.

어느 순간 나는 깨달았다. 아아, 그래. 당신은 지난 생에도 이런 식으로 혼자 어른이 되었던 거겠구나. 바스티에의 보호를 받으면서도 우리가 자유롭게 외출하지 못하는 이유는 혹시 모를 위험을 대비해서였다.

하지만 그렇다면 유진은? 우리와 다르게 어떤 보호도 없이 혼자 에른스트에 남은 유진은?

그런 생각을 하면 어느 때든 쉽게 잠이 들 수가 없었다. 3년 전부터는 그를 만나지 못하게 되었기 때문에 더욱.

달칵. 결국 나는 침대에서 일어나 다시 책상 앞으로 가서 앉았다. 조명을 켜자 방금 전보다 시야가 확연히 밝아졌다. 그 후 책상 한쪽에 치워 두었던 책을 펼쳤다. 나는 머뭇거리다가 그 사이에 꽂아 두었던 편지를 꺼냈다.

안녕, 유진 오빠. 나는 잘 지내고 있어. 얼마 전에 소식 전해 들었어. 이번에…….

거기에서 그친 편지의 뒷부분은 여전히 새하얀 공백이었다. 나는 밤의 침묵 속에서 그 후로도 한참을 망설이다가 다시 펜에 잉크를 묻혔다. 그리고 천천히 손을 움직여 아까 쓰던 문장을 끝맺었다.

……이번에 벨론티아 양과 약혼을 한다고.

유진이 로자벨라 벨론티아와 약혼을 한 것은 예전에도 있던 일이었다. 다만 그 시일이 원래보다 조금 앞당겨졌기 때문에 그 소식을 처음 들었을 때 동요할 수밖에 없었다.

축하해.

마땅히 해야 할 축사를 건네는데, 다시 한번 나도 모르게 손이 멈추어졌다. 그러나 한 차례 눈을 감았다 뜬 뒤 나는 다시금 종이 위로 손을 움직였다. 방금 전까지 언제 망설였냐는 듯이. 뜻 모를 이 동요를 가라앉히지 못해 늦은 시간에서야 편지를 이어 쓰게 된 것도 애초에 없던 일이라는 듯이.

축하해, 유진 오빠.

결국 그날의 편지는 길게 쓰지 못했다.

유진이 로자벨라 벨론티아와 결혼한 것은 그의 나이 28살일 때였다. 처음 혼담이 오고 간 것이 21살 때였던 것을 상기하자면 실로 긴 약혼 기간이었다. 연애결혼이었던 카벨과 달리 유진의 혼사는 철저히 정략적인 목적으로 이루어진 것이었다. 그렇다면 왜 좀 더 일찍 결혼해 결속을 돈독히 하지 않았을까 싶지만 아마도 내가 모르고 있을 뿐, 거기에는 어떤 중요한 이유가 있었을 터였다.

어쨌든, 그래서 우리 중 가장 먼저 결혼한 것은 카벨이었다. 그는 25살 때 몰락 직전이던 템페로트 자작가의 영애와 결혼식을 올렸다. 어디로 보나 에른스트와 격이 맞지 않는 가문과의 혼사였기에 카벨의 결혼 소식은 아를란타를 떠들썩하게 만든 대단한 가십거리가 되었다.

그리고 그해 말에 유진은 약혼녀였던 로자벨라 벨론티아와 결혼했다. 어째서인지 약혼 후 줄곧 결혼을 미루었던 것과 대조되는 갑작스러운 행보였지만 실로 대단한 두 가문의 결합이었던 탓에 카벨의 일은 사람들의 시선으로부터 어느 정도 묻힐 수 있었다.

예식장에서의 유진은 평소처럼 냉담하고 날카로워 보였다. 감히 그 누구도 에른스트의 젊은 공작을 무시할 엄두조차 내지 못할 정도로. 하지만 그 얼굴은 자신의 결혼식 날 더없이 행복하게 웃고 있던 카벨과 대조되어 보여 어쩐지 나는 마음이 무거웠던 것으로 기억한다. 물론 내가 그런 감상을 입 밖에 냈다면 그는 감히 누구를 동정하는 것이냐며 오히려 나를 비웃었을지도 모른다. 어쩌면 하찮은 계집애의 헛소리라 치부하고 그대로 무시했을 수도 있다.

예식이 끝난 후 나는 속마음을 숨긴 채 그에게 축언을 남겼고, 그는 잠시 아무 말 없이 그런 나를 보다가 '고맙다'는 말을 남기고 뒤돌아섰다. 그런 기억 때문인지 나는 이번에도 그가 로자벨라 벨론티아와 약혼한다는 소식에 못내 마음이 쓰였다.

혹시 지난번과 달리 진짜 그녀를 마음에 품게 되어 결정한 일이라면 좋겠지만……. 그리고 만약 그렇다면 지금의 내 걱정은 괜한 기우가 될 것이었다. 유진에게 보내는 편지를 완전히 봉하기 전에, 나는 종이의 하단에 한 문장을 덧붙였다.

ps. 어떤 선택이든 유진 오빠가 행복해졌으면 좋겠어.

똑똑.

"시간 다 됐어."

"지금 나갈게!"

문밖에서 들리는 에리히의 목소리에 나는 모자와 편지를 챙겨 들고 방을 나섰다.

나와 에리히, 그리고 루이제는 제도에 있는 학술원으로 향했다. 전부터 학술원을 구경하고 싶어 했던 루이제는 엄청나게 들뜬 눈치였고, 에리히는 아직 좀 피곤한 얼굴이었다. 나도 간만에 멀리까지 마차를 타고 이동하는 여행에 기분이 상쾌했다.

"언니 오빠, 쿠키 먹을래? 아니면 레몬 사탕? 아, 마들렌이랑 마카롱도 있어."

"지금 소풍 가?"

"소풍이랑 다를 건 뭔데?"

에리히가 황당하다는 듯 타박했지만 루이제는 꿋꿋했다. 그나저나 저 두 사람도 처음에 비해 정말 많이 친해졌단 말이지. 이제는 가만히 내버려 둬도 저렇게 알아서 잘 놀고. 처음에는 둘 다 내외라도 하는지 서로 말 한 마디 안 섞어서 잘 지낼 수 있을까 싶었는데, 의외로 성격이 잘 맞는 눈치였다.

"아, 도착했다!"

장장 두 시간 동안 마차를 타고서야 우리는 학술원에 도착할 수 있었다. 여느 때처럼 에리히가 먼저 마차에서 내려섰다. 그런데 그 직후, 에리히는 뒤돌아서 우리에게 손을 내미는 대신 앞을 보고 말했다.

"카벨 형."

아, 카벨이 마중을 나왔나 보다. 여전히 카벨을 별로 좋아하지 않는 루이제가 내 앞에서 윽- 하고 소리 냈다.

"카벨 오빠?"

나는 살그머니 고개를 숙여 문밖을 내다보았다. 그러자 곧바로 근 3주 만에 보는 카벨의 모습이 눈앞에 드러났다.

"왜 이렇게 늦게 왔어?"

17살이 된 카벨은 이제 소년과 어른의 경계에 선 외양을 하고 있었다.

게다가 항상 몸을 단련해서 그런지 키도 훌쩍 큰 데다 날렵한 몸매를 가지게 됐고, 현역 기사처럼 근육도 탄탄했다. 그런데 우리가 예정보다 좀 늦었나? 아무래도 본의 아니게 기다리게 한 모양이다. 에리히 대신 카벨이 나한테 손을 내밀었다. 나는 그것을 붙잡고 마차 밖으로 내려섰다. 혹시 늦었다고 삐진 건 아니겠지? 그럼 달래 주기 귀찮은데…….

"미안, 길이 조금 막혔던 것 같…… 으앗!"

하지만 나는 지면에 발을 딛기도 전에 허공에 붕 떠올랐다.

"우오오! 어서 와!"

"잠깐……!"

시야가 휙휙 돌았다. 카벨이 나를 안고 제자리에서 빙글빙글 돌았기 때문이다. 꼭 신이 나서 꺄르륵 웃으며 온몸으로 기쁨을 표출하는 어린애 같았다. 내, 내가 그렇게 많이 반가웠니, 둘째야? 삐지지 않은 건 다행이지만 이건 뭔가 좀 그렇지 않아? 그건 그렇고, 내가 아직 또래의 평균 키에 약간 못 미친다지만 이렇게 가뿐히 들어 올리다니! 크흑, 왠지 모르게 자존심이 상한다. 그리고 이제 슬슬 어지럽구나. 이제 그만해라.

"카벨 오빠, 그만 내려 줘."

"우오오!"

"내려 달라고."

"우오오오!"

"아, 이제 그만 내려 달라니까!"

도무지 말이 통하지 않아서 결국 소리 지르고 말았다. 그래도 둘째 녀석은 머리가 다 어질어질할 정도로 나를 허공에서 빙글빙글 돌려 댄 뒤에야 만족한 듯이 팔을 내렸다. 어억, 어지러워. 내가 비틀거리자 옆에서 에리히가 나를 붙잡아주었다.

"형, 작작 좀 해."

"난 살살 했는데! 얘가 너무 연약해서 그래!"

아니야, 내가 연약한 게 아니라 네가 쓸데없이 힘이 넘치는 거야! 그래도 저렇게 오랜만에 우리를 본다고 신이 났는데 방금 전에는 의도치 않게 소리를 지르게 되어서 왠지 좀 미안했다. 나는 눈앞에 있는 카벨을 향해 잠시 미뤘던 안부 인사를 건넸다.

"카벨 오빠, 잘 지냈어?"

"응!"

"밥도 잘 챙겨 먹고?"

"응!"

"친구들이랑 싸우지도 않고?"

"그럼!"

오구오구, 우리 둘째 참 잘했어요. 나는 칭찬하듯 손을 들어 카벨의 머리를 쓰담쓰담 해줬다. 아, 그런데 그새 이놈 키가 더 컸나 보다. 왜 이렇게 머리 쓰다듬기가 힘드냐. 그래도 평소처럼 카벨이 은근슬쩍 나한테 고개를 숙여 줘서 수월히 쓰다듬을 수 있었다. 아닌 척해도 기분이 좋은지 카벨의 입꼬리가 들썩이는 게 보였다.

"헉!"

"흡!"

"히익!"

앗, 그런데 갑자기 웬 숨 들이켜는 소리가? 문득 고개를 돌린 나는 화들짝 놀랄 수밖에 없었다. 지금까지는 카벨 때문에 워낙 정신이 없어서 몰랐는데 주위에 사람들이 왜 이렇게 많은 거야?! 게다가 다들 못 볼 것이라도 본 듯이 입을 쩍 벌린 채 두 눈을 부릅뜨고 있었다. 그들은 엄청난 충격을 받은 얼굴로 우리를 쳐다보고 있었다. 당황한 내가 엉거주춤 손을 내리자 카벨도 그제야 주위의 시선을 인식한 듯했다. 곧 그가 주변을 향해 쩌렁쩌렁하게 외쳤다.

"야, 다들 눈 깔아! 내 동생이 쑥스러워하잖아!"

으악! 너 지금 다른 애들 앞에서 뭐 하는 거야? 그런데 더 놀라운 일은 뒤이어 일어났다. 카벨의 협박에 이 많은 군중이 일제히 딴청을 피우듯 정말 눈을 돌리기 시작한 것이다. 나는 그 광경에 어안이 벙벙해졌다.

"나 잘했지?"

잘하긴 뭘 잘해, 이놈아! 너 학교에서 무슨 짓을 하고 다니는 거야?! 도대체 뭘 하고 다니기에 이렇게 다들 네 협박에 겁을 먹는 거냐, 이 말이야! 아니다, 이건 겁을 먹은 게 아닌가? 똥이 무서워서가 아니라 더러워서 피하는 것처럼……. 아무튼 면담이 좀 필요할 것 같은데요!

"카벨 오빠…… 나중에 나랑 얘기 좀 해."

"얘기? 그래! 이따가 내 방 구경 올래?"

뭘 또 눈을 초롱초롱 빛내고 있냐! 내가 지금 너랑 오순도순하게 친목 도모나 하려고 얘기하자는 건 줄 알아?

"카벨, 학생 기숙사에 이성은 출입 금지인 거 잊었어?"

"요한 오빠!"

앗, 그때 카벨의 등 뒤로 요하네스가 등장했다. 나는 카벨의 미간이 꿈틀거리는 것을 발견했다. 두 사람의 사이가 썩 좋지 않은 것은 몇 년 전이나 지금이나 여전했다. 루이제가 마차에서 폴짝 뛰어내려 요하네스에게 달려갔다. 어억, 그러고 보니 카벨 때문에 정신이 팔려서 잠시 그녀의 존재를 잊고 있었다. 미안해, 루이제!

"오빠, 왜 이렇게 늦게 나왔어!"

"미안, 루이제. 나도 미리 나와서 기다리려고 했는데 갑자기 교수님이 부르셔서."

우리 쪽이 정신없는 오누이의 모습이었다면, 이쪽은 다정한 오누이의 정석 같은 모습이었다. 카벨도 그렇지만 요하네스도 6년 사이에 진짜 많이 자랐다. 미래에 우리가 맞선을 볼 때의 모습과 점점 더 가까워지고 있는 걸 보니.

"하리도 어서 와."

그래도 나를 향해 웃는 모습은 아직 어린 시절과 비슷했다. 물론 전보다 믿음직스러워지긴 했지만 그래도 여전히 다정하고 자상하다고 해야 하나.

"먼 길 오느라 힘들지 않았어?"

"아니야, 오랜만에 바람도 쐬고 좋은걸."

요하네스는 루이제와 간단히 인사를 나눈 뒤 나도 환영해 주었다. 크으, 카벨도 요하네스처럼 이렇게 먼저 루이제한테도 인사해 주고 그랬어야 하는데 말이야. 둘째를 잘 가르치지 못한 제 잘못이 큽니다, 크흑.

"카벨 오빠도 요한 오빠도 반가워."

그래도 이렇게 오랜만에 두 사람을 만나니 기쁜 건 사실이었다. 그래서 나는 그들을 향해 활짝 웃어주었다.

"헉!"

그 순간, 또 주위에서 급히 숨을 들이켜는 소리가 들렸다.

"야, 내가 눈 깔라고 했지?!"

카벨이 눈을 번뜩이며 다시금 주변을 향해 소리 질렀다.

"형 진짜 시끄러워."

옆에서 그런 그를 차게 식은 눈으로 보던 에리히가 중얼거렸다.

"그만 다른 데로 가자."

"그래, 오빠. 사실은 아까부터 나도 빨리 이 자리를 뜨고 싶었어."

바스티에 남매의 대화까지 듣자 나는 약간 민망해졌다. 그, 그래. 우리 때문에 너희가 좀 낯부끄러울 만도 해.

"하리야, 같이 가자. 학교 구경시켜 줄게."

"고마워."

그래도 요하네스는 여전히 다정하게 웃으며 내게 말했다. 우리는 아직까지도 주변을 향해 눈을 시퍼렇게 번뜩이고 있는 카벨을 데리고 자리를 떠났다.

제도에 있는 학술원은 초등부, 중등부, 고등부로 나누어져 있었다. 그 중에서도 카벨과 요한은 고등부에 재학 중이었고, 에리히는 중등부에서 수업을 듣고 있었다.

"와아, 건물 크다!"

루이제가 눈앞의 웅장한 건물을 보고 감탄했다. 과연 아틀란타에서 가장 큰 학술원인 데다 전교생이 귀족 자제들이라 그런지 그 외관부터가 보통 화려한 것이 아니었다. 하지만 나는 이전 생에서 카벨의 졸업식 때 와 본 적이 있었기 때문에 놀라지 않았다. 듣기로 요하네스는 정치학부에서, 카벨은 검술학부에서 각각 수업을 받고 있다고 했다. 중등부인 에리히는 공통 과목을 위주로 공부하고 있었고.

"나 요한 오빠가 수업 듣는 교실 보고 싶어!"

"우리가 들어가도 괜찮아?"

"어차피 주말이니까 괜찮아. 학술원의 승인도 받았고."

"그럼 가자!"

주말인데도 학술원 안에는 교내를 돌아다니는 학생이 많았다. 그들은 뭐가 그리 신기한지 동그랗게 뜬 눈으로 우리를 훔쳐보다가 카벨이 눈을 부라리면 흠칫해서 고개를 돌렸다. 루이제의 말에 요하네스가 있는 정치학부의 강의실을 구경하는 것으로 방향이 정해졌다. 하지만 카벨이 기다렸다는 듯이 딴죽을 걸었다.

"흥, 네가 수업하는 교실에 볼 게 뭐가 있다고. 거기 말고 내가 수업받는 데 가자! 내가 구경시켜 줄게!"

아이고, 아직도 이러는구나. 첫 만남 이후로 두 사람은 시간이 지나도 도통 친하게 지내는 법이 없었다. 주로 카벨이 시비를 걸고 요하네스는 그를 무시하는 형국이었지만 가끔은 요하네스가 그것을 받아쳐 말싸움으로 번지는 일도 있었다. 그래도 예전에 에른스트에서 그랬듯이 그것이 몸싸움으로 번지지는 않아 다행이었다.

"카벨, 넌 주로 연무장에 있잖아. 지금 가 봤자 기껏해야 흙먼지만 날릴 텐데."

요하네스가 지나가듯 내뱉은 말에 카벨의 굵은 눈썹이 꿈틀거렸다.

"그럼 넌 네 동생 데리고 가. 난 내 동생 데리고 갈 테니까!"

이게 웬 편 가르기래요? 유치하다, 둘째야…….

"가을이지만 오늘은 기온도 높고, 하리도 안으로 들어가서 쉬는 게 나을 거라는 생각은 안 해?"

"야, 너 지금 내 앞에서 아는 척하는 거야?! 하리는 내가 더 잘 알거든?! 하리는 너 같은 거보다 나랑 같이 가고 싶어 하거든?!"

카벨이 또 이상한 승부욕을 불태우기 시작했다. 그나마 나이를 먹으면서 예전처럼 떼를 쓰지는 않는다지만 여기에서 내가 요하네스를 선택하면 삐져서 귀찮게 굴 게 뻔했다. 게다가 학술원에 가면서 전처럼 자주 못 보게 된 카벨이니만큼 웬만하면 원하는 걸 들어주고 싶기도 했고. 크흑. 그래, 어쩌겠는가, 이것이 나의 업보인 것을. 나는 어쩔 수 없이 요하네스 쪽을 보며 말했다.

"그럼 우린 카벨 오빠랑 같이 연무장 쪽에 잠깐 들렀다가 갈게."

그러자 카벨은 나를 보며 두 눈을 초롱초롱 빛냈고, 요하네스는 작게 한숨을 내쉬었다.

"그래, 어쩔 수 없지. 그럼 난 루이제랑 같이 건물 안에 먼저 들어가 있을게."

그래서 카벨과 나, 그리고 에리히는 함께 이동하기로 결정되었다. 하지만 에리히가 나를 배신했다.

"난 실내에 들어가 있을래. 오늘 햇볕을 너무 많이 쬐었어."

네가 무슨 동화책 속의 공주냐?! 게다가 햇볕을 많이 쬐기는? 이동할 때도 계속 마차에 타고 있었으니까 고작해야 여기까지 걸어온 시간 동안만 밖에 있었던 거나 마찬가지인데!

"자, 그럼 우리끼리 가자!"

결국 나는 눈 만난 강아지처럼 신이 나서 내 손을 끄는 카벨에게 붙잡혀 가야만 했다. 그런데 조금 걷다 보니 구두를 신은 발이 불편해지기 시작했다.

"오빠, 좀 천천히 걷자."

"발 아파?"

"그건 아닌데 쫓아가기 힘들어서. 오빠 보폭이 크잖아."

"업어줄까?"

그건 과하지! 이상하게 카벨은 점점 날 필요 이상으로 연약하게 생각하는 것 같았다. 아니, 물론 이번에는 내가 둘째한테 끌려다니기 싫어서 어릴 때부터 밑밥을 좀 열심히 깐 것도 있지만 말이야. 그래도 '업어줄까?'라니. 그건 좀 아니지 않니?

투둑. 툭! 그런데 우리 옆을 지나가던 학생들이 갑자기 손에 들고 있던 책을 바닥에 떨어뜨렸다. 으응? 그런데 왜 주울 생각은 안 하고 저렇게 입을 쩌억 벌리고 있는 거야?

"이거 떨어뜨리셨어요."

나는 그냥 지나갈까 하다가 그들이 떨어뜨린 책을 주워서 건네주었다. 그래도 카벨의 학교인데, 동생인 내가 선행을 쌓아서 나쁠 건 없겠지. 게다가 방금 전에도 보니 평소에 이놈이 성격을 숨기고 다니지도 않는 모양인데…… 크흑.

"고, 고, 고마……."

그런데 남학생 둘은 책을 주워서 건네는 나를 보며 심하게 말을 더듬었다.

"별말씀을요."

아까 전에 카벨이 한 짓도 있으니 나라도 이미지 쇄신을 하자. 그런 생각을 하면서 나는 그들에게 상냥한 얼굴로 웃어주었다. 그 순간 그들의 입이 좀 더 크게 쩌어억! 벌어졌다.

고오오!

"헉!"

"딸꾹!"

바로 그때 옆에서 매우, 몹시, 엄청나게 어둡고 위험한 기운이 폴폴 풍겨 나오기 시작했다.

"그, 그럼 저희는 이만!"

그 기운을 정면에서 받은 학생들이 사색이 되어 꽁지에 불이라도 붙은 듯이 달아났다. 나는 수상쩍은 얼굴로 옆에 있던 둘째 녀석을 올려다보았다. 그러자 순식간에 내 오감을 건드리던 위험한 기운이 거두어졌다.

"빨리 가자! 여기 날파리가 너무 많아!"

어디를 봐도 짜증이 난 얼굴을 하고 있는 카벨이 내 손을 잡아끌었다. 그래도 아까 전에 내가 한 말이 있어서 그런지 투덜거리면서도 걸음을 늦춘 상태였다. 예전 같으면 내가 뭐라고 할 새도 없이 무작정 잡아끌고 돌진했을 텐데 이제는 제법 배려라는 것도 할 줄 알고. 기특하구나, 우리 둘째! 방금 전의 수상쩍음은 그냥 모르는 척해 주마.

"어어!"

그런데 얼마나 걸었을까. 이번에는 카벨이 먼저 누군가를 향해 아는 척하며 걸음을 멈추었다. 맞은편에서 다가오던 소년도 카벨을 발견하고 입을 열었다.

"카벨."

앗, 혹시 둘째의 친구인가?! 가까이 다가온 그를 보고 나는 그만 깜짝 놀라고 말았다.

"뭐야, 집에 간다더니 일찍 왔네?"

"그렇게 됐어."

그는 은발에 금색 눈동자를 가진, 개안할 만큼의 미남이었다. 단정한 분위기는 요하네스와 느낌이 비슷했지만, 그쪽이 단아한 미남이라면 이쪽은 좀 더 화사한 미남이라고 해야 하나. 그야말로 동화책 속 왕자님의 정석 같다고 해야 할지.

"그런데, 손님?"

햇빛 조각을 담아 놓은 듯한 금색 눈동자가 나를 향해 미끄러졌다. 그러자 카벨이 기다렸다는 듯이 우리 두 사람을 서로에게 소개하기 시작했다. 그 뿌듯한 얼굴이 꼭 자기가 제일 좋아하는 사람을 누군가에게 처음 선보일 때의 얼굴 같았다. 우리 둘째, 저 친구를 굉장히 좋아하는 모양이구나. 먼저 카벨이 나한테 그를 소개해 주었다.

"인사해, 내 친구야!"

"친구였던가?"

쿠, 쿨럭. 하지만 그는 상냥하게 웃는 얼굴로 매우 태연하게 카벨의 말에 반문했다. 그, 그렇게 안 생겼는데 의외로 성격이 좀 나쁜 것 같기도……. 진담인지 농담인지 솔직히 잘 모르겠다. 후, 후자겠지?

불행이라고 해야 할지, 다행이라고 해야 할지, 마이페이스인 카벨은 그의 말을 귓등으로도 듣지 않은 눈치였다.

"이제키엘 알피어스라고, 오벨리아에서 유학 왔는데 친구 하나 없기에 내가 친구 먹어줬어!"

저기, 그거 아닌 것 같은데. 누가 봐도 친구를 먹어준 건 네가 아니라 저 사람 같은데? 하지만 카벨은 우리의 반응에 아랑곳하지 않고 이어서 그에게 나를 소개했다.

"이쪽은 내 동생!"

"아."

카벨의 말에 그의 눈동자에 이채가 떠올랐다. 그와 눈이 마주치는 순간, 나는 깨달을 수 있었다. 우리는 동지! 척 봐도 그동안 카벨이 엉겨 붙어서 많이 피곤했던 것 같은데요! 이제키엘이라는 사람도 나와 같은 것을 느낀 눈치였다. 우리는 홀로 뿌듯해하는 카벨을 옆에 둔 채로 잠시 눈빛으로 생각을 교환했다.

'이것 참 우리 둘째 때문에 고생이 많으십니다.'

'동생분이야말로 그동안 고생하셨겠습니다.'

그 후 우리는 방금 전보다 한결 친숙해진 느낌으로 인사를 나누었다.

"이제키엘 알피어스입니다. 만나 뵙게 되어 반갑습니다."

"하리 에른스트예요. 만나서 반가워요."

"평소 카벨에게 이야기는 많이 들었습니다."

"그러신가요……?"

그 순간 나는 눈매를 꿈틀거리고 말았다. 이야기를 많이 들었다니? 카벨이 도대체 무슨 얘기를 한 거지? 하지만 그는 내 의구심 어린 눈빛에 별다른 말없이 그냥 웃음 지을 뿐이었다.

"처음 아를란타에 왔을 때 카벨 덕분에 쉽게 적응할 수 있었습니다. 그의 가족에 대한 이야기도 간혹 들었는데, 저는 외동이라 남매들 간의 우애가 돈독해 보이는 것이 부럽더군요."

아, 맞아. 방금 카벨도 이 사람이 오벨리아에서 왔다고 소개했었지. 와, 그런데 아를란타어 되게 잘하네. 순간 외국인인 걸 잊었을 정도다. 그나저나 아를란타에서는 은발이 그리 희귀한 것이 아니지만 오벨리아에서는 극히 드물다고 들었는데. 에리히나 내가 은발이라 그런지 괜히 친숙한 느낌도 들고 그렇다.

"너도 어릴 때부터 같이 사는 친척 여동생 있다면서? 하긴, 그래도 이 멋진 카벨 님이 부럽긴 하겠지!"

카벨은 옆에서 '들었지? 들었지? 내가 이 정도야!'라는 듯이 콧대가 높아져서 어깨를 으쓱거리고 있었다. 내 앞에서 멋진 오빠의 모습을 보였다는 생각에 기분이 좋은가 보다.

하지만, 아니야. 둘째야, 지금 그거 뭔가 아닌 것 같아. 그나저나 이런 모습을 보면 역시 친구 먹어준 건 카벨이 아니라 저 사람인 게 맞잖아. 으흑. 우리 둘째, 혹시 진짜 친구 한 명 없는 건 아니겠지? 뭐, 내가 남 말 할 처지는 아니지만.

"그럼 오늘 즐거운 시간 보내시기를."

그는 마지막까지 부드럽게 미소 짓는 얼굴로 정중히 인사한 뒤 우리를 지나쳐 갔다. 나는 알지 못할 짠한 감정에 젖어 뒤로 살짝 돌아 그를 보았다. 세상에, 저런 멀쩡한 사람이 어쩌다가 우리 둘째 녀석에게 붙잡혀서…….

"저 사람도 검술학부야?"

"아니, 정치학부."

"아, 그럼 요한 오빠랑 같이 수업 듣겠네?"

"유학생은 교과 과정이 다르니까 몇 개만 같이 들을걸? 그리고 이제키엘은 요하네스 같은 애랑 안 친해! 내가 재 절친이야!"

그, 그래. 네 친구 아무도 안 뺏어 가. 그러니까 진정해라. 하지만 카벨은 곧 시무룩해졌다.

"그런데 아마 이번 학기 지나면 이제키엘은 조기 졸업할 것 같아서."

아, 그럼 아마 나도 그를 다시 만나기는 힘들겠구나. 흑, 미남이여, 안녕. 잠시나마 자체 발광하는 미모를 봐서 행복했습니다. 그나저나 잘생긴 사람이 공부도 그렇게 잘한다니 불공평하잖아? 학술원을 조기 졸업하는 사람은 굉장히 드물어서 한 손에 꼽을 정도라고 하던데. 대단하네. 그리고 유진도 그 대단한 사람 중 하나였지.

"카벨 오빠가 수업 듣는 데는 어디야? 빨리 보고 싶어."

결국 카벨을 우쭈쭈 해주는 건 내 역할이었기 때문에 나는 이쯤 해서 그를 달래 주기로 했다. 그러자 카벨이 물 먹은 화초처럼 금세 생생해졌다.

"하, 네가 보고 싶어 할 줄 알았어. 빨리 가자!"

속마음이야 어떻건 우리는 겉모습만큼은 하하 호호 화기애애하게 교정을 걷기 시작했다.

그 후로도 나는 카벨에게 손을 붙잡혀 여기저기를 끌려다녀야만 했다. 우리가 바스티에 남매와 에리히를 만났을 때에는 이미 학술원을 떠나야 할 시간이 다 되어 있었다.

"카벨, 넌 정말이지……."

나는 드물게도 얼굴을 찌푸리고 있는 요하네스를 보며 뜨끔했다. 사실 처음에야 카벨 혼자 신이 나서 나를 데리고 온갖 곳을 쏘아 다녔지만 어느 순간부터는 나도 같이 흥에 겨워서 '저기는 어디야? 저건 뭐야?' 하며 그를 잡아끌었기 때문이다. 으윽, 내가 어린애도 아닌데 좀 자중하지 못하긴 했다.

"뭐, 왜, 뭐! 내가 내 동생한테 학교 구경 좀 시켜 주겠다는데!"

카벨은 물론 끝까지 뻔뻔했다. 그래도 나는 진심으로 그들에게 미안해 사과했다.

"미안해, 구경하느라 시간 가는 줄 몰랐어."

"아니야. 왠지 카벨이 이럴 것 같아서 우리끼리 돌아다니긴 했어."

크흡, 사실은 나도 완전히 공범인데. 하지만 지금껏 쌓아 온 이미지가 있어서인지 다들 나 때문이라고는 생각하지 않는 눈치였다. 카벨은 원래 누가 뭐라든 신경 쓰지 않는 녀석이어서 지금도 변명할 생각은 안 하고 콧방귀만 뀌고 있었고.

"너무 늦으면 어머니, 아버지가 걱정하실 테니까 오늘은 이만 돌아가는 게 낫겠어."

그래도 우리가 없는 동안 요하네스와 에리히가 루이제를 잘 챙겨 줬는지, 그녀는 아주 만족스러운 얼굴로 생글생글 웃고 있었다. 으악, 그래도 양심에 찔린다! 바스티에 부부한테도 루이제를 잘 돌보겠다고 해 놓고 학교 구경에 오히려 내가 정신을 빼놓다니!

"루이제, 내가 너무 늦게 와서 미안해."

"무슨 소리야? 언니가 카벨 오빠를 데리고 가 줘서 얼마나 쾌적하고 좋았는데!"

쿠, 쿨럭. 그러니? 루이제는 진심인지 꼭 내가 살신성인하는 사람이라도 되는 것처럼 고마움이 담긴 눈으로 쳐다보고 있었다. 아, 알고는 있었지만 진짜 카벨을 싫어하는구나, 으앙.

"오늘 좀 더 같이 시간을 보내고 싶었는데, 아쉽다."

우리를 마차까지 데려다주는 길에 요하네스가 나한테 말했다. 그는 카벨과 달리 아까부터 내 보폭에 맞추어 느리게 걸어주고 있었다. 그 점이 참 요하네스다워서 문득 웃음이 났다.

"나도. 집에는 언제 올 거야?"

"아마 2주쯤 뒤에."

카벨과 에리히는 옆에서 자기들끼리 대화를 나누고 있었다. 표정을 보아하니 에리히가 방금 전의 일로 카벨한테 뭐라고 구박하는 것 같았다. 루이제는 '혼자서도 어디서나 당당하게 걷기!'를 시전하며 제일 앞장서서 움직이고 있었다. 언제나 느끼는 거지만 그녀는 참 씩씩하고 기운이 넘치는 것 같다. 그 모습을 보던 요하네스가 웃음 반 걱정 반의 얼굴로 내게 물었다.

"루이제가 힘들게 하지는 않아?"

"전혀 안 그래. 오히려……."

나도 그녀의 모습을 보며 어렴풋이 웃다가 대답했다.

"루이제 때문에 나도 덩달아 씩씩해지는 느낌이야."

사실 카벨과 에리히가 나를 바스티에에 두고 학술원의 입학을 결정할 수 있었던 것도 그런 이유가 어느 정도 있었을 것이다. 만약 내가 바스티에의 가족들과 사이가 원만하지 못했다면, 또 만약 그들이 조금이라도 나를 홀대하는 느낌이 들었다면, 아마 두 사람도 마음 놓고 그 집을 떠나지 못했을 터였다. 하지만 바스티에 부부도, 바스티에의 남매도, 언제나 우리를 진정성 있는 모습으로 대해 주었다. 아마 그런 믿음이 있기에 유진도 우리를 그들에게 부탁했겠지.

"그래도 너무 무리하지 마."

다정한 음성과 함께 부드러운 손길이 내 머리 위에 내려앉았다. 요하네스는 언제나처럼 내 마음을 편안하게 해주는 얼굴을 한 채 내게 속삭였다. 나도 그를 보며 마주 미소 지었다.

"응, 고마워."

학술원에는 수가 적긴 해도 여학생도 있다고 하니까, 요하네스도 인기가 많을 것 같은데. 역시 내 남자가 될 뻔했던 남자!

"뭐야, 너희 왜 붙어 있어?!"

이럴 때만 재빠른 카벨이 얼른 끼어들어 요하네스와 내 사이를 갈라놓았다. 그래서 마차에 오른 후에야 나는 겨우 요하네스에게 작별 인사를 건넬 수 있었다.

"에리히, 너도 잘 지내. 밥 잘 챙겨 먹고, 잘 자고!"

"네가 내 누나야?"

엄연히 따지면 내가 누나 맞단다. 그리고 넌 입도 짧고 잠도 없어서 더 걱정된단 말이지!

"나는? 나는?"

옆에 있던 카벨이 자기한테도 말해달라는 듯 독촉했다. 끄응. 나는 잠시 망설이다가 그에게 말했다.

"카벨 오빠는…… 그냥 지금처럼만 지내."

부디 더 심해지지 말고, 하다못해 현상 유지라도 해라! 하지만 그는 내 깊은 뜻도 모르고 또다시 거들먹거리기 시작했다.

"하긴, 난 지금도 너무 완벽하지?"

"……."

나는 싸늘해져서 탁, 마차 문을 닫았다.

"그럼 조심해서 돌아가. 다시 볼 때까지 잘 지내."

"요한 오빠도."

그리고 루이제와 나는 학술원을 떠났다. 세 사람을 이곳에 남겨 둔 채로.

"오늘 재미있었어, 그렇지?"

"그러게. 다음에 또 오고 싶다."

단 하루의 짧은 일정이었으나 그래도 제법 알찼던 학술원 견학이었다. 그리고 그날 저녁, 나는 습관처럼 책상 앞에 앉아 펜을 들었다.

유진 오빠, 잘 지내?

오늘 아침에 편지를 보냈는데 또 쓰기는 좀 그렇지만, 어차피 이걸 내일 바로 보낼 것도 아니었으니까.

난 카벨 오빠랑 에리히가 있는 학술원에 다녀왔어.

뭔가 정신은 없었지만 그래도 재미있는 하루였다는 생각이 들었다.

아닌 척해도 어제와 오늘 이틀에 걸친 외출에 피곤했는지, 루이제는 일찌감치 잠자리에 든 뒤였다.

카벨 오빠에게 친구를 소개받았는데 오벨리아에서 온 유학생이래. 유진 오빠도 알고 있어? 내 생각에는 카벨 오빠가 그 친구를 많이 좋아하는 것 같아. 물론 카벨 오빠는 그 친구가 자기를 좋아하는 거라고 하지만 말이야.

오늘은 거의 카벨하고 붙어 있어서 에리히랑 얘기를 많이 못 한 느낌이었다. 그래도 어제는 같이 있었으니까. 요하네스도 잘 지내는 것 같았고.

그러다 문득 유진 오빠의 학술원 생활은 어땠을지 궁금해졌어. 혹시 나중에 기회가 되면…….

편지지의 반 정도를 채운 뒤 나는 테이블을 정리하고 자리에서 일어났다. 침대에 몸을 눕히자 푹신하고 따뜻한 안온함이 나를 반겼다. 오늘은 나도 피곤해서 그런지 꿈조차 꾸지 않고 푹 잘 수 있을 것 같았다.

제8.5장

그 오빠, 카벨 (1)

일요일 오후, 학생들은 이상한 광경을 목격했다. 그것은 바로 카벨 에른스트가 초조하게 교문 쪽을 서성거리는 모습이었다.

"도대체 왜 저러는 거야? 뭘 잘못 먹었나?"

"혹시 넌 카벨 에른스트가 왜 저러는지 알아?"

"난들 어떻게 알아."

"지금 쟤가 제정신이 아닌 것 같다는 건 알겠어."

교정을 걷던 모든 학생이 그를 힐끔거리며 수군거렸다. 도대체 왜 저렇게 똥 마려운 강아지처럼 구는 거지? 물론 평소에도 카벨 에른스트는 개였다. 미친개. 사나운 개. 다들 혹시나 불똥이라도 튀어서 물릴까 봐 알아서 슬슬 피하는 성깔 더러운 개.

카벨 에른스트는 학술원에 입학한 첫날부터 상상을 초월하는 더러운 성격과 가차 없는 폭력성으로 이름을 날렸다. 그 형인 유진 에른스트가 귀족으로서도 학생으로서도 만인의 귀감이 되어 존경받는 것과는 완전히 상반되는 행보였다. 그나마 그를 말릴 수 있는 것은 형인 유진뿐이었지만 그는 역시 훌륭한 인재답게 어렵지 않게 학술원을 조기 졸업했다. 그 후 학술원은 순식간에 카벨의 무법천지가 되어버렸다. 그리고 오늘에 이르기까지, 카벨의 앞에 제물로 바쳐졌던 학생들이 몇인지 이제는 셀 수조차 없었다.

다각다각. 그때, 교문 안으로 마차가 한 대 들어섰다. 학생들은 이채가 떠오르는 카벨의 눈을 보고 지금껏 그가 기다렸던 사람이 저기에 타고 있다는 사실을 어렵지 않게 깨달았다.

마침내 부드럽게 미끄러진 마차가 중앙에 멈추어 섰다. 학생들은 그 앞에 버티고 선 카벨을 보며 왠지 모를 긴장감을 느꼈다. 너도나도 꿀꺽 침을 삼키며 이어지는 카벨의 행동을 주시했다.

덜컹. 하지만 마차의 문이 열리고 거기에서 내려선 것은 그들도 익히 잘 알고 있는 사람이었다.

"카벨 형."

아, 뭐야. 에리히 에른스트였어? 그는 작년부터 학술원의 중등부에 재학 중인 카벨의 남동생이었다. 어쩐지 참을성 없는 카벨이 웬일로 누군가를 끈기 있게 기다린다 싶더니, 자기 동생이라 그랬나 보다. 하지만 카벨은 동생이 아니라 마차 안에 있는 다른 누군가를 향해 부루퉁하게 말했다.

"왜 이렇게 늦게 왔어?"

아, 역시! 이렇게 그냥 넘어가면 미친개의 이름이 울지! 누구인지는 몰라도 이제 사달이 날 예정인가 보다! 카벨이 마차 쪽으로 손까지 뻗자 그들은 앞으로의 유혈 사태를 예상했다. 이미 어느 학생은 그의 난동을 막을 사람을 부르기 위해 교무처 쪽으로 몸까지 돌리고 있었다.

어라? 그런데 마차 안에서 웬 섬섬옥수가 모습을 드러냈다. 햇빛 아래로 나타난 뽀얀 손이 유독 하얗고 작았다. 꽤 오랫동안 검을 잡아 단련된 카벨의 큼지막한 손과 비교하니 더욱 그랬다. 카벨의 손바닥 위로 내려앉는 그 손에 학생들의 시선이 날아가 꽂혔다.

"미안."

곧이어 마차 안에서 나온 사람은 웬 가냘파 보이는 소녀였다.

"길이 조금 막혔던 것 같……."

그 사실에 놀랐던 학생들은 그 후 카벨이 보인 행동에 그야말로 뒤통수를 얻어맞은 듯한 충격에 휩싸이고 말았다.

"우오오! 어서 와!"

"잠깐……!"

미친 멍멍이 카벨은 감히 자신을 기다리게 만든 사람을 줘어 패는 것이 아니라, 오히려 기다렸다는 듯이 격한 환영 인사를 날렸다. 게다가 그는 소녀의 허리를 끌어안다시피 두 손으로 잡아 허공에 빙글빙글 돌리기까지 했다. 그 믿을 수 없는 광경에 모두가 멍한 표정을 짓거나 손으로 눈을 비볐다.

헐, 우리가 지금 뭘 보는 거지? 저놈 누구야? 지금 저기에 있는 거 누구야? 저거 카벨 에른스트 아니지? 그치?

학생들은 카벨 에른스트가 저렇게 해맑은 표정도 지을 수 있다는 사실을 처음 알았다. 그도 그럴 것이 저 카벨 에른스트에게 '해맑은'이라는 수식어라니! 맹세컨대 그에게 어울리는 단어는 '포악한', '사나운', '난폭한' 같은 것이었다. 이를테면 길들여지지 않은 야생의 짐승 같은, 그런…….

"카벨 오빠, 그만 내려 줘."

"우오오!"

"내려 달라고."

"우오오오!"

……그런데 우리가 보고 있는 저 충격적인 장면은 대체 뭐야? 저 사람이 카벨 에른스트의 거죽을 뒤집어쓴 무언가가 아니고서야 지금 그

들이 보고 있는 광경이 도무지 설명되지 않았다. 그 후로도 한참을 더 빙글빙글 돌던 카벨이 마침내 소녀를 바닥에 내려놓았다. 척 봐도 연약해 보이는 소녀가 카벨의 만행에 어지러운지 잠깐 비틀거렸다. 그러자 기다렸다는 듯이 옆에 있던 에리히가 팔을 뻗어 소녀를 지탱했다. 학생들은 또 한 번 놀라고 말았다. 아니, 이럴 수가? 결벽증이라도 있는지 다른 사람한테 닿는 걸 극도로 싫어하는 에리히 에른스트가 먼저 손을 뻗어서 잡아주기까지 하다니?

"형, 작작 좀 해."

"난 살살 했는데! 얘가 너무 연약해서 그래!"

게다가 그는 자기 형을 힐난하기까지 했다. 그때, 어지러움이 가셨는지 소녀가 카벨을 향해 입을 열었다.

"카벨 오빠, 잘 지냈어?"

"응!"

"밥도 잘 챙겨 먹고?"

"응!"

"친구들이랑 싸우지도 않고?"

"그럼!"

오소소! 그 순간, 그들을 지켜보던 학생들의 팔뚝에 소름이 돋았다. 카벨이 또다시 해맑게 웃으며 고개를 끄덕이는 모습이 평소의 살기등등한 모습과 달라도 너무 달라서 도무지 믿어지지가 않았던 것이다. 하지만 그들이 놀랄 일은 아직 남아 있었다. 소녀가 겁도 없이 카벨의 머리에 손을 올렸기 때문에.

안 돼! 물릴지도 몰라, 위험해! 걔 조심하라고 알려 줬어야 하는데! 그러나 그들이 걱정하는 일은 벌어지지 않았다. 아니, 오히려 카벨은 소녀가 자신의 머리를 쓰다듬는 것을 즐기듯이 은근슬쩍 고개를 앞으로 밀어주기까지 했다. 게다가 가만히 보니 그의 광대는 이미 승천하다 못해

하늘을 찌를 정도였다.

"헉!"

"흡!"

"히익!"

저건 흑마법이 분명해! 카벨 에른스트의 몸을 빼앗은 악마야! 아니, 오히려 평소 모습이 악마 같으니까 천사라고 해야 하나? 그때, 그들의 시선을 눈치챈 카벨이 본래 모습으로 돌아가 그들에게 눈을 부라렸다.

"야, 다들 눈 깔아! 내 동생이 쑥스러워하잖아!"

학생들은 반사적으로 고개를 돌렸다. 평소 카벨의 더러운 성격에 하도 많이 데여서 이제는 거의 저절로 몸이 움직여졌다.

"나 잘했지?"

하지만 눈앞에 있는 소녀에게 칭찬해 달라는 듯이 말하는 목소리에 또 한 번 팔뚝에 소름이 돋고 말았다.

"카벨, 학생 기숙사에 이성은 출입 금지인 거 잊었어?"

"요한 오빠!"

이번에는 요하네스 바스티에가 등장했다. 평소에 카벨과 요하네스가 마주치는 것은 학생들 사이에서 비상사태나 마찬가지였다. 두 사람의 부딪힌 시선에서 번개가 치고 불길이 이는…… 건 아니었지만, 그래도 두 사람 사이에 흐르는 기류가 보통이 아니었던 것이다. 평소 침착하고 모범적인 요하네스 바스티에였지만, 카벨 에른스트와는 이상하게도 유독 사이가 좋지 않았다.

아니, 그러나 생각해 보면 딱히 이상한 일도 아니었다. 카벨 에른스트가 화를 부르는 성격인 건 누구나 인정하는 것이었으니까. 게다가 요하네스에게 도대체 무슨 억하심정이 있는지, 항상 먼저 시비를 거는 것도 카벨이었고.

문득 마차에서 누군가가 뛰어내려서 보니 요하네스와 매우 닮은 푸른 머리카락과 푸른 눈동자를 가지고 있는 소녀였다. 그러고 보니 두 사람은 얼굴도 좀 닮아 있었다. 그 후 두 사람이 나누는 대화를 듣고 뒤에 내린 소녀 역시 바스티에 가문의 사람이라는 사실을 알 수 있었다.

"오빠, 왜 이렇게 늦게 나왔어!"

"미안, 루이제. 나도 미리 나와서 기다리려고 했는데 갑자기 교수님이 부르셔서."

그럼 앞에서 카벨과 충격적인 장면을 연출한 소녀는 도대체 누구지? 방금 전 카벨이 '내 동생'이라고 외쳤지만 워낙에 정신이 없어서 그런지 그의 말은 학생들의 귀를 그냥 스쳐 지나갔다.

"하리도 어서 와."

요하네스도 그녀를 아는 눈치였다. 그런데 기분 탓일까? 요하네스도 소녀의 앞에서는 평소보다 태도가 부드럽고 다정한 것 같았다.

"먼 길 오느라 힘들지 않았어?"

"아니야, 오랜만에 바람도 쐬고 좋은걸."

그리고 이어서 소녀가 눈꼬리를 휘며 활짝 미소 짓는 순간.

"카벨 오빠도 요한 오빠도 반가워."

여기저기서 급하게 숨을 들이마시는 소리가 울렸다.

"헉!"

방금 전까지는 카벨 에른스트의 기행 때문에 미처 인식하지 못했는데, 하리라는 이름을 가진 소녀는 엄청난 미소녀였다. 그녀가 영롱한 자색의 눈동자에 온기를 품으며 웃는 순간, 불시에 격침당한 가슴이 거세게 울렁거릴 정도였다.

"야, 내가 눈 깔라고 했지?!"

주위의 반응을 눈치 빠르게 포착한 카벨이 눈을 번뜩이며 다시금 매섭게 소리 질렀다. 어디를 봐도 경계심 가득한 그 눈초리에 모두가 방금 전과는 약간 다른 의미로 두 눈을 부릅뜨고 충격에 젖었다.

서, 설마 카벨 에른스트의 여자 친구? 아니겠지? 설마 아니겠지?! 저런 예쁜 여자애가 뭐가 아쉬워서!

그러나 충격과 공포, 그리고 혼돈에 빠진 학생들을 뒤로한 채로 그들은 자리를 떠났다. 그때까지도 카벨은 경고하듯이 남겨진 학생들을 향해 눈을 부라리고 있었다.

카벨 에른스트와 에리히 에른스트의 여동생이 학술원에 왔다! 소문은 날개 돋친 것처럼 금세 학술원 곳곳에 퍼져 나갔다. 여기저기서 목격자들의 진술이 판을 쳤다.

"오빠, 좀 천천히 걷자."

"발 아파?"

"그건 아닌데 쫓아가기 힘들어서. 오빠 보폭이 크잖아."

"업어줄까?"

투둑. 툭! 귀를 의심할 수밖에 없는 소리에 두 사람의 옆을 지나가던 학생들은 손에 들고 있던 책까지 바닥에 떨어뜨렸다. 도저히 방금 전 들은 말을 믿을 수가 없었다. 업어준다고? 누가? 카벨 에른스트가? 누구를? 자기 여동생을? 아니, 물론 아까 전 교문 앞에서 보인 행동을 떠올려 보면 진짜 동생을 업고 다니고도 남을 것 같긴 하지만. 그래도 카벨 에른스트가 제정신이 아닌 것 같다는 생각은 변하지 않았다.

"이거 떨어뜨리셨어요."

그때, 카벨의 옆에 있던 소녀가 그들이 떨어뜨린 책을 손수 주워 주었다. 그 사실에 학생들은 그만 어안이 벙벙해졌다. 카벨 에른스트의 여동생이 나한테 책을 주워 줬어! 만약 카벨 에른스트였다면 책을 사뿐히 지르밟고 갔을 것이요, 에리히 에른스트였다면 깔보는 듯한 시선을 보낸 뒤 콧방귀를 뀌고 그냥 지나갔을 텐데!

"고, 고, 고마……."

하도 당황스러워서 말까지 더듬고 말았다. 그런데도 소녀는 방긋 웃으며 더없이 상냥한 어투로 말했다.

"별말씀을요."

댕, 댕, 대앵! 그 순간 머릿속에서 종이 울린 것 같았다. 카벨 에른스트의 여동생, 하리 에른스트는 아름다운 외모와 마음씨 모두를 가진 천사였다! 어쩜 이렇게 자기 오빠들을 하나도 안 닮았을 수가!

고오오!

"헉!"

"딸꾹!"

바로 그때 앞에서 위압적인 살기가 전해져 왔다. 시선을 돌릴 것도 없이 카벨 에른스트가 그들을 향해 무시무시한 기운을 내뿜고 있다는 사실을 알 수 있었다.

"그, 그럼 저희는 이만!"

순식간에 눈앞에 보이던 천국의 환영이 지옥으로 뒤바뀌었다. 그들은 부리나케 달아났다. 그리고 방금 전 깨달은 충격적인 사실을 학술원 내에 사방팔방 퍼뜨렸다. 카벨 에른스트, 학술원의 미친개는 엄청난 여동생 바보라고!

"그럼 원래는 귀족이 아닌 거야?"

"그렇겠지. 전 에른스트 공작 부부가 죽은 딸이랑 닮아서 데려왔다잖아."

"믿기지가 않아. 아까 보니까 그냥 완전히 귀족 영애 같던데."

"그런데 그 당시 소문이 자자했었다는 걸 보면 진짜인 것 같아."

한바탕 소란스러웠던 하루가 지나고 학생들은 저마다 모여 낮 동안의 일을 속닥거렸다. 기숙사 안에 마련된 휴식 공간에 자리 잡고 있는 한 무리의 남학생들 역시 마찬가지였다.

"마음에 들더라. 생긴 것도 반반하고."

"뭐야, 너 꽂혔냐?"

"예쁘긴 한데, 아직 좀 어리지 않아?"

그들은 아까 보았던 하리 에른스트를 떠올렸다. 달빛으로 자아낸 듯한 매끄럽고 긴 은발과 오묘한 색채를 발하던 자색 눈동자. 온실 속의 꽃처럼 보호 본능을 자극하는 전체적으로 가냘픈 느낌을 가진 소녀였지.

그런데 은연중에 풍기는 처연한 분위기나, 아직은 앳된 얼굴에 드물게 내비치는 어른스러운 눈빛 같은 것이 묘하게 구미를 당기게 만들었다. 특히 눈꼬리를 접고 웃는 모습은 한순간 저도 모르게 아찔해질 정도로…….

"지금부터 하나씩 차근차근 가르쳐서 내 취향대로 만들면 굉장한 게 나올 것 같아서."

"뭐, 아무리 에른스트라지만 어차피 출신이 그러니까 조금만 잘해 주면 쉽게 넘어오지 않을까?"

그들은 휴식 공간을 나서면서도 계속해서 하리 에른스트의 이야기를 했다.

"그러다 일이 잘 성사돼서 에른스트랑 연이 닿아도 좋겠고."

"아니어도 그냥 좀 가지고 놀다가……."

"야."

하지만 뒤이어 묵직하게 귀청을 울린 목소리는 그들의 것이 아니었다. 그들은 굳은 채 걸음을 멈출 수밖에 없었다. 휴게실의 문을 열자마자 그 앞에 드리워진 거대한 그림자와 곧바로 그들을 직격하는 사나운 기운에 완전히 압도되어서.

"꿰질래?"

낮게 읊조리는 목소리는 그리 크지도 않았으나 남학생들은 천둥소리라도 들은 것처럼 흠칫했다.

"카, 카벨……."

그리고 지옥의 신이라도 본 듯한 얼굴이 되어 주춤 뒷걸음질 쳤다. 다음 순간, 카벨의 입매가 비틀어졌다.

"이 새끼들이 지금 죽으려고."

퍼억! 그들에게 곧바로 거친 발길이 날아들었다. 카벨의 발에 차인 학생이 우당탕 테이블 위로 넘어졌다. 방금 전 하리 에른스트를 두고 얼굴이 반반해 마음에 들었다느니, 지금부터 가르쳐서 자기 취향대로 만들겠다느니 하는 소리를 지껄인 남학생이었다. 그다음엔 하리 에른스트의 출신이 비천하니 조금만 잘해 줘도 쉽게 넘어올 것이라고 입을 털었던 남학생의 얼굴에 주먹이 박혔다. 물론 그녀를 그냥 잠깐 가지고 놀 상대 취급한 놈을 후려갈겨 주는 것도 잊지 않았다.

"더 짖어 봐. 방금 한 것처럼 내 앞에서도 더 지껄여 보라고."

"커억!"

"내가 요즘 너무 쥐 죽은 듯이 조용하게 살았지? 그래서 이렇게 겁대가리를 상실한 거지?"

카벨의 말에 그들은 얻어맞으면서도 황당함을 느꼈다. 쥐 죽은 듯이 조용하게 살기는 무슨! 바로 어제만 해도 경영학부의 학생 하나를 반죽음으로 만들어 놨으면서!

"죽고 싶으면 그렇다고 말해. 괜히 복잡하게 자살 방법 찾지 말고."

카벨은 이를 갈면서 방금 전까지 겁 없이 입을 털어 대던 남학생들을 잘근잘근 다져 주기 시작했다.

"너희 같은 새끼들이, 내 동생한테 껄떡거리는 거, 기분 개 더럽거든?"

퍽, 퍼억! 한 마디를 할 때마다 그들의 얼굴에는 시퍼런 멍이 들었고, 터진 입술에서 피가 터져 나왔다.

“내가 날파리까지는 참아도 쓰레기가 꼬이는 것까지는 못 참아.”

퍼억!

“예전에 내 동생이 말해줬는데, 쓰레기는, 쓰레기통에 그냥, 가만히 있으면 되는 거야.”

퍽, 퍼억!

“그런데 왜 나대서 날 이렇게 짜증 나게 해? 응?”

카벨은 진짜로 짜증이 난 듯, 손에 전혀 사정을 두지 않고 있었다. 방금 전 안에서 그들이 나눈 대화를 듣고 분노한 것이 분명했다.

“내가 이래 봬도 내 가족들만 안 건드리면 얌전한데, 왜 날 가만히 내버려 두지 못해서 안달이냐는 말이야. 응? 나한테 맞는 게 좋아? 그래서 방금도 일부러 내 귀에 들리게 떠든 거야? 응?”

그럴 리가 있겠냐! 그들은 위기감을 느끼고 황급히 입을 열었다.

“사, 살려 줘!”

“그래, 잠깐 말이 헛 나온 거야!”

“난 아무 말도 안 했어! 다 세드릭, 이 자식 혼자서!”

하지만 카벨은 이미 그들의 말을 들을 생각이 없는 것 같았다. 또래 중에서도 신체 조건과 능력이 월등히 뛰어난 카벨이기에 주먹 역시 매서웠다. 게다가 그들은 검술학부도 아닌 데다 곱게만 자란 귀족 자제들이었기에 맷집이 약했다. 더군다나 사는 동안 지금처럼 가차 없이 얻어맞을 일도 없었다. 그때, 그들의 눈앞에 구세주가 나타났다.

“요, 요하네스!”

“뭐야, 설마 말리려고 왔냐?”

카벨의 형형한 눈길이 옆으로 움직여졌다. 아까 전 문밖에서 재수 없게 마주쳐 같이 더러운 소리를 들었던 요하네스였다. 그런데도 말리려고 한다면 아예 같이 밟아줄 생각이었다.

"그럴 리가. 속 시원하게 잘 패기에 가까이에서 보려고 왔는데."

하지만 요하네스는 평소처럼 단정한 얼굴을 한 채로 말했다. 그 말에 카벨에게 얻어맞던 학생들은 어안이 벙벙한 얼굴을 했고, 카벨은 눈매를 구겼다. 그래, 평소에는 가증스럽게 토끼인 척하고 있지만 사실은 여우였지. 뭘 모르는 사람들은 저놈을 착하고 반듯하다고 하지만 귀신은 속여도 난 못 속이지. 물론 카벨은 원래도 요하네스와 사이가 좋지 않았지만 절대 사감이 들어간 생각은 아니었다. 진짜다!

"야, 그런데 저놈을 왜 이렇게 반갑게 불러? 기껏 봐줄 마음을 먹으려고 해도, 이걸 그냥 확!"

"사, 살려 줘!"

애초에 봐줄 마음도 없었던 주제에 그 핑계로 더욱 골고루 패 줬다.

"다른 새끼들한테도 소문내라. 내 동생 건드리면 진짜 죽여 버릴 거라고. 개소리하는 놈들도 마찬가지야!"

카벨의 허락이 떨어진 뒤에야 그들은 저마다 만신창이가 된 몸을 이끌고 앞다투어 달아났다. 그 후 카벨은 자리에 남은 또 한 명의 날파리에게 경고했다.

"이씨, 야, 너! 하리한테 집적거리지 마!"

하지만 요하네스는 얄미울 정도로 태연한 얼굴로 부정했다.

"집적거린 적 없어."

"웃기지 마! 네가 하는 짓이 집적거리는 게 아니면 뭐야!"

그는 아득 이를 갈았다. 처음 만났을 때부터 마음에 안 들었지만 갈수록 더했다. 더군다나 이놈이 시꺼먼 속을 숨기고 하리에게 친한 척을 할 때면 얼마나 속이 뒤집히는지 몰랐다. 요하네스가 살기등등한 카벨을 향해 담담히 입을 열었다.

"친절, 배려, 관심, 호의, 애정. 여러 가지 단어가 있는데 하필이면 집적이라니, 네 어휘력이 안타까운데."

"뭐야?!"

카벨은 요하네스의 노골적인 무시에 발끈했다. 그리고 그 직후 묘하게 마음에 걸렸던 어떤 부분에 멈칫했다.

"아니, 그런데 잠깐. 방금 거기에 굉장히 야리꾸리하고 요상한 단어가 껴 있었던 것 같은데?"

방금 전 자신이 들은 말을 곱씹어 생각하던 카벨이 곧 기가 막혀 입을 벌렸다.

"애정? 애에에저엉?"

이게 무슨 말 같지도 않은 소리란 말인가? 애정? 애정이라고? 감히 네깟 놈이 하리한테 애에정? 그런데 요하네스는 한술 더 떴다.

"너한테 익숙할 단어로 바꿔 말하면 흑심이라고 해야 할지."

"흐으으윽시이임?!"

"뭐, 네 수준에 맞춰서 설명해 준 것뿐이야."

카벨은 어느 부분에서 어떻게 화를 내야 할지 잠시 헷갈려 하다가 그냥 눈앞에 있는 놈을 작신작신 밟아주기로 했다. 그동안은 나름대로 여러 가지를 생각하고 고민해 참아 왔지만 오늘은 아니야!

아마 잇따른 요하네스의 말에 멈칫하지만 않았다면 진짜로 그에게 주먹을 날렸을지도 몰랐다.

"예전에는 동생이 아니라고 하더니, 지금은 잘도 내 동생 소리를 하네."

"이……! 그게 언제 적 일인데!"

물론 질풍노도의 시절, 부모님이 어느 날 갑자기 동생이라고 데려온 하리에게 반감을 품은 적도 있었지만…… 그건 다 어릴 때의 일이었다. 솔직히 단순한 성격의 카벨이 누군가를 진심으로 오랫동안 진득하게 미워하기란 어려웠다(물론 지금 눈앞에 있는 요하네스는 논외였다). 게다가 함께 힘든 어린 시절을 거쳐 온 하리를 어떻게 동생이 아니라고 생각할 수 있단 말인가?

6년 전 부모님의 사후, 홀로 형제들과 떨어져 슈마하 백작가에서 치료를 받다가 마침내 에른스트에 돌아왔을 때. 혹시 형제들이 그를 원망하지 않을까 남모를 두려움을 품고 있던 그를 가장 먼저 맞아준 것은 하리였다.

"어서 와, 카벨 오빠."

왈칵 눈물이 날 것 같아서 곧바로 자리를 박차고 떠났지만 아직도 그날의 일은 카벨의 기억 속에 생생히 남아 있었다. 그 후에도 그들은 울고 웃고 싸우며 수많은 시간을 함께 보냈다. 그러니 이제 와 남이라고 생각할 수 있을 리가 없었다.

아씨, 그런데 이 샌님이 지금 감히 내 흑역사를 들춰?

"어쨌든 다행이네. 지금 너한테 하리는 진짜 그냥 동생인 것 같아서."

"뭐? 이게 지금 뭐라는 거야? 그 말 뭔가 이상한데?"

"네 행동이 모호해서, 혹시 하리를 동생 이상으로 생각하는 건 아닌지 갑자기 의심이 들었거든."

"뭐, 뭐……?! 내가 너처럼 속이 시커먼 놈인 줄 알아?! 동생이 동생이지!"

"그래, 그 마음 평생 변하지 말도록 해."

그 후 요하네스는 혼자만 여유로운 태도로 문을 나섰다. 혼자 남은 카벨은 왜인지 모르게 진 것 같은 기분이 되어서 씩씩거렸다.

"형도 참 요하네스한테 지치지도 않고 시비를 건다니까."

요하네스가 떠난 자리에 나타난 것은 카벨의 동생인 에리히였다. 얼굴을 보아하니 그들의 대화를 전부 들은 눈치였다.

"야, 너도 저 자식 말 들었어? 뭔 소리를 저따위로 이상하게 하고 가?"

카벨은 입에서 침을 튀기며 분노를 호소했다.

"내가 자기처럼 하리한테 흑심이라도 품을까 봐? 그게 말이 되냐?"

하지만 에리히는 잠깐 움찔한 뒤 이상하게도 유난히 차가운 어조로 말할 뿐이었다.

"어차피 피가 섞인 것도 아니잖아."

"그래도 친동생이나 마찬가지잖아!"

그 후로도 카벨은 한참이나 요하네스의 말이 얼마나 파렴치한지에 대해 토로했다. 비록 피는 안 섞였지만 어릴 때부터 거의 10년이나 같이 살았으니 진짜 동생이나 마찬가지이며, 그런 하리에게 요하네스가 말한 대로의 허튼 마음을 먹는 것은 절대로 있을 수도, 있어서도 안 되는 일이라는 내용이었다. 그렇게 씩씩거리던 카벨은 마주한 에리히의 얼굴을 보고 더욱 신이 나서 외쳤다.

"너도 짜증 나지? 역시 넌 이해할 줄 알았어. 요하네스 저놈이 이상한 거지!"

싸늘하게 굳어져서 짜증을 담고 있는 에리히의 얼굴을 보니, 자신의 말에 공감해 요하네스에게 함께 분노하는 것 같아서 그나마 조금 화가 풀렸다. 하지만 이어진 동생의 말은 예상과 달랐다.

"그러게. 왜 이렇게 형이 짜증 나지?"

"그래, 요하네스 저 자식 진짜……."

카벨은 무심코 맞장구치다가 멈칫했다.

"어, 어, 나?"

그는 어벙하게 되물었다. 하지만 에리히는 다른 말 없이 그냥 몸을 돌려 문을 나섰다. 자리에 혼자 남은 카벨은 왜 애꿎은 자신이 동생의 미움을 받아야 하는지 이해되지 않아 그저 어안이 벙벙하게 서 있을 수밖에 없었다.

제9장

당신을 그리워하는 여섯 번째 겨울. 그리고 다시 봄, 만나다

학술원의 방학을 맞아 카벨과 에리히, 그리고 요하네스가 바스티에로 돌아왔다. 한동안 조용했던 저택은 전보다 시끌벅적해졌다. 겨울이 깊어지면서 실내에서 활동하는 시간도 많아졌다. 그런 생활을 누구보다 못 참는 건 당연히 카벨이었다.

카벨은 대부분의 시간을 연무장에서 보냈는데, 그렇지 않을 때는 바스티에의 저택에 버티고 앉아 이글이글한 눈빛으로 요하네스를 노려보고는 했다. 물론 요하네스는 여느 때처럼 그런 카벨을 가뿐히 없는 사람 취급했다. 그럴 때마다 나는 바스티에 부부를 보기가 민망해서 둘째 놈을 살살 구슬려 밖으로 내보내거나 방으로 올려 보냈다.

"페니, 간식 먹자."

"왈왈!"

한편, 에리히가 저택으로 돌아와 가장 신이 난 건 바로 페니였다. 페니는 우리가 에른스트를 떠날 때 같이 바스티에에 오게 되었다. 하지만 학술원까지 데려갈 수는 없었기 때문에 학기 중에는 어쩔 수 없이 에리히와 떨어져 지내야 했다. 물론 그러는 동안 바스티에의 사람들과 내가 페니를 정성껏 돌봐 주었지만 역시 에리히에게 댈 것은 아닌 것 같았다. 하긴, 서로의 참사랑이니 당연한가. 큽, 앞으로도 쭈욱 예쁜 사랑 하시길. 나는 훈훈한 두 사람…… 아니, 훈훈한 한 사람과 강아지 한 마리를 보며 흐뭇하게 코 밑을 훑었다.

"루이제, 지금 피아노 방 안 쓸 거야?"

"응, 언니 마음대로 써!"

에리히와 페니를 향해 슬금슬금 다가가는 루이제를 보며 묻자 그녀가 시원하게 대답했다. 그러는 바람에 에리히가 루이제를 돌아보았다. 그 직후 그는 어느덧 가까워진 루이제를 보며 흠칫했다.

"나 페니 배 만질래!"

"네가 페니 배를 왜 만져?"

"내가 좀 만지면 어때서? 오빠가 없을 때 내가 밥도 주고 간식도 주고 산책도 시켜 줬는데! 그리고 오빠가 있을 때만 페니가 나도 배 만지게 해준단 말이야!"

나는 사이좋게 아웅다웅하는 두 사람을 보다가 방금 전보다 두 배는 흐뭇해져서 뒤돌아섰다. 거참, 둘 다 귀엽기도 하지. 6년이란 세월이 확실히 짧았던 건 아닌가 보다. 저 새침한 두 사람이 저렇게 티격태격할 정도로 친해진 걸 보면.

나는 계단을 올라 피아노가 있는 방으로 향했다. 카벨은 아침 일찍부터 연무장에 가서 감감무소식이었고, 요하네스는 서재에서 책을 보고 있었다. 에리히와 루이제는 아래층에서 페니와 놀고 있는 데다 바스티에 부부도 외출했기 때문에 저택은 조용했다.

"피아노를 연습하러 가십니까, 하리 아가씨?"

"알버트."

그때, 내 눈앞에 외알 안경을 낀 백발의 노인이 모습을 드러냈다. 하지만 그는 노인이라고 부르기에 미안할 정도로 정정한 신사였다. 그는 바스티에의 집사로, 이름은 알버트였다. 에른스트에 있는 우리 집사는 이름이 휴버트였는데, 이름만 들으면 꼭 한 세트 같다. 혹시 집사들의 이름은 원래 다 이렇게 비슷한 걸까? 음, 그럴 리가 없지.

"피아노 소리가 전보다 탁하다고 하셔서 오전에 조율사를 불러 해결했습니다."

"아, 벌써요? 빠르네요."

"예. 그리고 청소는 방금 전에 끝냈으니 마음 편히 계셔도 됩니다."

"고마워요, 알버트."

그 집사, 유능! 나는 알버트의 빠릿빠릿함에 새삼 감탄했다. 피아노 소리도 어제 루이제가 지나가듯 한번 말한 것뿐인데 이렇게 금방 해결되다니. 크으, 전부터 느꼈지만 알버트의 신속, 정확함은 너무나 대단한 것.

우리 집사인 휴버트도 물론 유능했지만 알버트는 그보다 좀 더 노련하다고 해야 하나, 경험치가 좀 더 많다고 해야 하나. 나는 속으로 그런 생각을 하며 피아노 방의 문을 열었다. 바스티에에 온 뒤부터 나는 루이제와 함께 레이디의 기본 소양을 공부하고 있었다. 거기에는 악기도 포함되어 있어서 우리는 가정교사에게 일주일에 두 번씩 피아노를 배웠다.

우리의 가정교사인 플로라 부인은 다정다감하고 상냥한 귀부인이었다. 그래서인지 그녀는 루이제와 나에게 좀 서툰 부분이 있어도 답답해하거나 채근하지 않고 하나씩 차근차근 친절히 설명해 주었다.

참, 바스티에에 와서 알았는데 원래 가정교사에게 체벌을 받는 건 있을 수 없는 일이라더라! 아이들을 교육하는 입장에서 모자람이 있다는 이유로 체벌을 가하는 것은 귀부인에게 엄청난 불명예라고 했다. 게다가 더 나아가, 가정교사의 자격을 박탈할 만한 낯부끄러운 일이라고도 들었다. 그 사실을 알고 나는 뒤통수를 얻어맞은 것 같은 얼얼함을 느꼈다.

레놀드 부인, 그 망할 아줌마……! 지난 생에도 그랬고, 이번에도 그렇고, 그럼 그동안 내가 다리에 불이 나도록 회초리질을 당한 건 뭐야! 크흑, 뭐긴 뭐겠는가? 완전히 호구 잡혔던 거지! 뒷골목에서 살다 와서 아무것도 모르는 멍청한 계집애가 얼마나 만만해 보였을까. 경멸스러운 천한 계집애 하나쯤은 마음대로 괴롭히기도 쉬웠을 터다. 그 사실을 처음 알게 된 날, 나는 분한 마음에 침대 속에서 밤새 몸부림쳐야만 했다. 적어도 몇 년 정도는 '이불 뻥뻥! 베개 팡팡!'을 할 만한 일이었다.

와, 나도 아직 멀었구나. 그 영악한 아줌마의 말에 한 번도 아니고 두 번이나 순진하게 껌뻑 속아 넘어가다니. 뭐? 체벌을 받는 건 부끄러운 일이니까 다른 사람한테는 숨겨야 한다고? 다른 귀족 영애들도 다들 그렇게 수업을 받는다고? 으아아! 난 왜 바보같이 그 말을 곧이곧대로 믿은 거야! 나는 밀려드는 굴욕감과 수치심, 그리고 분노와 억울함에 밤마다 이불을 뻥뻥 걷어찼다.

사실 지난 생에는 개인적인 친분을 다진 또래 귀족 영애도, 귀부인들도 없어서 객관적으로 내 상황을 살펴볼 만한 비교군이 하나도 없었다. 새언니들과도 사이가 나쁘진 않았지만 그렇다고 해서 그런 개인적인 이야기를 나눌 정도로 친하지도 않았고. 그래서 레놀드 부인이 나를 속였다는 것도 지금껏 깨닫지 못했다.

어쨌든, 바스티에에서 옷 시중을 들어주던 하녀가 회초리질을 당한 흔적이 남은 내 다리를 본 것이 다행이라면 다행이었다. 아마 그것이 아니었다면 나는 지금까지도 바보처럼 아무것도 모르고 있었을 테니까.

"뭐? 그 정신 나간 여자가 하리 너한테 체벌이랍시고 회초리질을 했다고?"

그 이야기를 전해 들은 바스티에 부인은 노발대발했다. 평소 온화하던 바스티에 부인이 그 정도로 격렬하게 반응하는 모습은 처음 봐서 솔직히 당황했다. 처음 이 집에 왔을 때 레놀드 부인에게 맞은 흔적이 남은 내 얼굴을 보고 깜짝 놀란 표정을 짓던 바스티에 사람들이 아직도 기억에 생생했다.

그렇기 때문인지 교육을 빙자한 체벌 사실까지 알게 된 바스티에 부인은 분개하는 한편, 나를 더욱 동정하는 눈치였다. 으음, 아마도 그들은 에른스트 부부가 죽은 후 레놀드 부인에게 내가 엄청나게 핍박받고 지냈다고 생각하는 것 같았다. 뭐, 아주 틀린 소리는 아니지만 그래도 그들이 생각하는 것처럼 심각한 정도는 아니었던 것 같은데…… 쿨럭, 물론 그런 말을 해도 통하지 않을 것 같은 분위기라 그냥 가만히 있었다.

그리고 동시에 그들은 유진이 우리를 이곳에 맡긴 이유를 그제야 더욱 확실히 이해한 눈치였다. 우리가 에른스트를 떠나기 전날 밤. 사실 그때 레놀드 부인을 막아서는 사람이 아무도 없었다면 나는 곧바로 고아원에 끌려갔을지도 몰랐다. 아니면 그런 상상은 별로 하고 싶지 않지만, 고아원보다 끔찍한 곳에 가게 되었을 수도 있고.

서서히 되감긴 기억이 다시금 그날 밤에 머물렀다. 그러자 건반 위에서 움직이던 내 손도 조금 느려지기 시작했다.

"꽤 어려운 곡인데 능숙하게 잘 치네."

"요한 오빠."

내 상념을 깨뜨린 것은 문가에서 들려온 요하네스의 목소리였다. 고개를 돌리자 문 옆에 기대 서 있는 그의 모습이 시야에 들어왔다.

"언제 들어왔어? 왔으면 말하지."

"놀랐으면 미안. 연주가 듣기 좋아서 방해하기 망설여졌어."

요하네스가 설마 노크도 없이 들어왔을 리는 없으니, 내가 다른 생각에 잠겨 있어서 못 들은 게 분명했다.

"나도 전에 배웠던 건데 이렇게 듣는 건 오랜만이네."

"오빠도 이 곡 연주할 줄 알아?"

"응, 조금."

요하네스가 옅게 미소 지으며 피아노 쪽으로 다가왔다. 따단. 길고 단정한 손가락이 건반 위에 내려앉았다. 방금 전 내가 연주했던 음악이 귓가에 울렸다. 나도 요하네스를 따라 왼손을 피아노 위에 올렸다. 곧 그와 내가 같이 만드는 화음이 실내에 번져 나가기 시작했다.

피아노 음에서는 연주자의 성격이 드러난다는 말이 맞는 것 같았다. 같이 피아노를 배우는 동안 느낀 것이지만 루이제는 씩씩하게 혼자서 질주하는 느낌이었는데. 그래서 같이 연주할 때는 맞추기 어려운 편이기도 했다.

반면 요하네스는 섬세하고 배려 넘치는 연주를 하고 있는 것이 참 그다웠다. 요하네스가 나를 보며 웃어서 나도 그를 향해 미소를 지어주었다. 그때 문밖에서 우당탕탕! 시끄러운 소리가 들려왔다. 피아노 방이 특히 방음 처리를 꼼꼼히 잘해 둔 것을 생각하자면 참으로 엄청난 소음공해가 아닐 수 없었다. 우다다다 달려오는 소리가 확연히 가까워지고 있었기 때문에 요하네스와 나는 연주하던 것을 멈추었다.

"너희 뭐 해!"

벌컥 문을 열고 들어온 것은 역시 둘째 카벨이었다. 그래도 내가 몇 년간 잘 가르쳐서 이제는 저런 짓도 많이 줄었다 싶었는데 말이지. 카벨은 요하네스가 관련된 일에는 유독 막 나가곤 했다. 도대체 왜 이 두 사람은 조금도 사이가 좋아지지 않는 거냐, 크흑.

"카벨 오빠, 놀랐잖아. 노크는 하고 들어와야지."

내가 카벨을 힐난한 뒤 요하네스도 입을 열었다.

"뭘 하냐니, 눈과 귀 둘 중 하나만 있어도 알 수 있을 텐데."

"애를 불러오라고 시켰으면 얌전히 불러오기만 할 것이지, 왜 또 옆에서 껄떡거리고 있어?!"

음? 날 불러오라고 했다고? 바스티에 부부가 시킨 건가? 그게 아니면 애초에 나를 데리러 요하네스가 오는 것을 카벨이 그냥 놔뒀을 리가 없으니까. 아마도 바스티에 부부가 그새 외출을 마치고 돌아온 모양이다. 생각해 보면 아무리 내가 노크 소리에 반응하지 않았다고 해도, 아무 목적도 없이 요하네스가 그냥 방문을 열고 들어왔을 리 없었다. 만약 그런 상황에서 내가 아는 그라면 나를 방해하지 않고 그냥 조용히 뒤돌아섰을 터다. 그런데 그런 요하네스에게 껄떡이라니! 이게 무슨 망발이야!

"카벨 오빠, 그냥 같이 피아노 좀 친 거 가지고 껄떡이 뭐야?"

"나랑 쳐, 나랑!"

"오빠는 피아노 안 배웠잖……."

"나도 오늘부터 피아노 배울 거야!"

저 곰 같은 손으로 피아노라니. 그리고 네가 이런 거 재미없다고 때려치운 게 벌써 몇 년 전인데! 하지만 약이 오른 듯한 저 얼굴을 보아하니 이대로 두면 계속 우길 게 분명했다. 그냥 말을 돌리자.

"그런데 왜 날 불러오라고 한 건데?"

"아! 형이 선물 보냈어!"

카벨은 그제야 자신이 이곳에 온 이유가 기억난 듯이 말했다. 그 말을 듣고 나는 의자에서 일어났다. 그런 나를 향해 요하네스가 사과했다.

"미안, 좋아하는 피아노곡이라 할 말이 있어서 온 걸 잠시 잊고 있었어."

"아니야, 오빠랑 같이 연주하는 거 재미있었어."

나는 요하네스와 화기애애하게 피아노 방을 나섰다. 옆에는 카벨도 함께였다. 둘째 놈은 지치지도 않고 옆에서 요하네스를 향해 '사기꾼'이라느니, '속이 시꺼먼 놈'이라느니 하며 구시렁거렸다. 그런데도 화 한 번 안 내는 걸 보면 정말이지, 요하네스의 속이 얼마나 넓은 건지 모르겠다. 혹시 바스티에의 대인배 기질은 타고나는 건가?

"하리야, 유진이 선물을 보냈는데 한번 열어 보렴."

아래로 내려가자 바스티에 부부가 웃으며 우리를 반겨 주었다. 유진이 이런 식으로 우리에게 선물을 보내는 것은 전부터 종종 있던 일이었다. 나는 내 앞으로 온 큰 상자의 보라색 리본을 풀고 뚜껑을 열었다.

이번 선물은 옷이었다. 척 봐도 고급스러운 느낌이 나는 연푸른 드레스가 내 손에서 황홀한 물결을 일으켰다. 하지만 그것을 들어 몸에 대본 나는 어쩔 수 없이 작게 웃고 말았다.

"어머, 조금 작은 것 같구나."

늦가을부터 내게는 성장기가 찾아왔다. 무릎이 슬슬 쑤시는 느낌이 든다 싶더니 겨울이 온 지금은 전보다 키도 많이 커졌다. 나는 계속 성장이 더디다가 급격히 자라는 경우였다. 그래서 아마 봄까지는 지금보다 키가 최소한 반 뼘 정도는 더 클 것이었다.

"사람을 불러 수선을 해봐야겠다."

그래서 지난겨울에 입던 옷도 전부 지금은 맞지 않아 재단사를 불러 새로 맞춰야 했다. 바스티에 부인은 난처한 듯이 수선을 해 입으면 된다고 했지만 척 보아하니 이건 수선으로 해결될 정도가 아니었다.

"그냥 수선 없이 이대로 제가 가지고 있을래요."

나는 유진의 선물을 지금 상태 그대로 손대지 않고 갖고 싶어 웃으며 그렇게 말했다. 아직 유진은 내가 전보다 많이 자란 걸 모르나 보다. 아마도 다음 봄까지는 계속 클 텐데. 물론 나올 데 나오고 들어갈 데 들어간 늘씬한 미녀가 되려면 좀 더 있어야 하지만. 흐흑, 그날이 너무 멀게 느껴진다. 하지만 지금까지도 시간이 이렇게 빨리 지나갔으니, 아마 그날도 금방 오겠지. 그렇겠지……?

나뿐만 아니라 카벨과 에리히도 유진에게 각각 선물을 받았다. 사실 우리에게 보낼 선물을 직접 고른 건 유진이 아닐지도 몰랐다. 보통 귀족들은 이런 일을 할 때 아랫사람에게 지시를 내리는 편이었으니까. 하지만 그렇다 해도 좋았다. 우리를 위하는 마음은 이 안에 온전히 담겨 있다는 걸 아니까.

이런 날에는 통신구를 통해서라도 유진과 얼굴을 보고 이야기하고 싶었다. 사실 지금도 그럴 마음만 먹으면 언제든 연락할 수 있기는 했다. 예전에 사용하던 통신구도 아직 내 방에 있었고, 또 그렇지 않더라도 우리가 원하기만 하면 바스티에 부부가 신경 써 주지 않을 리 없었으니까.

하지만 나도, 다른 형제들도 그러지 않았다. 우리가 마지막으로 통신구를 통해 연락을 주고받은 건 3년 전의 일이었다. 그리고 그 무렵, 유진은 에른스트로 귀가하던 길에 습격을 당했다. 범인은 곧바로 검거되었지만 유진은 칼에 찔려 꽤 오래 치료를 받아야 했다.

그러나 그는 사건이 있던 이틀 뒤, 아무렇지 않은 척 통신구를 통해 우리에게 얼굴을 내비치고 이야기를 나누었다. 우리가 그의 소식을 알게 된 것은 그보다 시일이 어느 정도 더 지난 뒤였다. 그 일이 있고 난 뒤, 제일 먼저 카벨이 유진이 우리를 만나러 바스티에에 오는 것을 반대했다. 에리히와 나도 거기에 동의했다. 유진이 그동안 우리 때문에 알게 모르게 무리하고 있었다는 것을 새삼스럽게 자각했기 때문이다.

나는 그때 이후로 유진에게 편지를 쓰기 시작했다. 일단 제한된 횟수가 있는 통신구를 이용하는 것보다 더 자주 연락할 수 있었고, 또 시시콜콜하지만 보다 자세한 일상 이야기도 원하는 대로 적어 보낼 수 있었으니까. 물론 내가 편지를 5번 보내면 유진은 1번 답장을 보내는 정도였지만 그것만으로도 충분했다. 그것이 굳어져 언젠가부터는 통신구를 아예 사용하지 않게 되었다.

"오늘 양고기가 아주 부드럽네요."

"이번에 바꾼 소스도 풍미가 아주 깊군."

학술원의 방학을 맞은 후부터 바스티에의 식탁도 전보다 시끌벅적해졌다.

"그래서 이제키엘은 이번에 졸업하는 게 맞아?"

"맞…… 기는 한데, 네가 왜 내 친구 일에 관심을 가져?!"

"같은 학술원 동기인데 궁금해할 수도 있는 것 아닌가. 네가 그 친구와 제일 가까우니까 물어본 거야."

"내가 제일 가까운 친구…… 흥! 그걸 이제 알았냐? 또 궁금한 거 있으면 나한테 다 물어보라고! 난 이제키엘 절친이니까!"

나는 금세 기분이 좋아져서 입꼬리를 꿈틀거리는 카벨을 보며 그만 측은한 눈빛을 보내고 말았다. 둘째야…… 너 지금 요하네스한테 요리당하고 있는 것 같은데? 이 식탁에 앉은 사람 중에 너만 그 사실을 모르는 것 같은데?

"형, 그만 조용히 하고 밥이나 먹어."

카벨의 호구스러움을 보다 못한 에리히가 차게 식은 얼굴로 말했다.

"카벨은 언제 봐도 참 씩씩하구나."

다만 바스티에 부부만이 흐뭇한 얼굴을 하고 있었다.

"너희가 있어서 우리 애들도 좋은 영향을 많이 받은 것 같아."

쿠, 쿨럭. 진심이십니까? 물론 같이 지낸 세월이 있으니 서로서로 영향을 받은 건 맞겠지만…… 그게 정말 좋은 영향인 걸까? 하지만 가만히 생각해 보면, 처음 만났을 때부터 바스티에 부부는 카벨의 진상스러움을 좋게 봐주었다. 심지어는 요하네스와 주먹질을 하고 싸웠다는 소식을 들어도 호탕하게 웃으며 만족스러워했지. 그러니 놀랍게도 지금 저 말은 빈말이 아니라 진심일 수 있었다.

"제가 좀 그래요!"

하지만 둘째, 너는 좀 양심이 없는 것 아니니! 나는 한껏 의기양양한 얼굴의 카벨을 보며 방금 전의 에리히가 그랬듯 차게 식은 표정을 짓고 말았다. 바스티에 부부는 그런 카벨을 향해 또다시 하하호호 웃어주었다.

"너희가 없으면 분명 빈자리가 크게 느껴질 테지."

바로 그 순간, 식탁에 둘러앉아 있던 우리의 손이 일제히 멈추었다. 방금 전과는 상반되는 적막감 속에서 나는 고개를 들었다. 바스티에 부부가 이렇게 직접적으로 우리의 부재에 대해 이야기한 건 처음이었다. 무언가를 직감한 내 가슴이 서서히 빨리 뛰기 시작했다. 나뿐만 아니라 카벨과 에리히도 같은 것을 느낀 눈치였다.

"오래 기다렸다, 애들아."

바스티에 부부는 그런 우리를 향해 웃으며 말했다.

"곧 에른스트로 돌아갈 수 있을 것 같구나."

그날 저녁 나는 그동안 유진이 보내 주었던 선물을 모두 꺼내 보았다. 그가 내게 준 것은 드레스나 구두, 실크 장갑과 공단 리본을 비롯한 장신구들부터 인형, 오르골, 책에 이르기까지 다양했다. 나는 이제는 안 맞게 된 옷이나 구두들까지 하나도 버리지 않고 상자에 그대로 간직하고 있었다.

벌써 바스티에에 온 햇수가 올해로 6년째. 그래서인지 유진이 그동안 보내 준 것들을 이렇게 모아 놓고 보자 그 양이 상당했다. 나는 이번에 받은 옷을 펼쳐 놓고 보다가 이내 그것을 끌어안고 풀썩 침대 위로 쓰러졌다. 하얀 이불보 위에 내 긴 머리카락이 어지럽게 흐트러졌다. 나는 느리게 숨을 내쉬며 두 눈을 길게 감았다 떴다.

"꿈 아니겠지."

드디어 에른스트에 돌아간다. 저녁 식사 자리에서 바스티에 부부에게 들었던 말을 상기하자 다시금 가슴이 쿵쾅쿵쾅 뛰기 시작했다.

이제는 만날 수 있어……. 그리운 내 집. 그리운 내 가족.

"만날 수 있어……."

나는 침대에 누운 채로 꽉 끌어안고 있던 옷에 얼굴을 묻었다. 바스티에에 온 이후 처음으로 슬퍼서가 아니라 행복해서 눈물이 날 것 같았다.

똑똑.

"하리 언니."

웬일로 루이제가 내 방에 노크를 하고 들어왔다.

"루이제, 무슨 일이야?"

보통 때라면 잠자리에 들고도 남았을 시간이기 때문에 나는 조금 놀랐다. 더군다나 그녀는 잠옷 차림으로 내 방에 온 것으로도 모자라 품에 베개까지 안고 있었다.

"나랑 같이 자자."

루이제의 모습을 보았을 때부터 예상했던 말이었다. 보아하니 자리에 누웠다가 잠이 오지 않아 내 방에 온 모양이었다. 루이제는 평소 베개에 머리만 대면 잠을 자는 편이었기 때문에 이런 일은 극히 드문 것이었다.

"그래, 이쪽으로 와."

나는 그녀가 이러는 이유를 알 것 같아서 흔쾌히 허락했다. 잠시 후, 우리는 머리맡에 있는 조명 하나만 틀어 놓고 침대에 나란히 누웠다. 은은한 불빛 아래에서 루이제의 물빛 머리카락이 주황색으로 물들었다.

"있잖아, 난 언니가 바스티에에 와서 좋았어. 물론 이런 말, 철없는 소리라는 건 알지만."

자그마한 목소리가 내 귓가에 울렸다. 나는 물끄러미 나를 응시하고 있는 그녀의 짙은 푸른색의 눈동자를 마주하며 옅게 웃어주었다.

"아니야. 나도 네가 있는 바스티에라 좋았어."

나는 진심으로 우리가 이곳에 오게 되었던 것을 행운이라고 생각했다. 아마 다른 어디를 가도, 우리를 바스티에의 사람들처럼 이만큼이나 진심으로 따뜻하게 대해 주지는 못하겠지. 다만 그럼에도 불구하고 이

곳은 내 진짜 집이 될 수 없었을 뿐이다.

"에른스트에 돌아가도 자주 놀러 와야 돼."

"지금 당장 갈 것도 아닌데."

"그래도. 언니 방 안 치우고 그대로 놔둘 거니까."

그날 밤 나는 루이제와 함께 이런저런 이야기를 나누었다. 그리고 도란도란한 말소리가 잦아들 무렵, 나는 곤히 잠든 루이제를 발견할 수 있었다. 나는 그런 그녀에게 이불을 잘 덮어준 뒤 침대에 다시 제대로 누웠다. 그런데 시간이 가도 도통 잠이 오지 않았다.

나가서 따뜻한 차라도 마실까. 나는 시계 초침이 움직이는 소리를 들으며 뒤척이다가 결국 조용히 방을 나섰다. 다행히도 루이제는 깊게 잠들었는지 내가 움직이는 소리에도 깨어나지 않았다. 복도를 걷던 나는 층계참을 올라오는 에리히를 마주쳤다. 으헉, 깜짝이야. 순간 귀신인 줄 알았네.

"에리히, 왜 안 자?"

하지만 나를 보고 깜짝 놀란 건 에리히도 마찬가지인 것 같았다. 우리는 서로를 보고 반사적으로 흠칫 뒷걸음질 쳐 놓고 곧 멋쩍게 서로를 향해 물었다.

"그러는 너는."

"잠이 안 오네."

추측하건대, 아마도 에리히 역시 나처럼 곧 집으로 돌아갈 수 있다는 사실에 잠들지 못한 것 같았다.

"카벨 오빠는 자?"

"자겠지. 원래도 눕기만 하면 자잖아."

크흑, 루이제와 카벨의 닮은 점은 또 있었다.

"너도 빨리 들어가서 자."

나는 에리히를 향해 말했다. 그런데 에리히는 그런 나를 물끄러미 바라보다가 뜬금없는 질문을 했다.

"너, 요하네스 좋아해?"

잉, 이게 갑자기 무슨 질문이랍니까? 아닌 밤중에 홍두깨도 아니고. 단순히 사람 대 사람으로 좋아하냐는 의미는 아니겠지? 그래도 나는 모르는 척 대답했다.

"당연하지. 좋은 사람이잖아."

"그런 거 말고 이성적인 의미로 좋아하냐고."

이 자식, 그냥 넘어갈 생각이 없나 보다. 그런데 너랑 나랑 지금 이런 이야기를 하기에는 좀 그렇지 않냐?

"그러니까, 요하네스랑 손을 잡고 싶다거나 뽀뽀를 하고 싶다거나, 아니면 끌어안고 싶다거나 더 나아가서 맨살을……."

"야, 거기까지만 해!"

이놈이 음란마귀가 끼었나? 가만 보자 하니까 점점 더하네!

"그런 얘기를 하기에는 너나 나나 아직 어리잖아!"

내가 사춘기 동생을 보듯이 소리 낮추어 힐난하자 그가 콧방귀를 뀌었다.

"벌써 나이가 몇인데 어리긴 뭐가 어려?"

뭐라? 난 널 그렇게 키운 기억이 없거늘!

"어쨌든 그럼 아직 그런 생각은 없다는 거네."

"당연하지!"

아니, 물론 나는 정신 연령이 이미 성숙한 성인이지만 말이야. 요하네스는 아직 아니잖아! 미성년자인 요하네스를 상대로 그런 생각을 하는 건 범죄라고!

"그럼 됐어."

내 말에 에리히는 만족한 듯했다. 다음 순간, 내 머리 위에 그의 손이 터억 올라왔다. 잇따라 흘러든 말에 나는 발끈해서 에리히의 손을 쳐

냈다.

"잠 안 온다고 쏘다니지 말고 빨리 들어가서 자. 그래야 쑥쑥 크지."

"지금도 크고 있거든?"

커흑, 이놈이 내 키가 작다고 무시하는구나. 봄이 되면 나도 더 클 거야! 물론 아무리 내가 폭풍 성장한다 해도 삼 형제보다 키가 커질 리는 없었다. 나는 괜히 분해져서 에리히의 뒷모습을 노려보았다.

계절이 바뀌어 봄이 되었다.

바스티에의 정원에는 진한 노란빛을 내는 매리골드가 만개했다. 활짝 핀 봄꽃으로 집 안을 장식하는 것은 바스티에 부인의 새로운 취미가 되었다. 봄이 오면서 요하네스와 카벨, 그리고 에리히는 또다시 학술원으로 돌아갔다. 나는 카벨의 성화로 그에게도 거의 이삼 주에 한 번씩 편지를 써 주고 있었다.

카벨 오빠, 도대체 학술원에 다닌 지 몇 년인데 아직도 졸업 시험을 봐야 하는지 아닌지도 모르는 거야? 요한 오빠한테 물어보니까 검술학부라고 해도 실기 시험만 봐야 하는 건 아니라고 하던데? 참, 오빠 방에 가 보니까 방학 때 산 책들을 죄다 두고 갔더라. 아무래도 오빠가 깜빡 잊고 간 것 같아서 내가 대신 챙겨 보냈어. 설마 우리 멋지고 대단한 카벨 오빠가 유급하지는 않겠지만 그래도 난 조금 걱정돼. 만약 오빠가 졸업을 제때 못 하면 원래 예정보다 더 오래 떨어져 있어야 하잖아. 그럼 난 오빠가 보고 싶어서 어쩌지? 물론 그런 일은 없겠지만 말이야.

하지만 나는 대부분의 편지를 도 닦는 심정으로 써야만 했다. 카벨은 이제 졸업이 코앞인데 자기가 졸업 시험을 봐야 하는지 아닌지도 모를 뿐더러, 새 학기를 시작하자마자 첫 시험에서 전 과목 낙제를 받는 기염을 토했다.

물론 지금까지 둘째에 대한 나의 교육관(?)은 '오구오구, 우리 둘째, 공부는 좀 못 해도 좋으니까 부디 사고만 치지 말아다오!'였다. 하지만 막상 바스티에로 날아온 전 과목 낙제의 화려한 성적표를 받아 보자 절로 눈앞이 깜깜해지지 않을 수 없었다. 그래도 작년까지 전 과목 낙제는 아니었는데, 갑자기 왜 이렇게 되었지? 아무래도 이놈이 매일 검을 휘두르고 몸을 단련하느라 뇌까지 근육질이 되어 가는 모양이었다.

그래서 나는 더 늦어서 돌이킬 수 없게 되기 전에 그를 갱생시키기로 했다. 다행히도 저런 내용의 편지를 몇 번인가 보내자 카벨도 말귀를 알아먹는 눈치였다. 물론 다음 성적은 어떨지 시험을 봐야 알겠지만 그래도 일단은 공부할 의욕이 생긴 것 같아 다행이었다.

"이제 진짜 봄이네."

나는 카벨에게 보낼 편지를 봉한 뒤 고개를 들어 창밖을 바라보았다. 밖에는 분홍색 꽃잎이 흰 눈송이처럼 점점이 흩날리고 있었다. 창문 밖에서 솔솔 불어오는 따스한 봄바람을 만끽하며 이번에는 유진에게 쓰는 편지를 마무리했다.

……그리고 요즘은 날씨가 포근해서 산책을 나가기에도 좋은 것 같아. 그래도 밤에는 잊지 말고 꼭 창문을 닫고 자야 해. 일교차가 커서 감기에 걸리기 쉬우니까. 그렇지 않아도 오빠는 하는 일도 많고 바쁜데 몸까지 아프면 안 되잖아.

크흠, 유진에게 보내는 편지와 카벨에게 보내는 편지의 온도가 많이 다른 것 같다고? 기, 기분 탓일 거다. 아마도.

ps. 다시 만나는 날을 언제나 기다리고 있어.

마지막 문장을 써넣은 뒤 나는 잉크가 빨리 마르도록 종이를 흔들었다. 지난겨울에 처음 이야기가 나오고 나서, 우리가 에른스트에 돌아가기로 결정된 시기는 올봄이었다. 그러니 이제는 정말 그와 만나게 될 날도 머지않은 것이다. 나는 아직 정확한 날짜조차 잡히지 않은 그날이 벌써부터 기다려졌다.

"언니, 나랑 밖에 나가자!"

알버트에게 오늘 부칠 편지를 건네주고 뒤돌아서는데 루이제가 갑자기 기둥 뒤에서 툭 튀어나왔다. 그녀는 나를 올려다보며 두 눈을 초롱초롱하게 빛내고 있었다.

"지금?"

"응! 엄마 오시기 전에 꽃 시장 안 가 볼래?"

아, 그러고 보니 오늘 꽃 시장이 열린다고 했던가. 플로라 부인이 어제 들려준 이야기에 루이제도 호기심이 생긴 게 분명했다. 뭐, 잠깐이니까 알버트에게 말하고 나가면 괜찮겠지.

"그래. 대신 오늘은 진짜 꽃 시장만 가는 거야, 알겠지?"

"와아!"

곧바로 우리는 외출 준비를 시작했다.

"언니, 잠깐 이리 좀 와 봐."

그런데 루이제는 오늘따라 들뜬 기색이었다. 나를 부르는 소리에 가보니 몇몇 하녀와 함께 무어라 작당 모의를 하고 있는 루이제가 보였다.

"언니랑 나랑 맞춰서 꾸미고 나가자! 친자매처럼! 단짝 친구처럼! 마리안이 그러는데 요즘 유행이라고 하더라!"

"뭘 어떻게 하려는 건데?"

"언니는 그냥 가만히 있으면 돼."

봄이라 그런지 루이제는 깜짝 외출에 유독 신이 난 눈치여서 나도 그냥 그녀의 어리광에 져 주고 말았다. 평소 손재주가 좋은 하녀가 루이제와 내 머리를 만져 주었다. 오늘은 머리카락을 양옆으로 조금씩 땋아서 동그랗게 말아 올린 머리 모양이었다. 루이제도 나와 똑같았다. 그 후 우리는 색색의 꽃으로 장식한 챙이 넓은 모자를 썼다. 도대체 뭘 어떻게 맞춰서 꾸미자는 건지 궁금했는데 루이제는 이 정도로 만족하는 기색이었다.

옷까지 맞춰 입기에는 평소 우리 둘의 취향이 좀 갈려서 어쩔 수 없었다. 그래도 둘 다 전반적으로 흰색에 금색으로 포인트가 들어간 원피스를 입었다. 다른 때보다 다소 화려한 게 아닌가 싶었지만 봄이기도 하고, 또 루이제가 이 정도는 하나도 과하지 않다고 야단을 부려서 결국은 이 상태로 외출하기로 했다.

"그럼 다녀올게요."

"오늘따라 두 분 모두 봄처럼 화사하십니다."

친자매처럼 사이좋게 팔짱을 끼고 문을 나서는 우리를 집사 알버트가 웃으며 배웅해 주었다. 우리도 그의 칭찬에 기분이 좋아져서 얼굴을 마주 보며 웃었다. 마차에서도 루이제는 내내 들뜬 기색이었다. 기분이 밝은 건 나도 마찬가지였다. 꽃 시장이라고 해봤자 평소 우리가 들르던 번화가의 거리에서 열릴 예정이었기 때문에 가는 길이 익숙했다.

마침내 목적지에 도착해 마차가 멈추어 섰다. 나는 문 앞에서 손을 내밀고 있는 사람을 향해 웃어주었다.

"고마워요, 체셔 경."

그는 우리의 호위로 따라온 기사였다. 내 인사에 그의 뺨이 슬쩍 붉어졌다. 그것을 보고 나는 내심 감동했다. 크으, 아무래도 내 미모가 슬슬 돌아오는 모양이다. 물론 내 미모에 물이 올랐던 건 지난 생이니까 '돌아왔다'고 하는 건 좀 말이 안 되긴 했다. 하지만 다시 7살로 되돌아가는 바람에 지금까지의 내 기다림이 장장 몇 년이었던가. 이제 한 일이 년만 더 지나면 내 미모의 역사는 본격적으로 시작되겠지. 빨리 와라, 그날이여!

"와아! 벌써부터 꽃 냄새가 나는 것 같아!"

과연 루이제의 말처럼 공기 중에 은은한 꽃향기가 스며 있는 것 같았다. 꽃 시장이 정오부터 열린다고 했으니 아마 지금쯤이면 한창 손님을 맞고 있을 터다. 우리는 그곳을 향해 함께 걸어갔다. 그리고 마침내 도착한 곳에는 그야말로 봄을 한데 모아 놓은 듯한 광경이 펼쳐져 있었다. 색색의 화사한 꽃들이 진열된 모습은 가히 장관이었다.

"루이제, 너무 멀리까지는 가지 마."

"알았어!"

봄이기 때문인지 제철을 맞은 꽃을 사러 시장을 찾은 사람들이 많았다. 나는 잠시 주위를 살피다가 어느 한 곳에 멈춰 서고 말았다. 붉은색과 연분홍색, 그리고 흰색이 섞여 있는 작약이 무척 탐스럽고 예뻤다. 크으, 이건 안 살 수가 없다! 결국 나는 충동적으로 작약을 한 아름 구입했다. 그런데 주인아주머니가 덤을 너무 많이 줬다. 마차까지 잘 안고 가지 않으면 흘리겠는데?

"제가 들어드릴까요?"

"괜찮아요. 루이제랑 나눠 들면 되니까요."

자네는 무슨 일이 있을 때 우리를 지켜 줘야 할 사람이 아닙니까? 그런데 꽃을 들고 있으면 안 되지. 나는 웃는 낯으로 호위 기사의 청을 거절한 뒤 루이제를 찾았다. 그런데 이 아가씨가 어디로 갔는지, 도통 눈에 보이지를 않는 것이었다. 끄응, 왠지 이럴 거 같아서 아까도 멀리 가지 말라고 미리 당부했던 건데. 하지만 루이제에게도 그녀를 호위하는 기사가 붙어 있을 것이 분명했기 때문에 별로 걱정되지는 않았다.

"루이제 아가씨가 저쪽으로 가시는 걸 봤습니다."

기사의 말을 따라 나는 꽃 시장을 가로질렀다. 조금 더 걷자 평소 우리가 쇼핑하던 거리가 모습을 드러냈다. 크흑, 루이제. 오늘은 분명 꽃 시장에만 들렀다가 돌아갈 거라고 했는데 왜 이쪽으로 온 거야? 혹시 길을 잃은 건…… 아니겠지? 엎어지면 코 닿을 거리인 데다가 여기는 예전에도 우리가 종종 와 봤던 곳이기도 하니까. 그럼 역시 사고 싶은 거나 구경하고 싶은 게 있어서 온 건가? 길이 엇갈릴 수도 있으니 일단 마차로 가 있는 게 나을까 싶었다. 나는 잠시 고민하다가 오른쪽으로 방향을 틀었다.

"앗."

아무래도 마음이 앞서 내가 부주의했던 모양이다. 나는 미처 앞에 있던 사람을 발견하지 못해 그만 정면에서 몸을 부딪치고 말았다.

후두둑. 그 바람에 품에 안고 있던 꽃이 흘러넘쳐 몇 송이가 밑으로 떨어져 내렸다. 순간 균형을 잃었지만 나와 부딪힌 사람이 반사적으로 팔을 붙잡아줘서 다행히 뒤로 넘어지지는 않았다. 아니, 이럴 때는 원래 호위 기사님이 도와줘야 하는 거 아닌가요? 아까부터 왠지 좀 미덥지 못하기는 했는데! 나는 앞에서 나를 잡아준 사람에게 고맙다고 말하기 위해 입을 열었다.

"괜찮으십니까?"

하지만 다음 순간, 나는 차마 아무런 말도 입 밖으로 꺼내지 못하고 그대로 숨을 멈추고 말았다. 머리 위에서 울린 나직하고도 서늘한 목소리가 귓가로 흘러드는 것과 동시에, 마치 시간이 멈춘 것만 같은 느낌이 들었다.

"아…… 죄송합니다. 부디 결례를 용서하시길."

내가 굳은 이유를 다르게 해석했는지 곧 팔을 붙들고 있던 손이 떨어졌다. 그 직후 다시금 정중하면서도 건조한 음성이 고막을 파고들었다.

"미처 앞에 계신 것을 발견하지 못해 실례를 저질렀습니다."

꽃을 안고 있는 내 손이 동요를 감추지 못해 움찔 떨렸다. 고개를 약간 숙이고 있는 데다 오늘은 챙이 넓은 모자까지 썼기 때문에 마주한 사람의 얼굴은 보이지 않았다. 하지만 나는 방금 전 들은 목소리만으로도 그가 누구인지 알 수 있었다.

아, 어떡하지……? 나는 크게 술렁이기 시작하는 가슴을 안은 채 가까스로 얕은 숨을 입 밖으로 내쉬었다.

"떨어진 꽃은 배상을……."

"하리 언니!"

그리 멀지 않은 곳에서 나를 부르는 목소리가 들려왔다. 바로 그 순간 내 앞에 있던 사람에게서 풍기는 분위기가 방금 전과 달라졌다. 그의 목소리도 더 이어지는 법 없이 일시에 멈추었다.

나는…… 그와 다시 만나게 되는 날을 그동안 수도 없이 상상했다. 다시 만나게 되면 웃어줘야지. 그의 얼굴을 마주하고, 더없이 환하게 웃어줘야지. 그리고 보고 싶었다고. 그동안 혼자서 고생 많았다고. 이제는 헤어지는 일 없이 같이 있자고…… 그렇게 말해줘야지, 하고 생각했는데.

"하리……?"

하지만 설마 이렇게 아무 말도 못 하고 바보같이 눈물이 나 버릴 줄은 몰랐어. 믿을 수 없다는 듯이 속삭이는 음성이 내 귓가에 날아들었다. 실로 오랜만에 그의 입으로 직접 불리는 내 이름은 놀라울 정도로 정겨운 느낌이었다. 나는 가까스로 눈물을 참고 고개를 들었다. 그리고 이제는 6년 전과 비교조차 할 수 없을 정도로 완연한 어른이 된 유진을 마주했다.

그의 검은 눈동자가 한심한 표정을 짓고 있는 내 얼굴을 그 안에 온전히 담아내고 있었다. 그동안 속으로 꾹꾹 억눌러 왔던 감정이 그의 얼굴을 보는 순간 마치 기다렸다는 듯 한순간에 터져 나왔다. 나는 떨리는 목소리로 너무도 그리웠던 사람의 이름을 겨우 소리 내 불렀다.

"유진 오빠."

제9.5장

그 오빠, 유진 (3)

"인간적으로 이번 분기에는 추가 수당을 더 얹어주셔야 합니다."

움직이는 마차 안에서 로웬그린은 자신의 처지를 한탄했다. 그의 목소리는 불만과 회의감, 그리고 체념으로 범벅되어 있었다.

"퇴근 시간을 칼 같이 지켜 주시는 것도 아니면서 마차 안에서까지 일을 시키다니, 정말 너무하신 것 아닙니까?"

그는 5년 전부터 에른스트 공작의 보좌를 맡은 로웬그린 스왈로츠였다. 하지만 그의 원망의 대상이 되고 있는 사람은 오늘도 무정했다.

"누가 들으면 내가 악덕 고용주인 줄 알겠군."

맞은편에 앉은 로웬그린의 상사는 투덜거리는 그를 쳐다보지도 않은 채 말했다.

"지난 5년간 근무 외 수당에 보너스까지 한 번도 잊지 않고 챙겨 준 거로 기억하는데."

물론 그건 그랬다. 특히 에른스트 공작은 로웬그린의 능력을 꽤 높게 보고 있는 편이어서 추가 수당과 보너스에 단 한 번도 인색하게 군 적이 없었다.

“게다가 받은 만큼 일한다고 한 건 본인 아니었나? 그럼 마땅히 밥값을 해야지.”

크윽, 돈에 넘어가지만 않았어도! 로웬그린은 멍청했던 자신의 과거를 생각하며 눈물을 훔쳤다. 비록 그가 어마어마한 연봉을 받고 있다고는 하나, 가장 중요한 복지가 이 모양 이 꼴인 줄 알았더라면 절대로 그때 계약서에 사인하지 않았을…… 리는 사실 없었다. 그러기에 로웬그린은 대단히 속물적이고, 지금 그가 일하는 대가로 받고 있는 돈은 헉 소리가 날 정도로 엄청나기 때문이다. 그러니 어찌 보면 결국은 자업자득인 꼴이었다.

“말은 입으로 하는데, 손이 왜 놀고 있지?”

그 와중에도 젊은 에른스트 공작은 부하 직원의 태만을 가차 없이 지적했다. 자신의 보좌관이 신세 한탄을 하며 좌절하든 말든 일만 제대로 하면 상관없다는 태도였다. 그 야박함에 로웬그린은 탄식하지 않을 수 없었다.

“전 마차 멀미가 있단 말입니다.”

“초과 수당 건은 알테에게 미리 말해뒀어.”

“평생 모시겠습니다.”

그래, 원래 돈은 젊을 때 개처럼 벌어 두는 거라고 했다. 노후 자금, 안심 보장! 이대로 퇴직할 때까지만 뼈를 묻자! 이러나저러나 해도 로웬그린은 유능했기 때문에 일단 한 번 집중하기 시작하자 옆에 쌓여 있던 일거리도 빠르게 줄어들기 시작했다. 그러던 어느 순간 로웬그린의 눈길이 슬쩍 마주 앉은 사람에게 향했다.

그의 상사인 유진 에른스트는 아까부터 고개 한 번 들지 않고 서류를 살피고 있었다. 평소에도 눈코 뜰 새 없이 바쁜 양반이 이렇게 마차 안에서 업무를 보면서까지 굳이 시간 내서 외출한 이유를 생각하자 절로 기분이 복잡 미묘해졌다.

"공작님도 참 대단하십니다. 이렇게 공사다망하신 와중에도 동생분들 선물을 직접 고르러 가시고."

비꼬려는 의도는 아니었다. 그저 평소에 피도 눈물도 없이 냉철하다 소문난 젊은 에른스트 공작이 동생들에 관한 일에서만큼은 믿을 수 없을 만큼 헌신적인 모습을 보인다는 것이 놀라웠을 뿐이다. 없는 시간을 쪼개서 그들에게 보낼 선물을 사러 간다거나, 동생에게 온 편지에 때마다 잊지 않고 답장을 보낸다거나 하는 일이 그랬다.

특히 유진은 여동생의 선물에 아주 공을 들였다. 척 보기에 여자아이들 선물로는 무엇을 준비해야 할지 몰라 고민하는 티가 났다. 한 번은 로웬그린에게 '여자애들은 도대체 뭘 좋아하지?'라고 심각하게 물었다가 그를 사레들리게 한 적도 있었다.

"이제 옷이나 구두 같은 것 말고 다른 선물은 어떠십니까?"

대대로 황실의 검이자 방패였던 에른스트였다. 그런데 그 에른스트에서도, 특히나 승계 이후 아를란타에 무수한 피를 뿌려 온 현 에른스트 공작에게서 설마 이런 사람다운 면모를 찾을 수 있을 줄은 몰랐다.

"전부터 말씀드리고 싶었습니다만 한창 성장기니까 선물을 받고 곤란한 일이 생길 수도 있을 것 같은데요."

"그런가? 몇 년 전에 비해 그렇게 많이 자랐을 거라는 생각은 안 들어서."

"원래 애들은 하루가 다르게 쑥쑥 크니까요."

로웬그린이 처음 유진을 만났을 때만 해도 그는 아직 앳된 티가 남은 소년이었다. 그 당시의 로웬그린은 황실과 손을 잡고 악신이라도 든 양 귀족들을 일망타진하기 시작한 유진 에른스트를 보고 '어린놈이 참으로 독하기도 하지'라며 혀를 찼었다. 머리에 피도 안 마른 놈이 두 눈에 독기를 품고 제 일가친척까지 모조리 쳐 내려 하는데, 그 모습을 보고 질린 기분이 들지 않는 게 더 이상했다.

물론 지금의 로웬그린은 더 이상 그런 생각을 하지 않았다. 그러기에는 꽤 오랜 시간 동안 유진의 옆에서 그를 지켜봐 왔고, 또 그러는 사이 항간에서 떠도는 에른스트의 역사를 들으며 유진이 그럴 수밖에 없던 이유를 알게 되었기 때문이다. 로웬그린은 오늘도 동생들의 이야기가 나오자마자 확연히 부드러워진 유진의 얼굴을 보며 남몰래 혀를 찼다. 저런 모습은 5년 전이나 지금이나 변함이 없었다.

"그건 그렇고, 약혼녀분과 친목 도모 겸 식사라도 한번 하시죠."

"한동안은 바쁘니 나중에."

하지만 화제가 바뀌자마자 유진은 금세 로웬그린과의 대화에 흥미를 잃은 듯 보였다. 서늘한 무표정의 얼굴이 다시금 무릎 위에 올려진 종이로 향했다. 유진의 성격상 약혼녀에게 의무를 다하지 않을 리 없었지만 어차피 딱 거기까지의 선이었다. 로웬그린은 처음 만났을 때의 앳된 구석이라곤 남아 있지 않은 유진의 얼굴을 바라보았다.

"이대로 괜찮으시겠습니까?"

"괜찮겠냐니, 무엇이?"

"얼굴 한 번 직접 본 적 없는 사람과 약혼하고 결혼해서 평생을 같이 살아도 괜찮으시겠냐는 말입니다."

괜한 오지랖이라는 생각이 들었지만 미운 정도 정이라는 말이 맞는지, 자꾸만 마음 한구석이 찜찜해서 입을 가만히 두기가 어려웠다. 하지만 역시나 유진은 그의 말이 가렵지도 않다는 듯 건조하게 대답했다.

"이 바닥에서는 그런 결혼이 보편적이지. 평범한 일을 특이한 듯이 말하지 마."

로웬그린은 이번에도 이어질 대답을 뻔히 짐작하면서도 굳이 또 다른 질문을 꺼냈다.

"그럼 동생분들도 정략혼 시키시려고요?"

"동생들이 왜 그래야 하지?"

방금 전 자신이 한 말과 모순된다는 걸 아는지 모르는지, 유진은 대번에 부정했다.

"그게 보편적이라고 방금 전 말씀하셨지 않습니까."

"그 애들까지 그런 의무를 져야 할 이유는 없어."

마치 단 한 번도 고민해 본 적 없던 사실을 읊는 듯한 말투였다. 로웬그린이 생각할 때 아마도 유진은 동생들이 마음에 둔 사람이 허드렛일을 하는 하녀나 하인, 또는 지금 이 마차를 끌고 있는 마부나 시골에서 농사를 짓고 있는 농가의 사람이라 해도 반대하지 않을 것 같았다. 그러니 옆에서 그런 유진을 지켜보는 입장으로서는 속이 답답하지 않을 수 없었다.

"당신은 당신의 행복에만 너무 엄격한 경향이 있습니다."

로웬그린이 그렇게 말하는 순간, 그 와중에도 서류에 사인을 하고 있던 유진의 손이 우뚝 멈추었다.

어떤 선택이든 유진 오빠가 행복해졌으면 좋겠어.

문득 예전에 하리가 그에게 보냈던 편지 속의 한 문장이 머릿속을 스쳐 지나갔다. 유진은 그 말을 잠시 곱씹어 생각하다가 이내 눈을 느리게 감았다 떴다.

"애초에 내 행복은 결혼에 무게를 두고 있지 않으니 상관없어."

그런 말을 편지에 적어 보냈던 하리의 염려가 무엇인지도 알고, 또 방금 전 로웬그린이 그에게 이런 말을 한 이유가 무엇인지도 알고 있었다. 하지만 유진은 자신이 희생을 한다고 생각하지 않았다. 지금 그가 하는 모든 일은, 오로지 그 자신이 원하는 것을 위한 일이었으므로.

"어차피 달리 마음에 두고 있는 상대도 없고, 그렇다면 최선의 선택을 할 뿐이야."

그것을 위해서라면 애정 없는 결혼도 얼마든지 할 수 있었다. 그리하여 그의 소중한 사람들이 지금보다 더 편안하고 행복한 삶을 누릴 수 있게 된다면.

"글쎄요. 그렇게 단언하지 마십시오."

하지만 로웬그린은 그런 유진을 향해 고개를 저으며 말했다.

"심장을 뛰게 하는 사람은 내일, 아니, 오늘 당장에라도 만날 수 있는 거니까요."

그의 목소리는 확언하듯 단호했다. 그러나 유진은 로웬그린의 말을 듣고 실소할 뿐이었다.

"왜 웃으십니까? 이래 봬도 인생 선배의 조언이니 새겨들으셔도 좋습니다."

"잡담할 시간이 있으면 일이나 해."

"마차 멀미가……."

"초과 수당도 같이 토해야 할 텐데."

"일하겠습니다."

잠시 후, 마차가 목적지에서 멈추어 섰다. 그새 핼쑥해진 로웬그린이 먼저 마차에서 내려섰다. 유진은 그래도 이동하는 동안 업무를 마무리해서 꽤 만족스러운 기분이었다.

"어디로 가실 겁니까?"

로웬그린의 물음에 유진은 잠시 주위를 둘러보았다. 귀족을 상대로 한 온갖 상점들이 즐비한 거리이기 때문인지 주위에는 호화로운 간판을 단 건물이 많았다. 이번 선물은 아주 특별했기 때문에 특히 고민이 되었다. 당연했다. 동생들을 에른스트에 다시 맞이하게 된 날을 위한 선물이었으니까.

"이쪽으로."

마침내 유진은 결정을 내리고 먼저 걸음을 옮겼다. 사실 카벨과 에리히의 선물은 이미 정해 두었으나 하리에게 줄 것이 마땅치 않던 참이었다. 하지만 그동안 하리가 그에게 보냈던 편지 속의 내용을 되새겨 떠올려 본 뒤 가까스로 마음을 정할 수 있었다.

"응? 어디서 꽃향기가 나는 것 같네요."

"꽃향기라고?"

"예. 그러고 보니 오늘 꽃 시장이 열린다는 것 같기도 했는데……."

로웬그린의 말을 듣고 유진은 숨을 깊게 들이마셨다. 과연 그의 말처럼 어디에선가 은은한 꽃향기가 흘러드는 것 같았다.

그런가. 벌써 봄이구나. 비어 있던 에른스트가 다시금 예전의 생기를 되찾을 날도 이제는 정말 머지않은 것이다.

"앗."

어울리지도 않는 감상에 젖어 있던 탓일까. 유진은 그를 향해 다가오는 사람을 미처 발견하지 못했다. 오가는 이들이 많아 시끄러운 거리임에도 턱 밑에서 들린 짤막한 음성이 유독 선연했다. 몸이 부딪치는 순간, 그는 반사적으로 맞닿은 사람의 팔을 움켜잡았다.

방금 전까지만 해도 미풍이 불었던 그의 눈동자는 이미 그 어느 때보다 싸늘하게 굳은 뒤였다. 그는 몇 년 전의 습격 이후로 일면식조차 없는 타인이 일정 거리 이상 다가오는 것을 허용해 본 적이 없었다. 아직도 그의 몸에는 그 당시 칼에 찔려 입은 흉터가 남아 있었다. 어찌 보면 그것이 이 질긴 싸움의 끝을 알리는 마지막 발악이었다. 그러나 앞으로의 혹시 모를 위험 한 자락이라도 용납할 수가 없어서 4년이라는 시간을 더 들인 것이었다. 이제부터 그의 가족들이 살아가게 될 세상은 조금의 위협조차 없는 안전한 곳이어야 했기 때문에.

방심했구나. 유진은 스스로의 실수를 날카롭게 책했다. 비어 있던 에른스트에 곧 가족들을 맞는다는 기대로 들떠서 마음을 너무 놔 버렸다. 만약 지금 부딪힌 사람이 그의 목숨을 노리고 다가온 자였다면 위험했을 것이 자명했다. 유진은 저도 모르게 마주한 사람의 팔을 더욱 꽉 움켜잡았다.

하지만 지금 그의 앞에 있는 것은 보통의 평범한 여자였다. 꽃으로 장식한 모자에 가려져 입매와 턱 언저리만 보일 뿐이었지만, 작게 벌어진 붉은 입술이 당혹감을 표출하고 있는 것만큼은 알 수 있었다. 여인, 혹은 소녀의 손에 들린 것도 그를 해치기 위한 무기가 아니라 곱게 다듬어진 꽃이었다.

"괜찮으십니까?"

유진은 바닥에 떨어진 몇 송이의 꽃을 내려다보며 입을 열었다. 그런데 바로 그 순간, 그의 손에 잡혀 있던 팔이 확연히 경직되었다. 그러고 보니 지금의 그는 다소 무례할 정도로 손아귀에 힘을 주고 있었다. 한 손에 잡힐 만큼 가느다란 팔을 보니 그의 악력에 어느 정도 통증을 느끼고 있을 것 같기도 했다.

"아…… 죄송합니다. 부디 결례를 용서하시길."

그 사실을 깨달은 직후, 유진은 곧바로 잡고 있던 팔을 놓았다. 뜻하지 못한 접촉에 당황해 그런 것이었지만 아마도 그것은 상대방 역시 마찬가지일 터였다.

"미처 앞에 계신 것을 발견하지 못해 실례를 저질렀습니다."

그가 거듭 사과하자 꽃을 안고 있던 하얀 손이 움찔 떨렸다. 아무래도 본의 아니게 겁을 준 것 같아 곤혹스러운 기분이 들기도 했다. 제대로 보니 얼굴을 가리고 있는 모자 아래로 은색의 머리카락이 하늘거리고 있는 것이 눈에 띄었다. 그것을 본 순간 유진의 얼굴에 서려 있던 날카로움이 약간 덜어졌다. 물론 그의 기억 속에 있는 사람은 이보다 훨씬 어린 모습을 하고 있었다. 하지만 어쨌든 마주한 사람에게서 그가 몇 년간 그리워했던 사람과 비슷한 점을 찾게 되자 방금 전보다 마음이 풀어진 것도 사실이었다.

"떨어진 꽃은 배상을……."

"하리 언니!"

하지만 뒤이어 그의 귀를 파고든 목소리에 유진은 말을 이을 수 없게 되었다. 그의 앞에 선 소녀가 방금 전의 부름에 작게 반응했다. 마치 그것이 자신의 이름이라는 것처럼.

"……하리?"

무의식중에 그 이름을 입 밖에 내놓고 유진은 바보 같은 생각이라고 스스로를 조소했다. 당연하지 않은가? 눈앞에 있는 사람이 그가 알고 있는 하리일 리는 없었으니까. 그야, 그의 여동생은 이보다 훨씬 어리고 또 작은…….

그러나 그런 생각은 다음 순간 머릿속에서 흔적조차 없이 부스러져 버렸다. 마주한 사람이 마침내 그를 향해 고개를 들었기 때문에. 그 순간…… 마치 시간이 멈춘 것만 같았다. 물기를 머금은 자색 눈동자가 굳어 있는 그의 모습을 비추고 있었다. 시야에 닿은 갸름한 얼굴이 낯설었지만 그 이목구비만큼은 기억 속의 것과 닮은 구석이 있었다. 그 사실이 못내 당황스러웠다. 유진의 눈이 서서히 크게 떠졌다.

어느덧 어린 티를 완전히 벗어버린 소녀의 얼굴은 작지 않은 충격이 되어 유진의 가슴에 급격한 동요를 일게 했다. 꽃으로 장식된 모자에 달린 노란 리본이 그의 눈앞에서 너울거렸다. 봄바람에 휩쓸려 다가온 것은, 그녀가 들고 있는 작약의 향내와 섞인 은은하고 달콤한 향기였다. 그 속에서 마침내 더 이상 어린아이가 아니게 된 하리가 입을 열어 그를 불렀다.

"유진 오빠."

"단언하지 마십시오. 심장을 뛰게 하는 사람은 내일, 아니, 오늘 당장에라도

만날 수 있는 거니까요."

그 순간, 마차 안에서 들었던 말이 떠오른 것은 어째서일까. 마치 로웬그린이 등 뒤에서 그를 비웃고 있는 것만 같았다.

제10장

내 집, 내 가족, 내 것

"유진 오빠."

헤어져 있던 몇 년간 유진의 앞에서 직접 불러 보고 싶었던 그의 이름이었다. 내 입에서 새어 나간 작은 속삭임이 마주한 사람의 귀에도 제대로 도착한 듯했다. 서서히 크게 떠지던 검은 눈동자에 이윽고 놀라움보다 더 큰 경악이 떠올랐다.

"당신이, 아니, 네가 하리라고……?"

유진은 마지막으로 보았을 때보다도 키가 많이 컸고, 나이가 들면서 완전히 여문 몸은 전에 비할 수 없이 다부져 보였다. 수려한 외모는 여전했지만, 소년에서 청년이 된 얼굴은 전보다 선이 굵어지고 한결 더 남자다워졌다. 목소리도 어릴 때보다 확연히 낮아져 있었다.

언젠가부터 가만히 있어도 서늘함을 풍기게 된 얼굴이 지금은 믿을 수 없는 무언가를 목도한 것처럼 딱딱하게 굳은 상태였다. 유진의 뒤에 있던 금발의 남자가 '어린애라더니, 완전히 아가씨잖아!'라고 충격을 받은 듯이 중얼거렸다. 누구인지는 몰라도 유진의 동행인인 모양이었다.

"언니, 무슨 일이야?"

방금 전에 멀리서 나를 불렀던 루이제가 쪼르르 다가왔다. 그녀의 뒤에 있던 호위 기사는 그새 루이제에게 많이 시달린 듯 진이 빠져 보였다. 루이제는 내 앞에 있는 유진을 본 뒤 무언가를 깨달은 듯 입을 열었다.

"어! 혹시……."

그녀도 유진의 얼굴을 알아본 모양이었다. 루이제는 눈썰미가 좋은 편인 것 같았다. 그녀도 바스티에에 찾아온 그를 만난 적이 있었지만, 그것은 꽤 오래전의 일이었는데. 나는 이런 날 유진을 앞에 두고 울고 싶지 않아서 손을 들어 물기가 밴 눈을 문질렀다.

"응, 우리 오빠야."

그 순간 나를 향한 유진의 눈빛이 약간 변했다. 하지만 그것이 어떤 의미인지까지는 알 수가 없었다.

"자리를 옮겨서 이야기를 나누시는 것이 어떻겠습니까?"

금발 머리 남자가 가장 먼저 정신을 차리고 상황을 정리했다.

"그게 좋겠군."

그제야 유진도 방금 전까지의 동요를 가라앉히고 입을 열었다. 그의 목소리는 제법 침착하고 냉정하게 느껴졌다.

"손을……."

하지만 다음 순간, 그는 무심코 나를 향해 손을 내밀다 말고 멈칫했다. 나는 어정쩡하게 들린 그의 왼쪽 팔을 시야에 담았다. 보아하니 우리가 어릴 때 밖으로 외출할 때마다 그랬듯, 내 손을 잡고 이동할 생각이었던 것 같았다.

하지만 그런 행동은 지금 우리 나이에 어울리지 않았다. 유진도 나도 더 이상은 어리지 않았으니까. 나는 손을 잡아주지 않으면 길을 잃을지도 모르는 어린애가 아니었고, 유진도 밖에서 어린 동생을 책임지고 챙겨야 할 어린 소년이 아니었다.

"공작님, 에스코트를 하셔야죠."

금발 머리의 남자가 그런 유진을 보고 '이 사람이 진짜 왜 이래' 하는 표정을 지어 보였다. 하지만 옆에서 속삭인 그의 말에도 유진은 여전히 나한테 쉬이 손을 내밀지 못하고 있었다. 어중간한 위치에 놓인 그의 손에 주저함이 담긴 것이 느껴졌다. 유진이 이런 문제로 이렇게 갈피를 못 잡고 혼란스러워하는 모습은 처음 보았다. 그게 조금 웃겨서 나는 눈가를 만지며 그만 작게 웃어버렸다.

"그냥 손잡아줘. 어릴 때 그랬던 것처럼."

그렇게 말한 뒤 내가 먼저 유진에게 손을 내밀었다. 내 손끝이 유진에게 닿는 순간 그가 눈에 띄게 흠칫했다. 하지만 마침내 손이 완전히 맞닿았을 때는, 굳은 얼굴로 나를 내려다보면서도 자신을 붙잡은 내 손을 뿌리치지는 않았다. 지금 우리의 모습이 다른 사람들의 눈에는 꽤 이상해 보일 것이 분명했지만 나는 만족스러웠다. 이어서 유진도 손가락을 움직여 내 손을 맞잡았다. 우리 두 사람은 그렇게 손을 붙잡고 자리에서 멈춰 있던 발을 뗐다.

그 후 들어오게 된 곳은 근처에 있던 건물이었다. 차와 티 푸드를 비롯해 간단한 음식과 음료를 판매하는 가게는 이야기를 나누기 좋을 정도로 조용했다. 하지만 전망 좋은 창가 쪽에 자리를 잡은 뒤에도 우리 사이에는 말이 오가지 않았다. 유진의 옆에 있던 남자와 루이제는 눈치 있게 자리를 비켜 준 상태였다. 나는 무심코 여기까지 들고 온 작약 다발을 테이블 위에 내려놓았다.

고개를 들자, 맞은편에 앉은 유진이 여전히 굳은 얼굴로 나를 쳐다보고 있는 것이 눈에 들어왔다. 어른이 된 유진의 모습을 오랜만에 보니 어쩐지 어색한 감이 없잖아 있었다. 물론 그가 반가웠지만 설마하니 이런 식으로 갑자기 마주치게 될 줄은 몰랐다.

"어떻게 지냈어?"

내가 먼저 그를 향해 물었다. 그동안 편지를 주고받기는 했지만 유진이 어떻게 지냈는지 궁금했다. 그런데 그는 대답이 없었다. 일부러 무시한 건 아닌 것 같았고, 다른 데 신경이 쏠려 미처 내 물음을 듣지 못했거나 무심코 그냥 흘려들은 것 같았다.

"오빠?"

내가 그를 부르자, 그제야 유진이 반응했다. 가까스로 정신을 차린 듯한 그가 이내 약간의 당혹감과 난처함, 그리고 어색함이 뒤섞인 얼굴로 입을 열었다.

"아, 미안해. 왠지 좀 낯설어서."

그 말을 듣고 아, 그런가 싶었다. 나는 지금보다 더 어른이 된 유진의 모습까지 이미 알고 있었지만, 그는 아니었으니까. 우리가 마지막으로 얼굴을 마주한 건 내가 12살일 때였다. 그리고 그마저도 통신구를 통해 본 단편적인 모습뿐이었고. 그러니 그의 입장에서는 이렇게 자란 지금의 내가 서먹할 만도 했다. 나도 오랜만에 본 그에게 약간의 어색함을 느낄 정도였으니.

"나는…… 그냥. 잘 지냈어."

그렇게 말하는 유진의 얼굴은 어느덧 원래의 평정을 거의 되찾은 상태였다.

"넌 어떻게 지냈어?"

그는 자신의 이야기를 나에게 해주는 대신 질문을 되돌렸다.

"바스티에에서 생활하는 데 불편함은 없었어?"

이미 몇 번이나 편지를 통해 묻고 답한 내용이었지만 그는 내 눈을 들여다보며 다시 그 이야기를 꺼냈다. 내가 그런 것처럼, 아마 그 역시도 이렇게 직접 얼굴을 보고 묻고 싶었던 것 같았다.

"응, 없었어."

그런 그의 마음을 알 것 같아서 나는 웃으며 대답해 주었다.

"다들 잘해 주셨어. 항상 많이 신경 써 주시고 배려해 주셔서 지내는 동안 불편한 점도 없었고."

아마 그런 것이 있었더라도 유진을 마음 쓰게 하고 싶지 않아 말하지 않았을 터였다. 하지만 바스티에에서의 생활은 정말로 편안했다.

"오빠가 걱정할 만한 일은 하나도 없었어. 처음 바스티에에 갔을 때부터 오늘까지도."

내가 지금 유진의 얼굴을 살피고 안심하는 것처럼 유진 역시 지금의 내 얼굴을 보면 알 수 있을 것이었다. 우리가 바스티에의 보호를 받으며 그곳에서 정말 충분히 잘 지냈다는 사실을.

"다들 우리를 가족처럼 대해 줬어."

나는 바스티에가 우리를 신의와 애정으로 대해 준 사실과 그곳에서의 생활이 편안했다는 사실을 유진에게 말했다. 어린 우리를 그곳에 맡긴 이후 늘 마음 무거워했을 유진이 조금이라도 편해지기를 바라며. 유진은 내 말을 가만히 듣다가 천천히 입을 열었다.

"그래, 바스티에와 연락을 주고받을 때마다 너희를 진짜 가족처럼 여긴다는 말을 나한테도 하고는 했어."

그의 목소리는 방금 전과 마찬가지로 나직하고 담담했다.

"너희의 소식을 전해 들으면서 내 생각보다 잘 지내는 것 같아서 안심이었고…… 그래, 바스티에가 너희를 가족처럼 대우해 준다는 건 내게도 무척 고마운 일이지."

하지만 기분 탓인지 내 귀에 들리는 그의 목소리는 마치 제 안의 어떤 흔들림을 감추고 있는 것처럼 느껴졌다.

"몇 번인가 농담처럼 앞으로도 너희와 다 같이 바스티에에서 지내고 싶다는 의사를 표한 적이 있었는데, 내 생각에는 마냥 농담인 건 아닌 것 같아."

나는 여전히 서늘하게까지 느껴지는 무표정한 얼굴로 말을 잇는 그를 조용히 바라보았다.

"그러니까, 혹시 지금 생활이 좋으면……."

거기까지 말한 뒤, 유진은 잠시 말을 멈추었다. 아마 다른 사람이었다면 몰랐겠지만…… 나는 지금의 그가 이 뒤의 말을 하고 싶지 않아 한다는 사실을 느낄 수 있었다.

"예전에 오빠가 그랬었지."

나는 그가 애써 아무렇지 않은 얼굴로 그 뒤의 말을 덧붙이기 전에 입을 열었다.

"우리를 꼭 데리러 오겠다고."

그날의 기억은 까마득할 정도로 아주 오래된 것 같기도 하고, 또는 바로 어제 있던 일처럼 지독히 생생하게 느껴지기도 했다.

"그래서 매일 오빠를 기다렸어."

어쨌든 그날 유진이 우리에게 했던 약속을 나는 단 하루도 잊어 본 적이 없었다. 내 조용한 음성에 굳게 다물어져 있던 유진의 입이 다시금 떼어졌다.

"정리가 끝나면 바로 갈 생각이었어. 늦어져서 미안해."

나는 그를 책망하고 싶은 것이 아니었는데, 유진은 내 말을 다르게 받아들인 듯했다. 방금 전 그가 하려던 말도 그렇고 어쩜 이렇게 바보 같은 사람인지 모르겠다. 지금 유진은 자신이 너무 늦은 게 아닐까, 하고 생각하는 것 같았다. 그날로부터 너무 긴 시간이 흘렀기 때문에 어쩌면 우리가 에른스트로 다시 돌아가고 싶어 하지 않을지도 모른다고.

편지 속의 유진은 차라리 좀 더 솔직했다. 나는 그가 다시 예전처럼 에른스트에서 가족들과 다 함께 모여 사는 것을 얼마나 간절히 바라는지 알고 있었다. 그에게 무어라 말해야 좋을지 고민하며 나는 말을 이었다.

"우리가 통신구로 연락하지 않게 된 게 4년 전이던가? 그래서 이렇게 얼굴을 보게 된 건 엄청 오랜만이지."

물론 편지 속에서도 유진은 언제나 우리를 책임지고 돌봐야 할 완전한 보호자의 모습을 하고 있었다. 하지만 그런 그도 아주 가끔은 자신의 약한 모습을 내비칠 때가 있었다. 우리가 유진을 바스티에에 오지 못하게 하고 또 통신구로 먼저 연락하는 것을 멈춘 이유는 그를 무리하게 만들고 싶지 않아서였다. 하지만 사실 유진이 먼저 우리를 보고자 했다면 그것을 막을 방법은 없었을 것이다.

그러나 유진도 4년 전부터 우리를 만나러 오거나 통신구로 먼저 연락을 해오지 않았다. 그리고 어느 날인가에 보내온 편지 속에서 그는 '너희를 보면 내가 약해지는 것 같아'라고 말했다. 단지 종이 위의 글자일 뿐인데도, 그 문장에서 내가 미처 알지 못하는 무수한 감정이 배어 나오는 것만 같았다.

"보고 싶었어, 유진 오빠."

나는 그에게 할 말을 고민하는 것을 포기했다. 사실은 그를 처음 만난 순간부터 해주고 싶었던 말이었다. 좀 더 차근차근 지금의 내 생각을 말할 수 있다면 이보다는 설득력 있게 마음을 전할 수 있을 텐데.

"나는 늘 오빠가 있는 에른스트로 돌아가고 싶었어."

하지만 무리였다. 지난겨울, 바스티에 부부로부터 이제 곧 에른스트로 돌아갈 수 있다는 소식을 들었을 때 내가 얼마나 기뻤는지. 또 얼마 전 마침내 그 기념적인 날이 대략 정해졌을 때 내가 얼마나 가슴 벅찬 행복을 느꼈는지. 그리고 이렇게 그의 얼굴을 마주하고 있는 지금 내가 얼마나 힘겹게 눈물을 참아 내고 있는지 유진은 몰랐다.

"그 마음은 지금까지 한 번도 변한 적이 없어."

그와 함께 있고 싶다. 그것만이 지금의 나를 가득 채우고 있는 생각이었다.

"고마워. 약속을 지켜 줘서."

나는 진심을 담아 그에게 말했다. 그날의 약속을 잊지 않고 나를 다시 데리러 와 줘서 고맙다고. 물론 오늘의 만남은 우연한 것이었지만 얼마 후 나는 다른 두 형제와 함께 유진이 기다리고 있는 에른스트로 돌아갈 것이었으므로. 그 후 유진은 한동안 말이 없었다. 나와 눈을 마주하는 동안 그의 검은 눈동자가 서서히 얕은 물살을 일으키기 시작했다.

"나야말로……."

그리고 잠시의 시간이 더 흐른 뒤, 그는 마치 소년 시절로 되돌아간 것처럼 제 안의 약한 부분을 내게 드러내며 아주 작은 목소리로 속삭였다.

"기다려 줘서 고맙다."

밖으로 나왔을 때는 어느덧 하늘 꼭대기에 걸려 있던 해가 첨탑의 십자가 밑으로까지 내려와 있었다. 건물 앞에는 마차 두 대가 대기하고 있는 중이었다. 마차 앞에 호위 기사들이 서 있는 것이 보였다. 밖으로 나온 우리를 발견했는지 가까이에 있던 마차에서 금발의 남자가 내려섰다.

"나오셨군요."

"오래 기다렸나?"

"뭐, 생각보다는 아닙니다."

아까도 보았던 유진의 동행인은 이지적인 느낌의 청년이었다. 나이는 이십 대 중후반 정도일까. 행색이나 분위기로 보아서 유진의 호위는 아닌 것 같았고, 오히려 참모에 가까운 인상이었다. 남자의 녹색 눈동자가 나를 향하는 순간 그 느낌은 확신이 되었다.

"이쪽은 로웬그린 스왈로츠야."

"부족한 몸으로나마 공작님의 보좌를 맡고 있습니다."

유진이 먼저 소개하자 그가 나를 향해 정중히 인사했다. 나는 조금 신기한 기분으로 마주한 사람을 응시했다. 지난 생에도 그를 본 적은 한 번도 없었기 때문에 유진의 옆에 서 있는 남자의 존재에 호기심이 생겼다. 유진의 보좌라고? 지난 생에서 원래 그 자리에 있었던 사람은 고지식한 느낌의 아저씨였는데. 로웬그린 스왈로츠라고 하는 남자는 나 못지않게 호기심 어린 눈길로 나를 쳐다보고 있었다.

"그리고 이미 알겠지만 이쪽은 내 여동생 하리."

"처음 뵙겠어요. 하리 에른스트예요."

유진은 아직도 내가 조금은 낯선지 여동생이라는 단어 앞에서 잠시 말을 끌었다. 하지만 그것은 아주 짧은 순간의 일이었다. 어쩌면 이제껏 다른 사람 앞에서 나를 소개할 일이 없었던 탓인지도 몰랐다.

"시간이 늦었으니 오늘은 이만 돌아가는 게 좋겠다."

루이제는 마차에 타고 있는지 모습이 보이지 않았다. 굳이 마차 문을 열어 확인하는 것도 예의는 아니라, 유진은 곧바로 나를 향해 말했다. 과연 그의 말처럼 슬슬 돌아가야 할 시간이었다.

"그럼……."

하지만 이렇게 헤어지려니 아쉬운 마음이 들었다.

"나중에 봐, 오빠."

그렇다 해서 지금 내가 그를 따라갈 수도 없는 노릇이었지만. 내 손을 잡은 유진의 손에 약간 힘이 들어갔다. 이번에는 유진이 나를 정식으로 에스코트하고 있었기 때문에 아까처럼 격의 없게 편안히 손을 붙잡고 있지는 않았다.

"그래, 조만간 또."

유진도 아쉽기는 마찬가지인지 그의 나지막한 목소리에서 여운이 느껴졌다. 아무래도 유진을 이대로 그냥 보내려니 영 마음이 편치 않았다. 끄응, 나는 약간 충동적으로 지금까지 들고 있던 것을 유진에게 떠안겼다.

"이거 오빠 가져. 선물이야."

이, 이것은 갸륵한 동생의 마음이라고나 할까? 타지로 나갔다가 오랜만에 집으로 온 아들에게 평소 좋아하던 음식을 상다리 휘어지게 차려 준다거나, 아니면 이제 곧 시집갈 딸에게 이것저것을 바리바리 싸 주는 것처럼, 나도 유진을 그냥 보내기가 좀 그래서 뭐라도 주고 싶었다.

하지만 문제라면 지금 내가 가지고 있는 것이 꽃다발뿐이었다는 점이다. 그, 그래도 작약은 예쁘니까요. 가져가서 화병에 꽂아 두고 보면 기분 전환도 되고 좋을 거라고! 유진은 엉겁결에 내가 떠넘긴 작약 다발을 받았다. 내 품에서는 거의 가득 찼던 꽃다발이 유진의 품 안에서는 한없이 작아 보였다. 그는 무심코 내가 주는 것을 받아 놓고 잠시 미묘한 표정을 지었다.

"선물이라고?"

"아까 산 건데, 응, 오빠한테 잘 어울리는 것 같아서."

솔직히 그냥 가져다 붙인 말이었다. 하지만 말하고 나서 보니 제법 그럴듯했다. 서늘한 느낌을 풍기는 남자와 꽃은 어울리지 않는 것 같으면서도 은근히 묘한 매력을 발산하고 있었다.

"꽃 선물을 받는 건 처음인데."

문득 앞에서 바람 같은 소리가 들려서 보니 유진이 나를 향해 여트막하게 웃고 있었다.

"나보다는 너한테 더 잘 어울리는 것 같지만."

꼭 봄볕에 녹아내리는 얼음 같았다. 얼굴 위에 고여 있던 싸늘함을 거둬 내고 따스한 빛을 머금은 눈동자가 나를 응시했다. 그 얼굴이 꼭 에른스트 부부가 살아 있던 때의 14살의 유진 같았다. 그걸 보자 가슴이 약간 찡해졌다. 살짝 고개를 돌리자 그때까지도 옆에 서 있던 로웬그린이 그런 유진을 향해 두 눈을 휘둥그렇게 뜨는 것이 보였다.

보는 눈이 있는 데다가 아무래도 이 나이를 먹고는 조금 쑥스럽기도 했지만…… 나는 미소 지은 유진의 얼굴을 잠시 말없이 바라보다가 팔을 들었다. 안고 있던 꽃을 이미 유진에게 넘긴 뒤였기 때문에 양손을 모두 자유롭게 사용할 수 있었다. 나한테 끌어안기는 순간, 유진이 굳어졌다. 솔직히 체격 차이 때문인지 내가 유진을 안았다기보다는 안긴 것 같은 모양새가 되었다. 내 팔에 둘러싸인 몸이 딱딱하게 경직되어 가는 것이 확연히 느껴졌다. 그래도 나는 그를 곧바로 놔주지 않고 그에게만 들릴 정도로 작게 속삭였다.

"금방 다시 만나."

그리고 이내 팔을 풀고 그에게서 떨어지려던 찰나에 등 뒤로 온기가 스몄다.

"금방 데리러 갈게."

귓가에 자그마한 속삭임이 날아들었다. 그 직후 내 어깨와 등을 힘주어 꽉 끌어안았던 팔이 떨어져 나갔다. 그렇게 나는 유진과 헤어진 뒤 마차에 올랐다. 안에 먼저 타고 있던 루이제가 나를 보고 입을 열었다.

"인사 다 나눴어?"

"응, 오빠가 너하고도 제대로 인사하고 싶어 하는 것 같았는데."

처음 만났을 때는 유진도 나도 경황이 없었으니까. 그래도 난 유진의 보좌관이라고 하는 로웬그린 씨와 인사를 나눴는데, 루이제는 계속 마차 밖으로 나오지 않아서 신경이 쓰였다. 이미 마차가 출발한 뒤였기 때문에 이제 와서 인사를 나누는 건 어차피 무리이기는 했다.

"어차피 얼마 안 가서 또 우리 집에 올 거 아니야. 언니 데려가려고."

그렇게 말하는 루이제는 약간 뾰로통해 보였다.

"뭐, 그렇다고 그 오빠가 싫다는 건 아니야."

하지만 그녀는 그 뒤에 얼른 덧붙였다. 여전히 뚱한 얼굴을 하고 있으면서도 나를 생각해서 말해주는 게 여실히 느껴졌다. 아이고, 귀여워라. 보아하니 내가 바스티에를 떠나 에른스트로 돌아가는 게 꼭 나를 유진에게 빼앗기는 기분이라 조금 삐진 모양이다. 이럴 때 보면 정말 애라니까.

"에른스트에 가도 매일 너 보러 놀러 올 건데?"

"진짜?"

"그럼 넌 나 보러 안 올 거야?"

"아니, 매일 갈 거야!"

루이제는 금방 기분이 풀어졌다. 잠시 후 그녀는 무언가를 떠올리는 듯하다가 나를 향해 말했다.

"그런데 아까는 깜짝 놀랐어. 이렇게 직접 보는 건 엄청 오랜만인데 유진 오빠 되게 멋있어졌더라."

루이제는 여전히 유진이 조금 얄밉지만 그래도 인정할 건 인정하겠다는 듯한 표정을 지어 보였다.

"처음에 멀리서 언니랑 둘이 서 있는 걸 봤을 때는 모르는 사람인 줄 알았어."

나는 그 말을 듣고 고개를 갸웃했다. 그런가? 난 유진이 그렇게 많이 변했는지 잘 모르겠는데. 물론 전에 비해 많이 자랐구나, 이제는 어른이구나, 하는 느낌은 있지만 몰라볼 정도로 멋있어졌다거나 한 건 잘 모르겠다. 이미 보아 온 세월이 있어서 무뎌진 건가. 뭐, 객관적으로 봤을 때 삼 형제 중에 인물이 달리는 사람이 없기는 하지. 나는 왠지 자식 칭찬을 들은 팔불출 엄마 같은 마음이 되어 그 후에도 한동안 더 이어지는 루이제의 칭찬을 흐뭇하게 들었다.

그 후 우리가 집으로 돌아가기로 한 날이 앞당겨졌다. 에른스트에서도 이것저것 준비할 게 많았을 텐데 아무래도 나를 만난 직후 마무리 준비를 서두른 것 같았다. 그래서 카벨과 에리히, 나도 본격적으로 바스티에를 떠날 준비를 하기 시작했다. 그렇다 해서 딱히 챙길 것이 많지는 않았다. 어차피 생활하는 데 필요한 전반적인 것은 에른스트에도 마련되어 있을 것이었으므로 각자 가지고 있던 소지품 정도만 챙기면 되었다. 어쨌든 각자 정리할 시간이 필요했기 때문에 카벨과 에리히도 주말에 시간을 내 학술원에서 돌아왔다.

똑똑.

"잠깐 들어가도 될까?"

저녁 늦은 시간, 누군가 내 방문을 두드렸다. 밖에서 새어 든 것은 요하네스의 목소리였다.

"응, 들어와."

내가 허락의 말을 내뱉자 곧 문이 열렸다. 요하네스가 손에 들고 있는 컵을 들어 올리며 나를 향해 작게 웃었다.

"차 마실래?"

"고마워. 이리 와서 앉아."

모락모락 김을 내는 컵이 두 개인 것을 보니 함께 차를 마시자는 의미였다. 거부할 이유가 없었으므로 나도 그를 향해 웃으며 흔쾌히 자리를 권했다.

"아직 정리 중이었어?"

"아니, 정리는 이미 다 끝내서 지금은 그냥 한 번 둘러보는 중이었어."

내가 가져갈 짐은 별로 없었는데도 기분 탓인지 방이 전보다 휑해진 것 같았다. 테이블에 자리를 잡은 요하네스가 잠시 내 방을 둘러보다가 희미한 웃음소리를 내뱉었다.

"네가 처음 여기 올 때가 생각나네."

요하네스 역시도 우리를 떠나보낼 때를 앞에 두고 감회에 젖은 눈치였다. 얼마 전부터는 바스티에 부부도 곧잘 아쉬운 기색을 내비치고는 했다. 루이제는 물론 말할 것도 없었다. 나도 방금 전까지 곧 작별해야 할 이 방을 미묘한 기분으로 둘러보고 있던 참이었다.

"생각해 보면 난 에른스트에서 우리가 처음 만났을 때부터 널 여기에 데려오고 싶었던 것 같아."

요하네스가 옛 추억을 회상하듯 웃음 지었다. 아, 카벨과 싸웠을 때 얘기인가? 나도 처음 그를 보았을 때를 상기하며 픽 웃었다.

"기억나. 카벨 오빠한테 날 달라고 했었지."

그때 카벨과 요하네스가 몸싸움을 벌이기까지 했던 것이 떠올랐다. 어쩌다 카벨이 나를 향해 '재는 내 동생 아니야!' 하고 외치자 요하네스는 화를 내며 '그럼 나한테 줘!'라고 말했었다. 크으, 다시 떠올려 보니 참으로 아련하구나. 그때 카벨은 진짜 성격 나쁜 꼬맹이였지. 요하네스는 그때도 지금처럼 참하고 멋있었고. 물론 예전의 요하네스는 지금보다 수줍수줍한 느낌이었지만.

"처음 네가 이 집에 온 날."

덩달아 옛 기억을 떠올리고 아련해진 나를 뒤로한 채로 요하네스는 말을 이었다. 하지만 잇따른 그의 목소리는 방금 전보다 한결 진지한 느낌을 풍기고 있었다.

"아, 이제부터는 내가 이 아이를 지켜 줘야겠구나 하고 생각했어."

컵을 들고 있던 내 손이 허공에서 잠시 멈추었다.

"그때 하리 네가 너무 지치고 슬퍼 보여서 이제부터는 내가 널 웃게 만들어주고 싶다고, 그런 생각도 했었어."

나는 흔들림 없이 고요한 푸른 눈동자와 시선을 마주했다. 그는 진심이었고, 그렇기 때문에 무어라 대답해야 할지 알 수가 없었다. 하지만 그는 애초에 대답을 바라고 말을 꺼낸 것이 아니라는 듯, 다시금 입을 열었다.

“네가 이곳에 있던 시간이 꽤 긴 것 같으면서도, 다른 한편으로 생각해 보면 눈 깜짝할 새였던 것 같기도 해.”

“6년이 짧은 시간은 아니지.”

생각해 보면 6년은 꽤 긴 시간이었다.

“그래, 짧은 시간이 아니야.”

아이는 소년이 되고, 소년은 청년이 될 정도의 시간.

“그리고 하리, 네가 에른스트에 있던 시간은 2년이었지.”

그리고 요하네스의 입에서 흘러나온 말에 나는 퍼뜩 놀랐다.

“그런데도 너한테는 바스티에보다 에른스트가 집인 거야?”

요하네스는 순수한 의미로 궁금한 것 같았다. 6년간 머물렀던 이곳보다 어릴 때 단 2년 동안만 살았을 뿐인 그곳이 내게 ‘돌아가야 할 집’인 것인지. 그 순간 ‘아, 그렇구나’ 하는 깨달음이 나를 찾아왔다.

다른 사람들이 볼 때는, 내가 에른스트에서 살아온 날보다 바스티에에서 살아온 날이 훨씬 길었다. 게다가 내가 에른스트에서 지냈던 2년 동안은 순전히 좋은 기억만 있지도 않았다. 그러니 보통의 아이라면 에른스트보다 지금 내가 살고 있는 바스티에를 오히려 진짜 집으로 여길 만도 했다.

“그러니까, 혹시 지금 생활이 좋으면…….”

혹시 얼마 전 만났을 때 유진이 내게 하려던 말도 그런 생각에서 기인한 것이었을까? 하지만 나는 그 보통의 경우가 아니었다. 이미 20년이 넘는 세월 동안 나는 에른스트에서 살아왔으니까. 그리고…….

“당연하지.”

"넌 우리 동생이잖아."

시간이 흘러도 지워지지 않는 목소리가 다시금 머릿속에서 맴돌았다. 방금 전 꿀을 탄 차를 마셔서 그런지 입안이 달았다. 하지만 아니, 아니야. 사실 나는 그때 그가 그런 말을 해주지 않았어도 그 집을 떠나지는 못했을 것이다. 나는 말없이 그저 어렴풋하게 웃었고, 요하네스는 거기에서 내 대답을 읽어 냈다. 그는 나를 물끄러미 바라보다가, 이내 어쩔 수 없다는 듯이 미소 지었다.

"그곳에 가게 되어도, 네가 바스티에를 그리워해 줬으면 좋겠어."

"그리울 거야."

"지금 에른스트를 생각하듯이, 언젠가 바스티에에 다시 돌아오고 싶다고 생각해 줬으면 좋겠어."

미안하게도, 그 말에는 대답하지 못했다. 하지만 요하네스는 그저 그럴 줄 알았다는 듯이 웃을 뿐이었다.

"지금은 큰 욕심을 부리지 않을게."

그 후 요하네스가 자리에서 일어났다.

"그만 쉬어. 내일은 일찍 일어나야 하니까."

나는 뒤돌아서는 그를 향해 진심을 담아 말했다.

"고마워, 요한 오빠."

그러자 요하네스가 나를 돌아보았다.

"항상 오빠에게 고마웠어."

그는 그렇게 말하는 나를 보며 다시 한번 웃어주었다. 그리고 다음 날 아침, 바스티에에는 긴 시간 기다려 왔던 손님이 방문했다.

"어서 오렴, 유진."

나는 2층의 층계참 위에 서서 바스티에 부부를 마주하고 있는 사람을 내려다보았다.

"형!"

"유진 형."

카벨과 에리히도 그를 향해 다가갔다. 그들의 부름에 유진의 검은 눈동자가 우리를 향해 미끄러졌다.

"데리러 왔어."

나지막한 목소리가 귓가를 가로질렀다. 나는 다시 만난 그를 웃으며 반겨 주었다.

"어서 와, 오빠."

그렇게 우리는 바스티에를 떠났다. 그리운 집. 유년 시절의 아릿한 기억이 조용히 잠들어 있는 우리의 요람. 에른스트로의 귀환이었다.

"어서 오십시오, 공작님."

에른스트에 도착하자마자 낯익은 얼굴이 우리를 반겼다. 나는 고개 숙여 인사하는 사람을 앞에 두고 걸음을 멈추었다.

"그리고 아가씨, 도련님들. 먼 길 오시느라 고생 많으셨습니다."

"휴버트."

집사 휴버트는 내 기억보다 조금 마르기는 했지만 그 외에는 이전과 달라진 것이 거의 없는 것 같았다. 물론 그 역시도 세월을 비껴가지는 못해서, 전보다 약간 희게 센 머리카락이나 눈가의 주름 같은 것이 눈에 띄기는 했다.

"오랜만이에요, 휴버트. 잘 지냈어요?"

"염려해 주신 덕분입니다."

내가 반가움을 표하자 휴버트도 웃으며 내게 말했다.

"그동안 몰라보게 많이 자라셨군요."

나를 보는 그의 눈동자가 잠시 아득한 빛을 띠었다. 아마도 6년 전의 내 모습을 되짚어 떠올리는 것 같았다.

"하리, 안으로."

"그래, 인사는 그쯤하고 빨리 들어가자구."

하지만 휴버트와 회포를 다 풀기도 전에 유진과 카벨이 나를 재촉했다. 크으, 유진은 그렇다 쳐도 둘째 넌 좀 정이 없는 것 아니니? 휴버트가 예전에 개망나니 같은 널 얼마나 큰 인내로 보듬었는데!

"인사는 나중에 다시 해도 되잖아. 어차피 이제는 계속 여기서 살 거니까."

"왈왈!"

그때, 에리히가 지나가듯 말을 던지며 나를 지나쳐 갔다. 그 후 페니가 신이 난 듯이 꼬리를 흔들며 앞으로 달려갔다.

"아가씨, 안으로 들어가시지요."

휴버트가 웃으며 하는 말을 듣고 나도 멈춰 있던 걸음을 옮겼다. 그래, 에리히의 말이 맞았다. 앞으로 시간은 많았으니까. 우리는 다 함께 저택의 내부로 들어섰다. 사용인들을 잠시 물렸는지 안에는 다른 사람이 아무도 보이지 않았다. 방해 없이 집안을 둘러보기에는 그편이 더 좋기는 했다.

아까 저택의 외관을 볼 때도 그랬지만 이렇게 직접 안으로 들어와 보니 옛 기억이 더욱 선명히 새록새록 떠오르기 시작했다.

"어서 오렴, 얘들아."

당장에라도 에른스트 부부가 나와 웃으며 우리를 맞아줄 것만 같았다. 하지만…… 그래, 이제 두 번 다시 그런 일은 없겠지. 에른스트 부부가 죽은 후, 차라리 그들에게 정을 주지 않는 것이 낫지 않았을까 하는 생각도 몇 번이나 했었다. 그러나 나는 그들과 함께 보낸 시간 자체를 후회하지는 않았다. 그 짧은 시간 동안 나는 충분히 행복한 꿈을 꾸었으니까.

"방은 너희가 직접 정리하는 게 좋을 것 같아서 그대로 놔뒀어."

유진의 말을 듣고 자리에 멈추었던 걸음을 뗐다. 2층으로 향하는 층계참을 밟고 올라가는 기분이 다소 묘했다. 카벨과 에리히도 각자 자신의 방으로 찾아갔다. 오직 유진만이 가만히 서서 그런 우리를 지켜보고 있었다. 나는 익숙한 방문 앞에 잠시 멈추어 있다가 문고리를 돌렸다.

달칵. 그리고 마침내 눈에 들어온 방 안의 풍경에 느리게 숨을 들이마셨다. 내 방은 에른스트 부부가 손수 꾸며 주었던 대로 여전히 유치한 분홍색투성이였다. 분홍색의 벽지, 분홍색의 캐노피, 옅은 붉은 기가 도는 원목 가구들, 그리고 바닥에 깔린 분홍색의 카펫까지. 침대 위에는 그들이 내게 사 주었던 아기자기한 인형들이 아직 그대로 있었다. 그동안 사람을 시켜 꾸준히 관리를 한 듯 방은 깨끗했다. 방 안을 둘러보는 동안 점차 마음이 술렁이기 시작했다.

"정말 예전 그대로네."

지금 내 시야에 비치는 풍경이 6년 전 마지막으로 보았던 모습과 거의 완전히 똑같아서 기분이 이상했다. 마치 지금 이곳만 아직까지 시간이 멈춰 있는 느낌이었다. 다만 예전보다 작아진 것 같은 침대라든가, 전보다 높이가 낮아진 책상과 의자 같은 것이 내 지나간 시간을 증명하고 있었다.

나는 침대로 다가가 그 위에 있는 인형 중 하나를 집어 들었다. 기다란 귀를 늘이고 있는 토끼 인형은 새로 세탁을 했는지 때 하나 묻지 않은 흰색이었다. 예전에 내가 에리히에게 빌려줬다가 마지막 밤에 다시 돌려받았던 바로 그 토끼 인형이었다. 문득 옛날 생각이 나서 나는 설핏 웃으며 다시금 침대 위에 인형을 내려놓았다. 그리고 다시 밖으로 나가자 나보다 한발 앞서 복도에 나와 있는 카벨과 에리히의 모습이 보였다.

"벌써 다 둘러보고 나왔어?"

"응! 별로 볼 것도 없던데?"

내 물음에 카벨이 곧장 대답했다. 그런데 기분 탓인가? 왠지 두 사람은 생각보다 대충 방을 둘러보고 나온 느낌이었다. 게다가 둘 다 표정이나 분위기 같은 것이 오랜만에 집에 온 사람들답지 않게 태연해 보였다.

"두 사람은 왠지 좀 무덤덤해 보이네?"

"그야 우리는 전에…… 어억!"

"큰형이 저쪽에서 기다리고 있어."

카벨이 무언가를 말하려고 하다가 돌연 비명을 내질렀다. 옆에 있던 에리히가 팔꿈치로 카벨의 옆구리를 가격했기 때문이었다. '우리는 전에?'라고? 방금 카벨이 무슨 말을 하려고 한 거지? 왠지 맥락상 오늘에 앞서 먼저 여기에 와 본 적이 있다는 소리가 이어져야 할 것 같은데? 나 빼고 둘이 집에 온 적이 있었나?

"뭐 해? 빨리 와."

내가 눈을 가늘게 좁히고 그들을 쳐다보자 카벨이 슬쩍 내 시선을 피하며 끙끙거렸다. 반면 에리히는 태연히 나를 재촉했다. 어차피 카벨에게서 정보를 캐내는 것은 그리 어렵지 않았기 때문에 나는 나중을 기약하며 일단 두 사람을 따라갔다.

"아, 이 방도 오랜만이다."

잠시 후 우리는 놀이방 앞에 다다랐다. 내가 에른스트 부부를 따라 이 집에 와서 세 형제를 처음 만났던 곳. 그리고 에른스트 부부의 부고 소식을 들었던 곳이었다. 여기도 아직 예전 그대로의 모습일까?

"선물이 있어서 보여 주려고."

문 앞에서 우리를 기다리고 서 있던 유진의 말에 나는 의아해졌다. 하지만 내가 의문을 표하기도 전에 유진이 문을 열어젖혔다. 놀이방의 풍경도 옛 기억 속의 것과 거의 동일했지만 단 하나가 달랐다. 방의 한가운데에는 그동안 본 적이 없는 것이 뚜렷한 존재감을 자랑하며 서 있었다.

"하리, 네 거야."

나는 두 눈을 크게 뜬 채로 유진을 돌아보았다.

"전에 피아노를 배운다고 했던 게 생각나서."

그가 선물이라고 한 것은 눈부시도록 매끄러운 광택을 내는 새하얀 피아노였다. 유진의 말을 듣고 나서야 예전에 그에게 보냈던 편지에 루이제와 함께 피아노를 배우기 시작했다고 썼던 것이 기억났다. 그 후로도 두어 번 정도 더 그 일을 언급한 적은 있었지만 그마저도 지나가듯 꺼낸 얘기였는데…….

얼굴을 보아하니 카벨과 에리히는 유진이 준비한 선물을 이미 알고 있던 눈치였다. 나는 다시 고개를 돌려 눈앞에 있는 것을 바라보았다. 가까이 다가가 손을 올리자 피아노의 서늘한 온도가 손끝을 타고 그대로 전해져 왔다.

"고마워. 정말 마음에 들어."

나는 약간 감격한 상태로 유진을 향해 말했다. 그러자 마주한 얼굴이 미묘하게 내 반응에 안심한 듯한 빛을 띠었다. 혹시 준비한 선물이 내 마음에 들지 않을까 봐 걱정했던 걸까? 유진에게 이런 귀여운 구석이 있다니! 마음 같아서는 가서 얼싸안아주기라도 하고 싶었지만 전생에도 형제들에게 그런 식의 육탄 공세(?)는 한 적이 없었기 때문에 나는 마음 속의 충동을 참아 내기로 했다. 그리고 그 대신 아주 격하게 피아노에 대한 이런저런 칭찬을 늘어놓았다.

"진짜 이렇게 예쁜 피아노는 처음 봐!"

"맞춤 제작을 하고 싶었는데 시간이 없어서. 다음에 새 피아노로……."

"아니야, 난 이게 좋아! 다른 피아노는 없어도 돼!"

한 번 내 것은 영원한 내 것! 맞춤 피아노가 아니라고 해서 헌신짝처럼 버리다니, 그건 안 될 말이지! 난 그렇게 매정한 여자가 아니랍니다!

"대충 다 봤으면 가서 밥이나 먹자."

"그래, 우리 밥 먹자!"

잉, 그런데 이 감동적인 순간에 꼭 산통을 깨야겠니? 에리히가 느닷없이 먼저 툭 던지듯 내뱉은 말에 카벨이 격하게 호응했다. 나는 피아노에서 손을 떼고 그들을 향해 입을 열었다.

"밥을 먹기에는 아직 좀 시간이 이르지 않아?"

"무슨 소리야? 집에 왔으면 제일 먼저 밥을 먹어야지!"

하지만 내가 말하자마자 카벨이 정색을 하며 소리쳤다. 쿠, 쿨럭. 도대체 언제부터 밥 먹는 게 집에 돌아온 신고식 같은 게 된 거지? 배가 많이 고픈가? 아니, 점심 먹은 지도 얼마 안 됐는데 왜 다들 집에 오자마자 밥 타령이야?

"그래, 식당으로 가자. 아마 금방 준비될 거야."

그런데 유진까지 픽 웃으며 두 사람의 말에 동조하는 것이 아닌가? 한창 자라나는 새 나라의 청소년들이라서 그런가……. 결국 나는 하는 수 없이 그들에게 떠밀려 식당으로 가야만 했다. 그날의 이른 저녁 식사는 도란도란한 이야기가 그치지 않는 화기애애한 분위기 속에서 이루어졌다. 앞으로 이런 날이 또 있을까 싶은, 완벽한 하루였다.

나는 목욕 시중을 들어주는 하녀들을 앞에 두고 약간의 난처함을 느꼈다.

"이 정도는 내가 혼자 할 수 있는데."

시중받는 것은 익숙했기 때문에 딱히 그 자체에 거부감이 있지는 않았다. 하지만 지금 내 앞에 있는 에른스트의 하녀들은 내가 손 하나 까딱하게 놔두지 않았다.

"도련님들과 아가씨께서 생활하시는 데 작은 불편함 하나 없어야 한다고 공작님께서 지시하셨습니다."

그러나 그들은 내 말에 정중히 고개 숙여 대답한 뒤 다시금 세심하게 시중을 들기 시작했다. 사용인들을 처음 보았을 때부터 느낀 것이지만 그들의 태도를 통해 에른스트의 분위기가 이전과는 다소 달라졌음을 깨달았다.

그들은 무척이나 극진한 자세로 우리를 대했다. 평소에는 그림자처럼 조용히 제 할 일을 하다가도 무언가를 필요로 하면 눈 깜짝할 새 나타나 수족같이 움직였다. 무언가를 요구하면 두 번 말하게 하는 법 없이 곧바로 시키는 일을 하거나 원하는 것을 가져다주었고, 단 한 번도 마음에 안 드는 행동이나 말을 해 심기를 거스르는 법이 없었다. 마치 저택에서 일한 경력만 최소 20년은 넘는 전문가들 같은 느낌이라고 해야 할까? 어쨌든 모두가 그런 식이었기 때문에 확실히 무언가를 부탁할 때 편하긴 했다. 하지만 그렇게 착실히 내 수발을 드는 사람들을 볼수록 나는 어쩐지 기분이 묘해졌다.

그래도 내가 꾸준히 말도 걸고 친절하게 대한 탓인지, 적어도 내 시중을 들어주는 사람들은 처음보다 내가 편해진 눈치였다. 카벨과 에리히는 아직 학기 중이었기 때문에 주말 동안만 집에 머물고 다시 학술원으로 돌아갔다. 그래서 이곳에 남게 되는 것은 유진과 나, 단둘뿐이었다.

하지만 낮 동안에는 유진도 일을 하러 나가야 했다. 그래서 나는 집에 적응도 할 겸 저택에 머물면서 휴버트와 전에 못다 한 회포도 풀고, 사용인들과 소소한 이야기를 나누기도 하며 시간을 보냈다.

그들은 처음에 나와 말을 섞으면 하늘이 무너지기라도 한다고 생각하는 것 같았다. 내가 먼저 인사를 하고 말을 걸 때마다 어쩔 줄을 몰라 하는 모습이 의아할 정도였다. 하지만 인간은 적응의 동물이라는 말이 왜 있던가. 얼마 후에는 그들도 내가 말을 걸면 제법 의연히 대답해 주는 단계가 되었다.

"엄격하고 어려운 주인님이라고 해야 할지……."

하루는 내 옷 시중을 들어주는 하녀에게 유진에 대해 물어보았다. 우리가 없는 동안 그 혼자 이 집에서 어떻게 지냈는지가 궁금했기 때문이었다. 하지만 그녀는 내 물음의 의미를 잘못 알아들은 듯 자신이 본 유진에 대해 말해주었다.

"사실 지금까지는 항상 아침 일찍 저택을 나서 밤늦게 돌아오시니 마주치는 일이 거의 없었지요. 그래도 어쩐지 대하기 어려운 분이라는 인상이 있었어요."

비단 그녀뿐만이 아니라 에른스트의 사용인들이 유진에 대해 가지고 있는 생각은 주로 이러했다. 저택에는 많은 사용인이 있었고, 개중에는 이전부터 이곳에서 일했던 낯익은 얼굴도 몇 있었지만 그들은 대개 유진에 대해 말을 아꼈다. 그래서 지금 내게 이런 이야기를 해주는 것은 에른스트에 들어온 지 이제 2년이 되었다고 하는 신입 하녀였다. 사실 2년 차라고 하면 완전한 신입이라고 하기에 무리가 있었지만 에른스트에서는 가장 짧게 일한 축이라고 했다.

"그래도 에른스트는 다른 곳보다 대우가 좋아요. 그래서 저도 되도록 여기에 오래 있었으면 좋겠다고 생각하고 있어요. 그리고 요즘은 공작님도 전보다 무섭지 않으시니까……. 아, 아니요. 그렇다고 저희를 나쁘게 대하셨다는 게 아니라 원래도 충분히 좋은 주인님이셨어요."

유진은 요즘은 그리 바쁘지 않은지 꼭 일찍 귀가해 나와 함께 저녁 식사를 했다. 아침 식사도 유진이 나가기 전에 내가 일찍 일어나 함께하곤 했기 때문에 나는 집에서 점심만 혼자 먹으면 되었다.

"지금까지는 항상 밤늦은 시각에 들어오셨는데 아가씨를 정말 많이 아끼시는 것 같아요."

지금까지 유진에 대한 이야기를 들려준 하녀가 조심스럽게 건넨 말에 나는 그저 한 번 웃고 말았다.

똑똑.

"잠깐 들어가도 될까?"

그러던 어느 날, 유진이 어쩐 일로 평소보다 일찍 돌아왔다. 시간은 오후 3시 정도로, 나는 얼마 전부터 내 앞으로 오기 시작한 우편물을 뜯어보고 있었다. 깜짝 놀라 고개를 돌려 보니 어느덧 방문 앞에 서 있는 유진의 모습이 보였다. 어쩐지 방이 좀 갑갑해서 창문과 문을 활짝 열고 환기를 시키던 중이었는데.

"오빠, 왜 이렇게 일찍…… 앗!"

뒤이어 나는 자리에서 몸을 일으키다 말고 작은 소리를 내뱉고 말았다.

옆에서 차를 따라 주던 하녀가 내 갑작스러운 움직임에 놀란 듯, 찻잔 대신 그 옆으로 짚은 내 손에 뜨거운 액체를 부었기 때문이다. 나는 화들짝 놀라 테이블에서 손을 뗐다.

"죄송합니다, 아가씨!"

본의 아닌 실수였던 만큼 하녀도 당황하며 내게 사과했다.

"괜찮아?"

그때, 옆에서 뻗어진 누군가의 손이 급히 내 손목을 감싸 쥐었다. 어느덧 가까이 다가온 유진이었다. 내 손에서 흐른 물기가 맞닿은 유진의 손까지 젖게 만들었다.

"괜찮아. 찻물이 그렇게 뜨겁지는 않았어."

솔직히 방금 전에 갓 끓여 온 물이었기 때문에 피부가 꽤 아렸다. 하지만 유진이 심각한 얼굴로 빨갛게 물든 내 손등을 내려다보고 있어서 나는 일부러 별것 아니라는 듯이 대답했다. 물론 유진은 믿지 않는 눈치였다. 다음 순간, 시린 빛을 띤 검은 눈동자가 내 옆에 있는 사람에게 날아가 꽂혔다.

"정신을 어디에 팔고 있으면 이런 실수를 하지?"

나도 모르게 흠칫할 정도로 냉랭한 음성이 고막을 파고들었다. 나는 반사적으로 고개를 들었다. 그리고 옆에 있는 하녀를 더없이 싸늘한 얼굴로 응시하고 있는 유진을 시야에 담았다. 한기 어린 시선을 정면에서 받은 하녀가 아연실색해서 무릎을 꿇었다.

"죄, 죄송합니다! 좀 더 조심해야 했는데 제가 부주의해서…… 결코 고의로 그런 게 아니라……."

"지금 누가 변명을 듣고 싶다고 했나?"

유진의 눈동자가 마치 까만 얼음 조각 같았다. 동시에 그것은 바라보기만 해도 베일 것 같은 느낌이 들 정도로 첨예하고 시렸다.

"의도 따위는 아무래도 상관없어. 그렇다고 지금 벌어진 일이 없던 것이 되지는 않으니까."

나는 위압적인 분위기를 내뿜는 유진과 그 앞에서 떨고 있는 하녀를 보다가 유진이 다시금 입을 여는 순간 먼저 말했다.

"괜찮아, 오빠. 어차피 실수고. 그렇게 크게 데지도 않았어."

유진에게 붙잡히지 않은 손으로 그의 팔을 살짝 붙잡자 그의 입술이 천천히 다물어졌다. 내 행동과 말에서 달래는 듯한 기색을 읽었는지 곧이어 유진의 눈동자가 내게로 미끄러졌다. 시야에 비치는 까만 눈이 여전히 차가웠지만 그래도 방금 전보다는 아주 조금 나았다. 나는 얼굴이 백지장처럼 희게 질린 하녀를 향해 말했다.

"치료하고 올 동안 방을 치워 줘."

"네, 네. 아가씨."

다행히도 그 후 유진은 별다른 말을 더 하지 않았다. 일단 내 손을 치료하는 일이 더 시급하다고 생각해서인지도 몰랐다. 곧바로 나는 응급처치를 받았고, 그 후 기분이 조금 복잡해졌다. 벌어진 일에 비해 유진의 반응이 다소 과하다고 생각되었기 때문이다. 하지만 그런 말을 굳이 입 밖으로 꺼내지는 않았다.

직접 내 손을 치료해 주는 유진의 손길이 방금 전 실수한 하녀에게 오금이 저릴 만큼 차가운 눈빛을 보내던 사람이라고는 믿기지 않을 정도로 조심스러웠다. 생각해 보면 아까 전 나한테 가까이 다가와 붉게 물든 손을 들어 올렸을 때도 그랬다.

"아프지 않아?"

"안 아파. 오빠 은근히 걱정이 많구나? 나이가 들수록 그렇게 된다던데."

나는 분위기를 환기할 겸 일부러 장난스럽게 말했다. 하지만 뒤이어 유진이 조용히 읊조린 말에 잠시 말문이 막힐 뻔하고 말았다.

"넌 괜찮지 않아도 다 괜찮다고 하니까."

"어, 아닌데? 진짜 괜찮을 때 괜찮다고 하는데?"

아니, 당연히 참을 만하고 괜찮으니까 괜찮다고 하지! 내가 뭐 당장 아파서 죽을 것 같은데도 무작정 버티기만 하는 줄 아나?

"그야 넌 그렇게 말하겠지."

그래도 이야기를 나누는 동안 유진의 얼굴에 계속 서려 있던 한기가 조금 더 누그러져서 다행이었다.

"방금 전 일에는 내 탓도 있으니까 아까 그 하녀한테도 더 화내지 마."

물론 유진이 따로 그녀에게 찾아가 벌을 주거나 할 것이라는 생각까지는 하지 않았다. 하지만 평소 사용인들에게 무관심했다던 그가 이렇게 서릿발 같은 반응을 보인 것은 아마도 그만큼 화가 났기 때문일 터였다. 평소에 사용인들이 무결점에 가까운 완벽한 모습을 보이던 것도 그렇고, 다소 지나치다 싶을 정도로 우리를 대하는 태도가 극진하던 것도 그렇고. 아무래도 그들은 작은 실수라도 저지르면 유진이 자신들을 잡아먹기라도 한다고 생각하는 것 같았다.

유진이 아무 짓도 하지 않고 무심한 모습을 보일 때조차도 사용인들은 그를 어려워했는데……. 오늘의 유진을 본 아까의 그 하녀는 앞으로 더하겠지? 그런 생각을 하자 조금 싫은 기분이 들었다.

"아, 그러고 보니 초대장은 안 젖었을까."

"초대장?"

그러다 문득 아까 전 보고 있던 우편물이 생각났다. 테이블 위에 올려놓고 하나씩 뜯어보고 있었는데 찻물에 젖지는 않았을지 모르겠다.

"우리가 에른스트에 돌아왔다는 소문이 벌써 퍼졌는지 여기저기서 편지를 보냈더라고."

원래 이 바닥 소문이 날개 돋친 듯 순식간에 퍼지기는 하지. 에른스트는 아를란타 황실의 오른팔과 같은 가문이다 보니 이전 생에도 이런 일이 비일비재했다. 내 출신을 알고 경멸하는 사람들조차 앞에서는 가식적인 미소를 지으며 친한 척을 할 정도였으니까. 아마 모르긴 몰라도 삼 형제 앞으로 가는 편지들은 나와 비교할 수 없이 더 많을 것이었다.

"그중에 초대장도 몇 개 있었는데 가는 게 좋을까?"

솔직히 지금 당장 그런 곳에 가고 싶은 마음은 없었다. 하지만 그것과는 별개로 내가 어디까지 자유롭게 행동해도 될지 미리 유진의 생각을 들어 보고 싶었다. 물론 지난 생에도 유진은 내 행동에 제약을 두지 않았지만, 아무래도 지금은 그때와 상황이 달랐으니까. 만약 유진이 한동안 외출을 삼가는 게 좋겠다거나, 중요한 몇 군데에는 참석하는 게 낫겠다고 한다면 그의 의견에 따라 줄 요량이었다.

"네가 하고 싶은 대로 해."

하지만 유진은 망설임 없이 그렇게 말했다. 그리고 이어지는 그의 말에 나는 잠시 할 말을 잃었다.

"가고 싶은 곳이 있으면 어디든 가고, 하고 싶은 일이 있으면 뭐든지 해도 좋아."

귓가를 스치는 그의 목소리는 나지막하고 차분했다.

"만약 갖고 싶은 게 있다면 그게 뭐든 전부 가져도 돼."

그 안에 담긴 놀라운 내용과는 상반되는 담담함으로 유진은 말했다.

"그렇게 할 수 있게 하기 위해서 지금까지 그만큼의 시간과 노력을 들인 거니까."

내가 아는 유진은 이런 일로 빈말을 하는 성격이 아니었다. 나는 눈앞에 있는 검은 눈동자를 마주 보았다. 그러는 동안 지금 그가 진심이라는 사실을 어렵지 않게 눈치챌 수 있었다.

그 순간 속이 약간 아프게 뒤틀렸다. 하고 싶은 건 무엇이든 해도 되고, 갖고 싶은 건 무엇이든 가져도 된다니. 일국의 여왕도 아닌 일개 평범한 여자아이에게 할 만한 소리가 아니었다. 그리고 나는 유진이 그런 말을 할 수 있게 된 오늘까지, 그것과 맞바꿔 잃어 왔을 것들을 감히 상상할 수 없었다. 그런 생각을 하자 어쩐지 심장이 꽉 조이는 듯했다.

"'뭐든'이라니, 내가 무리한 걸 원하면 어쩌려고?"

하지만 내가 그런 생각을 하는 걸 들키기 싫어서 애써 농담처럼 웃으며 말했다.

"만약 내가 지금 당장 줄 수 없는 걸 원한다고 해도 그게 뭐든 가질 수 있게 해줄게."

그러나 결국 내게는 과분한, 그 크기를 가늠할 수 없는 거대한 약속만을 재차 들었을 뿐이었다. 그리고 나는 유진이 자신의 말을 지키기 위해 정말 그 어떤 노력도 불사할 사람이라는 사실을 알았다.

"오빠."

아마도 그의 약속은 내게만 국한된 것이 아니라, 다른 두 동생을 포함한 우리 모두를 향한 것일 터였다. 하지만 나는 유진이 그러는 게 싫었다. 나는 양손을 들어 유진의 얼굴을 감쌌다. 그리고 정면에서 마주한 그의 눈동자를 직시하며 말했다.

"난 오빠가 행복했으면 좋겠어."

유진은 또다시 주저하지 않고 대답했다.

"너희의 행복이 곧 내 행복이야."

원래 이런 사람인 건 알고 있었지만 그래도 대답하는 데 너무 망설임이 없었다.

"오빠가 행복해야 우리도 행복해."

나는 그를 향해 다시 말했다. 하지만 유진의 얼굴을 보니 내 말을 가슴 깊이 새겨들은 기색이 아니었다.

"나는……."

"잠깐만, 그냥 지금은 아무 말도 하지 마."

보아하니 지금 다른 말을 더 해봤자 또다시 답답한 소리를 할 것이 분명했다. 그러니까 차라리 안 들을 테다. 나는 잡고 있던 유진의 뺨을 눌러 말을 막았다. 앗, 그런데 이상하네. 원래 볼따구니를 이렇게 눌러서 압축시키면 굴욕이 좀 있어야 하는 것 아닌가? 그런데 얼굴이 왜 이렇게 멀쩡해! 나는 잠깐 의구심을 느끼다가 곧 쓸데없는 생각을 하는 것을 그만두었다. 그리고 짧게 한숨을 내쉰 뒤 유진의 얼굴에 대고 있던 손을 뗐다. 그 후 돌연 이어진 내 행동에 유진이 숨을 멈추는 것 같았다. 한순간 움찔하던 그의 몸이 미묘하게 경직되다가 이윽고 작게 미동하는 것이 팔 안에서 여실히 전해져 왔다.

"……지금 뭐 하는 거야?"

뭐긴 뭐야, 포옹이라고 모르십니까? 지난번 밖에서 만났을 때와는 달리 이번에는 둘 다 앉아 있었기 때문에 눈높이의 차이가 전보다 줄어들어 있었다. 그래서 이번에는 그의 허리가 아니라 목을 끌어안을 수 있었다. 그 결과 이번에는 진짜 내가 그를 안아주는 것 같은 모습이 형성되었다. 그래도 유진이 워낙 키가 커서 그런지 지금 상태가 마냥 편한 건 아니었다. 아니면 지금 유진이 나한테 안겨서도 워낙 꼿꼿한 자세를 유지하고 있어서 그럴지도 몰랐다. 크흑, 알아서 허리를 좀 숙여 주는 센스는 없는 거니?

"고개를 조금만 더 내려 봐."

목을 끌어안고 있어서 그런지 유진의 귀가 바로 옆에 있었다. 그렇게 말하는 순간, 내 팔에 둘러싸인 그의 어깨가 움칫했다. 하지만 유진은 내 요구대로 따라 주는 대신 나에게서 벗어날 시도를 했다. 앗, 하지만 그렇게는 안 되지!

"어허, 가만히 있지 못해?"

나는 뒤척이는 유진을 더욱 꽉 붙들었다. 내가 생긴 건 연약해 보여도 은근히 힘은 좀 세단 말이지! 팔에 힘을 줘서 껴안고 있는 목을 세게 조이자 유진의 상체가 나한테 좀 더 바싹 기대졌다. 유진은 졸지에 나한테 안겨 아까보다 더 깊숙이 내 목덜미에 얼굴을 파묻게 되었다.

아, 이제야 좀 자세가 편안하네. 어라, 그런데 이 사람, 왜인지 지금 숨을 안 쉬는 것 같잖아? 내가 목을 너무 세게 졸랐나? 나는 갑자기 뜨끔해서 팔에서 슬쩍 힘을 뺐다. 그러자 내 어깨 위로 야트막한 날숨이 날아들었다. 그래도 방금 전에 으름장을 놓은 것이 효과가 있는지 이번에는 유진이 벗어나려고 시도하지 않아서 만족스러웠다.

"그래, 얌전히 있으니까 얼마나 좋아."

진작 말을 좀 잘 들을 것이지. 처음부터 이렇게 온순하게 안기고 그러면 좀 좋아?

"놔줬으면 좋겠는데."

하지만 유진은 아직 포기하지 않은 모양이었다. 딱딱한 목소리가 살갗 바로 위를 스쳐서 조금 간지러웠다. 그는 지금의 상황이 아주 불편한 눈치였다.

"왜, 기분 나빠?"

"기분이 나빠서가 아니라……."

유진답지 않게 말꼬리가 희미했다. 그는 내 물음에 목소리를 흐리다가 이윽고 입을 다물어버렸다. 뭐, 어쨌든 기분이 나쁜 건 아니라는 말이렷다? 물론 그렇다고 했어도 오기가 들어 놔주지 않았을 테지만, 싫은 게 아니라면 더더군다나 사정을 봐줄 이유가 없었다.

사실 나는 그동안 유진을 한 번쯤 이렇게 안아주고 싶었던 것 같다. 이 넓은 집에서 아침에 혼자 눈을 뜰 때, 또 아무도 맞아주는 사람 없는 빈집에 혼자 돌아올 때 무슨 생각을 했을까? 슬플 때, 힘들 때, 그리고 울고 싶을 때 마음을 의지할 사람도 위로해 줄 사람도 아무도 없었을 텐데.

"오빠는 우리가 더 이상 어린애가 아니라는 사실을 깨달을 필요가 있을 것 같아."

물론 이 집에는 사용인들이 아주 많이 있었지만 그들은 제외하도록 하자.

"오빠가 자랐듯이 그동안 우리도 이만큼이나 많이 자랐으니까, 오빠가 우리를 위해서 무언가를 해주려고 무리할 필요는 없어."

그러고 보면 에른스트 부부가 살아 있을 적에도 이런 식으로 유진을 안아주는 모습을 별로 보지 못한 것 같다. 태어났을 때부터 아버지의 뒤를 이을 후계자로 교육받고 자라서 그런가? 카벨과 에리히는 그래도 어머니에게라도 꽤 응석을 부리는 편이었던 것 같은데, 유진은 부모님에게 도통 무언가를 먼저 요구하는 아이가 아니었던 것으로 기억하고 있었다.

"오빠는 좀 더 오빠를 위해서 살아야 해."

그래서 나는 유진이 더욱 신경 쓰이고 마음에 밟혔다. 그에게 짐이 되는 사람이 아니라, 그가 의지할 수 있는 사람이 되고 싶었다. 만약 내가 그렇게 될 수 없다면, 유진이 기댈 수 있을 만한 다른 누군가라도 그의 앞에 나타났으면 했다. 하지만 유진은 나의 갸륵한 이 마음도 모르고 말했다.

"네가 무슨 의미로 말하는지 알겠어. 하지만 난 이미 충분히 나를 위해서 살고 있어. 그러니까 네가 그런 생각을 할 필요도 없어."

기껏 열심히 말한 보람도 없이 도돌이표처럼 돌아온 이야기에 나는 빠직했다.

"그리고 난 이런 식으로 위로받아야 할 만큼 어리지도, 약하지도 않아."

그러면서 덧붙인 말은 일견 단호하기까지 했다. 게다가 그는 마지막에 옅은 한숨까지 곁들였다. 나는 속으로 탄식했다. 아, 이 사람은 도대체 어느 나라의 고집쟁이지요? 내가 무슨 의미로 말하는지 안다는 사람이 이럽니까? 네? 나는 고구마 백 개가 얹힌 것 같은 이 마음을 가득 담아 유진의 머리통을 꽉꽉 짓눌렀다.

"내가 언제 그런 말이 듣고 싶대?"

"하리, 잠깐."

그러자 유진이 또다시 몸을 뒤틀며 입을 열었다. 훙, 숨 막히지?

"지금 너무 가깝……."

"내가 아무 말 하지 말고 그냥 가만히 있으라고 그랬지? 그런데 왜 말을 안 들어, 응?"

실로 오랜만에, 그것도 꽤 어렵사리 다시 만난 첫째이니만큼 나도 계속 상냥하고 친절하게 대해 주고 싶었는데. 그런데 유진은 다른 두 형제와는 다른 의미로 내 속을 썩였다. 나는 유진이 뭐라고 하든 말든 그의 머리를 꾹꾹 누르면서 괴롭히는 데 열중했다.

"크흠."

똑똑. 바로 그때 저 멀리서 헛기침 소리가 나더니, 곧바로 누군가가 문을 두드려 왔다.

"저기, 모처럼의 우애 깊은 시간을 방해해서 정말 죄송합니다만. 일단 저희도 시간이 많지가 않아서요."

헉, 누구지? 그러고 보니까 아까 문을 닫는 걸 깜빡한 것 같기는 한데!

나는 흠칫해서 소리가 들려온 방향으로 고개를 돌렸다. 그리고 곧 시야에 들어온 남자의 모습에 그대로 굳고 말았다.

"하리, 잠깐만 놔 봐."

귓가에 울리는 유진의 목소리에 나는 엉거주춤 팔을 풀었다.

"실례지만 들어가도 되겠습니까?"

문가에 서 있는 사람은 지난번에 만난 적이 있던 로웬그린 스왈로츠였다. 그는 방금 전 아주 요상한 장면을 목격하기라도 한 것처럼 오묘한 표정을 짓고 있었다. 마침내 나에게서 벗어난 유진이 로웬그린을 향해 잠깐 눈살을 찌푸리다가 이윽고 나를 향해 물었다.

"지금 잠깐 괜찮아?"

"으, 응."

나는 여전히 엉거주춤한 자세를 한 채 엉겁결에 대답했다. 허락이 떨어지자 로웬그린과 다른 한 사람이 방 안으로 들어왔다. 나는 그들에게 못 볼 것을 보였다는 생각에 당황하고 있었다. 하지만 로웬그린은 방금 전 그가 본 광경에 대해 말하는 대신 다른 이야기를 꺼냈다.

"또 뵙는군요. 덕분에 요즘 정시 퇴근을 합니다. 정말 감사합니다."

"네? 아, 딱히 제가 한 일은 없는데요."

"존재만으로도 아주 많은 도움을 주고 계십니다."

그, 그렇습니까? 그는 생글거리는 얼굴로 나를 향해 진심으로 고맙다는 듯이 말했다. 유진이 요즘 저녁때마다 집에 와서 밥을 먹어서 덩달아 퇴근 시간이 빨라져 그러는 모양이었다.

"로웬그린, 쓸데없는 소리 하지 마."

유진이 서늘히 일갈하자 로웬그린이 어련하겠냐는 듯이 어깨를 으쓱했다.

"실은 너한테 누구를 소개해 주려고 들렀어."

"혹시 지금까지 잊고 계셨던 건 아니죠?"

"에단."

으, 으음. 이제 보니 로웬그린 씨는 조금 깐족거리는 성격인 것 같다. 하지만 유진은 익숙한 듯이 그냥 로웬그린을 무시하고 그의 옆에 서 있는 남자를 불렀다.

"이름은 에단 비숍. 오늘부터 널 호위할 거야."

앗, 날 호위할 거라니, 그럼 기사겠네. 나는 유진의 말을 듣고 앞에 있는 남자를 쳐다보았다.

"에단 비숍입니다. 모시게 되어 영광입니다."

그가 나를 향해 정중히 인사했다. 와, 미인이다. 에단 비숍은 검은 머리카락과 회색 눈을 가진, 꽤 예쁘게 생긴 청년이었다. 하지만 가까이에서 보니 그는 생각보다 진중하고 과묵한 느낌을 풍기고 있었다. 첫인상은 약간 도도하고 까칠해 보였는데. 그나저나 이제부터 이 사람이 날 호위해 줄 거라고? 하긴, 바스티에에 있을 때도 밖에 나갈 때마다 늘 호위를 옆에 붙이고 다녔었는데 여기에서라고 다를 건 없었다.

"만나서 반가워요. 앞으로 잘 부탁해요."

내가 인사하자 그는 나를 향해 살짝 고개를 숙여 보였다.

"특히 외출할 때 꼭 데리고 다녀."

유진은 그렇게 말한 뒤 자리에서 일어났다.

"벌써 가려고?"

"마무리 지어야 할 일이 있어서 다시 가 봐야 해. 나오지 마."

오늘은 어쩐 일로 이렇게 이른 시간에 귀가했나 했더니, 그냥 호위 기사만 소개해 주려고 잠깐 들렀던 모양이다. 아까 그를 보자마자 이유를 물어보려고 했는데, 손 때문에 그만 깜빡 잊고 있었다. 자리에서 일어나는 나를 보고 유진이 극구 말렸기 때문에 나는 문밖으로 나가지 않고 안에서 그를 배웅했다.

"그럼 다음에 다시 뵙겠습니다."

로웬그린이 나를 향해 웃으며 인사한 뒤 유진을 따라 방을 나섰다. 에단은 오늘부터 내 호위였기 때문에 그들을 쫓아가지 않았다.

"오늘은 외출할 일이 없으니까 그냥 쉬어도 돼요."

"알겠습니다."

그는 내가 불편해할 것을 예상했는지 한 번 작게 묵례해 보인 뒤 곧바로 문밖으로 나갔다. 방에 혼자 남은 나는 창가로 이동했다. 이곳에서는 저택의 풍경이 한눈에 내려다보였다. 나는 유진이 탄 마차가 정문을 나서는 모습을 지켜보다가 다시금 자리에서 발길을 옮겼다. 지금 이곳에는 하녀가 내 방을 치울 동안 손을 치료하기 위해 잠깐 온 것뿐이었으니 슬슬 아까 있던 곳으로 다시 돌아갈 생각이었다. 지금쯤이면 내 방도 청소가 다 끝나 있겠지. 하지만 나는 복도로 나서자마자 걸음을 멈추고 말았다.

"비숍 경."

아까 전 방을 나섰던 에단 비숍이 문 앞에 서 있었기 때문이다.

"계속 여기에 서 있었던 거예요?"

내 물음에 그는 동요 없는 얼굴로 대답했다.

"제 의무이니 신경 쓰실 필요 없습니다."

하지만 어떻게 신경을 안 쓰겠는가? 설마 유진이 이렇게 밀착 호위하라고 시킨 건가? 그때 내 얼굴을 본 에단 비숍이 덧붙였다.

"최대한 기척을 지우고 조용히 있겠습니다."

으, 음. 표정 변화 없는 얼굴로 정색하고 말하니까 왠지 거절하기가 어렵다. 그래도 어차피 복도를 걷는 잠깐 동안이니까 상관없으려나. 결국 나는 난처한 마음을 안고 내 방을 향해 걷기 시작했다. 그는 정말로 기척을 거의 없애고 내 뒤를 따랐다. 하지만 아무리 날고 기는 기사라 한들, 귀신처럼 존재감이 아예 없을 수는 없지 않은가? 나는 최대한 등 뒤를 의식하지 않기 위해 노력하며 걸음을 옮겼다.

"비숍 경, 잠깐 들어와서 같이 차라도 들지 않겠어요?"

"괜찮습니다."

하지만 내 방에 다다라서, 그는 또다시 문 앞에 둥지를 틀었다. 오래 서 있는 게 힘들 것 같아서 잠깐이라도 안으로 들어오라고 했지만 그것 역시 거절당했다. 그러고 나서 잠시 후, 나는 문 앞에 서서 또다시 거절당할 걸 알면서도 그에게 한번 말해보았다.

"그냥 잠깐 서재에 가는 거예요. 따라오실 것 없어요."

"이번에도 조용히 따르겠습니다."

하지만 역시 예상했던 것처럼 통하지 않았다. 나는 진심으로 의아해져서 그에게 물었다.

"지금처럼 제 옆을 한시도 떠나지 않는 게 경의 역할인가요?"

이번에 그는 대답하지 않았다. 그는 대답을 하기에도, 하지 않기에도 약간 곤혹스러운 것 같았다. 윽, 왠지 미인을 괴롭히는 나쁜 사람이 된 느낌이다.

"미안해요. 비숍 경을 난처하게 만들고 싶지 않은데 조금 불편해서요. 지금까지 이런 식으로는 호위를 부탁드린 적이 없어서 익숙하지가 않네요."

그 얼굴을 보니 조금 미안해졌지만 그래도 불편한 것은 사실이었기 때문에 나는 물러나지 않았다.

"그럼……."

마침내 에단 비숍의 입술이 다시 열렸다. 아, 그래도 타협의 여지가 있는 건가? 나는 기대감을 품고 아주 진지한 표정을 짓고 있는 그의 얼굴을 바라보았다. 하지만 뒤이어 귓가에 파고든 목소리에는 그만 할 말을 잃어버리고 말았다.

"이제부터 익숙해지십시오."

아, 예……. 나는 오늘 저녁에 곧바로 유진과 진지한 대화를 나누어야겠다고 결심했다.

"뒤에 뭘 붙이고 있는 거야?"

다가온 주말, 막 저택에 들어선 에리히가 한쪽 눈썹을 추켜 올리며 물었다. 그의 시선이 향한 곳이 어디인지 아는 나는 속으로 끄응 신음했다.

"내 호위 기사인 에단 비숍 경이야."

"호위라고?"

에리히의 푸른 눈동자가 내 뒤에 선 남자에게 못 박혔다. 그 직후 그의 눈이 가늘어졌다.

"형이 데리고 있던 사람이네."

"아, 넌 본 적 있어?"

에리히는 전에 에단을 본 적이 있는 모양이다. 지난번에 수상함을 느끼고 카벨을 심문해 보니 두 형제는 나보다 앞서 에른스트의 저택에 왔던 적이 있다고 한다. 게다가 나만 홀랑 빼놓고 유진과 만난 적도 있다고 들었다. 카벨이 처음에 그 사실을 나한테 말하지 않으려고 얼마나 용을 썼는지 모른다.

하지만 세상에 완전한 비밀이 어디에 있겠는가? 더군다나 다른 사람도 아닌 둘째에게 진실을 캐내기란 나한테 있어 식은 죽 먹기보다 쉬웠다. 결국 카벨은 내 회유와 닦달에 넘어와 우물쭈물 그 사실을 나에게 말했다. 그러면서 얼마나 안절부절못하며 식은땀을 뻘뻘 흘리던지.

진실을 밝힌 직후 열심히 내 눈치를 살피는 것으로 보아, 그는 내가 배신감을 느끼거나 화를 낼 것이라고 생각하는 듯했다. 하지만 나는 이미 짐작하고 있었기 때문에 아무렇지도 않았다. 솔직히 그들이 학술원에 입학한다고 했을 때부터 유진과 따로 연락을 주고받을 것이라고 어느 정도 예상하고 있었다. 그래도 카벨이 하도 나에게 미안해하며 쩔쩔매기에 나는 속내를 숨기고 그가 나에게 마음의 빚을 느끼게 그냥 가만히 내버려 두었다.

크, 크흠. 솔직히 둘째 녀석이 비 맞은 강아지처럼 끙끙거리는 게 좀 불쌍하기도 했지만…… 그래도 굳이 나한테 양심의 가책을 느끼시겠다는데, 뭐. 하지만 첫날에 무심코 비밀을 발설하려 하는 카벨의 옆구리를 가격했던 에리히는 그날 이후로 내 앞에서 자신들의 과거를 숨길 생각이 없는 것 같았다.

지금처럼 내가 수상함을 감지할 만한 말도 툭툭 내뱉고 말이지. 아무래도 카벨이 나한테 모든 진실을 다 불어버린 걸 눈치챈 모양이다. 그러니까 결론적으로는 우리 가엾은 둘째만 쓸데없이 죄책감에 몸부림치고 있는 셈이었다.

"뭐, 형 옆에 있던 사람이니까 실력은 확실하겠지만."

나는 에리히의 말에 내 뒤에 서 있는 에단을 힐끔 뒤돌아보았다. 그래, 지금도 내 옆에서 밀착 호위를 하고 있는 그를 보면 알겠지만…… 으흑, 나는 유진과의 대화에서 승리를 쟁취하지 못했다.

"그냥 그림자라고 생각해. 딱히 나설 일이 없으면 그냥 조용히 뒤에 서 있기만 할 테니까."

귀가한 유진에게 내 생각을 말했을 때, 그는 대수롭지 않다는 듯이 반응했다. 하지만 나는 집 안에서까지 호위를 붙이고 있어야 한다는 사실이 영 불편해서 거듭 그를 설득했다. 바스티에에서도 외출할 때만 호위 기사를 대동하곤 했기 때문에 아무래도 쉽게 적응이 되지 않았다.

"바스티에에서는 이러지 않았다고?"

내 말에 유진은 잠깐 고민하는 눈치였다.

"그래도 혹시 모르니까 한동안은 옆에 데리고 있어."

하지만 그는 단호했다. 유진의 얼굴을 보는 순간, 나는 그가 이 문제에 한해서만큼은 양보하지 않으리라는 사실을 깨달았다. 아무래도 유진이 나를 과보호하려고 한다는 생각이 들었다. 그런데 저렇게 바늘 하나 안 들어갈 것처럼 단호하게 말하는 것을 보니, 아무리 말해봤자 소용이 없을 것 같았다. 그런데 실망에 젖은 내 얼굴을 물끄러미 내려다보던 유진이 이윽고 고개를 비스듬히 기울이며 다시 입을 열었다.

"에단이 마음에 안 들면 다른 사람으로 바꿔 줄게."

그의 검은 눈동자가 내 뒤에 서 있던 사람에게 미끄러졌다.

"불과 반나절 만에 불편하다는 소리를 듣는 걸 보니 그 짧은 시간 동안 도대체 뭘 어떻게 했던 건지 궁금하군."

바로 그 순간 에단의 몸이 한차례 흠칫 떨리더니, 곧바로 경직되는 것이 나에게까지 느껴졌다. 유진은 단지 내 어깨 너머에 있는 사람을 힐끔 쳐다보았을 뿐인데, 마치 불호령을 당하기라도 한 것 같은 반응이었다. 그, 그런데 여전히 무표정한 에단의 얼굴이 기분 탓인지 꽤 처량하고 불쌍해 보였다. 나는 그 모습을 보고 등 뒤로 남몰래 식은땀을 흘리며 변명했다.

"아니야, 비숍 경은 충분히 잘해 주셨는데 그냥 내가 이런 게 익숙하지 않아서 그래."

그런 소리까지 나온 마당에 내가 뭘 어쩌겠는가? 결국 나는 에단 비숍을 데리고 다시 방으로 돌아가고 말았다. 그리고 오늘에까지 이르게 된 것이다.

"혼자 뭐 하고 있었어?"

그래도 그 후 나름대로 나를 배려해 주는 건지, 호위하는 동안 처음보다 다소 거리를 두게 되어 그건 다행이었다. 지금도 에단은 에리히와 나한테서 약간 멀찍이 떨어져 걷고 있었다.

"방금 전까지 카벨 오빠랑 통신구로 얘기했어."

오늘은 주말이었지만 카벨은 집으로 돌아오지 않았다. 그건 바로 카벨이 답도 없는 낙제생이었기 때문이다. 듣자 하니, 상황의 심각성을 느낀 학술원의 교수들이 시험 기간을 맞아 낙제생을 위한 특별 보충 수업에 카벨을 긴급 투입했다고 했다. 방금 전 통신구로 얼굴을 본 카벨은 공부를 하기 싫다며 징징거렸다.

하지만 나는 학술원의 인류애에 감동했다! 이 답도 없는 둘째를 포기하지 않고 보충 수업까지 시켜 주다니! 크으, 진짜 훌륭한 학교구먼. 그래, 이것이 바로 참된 교육관이지!

"형이 징징거리는 거 너무 받아주지 마. 버릇 나빠져."

에리히가 마음에 안 든다는 듯이 얼굴을 구기며 말했다. 아니, 아무리 그래도 네 형인데 너무 건방지게 말하는 것 아니냐?

"어쨌든 그럼 점심은 아직 안 먹었겠네."

그리고 에리히가 지나가듯 하는 말에 나는 가볍게 대답했다.

"아니, 난 카벨 오빠랑 연락하기 전에 먹었어. 넌 아직이지?"

오기 전에 연락을 했으면 분명 기다렸을 것이다. 하지만 나는 오늘 에리히가 집에 올 줄 몰랐다. 시험 기간이라 바쁘다고 들었는데 에리히는 그래도 카벨과 달리 여유가 있는 모양이다. 그런데 내가 대답하자마자 에리히가 나한테 홱 고개를 돌렸다.
"벌써 먹었다고?"
나는 별생각 없이 고개를 끄덕이며 긍정했다.
"응, 먹었어."
응? 그런데 셋째 표정이 갑자기 왜 이래?
"나도 아직 안 먹었는데 왜 네 마음대로 혼자 먹고 난리야?"
그 순간 나는 조금 황당해졌다. 아니, 이놈이? 지금 그게 무슨 뜻이죠? 지금 너도 밥을 굶고 있는데 나 혼자 먹어서 그게 불만인 거야? 내가 밥 한번 먹는데 네 허락이라도 받아야 하냐?
"내가 왜 오늘 아침에 잠도 못 자고 꼭두새벽부터 일어나서……."
바로 그 순간 어라, 싶었다. 하지만 그는 말하다 말고 짜증이 난다는 듯이 얼굴을 구기더니, 곧 나한테서 팽 고개를 돌렸다.
"아, 됐어. 먹었으면 말아."
"너는? 아직 안 먹었으면 식당으로 가야지."
"배 안 고파. 안 먹어. 필요 없어."
그러더니 에리히는 나를 홱 지나쳐 갔다. 척 보기에도 대번에 삐진 티가 났다. 나는 방금 전 셋째가 흘린 말에서 무언가를 깨닫고 쪼르륵 그의 뒤를 쫓아갔다.
"너 나랑 같이 밥 먹으려고 일부러 일찍 온 거야?"
"웃기지 마, 누가 너랑? 내가 그렇게 한가한 줄 알아?"
하지만 내가 바보도 아니고, 에리히가 괜히 아닌 척하는 걸 여기서 눈치채지 못할 리가 있겠는가? 지금은 한창 점심때였고, 생각해 보면 에른스트가는 바스티에가처럼 학술원과의 거리가 가까운 편도 아니니 아마 이 시간에 도착하기 위해서는 아침 일찍 일어나서 준비해야 했을 터였다. 그럼 잘은 몰라도, 오늘 나랑 같이 점심을 먹고 싶어서 굳이 일찍 서둘렀다는 거잖아? 엄머나, 이놈이 웬일로 깜찍한 짓을 다 하네.

"에리히, 나랑 식당 가자."

나는 자신의 방을 향해 앞서 걷고 있는 에리히의 팔을 붙잡았다.

"안 먹는다고."

하지만 그는 단단히 삐졌는지 재차 쌀쌀맞게 거부했다. 야, 아무리 그래도 그렇지 무슨 밥을 화났다고 굶기까지 하냐?

"사실은 식당에 있다가 카벨 오빠한테 갑자기 연락이 와서 나도 먹다 말았어. 그러지 말고 가자."

"괜히 하는 소리잖아."

"아니야! 자, 빨리 가자."

하지만 그러면서도 에리히는 자신을 잡아끄는 나를 뿌리치지는 않았다. 그래, 그래. 이럴 때는 그냥 못 이긴 척하고 따라오는 게 좋은 거지. 네가 여기서 버티면 괜히 분위기만 더 어색해지고 괜히 서로 얼굴 보기만 민망해지고 그런 것 아니겠니.

결국 나는 에리히를 식당으로 데려가는 데 성공했다. 에리히는 '난 밥 같은 거 먹고 싶은 생각이 없지만 네가 그렇게 부탁을 하니 어쩔 수 없이'라는 얼굴로 내 맞은편에 자리 잡았다. 사용인들은 내가 다시 식탁 앞에 앉자 의아한 기색이었다.

"비숍 경도 같이 식사해요."

"괜찮습니다."

그래, 거절할 줄 알았다. 에단은 한차례 묵례해 보인 뒤, 식당 밖으로 나갔다.

"금방 준비할 테니 잠시만 기다려 주세요. 저, 그런데 하리 아가씨도 식사를……."

"저도 같이 먹게 주세요. 아까 전에 먹다 말았잖아요."

식당에서 일하는 사용인이 미묘하게 말끝을 흐리며 내 눈치를 살폈다. 아까 전에 멀쩡히 밥을 다 먹고 일어났던 내가 냅킨을 펼치고 다시 식사할 준비를 하는 것이 이상해 보이기는 했을 터다. 하지만 그녀는 내 대답에 가타부타 다른 말을 더 하지 않고 그냥 군말 없이 내 몫까지 식사를 준비하겠다고 말했다.

크흑, 점심을 두 끼째 먹다니. 혹시 식당 사람들이 나를 돼지라고 생각하는 건 아니겠지. 과식은 몸매 관리의 독인데. 하지만 에리히가 모처럼 귀여운 짓을 했으니 어쩔 수가 없구나. 그냥 이따가 소화제나 챙겨 먹어야겠다. 에리히는 손에 턱을 괴고 내가 하는 양을 지켜보고 있었다. 그러다 그는 사용인이 자리를 떠나기 전에 입을 열었다.

"오늘 후식이 뭐야?"

"연유를 곁들인 오렌지 셔벗과 체리 클라푸티입니다."

"난 식사, 얘는 후식. 음료는 됐어."

오잉. 나는 뜬금없는 에리히의 말에 두 눈을 동그랗게 떴다.

"왜, 나도 같이 먹는다니까?"

"아까 밥 먹다 말았다는 거 뻥이잖아. 내가 바보인 줄 알아? 괜한 짓 해서 체하지 말고 오렌지 셔벗이나 먹어."

에리히가 웃기지 말라는 듯이 코웃음 치며 나한테 말했다. 역시 셋째는 눈치가 빨랐다. 카벨 같았으면 내 말이 진짜인 줄 알았을 텐데. 역시 이 집에서 속이는 보람이 있는 사람은 둘째뿐이었다. 사용인이 떠나고 난 뒤 나는 내 앞에 있는 에리히의 얼굴을 아련히 쳐다보았다. 그나저나 우리 셋째, 전에 비하면 진짜 순하고 착해졌단 말이지?

"역시 사람은 학교를 다녀야 하나 봐."

"뭐래."

에리히는 또다시 내 말에 코웃음을 쳤지만 나는 우리 삼 형제를 참된 교육관으로 갱생시키고 있는 학술원을 생각하며 혼자 뿌듯이 고개를 주억거렸다.

"비숍 경."

잠시 후, 나는 식당을 나서는 길에 에단을 불렀다. 그는 식당 앞에 서 있다가 밖으로 나오는 나와 에리히를 향해 고개를 돌렸다.

"이거 드세요."

왠지 평소처럼 '이거 드실래요?'라고 의문형으로 물으면 또 대번에 '됐다'는 대답이 돌아올 것 같았다. 아니, 그럴 것 같은 것이 아니라 그럴 것이 확실했다. 요 며칠간 에단과 내 대화 패턴이 계속 그랬지 않은가? 하지만 나는 학습이란 걸 하는 사람이지! 나는 에단이 거절할 시간조차 주지 않고 대뜸 손에 들고 있는 걸 그에게 떠넘겼다. 그러자 에단이 얼결에 내가 준 것을 받아 들었다. 역시, 내 생각대로!

"배고프실 것 같아서요."

내가 식당에서 가지고 나온 것은 쿠키나 비스킷 같은 것을 담은 작은 꾸러미였다. 물론 이런 것이 요깃거리가 될 수는 없겠지만 그래도 간단히 배를 채울 정도는 될 것이었다. 전에 물어보자 에단은 내가 안 볼 때 알아서 식사를 챙기고 있다고 말했다. 하지만 며칠간 나는 그가 무언가를 먹는 모습을 한 번도 본 적이 없었다.

물론 그렇다고 해서 정말 에단이 하루 종일 굶는 것은 아닐 터였다. 하지만 나는 그가 내 호위를 맡으면서 밥도 제대로 못 먹는 것 같아 계속 신경이 쓰였다. 에리히는 별짓을 다 한다는 듯이 나를 쳐다봤지만 그래도 마음에 걸리는 것을 어쩌겠는가?

에단은 묵직한 꾸러미를 손에 들고 나를 물끄러미 바라보았다. 그는 호리호리하게 생긴 것치고 손이 꽤 컸다. 과자를 좀 더 넣을 걸 그랬나? 내가 들었을 때는 꾸러미가 저렇게 작아 보이지 않았던 것 같은데……. 그런데 왜 이렇게 아무 말이 없어? 혹시 받아 놓고 또 거절하는 건 아니겠지? 에잇, 그럼 나도 이제는 진짜 신경 끌 테다. 하지만 다행히도 그는 곧 내게서 시선을 떨어뜨리며 짤막하게 말했다.

"감사합니다."

앗, 됐다! 에단이 꾸러미를 든 손을 내리자 나는 기분이 좋아졌다. 이것은 마치 주위에서 어슬렁거리며 나를 경계하던 야생동물에게 먹이를 주는 데 처음으로 성공한 기분이라고나 할까.

"볼일 다 봤으면 빨리 와."

무언가가 마음에 안 드는지, 불만이 느껴지는 목소리로 에리히가 뒤에서 독촉했다. 나는 아까보다 가벼운 발걸음으로 에리히의 뒤를 따라 걸었다.

"휴버트."

그날 저녁, 나는 문득 이상한 점을 깨닫고 휴버트를 찾았다. 당연히 내 방문 앞에 대기 중이던 에단도 나를 따라왔다. 그는 내가 직접 자신을 찾아오자 조금 놀란 눈치였다. 하지만 노련한 집사답게 곧 그는 평소와 같은 단정한 모습을 하고 내게 말했다.

"무슨 일이십니까, 하리 아가씨."

"물어보고 싶은 게 있어서요."

"무엇이든 물어보시지요."

"계속 제 시중을 들어주던 하녀 중에 사라라고 있는데, 며칠 전부터 안 보이네요."

사라는 얼마 전 유진이 보는 앞에서 내 손에 뜨거운 물을 붓는 실수를 한 적이 있는 하녀였다. 그날 그녀는 꽤 놀라고 당황했는지 그 후로도 내 앞에만 서면 안절부절못했다. 내가 몇 번이나 괜찮다고 말하고 나서야 그녀는 겨우 안정을 되찾았다. 하지만 오늘 문득 생각해 보니, 그날 이후로 그녀를 저택 내에서 본 적이 없는 것 같았다.

그런데 내가 그녀의 이름을 입 밖에 낸 바로 그 순간, 주위의 공기가 어째서인지 약간 변한 느낌이었다. 나는 기민하게 그런 낌새를 눈치챘다. 하지만 내색하지 않고 마주한 얼굴을 가만히 바라보았다. 휴버트는 방금 전 내가 느낀 기이한 분위기가 착각이라는 것처럼, 동요 없는 얼굴로 대답했다.

"사라 양이라면 잠시 고향에 있는 집으로 돌아갔습니다. 어머니의 병환 때문에 옆에서 간호할 사람이 필요하다고 하더군요."

"아, 어머니의 병세가 중한가요?"

"걱정하실 정도는 아닙니다. 고향에서의 일이 어느 정도 정리되면 다시 돌아올 예정이니 마음 쓰실 필요 없습니다."

그는 여전히 내게 정중하고 친절했지만, 지금의 목소리는 어딘가 평소와 약간 달랐다. 아마 어지간히 예민한 사람이 아니라면 그런 것을 눈치채지 못했을 확률이 높았다. 휴버트는 마치 이 이상 내가 묻는 것을 바라지 않는 것 같았다.

"그래요, 병세가 중하지 않다니 다행이네요."

나는 아무렇지도 않게 웃어 보인 뒤 몸을 돌렸다. 그때 드러난 내 얼굴을 에단이 조용히 살피는 것이 느껴졌다. 하지만 속내를 감출 줄 아는 것은 그들뿐만이 아니다. 나는 궁금증이 해소되어 마음이 가벼워졌다는 듯이 미소 띤 얼굴로 뒤돌아섰다. 에단이 계속해서 나를 쳐다보고 있는지 등 뒤로 따가운 시선이 느껴졌다. 그러나 그는 내게서 이상한 점을 찾지 못한 것 같았다. 곧 내 등 뒤에 못 박혀 있던 시선이 떨어져 나갔다.

그렇게 복도를 걷다가 나는 문득 창밖을 응시했다. 때마침 정문으로 마차가 한 대 들어서는 것이 보였다. 유진이 출퇴근을 할 때 매일 보는 마차였다. 나는 걸음을 멈추고 자리에 가만히 서서 창밖의 광경을 지켜보았다. 그리고 마차 안에서 내린 유진이 저택을 향해 걸어오는 것을 보며 비로소 멈추었던 발길을 다시 뗐다.

"오빠."
나는 웃는 얼굴로 유진을 맞아주었다.
"어서 와."
서리 낀 얼음처럼 냉랭하던 유진의 얼굴이 서서히 변해 가는 모습은 언제 봐도 인상적이었다. 저택의 문턱을 넘어 그를 반겨 주는 나를 시야에 담을 때면, 차가운 겨울 같던 그의 분위기는 언제나 은은한 봄 같아지곤 했다. 내 인사에 유진도 입을 열었다.
"다녀왔어."
마치 하나의 의식처럼 우리는 매일 같은 인사를 주고받았다.
"오늘 에리히가 집에 왔어."
"그래? 카벨은?"
"카벨 오빠는 보충 수업 때문에 못 온대. 시험 기간이라 모처럼 공부하려나 봐."
"그래……."
나는 평소처럼 밝게 말했다. 그런데 어째서인지 유진이 그런 내 얼굴을 잠시 말없이 내려다보는 것이었다. 혹시 지금 내 표정이 이상한 걸까? 그런 의심이 생기자 얼굴에 지어 보이고 있던 미소가 순간적으로 흔들릴 뻔했다.
"형."
하지만 뒤이어 에리히가 위층에서 내려왔기 때문에 나는 자연스럽게 유진의 시선을 피해 고개를 돌릴 수 있었다.
"생각보다 일찍 왔네?"
"넌 언제 왔어?"
"점심때."
"일찍 일어났겠네."
"난 원래 평소에도 일찍 일어나. 딱히 오늘 집에 빨리 오려고 일부러 신경 써서 일찍 일어난 건 아니라고."

유진이 별말을 한 것도 아닌데 에리히는 괜히 찔리는 게 있는 사람처럼 발끈해서 말했다. 유진도 나와 같은 것을 느꼈는지 계단을 내려오는 동생을 향해 오묘한 표정을 지어 보였다. 그런데 완전히 계단을 내려온 에리히가 나를 보며 돌연 눈살을 찌푸렸다.

"뭐야, 표정이 왜 그래?"

나한테 하는 소리인 줄 알고 한순간 움찔했으나 에리히가 보고 있는 사람은 내가 아니었다.

"호위 기사 씨, 내가 웃겨? 왜 그런 얼굴을 하고 있어?"

내 뒤에 서 있던 에단이 그의 말에 두 눈을 깜빡였다.

"제 얼굴 말입니까?"

"그래, 방금 웃었잖아."

내가 봤을 때는 에리히가 괜히 시비를 거는 것 같았다. 지금 본 에단은 여느 때와 같은 무표정한 얼굴을 하고 있었다. 하지만 이어진 에리히의 말에 뜻밖에도 그의 얼굴이 딱딱하게 굳었다.

"웃지 않았습니다."

"아니긴 뭘 아니야, 방금 나 보고 웃었잖아."

"잘못 보신 겁니다."

에단이 거듭 강하게 부정하자 에리히는 짜증이 난 기색이었다. 에리히는 원래 성격이 좀 그렇다 쳐도, 에단이 의외로 날 선 반응을 보이는 것이 희한했다.

"그만해."

그때, 두 사람을 번갈아 쳐다보던 유진이 입을 열었다.

"그리고 에리히. 어차피 웃은 게 맞다고 말해도 기분 나빠 할 거잖아."

그의 말이 맞았다. 설령 에단이 방금 전 진짜 웃은 게 맞다고 인정해도 에리히는 불쾌해할 것이 분명했다. 유진의 말을 들은 에리히의 얼굴이 슬쩍 구겨졌다. 하지만 그는 에단에게 더 이상 무어라 하지는 않았다.

"그래, 오빠도 왔으니까 그만 가자."

나는 유진과 에리히의 팔을 한 짝씩 붙잡고 1층의 로비를 벗어났다.

"요즘 호위는 거짓말 잘하는 순으로 뽑기라도 하나 봐? 내 눈이 삔 것도 아닌데 아니라고 우기면 다인 줄 알아?"

에리히가 들으란 듯이 투덜거렸지만 에단은 묵묵히 입을 다문 채 그런 우리의 뒤를 따랐다. 그날 밤, 나는 내 방에 있는 소파에 앉아 무언가를 생각했다. 어쩐지 머릿속이 조금 복잡했다. 어쩌면 괜한 기우일 수도 있지만, 아까 전 휴버트와 나눈 대화가 마음에 걸렸다.

잠시 후 나는 작게 한숨을 내쉬며 테이블 위로 손을 뻗었다. 그곳에는 오늘도 수북이 쌓인 편지와 초대장이 있었다. 나는 봉투를 들고 뒷면에 적힌 발신인을 대충 눈으로 훑어보았다. 유진이 나에게 하고 싶은 대로 하라고 했으니 지금껏 받은 편지들을 천천히 살피고 앞으로의 일을 결정할 생각이었다. 그리고 어느 순간, 나는 그 사이에서 발견한 이름에 손을 멈추었다.

"아."

내 입에서 미처 삼키지 못한 작은 소리가 새어 나왔다. 금테가 둘린 하얀 봉투에 정갈한 글씨체로 적힌 익숙한 이름. 유진의 약혼녀인 로자벨라 벨론티아의 초대장이었다.

제10.5장

그 오빠들 (1)

"왜 피아노를 사 준 거야?"

에리히는 앞에 있는 책장을 눈으로 훑으며 등 뒤에 있는 사람을 향해 지나가듯이 물었다. 지금 그가 있는 곳은 유진의 집무실이었다. 저택 내에 있는 이 집무실은 원래 에른스트의 가주들이 대대로 사용하던 곳이었다. 그래서 구석구석을 잘 살피면 죽은 그들의 아버지인 전대 에른스트 공작의 흔적도 어렵지 않게 찾아볼 수 있었다.

"하리가 선물로 받았을 때 제일 좋아할 만한 게 뭔지, 기껏 힌트까지 줬더니만."

에리히는 아버지의 취향으로 보이는 작은 은 세공품을 손가락으로 건드리며 말했다. 지난겨울 그는 하리의 선물을 고민하는 형에게 그녀가 좋아할 만한 것을 알려 준 적이 있었다. 하지만 결국 유진은 에리히가 기껏 말해준 것 대신 다른 선물을 준비했다.

"하리가 갖기에는 너무 위험하니까."

에리히의 물음에 유진이 나직하게 대답했다. 뒤를 돌아보자, 장식장에서 술병을 꺼내 드는 유진의 뒷모습이 보였다.

"그렇게 생각하는 건 형뿐이야. 우리가 한두 살 먹은 어린애도 아니고."

에리히는 여느 때 같은 형의 반응에 미간을 찌푸리다가, 이윽고 그를 도발하듯이 덧붙였다.

"그럼 나중에 내가 사 주지, 뭐."

"안 돼."

유진은 그의 도발에 넘어오지 않았다. 하지만 에리히를 향한 유진의 눈빛은 그 어느 때보다 엄격했다. 그런 태도에 오히려 자극받은 것은 에리히였다.

"내가 형 말을 안 들으면 어쩔 건데?"

"글쎄, 너한테 화가 나겠지."

어른이 된 유진은 정확히 형언하기 어려운 어떤 여유로움을 온몸에 두르고 있는 것처럼 보였다. 그것은 분명 그들이 헤어졌던 14살의 유진에게는 없던 것이었다. 물론 그때도 그는 동생들에게 늘 어른스러운 모습만 보이긴 했다. 하지만 지금 와서 생각해 보면 그 당시의 유진은 항상 보이지 않는 무언가에 쫓기듯이 남몰래 조급해했고, 그에게서 풍기던 분위기는 어딘가 불안정하고 위태로웠다.

에리히는 유리잔에 술을 따르는 유진을 보며 잠시 침묵했다. 자신에게 화를 내는 형이라니, 어쩐지 상상이 되지 않았다. 어릴 때 그가 큰 잘못을 저질렀을 때도 유진은 그를 타일렀을지언정 언성을 높이며 화를 낸 적이 없었다. 하지만 에리히가 생각했을 때, 지금 유진이 한 말은 진심이었다. 그러니 만약 에리히가 그의 뜻을 거스르고 제 마음대로 행동한다면 이번에야말로 형의 분노를 두 눈으로 목격할 가능성이 컸다.

물론 겪어 본 적도 없는 형의 분노가 두려운 것은 아니었지만……. 그래도 그는 모처럼 좋아 보이는 유진의 기분을 망치고 싶지 않았다. 에리히는 유진이 있는 테이블로 다가가 그 맞은편에 있는 의자에 비스듬히 걸터앉았다.

"그 애, 아까 보니까 손 다쳤더라."

주말인 오늘, 그는 아침 일찍 학술원을 떠나서 집으로 돌아온 참이었다. 그런데 그를 맞아주던 하리의 손에는 불그스름한 화상 자국이 옅게 남아 있었다.

"집사한테 들었는데 하녀가 뜨거운 물을 손에 부었다며? 어떻게 하면 그런 어처구니없는 짓을 하지?"

에리히가 삐뚜름하게 입꼬리를 비틀며 빈정거렸다. 이제 막 일을 시작한 초보도 아니고, 에른스트에서 몇 년이나 일했다고 하는 하녀가 그런 일을 벌였다는 것을 이해할 수가 없었다.

"어쩌다 한 실수니까 너무 예민하게 반응하지 마."

하지만 유진은 에리히의 말에 동조하는 대신 담담히 말했다. 그 목소리가 마치 철없이 흥분한 동생을 조근조근 달래려는 것 같기도 했다. 에리히는 의자의 등받이에 몸을 기대며 그런 형의 얼굴을 물끄러미 바라보았다. 실은 그는 집사 휴버트에게 사실을 전해 듣자마자 문제의 하녀를 찾아갔다. 보나 마나 하리는 화 한 번 내지 않고 하녀의 실수를 너그럽게 용서했을 것이 분명했다. 그래서 대신 그가 하녀를 만나 한 소리를 해줄 생각이었다. 하지만 에리히가 찾는 사람은 이미 저택에 없었다. 휴버트는 그 하녀가 어머니의 병간호를 위해 고향에 갔으며, 차후 다시 에른스트로 돌아올 것이라고 말했지만…… 사라라는 이름의 하녀가 해고를 당한 것은 확실해 보였다.

그렇다면 그런 명령을 내린 것은 분명 자신의 큰형일 텐데…… 지금 유진의 얼굴에서는 그런 흔적이 조금도 엿보이지 않았다. 에리히는 마주한 얼굴을 조용히 응시했다. 어릴 때부터 언제나 크게만 보이던 형이었지만, 그는 이제 술잔을 기울이는 모습조차 전혀 어색해 보이지 않는 나이가 되어 있었다.

"나도 줘."

그러다 에리히는 충동적으로 입을 열었다.

"왜 이렇게 당당하게 요구해?"

유진은 동생의 뻔뻔한 태도에 조금 황당한 눈치였다.

"아직 술 마실 나이 아니잖아."

"형은 몇 살 때 처음 마셨는데?"

"뭐, 나도 꽤 어릴 때긴 했지만."

유진은 그때를 생각하는 듯 미미하게 미간을 찌푸렸다. 에리히는 그것 보라는 듯한 표정을 지은 뒤, 대뜸 테이블 위로 손을 뻗었다.

"잠깐……."

그러고는 유진이 말릴 새도 없이 병을 집어 들어 그 안에 든 액체를 호기롭게 목구멍으로 들이부었다.

"……!"

그 직후, 에리히의 얼굴이 희게 질렸다가 새빨갛게 달아올랐다가, 곧 새까맣게 죽었다.

"우읍, 컥! 쿨럭……! 쿨럭!"

그는 손에 들고 있던 병을 테이블 위에 집어 던지듯이 내려놓고 급히 허리를 굽혔다. 곧 에리히의 입에서 격렬한 기침이 쏟아져 나왔다.

"그러게 잠깐 기다리라고 했잖아."

유진은 고통스러워하는 에리히를 보며 쯧 혀를 찼다.

"쿨럭…… 크흡."

잠시 후 어느 정도 진정이 된 에리히가 입가를 손으로 훔치며 버럭 소리쳤다.

"뭐 이딴 걸 마셔?! 이게 무슨 술이야! 자학하는 취미라도 있어?"

방금 전 추태를 부린 것이 창피한지 에리히는 테이블에 놓인 술병을 철천지원수처럼 노려보며 으르렁거렸다. 유진은 그런 동생을 웃긴다는 듯이 쳐다보고 있었다.

"아, 진짜. 오늘은 되는 일이 없어. 아까도 호위 기사 따위한테 비웃음을 당하지를 않나."

에리히는 아까 전에 있던 일을 떠올리며 바득 이를 갈았다. 사실은 하리의 뒤에 서 있는 호위 기사를 처음 봤을 때부터 마음에 들지 않았다. 겉가죽만 기생오라비처럼 반지르르해서는.

"에단 비숍이라고 했나? 그딴 자식을 왜 하리 옆에 붙여 둔 거야?"

"이유는 간단한데. 실력이 제일 출중하니까."

유진은 방금 전 에리히가 던지듯 내려놓은 술병을 들어서 어느새 빈 유리잔에 다시 술을 따라 부으며 태연히 대꾸할 뿐이었다.

"쓸데없는 데 진 빼지 말고 카벨이 어떻게 지내고 있는지나 이야기해 봐."

"둘째 형 얘기는 쓸데없이 왜 듣고 싶은데?"

"어떤 사고를 쳤는지 미리 알아야 수습하기가 편하니까."

요컨대, 카벨이 요즘은 심각한 사고를 치고 다니지 않는지 말해보라는 것이었다. 하기야 졸업 전까지 카벨과 함께 학술원에 재학했던 유진이니, 제 동생이 얼마나 포악을 떨고 다녔는지 누구보다 잘 알고 있을 터였다. 에리히는 슬쩍 눈살을 찌푸리며 학술원에서의 일들을 떠올렸다.

"그래도 요즘은 잠잠한 편이야. 솔직히 말하자면 이제는 다들 그 성격을 아니까 더러워서 피하는 거지만. 요하네스랑은 여전히 으르렁거리고."

"요하네스가 의외로 카벨을 잘 상대해 주고 있나 보네."

유진은 냉정한 평가를 내렸다. 사실 에리히가 생각하기에도 일일이 제 둘째 형을 상대해 주는 요하네스가 어떨 때는 존경스러울 정도였다. 그러다 문득 떠오른 생각에 에리히의 얼굴이 약간 찡그려졌다. 그는 유진을 보며 잠깐 고민하다가 입을 열었다.

"이건 진짜 별로 생각하고 싶지 않은 문제인데."

그러고 나서도 그는 잠시 뜸을 들이다가 말했다.

"바스티에랑 사돈이라도 맺을 생각이야?"

하지만 유진은 고려할 가치도 없는 문제라는 듯이 곧바로 대답했다.

"그런 일로 너희한테 강요할 생각은 없으니까 괜한 생각할 필요 없어."

그러고 난 뒤 그는 에리히를 향해 약간 찡그린 듯이 미소 지었다.

"뭐, 네가 바스티에에 사위로 들어가고 싶은 거라면 진지하게 고려해 볼게."

"농담은."

에리히는 콧방귀를 뀐 뒤, 유진에게 덧붙였다.

"형, 결혼 빨리 하지 마."

"왜?"

"형만 혼자 어른이 되는 건 싫으니까."

그리고 무심코 말한 바로 그 순간, 에리히는 마주한 유진의 얼굴을 보고 퍼뜩 정신을 차렸다.

"아, 그 표정 뭔데. 뭐, 내가 못 할 소리라도 했어?"

하지만 그렇게 소리치는 그의 얼굴은 약간 발갛게 달아올라 있었다. 자신이 생각하기에도 방금 전 약간 이상한 소리를 했다 싶었던 것이다. 밤이라서 감상적으로 변하기라도 했나.

"난 그만 가서 잘래."

에리히는 괜히 신경질적으로 말하며 자리에서 벌떡 일어났다. 문으로 이어지는 그의 걸음은 민망함을 감추듯 퍽 거칠었다. 유진은 그런 동생의 뒷모습을 웃어야 할지 말아야 할지 고민하는 듯한 오묘한 표정으로 지켜보았다.

"에취!"

누가 내 얘기하나. 카벨은 괜히 간질간질한 코를 손가락으로 쓰윽 훑으며 눈매를 구겼다. 고개를 들자 앞에서 한창 무언가를 설명하는 중인 교수가 눈에 들어왔다. 쓰읍, 방금 전까지 아마 저도 모르게 졸았던 모양이다. 그래도 갑자기 재채기가 나오는 바람에 졸고 있던 걸 교수에게 들키지는 않은 것 같았다.

지금 카벨은 낙제생을 위한 보충 수업에 강제 참석해 있었다. 그는 황금 같은 주말에 집에도 못 가고 이게 무슨 개고생인지 모르겠다고 생각하며 책상 위로 시선을 떨어뜨렸다. 그곳에는 아직 책장도 펼치지 않은 책이 놓여 있었다. 그리고 곧 시야에 들어온 책의 제목에 카벨은 저도 모르게 몸서리치며 토할 것 같은 표정을 지었다.

『편미분방정식에 의한 시공간의 곡률 연구와 특수 상대성 이론에 기반한 게일 쉴러의 논리가 가진 오류와 그 비판 그리고 재해석.』

미쳤다, 돌았다……. 이게 말이야, 방구야. 분명히 외국어는 아닌데, 당최 무슨 소리인지 알아먹을 수가 없었다. 게다가 더욱 혼돈인 것은, 이것이 작년에 배운 적이 있는 교과목이라는 사실이었다. 물론 카벨은 자신이 이런 내용을 공부한 적이 있었는지조차 의문이었다.

하지만 교과서의 윗부분에는 분명 자신의 글씨체로 '카벨 에른스트'라는 이름이 적혀 있었고, 그 안에는 수업 시간에 낙서한 듯한 흔적도 고스란히 남아 있었다. 그런데 가장 중요한 책의 알맹이만 지우개로 박박 지워 버린 것처럼 하나도 기억이 나지 않으니 환장할 노릇이었다. 수업을 들을수록 카벨의 정신은 점차 저 우주 먼 곳 어딘가로 날아가기 시작했다. 지금 그의 머릿속에 떠오르는 생각은 딱 하나뿐이었다.

"특수 상대성 이론에 의한 이 시공간의 연구는 마법에도 응용될 수 있는데 거기에는 아주 중요한 두 가지 문제점이……."

무슨 소리인지 한 개도 못 알아듣겠다.

"여기에서 우리는 앞서 살펴본 게일 쉴러의 치명적인 논증 오류를 다시 한번 확인할 수 있는 것이죠. 다들 이해하시겠습니까?"

카벨은 슬슬 좀이 쑤시는 몸을 애써 티 나지 않게 뒤틀었다. 애초에 난 검술학부인데 이딴 걸 왜 공부해야 하지? 검술학부생은 검술만 잘하면 장땡이잖아! 실전은 내가 짱 센데? 대련 시간에도 내가 죄다 발라 버리는데? 매일 이 몸의 독보적인 활약에 입도 못 다물고 감탄하는 놈들이 쫙 깔렸는데! 지금 당장에라도 강의실을 뛰쳐나가고 싶은 충동이 가슴속에서 꿈틀거렸다.

"와, 보충 수업도 꼬박꼬박 나가서 열심히 듣고 우리 카벨 오빠 진짜 멋있네!"

하지만 점점 그득히 쌓여 가던 불만은 얼마 전 통신구를 통해 들었던 누군가의 목소리를 상기하는 순간 푸시식 식어버렸다.

"이번 시험은 정말 기대해도 되겠다. 오빠가 이렇게 열심히 공부하고 있으니까!"

머릿속에 울리는 목소리에 카벨의 입꼬리가 점점 들썩들썩했다. 하지만 곧 그는 심각한 얼굴로 고뇌하고 말았다. 잘 본 시험 점수라는 건 도대체 몇 점일까? 솔직히 반타작만 하면 완전 잘한 거 아닌가? 어쨌든, 이번 시험도 낙제를 받으면 하리가 실망할 것이 분명했다. 어쩌면 '오빠는 내 생각만큼 그렇게 멋있지는 않구나?'라며 싸늘한 얼굴을 할지도 몰랐다. 그런 상상을 하는 동안 카벨의 등 뒤로 식은땀이 흘러내렸다. 그건 절대 안 돼! 난 지금처럼 계속 멋진 오빠여야 한다고!

"자, 그럼 오늘 수업한 내용 중에 질문이 있습니까?"

수업은 이제 막바지였다. 언제나처럼 교수는 수업을 끝내기 전, 학생들에게 마지막으로 궁금한 점이 있으면 질문하라고 말하며 주위를 둘러보았다. 그리고 지금 이 순간 학생들이 생각하는 것은 대개 비슷할 터였다.

'입 열지 마! 말하지 마! 그냥 아무것도 물어보지 마!'

수업이 끝날 때가 되자 죽은 동태 같던 학생들의 눈동자에도 어느덧 초롱초롱한 생기가 가득 차올랐다. 의자에 걸쳐 있는 엉덩이도 벌써부터 들썩들썩했다.

"그럼 오늘 수업은 이만……."

"교수니이이이임!"

하지만 바로 그때, 누군가의 우렁찬 목소리가 교수의 퇴장을 막았다. 믿을 수 없게도, 그를 불러 세운 것은 카벨이었다.

"그, 그래요, 에른스트 군. 무슨 문제라도?"

교수는 차마 카벨이 자신에게 무언가를 질문할 것이라고는 생각하지 못하고, 이 미친개가 왜 저렇게 무서운 얼굴로 자신을 불렀을까 당황스러워했다. 그것은 다른 학생들 역시 마찬가지였다. 그들은 설마 카벨이 교수에게까지 시비를 거는 것일까 싶어 숨조차 죽이고 그를 쳐다보았다.

"방금 전에 수업했던 내용……."

헉, 혹시 방금 전에 수업했던 내용이 아주 구리다든가, 뭐 그런 말이라도 하려는 걸까? 교수까지 긴장하고 카벨의 입을 주시했다. 하지만 이어진 그의 말은 모두의 예상을 빗나갔다.

"잘 이해를 못 했는데, 처음부터 다시 설명해 주셨으면 좋겠습니다앗!"

바로 그 순간, 모두가 입을 쩌억 벌리고 두 눈을 부릅떴다. 뭐……? 우리가 지금 뭘 들은 거지? 설마 지금 수업 내용을 다시 설명해 달라고 한 거야? 누가? 식당 메뉴판도 두 번 보기 싫어하는 저 카벨 에른스트가?

"서, 설명을 다시 해달라고?"

"넵! 이번에는 토씨 하나 안 놓치고 열심히 들을 테니까 다시 설명해 주세요!"

헉! 오늘 카벨 에른스트 밥에 약 탄 거 누구야?! 학생들을 혼란의 도가니탕에 빠뜨린 카벨은 뻔뻔한 얼굴로 교수를 향해 재수업을 요구했다. 물론 이미 수업 시간은 모두 끝난 뒤였기 때문에 교수의 재량껏 거부할 수도 있는 일이었다. 하지만 죽기 전에 볼 수 없을 줄 알았던 카벨의 학구열에 교수는 감동했다.

"오오, 그래요! 이렇게 아름답고 감동적인 일이! 자, 여러분! 책을 다시 펼치세요! 우리 모두 오늘 수업 내용을 완벽히 이해할 때까지 해봅시다!"

"네엡!"

하지만 뭘 잘못 먹었는지 기운이 넘치는 것은 저 두 사람뿐이었다. 졸지에 보충 수업을 연장하게 된 학생들은 어버버거리며 황당해했다. 하지만 그들의 자유를 갈취한 사람이 다른 누구도 아닌 미친개 카벨이었기 때문에, 누구 한 사람 앞장서 반대 의사를 내비치지 못했다. 그리하여 결국 그들은 울며 겨자 먹기로 다시 책을 펼칠 수밖에 없었다.

카벨의 미친 기행은 그 한 번으로 끝나지 않고, 전 과목에 걸쳐 진행되었다. 그 후 그와 함께 보충 수업을 받는 내내 고통받아야 했던 낙제생들은 카벨의 어울리지도 않는 학구열 때문에 다음 시험에서 덩달아 두 눈이 튀어나올 정도로 높은 성적을 받아 낼 수 있었다. 하지만 그 이후 그들은 카벨 에른스트의 이름만 들어도 진저리를 치게 되었다나 뭐라나.

제11장

새로운 만남, 변화하는 마음

"갑자기 웬 꽃이야?"

귀가한 유진을 보고 나는 두 눈을 동그랗게 떴다. 그의 손에 들린 꽃다발 때문이었다. 설마 나한테 주려고 사 온 건 아닐 테고. 유진이 꽃을 좋아했던가?

"로웬그린이 가져왔어."

로웬그린 씨가? 유진은 무슨 생각을 하는지 미간을 좁히며 꽃을 내려다보았다. 이유는 알 수 없으나 로웬그린이 저 꽃을 가져온 경위가 썩 유쾌하지는 않았던 모양이다.

"장미네. 예쁘다."

유진의 손에 들린 꽃다발은 척 봐도 선물용으로 꾸며진 것 같았다. 로웬그린이 저런 장미꽃을 유진에게 선물한 이유가 도대체 뭘까? 나는 의아함에 고개를 갸웃거렸다. 그런데 내가 지나가듯이 던진 말에 유진이 옆에 있던 사용인을 불러 세웠다.

"화병에 꽂아서 하리 방에 가져다 놔."

"네, 공작님."

그 모습을 보고 내가 물었다.

"나한테 줘도 되는 거야?"

"이제 내 거니까 내 마음이지."

으엥, 로웬그린 씨가 들으면 섭섭해할 소리를. 역시 유진은 꽃을 별로 좋아하지 않는 것 같다. 그럼 지난번에 내가 준 꽃도 처치 곤란이었을 텐데. 크흑, 나는 지난번에 내가 그에게 선물했던 작약의 안부를 굳이 묻지 않기로 했다.

"그냥 내가 할게. 나한테 줘."

내가 앞으로 손을 내밀자 아직 옅은 화상 자국이 남은 손등에 잠시 그의 시선이 머물렀다. 하지만 유진은 아무 말도 하지 않았다.

"벨론티아 양에게서 초대장이 왔어."

나는 그에게서 꽃다발을 받아 들며 지나가듯 말했다. 그러자 유진의 손이 한순간 멈칫했다.

"언제 한번 단둘이 만나서 이야기를 나누고 싶다더라."

사실 로자벨라 벨론티아와는 빠른 시일 내에 만나게 될 것이라 예상하고 있었다. 그는 유진의 약혼녀였고, 나는 비록 피는 섞이지 않았어도 대외적으로는 그의 여동생이었으니까.

"난 가겠다고 답장을 보낼 생각이고."

만약 그녀에게서 초대장이 오지 않았다면 아마도 내가 먼저 그녀에게 만남을 청했을 터였다.

"오빠가 알아야 할 것 같아서."

"그래."

지난번 유진이 했던 말처럼 나는 그에게 허락을 구하지는 않았다. 유진도 그것이 당연하다는 듯이 담담히 대꾸했다.

"그렇게 알고 있을게. 말해줘서 고마워."

유진에게서는 아무런 감정도 엿보이지 않았다. 내가 그의 약혼녀를 만나는 것이 탐탁지 않다거나, 아니면 반대로 우리가 친분 도모를 하는 것이 기껍다거나. 유진은 정말 말 그대로 내가 로자벨라 벨론티아를 만나든 말든 아무 상관이 없는 것 같았다.

"그래서 조만간 루이제랑 만나서 같이 의상실에 가려고. 오빠 약혼녀를 만나는 자리인데 후줄근해 보이면 안 되잖아."

하지만 내가 장난스럽게 덧붙이자 그 말에는 바람 빠지는 소리를 내며 작게 웃었다.

"네가 거적때기를 걸쳐도 그렇게는 안 보일 텐데."

그 후, 유진은 웃음기를 거두고 말을 이었다.

"외출할 때는 꼭 에단을 데리고 가."

그의 시선이 닿은 곳에는 지금도 내 뒤에 서 있는 에단이 있었다. 에단은 유진의 말에 알겠다는 듯이 고개를 숙여 보였다. 나는 장미 꽃다발을 품에 안고 먼저 위층으로 올라가는 유진의 모습을 바라보았다.

"하리 언니!"

며칠 뒤, 나는 루이제를 만났다.

"보고 싶었어, 언니!"

그녀는 나를 만나자마자 반갑게 내 손을 부여잡고 자리에서 빙글빙글 돌았다.

"나도 보고 싶었어! 그동안 잘 지냈지?"

나도 거기에 동참해서 우리는 꺄르륵 웃으며 사이좋게 손에 손을 붙잡고 길 한복판의 훌륭한 민폐 소녀들이 되었다. 화사하게 차려입은 아가씨들이 대로변에서 치맛자락을 펄럭이고 있는 모습에 자연스럽게 주변의 시선이 따라붙었다. 하지만 우리는 그것을 신경 쓰지 않고 양껏 재회의 기쁨을 누린 뒤 다시 멈추어 섰다.

"집에 언니가 없으니까 너무 심심해."

"나도 그래. 오늘 이렇게 만나니까 좋다."

실은 얼마 전에도 통신구로 얼굴을 보고 이야기를 나누기는 했지만 이렇게 직접 만나는 것과는 느낌 자체가 달랐다. 나는 방금 전의 격렬한 인사로 삐뚤어진 루이제의 모자를 고쳐 주며 웃었다. 그러다 문득, 그녀의 눈동자가 내 등 뒤로 향했다.

"헉, 그런데 언니. 뒤에 누구야?"

루이제는 이제야 내 뒤에 있는 사람이 눈에 들어온 모양이었다. 대번에 크게 떠진 그녀의 눈을 보니 키득 웃음이 나왔다.

"내 호위 기사인 비숍 경이야."

"대박, 완전 내 취향."

루이제가 감탄하며 엄지손가락을 처억 치켜들었다.

"비숍 경? 이름이 뭐예요? 통신구 번호 뭐예요?"

억, 그런데 루이제, 왜 그렇게 추파를 던지듯이 말하는 거니? 나는 도대체 루이제가 어디에서 이런 걸 보고 배워서 따라 하는 건지 예전부터 궁금했다. 그녀의 유모인 베키인가? 아니면 이번에도 그녀의 소꿉친구인 마리안? 루이제의 물음에 에단이 무뚝뚝하게 대답했다.

"호위 중에는 사적인 대화를 나누지 않습니다."

에단은 단호박 같았다. 하지만 루이제는 그런 태도에 마음 상하는 기색 없이 오히려 탄성을 내뱉었다.

"와, 더 내 취향."

처억, 그녀가 한 번 더 엄지손가락을 치켜세웠다. 루이제는 에단이 꽤 마음에 든 눈치였다. 하긴, 내가 보기에도 에단의 얼굴은 루이제의 취향에 딱 들어맞긴 했다. 그런데 루이제는 이런 과묵한 타입을 좋아했었던 건가? 그건 처음 알았는걸?

"앞으로 언니랑 밖에서 더 자주 만나야겠다."

루이제는 매우 흡족한 얼굴로 내 귓가에 대고 소곤거렸다.

"그만 안으로 들어가자."

우리가 오늘 방문할 곳은 퀸 아라벨라 의상실이었다. 그곳이 어떤 곳이냐 하면! 바로 지난 생에서 내 눈물에 젖은 웨딩드레스를 맞춤 제작했던 곳이지! 으어, 다시 생각하니 원통하구나! 어마어마한 경쟁률을 뚫고 쟁취했던 내 웨딩드레스!

"어머나, 귀한 손님들이시군요. 어서 안으로 들어오세요."

의상실의 사람들은 우리를 크게 반겨 주었다. 일단 에른스트나 바스티에라고 하면 아를란타에서도 알아주는 가문이었던 데다, 지금은 퀸 아라벨라가 막 개업한 시점이었기 때문이다. 그래도 개업일부터 입소문을 타서 오늘도 예약을 하고 오긴 했지만, 이곳에서 옷 한 번을 맞추려면 한 달 이상을 기다려야 했던 미래에 비해서는 확실히 약속 시간을 잡기가 수월했다.

"평소에 안 입는 스타일이긴 한데 이런 것도 예쁘다. 오늘 몇 벌이나 맞출 거야?"

"글쎄, 일단 두세 벌 정도가 아닐까? 너는?"

"나도 그 정도. 다음에 마리안도 데려와야겠다."

루이제와 나는 의상실에 있는 이런저런 옷들을 살펴보았다. 우리는 기성복이 아니라 맞춤복을 주문할 예정이었다. 그래서 일단 원하는 드레스의 형식을 대강 고르고 나면 퀸 아라벨라의 주인인 마담과 상의를 거쳐 세부적인 디자인을 정해야 했다. 게다가 우리는 이 의상실에 온 것이 처음이었기 때문에 오늘 치수도 재야 할 것이었다.

"그럼 천천히 살펴보세요. 더 필요하신 게 있으시면 언제든 편하게 말씀해 주시고요."

우리는 푹신한 소파에 앉아 의상실에서 내준 차를 마시며 한가로운 시간을 보냈다.

"그게 무슨 소리야? 나보고 기다리라니?"

그런데 그때, 밖에서 시끄러운 소리가 들려왔다.

"내가 누구인지 몰라?"

꽤 카랑카랑한 여자의 목소리였다. 루이제와 나는 잠시 시선을 맞대다가 우리가 들어와 있는 방의 입구 쪽을 응시했다.

"도대체 안에 있는 게 누구인데?"

사실 그리 특이한 일은 아니었다. 자신이 다른 사람의 차례를 기다려야 한다는 사실을 쉬이 받아들이지 못하는 귀족들은 어디를 가도 있었으니까. 그런데 괜한 생각인가. 왠지 밖에서 말하는 걸 들으니 꼭 저 사람이 내가 알고 있는 사람인 것 같은 느낌이 들기도…….

"뭐? 에른스트라고?"

문득 밖에 있던 사람이 놀란 듯이 반문하는 소리가 들렸다. 그 직후 또각또각 울리는 구두 굽 소리와 누군가를 만류하는 듯한 다급한 목소리가 뒤섞여 귓가를 스쳤다.

"막을까요?"

뒤에 있던 에단이 조용히 물었다. 그 역시 밖에서 일어나는 이상한 낌새를 눈치챈 것 같았다.

"일단은 기다려 보세요."

나는 에단에게 고개를 저어 보였다. 목소리를 들어 보니 어차피 귀족 아가씨인 것 같은데 괜히 호위 기사까지 앞세워 문제를 일으킬 건 없었다. 게다가 왠지 저 사람, 내가 아는 사람이 맞는 것 같아. 우리가 있는 방의 출입구는 문이 아니라 위에서부터 드리워진 천으로 공간이 분리되어 있었다.

"정말 이러시면 안 되는……!"

"안 되긴 뭐가 안 돼?"

잠시 후, 새된 음성이 안으로 새어 드는 것과 동시에 펄럭 소리를 내며 붉은 천이 걷혔다. 그리고 마침내 우리의 눈앞에 나타난 소란의 주인공은 눈꼬리가 약간 올라가 까탈스러운 느낌을 풍기는 금발의 소녀였다.

아이고, 역시 너냐? 나는 그녀의 얼굴을 보자마자 떨떠름한 기분이 되었다. 왜냐하면 내가 예상했던 사람이 맞았기 때문이다. 그녀의 이름은 라벤더 코르디스. 지난 생에서 유진을 좋아한다는 이유로 내게 적대적인 모습을 보였던 여자였다. 어쩐지 지금도 막무가내더라니. 그래, 밖에서 언뜻 들리는 목소리나 말투 같은 게 꼭 너 같은 느낌이었어.

"당신이 바로 소문의 그……."

그녀는 나를 보더니 두 눈을 크게 떴다. 이유는 모르겠으나 나를 보고 조금 놀란 것 같았다. 하지만 그녀는 곧 자신의 그런 반응에 어쩐지 자존심이 상한 듯이 눈살을 찌푸리더니, 이내 다시금 얼굴을 펴고 자리에 앉아 있는 우리를 향해 다가왔다.

"당신이 하리 에른스트?"

라벤더 코르디스가 나를 내려다보며 입을 열었다. 그녀의 태도는 실로 거만하기 짝이 없었다. 하지만 놀라울 것도 없었다. 원래도 그녀는 제멋대로인 성격이었지만 특히 내게는 예의를 지키지 않았다. 내 출신을 트집 잡아 무시하는 것도 예삿일이었다. 에리히는 그녀가 유진을 좋아하기 때문에, 그와 피도 섞이지 않았으면서 가족이라는 울타리 안에 있는 나를 못마땅하게 여기는 것이라고 했다.

처음에는 그 말을 듣고 긴가민가했으나, 나중에는 나도 그의 말이 맞는 것 같다고 생각했다. 라벤더 코르디스의 매서운 눈초리는 내가 유진과 함께 있는 모습을 보일 때 극에 달했기 때문이다.

아, 그런데 생각할수록 웃기네. 유진의 옆에 버젓이 있는 약혼녀를 두고 나한테만 그런 태도를 보이는 건 좀 아니지 않아? 어차피 유진이랑 결혼할 사람은 로자벨라 벨론티아인데 말이야. 나는 소파에 앉은 채로 내 앞에 있는 라벤더 코르디스를 응시했다. 지난 생에서 나는 모든 사람에게 으레 그래 왔듯이 그녀에게도 친절하게 대하려 노력했었다. 그게 이 사회에서 살아남는 내 나름대로의 생존 전략이기도 했고, 이미 나 스스로 내 출신의 부족함을 뼛속 깊이 새기고 있기 때문이기도 했다. 그러니 아마도 예전의 나였다면 이런 상황에서는 웃음을 지으며 '내가 하리 에른스트가 맞다'고 말했을 터였다. 하지만 지금의 나는 그러지 않았다.

"인사를 나누고 싶은 거라면, 먼저 자기소개부터 하는 것이 맞는 순서 아닐까요?"

나는 여전히 자리에서 일어나지도 않은 상태로 마주한 사람을 보며 약간 차갑게 말했다. 라벤더 코르디스는 이미 우리가 있는 의상실의 방에 무단 침입한 것으로 충분한 실례를 저질렀다. 그런데 거기에 더해, 이런 식으로 다짜고짜 상대방의 신상을 캐묻기까지 하다니. 나를 어지간히 무시하지 않고는 있을 수 없는 일이었다.

물론 내가 라벤더 코르디스에게 무시당하는 것은 하루 이틀 일이 아니다. 하지만 이제 나는 삐뚤어졌어! 이제는 나도 나한테 무례하게 구는 사람에게는 예의를 차려 주지 않을 생각이었다. 게다가 이미 나라는 존재 자체가 라벤더 코르디스의 눈엣가시라면, 내가 아무리 그녀와 잘 지내보고 싶어 용을 써도 소용이 없을 것이었다. 그러니 과감히 포기하겠다! 라벤더 코르디스, 친해지기에는 내게 너무나 먼 사람이여!

라벤더 코르디스는 내 반응에 놀란 듯, 다시 한번 두 눈을 크게 떴다. 설마 내가 이런 식으로 자신의 말을 받아칠 줄은 몰랐다는 눈치였다. 곧 그녀의 눈매가 꿈틀거리며 약간 찌푸려졌다. 하지만 잠시 후 놀랍게도 그녀는 나를 향해 얼굴을 구기는 대신 호호 웃으며 입을 열었다.

"어머, 내 정신 좀 봐. 반가운 마음이 앞서 인사를 깜빡했네요."

뜻밖의 말에 나는 다소 놀랐다. 어라? 뭐지, 이 반응은? 나는 라벤더 코르디스가 나를 향해 이런 식으로 웃는 모습을 처음 보았다. 지난 생에서의 그녀는 나를 처음 보았을 때부터 무척이나 적대적이었고, 나를 못마땅하게 여긴다는 사실을 굳이 숨기려 들지도 않았다. 그런데 이번에는 왜 다른 거지?

"라벤더 코르디스예요. 만나서 반가워요."

예상치 못한 반응에 오히려 찜찜해진 것은 나였다.

"방금 전에는 내가 무례했죠? 가끔 생각하는 것보다 행동이 앞서서 이럴 때가 있어요."

라벤더 코르디스는 의외로 정상적으로 사과했다. 그리고 '이 사람이 왜 이러지?' 싶을 정도로 나한테 굉장히 살갑게 대하고 있었다. 물론 방금 전 나를 처음 봤을 때 무시했던 건 맞는 것 같은데 지금은 태도가 확연히 달랐다.

"다 솔직한 성격이라 그런 거니까 에른스트 양이 너그럽게 이해해 주세요. 호호호!"

게다가 저 간드러진 웃음소리! 뭘 잘못 먹었는지 나한테 친한 척을 하는 라벤더 코르디스의 모습에 팔뚝에 오소소 소름이 돋는 것 같았다. 나는 눈을 가늘게 좁히고 그녀를 쳐다보았다.

도대체 왜 이러는 걸까? 으음, 혹시 아직은 유진을 좋아하기 전이라거나…… 하지만 그렇다고 쳐도 이상한데? 나한테 이렇게 가식을 떨 이유가 없잖아? 아무리 머리를 굴려도 알 수가 없었다. 나는 일단 그녀의 속내를 파악하는 걸 그만두고 마주 인사했다.

"코르디스 양이었군요. 전 하리 에른스트예요. 예상치 못한 만남이지만 그래도 만나서 반가워요."

"그럼 옆에는 바스티에 양이겠네요."

"루이제 바스티에예요. 굉장히 독특한 인사법이네요?"

루이제의 도전적인 말에 라벤더 코르디스의 입매가 꿈틀거렸다. 루이제는 허락 없이 갑자기 난입한 그녀가 마음에 들지 않는 것 같았다. 라벤더 코르디스는 눈치 있게 그런 낌새를 알아차린 듯, 또다시 '호호호!' 웃으며 입을 열었다.

"아무래도 제가 방해가 된 모양이네요. 반가운 마음이 다소 과했나 봐요. 그럼 전 이만 나가 볼게요. 부디 오늘의 실수를 다음에 만회할 기회를 주셨으면 좋겠어요."

그녀는 다시 한번 우리에게 사과하며 즐거운 시간을 보내라고 말한 뒤 웃는 낯으로 방을 나섰다.

"갑자기 들이닥쳐서 웬 친한 척? 이상한 여자야."

라벤더 코르디스가 퇴장한 뒤, 루이제가 간단하게 그녀를 평했다.

"불편을 끼쳐 드려 죄송합니다. 방금 전의 실수는 다시 한번 사과드리겠습니다."

의상실의 사람들도 우리에게 몇 번이고 머리 숙여 사과했다. 사실 불청객을 막지 못한 것은 그들의 과실이 맞았다. 하지만 지금처럼 막무가내로 밀어붙이는 라벤더 코르디스를 직접 막기란 확실히 어려웠을 것이었다. 어쨌든, 그들이 거듭 미안해하며 우리에게 파격적인 할인을 제안했기 때문에 루이제와 나는 못 이긴 척하고 그것을 받아들였다.

그나저나 라벤더 코르디스는 도대체 뭐였던 걸까? 나는 그녀가 나한테 보였던 모습이 이해가 되지 않아 깊은 의혹에 휩싸여야만 했다. 하지만 아무리 생각해도 도통 답이 나오지를 않았다.

그러는 동안에도 시간은 착실히 흘러, 드디어 대망의 날이 밝았다. 유진의 약혼녀인 로자벨라 벨론티아와 만나는 날이 온 것이다.

"고마워요, 비숍 경."

나는 에단의 손을 붙잡고 마차에서 내려섰다. 지금 내가 서 있는 곳은 벨론티아의 저택 앞이었다. 오늘 나는 이곳에서 그녀를 만날 예정이었다.

“어서 오십시오. 벨론티아에 오신 것을 환영합니다.”

저택 안으로 들어서자마자 앞에서 대기하고 있던 벨론티아의 집사가 나를 맞아주며 인사했다. 로자벨라는 응접실에서 기다리고 있을까? 지난 생에 처음으로 그녀에게 초대받았을 때도 그랬으니까. 하지만 나는 곧 시야에 들어온 사람에 두 눈을 약간 크게 뜨고 말았다.

“어서 와요, 에른스트 양.”

어깨 위로 굽이치는 탐스러운 금발과 신록을 품은 듯한 녹색 눈동자. 그리고 어디에서건 잃지 않는 고고한 품위를 가진 여인이 내 눈앞에 나타났다.

“벨론티아에 와 줘서 고마워요.”

뜻밖에도 문 앞까지 직접 나를 마중 나온 로자벨라 벨론티아가 웃으며 말했다.

“에른스트와 벨론티아는 거리가 가까운 편이 아닌데, 오는 동안 힘들지 않았어요?”

눈앞에서 하얀 손이 움직였다. 투명한 액체가 찻잔을 채우는 것과 동시에 은은한 차향이 코끝을 스쳤다.

“염려해 주신 덕분에 편안히 왔어요. 바깥의 경치가 좋아서 시간 가는 줄도 몰랐는걸요.”

이제 18살인 로자벨라 벨론티아는 그야말로 눈부신 아름다움을 자랑하고 있었다. 크으, 언니. 10년 후나 지금이나 변함없이 아름다우시군요. 10년 후에는 성숙한 매력이 장난 아니었는데, 지금은 그때보다 풋풋하면서도 상큼한 매력이 있어!

솔직히 그녀는 내가 본받고 싶은 사람 중 한 명이었다. 우아하고 지적이고, 손끝 하나에서부터 기품이 흐르는 레이디 중의 레이디. 그렇기 때문에 오히려 범접하기 어려운 느낌도 있었지만…….

"로즈가든의 버베라차예요. 에른스트 양의 마음에 들지 모르겠네요."

어른의 눈으로 다시 보게 된 로자벨라 벨론티아는 그렇게까지 대하기 어려운 느낌은 아니었다.

"고마워요. 향이 좋네요."

원래 지난 생에서의 그녀와 나는 데면데면한 관계였다. 나는 앞서 말한 이유로 로자벨라에게 심리적 거리감을 느꼈고, 그녀도 내게 예의는 지켰지만 필요 이상으로 친근하게 대하지도 않았다. 그래서 그녀와 나 사이에는 늘 보이지 않는 거리감이 존재하고 있었다. 하지만 지금은 내가 그때보다 나이가 들었기 때문일까? 예전에는 한없이 높고 먼 사람으로만 보이던 로자벨라 벨론티아가 생각보다 평범한 사람처럼 느껴졌다.

아니, 그래도 물론 여전히 그녀는 뭇 여인들의 귀감이 될 만한 아름답고 우아한 레이디였다. 그러나 예전에 내가 그녀에게서 느꼈던 어떤 아우라 같은 것을 지금은 찾아볼 수 없었다. 아직 그녀가 어리기 때문일까, 아니면 더 이상 내가 그녀를 동경하던 어린 소녀가 아니기 때문일까?

나는 조금 신기한 기분으로 마주한 사람의 얼굴을 바라보았다. 어쩌면 나는 그녀를 내심 부러워했는지도 모르겠다. 로자벨라는 내가 그토록 되고 싶었던 귀족 아가씨의 표본 같은 사람이었으니까. 하지만 그녀의 우아함이나 품격은 나 같은 사람이 쉽게 따라 할 수 없는 것이었다.

"전부터 이렇게 직접 에른스트 양의 얼굴을 보고 이야기하고 싶었어요."

그런데 지금은…… 제법 그녀가 가깝게 느껴졌다. 예전의 로자벨라가 내 손에 닿지 않을 것처럼 높은 곳에 있는 사람으로 느껴졌던 것과는 달리.

"그런데 당신은 내 상상과는 조금 다른 사람인 것 같네요."

내가 그녀를 살피고 있는 것처럼 그녀 역시 나를 조용히 관찰하고 있었다. 그리고 마침내 나를 파악하는 일을 끝냈는지, 로자벨라가 미소를 드리우며 입을 열었다.

"어떤 점이 말인가요?"

나는 손에 들고 있던 찻잔을 테이블 위에 소리 없이 내려놓은 뒤 반문했다.

"마차에서 내려 저택 안으로 들어서는 당신을 처음 봤을 때, 꼭 제 숙모님을 보는 줄 알았어요."

로자벨라의 숙모님인 라지스 부인은 지난 세대 때 사교계를 주름잡았던 인물로, 자제들의 훈육이 엄격하기로 소문난 사람이었다. 그런데 나한테서 그런 사람의 모습이 엿보였다니? 앗, 혹시 나한테서 나이에 맞지 않는 노숙한 분위기가 흘러나온다는 의미는 아니겠지? 내가 겉모습은 아직 꽤 어리지만 속 알맹이는 아니다 보니 괜히 찔리는데…….

"그녀는 제가 인정하는 몇 안 되는 귀부인 중 하나예요. 어떤 상황에서도 고결한 품위를 잃지 않죠."

하지만 말하는 걸 계속 들어 보니 나를 돌려서 흉보려는 의도는 아닌 것 같다.

"지금 이 순간에도 에른스트 양에게는 빈틈이 보이지 않네요. 솔직히 감탄스러울 정도예요."

그러니까 직설적으로 요약하자면, 생각과 달리 나한테서 평민 여자애 같은 느낌이 안 나서 놀랐다는 거구나. 하기야, 진짜 이 나이의 나였다면 로자벨라를 실망시키고도 남았을 것이다. 물론 예전이라고 해서 내가 예법 수업을 게을리한 것은 아니었지만, 솔직히 그들이 보기에는 수박 겉핥기 같은 흉내 내기일 따름이었겠지.

그러니 로자벨라 벨론티아로서는 지금 내게 최고의 찬사를 해준 것이나 마찬가지였다. 그녀에게 이렇게 인정받다니, 20년이 넘는 세월 동안 피나는 노력을 기울였던 보람이 있다고 해야 할까.

"제 말에 혹시 기분이 상했다면 미안해요."

사실 기분이 나쁘지는 않았다. 똑같은 솔직함이라고 해도 라벤더 코르디스에게 받는 느낌과는 다소 달랐다. 로자벨라는 나를 깔아 보거나 무시하는 것이 아니라, 그냥 있는 그대로의 생각을 말하고 있는 것이었다. 게다가 그녀의 성품은 지난 생에서 이미 겪어 봐서 나도 충분히 알고 있었고.

"기분 상하지 않았어요. 저를 라지스 부인과 닮게 봐주셨다니, 오히려 과찬이 아닌가 싶네요."

이유가 어찌 되었든 그녀가 예전보다 나한테 호의적인 건 나쁘지 않은 일이었다. 문 앞까지 직접 나를 마중 나올 정도로 내게 관심을 표하는 것을 보니, 아마 로자벨라도 지난 생과는 달리 나와 친분을 쌓을 마음이 있는 것 같다.

"사실 걱정하는 마음이 없지 않았는데."

내 말에 이윽고 로자벨라가 미소를 지었다.

"에른스트 양과는 잘 지낼 수 있을 것 같아요."

이어지는 그녀의 말에 나도 마주한 사람을 향해 웃어주었다.

"앞으로 잘 부탁해요. 우리는 한 가족이 될 사이니까."

에른스트로 돌아가는 마차 안에서 나는 다소 복잡한 심경을 느끼고 있었다. 한 가족이라……. 사실 나는 지난 생에 새언니들과 그다지 친한 편이 아니었다. 로자벨라는 내가 쉬이 가까이 갈 수 없는 귀부인 같은 느낌이라 거리감이 있었고, 카벨과 결혼한 템페르토 양은 수줍음이 많고 낯가림이 심해서 친해지기가 어려웠다. 그리고 그 이유뿐만이 아니라…….
"좀 걷고 싶은데, 정원으로 가요."
에른스트에 도착해서 나는 곧바로 저택 안으로 들어가지 않고 다른 곳으로 발길을 돌렸다. 여느 때처럼 그런 내 뒤를 에단이 조용히 따랐다.
벌써 여름이 다가오는지 코끝에 스치는 풀잎 냄새가 싱그러웠다.
"아, 술 당긴다."
나는 무심코 중얼거렸다. 이런 날에는 테라스에 판을 깔고 앉아서 몰래 술이나 까는 게 제일인데. 그러고 보니까 내 금주 생활이 몇 년째야, 벌써? 지하 저장고에 내 술은 고이 잘 있겠지? 물론 그건 내가 아니라 전 에른스트 공작의 것이었지만, 몇 년 전에 내가 마음속으로 찜해 놨으니까 내 거 맞지, 뭐!
그런데 문득 내 뒤에서 크게 흠칫하는 움직임이 느껴졌다. 무의식중에 고개를 돌려본 나는 귀를 의심하는 표정을 짓고 있는 에단을 발견했다. 그 직후 이번에는 내가 움찔했다. 이, 이런. 맞아, 당신 거기에 있었지? 하하, 그런데 표정이 왜 그래요? 방금 무슨 일 있었어요? 뭐 못 들을 말이라도 들었어요? 이상하다, 나한테는 아무 소리도 안 들렸는데! 나는 반사적으로 그를 향해 무고한 얼굴로 방긋 웃어 보였다. 하지만 그는 이미 내 혼잣말을 똑똑히 들은 눈치였다.
"음주를 하시기에는 아직 이른 나이인 것 같습니다."
에단이 심각한 얼굴로 읊조린 말에 내 미소가 흔들렸다. 으, 으앗! 이렇게 직구로 말하다니! 혹시 날 되바라진 애로 생각하는 건 아니겠지요? 오해랍니다! 제 정신 연령은 이미 오래전부터 합법적인 성인이라구요! 그런데 술 좀 마시고 싶어 하면 어때서! 나는 억울하다, 억울해! 으아앙.
"음주라니요? 크흠, 무슨 말씀이신지 잘 모르겠어요."
게다가 내가 진짜 그의 말처럼 음주를 했다면 또 몰라, 어린 시절로 돌아오고 난 후로 알코올이라고는 한 방울도 입에 못 댔는데! 더 억울하다! 내가 천연덕스럽게 순진한 눈망울을 하고 에단을 올려다보자, 그는 내 표정에 넘어와 자기가 잘못 들은 것 같다는 반응을 보이…… 지 않았다.

"이번에는 못 들은 것으로 하겠습니다. 하지만 음주하시는 모습을 목격한다면 공작님께 말씀드릴 수밖에 없습니다."

그는 얕은 한숨을 내쉬며 말했다. 그런 그의 눈빛이 마치 어른 흉내를 내며 불장난을 하는 철없는 아이를 보는 듯했다. 그 모습을 보고 내 완벽한 미소는 와장창! 깨져 버리고 말았다. 으, 으앙, 억울해! 그런데 마땅히 해명할 말이 생각나지 않는다. 으으윽.

"비숍 경이 잘못 들은 거라니까요? 그럴 일 없으니까 걱정하실 필요 없어요."

속으로는 분통이 터졌지만 나는 애써 하하 웃으며 끝까지 잡아뗐다. 그래도 역시 에단은 믿는 눈치가 아니었다. 아닛, 기본적으로 무표정한데 왜 내 눈에는 저게 무슨 의미인지 다 읽히는 거지?! 나는 이불과 베개를 좀 뻥뻥 쳐 주고 싶은 기분이 되었다. 이 묘하게 민망하고 창피한 마음을 어찌합니까! 에잇, 어쩌긴 뭘 어째. 저 얼굴을 보니 이미 텄네, 텄어. 에단 비숍은 지금 나를 불량 청소년으로 생각하는 것이 분명했다. 아니면 사춘기 소녀로 생각 중이든가. 물론 어느 쪽이든 반갑지 않아, 크흑.

나는 입술을 삐죽이며 앞서 걸었다. 잠시 후 흐드러지게 피어 있는 노란 꽃 무더기가 눈앞에 나타났다. 흥, 이렇게 되면 그냥 삐뚤어져 버릴 테야. 나는 이왕 불량소녀로 낙인찍힌 김에 지금까지의 내숭을 벗어 던지고 좀 더 편하게 행동하기로 했다.

사실 앞으로 언제까지 에단과 붙어 있어야 할지 모르는데 계속 지금처럼 하루 종일 그의 시선을 의식하고 지내는 것도 고역이었다. 나는 터덜터덜 걸음을 옮겨 꽃밭 한가운데에 그냥 털썩 주저앉았다. 에단은 귀족 아가씨답지 않은 내 모습에 잠깐 움찔했지만 그래도 아무 말도 하지 않았다. 지금 우리가 있는 곳은 정원의 외길로 이어진 꽃밭이었다. 노란 꽃에서 퍼지는 냄새가 은은하게 향기로웠다. 여기는 경치가 좋아서 벤치 같은 걸 만들어 두면 좋을 것 같은데. 나중에 휴버트한테 한번 말해 볼까?

"에단 경, 이 꽃 이름이 뭔지 알아요?"

"모릅니다."

그럴 줄 알았다. 사실은 나도 막 그렇게 궁금하진 않은데 그냥 혹시 싶어서 한번 물어봤어. 그런데 쭈그려 있으려니까 다리가 아프다. 지금 내가 신고 있는 구두의 굽도 높은 편이고. 나는 에단을 힐끔 쳐다본 뒤 그냥 풀 위에 엉덩이까지 대고 앉아버렸다. 그러자 그의 입매가 작게 꿈틀거렸다. 앗, 이거 조금 재미있는 것 같기도?

"겉옷을 벗어드리겠습니다."

"괜찮아요."

지금 나더러 당신 겉옷을 깔고 앉으라고? 이렇게 그냥 앉으면 치마에 풀물이 들 것이 분명하지만 뭐 어떻습니까? 게다가 내 행동에 따라 여전히 무표정한 얼굴을 한 에단이 아주 작게 움찔거리며 반응하는 모습이 은근히 재미있기도 했다. 나는 꽃밭 한가운데에 오도카니 앉아 있다가 급기야 뒤로 슬쩍 드러누워 버렸다. 그러자 에단이 한 번 더 흠칫거렸다.

헹, 내 자유로운 모습에 놀랐냐? 괜찮아, 난 어차피 사춘기 소녀니까! 크으, 어차피 술도 못 먹는데 그냥 삐뚤어져 버릴 테다. 그래도 굳이 입을 열어 품위를 지키라거나, 어서 자리에서 일어나라거나 하지 않는 게 에단다웠다. 대신 그는 내 바로 옆에 서 있기가 다소 난처한 듯이 조용히 뒷걸음질 쳐 조금 더 뒤로 물러났다.

짹짹. 어디선가 작게 지저귀는 새소리가 들렸다. 하늘에는 하얀 구름이 뭉게뭉게 떠다니고 있었다. 앗, 직사광선은 피부의 적인데! 뒤늦게 양산이라도 가져올 걸 그랬나, 하는 생각이 들었지만 그냥 귀찮아서 말았다. 대신 나는 슬쩍 옆으로 몸을 굴렸다. 옆으로 눕자 이번에는 노란 꽃과 초록의 풀잎이 시야에 들어왔다. 나는 옆으로 느리게 손을 뻗어 꽃 한 송이를 꺾어 들었다.

"오빠, 벨론티아 양하고 결혼할 거야?"

오래전, 지금 이 자리에서 누군가와 나눈 적 있던 대화가 묻힌 기억 속에서 서서히 떠올랐다. 유진과 로자벨라의 약혼 기간이 어느덧 5년을 채워 갈 무렵이었다. 에른스트와 벨론티아 모두 권세가 높은 가문이었기 때문에 그들의 약혼 소식은 아를란타를 떠들썩하게 만든 대단한 가십거리가 되었다. 하지만 예상보다 그들의 약혼 기간이 길어진다고 느꼈을 때, 나는 어쩌면 그가 파혼하려는 것이 아닐까 하고 어렴풋이 생각했다. 그래서 어느 날인가 유진을 보고 거의 충동적으로 입을 열었다.

그때 우리는 지금 내가 누워 있는 이 노란 꽃이 핀 화원에 서 있었다. 늦봄에서 초여름으로 넘어가는 경계선 위에서 유진이 나를 돌아보았다. 그의 시선이 나를 향하는 순간, 나는 '그냥 물어보지 말걸' 하고 곧바로 후회했다.

"그렇게 되겠지."

담담하고 서늘한 목소리가 내 귓가에 흘러들었다. 나나 다른 사람들의 의문과 의심 같은 것은 그에게 아무런 의미도 없다는 듯이. 나는 따스한 봄볕 아래에서도 홀로 겨울 속에 머무는 것처럼 차가운 그의 얼굴을 잠시 말없이 바라보았다. 유진의 웃는 얼굴을 본 것이 몇 년 전의 일이었는지 기억조차 나지 않았다.

"결혼 선물로는 뭐가 좋을지 말해줘. 미리 준비해 놓게."

나는 그를 향해 설핏 웃으며 말했다. 하지만 유진은 언제나처럼 무슨 생각을 하는지 알 수 없는 검은 눈동자로 나를 가만히 응시하다가…….

"그럴 필요 없어."

이내 내게서 고개를 돌렸다.

"너한테는 받고 싶지 않으니까."

갑자기 떠오른 기억의 잔상에 나는 무심코 작게 읊조렸다.

"나쁜 놈."

기왕 좋은 마음으로 준비하려고 한 선물인데 그냥 준다고 할 때 받을 것이지. 나는 그 일로 유진에게 심술이 나서 진짜로 그의 결혼 선물을 준비하지 않았다. 윽, 그러고 보니까 혹시 그래서 로자벨라가 나랑 더 친하게 지내려고 하지 않았던 건가? 어쩌면 자신을 환영하지 않는 의미라고 생각했는지도 몰랐다. 그런 거라면 이해합니다. 솔직히 그때 삐져서 아무것도 준비하지 않아 놓고 나도 계속 후회했거든요, 으흑.

아무튼 그때 나는 유진에게 조금 화가 나서 '그래, 너 혼자 잘 먹고 잘 살라'고 속으로 살짝 욕도 해주고 그랬다. 지금에 와서 생각해 보면 나도 꼭 그렇게까지 했어야 하나 싶지만 그 당시에는 정말 어찌나 섭섭하던지.

"누가 나쁜 놈이야?"

누구긴 누구야. 바로 너요. 그러던 어느 순간 갑자기 머리 위에 그림자가 드리워졌다. 나는 여전히 옆으로 누운 채로 살짝 고개만 돌려 위에서 나를 내려다보고 있는 사람을 응시했다.

"여기서 뭐 해?"

"일광욕."

유진은 도대체 내가 왜 여기서 이러고 있는지 이해할 수 없어 하는 눈치였다. 하지만 그 역시도 내게 별다른 말을 하지 않고 그냥 손을 내밀었다.

"잡아. 일으켜 줄게."

나는 못 이긴 척 그가 내게 내민 손을 붙잡았다. 훙, 하지만 속았지? 자라나라, 심술! 나는 유진의 손을 잡고 일어나는 척하다가, 곧 맞잡은 손을 확 잡아당겼다. 평소라면 눈 하나 깜빡하지 않았을 테지만 방심하고 있던 탓인지 유진은 생각보다 쉽게 내 위로 넘어졌다.

"이건 또 무슨 장난이야?"

하지만 유진은 그 와중에도 놀라운 순발력을 발휘해 내 옆으로 손을 짚었다. 가까이에서 그가 나를 내려다보았다. 얼굴을 보니 다행히도 내가 한 짓이 황당할지언정 기분이 나쁘거나 화가 난 것은 아닌 것 같았다.

"오빠도 누워 봐. 생각보다 전망이 좋아."

나는 그를 향해 장난스럽게 웃으며 말했다. 그러자 유진의 한쪽 눈썹이 슬그머니 치켜 올라갔다. 그는 지난번 1층 로비에서 그랬듯이, 또다시 내 얼굴을 살피듯 들여다보고 있었다. 그때나 지금이나 난 웃고 있는데 뭘 그렇게 내 표정에서 무언가를 알아내려고 하는지 모르겠다.

"아, 누워 보라니까."

봐, 쓸데없는 일을 하니까 나한테 빈틈이나 보이고 그러지! 나는 그의 팔을 확 잡아당겨 균형을 깨뜨렸다. 그러자 이번에야말로 유진이 미간을 좁히며 내 위로 무너져 내렸다. 나는 유진이 다시 일어나기 전에 그를 밀어내 옆에 눕게 했다.

목적 달성! 아이고, 힘들다. 사람 한 명 옆에 눕히기가 왜 이렇게 힘들다지요? 앗, 그러다 문득 생각이 저쪽 어딘가에 서 있을 에단에게 가서 닿았다. 그러고 보니 내가 지금 부하 직원 앞에서 유진의 위엄을 무너지게 한 건가! 끙, 하지만 상관없어. 어차피 난 질풍노도의 시기를 겪고 있는 사춘기 소녀니까!

"어때? 누우니까 좋지?"

내 뻔뻔한 말에 유진이 무어라 형언할 수 없는 표정을 지으며 나를 돌아보았다. 호호, 하지만 자고로 웃는 얼굴에 침 뱉을 수 없다고 하잖아? 이내 그는 마음을 비운 듯이 야트막한 한숨을 내뱉더니 나한테서 시선을 떼고 정면을 응시했다.

어느덧 해 질 무렵이 되어 하늘에는 주황색 물이 들어 있었다. 살랑살랑 불어온 따스한 바람에 노란 꽃이 몸을 흔들며 뺨을 간질였다. 평화로운 시간이었다. 그래, 사람이 가끔은 이렇게 휴식 시간도 가지고 해야죠. 하루 종일 일만 하고 그러면 심신의 건강에도 별로 좋지 않다고요.

"유진 오빠."

잠시 후 내가 내뱉은 작은 부름에 다시금 그가 시선을 돌렸다. 나는 그를 향해 무어라 말하는 대신 입꼬리를 당겨 그냥 한번 웃어 보였다. 유진은 그런 나를 실없다는 듯이 쳐다보았다.

"그만 일어나자."

해가 거의 저물 때쯤, 우리는 자리에서 일어났다. 먼저 몸을 일으킨 유진이 아까처럼 내게 손을 내밀었다. 나도 이번에는 장난을 치지 않고 그의 손을 붙잡았다. 하지만 나를 일으켜 세운 그가 물러나려 할 때, 나는 오히려 그의 손을 힘주어 꽉 붙들었다. 그리고 여동생의 특혜를 이용해 어리광을 피우듯이 헤헤 웃으며 말했다.

"그냥 잡고 가자."

검은 눈동자가 다시 한번 더 나를 물끄러미 내려다보았다. 나는 그가 거절하기 전에 먼저 앞서 걷기 시작했다. 어느덧 에단은 내가 마지막으로 보았을 때보다 더 멀찍이 떨어진 곳에 서 있었다. 우리가 노란 꽃을 헤치고 걷자 그가 조용히 뒤따라왔다.

"왜 그래?"

"뭐가?"

내게 손을 붙잡혀 걷던 유진이 이윽고 입을 열었다.

"오늘따라 웃음이 많잖아."

나는 그의 예리한 지적에 그냥 그러냐는 듯이 대답했다.

"글쎄, 기분이 좋아서 그런가?"

옆에서 유진의 따가운 시선이 느껴졌다. 그는 내 말을 의심하는 기색이었다. 하지만 이건 온전한 내 문제니까, 유진에게는 아무 말도 할 수 없었다. 그렇게 우리는 손을 붙잡고 해가 저물어가는 화원을 함께 걸었다.

"두 분, 오셨습니까."

저택 안에 들어서자 휴버트와 사용인들이 우리를 향해 고개 숙여 인사했다.

"올라가서 옷 갈아입어야겠다. 조금 이따 봐."

나는 그때까지도 잡고 있던 유진의 손을 놓으며 말했다.

"하리."

하지만 잠시 멀어지던 온기가 다시금 내 손을 파고들었다. 나를 부르는 목소리에 뒤돌아보자 유진의 얼굴이 시야에 비쳤다. 그는 아까의 내가 그랬던 것처럼 나를 불러 놓고도 아무 말을 하지 않았다.

"오빠 머리에 꽃 붙었다."

나는 그의 시선을 마주하며 툭 던지듯 말했다. 그러자 유진이 미간을 좁히며 나를 잡고 있지 않은 다른 쪽 손을 머리 위로 올렸다. 곧 그의 손에 노란색 꽃이 걸렸다. 손안에 있는 것을 내려다본 유진의 눈매가 꿈틀거렸다. 그는 여기까지 오는 동안 머리에 꽃을 달고 있던 것이 불만스러운지 얼굴을 찡그렸다.

"왜 이제 말해줘?"

"뭐 어때, 잘 어울리는데."

나는 키득 웃으며 유진에게 붙잡힌 손을 자연스럽게 먼저 빼냈다.

"그럼 옷 갈아입고 나올게."

다시 한번 나를 붙잡으려는 듯 그의 팔이 움직여졌지만 나는 그것을 피해 걸음을 옮겼다. 유진도 이번에는 그런 나를 붙잡지 않았다.

"내가 왔다아아아!"

이 우렁찬 외침은 두말할 필요도 없이 카벨의 것이었다. 오구오구, 우리 둘째. 뭘 먹었는지 목소리 한번 쩌렁쩌렁하기도 하지. 하지만, 그래! 오늘은 네가 내 고막을 괴롭게 해도 이해해 주마!

카벨과 나를 고뇌에 들게 했던 시험이 드디어 끝나고, 둘째 녀석은 자유를 맞게 되었다. 카벨은 어지간히 신이 난 듯이 온몸으로 기쁨을 표출했다. 하기야, 그럴 만도 했다. 그가 보충 수업에서 해방돼 이렇게 집에 온 것은 몇 주 만이었으니까. 나는 카벨의 노고를 치하하는 의미에서 그를 반갑게 맞아주었다.

"오빠, 어서 와!"

"캬오, 내가 보고 싶었지!"

억, 그런데 좀 심하게 기운이 넘치기는 하는구나. 카벨이 지난번 학술원에서 그랬던 것처럼 빙글빙글 공격을 시전해서 나는 금방 어지러워졌다.

"우리 오빠, 보충 수업도 꼬박꼬박 열심히 듣고 완전 멋져!"

"진짜? 나 멋져?"

"어, 완전 최고야!"

"내가 좀 최고지!"

나는 잠시 그를 우쭈쭈해 주는 시간을 가졌다. 내가 아낌없이 칭찬을 퍼부어줄수록 카벨의 콧대도 끝 모르고 하늘 끝까지 쑥쑥 올라갔다.

"크으, 난 도대체 어디까지 멋있어질 수 있는지 모르겠다니까!"

저기, 그런데 둘째야. 아직 성적표가 나온 것도 아닌데 그러다가 너 또 낙제면 어떻게 하려고 그래요? 하지만, 그래. 뭐, 그건 그때 가서 생각해 볼 문제고 괜히 지금 초칠 필요는 없겠지.

"누가 들으면 형이 수석이라도 한 줄 알겠어?"

그때, 우리의 오붓하고 화기애애한 모습을 차게 식은 눈빛으로 보고 있던 에리히가 말했다. 그는 낙제만 면해도 다행인 자신의 둘째 형이 마치 학년 수석이라도 된 양 호들갑을 떠는 모습이 영 눈꼴신 모양이었다.

"헉, 나 진짜 이번에 수석하면 어떡하지?"

"……."

그런데 카벨은 에리히의 말에 오히려 진지한 얼굴이 되어 말했다. 으, 으음. 오빠야, 그건 너무 갔다. 에리히의 표정을 봐! 이제는 걷잡을 수 없이 싸늘하게 식어 있는 저 얼굴을 보고도 느끼는 게 없니! 평소에 안 하던 공부를 이번에 생전 처음으로 열심히 해서 그런지, 카벨은 이번 시험을 엄청 잘 본 것 같은 느낌이 드는 모양이었다.

"어쩐지 시험 문제가 죄다 X밥 같더라니! 나 설마 올백 맞는 거 아니야?"

"……."

이번에는 내 기분도 차게 식었다. 이놈이? 지난 시험에서 전 과목 낙제를 받아서 날 기함하게 만들었던 놈이? 개구리 올챙이 적 생각 못 한다더니, 딱 그 짝이었다. 아니, 그건 그렇고……!

"오빠, 방금 내가 이상한 단어를 들은 것 같은데?"

나는 조금 전 카벨의 입에서 튀어나온 비속어를 놓치지 않았다. 예전에도 그렇더니, 어째 나이를 먹을수록 점점 입이 걸어진단 말이야?

"시험 문제가 뭐 같다고? 잘 못 들었는데 다시 말해줘."

"어, 어어……."

내가 '난 아무것도 몰라요~'란 표정을 지으며 순진무구한 눈동자로 카벨을 올려다보자 그의 동공이 점차적으로 지진이라도 난 듯이 흔들리기 시작했다. 그는 예상치 못한 내 질문에 말문이 막힌 것처럼 버벅거렸다.

"시험 문제가 조, 조, 조오……."

나는 호기심 어린 눈빛을 보내며 고개를 슬쩍 옆으로 기울이기까지 했다. 그러자 카벨이 식은땀을 삘삘 흘리기 시작했다.

갸웃, 갸웃.

삘삘, 삘삘.

갸웃.

삘삘.

"그, 그러니까 조……."

거참 애쓰는구먼. 그래도 짜식, 조금 전에는 무의식중에 그런 단어를 썼지만 내 앞에서 또다시 같은 말을 하기는 좀 그런 모양이었다.

"조, 좁…… 좁쌀! 그래, 좁쌀 같다고! 시험 문제가 좁쌀처럼 존나 하찮다고!"

카벨은 가까스로 어감이 조금이나마 비슷하고 또 내 앞에서 내뱉어도 무방할 만큼 나름대로 순수한 의미를 가진 단어를 찾는 데 성공했다. 나는 마치 십 년 묵은 변비에서 탈출한 사람처럼 환희에 젖은 그의 얼굴을 보며 애잔한 마음을 느꼈다.

그런데 둘째야…… 존나 하찮다니? 기껏 본색을 숨기려면 좀 더 철저히 숨길 것이지 마지막에 가서 또 그런 단어를 쓰면 무슨 소용? 크흑, 하긴 그런 허술한 점이 너답기는 하다. 그래, 이 정도면 충분히 애썼어! 장하다!

"똥 싸는 소리 하네."

그때, 옆에서 형이 끙끙거리던 모습을 지켜보던 에리히가 비웃음을 날리며 우리를 지나쳐 갔다.

"왈왈!"

"쉬이, 페니. 저런 건 듣는 거 아니야. 바보 같은 거 옮아."

"왈!"

에리히가 집에 와서 신이 난 페니가 마치 그의 말을 알아듣고 대답하는 것처럼 우렁차게 짖었다.

"야, 야아! 나도 같이 가!"

카벨은 또다시 내 앞에 있다가 말실수를 할까 봐 걱정이 되었는지 찔끔한 얼굴로 후다닥 에리히를 쫓아갔다. 나는 그런 카벨의 뒷모습을 짠한 눈빛으로 지켜보았다.

"앗, 또 보냈네."

나는 휴버트가 조금 전에 주고 간 편지를 보며 떨떠름하게 중얼거렸다. 지금 내 손에 들린 것은 라벤더 코르디스의 초대장이었다. 그녀는 지난번 의상실에서 마주친 이후로 나한테 주구장창 초대장을 보내오고 있었다. 그런데 보통은 상대방에게 고민할 시간을 좀 주는 것이 예의인데, 라벤더 코르디스는 내가 답장을 쓸 새도 주지 않고 매일매일 초대장을 날려 댔다. 쿨럭, 이건 좀 집착 같다고 생각될 정도인데? 한 달도 되지 않은 사이에 수십 통이나 편지를 보내는 건 좀 아니잖아? 끙, 서로 좋아서 연애하는 사이라고 해도 이러지는 않겠다.

"무슨 편지인데 그렇게 똥 씹은 얼굴을 하고 있어?"

"카벨 오빠, 노크 좀 하라니까."

"했는데 네가 못 들은 거야!"

어느새 내 방에 홀랑 들어온 카벨이 억울한 듯이 항변했다. 아이구, 우리 둘째 그래쪄요? 저 억울해 죽겠는 표정을 보니 진짜 노크를 하긴 했던 모양이다. 녀석은 오랜만에 집에 오니 살판이 났는지 반나절 만에 윤기가 잘잘 흐르는 얼굴을 하고 있었다.

"있어, 나랑 만나고 싶어서 매일 편지 보내는 사람."

나는 자세히 알려 줄 마음이 들지 않아 그냥 지나가듯이 그렇게 말해 주었다. 뭐, 사실 라벤더 코르디스의 진짜 목적은 나라기보다는 유진이겠지만.

쿠콰쾅!

그런데 어째서인지 내 말을 들은 카벨이 뒤통수라도 얻어맞은 것처럼 두 눈을 부릅뜨며 대뜸 소리치는 것이었다.

"요하네스 자식 말고 너한테 또 집적거리는 놈이 있단 말이야?! 누구야?!"

나는 과민반응 하는 카벨이 웃겨서 헛웃음을 흘리며 설명해 주었다.

"집적거리다니, 오빠가 생각하는 그런 건 절대 아니고. 그냥 라벤더 코르디스라고 지난번 의상실에서 우연히 만난 사람이 있는데 저택에 날 초대하고 싶다고 해서……."

"나한테 맡겨! 이름도 계집애 같은 게 감히 누구를 귀찮게 해!"

하지만 내가 미처 설명을 끝마치기도 전에 카벨이 팔을 걷어붙이며 자리를 박찼다. 으, 으잉? 잠깐만! 뭐야, 이거? 쟤 지금 어디 가는 거야?! 나는 갑작스러운 둘째의 행동에 잠시 어리둥절하다가 금세 정신을 차리고 그를 불러 세웠다. 뭐, 뭔지는 모르겠지만 내가 말려야 할 것 같은데!

"오빠, 잠깐 멈춰! 기다려! 앉아……!"

쿨럭, 꼭 페니한테 하는 소리 같다고? 그냥 기분 탓일 거다. 아무튼, 내 외침에 둘째 놈이 자리에서 멈추어 섰다. 녀석은 왜 말리냐는 듯이 나를 돌아보았다. 내가 방심하면 곧바로 문을 뛰쳐나갈 것처럼 여전히 준비 만반인 자세를 한 상태였다.

“오빠가 뭔가 오해하는 것 같은데 여자 같은 이름을 가진 남자가 아니라, 여자거든?”

“뭐?!”

“그러니까 괜히 쓸데없는 생각하지 말고…….”

“여, 여자……!”

쿠콰콰쾅!

도대체 무슨 생각을 한 건지, 카벨의 얼굴에 경악이 어렸다. 그리고 곧이어 내 고막을 파고든 그의 외침에 이번에는 내가 입을 쩌억 벌리고 말았다.

“너 이제는 여자까지 홀리고 다녀?!”

아, 그런 거 아니라고, 이 바보야! 결국 나는 카벨을 이해시키기 위해 내 황금 같은 시간을 더 할애해야만 했다.

다음 날에는 유진이 아침부터 내내 저택에 있었다.

“어, 오빠. 지금 일어난 거야?”

“응.”

그는 간만에 집에 온 카벨 때문인지 어제저녁 일찍 귀가했다. 오랜만에 형제들이 다 같이 모인 저녁 식사 자리는 아주 떠들썩했다. 알다시피 이 집에서 가장 활기가 넘치는 사람은 역시 둘째 녀석이 아니던가? 게다가 이제는 시험이라는 고삐도 풀려서 그런지 어제저녁 카벨은 다소 정신이 사나울 정도로 엄청난 에너지를 뿜어 댔다.

그래서 늦은 시간까지 우리는 둘째의 장단에 맞추어 정신없는 저녁 시간을 보내야만 했다. 그러고 난 후 우리는 모두 각자의 방으로 쉬러

들어갔다. 하지만 유진은 휴식을 취하는 대신 또다시 에른스트 내에 있는 자신의 집무실로 향했다. 그리고 그곳에서 밤을 새우는가 싶더니 낮 시간인 지금 잠깐 눈을 붙이고 나온 모양이었다.

"다른 애들은?"

"다 자기 방에 있어."

유진은 평소보다 조금 느린 움직임으로 계단을 내려와 나를 향해 다가왔다. 아직 잠이 덜 깬 탓인지, 아니면 아직 피로가 덜 풀린 탓인지, 그의 몸짓이나 표정에서 나른함이 뚝뚝 떨어지는 것 같았다. 어쩐지 유진의 분위기가 다른 때와 약간 달랐다. 평소에 비해 좀 더 풀어졌다고 해야 할까, 묘하게 무방비한 느낌을 풍기는 것이…….

나는 그런 그를 신기한 눈으로 쳐다보다가 이내 무언가를 발견하고 풉 웃음을 터뜨릴 뻔했다. 언제나 단정하던 유진의 머리가 지금은 눈에 띄게 헝클어져 있었던 것이다. 아이구, 유진 어린이. 꿀잠 잤어요? 잠깐이지만 푹 자긴 한 모양이네. 게다가 머리카락이 저렇게 엉망이 된 것도 모르고 방에서 그냥 나오다니.

"오빠 머리에 참새 앉을 것 같아."

나는 유진의 편안해 보이는 모습이 반가워서 일부러 짓궂게 말했다.

"참새?"

"이대로 밖에 나가면 참새가 둥지인 줄 알겠어요."

헝클어진 머리 때문인지, 아니면 풀어진 분위기 때문인지 느리게 눈을 깜빡이며 반문하는 모습이 꼭 어린애처럼 느껴졌다. 나는 키득 웃으면서 유진의 머리 위로 손을 올렸다. 이리저리 헝클어져 있던 머리카락이 내 손길을 따라 점차 원래의 단정한 모양을 되찾아갔다.

"그러고 보니까 아침에 유난히 짹짹 소리가 크게 나지 않았어? 창틀에 앉아 있던 참새가 아무래도 집을 찾아왔던 것 같은데. 아, 나라도 창문을 열어줄 걸 그랬나."

내가 놀리는 걸 알았는지 유진의 눈매가 슬쩍 찡그려졌다. 곧 그의 손이 자신의 머리 위에 올라가 있는 내 손을 붙잡아 내렸다.

"장난치지 마."

나직한 음성이 가까이에서 흘러들어 왔다. 지금 막 일어나 목이 잠긴 탓인지 다른 때보다 한결 낮게 가라앉은 목소리였다. 아래로 내리깔린 눈동자와 시선이 마주쳤다. 느른하고 고요한 눈빛이 내 얼굴 위로 뚝 떨어져 내렸다. 그 순간 나도 모르게 주춤하고 말았다.

어라……. 조금 전까지만 해도 아이 같던 유진이 갑자기 다시 어른으로 돌아왔다. 유진에게 붙잡힌 손목이 어쩐지 불편해져서 나는 손가락을 꼼지락거렸다. 바로 그때였다.

"어, 형! 이제 나왔어?"

별안간 머리 위에서 카벨의 목소리가 울렸다.

"카벨."

자연스럽게 유진과 내 손이 떨어졌다. 우리 둘은 목소리가 들려온 층계참으로 고개를 들었다. 카벨은 아래로 내려오지 않고 여전히 그 위에서서 유진을 향해 말했다.

"오늘 약혼녀랑 같이 어디 간다고 하지 않았나? 지금부터 준비하면 늦을 것 같은데?"

"오늘이 아니라 내일이야."

오잉, 그런데 어쩐 일로 카벨이 제법 정상인 같은(?) 소리를 했다. 뭐지? 이놈이 어쩐 일로 유진과 약혼녀의 일에 관심을 갖는 거지? 평소에는 물에 물 탄 듯, 술에 술 탄 듯, 형이 약혼을 했든 말든 별다른 관심도 없는 것처럼 보이더니?

아니, 사실 카벨은 자기 일이든 남의 일이든 남녀상열지사 자체에 별 관심이 없는 눈치였다. 하긴, 옛날부터 이놈이 좋아하던 거라고는 검술이나 검술이나 검술…… 쿨럭. 너무나 한결같은 것. 그런 카벨이 정작 결혼은 우리 중에 제일 빨리 한 걸 보면, 세상 어디인가에 제짝은 있다는 말이 진짜인 것 같기도 하고.

앗, 잠깐 생각이 다른 데로 샜다. 어쨌든, 지금과 같은 둘째의 반응은 수상쩍은 구석이 있었다. 유진이 대답하자 이번에는 카벨이 어째서인지 크흠하고 헛기침 소리를 냈다. 그러더니 글쎄, 이런 말을 하는 것이 아닌가?

"약혼녀랑 오랜만에 만나는 건데 선물이라도 준비해야 하는 것 아니야? 평소에도 좀 자주자주 만나서 데이트도 하고 그래! 청춘 남녀들인데 만남이 없어도 너무 없잖아."

당연하게도 내 의문은 점점 깊어져만 갔다. 아니? 우리 집 둘째 녀석은 저런 상식적이고 세심하기까지 한 말을 할 법한 위인이 아닌데? 너 누구야! 우리 집 둘째 아니지? 그냥 껍데기만 뒤집어쓴 거지? 아마 유진도 나와 같은 것을 느낀 모양이었다. 그는 이마 위에 흐트러진 머리카락을 약간 귀찮은 듯이 쓸어 넘기며 카벨을 향해 물었다.

"누구야?"

"뭐, 뭐가?"

그러자 카벨이 대번에 뜨끔한 표정이 되어 더듬거렸다. 그 얼굴이 마치 '나 수상하오!'를 대놓고 외치는 듯했다.

"너한테 쓸데없는 걸 시킨 사람이 누구냐고. 누가 시키지도 않았는데 네가 지금처럼 그런 일에 세세하게 신경 쓸 리가 없잖아."

으앗, 평소 카벨의 이미지가 어떠했는지를 여실히 드러내 주는 말이었다.

"아니야! 난 원래 꼼꼼하고 세세해!"

"그래, 그러니까 누구야."

카벨은 고개까지 격하게 도리도리하며 반박했지만 나도 유진도 그의 말을 믿지 않았다. 둘째는 자신의 발악이 통하지 않는다는 사실을 알았는지 금방 체념했다. 어차피 그도 자신이 유진을 완벽하게 속일 수 있으리라는 생각은 하지 않았던 것 같았다. 카벨이 '하긴, 귀신은 속여도 형은 못 속이지'라고 말하는 듯한 표정을 지으며 투덜거렸다.

"아, 얼마 전에 학술원에서 황성으로 기사단 견학을 갔었거든. 맞아, 하리 너한테는 내가 지난번에 통신구로 이야기할 때 말했지? 우리 학부에서 상위 5명만 가는 건데 내가 거기에 꼈다고! 나 진짜 대단하지? 크으, 내가 이 정도나 되는 사람이야! 뭐, 나한테는 당연하다면 당연한 일이지만!"

둘째 놈아, 다른 데로 새지 마라……. 나는 카벨이 잘 나가다가 삼천포로 빠지기 전에 제제를 가해야 할 필요성을 느끼고 입을 열었다.

"오빠, 그래서? 그 후에 어떻게 됐는데? 그날 황성에서 누구 다른 사람이라도 만난 거야?"

자기 자랑은 그만하고 이제 본론을 말해!

"어! 거기 시녀들이 보는 눈이 있더라고! 하, 이 몸이 멋진 건 알아서 어디를 가도 뜨거운 눈빛을 보내는데, 솔직히 내가 우리 학술원에서 제일 잘생기고 힘도 세고 멋지다는 건 전교생이 다 아는……."

아니, 이놈아! 그거 말고! 누가 네 인기도가 궁금하다고 했냐? 크윽, 그리고 네가 학술원에서 제일 잘생기고 힘도 세고 멋지다니! 아마 다른 학생들이 들으면 기가 막혀 할 거야. 멀리 갈 것도 없이, 당장 에리히부터 저 말을 들으면 약 먹었냐는 듯이 카벨을 쳐다볼 거라고 확신할 수 있었다.

"그래서, 네 앞에서 그런 얘기를 꺼낸 게 누구냐고."

유진은 산만하기 짝이 없는 둘째를 상대로도 놀라운 인내심을 발휘했다. 그러나 네 번째로 묻는 그의 목소리에는 숨길 수 없는 성가심이 배어 있었다. 나는 그 말투 안에 짜증이 없는 것만으로도 놀라웠다. 크흑, 역시 유진이구나. 당신의 인내심에 오늘도 심심한 감탄을!

"아, 맞아. 그거 물어봤었지."

카벨은 조금의 겸연쩍은 기색도 없이 이제야 깨달았다는 듯 손뼉을 쳤다. 그래도 이제는 진짜 제대로 된 답변을 할 것 같아서 다행이었다.

"그래, 그때 내가 우연히 황성에서 스왈로츠 씨를 만났거든!"

"역시 로웬그린이었나."

"응! 그런데 자기가 직접 수고롭게 꽃까지 사 와서 약혼녀한테 그대로 가져다주기만 하라고 골백번 말해도 형이 들은 시늉도 안 한다면서 나한테 구구절절 한탄을 늘어놓더라고."

앗, 그럼 혹시 그때 그 꽃이? 불현듯 내 머릿속에 얼마 전 유진이 집에 들고 왔던 꽃다발이 떠올랐다. 그때 유진이 말하기를, 분명 그 꽃다발을 로웬그린이 자신에게 줬다고 했었지. 그렇지 않아도 로웬그린이 유진에게 다른 것도 아니고 꽃다발을 줄 일이 뭐가 있을까 싶어서 의아했었는데. 으악, 그런데 설마 약혼녀한테 주라고 사 온 거였다니!

"내 보좌관의 입이 그렇게 솜털처럼 가볍다니, 좌시할 사항이 아닌데."

바로 그때, 유진의 얼굴에 섬뜩한 미소가 피어올랐다. 앗! 저 표정 뭔가 위험해! 카벨도 제 형의 얼굴을 보고 흠칫했다. 곧 둘째의 동공이 마구 흔들리기 시작했다. 그러면서 우왕좌왕 정신 산만하게 구는 것을 보니, 잘은 모르겠지만 아무래도 조금 전 자신이 말실수를 한 것 같다고 생각하는 듯했다.

"그리고 다들 무슨 생각을 하는지는 알겠지만 이 약혼에 그렇게 신경 쓸 필요 없어."

유진이 그런 카벨을 향해 말을 이었다. 조금 전 그가 지어 보인 미소처럼 살벌한 어투는 아니었다. 그의 덤덤한 음성이 마치 동생이 오해하고 있는 것을 바로잡아 설명해 주려는 듯했다.

"처음부터 서로에게 얻을 게 있어서 결정한 약혼일 뿐이고, 피차 귀찮은 일은 만들지 않기로 합의했으니까. 내가 쓸데없이 꽃 선물 같은 걸 들고 간다고 해도 그쪽에서 반기지 않을 거야. 로웬그린도 다 알고 있으면서 괜히 한 번씩 그러는 거고."

귓가에 흘러든 말의 내용은 언뜻 무심하고 냉정하게 느껴지기까지 했다. 역시 서로에 대한 애정이 없는 정략적인 약혼이기 때문일까. 나는 그의 말에 침묵했고, 카벨은 약간 멋쩍게 뒷머리를 긁적였다.

"그러니까 카벨, 넌 다른 데 신경 쓰지 말고 앞으로 남은 학술원 생활에만 집중해. 이야기를 들어보니 이번 시험 때 공부를 열심히 한 모양이더라. 지난 시험에 비해 성적이 많이 오를 것 같다고 하던데."

"맞아! 나 올백 맞을 것 같아!"

"그래, 넌 머리가 좋으니까 마음만 먹으면 잘할 줄 알았어. 다음 시험도 기대된다."

"으헤헤, 내가 좀 한번 마음먹으면 못 하는 일이 없긴 하지! 앞으로도 나만 믿어! 전교 1등, 그거 아주 껌이야!"

와아, 가만히 들어보니 둘째 놈을 다루는 유진의 솜씨가 장난이 아니었다. 그는 아주 능수능란하게 카벨을 요리했다. 크으, 역시 어릴 때부터 쌓아 온 경험치가 있다 이건가. 나는 아직도 바보처럼 히죽거리고 있는 카벨을 약간 짠한 눈으로 보면서 고개를 절레절레 저었다. 그러다 문득 저쪽에서 우리를 지켜보고 있던 휴버트를 발견했다.

"휴버트."

"에른스트의 분위기가 그새 많이 밝아진 것 같습니다."

내가 가까이 다가가자 그가 말했다. 휴버트는 어쩐지 감회가 새로운 얼굴을 하고 있었다.

"공작님께서 저렇게 편안한 얼굴을 하고 계신 것도 몇 년 만인지……."

나는 그의 아련한 눈빛을 따라 유진의 얼굴을 향해 시선을 돌렸다. 과연 휴버트의 말처럼 유진은 언제나 틈 하나 없이 딱딱하고 차가웠던 모습을 지우고 전보다 편안해진 분위기를 몸에 두르고 있었다.

"아가씨와 도련님들이 오신 후부터 어깨 위의 짐을 한시름 던 것처럼 전보다 한결 가벼워 보이시니, 저도 이제야 마음이 놓입니다."

그렇게 말하는 그는 정말 안심한 얼굴을 하고 있었다. 그것을 보자 이제껏 그가 느껴 왔을 고뇌와 염려, 그리고 착잡한 심정이 선명히 전해져 왔다.

"휴버트 덕분이기도 해요. 우리 모두 그동안 휴버트가 유진 오빠 옆에 있어줘서 고맙게 생각하고 있어요."

"당연히 해야 할 일을 했을 뿐입니다. 감사는 제가 드려야지요."

휴버트는 고개를 저어 보인 뒤 나한테 고개를 한 번 숙여 보였다. 앗, 나야말로 감사받을 입장이 아닌데! 나는 당황해서 엉겁결에 휴버트를 따라 마주 감사 인사를 했다. 그리고 뻘뻘거리며 고개를 들어보니, 휴버트가 그런 나를 향해 웃고 있었다. 그 모습이 마치 손녀를 보는 할아버지처럼 더없이 인자하고 또 푸근했다.

"그럼 슬슬 저녁 식사 준비를 시작하라고 식당에 전달하겠습니다."

휴버트는 소리 없이 걸음을 옮겨 자리를 떠났다. 그 후 나는 어릴 때 처음 그에게 머리를 쓰다듬어졌을 때처럼 조금 쑥스러워져서 괜히 손가락으로 코밑을 훑으며 발길을 돌렸다.

"다음 달에 있는 하리의 생일 때쯤 카젠타 홀에서 연회를 열 거야."

"푸읍!"

그날 저녁, 유진이 고요한 모습으로 폭탄을 던졌다. 나는 후식을 먹다 말고 사레가 들려 격렬하게 기침을 할 수밖에 없었다. 그도 그럴 것이, 카젠타 홀에서 연회라니! 내가 지금 잘못 들은 건가? 그, 그렇겠지?

"오, 역시 우리 형이야! 나만큼은 아니어도 멋져! 나도 거기 한번 가보고 싶었는데!"

하지만 카벨이 감탄하며 외치는 소리를 들어 보니 아무래도 내 귀가 이상해서 잘못 들은 것은 아닌 모양이다.

"그게 무슨 소리야, 어떻게 연회를 거기에서 열어?"

나는 기겁을 해서 반문했다. 그러나 유진은 뭐가 문제냐는 듯이 태연히 대꾸할 뿐이었다.

"에른스트에 연회를 열 장소가 마땅치 않아서 황실에서 장소를 빌려주기로 했는데, 그게 왜?"

참 별일 아니죠잉? 나는 그의 말에 기가 막혔다. 아, 아니! 황실이 무슨 대관처라도 되냐? 그게 무슨 '내 생일 파티에 어서 와! 어머나 그런데 우리 집에 빈방이 없네! 대신 내가 이웃집에 방을 빌렸어! 아마 우리 집보다 넓고 쾌적할 거야. 하필이면 이웃집이 황궁이긴 하지만 그런 사소한 문제는 신경 쓰지 마, 호호호!' 같은 소리!

게다가 카젠타 홀이 어떤 곳이던가. 황족이 주관하는 행사나 황족에 준하는 귀족에게 아주 특별한 일이 있을 때에만 열리는 곳이 아니던가. 그래 봤자 현세대에 그곳이 황족이 아닌 이를 위해 사용된 경우라고는, 황제가 아끼는 사촌누이의 결혼식 피로연 때뿐이었다. 그게 벌써 한 20년 전의 일이었고. 그런데 그런 곳을 에른스트를 위해 빌려주기로 했다고? 아니, 게다가 제가 지금 무슨 소리를 들은 거랍니까? 뭐, 에른스트에 연회를 열 장소가 마땅치 않아?

"우리 집에 연회를 열 장소가 왜 없어? 별관만 해도 세 개나 되잖아!"

"얼마 전부터 내부 수리에 들어갔거든. 출입 금지 표시가 되어 있는 거 못 봤어?"

그게 무슨 약 파는 소리죠? 어제만 해도 그런 건 없었는데 무슨 말이야!

"갑자기 한꺼번에 전부 다 내부 수리를 시작했다고?"

"원래 세상일이라는 게 뜻대로 되는 게 아니잖아."

그는 여전히 담담하게 말했지만 나는 속지 않았다. 아무래도 유진은 내가 강력히 반발할 것을 알고 미리 초석을 깔아 놓은 것 같았다. 당연하지, 당연하지! 어떻게 그런 곳에서 연회를 열어! 내 표정을 읽었는지, 유진이 옆으로 고개를 비스듬히 기울이며 다시금 입을 열었다.

"이미 얘기 다 끝났어."

"그거 취소……."

"못 해."

단호한 대답에 나는 말문이 막혔다.

"왜 그래? 황실에서 빌려준다고 했다잖아. 자기네가 빌려주고 싶으니까 빌려준 거겠지!"

카벨은 후식을 한입에 털어 넣으며 도대체 뭐가 문제냐는 듯이 말했다. 카젠타 홀이 어떤 곳인지 모르는 것도 아닐 텐데, 참으로 해맑기도 했다. 나는 약간 착잡하게 그런 그를 쳐다보다가 에리히를 향해 고개를 돌렸다.

"너도 뭐라고 말 좀 해봐."

얘야. 네가 저 두 사람에게 무슨 말이라도 해보렴. 내가 이상한 거 아니지? 나처럼 당황하고 놀라는 게 당연한 거지? 너무 태연한 저 두 사람이 이상한 거야, 그렇지? 내가 눈으로 보내는 신호를 읽었는지, 마침내 에리히가 입을 열었다.

"하는 수 없지, 그날 에스코트는 내가 해줘야겠네."

하지만 어쩔 수 없다는 듯이 그가 내뱉은 말에 나는 더욱 뒷골이 당기는 것을 느껴야만 했다. 뒤이어 카벨이 에리히의 말에 당장에라도 식탁을 뒤엎을 것처럼 몸을 들썩이며 버럭 소리 질렀다.

"야, 그걸 왜 네가 해!"

"유진 형은 약혼녀를 챙겨야 할 테고, 카벨 형은…… 에스코트할 줄 알아?"

"이씨, 할 줄 알거든?! 그것도 완전히 잘하거든?!"

카벨의 말에 에리히가 '퍽이나'라는 듯이 한쪽 입꼬리를 비스듬히 추어올렸다. 야이, 쓸데없는 거로 싸우지 마! 카젠타 홀에서 연회를 열게 생겼는데 지금 에스코트 같은 게 대수야? 그, 그렇게 생각하는 내가 이상한 건가? 그런 거야? 으악, 이 사람들 사이에 있으니까 내가 별거 아닌 거로 예민하게 반응하는 것 같잖아.

"부담 가질 필요 없어. 연회가 네 생일 때쯤 열리긴 할 테지만 명목은 그게 아니니까. 그냥 황실에서 열어주는 환영회 같은 거야. 그들도 우리 사정을 다 알고 있고, 또 예전 일로 부채감을 가지고 있기도 해서 그런 거니까 너무 신경 쓰지 않아도 돼."

황실에서 에른스트에 부채감을 가지고 있다면 아마 그것은 죽은 에른스트 부부 때문일 터다. 황제의 금지옥엽인 황손을 지키다가 죽었으니까. 특히 그 당사자인 황손 다이스는 자신이 황실과 귀족들에게 영향을 끼칠 수 있는 나이가 된 후부터 유진에게 큰 힘을 실어주었다고 들었다. 윽, 하지만 아무리 그래도 그렇지 어떻게 신경을 안 쓴다지요? 난 신경 쓰여! 그것도 엄청 신경 쓰인다고!

"괜찮지 않을까? 황실에서 먼저 권한 일이라고 들었는데."

그로부터 시일이 더 지난 어느 날, 내 투덜거림에 요하네스가 웃으며 말했다. 학술원의 방학을 맞아 그는 나를 만나러 에른스트에 방문한 참이었다. 때마침 카벨은 연무장에 가 있었고, 에리히는 페니와 함께 산책을 나간 터라 저택 내에는 아무도 없었다. 우리는 응접실에서 테이블을 사이에 두고 마주 앉아 차를 마시며 이야기를 나누고 있었다.

"그리고 다이스 전하와 에른스트 공작의 친밀한 관계는 이미 아를란타 내에 공공연히 알려진 사실이고."

황손인 다이스가 유진과 예전부터 돈독한 관계를 유지하고 있다는 사실은 이미 나도 알고 있는 것이었다. 원래도 에른스트는 황실의 우방이었지만 전 에른스트 공작 부부의 죽음 이후로 그 유대감이 더욱 강해졌다 해도 과언이 아니었다. 하지만 카젠타 홀에서 준황족도 아닌 귀족을 위해 연회가 열린 경우는 한 번도 보지 못했기 때문에 나는 영 마음이 편치 못했다.

"유진 형 옆에 있던 사람이네. 네 호위 기사가 되었구나."

잠시 후, 우리는 함께 정원을 걷기로 하고 자리에서 일어났다. 방을 나서자 문 앞에 서 있던 에단이 조용히 뒤따라왔다. 그런 그를 보고 요하네스가 입을 열었다.

"응, 에단 비숍 경이야. 오빠도 전에 본 적이 있나 보구나."

"에단 비숍이라…… 그가 자신을 그렇게 소개했어?"

요하네스의 말에 나는 멈칫했다. 그게 무슨 의미지? 하지만 내가 그를 올려다보자, 요하네스는 곧 웃는 얼굴로 화제를 바꿨다.

"아무것도 아니야. 그보다 연회장에 같이 들어갈 파트너는 정했는지 궁금한데."

"카벨 오빠 아니면 에리히랑 같이 들어가지 않을까 싶은데."

나는 조금 전 들었던 말이 묘하게 걸려서 그것에 대해 다시 물어보려고 했다. 하지만 요하네스의 말이 조금 더 빨랐다.

"아직 결정이 나지 않았다면 아예 제3의 선택지는 어때?"

어느덧 들어선 정원의 초입 길에서 요하네스가 걸음을 멈추었다. 나는 초목이 우거진 길목에서 옆에 있는 사람을 올려다보았다. 그러자 여느 때처럼 다정한 미소를 머금고 있는 얼굴이 시야에 비쳤다. 옅은 푸른색 머리카락은 그의 머리 위로 펼쳐진 청명한 하늘과 비슷한 색채였다. 그보다 한결 짙은 청색 눈동자가 나를 향해 부드러운 빛을 띠고 있었다. 요하네스가 붙잡고 있던 내 손등에 입을 맞추며 약간은 장난스러운 어투로 속삭였다.

"에른스트 양, 제게 당신을 에스코트할 수 있는 영광을 주세요."

제11.5장

그 오빠, 유진 (4)

"지금까지 보고 드린 대로 별다른 특이 사항은 없었습니다."

에단 비숍은 여느 날과 다름없이 하루 일과를 자신의 주인에게 보고했다. 물론 그 보고의 대상이 되는 것은 현재 그가 호위 중인 하리 에른스트였다.

"안에서의 대화까지는 듣지 못했지만 마차에 오르기 전까지도 계속 밝은 얼굴이셨고, 벨론티아 양과도 처음 만났을 때보다 한결 친근한 분위기였습니다."

"아무 일도 없었다면 그런 얼굴을 할 리가 있나. 그저 눈치채지 못했을 뿐이겠지."

에단의 말이 끝나자마자 싸늘한 음성이 귓전을 때렸다. 유진은 아까부터 기분이 썩 유쾌하지 못한 듯했다. 그런 그의 얼굴을 보고 에단이 물었다.

"다음부터는 좀 더 근접한 거리에 있을까요?"

그것은 즉, 지금까지 허락되지 않았던 영역까지 접근해도 될지를 묻는 것이었다. 그렇게 되면 밀폐된 공간에서 이루어지는 대화는 물론이거니와 사적인 공간에 혼자 있을 때의 일이나 행동 등도 면밀히 알 수 있을 것이었다. 물론 그것은 호위 대상자의 동의 없이 남몰래 이루어져야 할 일이었다. 그렇기 때문에 지금껏 에단에게 허가되지 않은 일이기도 했다.

"난 호위를 하라고 한 것이지 감시를 하라고 한 게 아니야."

역시 이번에도 유진은 번복의 여지 없이 답했다. 말할 가치조차 없는 일을 논하려 한다는 듯 에단에게 박히는 시선이 사뭇 날카롭기까지 했다. 에단은 그의 뜻을 존중한다는 의미로 고개를 숙여 보였다.

"내가 도착하기 전까지 무슨 이야기를 나누었는지 말해봐."

유진은 여전히 서늘한 얼굴을 한 채로 나지막하게 읊조렸다. 사실 에단이 생각하기에 하리 에른스트의 모습은 평소와 크게 다른 것이 없었다. 하지만 지금 마주한 사람이 보기에는 아니었는지, 아까부터 그는 싸늘한 기운을 드러내고 있었다.

"술을……."

에단은 이것까지 말해야 하나, 잠시 고민하며 뜸을 들였다. 아까는 하리에게 '이번에는 못 들은 것으로 하겠다'고 말한 기억까지 있어 더욱 망설여졌다. 하지만 곧이어 뭐냐는 듯이 미끄러지는 유진의 눈빛에 밀려 결국 그는 입을 열고 말았다.

"그러니까, 음주를 하고 싶으시다고……."

그 순간 반듯하던 유진의 미간이 움찔거리며 얕은 굴곡을 그렸다. 에단은 그것을 보고 저도 모르게 하리를 두둔하며 대신 변명했다.

"하지만 지금까지 단 한 번도 아가씨가 음주하는 모습은 목격하지 못했습니다. 그러니 단순히 기분상의 문제를 말씀하신 것이라 생각됩니다."

에단의 말에 유진은 말로는 잘 형용할 수 없는 미묘한 기분을 느꼈다. 일전에 그의 집무실로 찾아왔던 에리히가 그의 술을 빼앗아 마셨던 일을 떠올리자 더욱 마음이 복잡미묘해졌다. ……사춘기, 혹은 반항기라고도 하던가. 원래 그 나이의 아이들에게는 한 번씩 찾아오는 현상이기라도 한 것일까?

"제 생각에는 사라라는 하녀의 일로 마음을 쓰시는 게 아닌가 합니다."

그리고 뒤이어 에단이 입 밖에 낸 소리에 유진은 머릿속의 상념을 뒤편으로 치워 버렸다.

"처음 아가씨께서 의문을 표하실 때, 미리 당부하신 대로 답변한 집사의 말에 금방 수긍하신 눈치이긴 했습니다만."

에단은 얼마 전부터 줄곧 마음에 담아 두고 있던 일을 말하며 슬쩍 유진의 얼굴을 살폈다.

"제가 듣기로 처음 에른스트에 오신 날부터 그 하녀를 가까이 두셨다고 합니다."

그는 속을 들여다보기 어려운 무표정한 얼굴을 한 채 에단이 하는 말을 듣고 있었다.

"그런데 바로 옆에서 시중을 들던 하녀가 하루아침에 사라졌으니 적적함을 느끼셨을 수도 있다고 생각됩니다."

에단의 말에 유진은 태연히 동조하며 지나가듯이 말했다.

"그래, 그럴 수도 있겠지."

그런 그의 얼굴에는 동요 한 점 깃들어 있지 않았다. 잠시 후 에단의 입술이 천천히 벌어졌다.

"그 하녀가 정말 고향으로 돌아갔습니까?"

조용한 방 안을 울리는 목소리에 오히려 에단이 흠칫했다. 사실 이런 의혹 어린 마음을 이렇게 직접적으로 내보일 생각은 없었다. 하지만 지나치게 고요한 유진의 얼굴을 보자 이제껏 속으로만 삼키고 있던 물음이 저도 모르게 입 밖으로 새어 나오고 말았다.

"왜? 내가 그 하녀를 죽이기라도 했을까 봐?"

소리 없이 미끄러져 꽂히는 시선에 에단은 등줄기를 곧추세웠다. 고막을 파고드는 목소리는 더없이 무감정했으나, 그것은 듣는 이를 긴장하게 만드는 힘을 담고 있었다. 곧 유진이 비스듬히 고개를 기울이며 말했다.

"아무리 나라고 해도 죽을 만큼 잘못하지도 않은 사람을 무턱대고 죽이지는 않아."

그의 입가에는 시린 조소가 어려 있었다.

"아니면, 내가 그 하녀의 손이라도 잘랐을 것 같아 걱정되나?"

"아닙니다."

에단은 곧장 부정했다. 그러나 조금 전 그가 무슨 생각을 하고 이와 같은 말을 입에 올렸는지는 유진 역시 잘 알고 있을 것이었다.

"하리는 눈치가 빨라서 주위에 일어나는 변화에 민감하고 또 옆에 있는 사람한테도 늘 세심하게 신경을 쓰지. 그런데 나중에 자신에게 실수를 저지른 하녀가 잘못되었다는 사실을 알게 되면 어떨까?"

그 말을 듣고 에단은 그동안 자신이 지켜봐 왔던 하리 에른스트를 떠올렸다. 과연 그 말대로 그녀는 주변인들까지 세심히 살피곤 했다. 에단은 종종 하리에게 받았던 간식 꾸러미를 생각하며 시선을 내리깔았다.

하지만…… 동생들의 앞에서 한없이 자상하고 착한 형과 오빠의 모습을 하고 있는 유진 에르스트와 본래 에단이 알고 있는 그는 전혀 다른 사람이었다.

"내가 그런 위험부담을 질 것 같나?"

지금 유진이 한 말도, 만약 마음에 걸리는 점이 없었다면 하녀에게 위해를 끼치지 못할 이유도 없었다는 의미나 마찬가지였다. 그 하녀가 다른 누구도 아닌 그의 여동생을 다치게 했기 때문에. ……하지만 그러시다면 왜 또 하나의 위험 요소라 할 수 있는 저를 아가씨의 곁에 두셨는지요? 에단은 또 하나의 의문을 이번에는 목 안으로 삼켜 냈다. 그런 그를 향해 마침내 유진이 웃음기를 완전히 거둔 얼굴을 한 채로 냉랭히 일갈했다.

"주제넘은 노파심은 그쯤 하고 접어 둬. 선을 넘지 마라. 의문을 품는 것은 네 역할이 아니야. 내 말이 무슨 의미인지 알겠나?"

"예, 죄송합니다."

"그만 돌아가서 네 할 일을 해."

허용된 대화는 거기까지였다. 에단은 유진에게 깊숙이 고개 숙여 보인 뒤 물러났다. 그가 문을 나선 뒤, 유진은 조용한 방 안에 홀로 남아 의자에 등을 기댔다. 저녁 무렵 있던 일을 떠올리는 그의 눈동자가 낮게 가라앉았다. 하리는 오늘따라 기분이 좋다고 했지만 유진은 속지 않았다. 그녀는 그에게 무언가를 숨기려 할 때면 그렇게 웃었다.

"고모님은 어때? 너한테 잘해 줘?"

"응. 나는 걱정할 거 없어."

어릴 때부터 항상 그랬다. 하리는 몇 번이나 웃는 얼굴로 그에게 거짓말을 했다.

"괜찮아."

"다들 나한테 얼마나 잘해 주시는데."

"고모님도 나한테 친절해."

"그러니까 오빠는 걱정 안 해도 돼."

"나한테는 신경 쓰지 마."

"난 정말 괜찮아."

유진은 고모인 레놀드 부인이 하리에게 날마다 폭언을 일삼은 사실을 후에 알게 되었다. 자신을 찾아온 에리히의 말을 듣고 사용인들을 추궁한 직후의 일이었다.

"그 애, 울었어."

유진은 그날 결단을 내렸다.

"혼자 밥 먹기 싫대."

그 웃는 얼굴과 괜찮다는 말만을 곧이곧대로 믿었던 스스로의 멍청함을 수도 없이 자책했다.

"그런데 그것 때문만은 아닌 것 같고, 아무래도 고모가 뭐라고 한 것 같아."

고모인 레놀드 부인이 하리에게 했던 일, 그리고 그날 하리를 강제로 끌고 가서 하려던 일을 떠올리면 아직도 피가 차갑게 식는 기분이었다. 교육 시간마다 회초리질을 당해서 다리에 피멍이 들 정도였다는 사실도 나중에 바스티에 부인에게 전해 들었다. 그때의 그 아연한 기분을 유진은 아직도 잊지 못했다. 그가 모르는 동안 하리가 실제로 당했을 고초는 그보다 더하면 더했지, 결코 덜할 리가 없었다.

그런데도 단 한 번도 도움을 요청하지도, 자신의 상황을 겉으로 드러내지도 않고 오히려 그를 다독이며 위로해 왔던 것이다. 몇 번이나, 몇 번이나 이제 다 괜찮아질 거라고 너는 잘하고 있다고 격려하면서……. 떨어져 있는 동안에도 그녀에게 얼마나 많은 위안을 받았는지 모른다. 하리가 그동안 그에게 보냈던 편지들은 단 하나도 버리지 않고 서랍 안에 보관되어 있었다. 유진이 답장 속에 저도 모르게 나약한 마음을 드러내고 말았을 때도 어김없이 다정한 격려의 말이 되돌아왔다.

너무 힘들어서 당장에라도 무너질 것만 같던 그를 몇 번이나 일으켜 세워 주었다. 거기에 기대서 견딘 6년이었다. 그러니 유진은 이제 그녀를 진실로 웃게 만들어주고 싶었다. 무언가를 억지로 인내하기 위해, 또 울고 싶은 마음을 감추기 위해 억지로 웃음 짓는 것이 아니라, 진정으로 기쁘고 행복한 마음으로 웃을 수 있게 만들어주고 싶었다. 그리고 이제는 다른 누구에게도 어떤 이유로든 상처받지 않게 보호해 주고 싶었다. 하지만 하리는 오늘 또 그의 앞에서 예전과 같은 얼굴로 웃었다.

"어째서지."

나직한 속삭임이 적막한 방 안을 가로질렀다. 유진은 이유를 알 수가 없었다. 어째서 하리가 그런 표정을 지으며 웃어야만 했는지.

"그냥 잡고 가자."

기억을 되짚는 동안 그의 손이 서서히 꽉 쥐어졌다. 아까 전 이 손안에 잡혔던 온기가 아직까지도 선연했다. 그리고 맞닿은 체온이 빠져나가는 순간 느꼈던 허전함도. ……다시 붙잡을걸. 이해할 수 없게도, 미련과 비슷한 감정이 속에서 슬쩍 고개를 들었다. 유진은 그것을 다시 잡아 누르며 눈을 감았다. 어쩐지 오늘은 다른 날보다 피곤했다.

2권에서 계속…